Linda Chaikin · Helena – Tochter des Purpurnen Gürtels

Linda Chaikin

Helena – Tochter des Purpurnen Gürtels

Schwerter und Krummsäbel – Band 2

FRANCKE
Verlag der Francke-Buchhandlung GmbH

Die Deutsche Bibliothek - CIP-Einheitsaufnahme

Chaikin, Linda:
Schwerter und Krummsäbel / Linda Chaikin. [Dt. von Silvia Lutz]. -
Marburg an der Lahn: Francke
(Francke Lesereise)

Bd. 2. Helena - Tochter des purpurnen Gürtels
ISBN 3-86122-332-5

Originaltitel: Golden Palaces

Published by Bethany House Publishers, Minneapolis, USA

Deutsch von Silvia Lutz
Umschlaggestaltung: Reproservice Jung, Wetzlar
Umschlagillustration: Joe Nordstrom
Satz: Druckerei Schröder, 35083 Wetter/Hessen
Druck: Breklumer Druckerei Manfred Siegel KG

Francke-Lesereise

Personen

FIKTIV

Tankred Redwan, der Held, ein normannischer Ritter, Gelehrter und Wahrheitssuchender

Mosul, der maurische Mörder; Tankreds Vetter und Erzfeind

Helena vom Hochadel, Tochter des Purpurnen Gürtels, die schöne byzantinische Heldin

Nikolas, der unorthodoxe Bischof und Soldat, Tankreds Freund und Helenas Onkel

Philipp der Edle, Kriegsminister in Konstantinopel

Fürstin Irene, Helenas Tante und Feindin, Philipps Mutter

Bischof Konstantin, in Konstantinopel, Nikolas' Feind

Bardas, Helenas griechischer Eunuch und Sklave

Zakeem, ein Maure aus Palermo und Tankreds treuer Freund

al-Kareem, Tankreds maurischer Großvater

Derek Redwan, Tankreds verstorbener Halbbruder

Walter von Sizilien, Tankreds Onkel

Graf Dreux Redwan, Tankreds verstorbener Vater

Rolf Redwan, Tankreds Onkel und Adoptivvater

Iwan, Walter von Siziliens Leibwächter

Modestine, das französische Bauernmädchen, das sich dem Kreuzzug anschließt

Wolfrik, der räuberische Rheinländer

Leupold, der Rheinländer

Turill, der Erzbischof

Prinz Kalid, der Sohn des Emirs von Antiochia

Rufus, der Hauptmann von Fürstin Irenes persönlicher Leibwache

Adrianna, Helenas Mutter

Andronikus, Nikolas' Bruder

HISTORISCH

Alexios Komnenos, Kaiser des Byzantinischen Reiches, 1081–1118 n. Chr.
Papst Urban II., der zum ersten Kreuzzug aufrief
Peter der Eremit, Anführer des Bauernkreuzzugs
Walter Sans-Avoir, ein fränkischer Ritter und der erste Kreuzritter, der in Nisch eintraf
Bohemund I., normannischer Fürst von Taranto
Graf Raimund von Saint-Gilles, Graf von Toulouse
Roger I., Großherzog im normannischen Sizilien
Gottfried von Bouillon, Herzog von Niederlothringen
Hugo, Graf von Vermandois, Bruder von König Philipp von Frankreich
Robert, Herzog der Normandie, Sohn von Wilhelm dem Eroberer
Emich (Emico) von Leiningen, Räuberbaron aus Leiningen, Judenverfolger während des deutschen Kreuzzugs
Emichs Gans
Volkmar, Judenverfolger während des deutschen Kreuzzugs
Gottschalk, ein gottloser Priester, Judenverfolger während des deutschen Kreuzzugs
Bischof von Worms
König Koloman, König von Ungarn
Kommandant von Wieselburg
Nicetas, Kommandant von Nisch
Adhémar, Bischof von Le Puy und offizieller päpstlicher Legat bei dem Kreuzzug
Raimund von Aguilers, ein Chronist des ersten Kreuzzugs
Heinrich IV., deutscher Kaiser
Kerboga, Militärbefehlshaber der türkischen Seldschuken
„Der rote Wüstenlöwe“, ein seldschukischer Militärbefehlshaber
Nikephoros, Kaiser des Byzantinischen Reiches, 963-969 n. Chr.
Basileios II., Kaiser des Byzantinischen Reiches, 976-1025 n. Chr.

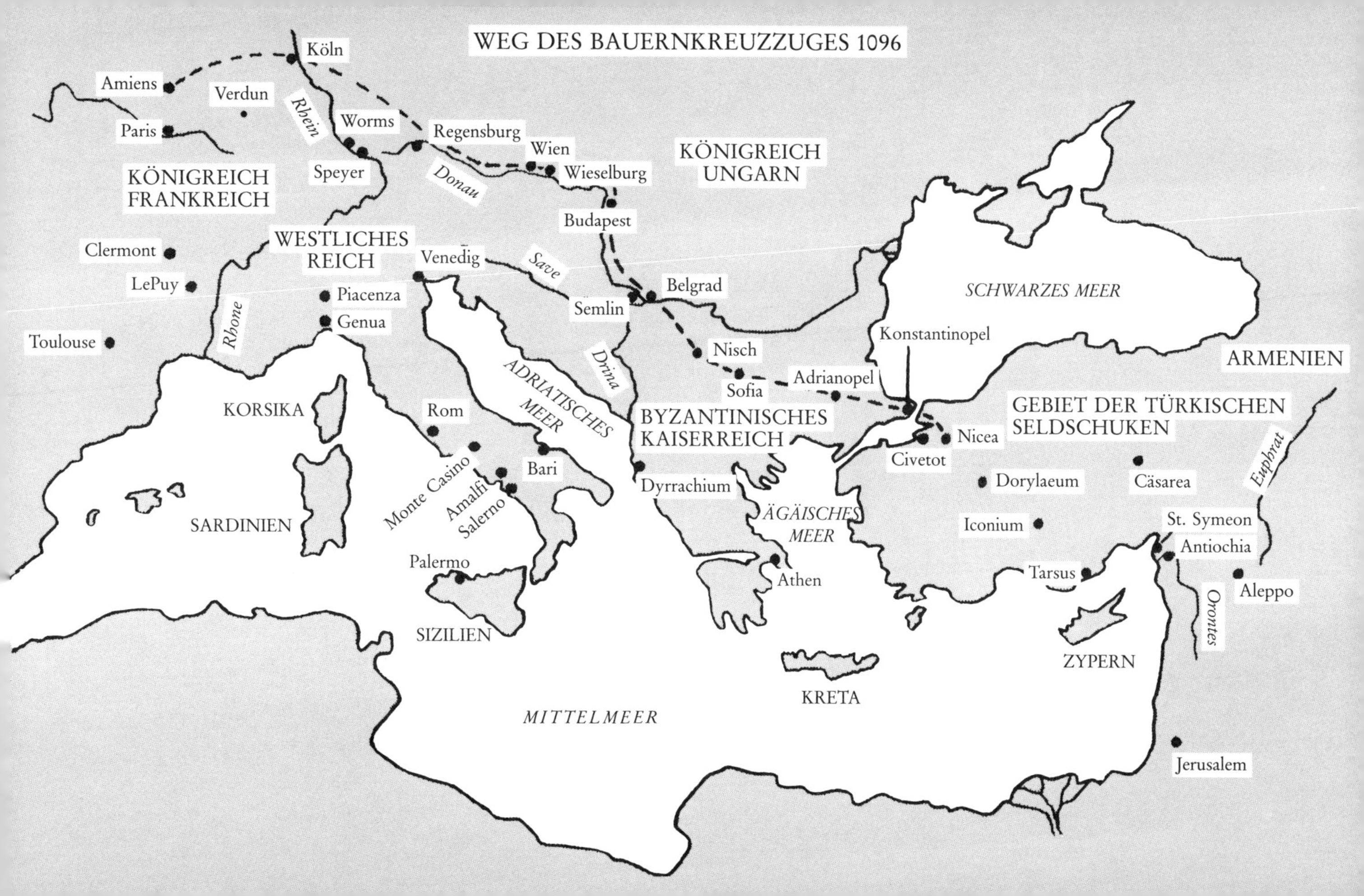

WEG DES BAUERNKREUZZUGES 1096
Köln
Amiens
Verdun
Paris
Rhein
Worms
Speyer
Regensburg
Wien
Wieselburg
Donau
KÖNIGREICH UNGARN
KÖNIGREICH FRANKREICH
Budapest
Clermont
WESTLICHES REICH
Venedig
Save
LePuy
Piacenza
Genua
Toulouse
Rhone
Belgrad
Semlin
SCHWARZES MEER
Konstantinopel
Nisch
Sofia
Adrianopel
Drina
ARMENIEN
ADRIATISCHES MEER
KORSIKA
Rom
BYZANTINISCHES KAISERREICH
GEBIET DER TÜRKISCHEN SELDSCHUKEN
Nicea
Civetot
Bari
Monte Casino
Amalfi
Salerno
Dyrrachium
Dorylaeum
Cäsarea
Euphrat
SARDINIEN
ÄGÄISCHES MEER
Iconium
St. Symeon
Antiochia
Palermo
Athen
Tarsus
Aleppo
Orontes
SIZILIEN
ZYPERN
KRETA
MITTELMEER
Jerusalem

Inhaltsverzeichnis

Prolog

Helena stöhnte im Schlaf. Sie träumte, daß sie durch einen geheimnisvollen Zauber an Händen und Füßen gebunden war. Der gutaussehende Ritter hatte aus fremdartigen grünen Blättern, die er aus einer Arzttasche gezogen hatte, ein Seil geflochten.

„Lassen Sie mich frei, Herr Ritter!"

„Fürstin", sagte er müde. „Wie lange noch? Sie brauchen sich nur zu ergeben. In dem Augenblick, in dem unsere Lippen sich berühren, wartet die Freiheit auf uns beide, aber Sie müssen es aus freiem Willen tun."

„Nein! Nie!"

War er ein Drache? Ein Unhold? Ein galanter Ritter, der bereit war, für ihre Ehre zu sterben?

Während sie sich mit Händen und Füßen gegen die Fesseln wehrte, versprach sein männlicher Blick ihr seine Liebe, seine Leidenschaft, sein Schwert. „Helena", flüsterte er. „Helena, wach auf, meine Geliebte ..."

Sie keuchte und fuhr kerzengerade in die Höhe. Ihr Herz raste und pochte wie wild. Ein kurzer Blick verriet ihr, daß sie sich in ihrem verdunkelten Schlafgemach befand und vollkommen in Sicherheit war.

Ein absurder Traum? überlegte sie. *Oder eine Vorahnung ...*

1. Gefangen

Der Große Palast, Konstantinopel, Frühjahr 1097

Im Schein des fahlen Mondlichts huschte Helena vom Hochadel, Tochter des Purpurnen Gürtels, geräuschlos zwischen zwei korinthischen Säulen über den Marmorboden des großen Palastpavillons mit Blick auf das Marmarameer. Das Herz schlug ihr bis zum Hals, als sie für einen Augenblick Zuflucht hinter einer der schlanken weißen Säulen suchte. Ein stilles Gebet kam über ihre Lippen: *Bitte, gnädigster Herr Jesus Christus im Himmel, laß nicht zu, daß die Wachen mich sehen.*

Sobald sie in Deckung war, warfen Helenas zimtbraune Augen, die so warm waren wie die byzantinische Nacht, einen Blick über ihre Schulter zurück auf die weite Palasthalle mit ihren kunstvoll gebauten Elfenbeinbögen, prunkvollen Goldverzierungen und eindrucksvollen Mosaiken. Von den hohen Wänden ergoß sich tanzendes Fackellicht auf die gemeißelten Marmorbüsten der griechischen Götter Zeus und Athene.

Helena erschauderte, als ihr Blick auf ein Emblem der heidnischen Astrologie ihrer Tante fiel. Damit beeinflußte sie gewisse Mitglieder innerhalb des kaiserlichen Senats. Die vertrauten ihren Ratschlägen, die sie ihnen mit Hilfe ihrer Sterndeutung gab. Helena hatte den Eindruck, als starre die Scheibe drohend auf sie herab. Ein Schaudern kroch wie eine winzige Schlange über ihren Rücken und zu ihrem Nacken hinauf.

Sie wartete und lauschte wie gebannt auf den drohenden Widerhall der mit Eisen beschlagenen Sandalen eines Soldaten, das Rasseln eines Kettenhemdes, das Klirren eines Schwertes. Aber nichts war zu hören, nur ein zarter Abendwind, der zwischen den schweren Trauben der weißen Judasbaumblüten im Garten unterhalb der Pavillonstufen leise flüsterte.

Den Sklaven mußte sie ebenfalls sorgsam aus dem Weg gehen, ... denn sie waren eifrig darauf bedacht, ihre Stellung zu verbessern, indem sie jeden verdächtigen Schritt, den Helena tat, ihrer angeheirateten Tante, Fürstin Irene von Troja, meldeten. Die kühle und ehrgeizige Irene war kurz nach der Verhaftung von Helenas Mutter und dem Tod ihres Vaters im Krieg gegen das moslemische Reich der Seldschukentürken zu Helenas gesetzlichem Vormund bestimmt worden. Als ihr Vormund arbeitete Fürstin Irene an dem abscheulichen Plan, Helenas politische Heirat mit dem moslemischen Prinzen Kalid durchzusetzen. Durch diese Heirat würde die Rückkehr der großen befestigten Stadt Manzikert, die im Jahr 1071 an die Türken verloren wurde, dem Byzantinischen Reich sichergestellt.

Das schwache Zwielicht war begleitet von einem erwartungsvollen Schweigen, das nur von den Wellen des Marmarameeres unterbrochen wurde, die gegen die unumstößlichen Granitsteine der Seemauern brandeten. Der Palast, der früher einmal ihrem Vater gehört hatte, unterstand jetzt Irenes Kontrolle.

Irenes Schönheit war zu einem Fallstrick für die Menschen geworden, die unter ihrem Einfluß standen. Ihre mächtigen Fangarme reichten inzwischen bis in die kaiserlichen Schlafgemächer, denn selbst die Kaiserin schätzte Irenes unheilvolle Orakelsprüche als Ratschläge einer vertrauenswürdigen Beraterin. Helena kannte Irene besser. Die Kaiserin war für ihre Tante völlig uninteressant; sie wollte den Kaiser kontrollieren und den Thron für ihren Sohn Philipp erkämpfen.

Oh, Philipp, dachte Helena mit schmerzlicher Angst. *Wenn du mir nur glauben würdest, könnten wir gemeinsam zur Burg Hohms fliehen, wo wir in Sicherheit wären!*

Ihre dunklen Augen fingen die letzten erlöschenden goldenen Strahlen über den purpurfarbenen Hügeln des arabischen Orients auf. In ihrer Phantasie sah sie die Phantome des Krieges über diese geheimnisvollen Hügel stürmen und immer wieder „Allah! Allah! Allah!" als Antwort auf den Ruf der Kreuzfahrer aus dem Westen, „Deus le volt! Gott will es", rufen. Das Aufeinanderprallen des westlichen Schwertes und des östlichen Krummsäbels hallte mit fieberhaftem Klirren in ihrem Kopf wider.

Wie sieht mein Schicksal aus? Helena erschauderte und fuhr mit den Handflächen über ihre zittrigen Arme. Wie allein sie sich fühlte, wie verlassen. In der Lysanderfamilie war niemand übriggeblieben, den sie um Hilfe hätte bitten können, nur noch ihr verbannter Onkel, und ihre Hoffnungen, die früher einmal so strahlend wie die Fackeln gewesen waren, die das Hippodrom erleuchteten, wurden im Laufe der Zeit immer blasser und schwächer.

Helenas Augen zogen sich zusammen. *Ich fahre nicht nach Antiochia, um Kalid zu heiraten.*

Entgegen den Wünschen ihrer Tante hatte sie Pläne geschmiedet, zur Burg Hohms zu fliehen. Diese Burg war die Mitgift, die sie ihrem künftigen Ehemann mit in die Ehe brächte. Dort wollte sie auf ihren Onkel Nikolas warten, einen Bischof von dem Universitätskloster Monte Casino bei Rom. Möglicherweise war Nikolas bei den barbarischen normannischen Kreuzfahrern, die sich unter der scharlachroten *Standarte* von Fürst Bohemund, dem Enkel Wilhelms des Eroberers, aus Süditalien und dem normannischen Königreich Sizilien Konstantinopel näherten.

Bald würden Tausende westlicher Ritter vor den massiven Mauern Konstantinopels eintreffen und dem Kaiser für das Unternehmen, Jerusalem von den Moslems zurückzuerobern, ihren Lehenseid leisten.

Aber der Kreuzzug interessierte Helena im Augenblick, da ihr persönliches Dilemma sich wie eine Kette um ihr Herz legte, wenig. Wie sollte sie allein zur Burg fliehen können, wenn jeder ihrer Schritte bewacht wurde? Welche Kraftquelle gab ihr Gott als Antwort auf ihre unablässigen Gebete um Rettung? Welchem starken Soldaten könnte sie ihr Leben bis zu Nikolas' Eintreffen anvertrauen?

Heute abend würde sie von ihrem treuen Eunuchensklaven Bardas heimliche Informationen über den normannischen Söldner Tankred Redwan erhalten. Der Gedanke an Tankred weckte in ihr eine gewisse Unruhe. Das Bild von seinen dunklen maurischen Gesichtszügen zusammen mit den eisig blauen Augen der Wikinger trug nicht gerade dazu bei, ihre aufgewühlten Gefühle zu beruhigen.

Aber trotzdem muß ich das Risiko eingehen, mit ihm in Kontakt zu treten, und trotz seiner barbarischen Arroganz versuchen, seine Dienste zu kaufen, sagte sie sich.

Helena schaute sich auf dem riesigen Säulengang um: Weder ein Soldat noch ein Sklave war zu sehen. Sie deutete diese günstige Gelegenheit als Erhörung ihrer Gebete. Schweigen herrschte in der duftenden Nacht. Sie umklammerte den Brief, den Bardas Tankred überbringen sollte.

In weiße Seide gekleidet, die mit einem purpurfarbenen Faden und Edelsteinen gesäumt war, hob sie ihren weiten Rocksaum und eilte durch den offenen Säulengang. Sie lief die breiten Marmorstufen hinab und erreichte etwas außer Atem den Garten. Hier führte der mit blauen Fliesen gepflasterte Gehweg zum Sankt-Barbara-Tor. Gleich hinter der alten Seemauer schimmerte der Bosporus unter den östlichen Sternen.

Unter sich konnte sie die kleinen Gondeln auf dem Wasser schaukeln sehen. Ihre roten und blauen Glaslaternen tanzten an den schmalen Ruderbooten und glitzerten wie die kaiserliche Krone.

Eine feuchte Brise von der Meeresenge berührte ihr Gesicht, während sie weitereilte, um ihr heimliches Treffen mit Bardas einzuhalten, und dabei den wertvollen Brief an Tankred an ihr aufgewühltes Herz drückte.

Vom dunklen Nachthimmel funkelten viele tausend Sterne wie strahlende Engelsaugen, die darüber wachten, daß ihre Füße in der Eile nicht stolperten. Sie tröstete ihr verängstigtes Herz mit dem Gedanken, daß zwar das Schicksal, Prinz Kalids Braut zu werden, so unbezwingbar wie ein Gladiator im Hippodrom mit seinem Schwert vor ihr stand, aber daß ihre Zukunft trotzdem nicht den Intrigen der Ehrgeizigen dieser Welt allein überlassen war. Die Pläne des souveränen Gottes für seine Nachfolger konnten von den Menschen, die ihre eigene gottlose Macht vergeblich ausübten, nicht erschüttert werden.

Aber trotz dieses Wissens mußte sie vor Schwachheit zittern, wenn sie daran dachte, die Braut eines moslemischen Emirs im goldenen Palast von Antiochia zu werden. Ihre persönlichen Sorgen drückten sie nieder und erschütterten ihren inneren Frieden.

Helena stand angespannt neben dem sprudelnden Springbrunnen, dessen Wasser über die glatten Steine plätscherte und im Mondlicht silbern funkelte. Ihre Hand umklammerte das Symbol ihres christlichen Glaubens – ein byzantinisches Kreuz, das aus schwerem Gold geschlagen und mit leuchtenden grünen Smaragden und blutroten Rubinen besetzt war. Das Kreuz, das für Helena sehr kostbar war, weil es früher eimal ihrer Mutter gehört hatte, hatte sie vor vielen Jahren in einer traurigen Nacht in der Familienvilla, die sich auf dem Land außerhalb Athens befand, bekommen.

Ihre Mutter, die trotz ihrer Verhaftung wegen angeblichen Hochverrats gegen den Kaiser an ihrem tiefen Glauben festhielt, hatte es Helena in die noch jungen Hände gedrückt ...

„Setze dein Vertrauen nicht auf dieses Kreuz, sondern auf den einen, der am Kreuz den Sieg davongetragen und die Ketten des Todes zerbrochen hat“, hatte ihre Mutter geflüstert. *„Christus ist immer bei dir, meine liebe Helena, auch dann, wenn ich nicht bei dir sein kann.“*

Als Kind aus einer letzten Umarmung ihrer Mutter gerissen, hatte sie mit kalten Fingern das Kreuz umklammert und zusehen müssen, wie ihre Mutter von kaiserlichen Soldaten in schwarzroter Uniform abgeführt wurde.

Der Klang der Wagenräder war in Helenas Gedächtnis tief eingegraben. Sie konnte immer noch hören, wie die Soldaten mit ihrer Mutter davonfuhren – auf sie wartete der Kerker und dann der Tod durch die Pest in einem Kloster.

Ein plötzliches Lächeln huschte über Helenas Lippen ... *Aber sie ist nicht tot, wie alle glauben. Sie lebt! Und ich werde sie finden.*

Nicht lange nach dem Tod ihres Mannes war Fürstin Adrianna Lysander des Hochverrats gegen den Kaiser angeklagt worden, aber die Anklagen waren eine teuflische Lüge, die Fürstin Irene eingefädelt hatte. Die schmerzliche Erinnerung an das Leid ihrer Mutter wurde durch das leblose Kreuz, das sie fest umklammerte, nicht gelindert. Der Frühlingswind kühlte ihre aufgewühlten Gefühle und erinnerte sie daran, daß Gott der Herr über den wütenden Sturm war, der ihre Seele erschüttern wollte.

Helena ging weiter zu der Stelle, an der die Platanen grün und dicht wuchsen.

„Bardas?“ flüsterte sie eindringlich. „Bist du da?“

Schatten lagen über den blühenden Sträuchern, und der Gartenpavillon verbreitete eine schläfrige Stille. Ein Vogel, der es sich für die Nacht unter den überhängenden Zweigen bequem gemacht hatte, bewunderte lautstark ihren Mut.

Wieder lauschte sie aufmerksam nach einem Geräusch von Bardas und betete darum, daß er von den Wachen nicht aufgegriffen würde. Sie warf schnell einen Blick zurück zu dem erleuchteten Säulengang. Dabei funkelte das seidige Perlennetz, das ihre pechschwarzen Haare bedeckte, im Fackellicht. Fürstin Irene war nicht zu Hause, und Helenas träge und frivole junge Kusine Zoe schlief bereits, aber jeden Augenblick könnte ein Sklave auftauchen. Wenn sie hier entdeckt würde, könnte Irene sie bis zu ihrer Abfahrt nach Antiochia in den Kerker werfen lassen.

Helenas verängstigte Gedanken erinnerten sie an einen anderen feuchten Kerker, in dem sie als Kind einige Zeit zugebracht hatte, obwohl sie sich nicht daran erinnern konnte, wann und wo das gewesen war. Sie erinnerte sich nur an die Ratten mit den gelben Knopfaugen und den weißen Zähnen, die sie in der feuchten Dunkelheit fast um den Verstand gebracht hätten. Schließlich war Fürstin Irene wie eine goldene Retterin die gemeißelten Stufen hinabgekommen und hatte sie fortgebracht.

„Du unterstehst jetzt meiner Verantwortung, Helena. Du wirst mit meinem Sohn Philipp und mit deiner Kusine Zoe aufwachsen.“

Der leichte Wind bewegte die Büsche. Helenas beunruhigter Blick wanderte zur Seemauer. *Bardas,* dachte sie wieder. *Wo blieb er nur?* Sie umklammerte den Brief.

Wie auf einem fliegenden Teppich herangetragen, kam ein plötzlicher Windstoß und ließ die Blätter rascheln. Einige Meter von ihr entfernt bückte sich ein großer, muskulöser Mann mit einem schwarzen Kapuzenumhang unter den überhängenden Zweigen der Büsche und trat ins helle Mondlicht hinaus. Sie atmete erleichtert auf.

Der kräftige Leibwächter hob eine große Hand, die von seinem Dienst für ihren verstorbenen Vater im letzten Krieg mit Narben überzogen war, und warf seine Kapuze zurück. Er enthüllte einen kahlrasierten Kopf, der ölig glänzte, und eine linke Augenbraue, die teilweise von einem Krummschwert – der hinterhältigen gebogenen Klinge der Moslems – abrasiert worden war. Sein breites Gesicht zeigte die finstere Miene, die sie seit ihrer Kindheit in der Villa gewöhnt war, aber sie war so glücklich, ihn zu sehen, daß es genausogut ein breites Grinsen hätte sein können.

Sie eilte wie ein Küken, das die schützenden Flügel seiner Mutter sucht, auf ihn zu. Außer ihrem geliebten Onkel Nikolas, den sie seit der Verhaftung ihrer Mutter nicht mehr gesehen hatte, war Bardas ihr einziger Beschützer, und er war ihr so teuer und lieb wie ein Verwandter. Er hatte sich nach dem Tod ihres Vaters bereitwillig zum Eunuchen verstümmeln lassen, um den Eid, Helena mit seinem Leben zu beschützen, zu halten, den er General Lysander auf dem Schlachtfeld kurz vor seinem Tod gegeben hatte. Sein Körperbau verriet einen kräftigen Krieger. Seine Vorfahren, so verkündete er voll Stolz, hatten das Blut der Spartaner gehabt, aber seine Kultur war klassisch griechisch – etwas, worauf er sehr stolz war und das ihn veranlaßte, auf die bald eintreffenden Kreuzfahrer aus dem Westen als „wilde Barbaren und gefräßige Schwachköpfe" herabzublicken. Als „Männer ohne Bildung, die zu nicht viel anderem als zum Auskehren der kaiserlichen Bärenkäfige zu gebrauchen seien".

Helenas Erleichterung verriet sich in einem vorwurfsvollen Flüstern. „Du kommst spät! Wo hast du gesteckt? Ich hatte schon befürchtet, man hätte dich festgenommen und dir etwas zuleide getan."

Er schnaufte verächtlich und schaute sich mißtrauisch um. „Ihre Befürchtungen sind nicht unbegründet. Während ich mich auf den Basaren nach Informationen über den normannischen Barbaren umhörte, ist niemand Geringeres als Fürstin Irene in ihrer goldenen Kutsche an mir vorbeigefahren!"

Bei dieser Nachricht wollte Helenas Herz am liebsten aufhören zu schlagen. „Sie hat dich gesehen?"

„Diese Frau hat Augen wie ein Falke. Sie befahl dem Hauptmann ihrer Leibwache, mich zu sich zu holen, und wollte von mir wissen, ob Sie bei mir seien und was ich auf dem Basar zu suchen hätte."

„Du hast nicht verraten, welche Angelegenheit dich auf den Basar führte?"

Seine Augenbraue fuhr in die Höhe. „Ich General Lysanders Tochter verraten? Bin ich nicht im Wüstensand niedergekniet und habe Ihrem

Vater mein Wort gegeben?“ Er zwirbelte beleidigt an seinem Walroßschnurrbart. „Bevor ich Sie verrate, muß man mir schon die Zunge aus dem Mund schneiden.“ Seine finstere Miene verwandelte sich in ein breites Grinsen. „Ich habe ihr weisgemacht, ich befände mich auf dem Weg zu ihr, um ihr zu sagen, daß Sie am Gartenbankett des Kaisers für die Töchter des Purpurnen Gürtels morgen abend teilnehmen wollen.“

Helena blieb skeptisch. „Und das hat sie dir geglaubt? Sie ist so schlau wie eine Schlange.“

In seinen marmorschwarzen Augen funkelte eine genüßliche Befriedigung. „Aber auch eine gierige Schlange, die den Köder gern schluckte. Sie ist überzeugt, daß Sie unbedingt an dem Bankett teilnehmen wollen, und bittet Sie, morgen Ihre Tante in ihrer Gondel zum Bankett zu begleiten.“

Diese Nachricht war nicht gerade beruhigend. „Oh, Bardas, wie konntest du nur? Ich würde lieber in der Gesellschaft der hungrigen Bären des Kaisers zum Palast fahren.“

Er schaute sie über ihre mangelnde Wertschätzung seiner Klugheit beleidigt an. Da sie wußte, wie leicht sein Stolz verletzt war, fügte sie eilig hinzu: „Was hast du über Tankred Redwan herausgefunden? Hast du ihn auf dem Waffenhof ausfindig gemacht?“

Seine Mißbilligung bei der Erwähnung dieses Namens meißelte sein breites Gesicht schnell in eine marmorharte Maske. Sie hatte Bardas auf die Straße der Basare geschickt, um heimlich soviel wie möglich über Tankreds Vergangenheit ausfindig zu machen, da sie hoffte, seine Vertrauenswürdigkeit als Söldner beurteilen zu können, aber die Miene in Bardas’ Gesicht erklärte, daß sich seine Ablehnung gegenüber dem Normannen nicht geändert hatte.

„Redwan ist ein heimtückischer Barbar, ein gesuchter Mörder, der seinen Bruder wegen einer maurischen Schönheit namens Kamila in Palermo mit einem vergifteten Dolch ermordet hat.“ Bardas schaute sie mit einem Blick an, der seine Aussage bekräftigen sollte, und vergewisserte sich, daß seine Worte ihre beabsichtigte Wirkung, Helenas Vertrauen in den Normannen zu erschüttern, nicht verfehlten.

Helena hatte nicht erwartet, etwas von einer maurischen Schönheit zu hören, aber von dem Tod seines Halbbruders wußte sie bereits. Vor mehreren Wochen hatte Tankred ihr in Philipps Gemächern erklärt, daß er sich auf der Suche nach dem wahren Mörder befinde.

„Er ist der alleinige Erbe des Vermögens seines normannischen Vaters, kann aber aufgrund des Mordes an seinem Bruder die Ländereien nicht beanspruchen. Mit Hilfe seines gerissenen maurischen Freundes

Zakeem, der ebenfalls eine hinterlistige Schlange ist, der man nicht trauen darf, ist Tankred von seiner Burg in Palermo auf Sizilien geflohen. Seine Vettern, ebenfalls kaltblütige normannische Wölfe, suchen nach ihm und sind fest entschlossen, dafür zu sorgen, daß er nach einem normannischen Brauch, der ‚Feuerprobe' genannt wird, vor Gericht gebracht wird."

Sie erinnerte sich an Tankreds Worte: *„Im normannischen Reich Sizilien bin ich Erbe einer Burg, großer Ländereien und mehrerer Galeonen. Und ich kenne Ihren Onkel gut. Nikolas hat mir als Junge das Leben gerettet. Eine Zeitlang zog er mich im Kloster Monte Casino auf. Alles, was ich über Jesus Christus weiß, hat mich Nikolas aus seinem eigenen Exemplar des griechischen Neuen Testaments gelehrt."*

War das die Wahrheit? fragte sie sich. „Er besitzt also wirklich eine Burg und Ländereien auf Sizilien, wie er mir erzählt hat?" fragte sie vorsichtig nach und hoffte, bei Bardas Vertrauen zu Tankred zu wecken, aber dieser wollte sich nicht beeindrucken lassen.

„Das wird wenigstens behauptet. Es heißt, er habe seinen Bruder wegen des Erbes ermordet."

Helena dachte über diese Möglichkeit nach, aber irgendwie sah Tankred nicht wie ein habgieriger und heimtückischer Mensch aus, der seinen Bruder wegen seines Erbes ermordete. „War er nicht galant, als er mich vor den Rheinländern rettete?"

Bardas schnaufte verächtlich. „Nur weil er seine eigenen gemeinen Pläne hat, Sie für sich zu gewinnen."

Dieser Gedanke weckte in ihr eine seltsame Erregung, aber sie verbannte dieses Gefühl schnell aus ihrem Herzen. „Er ist arrogant und eingebildet und begegnet mir mit vollkommener Gleichgültigkeit – was auch gut ist, da ich nur den Dienst seines Schwertes wünsche."

Bardas' Miene blieb jedoch mißmutig. „Man kann diesem Mann nicht trauen, Herrin. Was würde Ihr Vater dazu sagen, wenn er noch am Leben wäre? Es gebührt sich für eine Frau Ihres adeligen Standes nicht, mit einem so unzivilisierten Hund auch nur zu sprechen! Aber ihn bewußt aufzusuchen –"

„Wenn ich ihn aufsuche", unterbrach sie Bardas schnell, „dann nur aus dem Grund, weil er ein Ritter ist, dessen Dienste ich in dieser Stunde, da mich Philipp im Stich gelassen hat, benötige."

Ihre kühle Erwähnung von Irenes Sohn – dem Kriegsminister und dem Mann, den sie bis vor kurzem zu heiraten gehofft hatte – nötigte Bardas, ihn eilig zu verteidigen. „Bitte! Herr Philipp wird sich bestimmt an seine Ehre erinnern und verhindern, daß man Sie nach Antiochia schickt. Ihre Hand ist ihm schon seit langem versprochen, und er wird nicht tatenlos danebenstehen und zusehen, wie Sie Kalid zur Frau gegeben werden."

Genau das stellte sie jedoch in Frage. Die Erinnerung an die schmerzliche Szene, als sie und Philipp vor einigen Wochen auseinandergegangen waren, bekümmerte sie immer noch, und wieder fühlte sie die bittere Enttäuschung über seinen fehlenden Mut, sich gegen die Pläne seiner Mutter zur Wehr zu setzen.

„Trotzdem läßt er mich um seiner eigenen ehrgeizigen Karrierepläne willen an Kalid verschachern. Nein, Bardas, ich kann nicht warten. An wen sonst kann ich mich jetzt noch wenden als an Tankred? Deine Loyalität schätze ich sehr", fügte sie eilig hinzu, um seinen väterlichen Stolz nicht zu verletzen. „Dein Schwert hat sich im Krieg als treu und unschätzbar wertvoll erwiesen, aber dein Arm ..." Sie zögerte und sprach den Satz nicht zu Ende, da sie wußte, wie sehr es ihn schmerzte, an seine Beeinträchtigung durch seine Kriegsverletzung erinnert zu werden.

„Ich gestehe, daß Redwan nicht ganz der ungebildete Barbar ist, für den ich ihn anfangs gehalten habe", murrte er widerwillig. Helena ergriff diese Gelegenheit sofort, um ihn von Tankreds Nützlichkeit bei ihrem Vorhaben zu überzeugen. „Siehst du? Du hattest dich geirrt! Dieser Ritter ist es wert, daß ich ihn anwerbe! Was hast du herausgefunden?"

Er verschränkte eigensinnig die Arme vor seiner breiten Brust. „Daß seine Bildung eine Gefahr bedeutet."

„Eine Gefahr? Aber –"

„Er hat die berühmte Königliche Bibliothek benutzt und irgendwelche Dokumente aus dem Lateinischen ins Griechische übersetzt."

„Aus dem Lateinischen ins Griechische ..." Helena mußte staunen. Tankred hatte ihr auf seine glatte, zynische Art erzählt, daß er „ein Gelehrter sei, der es mit jedem Übersetzer in der Königlichen Bibliothek aufnehmen könne." Sie hatte über seine Arroganz gelacht – denn was sonst konnte seine Prahlerei sein? Und er hatte, von ihrer mißbilligenden Miene völlig unbeeindruckt, nur gelächelt. Jetzt fragte sie sich, ob sie vielleicht zu früh gelacht hatte.

„Und", sagte Bardas mit warnender Stimme. „Er hat eine Landkarte von der Umgebung Antiochias angefertigt. Es heißt, Prinz Kalid sei sein Vetter."

Sein Vetter? Ihre Augen fuhren hoch und schauten Bardas fragend an.

Mit unübersehbarer Selbstzufriedenheit sprach Bardas weiter: „Kann es nicht sein, daß auf dieser Landkarte auch die Burg Hohms und ihre

Ländereien eingezeichnet sind? Hegen nicht diese normannischen Wölfe den Wunsch, die Festung als Stützpunkt für Ihren eigenen Angriff auf Antiochia zu benutzen? Es ist kein Geheimnis, daß sie die Stadt erobern und beherrschen wollen, nicht für das Byzantinische Reich, sondern für sich selbst. Und wer ist der Lehnsherr, der auf der Burg den Befehl hat? Ein Normanne! Ein Redwan! Ein Mann, von dem dieser Tankred behauptet, er sei sein Adoptivvater!" Er schaute sie befriedigt an. „Herrin, ist es nicht offensichtlich, daß er mit ihm im Bunde steht? Gemeinsam warten sie auf das Eintreffen der anderen Normannen. Ich sage, man kann ihm nicht trauen. Er ist ein Spion."

Ein Spion. War das möglich? Was wußte sie außer den Behauptungen, die er selbst über sich aufgestellt hatte, wirklich über Tankred? Und warum fertigte er sich eine Karte von Antiochia und der Burg an? Aber sie brauchte ihn! Wenn sie Bardas gegenüber auch nur im leisesten zeigte, daß sie Tankred mißtraute, würden ihre Zweifel seine Entschlossenheit, Tankred nicht anzuwerben, nur bestärken.

Sie lächelte reumütig und spielte seine Andeutungen bewußt herab. „Ich nehme an, da Nikolas mit den Normannen reitet, steht er ebenfalls mit ihnen im Bunde. Trotzdem ist er kein Spion, und das wissen wir beide ganz genau. Ebensowenig Tankred. Denk doch noch einmal nach! Er sagt, er sei ein Graf", erinnerte sie ihn.

„Dann bin ich der König der Spartaner!" spottete Bardas und drehte an seinem langen schwarzen, grau gesprenkelten Schnurrbart.

Sie seufzte. „Oh, Bardas – ob er nun ein Graf ist oder nicht, er ist jedenfalls einer der wenigen Männer in Konstantinopel, die nicht von meinen Feinden gekauft sind."

Er beugte sich zu ihr vor und fragte verschwörerisch: „Können Sie sich dessen so sicher sein?"

Das konnte Helena natürlich nicht, und doch ...

Er mußte das kurze Zögern in ihren Augen gesehen haben, denn er drängte weiter: „Er würde seine Motive natürlich nicht verraten, Herrin. Und seine Behauptung, er wäre irgendein großer Herr aus dem normannischen Königreich Sizilien ist gewiß nur Prahlerei."

„Vielleicht, aber ich brauche seine Fähigkeiten als Ritter. Ich könnte unter den ganzen Normannen auf dem Basar lange nach einem Schwert suchen, das bereit wäre, mir zu dienen, und ich würde keinen Mann finden, der auch nur halb so fähig wäre wie er. Er ist vielleicht arrogant", sagte sie trocken, „aber du mußt zugeben, daß er tapfer ist."

„Weil er klug ist und seine eigenen Ränke schmiedet."

„Selbst wenn ich einen anderen anwerben könnte, würde die Nachricht über mein Tun sehr schnell ihren Weg in den Palast finden. Wenn er meine Nachricht bekommt, bleibt sie wahrscheinlich geheim. Nein", erklärte sie bestimmt. „Ich muß ihn engagieren. Irene besitzt ihn nicht."

„Darin können Sie sich irren. Fürstin Irene weiß, daß der Barbar von seinen normannischen Vettern wegen des Mordes an seinem älteren Bruder gesucht wird."

Diese Nachricht war beunruhigend. Irene setzte oft Erpressung ein, um Männer in ihren Dienst zu zwingen und ihre – oder Philipps – ehrgeizigen Pläne zu unterstützen. Helena verabscheute ihre Tante wegen ihrer grausamen Methoden. Trotzdem sah Tankred nicht wie ein Mann aus, der sich durch Drohungen oder verlockende Angebote manipulieren ließe.

„Falls der heimtückische Mord an seinem Bruder, der seine Ehre besudelt, noch nicht genügt, um Ihre Meinung über ihn zu ändern, muß ich Ihnen sagen, daß ich außerdem erfahren habe, daß seine Mutter ebenfalls Maurin war, eine fromme Mohammedanerin. Und er hat ein Exemplar des Korans bei sich!"

Der Koran machte sie hellhörig, denn Tankred hatte angedeutet, daß er sich dem Christentum verbunden fühle. Oder hatte sie ihn falsch verstanden?

„Woher weißt du das mit dem Koran?" flüsterte sie.

„Ein Mann aus der Warägergarde hat es mir erzählt. Redwan hat Freunde in ihren Reihen", sagte er steif, da er diese Information, die für Redwan sprach, nicht gern preisgeben wollte.

So ... die angesehenen Warägergarden kannten also Tankred, diese Riesen in scharlachroten Uniformen und Bronzehelmen mit Federschmuck. Die ausgewählten Wikinger dienten als persönliche Leibwachen des Kaisers und waren so stark wie Gladiatoren und ihm so treu ergeben wie leibliche Söhne. Daß sie Tankred so gut kannten, daß sie Bardas Informationen über ihn verraten konnten, sprach für seine Fähigkeiten als Ritter und unterstrich die Weisheit von Helenas Entscheidung, ihn zu engagieren, auch wenn das keine Erklärung für den Koran in seiner Tasche gab. Hatte er nicht gesagt, daß sein Großvater al-Kareem heiße, ein Mann mit politischem und religiösem Einfluß in Palermo, mit Kontakten unter den Sultanen von Kairo bis Nikäa?

Bei der Erinnerung an dieses Gespräch mußte sie unweigerlich auch daran denken, daß Tankred während ihrer Auseinandersetzung mit Philipp in dessen Gemächern hinter dem Vorhang gelauscht hatte. Philipp hatte sich dafür entschieden, lieber seine ehrgeizigen Karrierepläne im Dienste des Kaisers zu verfolgen, statt die politische Entscheidung,

Helena nach Antiochia zu verheiraten, anzufechten. Und der arrogante Tankred hatte das alles mit angehört!

Die Erinnerung daran machte sie verlegen. Aber ihre momentane Situation war zu gefährlich, um sich über ihre verletzte Eitelkeit Gedanken zu machen. Vielleicht hatte er diese grauenhafte Nacht vergessen.

„Koran oder nicht Koran, Tankred behauptet, er sei von Onkel Nikolas in der Abtei Monte Casino christlich erzogen worden", argumentierte sie. „Und bis zum Tod seines Bruders hat er in Salerno Medizin studiert."

Sie war nicht sicher, ob sie das alles selbst glaubte, aber ihr Dilemma verlangte, daß sie irgend jemandem vertrauen konnte. Außerdem hatte sie die Nacht vor mehreren Monaten am Donauufer nicht vergessen, als er sie vor den grausamen deutschen Unholden, die sich „Rheinländer" nannten, gerettet hatte. Und auch nicht, daß er ihr ihren Familienschmuck zurückgebracht hatte, als Philipp den Anführer der Rheinländer damit hatte bestechen wollen, die ungarische Festung an der Donau nicht anzugreifen. Doch die Frage, ob er ein ehrenwerter Ritter war oder nicht, mußte warten, bis sie sicher auf der Burg wäre.

Bardas' Züge wurden nicht weicher, als sie ihn an den Überfall der Rheinländer auf Philipps Gefolgschaft erinnerte. Sie waren damals beide bei Philipp gewesen, weil sie gehofft hatten, Nikolas ausfindig zu machen, aber der Bericht von der Ankunft ihres Onkels in der Gesellschaft der Bauernkreuzfahrer hatte sich als falsch erwiesen.

Sie entsann sich auf ihre adelige Erziehung und hob bestimmt das Kinn, um ihm zu zeigen, daß die Diskussion über Tankred beendet sei und daß ihr Wille zu geschehen habe. „Genug. Ich habe mir deine Bedenken angehört. Aber mein Entschluß steht fest. Ich muß diesen gebildeten Barbaren ertragen. Er ist ein Normanne und wird sich für uns als wertvoll erweisen. Überbring ihm sofort diesen Brief." Mit diesen Worten drückte sie ihm das versiegelte Pergament in seine große Hand, während ihre Blicke immer wieder vorsichtig zu dem Säulengang hinüberwanderten, um sicherzugehen, daß niemand bemerkt hatte, daß sie sich aus dem Haus entfernt hatte.

„Da Irene jetzt von mir erwartet, daß ich sie morgen zu den königlichen Gärten begleite, muß ich mich wohl oder übel fügen. Sag dem Normannen, wenn er meinen Brief gelesen hat, er solle mich an der hinteren Gartenmauer erwarten. Dann werde ich mit ihm fliehen und zur Burg reiten."

„Wie Sie wünschen", sagte er mißmutig. „Aber was ist, wenn er sich weigert zu kommen?"

Sich weigern? Der Gedanke, daß Tankred einen Befehl, den sie ihm gab, nicht befolgte, war für eine junge Frau, die im griechischen Adel geboren war und den Purpurnen Gürtel des Hochadels trug, unvorstellbar, noch dazu, wenn seine Stellung deutlich niedriger war als ihre. Sie runzelte die Stirn. Tankred war ein Mann, der schwer zu verstehen war – ganz anders als Philipp. Nein, er hatte nicht die geringste Ähnlichkeit mit ihrem geliebten Vetter, Philipp Lysander.

„Er hat seine eigenen Pläne“, sprach Bardas weiter. „Er wird Ihren Wünschen nicht so eifrig nachkommen wie mancher andere. Meiner Meinung nach betrachtet er Ihre Überlegenheit, sowohl was Ihre Rasse als auch was Ihre Stellung betrifft, als Herausforderung an seine barbarische Herkunft.“

Seine Arroganz gegenüber ihrer Stellung hatte sie in der Vergangenheit schon erlebt. Sie hatte sich schon bei mehreren Gelegenheiten über seine lässige Ablehnung gegenüber ihren Wünschen und seine Belustigung, die an ihrem Stolz rüttelte, geärgert. Sie wußte, daß er sich als schwierig erweisen konnte. Sie zögerte und ließ sich die Worte in ihrem Brief noch einmal durch den Kopf gehen. Tankred würde sich wahrscheinlich ihren Wünschen nicht so leicht unterwerfen. Sie mußte ihn zwingen, sein eigensinniges Knie vor ihr zu beugen.

Aber trotzdem hatte sie nicht die Absicht gehabt, wie eine Fürstin zu klingen, die einem Sklaven einen Befehl gab. Befehle zu erteilen war ein selbstverständlicher Teil ihrer Erziehung gewesen, und sie kannte nicht viel anderes als das angeborene Privileg, anderen Befehle zu geben. Und die Männer aus dem Westen wurden von der stolzen griechischen Zivilisation als Fremde und Barbaren betrachtet.

Ihre dunklen Brauen zogen sich nachdenklich zusammen. „Dann ... dann sag ihm, es sei sehr dringend. Daß ich ... nun ...“ Sie achtete nicht auf die verächtliche Miene, die tiefe Falten auf Bardas' Stirn zeichnete. „Sag ihm, daß ich ihn bitte zu kommen ... und ihm dafür dankbar wäre.“

Bardas warf ihr einen durchdringenden Blick zu. „Es kann sein, daß er sich trotzdem als Hund erweist, der an Ihrem Köder kein Interesse zeigt, auch wenn Sie ihn noch so freundlich bitten. Dieser Mann hat vielleicht andere Pläne.“

Etwas in seinem Tonfall machte sie hellhörig. Er verriet ihr nicht alles, was er wußte. „Was meinst du mit ‚anderen Plänen‘?“

Bardas räusperte sich. „Herr Philipp hat ihn bereits engagiert. Er bekleidet eine hohe Stellung in der Kaiserlichen Kavallerie.“

In der Kaiserlichen Kavallerie? Und so etwas hatte Bardas ihr bis zu diesem Augenblick verschwiegen?

Die Kavallerie diente dem Kaiser, und jeder Kavallerist, der seine eindrucksvollen Pferde ritt, galt als angesehen. Sie fragte sich, wie Philipp das hatte zulassen können, da er ihn doch ganz offensichtlich genausowenig mochte wie Bardas. Vielleicht versprach er sich dadurch einen Vorteil für seine Stellung als Kriegsminister. Philipp hatte nicht das Mitgefühl, einem verhungernden Bettler einen Brotkrumen zuzuwerfen, ohne einen persönlichen Nutzen daraus zu ziehen. Das war eine seiner Charaktereigenschaften, die sie beunruhigten – aber an dieser Schwäche war zweifellos seine Mutter schuld, redete sie sich ein.

„Dann werde ich Philipp um das Schwert dieses Ritters überbieten“, erklärte sie bestimmt. „Lieber zahle ich einen überhöhten Preis, als daß ich nach Antiochia geschickt werde.“

„Er ist nicht der Mann, der sich leicht kaufen läßt, und irgendwie habe ich den Eindruck, er bleibt bewußt im Dienst des Kaisers und wartet darauf, daß Sie sich an ihn wenden. Aber wie hoch der Preis auch ist, den Sie ihm für seine Hilfe mit dem Schwert anbieten, er wird ihn höchstwahrscheinlich ablehnen, denn er hat höhere Ziele, nämlich die Burg“, warnte er, „und Ihre Hand.“

„Meine Hand!“ entfuhr es ihr. Sie stieß ein leises Lachen über diese abwegige Idee aus, aber es klang aufgeregter, als sie beabsichtigt hatte. „Sei doch nicht verrückt, Bardas. Ich würde ihn nicht wollen, und wenn er der letzte Mann in Konstantinopel wäre. Außerdem denkt er nicht daran zu heiraten. Er ist ein ungehobelter Barbar.“

„In diesem Punkt gebe ich Ihnen recht, aber ich frage Sie: Wenn es stimmt, daß er diesen *erfundenen* Mörder seines Halbbruders sucht, warum hält er sich dann noch länger hier auf? Bei den Unterhaltungsangeboten in der Stadt scheint er sich zu langweilen. Er hat auch keine große Liebe zum Kaiser. Seine Loyalität gilt dem Westen. Und es gibt außer Ihnen keine Frau, nach der er sich unauffällig erkundigt.“

Ihr Gesicht wurde warm, aber nur kurz. Warum diente er in der Kaiserlichen Kavallerie? Sie erinnerte sich an Tankreds selbstsichere Behauptung, seine Dienste seien nicht zu kaufen. Seine Entschlossenheit war genauso unerschütterlich wie ihre eigene. Aber sie mußte dieses Spiel gewinnen.

„Er ist vielleicht schnell mit der Klinge und glatt mit der Zunge, aber er ist ein rücksichtsloser Mann mit seinen eigenen Zielen“, warnte Bardas, der sich offensichtlich weigerte, ihre Entschlossenheit in dieser Sache anzuerkennen.

Rücksichtslos, war er das wirklich? Vielleicht ..., aber nicht auf die Art, wie Bardas behauptete. „Geh jetzt“, befahl sie.

Bardas gab zweifelnd nach und steckte den Brief in seinen Umhang.

„Morgen am hinteren Tor", erinnerte sie ihn.

Helena stand auf dem gepflasterten Hof und schaute Bardas nach, wie er unter den überhängenden Zweigen entlang der Seemauer, unter der die kleinen Boote vor Anker lagen, verschwand. Dann drehte sie sich zu der breiten Marmortreppe um. Ihr griechisches Profil war von dem Frühjahrsvollmond, der die Perlen in ihren dunklen Haaren in ein leuchtendes Weißblau verwandelte, erhellt. Mit erneut aufkeimender Hoffnung lief sie leise über den Hof und zu dem beleuchteten Marmorpavillon zurück. Sie mußte in ihre Gemächer zurückschleichen, ohne von Wachen oder Sklaven gesehen zu werden.

Sie eilte zu den Pavillonstufen, blieb aber abrupt stehen und hielt überrascht den Atem an. Oben auf der Treppe stand eine dunkle Gestalt, die von dem Hintergrund der flackernden Fackeln des Pavillons deutlich abstach. Es war Bischof Konstantin, der Mann, der mit ihrer Tante eng zusammengearbeitet hatte, um den Kaiser davon zu überzeugen, daß Helenas Heirat mit Kalid politisch unvermeidlich sei.

Hatte er Bardas gesehen?

Ihre Finger verkrampften sich um das schwere goldene Kreuz.

Von der drohenden Gefahr genährt, sah sie in ihrer Phantasie nicht das Feuer der Fackeln hinter Konstantin, sondern die glühenden Flammen des Hades.

2. Der dunkle Betrüger im Bischofsgewand

Alle ihre Instinkte drängten sie zu fliehen, aber sie mußte unbedingt so auftreten, als könnte der Besuch von Nikolas' hinterhältigem Todfeind sie nicht im geringsten einschüchtern.

Es konnte nie endgültig bewiesen werden, ob Konstantin deshalb vor Jahren in das Kirchenamt ihres Onkels aufgestiegen war, weil er politische Feinde unterstützt hatte, die durch Intrige Nikolas aus Konstantinopel verbannt hatten. Aber gleichgültig, ob er nun ein Usurpator war oder nicht, Helena stellte die Aufrichtigkeit seines Dienstes für die Belange Gottes in Frage. Jedenfalls kostete er die Privilegien, die er durch die enge Beziehung zum Kaiser genoß, weidlich aus.

Nur ein Gottloser würde sich hinter einem Bischofsgewand verstekken, um seine persönlichen Ziele zu erreichen, dachte sie. Welche Ziele verfolgte er, wenn nicht politische Macht?

Sie betrachtete Konstantin, wie er, in schwarzsilbernem Brokat gekleidet, auf der breiten Treppe stand. Auf dem Kopf trug er einen modischen hohen Hut mit einer Krempe aus glitzernden Edelsteinen. Sein kurzer rötlicher Bart war eitel gekämmt und geölt und gab seinem schmalen Kinn und seiner breiten Stirn ein verschlagenes Aussehen.

„Wieviel Ähnlichkeit du heute abend mit deiner Mutter hast, Helena."

Der Unterton in Konstantins Stimme, mit dem er ihre Mutter erwähnte, zehrte an ihren Nerven. Konnte er wissen, daß sie trotz aller anders lautenden Berichte noch am Leben war? Helena verbarg ihre Befürchtungen hinter einem äußerlich zur Schau getragenen Selbstvertrauen und schritt mit einem stillen Gebet auf den Lippen erhobenen Hauptes weiter.

„Aber ... Herr Bischof, Ihr unerwarteter Besuch so spät am Abend und ohne vorherige Ankündigung hat sicher einen wichtigen Grund." Sie stieg die breiten Marmorstufen hinauf. Ihr byzantinisches Kleid schimmerte im Fackellicht.

Er nahm den Hut ab, unter dem seine roten Haare leuchteten, und machte eine leichte Verbeugung mit dem Kopf. „Ich bedaure, daß ich dich zu so später Stunde noch stören muß, mein Kind, aber die Sache kann nicht bis morgen warten. Ich werde für einige Wochen wegen dringender Angelegenheiten nach Antiochia reisen."

Antiochia!

Auf ihre besorgte Miene reagierte er mit einem kühlen Lächeln unter seinem rötlichen Schnurrbart. „Kein Grund, dir im Augenblick deswegen Sorgen zu machen. Du wirst mich nicht zu Prinz Kalid begleiten." Sein Lächeln verschwand. „Noch nicht."

„Sie fahren auf Wunsch des Kaisers nach Antiochia, um mit Prinz Kalid zu sprechen?"

„Nein, der Prinz hält sich in Kairo bei einem Treffen der Sultane auf. Bürgerkriege bereiten den verschiedenen Seldschukenfürsten von Jerusalem bis hinauf ans Kaspische Meer große Sorgen." Er sah zufrieden aus. „Diese Unstimmigkeiten sind zum Vorteil des Byzantinischen Reiches und werden es den barbarischen Fürsten aus dem Westen leicht machen, die an die Moslems verlorenen Gebiete zurückzugewinnen, einschließlich Antiochia.

Nein, liebe Helena, ich bin heute abend wegen einer anderen Angelegenheit hier, die uns beide betrifft", erklärte er. „Eine Angelegenheit, die wichtiger ist als die Rückkehr Antiochias an das Ostreich. Schau mich nicht so besorgt an! Ich komme als Freund und in Frieden."

Was wußte er schon von echtem Frieden! Er war mit unguten Absichten gekommen, dessen war sie sich sicher. Helena stieg die restlichen Stufen hinauf. Ihr zweifelnder Blick stellte seine beschwichtigenden Worte in Frage.

„Frieden, Herr Bischof?" Ihre Braue zog sich zweifelnd nach oben. „Genießt dieser Friede, den Sie mir so großzügig anbieten, auch den Segen Fürstin Irenes?"

Die Erwähnung dieses Namens löste ein Funkeln in seinen Augen aus, aber es war nicht klar zu ersehen, ob der Gedanke an Irene von Troja bei ihm Freude oder Wut weckte, obwohl sie die treibende Kraft hinter seinem Aufstieg zur Macht gewesen war, genauso wie sie es jetzt bei Philipp war.

Helena wußte bereits von ihren Unstimmigkeiten wegen Philipps Zukunft als Kriegsminister. Diese Auseinandersetzungen waren im Laufe der Wochen immer erbitterter geführt worden. Irene bestand darauf, daß ihr Sohn den Befehl über die griechischen Streitkräfte haben sollte, die mit den Kreuzfahrern ziehen würden, um eine Belagerung Antiochias herbeizuführen und die persönliche Kapitulation der Stadt durch Prinz Kalid entgegenzunehmen. Aber Konstantin beharrte darauf, daß diese Ehre ihm selbst zufallen sollte, da er der offizielle Legat des Kaisers war.

„Ich komme aus eigenen Beweggründen", erklärte er. „Irene weiß nicht, daß ich hier bin." Seine Stimme wurde bissig. „Sie verbringt ihre Stunden damit, sich zu überlegen, wie sie den gutaussehenden Normannen namens Tankred Redwan einfangen und zu einem bereitwilligen Dienst für ihre Zwecke überreden kann."

Helena wußte, was er mit dieser Andeutung meinte. Ihre Tante interessierte sich für jeden neuen Mann in der Kaiserlichen Garde. Irenes schamloses Verhalten war für sie schon immer ein Stein des Anstoßes, aber Konstantins Worte irritierten sie mehr als sonst, weil es sich ausgerechnet um Tankred handelte.

Helena war nicht entgangen, daß andere Frauen ebenfalls über ihn sprachen, einschließlich Maria von Alanien, die Mätresse des Kaisers. Bislang, so hieß es, war er wie ein schlüpfriger Goldfisch ihren Netzen entwischt.

Helena blieb unterhalb von Konstantin auf der Stufe stehen und wußte nicht recht, wie sie seine Friedensworte verstehen sollte.

„Geschah es auch unter Ihrem Frieden und Segen, als Sie mir meinen Onkel raubten und dafür sorgten, daß er nach Bari verbannt wurde?"

„Du wirfst mir das also immer noch vor? Zu der Zeit, als er verbannt wurde, hatte ich keine Amtsvollmacht, für seine Beseitigung zu sorgen. Aber trotzdem wird er versuchen, verbittert zurückzukommen, um sich an mir zu rächen. Das wird ihm nichts nützen und nur zu seinem eigenen Ruin führen."

Er stand im Fackellicht auf der Treppe und blickte auf sie hinab, aber seine Motive blieben im dunkeln. Sie glaubte nicht, was er über Onkel Nikolas sagte. An jenem Nachmittag, als Soldaten ihn in Ketten zum Hafen auf ein griechisches Schiff gebracht hatten, das nach Bari auslaufen sollte, hatte sie gehört, wie er Konstantin schwor, daß er eines Tages zurückkehren würde.

„Für diesen Verrat wirst du bezahlen, Konstantin", hatte er gerufen. „Die Erinnerung an mich soll dich bis in deine Träume verfolgen! Erwarte mich hinter jedem Schatten, ja, selbst innerhalb der Klostermauern sollst du Angst vor mir haben!"

Seit jener dunklen Stunde, als Konstantin schweigend am Goldenen Horn gestanden und zugesehen hatte, wie die Soldaten Nikolas zu dem Schiff abgeführt hatten, waren er und Irene durch den unerbittlichen Kampf um Macht und Einfluß im Kaiserpalast weit gekommen. Doch Helena sah, wie seine Miene bitter wurde, als löste die Erinnerung an die

Vergangenheit Gedanken bei ihm aus, die ihm jede Genugtuung raubten.

„Vergeude keine sentimentalen Worte über Nikolas", sagte er. „Nicht er, sondern ich wurde zuerst verbannt, nicht aus dem Reich, dafür aber aus der Lysanderfamilie."

Sie verstand nicht, was er mit diesen Worten meinte. „Verbannt, Sie?"

Der Spott leuchtete wie glühende Kohlen aus seinen vorstehenden Augen, aber seine Stimme war ruhig, sogar besänftigend.

„Ja, ich war der erste, der den Titel eines Ausgestoßenen tragen mußte. In der edlen Lysanderfamilie, die dem Kaiser so nahestand, war ich das schwarze Schaf, das ausgestoßen wurde. Es spielte keine Rolle, daß ich ebenfalls ein Vetter von Nikolas war, daß das Lysanderblut auch durch meine Adern floß. Ich war in ihren Augen nichts als ein Leibwächter für die Frauen, nur dazu zu gebrauchen, ihre Kutschen in den Zirkus zu fahren! Ich hatte kein Herz, keine Seele, nur ein unbewegliches Gesicht in einer Uniform, ich war ein gefühlloses Standbild, das die Türen aufhielt, das wie eine bewegliche Statue hinter ihnen herging."

Ein Vetter von Nikolas? Ein Leibwächter für die Töchter der Familie? Davon hatte Helena noch nie zuvor ein Wort gehört.

Er schaute sie an. „Ich wurde der Kutsche deiner Mutter zugeteilt. Ich beschützte sie Tag und Nacht."

In seiner Stimme lag etwas, das sie vorsichtig machte, ein Anflug von Heimlichkeiten.

„Ich habe die Tür zu ihren Gemächern bewacht."

Ihre Augen wurden kühl. Sie schaute ihn direkt an und fragte sich, wie sie seine Worte verstehen sollte und ob sie es wagen konnte, ihm zu trauen.

Dann sagte er ungewöhnlich sanft und mit einem milden Tadel in der Stimme: „Nikolas, den du so hoch achtest, stellte sich zwischen die Liebe, die deine Mutter und mich verband."

Seine Augen funkelten bei diesem Gedanken. Helena atmete so hörbar ein, als hätte er ihr eine Ohrfeige verpaßt.

Liebe? Ihre Mutter und Konstantin? Das war nicht möglich ...

Spöttisch lächelte er ihr zu: „Adrianna wollte *mich* heiraten, und nicht Lysander. Wir haben uns oft getroffen, heimlich." Er lächelte.

Sie ging eine Stufe hinab, und ihre Stimme zitterte. „Sie lügen."

„Ich habe keinen Grund zu lügen. Unsere Liebe war sehr tief." Eine ungewohnte Sanftheit ließ seine Stimme ganz belegt klingen. Ihr Herz wollte verzagen, als sie begriff, daß er die Wahrheit sprach.

Seine Augen wurden hart wie Granit. „Sie hat in mir nicht einen hirnlosen Leibwächter gesehen, sondern einen Mann. Aber Nikolas! Dieser

Narr! Er verbot ihr, mich zu sehen. Er überredete die Familie, sie nach Athen zu schicken, um General Romanus Lysander zu heiraten – einen Mann, der so alt war, daß er ihr Vater hätte sein können."

Ihre Lunge krampfte sich zusammen. Sie hatte Mühe zu atmen. *Nein ...*

Konstantin drehte den Kopf und schaute zu der Seemauer hinaus, wo in der Ferne Laternen leuchteten und wie lebendige Edelsteine auf dem Wasser tanzten. Seine Stimme verriet seine leidenschaftlichen und gleichzeitig wütenden Erinnerungen.

„Adrianna gehorchte immer den Wünschen ihrer Familie. Ich bat sie, mit mir fortzulaufen – genauso wie du Philipp angefleht hast, mit dir zu fliehen." Er schaute sie an. „Ich wußte, daß er nicht auf dich hören würde, genauso wie Adrianna damals mich abgelehnt hat. Die gesellschaftliche Stellung bedeutet beiden zu viel. Das ist das byzantinische Denken ..., aber nicht meines." Er schaute sie an. „Und auch nicht deines."

Könnte er ahnen, daß ich Tankred engagieren will, um zu fliehen?

Er ging an die andere Seite des Säulenganges, wo die Schatten der Säulen die Blüten des Judasbaumes bedeckten. „Wir haben einander nie wieder gesehen – außer aus der Ferne. So heilig wie sie war, würdigte sie mich nicht einmal mehr eines Blickes, obwohl ich wußte, daß sie mich immer noch liebte."

Das Pathos in seiner Stimme weckte in ihr Unbehagen. Ihre geliebte und gottesfürchtige Mutter in Konstantin verliebt? Nein! Nie! Wie konnte eine solche Geschichte wahr sein?

In einem verzweifelten Versuch, sein Geständnis zu leugnen, eilte ihr Verstand in ihre Kindheit zurück, zu der Villa, in die sich ihre Mutter vom aristokratischen Leben im Großen Palast zurückgezogen hatte. Helena erinnerte sich daran, daß ihre Mutter jedesmal, wenn sie morgens in den Ölbaumgarten kam, auf der Steinbank saß und Werke aus der Königlichen Bibliothek las. Aber bei mehreren Gelegenheiten hatte sie auch Briefe bei ihr gesehen. Helena hatte vermutet, daß sie von ihrem Vater kämen, der weit fort war und gegen die Seldschukentürken Krieg führte, die in byzantinische Gebiete einfallen wollten.

In ihrer Erinnerung konnte sie die Tauben gurren hören, während ihre wunderschöne Mutter auf der Bank saß und so ruhig war, daß Helena glaubte, sie sei ins Gebet versunken. Einmal war ein Brief aus einem Buch mit braunem Ledereinband und Goldschnitt gefallen, und als Helena loslaufen wollte, um ihn aufzuheben, da sie hoffte, ihrer Mutter damit eine Freude zu bereiten, hatte ihre tadelnde Stimme sie erstaunt: *„Nein, Helena!"*

Sie schaute Konstantin benommen an. Nein. Er schien ihre Gedanken zu lesen und lächelte verächtlich.

„Meine Liebe, du bist enttäuscht, weil sie jemanden wie mich geliebt haben soll?"

Helena brachte kein Wort über die Lippen. Bardas, der ihrem Vater im Krieg gegen die Türken gedient hatte, hatte ihr eine ganz andere Geschichte erzählt. Ihre Mutter hatte Romanus von einem gewissen irregeleiteten Vetter mit „der dunklen Art des Hades, der mich auf Schritt und Tritt belästigt", erzählt, bis sie aus Angst vor seiner wahnsinnigen Verliebtheit mit ihrem Kind Helena heimlich aus dem Palast in die Villa geflohen war. Damals hatte Helena nicht gewußt, daß Konstantin ein Verwandter war, aber wenn das, was er sagte, stimmte, konnte dann nicht er dieser irregeleitete Vetter sein?

Ja, dachte Helena voller Angst, während sie Konstantins seltsam verzerrtes Gesicht im Fackellicht betrachtete. Sein Gesicht sagte viel mehr aus, als es seine Worte getan hatten.

Und doch ...

Ich werde ihm nicht glauben. Wer war er, daß er in die kostbaren Erinnerungen an ihre Eltern eindringen und Samen bösen Mißtrauens säen durfte? Wenn er sie dazu bewegen könnte, sich gegen ihre Mutter zu wenden, könnte er sie dazu überreden, Irene zu trauen.

Außerdem – mit einem Anflug von Bestürzung schaute sie ihm forschend ins Gesicht, das jetzt im Schatten halb versteckt war. Konnte er herausgefunden haben, daß sie glaubte, ihre Mutter sei am Leben, und daß sie auf der Suche nach ihr war? Versuchte er, sie von seiner Liebe zu ihrer Mutter zu überzeugen, um ihr zu entlocken, was sie wußte?

Er arbeitet für Irene, und es sieht meiner Tante ähnlich, ihn zu mir zu schicken, um mich zu überlisten, daß ich ihm wertvolle Informationen verrate.

Sie wollte auf die listige Schlange nicht hören, die sie in Versuchung führen wollte. Eines war sicher: Auch wenn die Ehe ihrer Mutter mit General Lysander von der Familie vereinbart worden war, hatten sie einander geliebt.

Um ihn von ihren Gedanken abzulenken, tat sie, als sei sie durch seine Worte verletzt.

„Ich höre mir solche skandalösen Worte nicht an, die dem Ruf meiner Mutter und meines Vaters schaden. Genügt es nicht, daß sie des Hochverrats gegen den Kaiser angeklagt wurde? Und das auch noch völlig zu Unrecht! Aus welchem Grund belasten Sie mich jetzt, wo ich kurz davorstehe, nach Antiochia geschickt zu werden, um Prinz Kalid zu heiraten?"

Sie stieg aufgebracht die restlichen Stufen hinauf. Konstantin trat zur Seite. Helena rauschte an ihm vorbei in den Pavillon, wo die Fackeln auf den hohen Marmorwänden ihr Licht auf die glatten griechischen Statuen ergossen. Trotz ihres Verhaltens ergriff sie eine innere Panik.

Helena schritt zwischen den schlanken Säulen auf die äußere Balustrade zu und starrte auf den Wasserweg hinaus, der im Mondlicht funkelte. In der Ferne hingen die östlichen Sterne über den kamelhöckerähnlichen Bergen der geheimnisvollen moslemischen Welt, und in ihren Alpträumen hörte sie das hohe Rufen von den Moscheen und Minaretten. Trotz ihrer Pläne, Tankred anzuwerben und zu fliehen, durchströmte eine große Angst ihre Seele, wenn sie an ihre Mutter dachte, die Sklavin in einem Sultansharem war. Wie konnte sie ihre Mutter finden und sie befreien? Wie könnte sie selbst ihrem Schicksal entfliehen, das in den Armen des rücksichtslosen Kalid auf sie wartete?

Konstantin war ihr gefolgt und blieb neben der Säule stehen. Der leichte Wind bewegte seinen rundgeschnittenen Umhang.

„Du hast so viel Ähnlichkeit mit deiner Mutter", wiederholte er mit wehmütiger Stimme.

Sie wurde steif und wandte den Kopf ab.

„Mach aus meinem Geständnis, was du willst. Es ist die Wahrheit, ich habe sie geliebt ... und ich liebe sie immer noch", sagte er.

Sie mußte seine Behauptungen im Keim ersticken. „Ich habe beschlossen, Ihren Worten nicht zu glauben."

„Anfangs traute sie meinen Motiven auch nicht."

Sie wirbelte herum und funkelte ihn an. „Sie behaupten, daß Sie sie beschützt haben! Aber trotzdem wurde sie verhaftet und in den Kerker geworfen!"

Sein Gesicht verkrampfte sich. „Ich bleibe immer ihr treuer Bewunderer."

Sie tat so, als bemerke sie die Anspannung in seiner Stimme nicht, und wandte sich von ihm ab. „Vielleicht hatte sie gute Gründe, Ihnen zu mißtrauen. Sie und Irene waren ihre Feinde. Wenn Sie sie liebten, wie Sie jetzt andeuten, warum haben Sie sie dann nicht aus dem Kloster gerettet, in das sie geschickt worden war, als sich dort diese tödliche Krankheit ausbreitete? Warum haben Sie nicht verhindert, daß sie, genau wie Irene es wünschte, im Kloster starb?"

Sie sah den Schatten, der über sein Gesicht zog, die winzige Flamme in den harten Augen, als hätten die scharfen Nägel einer Frau sein Herz aufgekratzt, aber sie verschwand wieder, als wäre ein kalter Wind vom Berg Athos herabgezogen und hätte sie ausgeblasen.

Sie beobachtete ihn verstohlen, konnte aber an seinem Gesichtsausdruck nicht erkennen, ob er wußte, daß Adrianna noch lebte und in irgendeinem unerreichbaren Wüstenzelt gefangen war, in dem moslemische Trommelklänge die warmen Nächte erfüllten, daß sie vielleicht in der ungewollten Umarmung eines Sultans unter denselben Sternen lag, die über ihnen funkelten.

Konstantin trat an die Balustrade. Seine Schritte hallten von den polierten Steinen wider, und er richtete seinen Blick ebenfalls nach Osten.

„Ich hatte keine Wahl. Ich konnte nichts dagegen tun. Dann war es zu spät. Jahrelang hatte ich keine Ahnung, daß Irene etwas mit ihrem Schicksal zu tun hatte."

„Dann geben Sie es jetzt endlich zu! Meine Tante hat sie verraten."

„Wen hat die goldene Göttin nicht verraten – mit ihren Zaubertränken und mit ihrer Astrologie?"

„Wie leicht und entschuldbar Sie ihr Verhalten klingen lassen, als wäre ihre Sterndeuterei nur ein harmloser Zeitvertreib. Sie ist böse und führt sogar die Senatoren auf den Irrweg, daß sie sich vor dem Altar des alten Babylons beugen. Wie können Sie sie immer noch verteidigen wie ein Leibwächter seine Königin?" klagte sie ihn an. „Sie – ein erklärter Diener Christi. Meinen Sie, ich wüßte nicht, daß sie auch Basilios vergiftet hat, damit sein Sitz als Kriegsminister für Philipp frei wurde?"

Er verzog die Lippen. „Nur eine Närrin würde solche unweisen Worte so laut hinausschreien, damit jeder sie hören kann. Sei froh, meine Liebe, daß du mich mit deiner Kühnheit nicht so leicht erschüttern kannst. Hoffen wir um deinetwillen, daß keine Sklaven mit spitzen Ohren und Zungen in der Nähe sind. Was ihre Taktiken betrifft: Verrat ist der Stil des Byzantinischen Reiches. So wird es immer sein. Die Starken überleben auf Kosten der Schwachen."

Sie erschauderte. „Sie geben sich damit zufrieden, das Böse zu akzeptieren, weil es existiert? Ich nicht. Christus ist stärker. Seine Wahrheit, sein Wille wird immer noch über die Menschen siegen, die seine Gebote mit Füßen treten und seine Gerechtigkeit lästern. Er hat seine Soldaten, die einschreiten –"

Er lachte. „Und du, mein leichtgläubiges Fräulein, glaubst, Nikolas sei einer von ihnen? Der arme, geblendete Nikolas wird bald in eine Falle gehen, die über ihm zuschnappt!" Er zerschlug das glitzernde Spinnennetz, das zwischen den Geländersprossen gesponnen war und in dem eine Motte hilflos mit ihren Flügeln zappelte.

Abgestoßen von seinen harten Worten, befreite sie die Motte aus ihrem klebrigen Gefängnis.

„Ja“, lachte er leise. „So viel Ähnlichkeit mit deiner Mutter.“

„Sie sagen das alles über Onkel Nikolas, weil Sie ihn fürchten“, erklärte sie provozierend.

Er schaute sie überrascht an, dann lachte er wieder. „Ihn fürchten?“

„Ja, und das tut auch Irene, auch wenn ich nicht weiß, warum.“ Sie wandte sich müde ab.

Sein Lächeln wurde zynisch. „Soll ich dir verraten, warum?“

Helena wollte seine Antwort nicht hören, da sie argwöhnte, noch mehr zu erfahren, das nach Verrat und Sünde roch. „Ich will meine Gedanken von dem bösen Treiben der Gottlosen frei halten. Ich kenne ihre unmoralische Schwäche, aber ich bin nicht bereit, es mir freiwillig anzuhören.“

„Sie verabscheut ihn, weil Nikolas der einzige Mann ist, den sie je wirklich hatte haben wollen, aber nicht haben kann. Er hat sie wegen einer Sache, die viele Jahre zurückliegt, von sich gestoßen. Das hat sie nicht vergessen. Weder ihre raffinierten Intrigen noch ihre verführerische Schönheit können ihn in ihre Gemächer locken!“

„Hören Sie auf damit!“ Sie wandte sich angewidert ab.

„Er hat sie beschimpft. Sie haßt ihn deshalb, und trotzdem liebt sie ihn auf ihre eigene selbstsüchtige Art. Das ist mehr, als ich selbst je von ihr bekommen habe“, erklärte er bitter.

„Ihr Verhalten beleidigt den Himmel. Sie tragen das Gewand eines Bischofs! Ich will nichts mehr hören.“ Sie wollte an ihm vorbeirauschen, aber er stellte sich ihr in den Weg.

„Schau doch nur, wie sie Philipps Seele mit stolzen Träumen über sein Schicksal nährt! ‚Die Sterne haben eine Kaiserkrone für Philipp geflochten‘, redet sie ihm seit seiner Kindheit ein, und ein Kind, wie er nun einmal ist, nimmt das alles für bare Münze.“

„Nein, er wird noch die Wahrheit Gottes erkennen; er wird sich von Irenes und von Ihren Intrigen losreißen. Sie werden noch erleben, daß er Ehre und Mut hat.“

Konstantin schien ihr nicht zuzuhören. Über Nikolas sagte er: „Es ist unweise, daß er zurückkommt. Hofft er, die Gunst des Kaisers zurückzugewinnen? Er hat noch nicht begriffen, daß Byzanz ihn in jeder Hinsicht aussticht. Falls Nikolas eine Audienz beim Kaiser bekommt, werden seine wilden Anschuldigungen wie trockene Dornen knisternd im Feuer verbrennen, und nichts wird dabei herauskommen. Vielleicht hält er sich für einen Mose und ist bereit, den Palast des Pharao zu stürmen und ihm mit Plagen zu drohen!“

Ihr Herz schlug heftig vor gerechter Entrüstung. „Ich würde sagen,

Herr Bischof, daß mein Onkel weder zu bemitleiden, noch als religiös verblendet abzuurteilen ist, auch wenn Sie das vielleicht um Ihretwillen hoffen."

Er schaute sie abschätzig an. „Das werden wir bald herausfinden. Aber vergessen wir ihn jetzt. Ich bin nicht gekommen, um über Nikolas zu sprechen. Ich bin als dein Freund gekommen und will dir einen Rat geben."

Sie hätte über seine Behauptung, er wolle ihr einen Rat geben, lauthals lachen können, aber sie wagte es nicht, ihn zu verspotten. Es gab zu viele Hindernisse, die ihr den Weg zur Flucht versperren konnten. Konstantin war ein mächtiger Mann und hatte Soldaten, die gegen Tankred vorgehen könnten, falls sie ihn anwarb. Andererseits durfte sie jetzt nicht klein beigeben. Konstantin respektierte ihre Entschlossenheit, stark zu bleiben, genauso wie er ihre Mutter bewundert hatte. Wenn sie sich jetzt einen Augenblick der Schwäche leistete, würde das seinem Vorteil dienen.

Helena beobachtete ihn, wie er über den polierten, mit Gold durchzogenen Marmorboden schritt, an der Balustrade stehenblieb und auf das Meer hinausschaute. Das Aufleuchten des weißen Schweifes eines Meteoriten sprühte Funken über die Hügel des moslemisch beherrschten Gebietes, das früher einmal zum Byzantinischen Reich gehört hatte.

„Adrianna ist am Leben", sagte er ruhig. „Wir beide wissen das. Machen wir uns also nichts vor. Und du rechnest damit, daß Nikolas sie findet." Er drehte den Kopf und schaute sie mit einem gelassenen Blick an. „Ein Fehler. Einer, gegen den ich mich wehren muß. Um meinetwillen und um ihretwillen."

Helenas eiskalte Finger verkrampften sich um die Balustrade.

Er winkte abfällig mit der Hand. „Du kannst mir dafür danken, daß dein einfältiger Informant, der so unerfahren und gesprächig war, seine Verabredung mit Bardas in der Straße der Basare nicht einhielt."

„Ihnen dafür danken –" begann Helena benommen.

„Irene war mißtrauisch", erklärte er knapp. „Sie hatte Soldaten aufgestellt. Du und dein unreifer Informant wären erwischt worden. Und Adrianna wäre inzwischen dem Dolch eines Mörders zum Opfer gefallen."

Er hielt sie mit eisernem Griff am Arm fest. Sie war zu schwach, um sich von ihm loszureißen.

„Dein Informant ist tot", erklärte er gefühllos. „Ich konnte ihn nicht am Leben lassen und das Risiko eingehen, daß er Irene in die Hände fällt. Er hätte geredet, genauso wie er mir alles gestanden hat." Seine Augen funkelten. „Ja, Adrianna ist am Leben", flüsterte er.

„Das wußten Sie bereits?“ fragte Helena betroffen.

„Ich weiß es schon seit einigen Monaten. Sie wurde in Jerusalem gesehen, aber sie ist nicht mehr dort. Doch ich werde sie finden. Ich habe eigene Spione, die sie suchen. Und weder du noch Nikolas werden meine Pläne behindern. Ist das klar?“

„Sie müssen mir sagen, wo sie ist, Bischof Konstantin! Bitte! Wenn mein Spion es Ihnen verraten hat, dann –“

„Dein Informant wußte nicht mehr als das, was ich dir gerade gesagt habe. Solange ich sie nicht gefunden habe, darf Irene kein Wort davon zu Ohren kommen.“

„Glauben Sie, meine Mutter würde je den Mann lieben, der mich nach Antiochia verkauft hat? Sie wird Sie dafür verabscheuen, genauso wie sie Irene verabscheut, die sie verraten hat.“

„Vielleicht, meine liebe Helena, aber Kalid wird mir verraten, wo sie ist. Der Preis, den er dafür verlangt, bist du und die Burg Hohms.“

„Kalid weiß es?“ Einen Augenblick lang konnte sie ihn nur anstarren. „Wollen Sie damit sagen, meine Mutter sei in Antiochia?“

„Ich wünschte, es wäre so einfach. Nein, sie ist nicht dort, aber er hat Zugang zu den Sultanen, und wenn er dich und die Burg haben will –“, sein Lächeln wurde hart, „– dann wird er herausfinden, wo sie ist. Und wenn du willst, daß deine Mutter aus der Sklaverei freigekauft wird, dann wirst du mit mir kooperieren.“

Sie zitterte. Ihre aufgewühlten Gefühle waren hin- und hergerissen. „Irene weiß alles; ihre Spione sind überall. Was ist, wenn –“

„Sie ist momentan mit anderen Verdächtigungen beschäftigt. Sie macht sich Sorgen um Nikolas' Ankunft. Vielleicht argwöhnt sie, daß du versuchst zu fliehen, bevor deine Galeasse nach Sankt Symeon ausläuft. Lassen wir sie in diesem Glauben. Dadurch ist sie abgelenkt und erfährt nichts von Adrianna. In der Zwischenzeit verhältst du dich still. Es gibt keine bezahlten Informanten mehr, verstanden? Wenn du Bardas auch nur ein Wort davon verrätst, lasse ich ihn beseitigen.“

Ihre Augen schauten ihn ängstlich und besorgt an. „Ich werde nichts sagen.“

Das Schweigen zwischen ihnen baute sich wie eine dicke Mauer auf. Er schaute ihr durchdringend in die Augen.

„Und – wenn es Ihnen gelingt, meine Mutter zu befreien, was dann?“

Er gab keine Antwort, sondern wandte sich zum Gehen. Sie lief ihm nach und ergriff ihn am Arm. „Konstantin!“

Er schüttelte ihre Hand von sich ab und schaute sie mit harten Augen an. „Werde nicht dramatisch! Das paßt nicht zu dir.“

Schweigend starrten sie einander an. Unter seinem Blick merkte sie, wie ihre Seele erzitterte. Dann drehte er sich um und schritt davon.

Sie hörte benommen, wie seine Schritte zwischen den Säulen widerhallten, bis der Klang erstarb und Stille ihr pochendes Herz einhüllte.

Die Augenblicke vergingen, bis ihr Verstand rief: „Ich *muß* Tankred dafür gewinnen, mich zur Burg zu bringen."

Ihr Verstand arbeitete fieberhaft. Wenn Kalid von den Sultanen Informationen über ihre Mutter bekommen konnte, dann konnte Tankred das bestimmt auch.

Ja! Natürlich! Warum hatte sie nur nicht schon früher daran gedacht?

Sie trat an die Balustrade und schaute auf das Wasser hinaus, wo die Laternen auf den Gondeln flackerten. Eine neue Hoffnung weckte in ihrem ermüdeten Geist neue Kraft. Hatte Tankred nicht gesagt, daß seine Mutter eine maurische Schönheit aus den geheimnisvollen Alabastermauern Palermos gewesen sei? Dann hätte er als ihr Sohn ebenfalls Zugang zu seinen maurischen Vettern! Selbst Kalid war mit ihm verwandt – und dieser schreckliche Mörder namens Mosul.

Und Wunder über Wunder, morgen würde Tankred mit Bardas vor der Mauer der kaiserlichen Gärten auf sie warten! Zwar würde ihre Tante sie zum Empfang des Kaisers für die Töchter des Purpurnen Gürtels begleiten, aber irgendwie würde es ihr gelingen, davonzuhuschen, um Tankred zu treffen. Und dann …

Helenas Herz jubelte vor Freude, als ihre Augen sich voll Lob zum Sternenhimmel erhoben. Morgen nacht um diese Zeit hätte Tankred sein Schwert ihrem Dienst unterstellt und würde ihr helfen, Kalid zu entkommen – und ihre geliebte Mutter zu finden.

3. Die goldene Mätresse des dunklen Betrügers

Die Gondelflotte, die die jungen Damen der Aristokratie zum Gartenbankett des Kaisers brachte, war über den friedlich schaukelnden Wellen des Bosporus verteilt und leuchtete auf dem Wasser wie eine Kette schwimmender blauer Perlen.

Mit ihrem vergoldeten Rumpf, der wie nasses Gold glänzte, glitt Helenas Gondel über die leichten Wellen des Marmarameeres. Schiffe aus fernen Häfen segelten in den Hafen im Goldenen Horn oder stachen wieder in See. Die Nachmittagssonne warf rotgoldene Strahlen auf das Wasser. Helena hob ihren Schirm aus purpurfarbener Seide, lehnte sich auf ihre Kissen zurück und schaute ihre Tante, Irene von Troja, vorsichtig an.

Helena bemerkte, wie das makellose, aber kalte Weiß von Irenes Seidenumhang die dicken Goldzöpfe unterstrich, die wie eine schlangenähnliche Tiara um ihren Kopf gewickelt waren. Die Schönheit ihrer Tante war unbestritten und bedeutete den Ruin von adeligen und barbarischen Herren gleichermaßen, denn Irene hatte keine Skrupel, jeden Menschen zu ihrem eigenen Vorteil zu benutzen. Ihr Aussehen war eine irreführende Waffe, denn unter dieser äußeren Schönheit herrschte der starke Wille einer Frau, die stolz genug war, um zu glauben, sie würde eines Tages Kaiserin werden, und entschlossen genug, um alle zu beseitigen, die ihr dabei im Weg standen. Es gab Zeiten, in denen Helena glaubte, Irene könnte es schaffen, ihre ehrgeizigen Pläne zu verwirklichen.

Gift ... Die Eliminierung ihrer Feinde innerhalb der geheimen Mauern der goldenen Paläste des Byzantinischen Reiches und des moslemischen Orients wurde oft auf den leisen Sohlen von Meuchelmördern, die unauffällig über die Marmorböden huschten, erledigt. Der Tod kam vielleicht durch einen Gifttrank, einen Dolch oder vergiftete Seide.

Hinter vorgehaltener Hand wurde geflüstert, daß die Seidenraupen mit bestimmten Blättern gefüttert wurden, die für Menschen giftig waren, aber nicht für die Raupen. Das Gift war am wirksamsten, wenn die Seide direkt auf der Haut getragen wurde. Die häufigsten Käufer dieser Seide waren Adelige in Anwärterschaft auf einen Thron oder Frauen in Harems, die versuchten, eine Rivalin zu beseitigen. Irene von Troja verfolgte ihre eigenen Ziele, aber ihre ehrgeizigen Pläne im Kaiserpalast schlossen auch ihren Sohn, Philipp den Edlen, ein.

Helena hatte an diesem Nachmittag ruhig die Haltung bewahrt, als sie als Geburtstagsgeschenk einen schimmernden Seidenschal von ihrer Tante bekommen hatte. Sie hatte sich entzückt gezeigt, aber der leise Argwohn ließ sich nicht endgültig vertreiben – war die Seide vergiftet? Irene durfte nicht auf den Gedanken kommen, daß sie den Verdacht hegte, ihre Tante könnte diese Methode in der Vergangenheit angewandt haben.

Sie hat überall ihre Spione. Sie sind Sklaven ihrer Drogen und ihrer Sterndeuterei geworden und führen ihre Befehle aus, ohne Fragen zu stellen. Wenn sie den Verdacht hegt, daß ich Fluchtpläne schmiede, ist Tankreds Leben nicht mehr wert als mein eigenes oder das meiner Mutter. Bitte, barmherziger Herr Jesus Christus, laß sie meine Pläne nicht erraten.

Helena war sich des Blickes ihrer Tante bewußt und achtete sorgfältig darauf, daß ihre Miene ihre Zweifel an der Seide nicht verriet. Sie führte das kostbare Tuch an ihre Wange. „Der Schal ist sehr hübsch."

Irene lächelte und lehnte sich gemütlich auf die Kissen zurück. „Die Farbe unterstreicht deine Schönheit. Rabenschwarze Locken! Augen wie schwarzes Gold! Es war wirklich weise von mir, Kalid auf dich aufmerksam zu machen. Wie sonst hätten wir erreichen können, daß er bereit ist, über die Herrschaft Antiochias zu verhandeln? Du erweist dich als großer Nutzen für das Reich, Helena."

Für das Reich oder für ihre eigenen Pläne? fragte sich Helena, sagte aber mit einer äußeren Ruhe, die sie innerlich ganz und gar nicht spürte: „Wie kannst du sicher sein, daß Kalid seinen Teil des Handels einhält? Sobald er mit mir verheiratet ist und die Burg Hohms in seiner Hand hat, kann es doch sein, daß er den Vertrag, den er unterzeichnet hat, bricht."

„Er hat keine Wahl. Er ist schlau genug, um zu begreifen, daß er ohne die Einheit unter den Sultanen keine moslemische Armee aufstellen kann, die stark genug ist, um den bevorstehenden Ansturm der westlichen Barbaren abzuwehren." Irenes Genugtuung über ihre erfolgreichen Verhandlungen brachte ein Lächeln auf ihre Lippen. „Ich habe wenig Zweifel daran, daß die Barbaren Antiochia im Kampf erobern können. Sie sind wie Gladiatoren. Aber es wurde arrangiert, daß Kalid, bevor die Kreuzfahrer die Mauern stürmen, Philipp die Stadt übergibt. Philipp wird dann mit großem militärischen Triumph zum Kaiser zurückkehren! Die Barbaren sind die Bauern in unserem Schachspiel, Gladiatoren, die unsere Schlachten austragen, während wir unseren Verstand einsetzen, um die Beute zu kassieren."

„Dein kluger Plan wird im Senat bestimmt begeistert begrüßt", bemerkte Helena, die in ihrem Herzen die Methoden ihrer Tante zutiefst mißbilligte. „Ich erschaudere jedoch, wenn ich mir vorstelle, wie die Barbaren reagieren werden, wenn sie begreifen, daß ihnen ihr militärischer Sieg im krönenden Augenblick gestohlen und von Philipp zum Kaiser davongetragen wird."

Irene zog eine goldblonde Braue in die Höhe, wie um das Motiv hinter Helenas tonlosen Worten herauszuhören. „Höre ich Mitgefühl für die Barbaren aus deinen Worten heraus? Der Kaiser wird seine Vasallen gut bezahlen."

Helena hatte gehört, daß die byzantinischen Schatzkammern immer leerer wurden, während der Kaiser viel Gold ausgab, um die Feinde Konstantinopels zu beschwichtigen oder um Söldnerarmeen zu bezahlen.

„Ich habe kein Mitgefühl für die Barbaren. Bin ich nicht dem Kaiser treu ergeben? Außerdem bereiten mir Philipps bevorstehende Siege genausoviel Freude wie dir."

Irene lächelte sie mit belustigter Nachsicht an. „Hör schon auf, wie ein verwöhntes Mädchen zu schmollen. Antiochia ist nicht so grauenhaft, wie du dir einredest. Kaiser Justinian hat damals der Stadt griechischen Prunk verliehen, und Caesar hat Hängegärten anlegen lassen. Die Ehe mit dem Sohn des Emirs der Stadt wird dir viele Ablenkungen und Unterhaltungsmöglichkeiten bieten."

Wie wenn mich nichts anderes interessieren würde, als unterhalten zu werden. Um den Pulsschlag, der in ihren Schläfen laut pochte, zu beruhigen, schaute Helena über das Wasser, das im Zwielicht des rosafarbenen Sonnenunterganges an ihnen vorbeifloß. Sie betastete die Seide. *Oft sterben die Menschen, die die vergiftete Seide berühren, an einem Wahnsinnsanfall ...*

Irenes Lachen riß sie aus ihren Gedanken. „Welch ein Kind du bist, Helena!"

Sie drehte ihr schnell den Kopf zu und fragte unschuldig: „Tante? Was hast du gesagt?"

Irene schaute sie tadelnd an. „Wie wenn ich meine Nichte vergiften würde."

Helena fühlte, wie ihre Wangen warm wurden. „Nein ... ich ..."

Irene brachte sie mit einer Bewegung ihrer Hand, an der kostbare Juwelen funkelten, zum Schweigen. „Du denkst zu viel über die Verbrechen in den Familien der römischen Kaiser nach. Du und deine staubigen

Manuskripte und Besuche in der Königlichen Bibliothek! Deine Bildung nährt dein Gehirn mit Mißtrauen. Braucht dich nicht der Kaiser in Antiochia? Ganz zu schweigen von meiner Zuneigung zu dir! Sobald du dort ankommst, werde ich über Spione Kontakt zu dir aufnehmen. Du wirst deine Anweisungen bekommen, die dir sagen, was du zu tun hast, und welche Informationen du für uns in Erfahrung bringen mußt."

Es hatte jetzt wenig Sinn, sich zu verstellen. „Und wenn ich mich weigere, im Palast des Emirs mit dir zu kooperieren?"

„Sagtest du nicht, du seist dem Kaiser loyal ergeben?" kam Irenes leicht spöttische Stimme. „Und das bist du natürlich auch, meine liebe Helena. Du bist nicht wie deine Mutter. Du wirst kooperieren." Ruhig, aber bestimmt fügte sie hinzu: „Wenn nicht, bleibst du in Antiochia, bis du eine alte graue Frau bist." Sie griff in den Korb mit leuchtenden blauen Trauben, zupfte einige ab, biß sie an und saugte ihren Saft aus. Die Schalen warf sie ins Wasser und deutete dabei mit der Hand gelassen auf den Schal. „Wenn du irgendwelche Hoffnungen hegst, Philipp zu bekommen, wirst du tun, was von dir verlangt wird. Je früher Antiochia kapituliert, umso früher wirst du aus Kalids Armen befreit werden und nach Konstantinopel zurückkehren können. Dann werden wir über eine Ehe mit Philipp sprechen."

Helenas Herz schlug laut vor Entrüstung. Wie wenn sie einen Mann heiraten könnte, nur um ihn sofort nach der Hochzeit zu verraten, und dann Philipp heiraten könnte, als würde nicht der geringste Makel ihre Seele beflecken. Unter den kühlen bernsteinfarbenen Augen ihrer Tante verkrampfte sich Helenas Griff um ihren Schirm.

„Du erwartest von mir, daß ich spioniere? Daß ich Kalid heirate und ihm dann einen Dolch in den Rücken jage?"

„Nicht so dramatisch. Dazu hast du nicht die Willenskraft. Deine Religion macht dich schwach." Irene deutete auf den Seidenschal. „Die Seide, vor der du dich fürchtest, beweist, welch ein Kind du bist."

Helena warf den Schal zur Seite. „Ich traue deinen Worten nicht. Vor einem Monat wolltest du, daß ich nach Antiochia fahre, aber deine ehrgeizigen Pläne mit mir sind so wechselhaft wie die Frühlingssonne."

„Und du glaubst, ich würde dich vergiften?" Verächtlich hob Irene ihren Kelch und trank.

„In meinen Augen ist es nicht viel besser, an einen Moslempalast verkauft zu werden, als vergiftet zu werden. Einige würden den Tod vorziehen. Und einen Ehemann mit lügnerischen Worten und Küssen zu betrügen – auch wenn es ein Mann ist, den ich nicht heiraten möchte – ist mehr als abscheulich."

Irene lehnte den Kopf zurück und ruhte sich aus. „Du hast einen zu starken Willen, um dich damit herauszureden, du wärst ein schwaches und sentimentales Mädchen. Du wirst Antiochia überleben. Kalid ist außerdem ein gutaussehender Mann ... Du wirst tun, was von dir verlangt wird."

„Ich wechsle Ehemänner nicht so, wie man seine Kleidung wechselt. Das ist Ihre Art, Fürstin, aber nicht meine. Wenn Philipp meine Heirat mit Kalid gleichgültig ist, dann habe ich ihm nichts mehr zu sagen – ob Antiochia nun kapituliert oder nicht."

„Sprich nicht wie eine Närrin. Du bist jung. Du wirst deine Meinung ändern. Sobald die Barbaren die Stadt in Angst und Schrecken versetzen, wird der Sultan die Stadt übergeben. Dann hast du deine Rolle gut gespielt, und es wird keinen Grund geben, warum du nicht ganz normal weiterleben solltest wie zuvor."

Helena starrte sie an und mußte sich sehr bemühen, ihre Gefühle unter Kontrolle zu behalten. „Mein Leben wird ruiniert sein, und du sagst, es bestehe kein Grund, nicht ganz normal weiterzuleben, als wäre nichts geschehen?"

„Wenn Philipp sich nicht daran stört, warum solltest du dich dann daran stören?"

Helena starrte sie sprachlos und wütend an.

Sie hielt ihr Gesicht in den sanften Frühlingswind und versuchte, ihre erhitzten Gefühle abzukühlen. Einen flüchtigen Augenblick lang stellte sich Helena in ihrer Phantasie vor, auf dem sanften Wind davonzutreiben und sich von ihrer Tante zu befreien.

Ihre Gedanken wurden gestört, als eine Galeere der kaiserlichen Garde an ihnen vorbeirauschte. Die Sklaven tauchten ihre Ruder im Takt ein, und ihre tiefen Stimmen hallten im Rhythmus des Trommelschlages des Sklaventreibers wider.

Helena drehte sich auf ihrem Kissen herum und schaute ihnen nach. Sie sah, wie griechische Fischer auf ihren flachen Barken eilig ihre Netze aus dem Wasser zogen, damit sie von den Soldaten, die keine Rücksicht nahmen und offensichtlich sehr in Eile waren, nicht beschädigt würden. *Warum waren sie in solch großer Eile?* fragte sie sich. Die Wachburg war ein wichtiges Verbindungsglied der Kaiserlichen Kavallerie, die die alte römische Straße von Dyrrachion in das byzantinische Gebiet bewachte. Welche militärischen Informationen brachte diese Galeere mit solcher Eile nach Herion?

Ebenfalls aufmerksam geworden, richtete sich Irene auf und hielt sich die Hand als Schild an die Stirn, während ihre Augen der Galeere folgten, die über das Wasser davonrauschte.

Helena bemerkte den Gesichtsausdruck ihrer Tante. „Ein militärischer Gesandter?"

Irenes Gesicht verriet ihre Besorgnis, aber sie gab keine Antwort.

Helena drängte mit bewußter Gleichgültigkeit in der Stimme nach mehr Informationen. „Sie rudern in Richtung der Wachburg Herion."

Eine Gruppe byzantinischer Kriegsschiffe lag am Ufer vor Anker, und Helena vermutete, daß die Galeere von ihnen nach Herion losgeschickt worden war. Ein Schiff interessierte sie besonders, denn es trug die Flagge des militärischen Oberbefehlshabers. Ihre Tante hatte anscheinend ähnliche Gedanken, denn sie drehte sich auf ihren Kissen zu ihrem obersten Sklaven um.

„Schnell. Rudert zu diesem Schiff", befahl sie.

Während ihre Gondel sich dem Konvoi näherte, betrachtete Helena die langen Schiffsrümpfe der kaiserlichen Galeeren mit den purpurfarbenen Wimpeln, die im Wind flatterten. Ihr Blick richtete sich auf das führende Schiff mit seinem geschnitzten Drachenkopf, der das berühmte „Griechische Feuer" ausspucken konnte – diese geheimnisvolle byzantinische Waffe, die auf der Wasseroberfläche brannte. „Griechisches Feuer" hatte Konstantinopel schon mehr als einmal vor feindlichen Schiffen, die in das Goldene Horn einfahren wollten, gerettet und hatte die Hunnen und die Westgoten genauso siegreich wie die Normannen zurückgeschlagen.

Während die Sklaven auf das Schiff zuruderten, erkannte Helena Philipps Schiff. Ein Mann in der Uniform eines kaiserlichen Offiziers sah sie kommen und trat an die Reling, als die Sklaven die Gondel näher an die Seite der Galeere heranmanövrierten. Helena wünschte sich, ihr Herz würde weniger aufgeregt schlagen. Sie hatte Philipp seit ihrer letzten Begegnung in seinen Privatgemächern im Palast nicht mehr gesehen. Damals hatte er sich geweigert, etwas gegen ihre Heirat mit Prinz Kalid zu unternehmen. War er an Bord?

4. Ritter und Barbaren

Ein vorsichtiger und enttäuschter Blick über das Deck verriet ihr, daß Philipp nicht auf dem Schiff war. Sie beobachtete schweigend, wie Fürstin Irene zu dem kaiserlichen Offizier hinauflächelte und den Schleier von ihren goldenen Haaren fallen ließ, in denen die Saphire wie ein helles Feuer leuchteten. Helena war abgestoßen, als sie sah, wie schnell die eiskalte, diktatorische Natur ihrer Tante in eine falsche Hilflosigkeit dahinschmolz, obwohl sie die Informationen auch bekommen würde, wenn sie einfach danach fragte.

„Sie sind es, General Taticus!" rief sie hinauf. Ihre Stimme klang schmeichelnd und musikalisch. „Jetzt, da die Barbaren schon so nahe vor den Mauern unserer Stadt stehen, ist Ihre Anwesenheit in Konstantinopel den Damen am Hof ein großer Trost."

„Fürstin, Ihre Worte beglücken mich, aber ich werde nicht lange in der Stadt sein."

„Wie bedauerlich! Und das, obwohl große Horden brutaler Ungeheuer bald vor unseren Toren lagern werden!"

„Ich wurde informiert, daß Seine Exzellenz bereits plant, die Kaiserliche Kavallerie ins Innere der Stadtmauern zurückzurufen. Selbst wenn die Barbaren offen angreifen sollten, können sie leicht zurückgeschlagen werden. Wenn wir ihnen die nötigen Nahrungsmittel verweigern, bringen wir sie schnell wieder unter Kontrolle. Aber so weit wird es nicht kommen. Sobald die westlichen Fürsten dem Kaiser ihren Lehenseid geleistet haben, verfrachten wir sie über den Bosporus nach Anatolien, wo sie den Moslems die Köpfe einschlagen können."

„Natürlich sind Sie viel weiser in diesen Fragen als ich, General Taticus. Ihre Zuversicht vertreibt meine Sorgen und Bedenken." Sie deutete mit einer zarten, blassen Hand, an der protzige Juwelen funkelten. „Aber ich konnte nicht umhin, den militärischen Boten zu bemerken, der zur Wachburg Herion eilte. Sagen Sie mir: Wird es so bald schon Schwierigkeiten geben?"

„Kaiserliche Garden, die im Grenzgebiet stationiert sind, haben gemeldet, daß die Normannen nur noch drei Tagesreisen von Konstantinopel entfernt sind. Die Galeere, Fürstin, bringt die Nachricht, daß sie im Anmarsch sind – keine ungefährliche Sache, wenn man bedenkt, daß ihr Feudalfürst mit Wilhelm dem Eroberer verwandt ist."

„Aber trotzdem hat der Kaiser ihn gerufen!" sagte Irene, scheinbar ungläubig, wie so etwas überhaupt passieren konnte. „Sein Name ist Bohemund, nicht wahr?"

Wie wenn sie das nicht wüßte, stöhnte Helena im stillen.

„Bohemund ist der Sohn Robert Guiskards", erwiderte der General mißmutig. „Robert war es, dessen Armee erst vor zehn Jahren vor diesen Mauern stand und hoffte, Konstantinopel einnehmen zu können. Vielleicht noch wichtiger ist, daß sich in Bohemunds Gefolgschaft viele Männer aus dem normannischen Königreich Sizilien und Monte Casino befinden."

Bei der Erwähnung Monte Casinos, einer Klosteruniversität in der Nähe Roms, begann Helenas Herz schneller zu schlagen. Wenn Normannen aus Monte Casino sich der Stadt näherten, bestand die Möglichkeit, daß ihr geliebter Onkel ebenfalls bei ihnen war. Ein unauffälliger Blick auf ihre Tante verriet ihr, daß Irene zu derselben Schlußfolgerung gekommen sein mußte.

Dann kann ich jeden Tag damit rechnen, Nikolas zu sehen, dachte Helena, während sie sorgfältig darauf achtete, diese Nachricht über die westlichen Barbaren möglichst gleichgültig entgegenzunehmen. Solange sie nicht bei ihrem Onkel war, befand sie sich immer noch in großer Gefahr.

Irenes Anspannung über die bevorstehende Ankunft der Normannen wurde an den harten Linien um ihren Mund sichtbar. Helena wurde an das erinnert, was Konstantin über ihre Tante und Nikolas erzählt hatte.

Helena schützte Langeweile vor. „Müssen wir uns denn an einem so herrlichen Tag, an dem ganz Konstantinopel nach romantischem Blütenzauber duftet, über die Barbaren den Kopf zerbrechen?" Sie streifte den funkelnden goldenen Stoff um ihre Handgelenke glatt, als sei für sie nur das bevorstehende Fest in den kaiserlichen Gärten von Interesse.

„Helena hat recht", sagte Irene zu General Taticus. „Wir dürfen die Feierlichkeiten nicht mit sorgenvollen Worten über den Krieg trüben." Sie drehte sich um und winkte ihrem obersten Sklaven geziert mit der Hand. „Bis heute abend, General Taticus. Aleko! Rudere uns zum Sankt-Barbara-Tor."

Während die Gondel über das Wasser glitt, versank Irene in nachdenkliches Schweigen. Helena beobachtete sie heimlich. Sie erinnerte sich an die Warnung ihrer Tante, sie solle nur nicht so dumm sein und glauben, sie könne bei Nikolas Hilfe erwarten.

Sollte Nikolas so kühn sein und sein Gesicht in Konstantinopel zeigen, obwohl er vor Jahren verbannt wurde, dann würde es nicht lange dauern, bis der Kaiser ihn verhaften ließe!

* * *

Die Gondelflotte traf auf der Schwelle des St.-Barbara-Tores ein. Sklaven rollten Teppiche aus, auf denen die jungen griechischen Damen gehen konnten. Soldaten mit versteinerten Gesichtern standen steif da, während die verschleierten Adeligen an ihnen vorbeischlenderten, um an den Gartenfestlichkeiten teilzunehmen. Rotgekleidete Eunuchen – die immer in großen Scharen zu sehen waren, sobald mehrere Frauen sich versammelten – verbeugten sich tief, als Helena und Fürstin Irene durch das Tor traten.

Die jüngeren Damen aus adeligen Familien bildeten kleine Grüppchen und verteilten sich im ganzen Garten. Sie lachten und schwatzten aufgeregt über die bevorstehende gesellschaftliche Saison. *Wie viele von ihnen wissen, daß ich Prinz Kalid, einem Moslem, zur Frau gegeben werden soll?* fragte sich Helena mißmutig.

Die üppige Parade vornehmer Kleider schmückte den Spätnachmittag genauso strahlend wie die vielfältigen Blumen des großen Gartens. An diesem Abend trug Helena einen Rock aus gemustertem Rosa und blauen Seidenquadraten. Ihr Obergewand war steif und mit Stickarbeiten und goldenen Säumen verziert. Die lockeren, weit aufbauschenden Ärmel waren um ihre Handgelenke zusammengezogen. Die Seide war von bester Qualität und von der traditionsreichen Gilde in der Stadt hergestellt. Ein Teil ihrer Mitgift war ein Seiden- und Parfümladen in der Straße der tausend Basare. Man hatte ihr erklärt, daß byzantinische Seide mit Seidenraupeneiern ins Land gekommen sei. Diese Eier waren in den hohlen Bambusstäben der Mönchsmissionare aus China geschmuggelt worden.

In ihren vollen dunklen Haaren waren indische Perlen kunstvoll verteilt und fanden ihren Höhepunkt in einer modischen Locke, die an jeder Seite ihres Kopfes auf ihre Schultern hinabfiel und bei jeder ihrer Bewegungen in einem cremefarbenen Weiß schimmerte.

Das kaiserliche Byzanz diktierte, was sie zu bestimmten Gelegenheiten zu tragen hatte. An diesem Abend des Gartenbanketts mußte Helena ihre Rolle als Tochter des Purpurnen Gürtels spielen, die sich um nichts anderes Gedanken machte als um die Köstlichkeiten, die sie beim Bankett speisen würde, oder mit welchem gutaussehenden griechischen Adeligen sie die Zahl ihrer Bewunderer noch erhöhen würde. Genauso wie die anderen Töchter des Purpurnen Gürtels war sie ebenfalls nach den vorgeschriebenen Regeln gekleidet. In Konstantinopel und im ganzen Reich wurde der Status einer Person durch die kaiserliche Farbe, Purpur, bestimmt. Der seltene und kostbare Farbstoff, der benutzt wurde, um Seide einzufärben, war das erste Mal in Schaltieren entdeckt worden und schon seit der Zeit der Babylonier den Königen und anderen hochrangigen Offizieren vorbehalten.

Nur Männer im Rang eines Senators durften den purpurfarbenen Einsatz in ihren Gewändern tragen; und nur der Kaiser und die Kaiserin waren berechtigt, sich ganz in dieser Farbe zu kleiden, während der Kaiser allein die Ehre hatte, auch Hose und Stiefel in königlichem Purpur zu tragen.

Heute bedeutete ihr der vornehme Prunk und die purpurfarbene Eleganz nichts und war nur eine lästige Erinnerung daran, daß sie sich umziehen müßte, bevor sie mit Tankred aus der Stadt fliehen würde.

„Eine solche Unverschämtheit", bemerkte Irene verächtlich.

„W-was?" murmelte Helena und fürchtete, ihre Tante habe ihre Pläne trotz allem doch noch erraten. Sie drehte sich um und sah, daß Fürstin Irene nicht von ihr sprach. Helena folgte ihrem Blick quer durch den Garten zur Galerie des Manganapalastes. Dort über dem Platanenwäldchen stand Maria von Alanien und schaute kühn auf Irene, ihre Rivalin, hinab. Helena bewegte sich unbehaglich. Sie hatte von dem Gerücht gehört, daß der Kaiser seiner Mätresse den Manganapalast gegeben habe.

„Schau nur, wie sie sich aufbläst", knurrte Irene abgestoßen. „Als wäre sie im purpurfarbenen Zimmer des Königshauses geboren." Ihre braunen Augen glühten vor Neid. „Wie Isebel! Sie sollte den Hunden zum Fraß vorgeworfen werden!"

Helena wäre beinahe zusammengezuckt. Es überraschte sie, daß Irene den Charakter einer Frau, die so viel Ähnlichkeit mit ihr selbst hatte, so streng beurteilte.

„Sie hat den armen Nikephoros nur geheiratet, weil sie hoffte, ihr Sohn würde der nächste Anwärter auf den Thron", erklärte Irene. Sie stieß ein kurzes Lachen aus. „Wie schlau von ihm, sie zu täuschen. Er wählte einen anderen Sohn. Aber sie rächte sich. Diese Hyäne warf ein Auge auf den neuen Kaiser und siegte!"

Obwohl sich Helena der byzantinischen Zügellosigkeit bewußt war, trafen sie solche rücksichtslosen, böswilligen Machenschaften trotzdem immer zutiefst.

Nikephoros war Kaiser gewesen, bis er von Alexios, dem jetzt herrschenden Kaiser, vom Thron verdrängt wurde, der ihn dazu verdammt hatte, den Rest seiner Jahre im Kloster zu verbringen. Nikephoros hatte Alexios gegenüber angeblich erklärt, daß er außer seinem Fleisch nicht viel vermisse.

Helena vermutete, in einem Kloster gefangengehalten zu werden, sei ein besseres Schicksal, als im Hippodrom zerfleischt zu werden – das übliche Schicksal für abgesetzte Herrscher, wenn ihre Beliebtheit beim Volk abnahm.

„Geh nicht zu weit“, sagte Irene. „Ich erwarte, daß du die anderen Jungfrauen beim Anzünden der Kirchenkerzen in der Dämmerung begleitest.“

„Ja ... natürlich.“

Irene betrachtete sie streng. „Die Nachricht vom baldigen Eintreffen der Normannen zwingt uns, deine Abreise nach Antiochia früher als ursprünglich geplant anzusetzen. Es freut mich, daß du dich anscheinend deinem Schicksal fügst und nicht die Absicht hast, dich dem Willen des Kaisers zu widersetzen. Du wirst am Ende dafür belohnt werden. Dafür werde ich sorgen.“

Helenas Kehle war wie zugeschnürt. Sie überwand sich jedoch und tat, als akzeptiere sie ihr Schicksal und bliebe unbeeindruckt. „Ja, Fürstin.“

Irene schien zufrieden. Sie drehte sich um und schritt erhobenen Hauptes auf den Palast zu.

Helenas braune Augen zogen sich zusammen, und ihr Herz begann, aufgeregt zu schlagen. Sie schaute ihrer Tante nach, wie sie zu irgendeiner geheimen Mission innerhalb der Säulenhalle verschwand, dann drehte sie sich schnell um und schlenderte unauffällig in Richtung der Bäume am äußeren Rand des Gartens, wo Tankred und Bardas heimlich auf sie warten würden.

Gezähmte Vögel, deren Federkleider in der Farbe eines glühenden Sonnenuntergangs leuchteten, stolzierten auf den Wegen und zwischen den Sträuchern. Als Helena an einigen jungen Frauen vorbeiging, schnappte sie Bruchstücke belangloser Gespräche auf.

„Es heißt, der neue Stoff, den die venezianischen Händler brachten, sei von Prinzessin Anna bestellt worden.“

„Hast du das gehört? Eine neue Schiffsladung mit Perlen ist aus Indien eingetroffen. Angeblich läßt der General die Sänfte seiner Frau damit auskleiden.“

„Ist sie wirklich seine *Frau?*“ kam eine bissige Frage.

Helena zog sich ihren dünnen Schleier über das Gesicht, damit keines der Mädchen sie erkennen und ansprechen würde. Dann wäre sie gezwungen, stehenzubleiben und ihnen alles über ihr bevorstehendes Schicksal in Antiochia zu berichten. Viele von ihnen wußten von ihren langjährigen Plänen, Philipp zu heiraten, und einige – ihre eifersüchtigen Feindinnen – freuten sich bestimmt über ihre düsteren Zukunftsaussichten.

Über dem Vogelgezwitscher breiteten sich die angenehmen Stimmen afrikanischer Sänger so sanft wie der Abendtau über dem Garten aus. Sklaven boten den Gästen auf Tabletts Erfrischungen an: Kirschen, von dem Schnee, der vom Berg Athos herabgeholt worden war, gekühlt; kleine runde Honigkuchen aus Sesamsamen; und silberne Kelche mit Wasser, das nach Rosen duftete.

Wenn der Kaiser Gastgeber der jungen Damen der Aristokratie war, war es üblich, daß kein Wein serviert wurde, nicht einmal der Weißwein aus Chios. Denn in der Abenddämmerung – wenn die jungen Frauen sich dem Brauch folgend in die kaiserliche Prozession zur Hagia Sophia einreihten und der Weihrauch angezündet wurde und sich über seinen hohen Stuhl bis hinauf zur Kuppel erhob – behauptete der oströmische Kaiser nicht nur, das kaiserliche Oberhaupt Ostroms zu sein, sondern auch die Verkörperung der Gottheit.

Als Helena die Büsche erreichte, eilten ihre Schritte über den Marmorweg an den Reihen der Platanenbäume vorbei. Das Lachen weiblicher Stimmen wurde vom Wind an ihre Ohren getragen. Sobald sie sicher war, daß man sie nicht mehr sehen konnte, hob sie ihren Rocksaum und lief auf die Bäume, die die äußere Mauer säumten, zu.

Treu wie immer wartete Bardas im Abendschatten und folgte ihr unauffällig unter die Baumgruppe, deren Zweige sich unter der weißen Blütenpracht beugten.

„Wo ist Tankred?“

Er räusperte sich verächtlich. „Der Barbar ist nicht gekommen. Ich hatte recht, als ich sagte, er sei gerissen und ließe sich nicht so leicht kaufen.“

„Was soll das heißen?“

„Er hat sich bis in den Dienst des Kaisers hinaufgemogelt.“

„Des Kaisers!“ Besorgt fragte sie: „Wo ist Tankred jetzt?“

„Er ist nicht in Konstantinopel. Er hat die Stadt schon vor Tagen verlassen.“

„Nicht in –“ Ihre Hoffnungen zerbarsten jäh.

„Ich habe von der Warägerwache erfahren, daß Herr Philipp sich vor Wochen in den Zeuxippos-Bädern mit ihm getroffen hat. Der Barbar ist unglücklicherweise zum Verbindungsmann für den Kaiser gewählt worden. Philipp wird ihn bitten, dem Fürsten der normannischen Armee entgegenzureiten, bevor sie die Stadtmauern erreichen."

In ihrer Erleichterung mußte sie hellauf lachen. „Dann haben wir ja umso mehr Grund zu feiern. Nikolas kommt mit dem normannischen Fürsten, und ich plane, ihm mit Tankred entgegenzureiten. Wird er zurückkommen, um seine Befehle von Philipp entgegenzunehmen?"

Bei ihrer offensichtlich fehlenden Wertschätzung seiner Nachricht bildete sich eine tiefe Furche auf seiner Stirn. „Das weiß ich nicht", sagte er.

Helenas Ungeduld wuchs. „Was soll das heißen: Du weißt es nicht? Hast du ihm meinen Brief überbracht?"

„Ja. Bevor der Barbar nach Herion losritt."

Herion! Dann bleibt nicht mehr viel Zeit.

Helena berichtete ihm schnell von der Galeere, die sie auf dem Marmarameer gesehen hatte, und von den Neuigkeiten, die General Taticus ihrer Tante erzählt hatte.

„Ein Kurier ist im Augenblick unterwegs, um Philipp über die heranrückenden Normannen zu informieren. Wir müssen noch heute nacht aufbrechen, bevor Tankred seine Befehle erhält."

„Zur Wachburg reiten? Herrin, sind Sie wahnsinnig? Der Normanne ist nach Herion geritten, um einen dieser westlichen Fürsten zum Frieden zu bewegen, einen Mann, der sich selbst arrogant für irgendeine große Persönlichkeit im Westen hält – Herzog nennt er sich, aus Lothringen. Es gibt Schwierigkeiten zwischen seinen Männern und den Soldaten des Kaisers."

Sie wußte bereits von Gottfried von Bouillon, der auf der anderen Seite des Bosporus an der Herionbrücke lagerte und ungeduldig auf die Ankunft der anderen Kreuzfahrerheere wartete. *Tankred wurde also als Vermittler zu ihm geschickt, um für Frieden zu sorgen ...*

„Dieser angebliche Herzog hat Befehl über siebentausend ausgewählte Ritter sowie ein Heer von Fußsoldaten aus vielen tausend Männern", protestierte Bardas. „Tankred Redwan zu finden –"

Siebentausend Ritter ... Eine Gänsehaut lief über Helenas Rücken. Der Kaiser hatte recht – der Herzog befehligte ein eindrucksvolles Heer, und wenn es sich mit den bald eintreffenden Normannen verbündete –

„Wer kann einer so barbarischen Streitmacht trauen?" fragte Bardas, als könnte er ihre Gedanken lesen.

Ihre Augen fuhren zu seinem Gesicht hoch. „Sie könnten wirklich ein

Feind für das Byzantinische Reich werden, aber vielleicht auch Verbündete, wenn sie gegen die Moslems ziehen."

Er runzelte ungläubig die Stirn. „Diese Barbaren haben ihre eigenen Pläne."

„Vielleicht, aber ..." Sie traf ihren Entschluß schnell. Die Galeere würde bald in Herion eintreffen; dann bekäme Tankred neue Befehle.

„Ich werde es riskieren, nach Herion zu reiten. Es ist meine einzige Möglichkeit, einem verhaßten Schicksal in Antiochia zu entrinnen." Sie erzählte ihm, daß Irene gesagt hatte, sie würde früher als geplant nach Antiochia geschickt. „Wenn Nikolas hier eintrifft, werde ich schon an Bord eines Schiffes auf dem Weg nach Sankt Symeon sein."

„In den Städten am Bosporus finden Kämpfe statt. Der Herzog ist mißmutig über den Kaiser. Was ist, wenn sie sich gegen uns wenden? Wer kann diesen launischen Wilden schon trauen?"

Daran wollte Helena nicht denken. Sie durfte es nicht, denn dann würde ihr Mut sie im Stich lassen. Sie erinnerte sich an die Schrecken, die die Rheinländer an der Donau verübt hatten. Wenn Tankred sie nicht gerettet hätte ...

„Wenn ich zwischen dieser Gefahr und einer Heirat mit Prinz Kalid wählen muß, dann nehme ich das Risiko auf mich, zu Herzog Gottfried zu reiten und Tankred zu suchen."

Bardas gab murrend nach. „Ihre Sicherheit ist mein oberstes Ziel. Wenn Sie also unbedingt nach Herion reiten wollen, werden wir das tun, aber es ist am besten, wenn wir uns in der Dunkelheit davonschleichen."

Sie lächelte. „Ich gehe heute abend mit den anderen jungen Frauen in die Kirche, um die Kerzen anzuzünden. Danach schleiche ich mich davon."

„Seien Sie vorsichtig; Irenes Soldaten werden Sie beobachten."

„Sie werden zu sehr damit beschäftigt sein, den Kaiser zu beobachten, um mich zu bemerken."

„Ich warte unterhalb der Hagia Sophia mit einer Kutsche. Wenn wir erwischt werden, bedeutet das für Sie den Kerker ... und für mich? Den Tod."

„Dir darf nichts geschehen, mein treuer Freund! Aber siehst du denn nicht ein, daß das die einzige Möglichkeit ist, die mir bleibt?"

„Sobald es um diesen Barbaren geht, sehe ich nichts als Schwierigkeiten", murrte er, dann fügte er seufzend hinzu: „Wenn es unbedingt sein muß, dann denken Sie nicht an mein Leben. Sie können sich auf mich verlassen."

Helena lächelte und drückte ihn liebevoll am Arm. „Ich bin kurz nach dem Entzünden der Kerzen da. Geh in Frieden, schnell!"

* * *

Während die letzten Strahlen des purpurfarbenen Sonnenuntergangs über dem Goldenen Horn verblaßten, wurden Helena und die anderen adeligen jungen Damen von Mitgliedern der kaiserlichen Garde zum feierlichen Entzünden der Kerzen begleitet.

Lichter funkelten aus den schmalen Fenstern an den Seiten der hohen Klostermauern. Die bewaffneten Soldaten schritten durch die Schatten auf die eindrucksvoll gebaute Kirche zu. Auf dem Wasser sah man die Segel der vielen Fischer nach einem Tag erfolgreicher Arbeit mit ihren Netzen auf das Ufer zusteuern.

Unterhalb des Großen Palastes legte sich der Abend über das Marmarameer, auf dem die Sklaven die bunten Laternen auf den wartenden Gondeln der Aristokratie entzündeten. Im weiteren Verlauf des Abends würden sich die Adeligen und die Bürger mit den gleichen Unterhaltungen die Zeit vertreiben, die die beleuchteten Mauern dieser Stadt schon seit fast tausend Jahren kannten.

Die schläfrigen Tauben hatten sich innerhalb der Kuppeln der über hundert Kirchen, die die Silhouette der Stadt bildeten, einen sicheren Platz für die Nacht gesucht und schlossen, von dem eitlen Prunk der Menschen gelangweilt, die Augen.

Helena war alles andere als gelangweilt. Sie fühlte aufgeregt den warmen Wind, der ihr Gesicht berührte, während sie mit ihrer Kerze in der Hand inmitten der anderen jungen griechischen Schönheiten dahinschritt.

Bis jetzt saß sie noch nicht ausweglos in der Falle, die in Antiochia auf sie wartete. Sie hatte viel, für das sie in dieser Nacht dankbar sein konnte. Bald würde sie Tankred finden, und dann ihren geliebten Onkel. Von Nikolas, der ein Bischof war, wurde erwartet, daß er sein Schwert und seine Lanze genauso gekonnt schwingen würde wie jeder normannische Soldat. Unter Tankreds und Nikolas' Schutz würde sie bestimmt sicher auf die Burg Hohms gelangen.

Dankbar richtete Helena ihre Gedanken im Lob auf Christus, während ihre dunklen Augen über der hellen Flamme ihrer Kerze leuchteten.

5. Mörder oder galanter Ritter?

Regenwolken zogen sich über den dunklen Gewässern des Bosporus zusammen. Die Frühlingsnacht hielt mit einem feinen Nieselregen Einzug. Tankred war in der schwarzroten Uniform der Kaiserlichen Garde gekleidet. Seine Stiefelschritte hallten über den Steinboden, während er seinen Wollumhang holte, der im oberen Stockwerk der Wachburg an einem Haken hing.

Er nahm seinen Helm von einem jungen Burschen entgegen und trat auf eine steile gemeißelte Treppe, die in den Burghof hinabführte.

Die byzantinische Wachburg war neben einer Steinbrücke errichtet, die sich über eine lange Einbuchtung des Goldenen Horns erstreckte. Es bereitete ihm kein Vergnügen, daß sein Auftrag ihn auf die andere Seite der Brücke zu den Burgen zwischen den kleinen Dörfern am Bosporus führen würde. In einer der Burgen wartete der erste der Kreuzfahrerfürsten, der in diesem Frühjahr in Konstantinopel eingetroffen war, Gottfried von Bouillon, der Herzog von Niederlothringen. Er hatte eine Armee aus siebentausend bewaffneten Rittern, gepanzerten Reitern und Fußsoldaten bei sich und war als ein stolzer Mann bekannt, der sich nicht leicht besänftigen ließ. Tankred fragte sich wieder, warum er sich eigentlich in eine Sache verwickeln ließ, die ihn persönlich überhaupt nichts anging.

Er wußte natürlich, warum er sich darauf eingelassen hatte. Er war in Konstantinopel, um auf Informationen über den Mörder seines Halbbruders Derek zu warten. Außerdem wartete er auf Nikolas' Ankunft ..., und dann war da noch seine Nichte, die verwöhnte und eigensinnige Helena.

Beim Gedanken an Helena zog ein untypisches Stirnrunzeln über sein Gesicht – ein Gesicht, das sowohl unbeugsam als auch einfühlsam war, das die männlichen Züge seines normannischen Vaters und das dunkle, gute Aussehen seiner maurischen Mutter geerbt hatte. Sein gutes Aussehen brachte ihm oft viel zuviel Gunst bei einigen Damen ein, die weitaus schneller bereit waren, ihn zu akzeptieren, als die hochnäsige Helena.

Tankreds stürmische blaugraue Augen funkelten irritiert unter den dichten Wimpern, in denen das gleiche Goldbraun wie in seinen dichten, leicht gelockten Haaren leuchtete. Er wußte nicht genau, warum es so war, aber er bemerkte, daß sein Herz etwas schneller schlug, sooft er an sie dachte – eine Beschäftigung, der er sich auf keinen Fall hingeben wollte. Vielleicht war er genauso starrköpfig darauf bedacht wie sie, seine Distanz zu ihr zu wahren. Er war fest entschlossen, sich auf keine Gefühle einzulassen. Nach den Maßstäben der griechischen Zivilisation galt er als rücksichtslos – als Barbar – und, was vielleicht am meisten an seinem Stolz kratzte, als „ungebildeter Wilder".

Es spielte keine Rolle, daß seine Bildung es mit jedem anderen im Ostreich aufnehmen konnte oder daß er die geschickten Hände eines Arztes hatte. Er galt als Ritter aus dem Westen – nur für die Gladiatorenarena oder für den Söldnerdienst gegen seine Blutsverwandten im moslemischen Osten zu gebrauchen.

Es ärgerte ihn, daß Helena die „wunderbaren Taten" Philipps des Edlen blindlings bewunderte, obwohl dieser so unübersehbar ein Feigling und ein karrieresüchtiger Mann mit wenig Ehrgefühl war. Daß er sich weigerte, um sie zu kämpfen, und offenbar bereit war, sie widerstandslos an Kalid von Antiochia verheiraten zu lassen, schien das Feuer, das in ihrem Herzen für ihn brannte, kaum auslöschen zu können. Was hatte sie nur an diesem Griechen?

Tankred runzelte die Stirn. *Bin ich so eingebildet und arrogant, wie sie behauptet?* Ungeduldig zog er den Kragen seines dunklen Umhangs enger um seinen Hals und schaute zu den dunklen Wolken hinauf. *Genug an sie gedacht,* tadelte er sich. Er hatte seine eigenen Ziele – er mußte einen Mörder finden und ihn nach Sizilien vor Gericht bringen. Auf ihn wartete ein Leben als Graf und Erbe der Redwanburg und -galeonen, zu dem er zurückkehren wollte.

Ein Dutzend byzantinischer Soldaten stand vor der Brücke und hielt brennende Fackeln hoch. Wieder fragte sich Tankred, wie er nur so dumm sein konnte und sich in die Schwierigkeiten verwickeln ließ, die unweigerlich damit verbunden waren, Herzog Gottfrieds gereiztes Gemüt zu besänftigen. Wie stand es um seine eigene schlechte Laune; wer würde ihn besänftigen?

Der Regen wurde stärker und prasselte im Fackellicht auf das glänzende Fell der Pferde, auf denen kaiserliche Soldaten auf seinen Befehl warteten – wie wenn er sie gewollt hätte! Er war ein Einzelgänger und wollte das auch weiterhin bleiben. Was interessierten ihn griechische Soldaten?

Der muskulöse schwarze Hengst, der auf den Namen Apollo hörte und Helena gehörte, war gesattelt und wartete neben Zakeem, seinem maurischen Freund aus Sizilen, dem einzigen Mann, dem er vertrauen konnte. Zynisch wie eh und je saß Zakeem ohne ein Lächeln auf seinem dünnen, tief gebräunten Gesicht auf seinem „ungläubigen" Pferd, einer arabischen Stute.

Tankred stieg die Stufen der Wachburg hinab. Seine mit Eisen beschlagenen Stiefel hallten auf dem harten Stein wider. Ihm folgte sein Kommandant, Philipp, der ebenfalls eine kaiserliche Uniform trug. Philipp, der herablassende und elegante Kriegsminister, wischte sich eine dunkle Haarsträhne aus seiner aristokratischen Stirn und betrachtete Tankred mit kaum verhohlener Abneigung. Tankred wußte, daß er ihn haßte; schon seit dem Augenblick, als sie sich am Donauufer zum ersten Mal begegnet waren und Helena sich zwischen sie gestellt hatte, mochten sie sich nicht. Aber Philipp brauchte Tankred, um seine Stellung zu sichern. Ihre gegenseitige Abneigung war militärisch mit stummer Gelassenheit gekleidet, während sie durch den Regen auf die Brücke zuschritten, wo die Soldaten warteten. An der Brücke blieben sie stehen.

Philipp war kürzlich zum Kriegsminister aufgestiegen, eine Stellung, die er sich nicht durch militärische Erfahrung und Weisheit erworben hatte, sondern durch Hofintrigen und vielleicht auch Gift. Tankred hatte von Mitgliedern der kaiserlichen Garde gehört, daß Irene von Troja die treibende Kraft war, die hinter Philipps Aufstieg stand. Um ihre Ziele zu erreichen, konnte sie Gift genauso geschickt einsetzen wie ein Ritter sein Schwert.

Tankred war sich des Risikos bewußt, das von dieser Frau mit den Leopardenaugen ausging, die ihr Opfer in die Enge trieb, bis sie nicht mehr entkommen konnte. Kürzlich hatte er großes Geschick beweisen müssen, um ihren Verführungsfallen zu entkommen. Dagegen war seine Flucht von der Redwanburg auf Sizilien mit einem Dutzend Soldaten auf seiner Fährte ein leichtes gewesen. Trotzdem konnte er es jetzt zu seinem Vorteil nutzen, daß die blondhaarige Irene ihn brauchte, um mit den Normannen zu verhandeln, denn das gab ihm Gelegenheit, Informationen über seine Feinde zu sammeln.

Obwohl er Philipps Fähigkeiten stark in Frage stellte, überspielte Tankred seine Gefühle gegenüber diesem Mann. Auch wenn Irene sich allzuoft wegen irgendeiner Frage an ihn wandte oder ihn als Eskorte für ihre Kutsche aufforderte, behielt er seine Meinung über sie lieber für sich. Er fragte sich, ob Helena von ihren häufigen Begegnungen gehört hatte und was sie wohl darüber dachte.

Was Philipp anging, so hatte Tankred kein Vertrauen in seine Führungsqualitäten. Er erinnerte sich an den Vorfall an der Donau auf der Straße nach Wieselburg vor einigen Monaten. Damals hatte Philipp das Leben der Männer, die ihm unterstanden, leichtsinnig gefährdet und Helena der Gefahr ausgesetzt, von den rücksichtslosen rheinländischen Räubern gefangengenommen zu werden. Und jetzt hatte Philipp, um Kriegsminister zu werden, sie widerstandslos dem Prinzen von Antiochia überlassen.

Welch ein Feigling mußte ein Mann sein, der die Frau, die er wirklich begehrte, einfach aufgab? Tankred glaubte, daß Philipp Helena zur Frau wollte, und daß er sie auf seine selbstsüchtige Art vielleicht sogar liebte. Dieser Gedanke störte ihn. Was würde Helena tun, falls Philipp wider Erwarten doch noch alles stehen- und liegenließe, um mit ihr davonzulaufen?

Das war jedoch sehr unwahrscheinlich. So heldenhaft war Philipp nicht, dachte Tankred, während er mit unbeweglicher Miene seinen Helm aufsetzte und zuhörte, wie die Regentropfen auf das Eisen prasselten. Er zog den Riemen unter seinem Kinn fest. Dabei begegneten seine Augen Philipps Blick.

Philipp schaute finster drein. Sein hartes Kinn stand deutlich vor. „Sie stehen unter Befehl, Herzog Gottfried dazu zu überreden, dem Kaiser den Lehenseid zu leisten."

„Er wird sich nicht so leicht zum Vasallen machen lassen", sagte Tankred glatt. „Das ist nicht die Art dieser Männer. Sie sind stolz und unabhängig."

Philipps Kinn wurde härter. „Er muß den Eid leisten. Es gab schon genug Tod und Kampf. Sagen Sie ihm, wir schneiden seinem Heer alle Nahrungslieferungen ab, wenn er nicht mit Ihnen in Frieden zum Kaiserpalast zurückkehrt."

Tankred zeigte nichts von der Verachtung, die er empfand, während er über das dunkle Wasser hinweg auf die Burgen in der Ferne schaute, in denen Gottfried und seine Ritter untergebracht waren und auf die kurz bevorstehende Ankunft der anderen Fürsten und ihrer Armeen warteten. Der Kaiser hatte bereits an dem bitteren Kelch genippt, als er das erste Mal mit den eisernen Männern aus dem Westen zusammengestoßen war.

Die Ritter waren nicht wie die abergläubische Bauernhorde, die dem Mönch Peter von Amiens gefolgt war. Der war mit seinem Esel als Eremit quer durch Europa gezogen. Der Bauernkreuzzug unter Peter war vor einigen Monaten einem Massaker durch die Türken zum Opfer gefallen. Aber die Männer, die jetzt kamen, waren Ritter in eiserner Rüstung auf großen Rossen und mit eindrucksvollen langen Klingen. Ein kräftiger, gut gezielter Hieb mit dieser langen normannischen Klinge konnte einen Gegner in der Mitte entzweischneiden.

Jetzt herrschte Ungeduld unter Gottfrieds Adeligen und Rittern, die es nicht erwarten konnten, in den Krieg zu ziehen, denn nur aus diesem einen Grund hatten sie ihre Burgen im Westen verlassen. Es herrschte Mangel an Nahrungsmitteln, es gab Mißverständnisse zwischen dem Herzog und dem Kaiser, und jetzt hatte der Kaiser auch noch die Nahrungsmittelzufuhr abgeschnitten, um ihren Anführer zu zwingen, ihm den Lehenseid zu leisten, was Gottfried bislang strikt verweigerte.

Da Tankred in den Augen des Kaisers und Philipps dasselbe westliche Denken wie Gottfried hatte, hatte man ihn aufgefordert, seinen Ritterkollegen dazu zu bewegen, sich Friedensvereinbarungen zu beugen.

Philipps dunkle Augen schauten Tankred kühl an, während der Regen von seinem Hut tropfte. „Der Kaiser kann nicht deutlich genug betonen, mit welchem Ernst er den kürzlichen Überfall des Herzogs auf eine Schwadron kaiserlicher Soldaten betrachtet. Sie hatten lediglich den Befehl, seine unzivilisierten Männer zu beobachten. Gottfrieds Männer haben sie angegriffen und keinen einzigen Soldaten am Leben gelassen."

Tankred schaute ihn gelassen an und schwieg.

„Gottfried ist jetzt Herr über das freie Land um Konstantinopel", sprach Philipp weiter. „Gleichzeitig weigert er sich, den Eid zu leisten und Vasall des Kaisers zu werden."

„Ich werde mein möglichstes tun." Tankred ging auf Apollo zu. Er nahm Zakeem, der ihm einen ernsten Blick zuwarf, die Zügel aus der Hand, steckte seinen Stiefel in den Steigbügel und schwang sich auf den Sattel.

Philipp schien Tankreds Ruhe wütend zu machen. „Bringen Sie mir diesen Barbaren! Vorher brauchen Sie sich bei mir gar nicht zurückzumelden."

Tankred betrachtete ihn kühl und wollte gerade über die Brücke losreiten, als er hinter sich auf der Straße jemanden etwas rufen hörte. Er wartete, während Philipp sich zu dem Reiter umdrehte, der auf ihn zuritt. Im Fackellicht konnte man erkennen, daß der Kurier die nasse und tropfende Flagge der Wachburg Herion trug. Er brachte sein Pferd vor Philipp zum Stehen und salutierte.

„Nachrichten über die normannische Armee, Eure Exzellenz."

Tankred wechselte einen schnellen Blick mit Zakeem. Endlich! Die Nachricht, auf die sie schon lange gewartet hatten.

„Die Armee Fürst Bohemunds blieb viele Tage in Kastur, um zu beten und zu fasten. Aber die Städte Pelagonias hörten, daß Bohemund im Anzug sei. Sie fürchteten sich und verbarrikadierten sich, da sie sich an die Kreuzfahrer unter dem Mönch Peter dem Eremiten erinnerten und mit Schwierigkeiten rechneten."

„Können diese Wölfe denn nicht wenigstens für einen Tag Frieden geben?" wollte Philipp wissen.

„Es wird von Kämpfen berichtet und davon, daß eine Stadt angezündet wurde. Wessen Schuld das war, ist unklar."

„Wo sind sie jetzt?" erkundigte sich Tankred, der sein brennendes Interesse nicht verbergen konnte.

„Sie haben den Fluß Vardar überquert."

„Und die Streitkräfte des Kaisers sind auch dort?" fragte Philipp.

„Die Türken und die Petschenegen warteten bereits. Sie haben sie in schwere Kämpfe verwickelt."

Philipps Mund wurde hart. „Wie ist es gelaufen?"

„Die kaiserliche Armee wurde zurückgeschlagen – und dieser Bohemund ist jetzt nur noch wenige Tagesreisen von Konstantinopel entfernt."

Tankred war nicht überrascht, daß über Bohemund so viel bekannt war. Die kaiserlichen Spione waren entlang der Strecke postiert und beobachteten sein Kommen. Er fragte sich, was die Normannen wohl veranlaßt hatte, die Stadt zu überfallen.

Der Kurier reichte Philipp einen Brief. „Von General Taticus."

Tankred beobachtete schweigend, wie Philipp im flackernden Feuerschein die Nachricht las. Eine Minute später schaute er zu ihm hinauf. Seine Erregung brannte heiß in seinen dunklen Augen.

„Ihr Auftrag bei Gottfried muß schnell erledigt werden. Als Verbindungsmann des Kaisers werden Sie so bald wie möglich dem normannischen Befehlshaber entgegenreiten. Er muß überredet werden, allein, nur mit seiner Leibwache, nach Konstantinopel zu reiten."

Tankred fragte sich, ob es möglich wäre, Bohemund zu überreden, allein in die Stadt zu reiten, aber er gab sich zuversichtlich. „Ich reite zu Bohemund, sobald ich mit Gottfried gesprochen habe."

Er ritt mit den anderen über die nasse Brücke davon. Die Pferdehufe hallten auf den Holzplanken wider. Apollos schwarze Mähne glänzte unter dem flackernden Fackellicht, das die Soldaten in der Hand trugen.

Zakeem beugte sich vor. In seinen Augen funkelte böswilliger Humor. „Kann der griechische Kaiser dir denn trauen, Herr? Immerhin bist du doch auch ein habgieriger, barbarischer Normanne!"

Tankred grinste ihn an. „Du bist hier der Ungläubige, der am besten gut auf seinen Kopf aufpassen sollte, wenn wir in Gottfrieds Lager reiten. Vielleicht kommen sie auf die Idee, dich auf einen Spieß zu stecken und über dem Feuer zu braten."

Zakeem erwiderte sein Grinsen, bei dem seine weißen Zähne sichtbar wurden, und strich mit der Hand über sein Krummschwert. „Dann muß ich ihnen wohl ein paar maurische Tricks vorführen."

Tankred wurde ernst. „Spar dir deine Tricks lieber für Antiochia. Ich werde jede Hilfe brauchen, die ich bekommen kann, wenn wir zu zweit allein dorthin kommen und wieder heil und erfolgreich aus der Stadt kommen wollen. Vergiß nicht den eigentlichen Grund, warum wir Sizilien verlassen haben."

Zakeems Belustigung verschwand. „Ich habe deinen Vetter Mosul nicht vergessen. Vielleicht ist es am besten, wenn ich unauffällig nach Antiochia aufbreche und dort auf dich warte."

„Genau das wollte ich dir gerade vorschlagen, Vater der Spione. Unternimm nichts, was Mosul hellhörig machen könnte. Warte auf mich. Aber behalte ihn im Auge, bis ich komme."

Zakeem betrachtete ihn. „Wirst du als Normanne kommen?"

Tankred dachte an die Kreuzfahrerarmee mit dem roten Kreuz auf den Schultern. „Es ist meine Absicht zu kommen, bevor Antiochia unter normannischer Belagerung steht, aber wer kann schon wissen, was mir bis dahin widerfährt? Eines ist sicher: Ich werde bald die Uniform der Griechen ablegen und versuchen, als Maure zu kommen."

Zakeem grinste und hob zum Abschied kurz die Hand, bevor er an den Rand ritt und die Soldaten an sich vorbeireiten ließ.

* * *

Tankreds Gespräch in der Burg mit Gottfried von Bouillon verlief, wie er erwartet hatte. Der Waffenstillstand, den er zwischen Gottfrieds Streitkräften und denen des Kaisers gefordert hatte, hielt mehrere Stunden, aber der Kreuzfahrer weigerte sich, auf die Bedingungen des Kaisers einzugehen, und sein Mißtrauen wuchs zusehends. Er schritt in einem der oberen Säle, in dem die Fackeln an den Wänden ein flüchtiges Licht auf die Teppiche aus Täbris warfen, auf und ab.

Herzog Gottfried war Mitte Dreißig. Sein Aussehen entsprach den Idealen der Schönheitslieder, die in den *Chansons de geste* für einen ritterlichen Lehnsherrn gesungen wurden. Er war großgewachsen, hatte breite Schultern und schmale Hüften; seine Augen waren lebhaft grau; seine Haare hatten die Farbe von rötlichem Gold und reichten bis an den Kragen seines Hemdes. Das rote Kreuz der Kreuzfahrer war über seinem Herz auf dem dicken Lederhemd festgenäht.

Ein gutaussehender und arroganter Franzose war ebenfalls zugegen. Prinz Hugo, der Bruder des Königs von Frankreich, stellte sich auf Tankreds Seite und wollte den Herzog überreden, nachzugeben und dem Kaiser seine Lehenstreue zu schwören. Wie Tankred vermutet hatte, ließ der Herzog sich jedoch nicht so leicht zu irgend etwas drängen. Während Tankreds muskulöse Gestalt neben einem kleinen Fenster an der Steinmauer lehnte und seine wachen Augen in den Burghof hinabblickten, wandte sich der Herzog aufgebracht an Hugo. Seine grauen Augen funkelten.

„Du, ein französischer Prinz! Du hast dein Vaterland mit Reichtum und einer starken Gefolgschaft wie ein König verlassen. Schau dich jetzt doch nur einmal an!" Er deutete ungeduldig auf ihn. „Du hast wie ein Sklave deine Würde verloren. Du kommst wie ein Mann hierher, der vom Kaiser etwas Großes errungen hat, nur weil er dir ein paar dürftige Geschenke gibt, um mich dazu zu bewegen, das gleiche zu tun. Nein! Sind wir in unserer westlichen Heimat nicht selbst die Herren?"

Hugo schaute ihn verärgert an, trank seinen Becher leer und stellte ihn anschließend geräuschvoll wieder hin. „Wir hätten zu Hause bleiben und uns nicht in die Angelegenheiten hier einmischen sollen."

„Dafür ist es jetzt zu spät!"

„Aber da wir nun einmal hier sind, in einem fremden Land ohne Nahrungsvorräte, sind wir dringend auf die Gunst des Kaisers angewiesen. Wenn wir sie nicht bekommen, wird es bald schlimm um uns stehen."

Gelangweilt beobachtete Tankred die beiden stolzen Ritter, deren starke Persönlichkeiten mit eisernem Willen aufeinanderprallten. Dank seiner normannischen Abstammung war er an viele ähnliche Meinungsverschiedenheiten zwischen stolzen Männern gewöhnt, denen es nicht leichtfiel, Kompromisse zu schließen, wenn sie ihr übergroßes Ego bedroht sahen.

Von den zwei adeligen Kreuzrittern vor ihm war Hugo der Pragmatischere, der eher einem luxuriösen Leben, wie er es in Frankreich zurückgelassen hatte, den Vorzug geben würde. Gottfried jedoch begegnete den Begünstigungen des Kaisers mit offener Verachtung und sah sie als Almosen an, die seine Ehre beleidigten. Wie konnte er schwören, für den Kaiser zu kämpfen, wenn er bereits seinen religiösen Ruf mit einem

Schwur beantwortet hatte? beharrte er. War sein Schwert nicht von der Kirche gesegnet worden? Er war ein Ritter Christi, unterwegs auf einem wichtigen Weg der Entbehrungen, und er bestand darauf, daß er zu Ehre des Christentums und der Befreiung Jerusalems von den Ungläubigen kämpfte!

Tankred war ein Zyniker und vermutete, daß Gottfried sich in selbstlosem Eifer ein eigenes Reich im Heiligen Land wünschte. Er war es müde, mit streitenden Adeligen seine Zeit zu vergeuden, während seine eigene Aufgabe, Mosul zu finden, ihm keine Ruhe ließ und er es nicht erwarten konnte, Nikolas zu treffen. Um Helenas willen konnte Tankred sich nicht überwinden, seine Verpflichtung Philipp gegenüber zu beenden und als freier Mann mit Zakeem davonzureiten.

Gottfried sagte verächtlich: „Ich habe König Heinrich vom Heiligen Römischen Reich meinen Treueeid geleistet! Ich habe das Kreuz genommen, um die Feinde Christi zu bekämpfen! Soll ich mich jetzt wie ein Sklave vor diesem griechischen Kaiser beugen? Nein!"

„Welche andere Wahl bleibt euch?" unterbrach Tankred. „Vergeßt nicht: Der Kaiser hat die Oberhand. Die Kreuzfahrer werden den Kaiser brauchen, wenn ihr um Jerusalem kämpft. Trotz eurer Absichten, euch dem Kaiser nicht als Vasallen zu unterwerfen, wird eure Armee gefangengehalten, solange er den Brotkorb in der Hand hat. Was wollt ihr tun? Die Felder sind kahl. Es gibt bis zum Sommer keine Nahrungsmittel, die ihr euch beschaffen könntet. Bis dahin verweigert euch der Kaiser das Recht, euch Nahrungsmittel zu kaufen. Wenn schon nicht um euretwillen oder um eurer Ritter willen, dann denkt doch wenigstens an eure Rosse. Wenn die Pferde und Maulesel und Ochsen in schlechter Verfassung sind, bevor ihr überhaupt den Bosporus überquert, wie wollt ihr dann die glühende Hitze und den trockenen Sommer überstehen? Eure Rosse und Männer werden vor den Pfeilen und Krummschwertern der Türken wie Fliegen umfallen."

„Er hat recht", drängte Hugo. „Eine Armee kann nicht in schwerer Rüstung ohne Nahrung und Wasser kämpfen."

Der Herzog schaute Tankred aufgebracht an. „Wenn ich nicht wüßte, daß du ein Normanne bist und den Ruf genießt, ein mutiger Mann zu sein, würden wir dich auch verdächtigen, Bruder", sagte Gottfried. „Denn was sind denn diese Männer da draußen im Burghof, die deine Pferde bewachen, anderes als verweichlichte Griechen?"

„Ich bin nicht hier, um die Soldaten des Kaisers zu verteidigen. Sie können ihre Ehre selbst verteidigen. Und wenn ich nicht wüßte, daß Sie ein Ritter sind, würde ich diese Worte als Beleidigung auffassen."

Gottfried sah aus, als würde er widerstrebend nachgeben, als das Hufeklappern herangaloppierender Pferde im Hof das Gespräch unterbrach. Tankred schaute durch das Fenster hinab und rechnete mit Schwierigkeiten. Im Fackellicht trugen einige Fußsoldaten mehrere verwundete Männer des Herzogs zum Eingang der Burg. Jetzt hatte Gottfried seinen Vorwand, Verhandlungen mit dem Kaiser zu verweigern.

Nur wenige Minuten, nachdem Tankred sich mit den anderen im Burgsaal eingefunden hatte, rief Gottfrieds Bruder, Fürst Balduin, zur Rache auf. Er konnte nicht erwarten, in den Kampf zu ziehen.

„War unsere Situation nicht schon vor dieser Nacht düster? Und trotzdem hat der Kaiser unsere guten Männer noch mehr beleidigt und moslemische Ungläubige hierher geschickt, um uns in den Städten, die wir besetzt halten, solange zu gängeln bis unsere Brüder aus dem Westen eintreffen."

„Was ist passiert?" wollte Tankred wissen, der den Verdacht hegte, daß Gottfrieds Männer die Schwierigkeiten selbst provoziert hatten.

Fürst Balduin schaute ihn scharf an. Er sah seine byzantinische Uniform. Als er aber erkannte, daß er der Sohn von Graf Dreux Redwan war, zeigte er Respekt. „Sie haben uns wie gierige Wölfe überfallen und einen Trupp unserer besten Männer abgeschnitten." Er schaute seinen älteren Bruder an, der finster die Stirn runzelte.

Es spielte keine Rolle, daß Gottfrieds Männer es vielleicht verdient hatten, von den byzantinischen Soldaten angehalten zu werden. Es wurde als Pflicht eines Ritters betrachtet, seine verletzte Ehre zu verteidigen. Jede Aufforderung zur Vernunft oder Ruhe würde schnell verworfen werden. Er sah, daß Gottfried ihn von der anderen Seite des Saales aus anschaute.

„Du siehst, wie der Kaiser selbst seinen Waffenstillstand gebrochen hat. Byzantinischer Verrat! Du verlangst von mir, mit dir in die Stadt zurückzukehren, um meine Knie zu beugen und mich wie ein grunzendes Ferkel seinen Forderungen zu ergeben!" Er wandte sich an den verwundeten Rheinländer, der sich auf dem Boden aufsetzte, seinen Arm hielt und sich an die Mauer lehnte.

„Was ist euch widerfahren?" wollte Gottfried wissen.

Der Rheinländer wischte sein schwitzendes Gesicht an seinem Ärmel ab und strich seine verklebten schwarzen Haare zurück. „Den Überfall hatten wir nicht provoziert, mein Lehnsherr. Viele gute Männer sind tot. Männer, die gebraucht würden, um die Ungläubigen vor Jerusalem zu bekämpfen. Andere sind schwer verwundet. Einige unserer Edelmänner sind jetzt Gefangene! Rächen Sie Ihre Ehre, mein Lehnsherr."

Tankred schaute ihn genauer an und kam zu dem Schluß, daß er ein Unruhestifter war. Er erinnerte sich nur allzu gut an den Überfall der Rheinländer auf die Juden in Worms, Köln und in den Städten an der Donau und hatte das Gefühl, daß diesem Mann nicht zu trauen war.

„Es ist nicht Herzog Gottfrieds Ehre, die angegriffen wurde, sondern einige Plünderer", behauptete Tankred. „Schwörst du, daß ihr diesen Angriff nicht provoziert habt?"

Die Augen des Ritters bemerkten ihn zum ersten Mal und wurden hart, als er die schwarzrote Uniform der kaiserlichen Kavallerie sah.

„Du stellst meine Aussage in Frage, Grieche! Männer mit derselben byzantinischen Uniform haben unsere Edelmänner angegriffen, die unterwegs waren, um in einer der Städte Nahrungsmittel zu besorgen. Wir sind schnell losgeritten, um ihnen zu helfen, aber die Griechen waren uns zahlenmäßig überlegen und schlugen uns mit ihren Schwertern nieder."

Tankred schaute ihn durchdringend an. „Ihr wolltet Nahrungsmittel besorgen und wart bereit, den griechischen Bauern die Sachen zu bezahlen? Oder wollten eure Edelmänner sowohl das Brot als auch die Töchter der Bauern plündern?"

Der Rheinländer versuchte wütend, sich auf die Beine zu rappeln, aber Gottfried winkte einem anderen Mann, ihn zurückzuhalten.

„Diese Edelmänner? Wo sind sie jetzt?" fragte Gottfried.

Der Ritter warf Tankred einen wütenden Blick zu. „Draußen, tot. Wenn mein Wort in Frage gestellt wird, mein Lehnsherr, dann ruft den französischen Ritter herein, der draußen wartet. Er und eine Gruppe seiner Fußsoldaten fanden mich und die anderen, wie wir dem Tod überlassen auf dem Feld lagen."

Gottfried winkte ungeduldig einem Edelmann. „Bringt den Franzosen herein."

Einen Augenblick später erblickte Tankred einen verwundeten Edelmann und einen französischen Ritter, deren Gesichter mit getrocknetem Schweiß und Blut verschmiert waren.

„Monsieur", keuchte der Ritter. „ Er spricht die Wahrheit. Ich und eine Gruppe von Rittern, die dem König von Frankreich unterstehen, stießen auf eine Gruppe Edelmänner, die unter Beschuß standen. Wir kämpften, um ihnen zu helfen, töteten aber nur zwanzig der Angreifer. Wir haben eure Leute zurückgebracht, damit sie christlich bestattet werden können, und diesen verwundeten Rheinländer."

Gottfried wandte sich stirnrunzelnd an seine Brüder und mehrere führende Ritter, um die Situation zu besprechen, während der verwundete französische Edelmann und der Ritter zu Boden sackten. Tankred ging daran, zuerst den Ritter zu versorgen.

Der Rheinländer blieb auf dem Boden liegen und beobachtete ihn mißmutig. „Mein Lehnsherr, wollen Sie vor den Ohren dieses Mannes, der dem griechischen König dient, über Ihre Pläne sprechen?“

Tankred weigerte sich, ihm eine Antwort zu geben, und konzentrierte sich statt dessen darauf, die Blutung aus der klaffenden Wunde über der Schulter des Ritters zu stillen.

„Er ist ein Normanne“, knurrte Gottfried. „Ein Freund, ein Vetter von Fürst Bohemund.“

„Ein Normanne! In griechischer Uniform?“ Der französische Ritter schaute ihn fragend an und nahm den Weinbecher, den ihm ein anderer Edelmann reichte. „Sprich über einen anderen Ritter in seiner Gegenwart nicht schlecht, Rheinländer“, knurrte er. „Sonst schneidet er dich in Stücke. Siehst du, wie er mir hilft, obwohl ich fast verblute und mich darauf eingestellt habe zu sterben?“

Der Rheinländer verfiel in ein mißmutiges Schweigen, aber Tankred fühlte seinen wütenden Blick auf sich.

Gottfrieds Wunsch nach Vergeltung folgend, trafen die Kreuzfahrer Pläne, loszureiten und einen Hinterhalt auszulegen.

„Die türkischen Ungläubigen, die als Söldner bei ihnen angeworben sind, werden als Gefangene an unsere Ritter verteilt“, sagte Gottfrieds Bruder Balduin.

Tankred trat auf Herzog Gottfried zu. „Der Rheinländer lügt.“

„Woher willst du das wissen?“

„Ich kenne diese Männer. Sie waren unterwegs, um die Bauern zu bestehlen und zu terrorisieren. Wenn ihr jetzt Rache übt, wird der Kaiser angreifen und euch die Nahrungsmittelzufuhr endgültig abschneiden. Alexios ist auch ein kluger Kriegsmann. Er hat damals bei Thessaloniki gegen die Normannen gekämpft. Er wird ein Unrecht, das seinen Leuten angetan wird, nicht einfach hinnehmen.“

„Unserer Ehre ist bereits Unrecht angetan worden“, schimpfte Balduin, aber Gottfried war ernst.

„Sprechen wir oben allein weiter“, sagte er zu Tankred.

* * *

Von dieser Nacht hinge so vieles ab, dachte Helena, deren Herz aufgeregt schlug. Sie erwartete nicht, daß ihr gewagtes Unternehmen problemlos verlaufen würde. Starke Zweifel machten ihre Bemühungen zunichte, innerlich und äußerlich Ruhe zu bewahren. Als sie und Bardas über die Brücke auf die Burg zuritten, auf der Herzog Gottfried und seine obersten Fürsten und Adeligen ihr Hauptquartier aufgeschlagen hatten, war es schon spät am Abend, und der Regen hatte aufgehört.

Auf den steinernen Straßen der Stadt waren die westlichen Soldaten lautstark zu hören. Helena betrachtete die vielen Männer mit den verschiedensten Rüstungsgegenständen, von denen sie die meisten nicht kannte. Sie war von Kopf bis Fuß von einem Umhang aus blaugoldkariertem Brokat mit einer tiefen Kapuze bedeckt, aber daß sie eine Byzantinerin und auch ihre Kutsche unverkennbar byzantinisch war, war für jeden deutlich sichtbar. Man starrte sie mit vorsichtigem Schweigen an. Bardas, der sich besorgt umblickte, wurde mit unverhohlenem Argwohn betrachtet.

„Unter einem dünnen Mantel der Galanterie sind diese Männer alle unzivilisierte Barbaren", murmelte Bardas.

Sie zitterte trotz ihres Umhangs. „Unter ihnen sind auch Fürsten und Adelige. Ritter, die für eine Dame kämpfen und sterben würden. Aber du hast recht. Wir müssen schnell an den gewöhnlichen Bauern und Soldaten vorbeikommen und zu den adeligen Fürsten und Rittern der Franzosen und Normannen gelangen."

Bardas schaute sich mit unübersehbarer Skepsis um. „Selbst Redwan behauptet von sich, ein Graf zu sein. Sie prahlen alle damit, daß sie königliches Blut hätten, aber wer waren ihre Väter? Wilde aus dem gefrorenen Norden und Barbarenstämme aus den dichten Wäldern des Westens."

Ihre Kutsche bewegte sich klappernd die steinerne Straße hinab. Vor der Burgfestung kamen die Pferde schnaubend zum Stehen. Helena spürte die angespannte Atmosphäre in der Luft, in der der Rauch von den Kochstellen am Wasserrand, wo die Fußsoldaten ihr Lager aufgeschlagen hatten, aufstieg.

Bardas warf seinen runden roten Umhang über seine breiten Schultern und stützte Helenas Arm, als sie aus der Kutsche stieg.

Ein rauher Ritter tauchte auf den verdunkelten Stufen, wo er Wache gestanden hatte, im Fackellicht auf. Seine schulterlangen schwarzen Haare waren kaum gekämmt. Nach einem einschätzenden Blick auf Bardas wanderten seine Augen weiter zu Helena.

Bardas sprach in einem hochtrabenden Latein: „Ich bringe eine Frau vom Hochadel in den Schutz der Burg von Herzog Gottfried von Bouillon. Es ist wichtig, daß sie mit dem Verbindungsmann des Kaisers, Tankred Redwan, spricht."

„Graf Redwan ist in einer Besprechung mit unserem Lehnsherrn. Wen soll ich melden?"

„Die Tochter des berühmten griechischen Generals."

Der Ritter wirkte belustigt. „Und von welchem berühmten griechischen General belieben Sie zu sprechen?"

Bardas trat angriffslustig einen Schritt vor, aber Helena legte beschwichtigend die Hand auf seinen Arm. „Nein, Bardas", flüsterte sie.

Der Ritter machte eine übertriebene Verbeugung. „Ich werde unserem Lehnsherrn unverzüglich Bericht erstatten. Kommen Sie, Byzantiner, betreten Sie mit Ihrer hochwohlgeborenen Dame die Burg."

Sie hörte Bardas etwas über ungehobelte Manieren brummen, aber Helena machte sich weitaus weniger Sorgen über die gebührenden Respektbekundungen dieses Mannes als darüber, Tankred zu finden. Sie zog ihren Umhang enger um sich und schritt, dicht gefolgt von Bardas, voran.

Helena war noch nicht weit gekommen, als die Tür aufging und mehrere Soldaten aus der Burg stapften. Sie warfen interessierte Blicke zuerst auf die Kutsche und die feinen Pferde und dann auf Helena. Auf ihren gebräunten Gesichtern spiegelte sich Neugier.

Bardas ließ seine Hand auf dem Griff seines Schwertes liegen, das in der Scheide steckte, aber die Herausforderung in seiner Stimme war unmißverständlich. „Tretet zur Seite", befahl er. „Die Dame wünscht vorbeizugehen."

Die Soldaten warfen einander vielsagende Blicke zu. Als belustigte sie seine hochtrabende Haltung, zog ein kurzes Lächeln über ihre Lippen. Bardas funkelte sie drohend an. Mehrere warfen den Kopf zurück und lachten lauthals, während ein anderer etwas auf Französisch sagte. Die Soldaten stimmten ihm alle lautstark zu.

Helena hielt diese Männer für eingebildete Franzosen. Unter weniger gefährlichen Umständen, wäre sie wahrscheinlich neugierig auf diese Menschen gewesen. Sie waren ganz anders als die Rheinländer, denen sie an der Donau begegnet war. Diese Ritter waren noch größer als Bardas, sie waren dunkel und sahen gut aus. Alle trugen lange Haare, und ihre kühnen dunklen Augen ließen gefährliche Begierden vermuten. Und sie trugen eine Unmenge bedrohlich aussehender Waffen bei sich.

Obwohl sie und Bardas ihre Sprache nicht verstanden, war die Belustigung in ihrem Lachen unmißverständlich. Dieser Gedanke hätte leicht an ihrem Stolz kratzen können, wenn sie es nicht so eilig gehabt hätte.

Ein mächtiger Mann in einem mit Pelz besetzten Umhang erschien im Türrahmen. Er mußte ein Adeliger sein, denn die anderen drehten sich beim Klang seiner befehlenden Stimme um und hörten auf zu lachen.

Als sie das Lächeln und die übertriebenen Verbeugungen der Männer sah, fegte Helena an ihnen vorbei in den Burgsaal und fühlte, wie sich ihre Nerven immer mehr anspannten.

Der große Saal war von brennenden Fackeln erhellt. Holz brannte in dem Kamin, der die Größe einer ganzen Wand einnahm. Ein gebratenes Schwein war an einem Spieß aufgesteckt. Das Spritzen und Zischen des Fetts war das einzige Geräusch in dem Burgsaal, als die Männer bei ihrem Eintreten plötzlich verstummten.

Sie schaute sich neugierig um. Noch andere Ritter waren an dem langen, auf Böcken stehenden Tisch an der hinteren Wand versammelt oder standen gemütlich mit ihren Weinbechern in der Hand beim Kamin. Sie sah auch Adelige, die Umhänge mit Pelzkragen trugen; alle waren makellos gekämmt. Ihre unbeugsamen Gesichter deuteten auf eine edle Herkunft hin. Viele Augenpaare, die ein gespanntes Interesse verrieten, schauten sie von Kopf bis Fuß an. Mehrere richteten ihren Blick auch auf Bardas und schätzten seine Stärke ein, wie es alle Ritter tun, wenn sie einem Soldaten das erste Mal begegnen.

Helena bemerkte eine andere Gruppe Männer und faßte sich ein Herz. Mönche in braunen oder schwarzen Kutten saßen in einem kleinen Kreis und lasen aus einem Pergament. Ihre jungen männlichen Diener trugen bernsteinfarbene Rosenkränze.

Ob Mönche, Ritter oder Adelige, sie alle hatten dasselbe rote Kreuz auf ihre Hemden genäht, und alle trugen gefährliche Waffen bei sich.

Helenas Anwesenheit löste ein unbehagliches Schweigen aus; dann begannen die Adeligen, sich mit leiser Stimme miteinander zu unterhalten, entweder auf Nordfranzösisch oder auf Deutsch. Die tiefen kehligen Stimmen der Rheinländer weckten in ihr die Erinnerung an die schrecklichen Stunden vor mehreren Monaten, als sie sich an der Donau im Wald versteckt hatte. Philipps Gefolgschaft war brutal überfallen worden, und viele waren getötet worden. Sie zitterte bei dieser Erinnerung.

Wie ein Tiger, der sein Junges beschützt, trat Bardas näher an ihre Seite. Seine marmorschwarzen Augen wanderten langsam und mit unübersehbarem Mißtrauen über diese Männer hinweg, als wären sie ein Pack hungriger Hunde, die um einen Knochen kämpften. In diesem Augenblick ergriff der französische Adelige, der sie in den Saal begleitet hatte, ihren Arm. Sie war nicht sicher, ob er sie nur zu der gemeißelten Treppe in das Zimmer im oberen Stockwerk führen wollte, in dem der

Herzog von Niederlothringen mit Tankred wartete, denn in dem Augenblick, als er sie berührte, kam Bardas' Schwert mit einem schnellen Flüstern aus seiner Scheide.

„Dreckige Finger, an denen Schweinefett tropft! Sie wagen es, General Lysanders Tochter zu berühren?“

Helena hielt entsetzt den Atem an. Ob der Adelige die Worte verstand, war nicht klar, aber die unmißverständliche Bedeutung der gezogenen Klinge sprach deutlich genug. Seine dunklen Augen funkelten wie die entfachte Glut in einem Kamin. Er zog ebenfalls sein Schwert, warf seinen Umhang zur Seite und trat zurück.

Er rief etwas auf Französisch, das eine verächtliche Herausforderung an Bardas sein mußte. Die anderen Männer traten an die Wand zurück, um das bevorstehende Schauspiel zu beobachten. Sofort eilte Helena zwischen die beiden, um ein Blutvergießen zu verhindern. Verstand der Adelige Latein? „Nein, dieser Mann ist mein Leibwächter! Er wollte mich nur beschützen.“

Er schaute sie mißmutig an. „Leibwächter oder nicht, dieser Grieche hat meine Ehre beleidigt!“

„Ich habe das Blut eines Spartaners!“ fauchte Bardas stolz.

Der Franzose warf ihm einen abschätzigen Blick zu. „Ein Spartaner? Du? Bei den Flügeln eines Falken, du bist ein schwaches Weib! Schaut –“, rief er seinen Kumpanen zu und deutete spöttisch auf Bardas. „Er trägt eine Seidenhose – eine rote Seidenhose mit hübschen Goldbändchen!“

Lautes Gelächter hallte von den Burgwänden wider.

„Stecken Sie Ihr Schwert wieder ein, Herr Ritter!“ verlangte Helena. „Bardas – tritt sofort zurück!“

„Ich bin Robert von Paris, und in meinem ganzen Land gibt es nur wenige Ritter, die bereit sind, gegen mich zu kämpfen. Ich habe einmal von Sonnenaufgang bis Sonnenuntergang an der Straße gewartet. Niemand wagte sich vor, um es mit mir aufzunehmen. Und dieser hübsche Kerl in roter Seide will meine Ehre beleidigen und mir mit seinem Schwert vor der Nase herumfuchteln, an dem bestimmt nur Ziegenmilch klebt, aber nicht das Blut von Ungläubigen!“

„Er soll nur kommen, Herrin. Ich werde es ihm schon zeigen! Ich werde eine Hälfte von ihm den Raben und die andere den Ratten zum Fraß vorwerfen.“

Obwohl Helenas Herz vor Anspannung in ihren Ohren pochte, konnte sie ihre zittrigen Knie mit einem würdevollen Heben ihres Kinns überspielen. „Still, alle beide.“ Ihre Augen richteten sich direkt auf den

Franzosen. „Ich stelle Ihre Tapferkeit und Ihre Stärke nicht in Frage, Herr Ritter, und auch nicht die Tapferkeit der anderen Ritter hier. Aber ich bin mit der königlichen Familie in Konstantinopel verwandt. Und ich kann jeden Mann hier zu den Bären werfen lassen, wenn Sie eine Hand gegen meinen Leibwächter erheben."

Unsicherheit machte sich breit und verwandelte sich dann in ein zustimmendes Lachen, als Helena zwischen ihnen ihre Stellung verteidigte und scheinbar ganz uneingeschüchtert blieb. *Tankred, wo steckst du nur!*

Ein Befehl erklang von der Treppe über ihr, und sie drehte sich hoffnungsvoll um. Ihre tiefbraunen Augen waren groß und warm.

„Das war nicht gut, Robert. Bin ich dein Lehnsherr oder nur ein räudiger Hund bei der Ziegenherde, daß du es wagst, meine Gäste wie Feinde zu behandeln?"

Helena starrte sprachlos zu dem Mann hinauf, der offensichtlich Herzog Gottfried war. Sein Aussehen war alles andere als das, was sie erwartet hatte.

Der französische Ritter, der sich als Robert von Paris vorgestellt hatte, deutete ungeduldig auf Bardas. „Mein Lehnsherr, dieser Grieche in Frauenkleidern hat mein Schwert beleidigt!"

„Ich bin ein Spartaner", prahlte Bardas wieder. „Und ich habe an der Seite General Lysanders gegen die moslemischen Horden gekämpft. Ich habe zwanzig Ungläubige mit meinem Schwert erschlagen, bevor mein Herr fiel, der ein Heiliger war! Und wenn diesem Barbaren mein rotes Gewand nicht gefällt, dann fordere ich ihn heraus, doch zu versuchen, es mir auszuziehen!"

Gottfried stand mit den Händen in die Hüften gestemmt breitbeinig da und betrachtete die beiden Kontrahenten. Aufkeimender Ärger rötete seine Wangen.

Helena hatte gehört, daß er aus der Nachkommenschaft Karls des Großen stammte, des ersten Kaisers in Westeuropa nach dem Sturz des Römischen Reiches, der die kriegsführenden Parteien wieder zusammengeführt hatte. Karl der Große war im neunten Jahrhundert gestorben, und das Heilige Römische Reich war erneut in zahlreiche Königreiche zersplittert. Heinrich war jetzt der Kaiser, und auch wenn er selbst nicht zu dem Kreuzzug in das Heilige Land gekommen war, hatte er doch seinen Verwandten, Herzog Gottfried, geschickt.

Gottfried war ein gutaussehender Mann, der sich in seiner Rolle als Würdenträger sichtlich wohl fühlte, aber zweifellos ein Kriegsmann war. Er sah so ganz anders aus als der wilde Barbar, den Helena erwartet hatte.

Er kam in einem langen Pelzmantel die steinernen Stufen hinab. Seine grauen Augen wanderten von dem Franzosen zu dem regungslosen Bardas.

„Du, Spartaner!“ sprach er Bardas an. „Die Farbe deiner Kleidung interessiert mich nicht. Aber du betrittst meine Burg und fuchtelst dabei kühn mit deinem Schwert herum. Schon allein dafür könnte ich dir selbst den Kopf abschneiden! Ich verzichte um der Dame willen jedoch darauf. Sprich! Auf wessen Wunsch hin kommst du?“

Bardas' Augen zogen sich zusammen. Er warf einen Blick auf Helena. Sie hob diskret die Hand, eine Geste, die der Herzog ebenfalls bemerkte. Daß Gottfried bereits das Gefühl hatte, der Kaiser beleidige ihn, war klar, und sie vermutete, daß er über diese Beleidigungen vor ihrer Ankunft mit Tankred gesprochen hatte.

Helena trat vor. „Verzeihen Sie vielmals, aber der Leibwächter gehört mir. Er ist voreilig – aber er will mich nur beschützen. Der Eid, mein Leben zu schützen, lastet schwer auf seinem Herzen, und oft läßt er sich hinreißen und reagiert vorschnell.“

Ihre Augen flehten Bardas an zu schweigen. Er wandte den Blick ab. Die Adern an seinem breiten Nacken traten vor und verrieten seine mühsam unterdrückte Wut, doch er blieb still und steckte sein Schwert energisch wieder in die Scheide zurück. Der französische Ritter drehte ihm widerwillig den Rücken zu, dann schritt er zum Tisch und ergriff einen Weinbecher.

„Der Kaiser weiß nicht, daß ich hier bin“, erklärte Helena dem Herzog. „Ich komme auf meine eigene Initiative durch gefährliches Gebiet und bin nur in Begleitung meines Leibwächters. Ich muß ganz dringend mit dem Normannen sprechen, den man Tankred Redwan nennt.“

Gottfrieds Miene verriet eine leichte Neugier, als er sie betrachtete. Helena zog ihre Kapuze zurück und enthüllte darunter die dichten, glänzenden, pechschwarzen Locken, die reichlich mit cremefarbenen Perlen verziert waren. Die hübschen griechischen Züge ihres Gesichts und ihre adelige Erscheinung ließen die Männer im Raum erneut verstummen.

„Ich bin Helena Lysander, die Tochter des verstorbenen Generals Lysander, des Neffen der Kaiserin.“

Sie trat hoch erhobenen Hauptes auf ihn zu. Als sie vor den Stufen, auf denen er stand, stehenblieb, beugte sie bewußt mit Respekt vor seinem Titel den Kopf, da sie wußte, wieviel den westlichen Fürsten, Baronen und Feudalherren Ehre und Ansehen bedeuteten.

„Ich grüße Sie, Herzog Gottfried. Mein Unterfangen, um diese späte Stunde hierher zu kommen, war von vielen Risiken begleitet, aber ich freue mich jetzt, sicher bei Ihnen und unter dem Schutz Ihrer ehrenwerten Ritter zu sein.“ Sie schaute sich im Kreis der starken Männer um, die sie ebenfalls mit lebhaftem Interesse beobachteten. Die Adeligen sahen geschmeichelt aus und zeigten lächelnd ihre weißen Zähne.

„Ihr Diener, Mademoiselle“, riefen sie einer nach dem anderen und verbeugten sich tief vor ihr.

Helena lächelte jeden einzelnen freundlich an. Ein sehnsüchtiges Seufzen ging durch den Saal. Einer eilte vor und kniete vor ihren Füßen nieder. „Mademoiselle, ich gehöre Ihnen! Ich bin bereit, für Sie zu sterben!“

Ein lautes Lachen erscholl aus dem Mund der anderen Männer über ihren geblendeten Ritterkollegen.

Helena hatte die Situation etwas entschärft, auch wenn sie sich dazu höflicher Schmeicheleien bedient hatte – etwas, das nicht ganz edel war.

„Seien Sie auf der Hut, Fürstin“, rief eine Stimme von der Galerie über ihr. „Mit Ihrem Charme ernten Sie vielleicht mehr, als Ihnen lieb ist. Diese Männer werden bald aus Ihrem Schuh trinken und losmarschieren, um Ihnen Kalids Kopf zu bringen.“

Helena riß schnell den Blick von dem knienden Ritter los und fuhr mit dem Kopf zu Tankred herum. Ihr Herz machte einen seltsam aufgeregten Sprung, als ihre Augen ihn erblickten. Die schwarzrote Uniform der Kaiserlichen Garde verstärkte nur sein ohnehin schon gutes Aussehen.

Der Herzog warf einen Blick auf die obere Galerie, wo Tankred an einer Säule lehnte. „Du kennst die Tochter des Generals, Tankred?“

„Wir sind miteinander verwandt.“

Helena konnte bei dieser kühnen Bemerkung, die er offensichtlich mit ironischer Belustigung sagte, ihre Überraschung nicht verbergen. Selbst Gottfried schaute Tankred bei dieser unwahrscheinlichen Andeutung fragend an.

Der Anflug eines Lächelns bildete sich um Tankreds Mund. „Sie ist die Nichte von Bischof Nikolas Lysander, meinem hoch geschätzten und geliebten Paten“, kam Tankreds Antwort.

Eine solche Unverfrorenheit! Selbst wenn er Nikolas kannte, waren sie nicht verwandt.

„Da Nikolas an Bohemunds Seite reitet, ist seine Nichte auch unsere Freundin.“ Gottfried schaute Helena an. „In unserem Schutz wird es Ihnen an nichts fehlen, gnädiges Fräulein.“

Helena dankte ihm und erwartete, daß Tankred die Galerie verlassen und die Treppe herabkommen würde. Als er das nicht tat, schaute sie ihn direkt an.

„Ich möchte mit Ihnen sprechen, mein *Verwandter.* Ich habe eine beträchtliche Strecke im Regen zurückgelegt, um Sie zu finden.“

Er machte eine galante Verbeugung. „Wie Sie wünschen, Fürstin. Soll ich zu Ihnen hinabkommen, oder kommen Sie zu mir herauf?"

Ein Grinsen ging durch die Reihen der Ritter, aber Helena achtete nicht darauf und stieg würdevoll die Treppe hinauf. Ihr Umhang strich wie die Schleppe einer Prinzessin hinter ihr über die Stufen. „Ich möchte allein mit Ihnen sprechen."

„Ihr Wunsch ist mir Befehl."

Dieser Schurke. „Sie sind wirklich galant, Herr Ritter. Bardas, du kannst mitkommen."

Auf halber Höhe warf Bardas einen Blick auf die rauhen Gesichter im Saal, aber Helena stieg fest entschlossen die rauhen Steinstufen hinauf in das Besprechungszimmer im oberen Stockwerk.

Vor der Tür blieb Helena stehen und atmete tief ein. *Herr, führe meine Schritte,* betete sie, dann drehte sie sich zu Bardas um und flüsterte: „Warte hier."

6. Herzbube

Helena verbarg ihr nervöses Zittern hinter einem würdevollen Auftreten und rauschte hoch erhobenen Hauptes an Tankred vorbei in den Saal mit dem hohen Deckengewölbe und den hellen Fackeln, die rundherum an den Wänden flackerten. Im Kamin knisterte ein Feuer. Das kleine offene Fenster wurde von einem Blitz erhellt, dem ein tiefes Donnerrollen aus der Richtung des pechschwarzen Bosporus folgte.

Tankred schloß die schwere, mit Eisenbeschlägen verstärkte Tür, drehte sich zu Helena herum und schaute sie mit seinen stürmischen blaugrauen Augen ruhig an. Jetzt, da sie allein waren, verbarg er seine Besorgnis über ihr gewagtes Kommen nicht.

„Es war gefährlich, hierher zu kommen. Haben Sie den ungesunden Ehrgeiz, sich ständig in Gefahr zu begeben, oder sollte ich mich geschmeichelt fühlen, weil Sie es keinen Tag mehr aushalten konnten, ohne mich zu sehen?"

Seine Kühnheit erstaunte sie immer wieder aufs neue. Unter seinem direkten Blick bemühte sie sich, die Gefühle, die in ihrem Herzen aufloderten, zu unterdrücken.

Mit gespielter Gleichgültigkeit ging sie an ihm vorbei zum Kamin. „Haben Sie es nötig, sich so etwas einzubilden, Herr Ritter? Sie sind ganz genauso wie Ihre arroganten Verwandten da unten." Sie schaute ihn kühl und forschend an. „Außer natürlich, daß Sie nicht so eitel sind und mit duftenden, geölten Haaren herumstolzieren."

Er zog fragend eine Braue in die Höhe, dann verschränkte er die Arme vor der Brust und lehnte sich lässig an die Tür. „Wenn ich mein Haar so lang wie Samson wachsen ließe, wären Sie dann eher geneigt, meinen Kopf auf Ihrem Schoß zu streicheln, Fürstin?"

Helena fuhr herum. Ihre Augen funkelten, und ihre blassen Wangen erröteten.

Tankred verbeugte sich wieder, als fürchtete er, sie schrecklich beleidigt zu haben.

„Ich habe mich furchtbar geirrt, Fürstin. Meine kühne Bemerkung hat

Sie verletzt. Ich habe Ihre hohe Stellung beleidigt. Sie sind zurecht empört. Ich habe vergessen, daß ich nur ein ungebildeter Barbar bin, während Sie, schönes Fräulein, eine edle Byzantinerin sind. Ich dagegen darf mich glücklich schätzen, wenn ich mich als Sklave vor Ihren glänzenden Schuhen beugen darf."

Er schaute sie mit einem leichten Lächeln an.

„Gewiß", sagte er, „gibt es nichts, das ich tun könnte, um Ihre Gunst zu gewinnen?"

„Zügeln Sie Ihre Zunge, Herr Ritter. Es gibt etwas, das Sie tun könnten", preschte Helena entrüstet vor. Als er sich aufrichtete und ihr einen fragenden Blick zuwarf, platzte sie ohne Umschweife heraus: „Sie können Ihr Schwert nicht Philipp, sondern mir unterstellen."

Er schaute sie an, als würde er über diesen Vorschlag ernsthaft nachdenken. „Ein Angebot, das überlegenswert ist. Gibt es einen Drachen, den ich für Sie erlegen soll, um die Gunst zu erlangen, daß Sie mich auch nur eines Blickes würdigen?"

Helena wagte es nicht, darüber nachzudenken, welche Wirkung es auf ihn hätte, wenn sie ihm ihre Gunst erweisen würde, und riß die Augen von ihm los. Sie trat an den Tisch, der auf Böcken stand, und fuhr mit der Hand über seine rauhe Oberfläche. Sie fand diesen Mann attraktiv – zu attraktiv –, und das gefiel ihr nicht.

„Das dachte ich mir", sagte er mit spöttischer Enttäuschung. „Dann verraten Sie mir doch bitte, wessen Kopf ich Ihnen als Trophäe auf einem Tablett bringen soll? Philipps?" fragte er unschuldig.

Sie drehte sich bei dem stichelnden Unterton in seiner Stimme abrupt um.

„Noch eine Enttäuschung", sagte er. „Ich sehe an Ihrer gerechten Entrüstung, daß Sie so unweise sind und ihn trotz seiner Feigheit immer noch hoch in Ehren halten. Ah, jetzt weiß ich es! Es muß – ja, es muß der Kopf der ‚goldenen Göttin' sein, den Sie wünschen!"

Helena rauschte zur Tür, als wollte sie den Raum verlassen, aber er versperrte ihr den Weg und verbeugte sich tief vor ihr.

In Tankreds Augen funkelte eine bissige Belustigung. „Ein grober Scherz, der sich nicht gebührt. Verzeihung. Wir beide wissen, wie gern Sie die liebe Fürstin Irene haben."

Es lag ihr auf der Zunge, eine spitze Bemerkung über sein angebliches Interesse an ihrer Tante fallenzulassen, aber sie würde seine Arroganz nur noch fördern, wenn sie ihn wissen ließe, daß die Sklavenmädchen über seine Beliebtheit bei Fürstin Irene tuschelten.

„Ich möchte Ihre Dienste kaufen", erklärte sie nüchtern.

Er zuckte sichtlich zusammen. „Mir blutet bei Ihrer Stimme das Herz. Sie wählen einen so unpassenden Ton, um mein Herz zu umwerben –"

„Ich ‚umwerbe' weder Ihre Zuneigung, Herr Ritter, noch wäre ich so töricht, mir Gedanken um Ihr Herz zu machen!"

„Das wäre allerdings töricht."

„Ich möchte Ihr Schwert kaufen!"

Sein selbstsicheres männliches Auftreten schien sie herausfordern zu wollen. „Kann ein so hübsches und entzückendes Gesicht eine so bissige, kleine Zunge bergen? Welch eine unchristliche Haltung ..." Er seufzte. „Ich kann mein Schwert nicht verkaufen. Allein schon der Gedanke beleidigt meine Ritterehre."

Sie kniff die Augen zusammen. Er machte es ihr natürlich absichtlich schwer, aber warum?

„Ihr Stolz ist zu groß, Fürstin."

Helenas Augen wurden bei seiner Unverfrorenheit ganz groß. „Mein Stolz, Herr Ritter? Sagten Sie, *mein* Stolz? Welch eine falsche Unterwürfigkeit Ihrerseits! Welch eine Arroganz! Was ist mit Ihrem Stolz?"

Helenas barsche Antwort konnte ihn nicht einschüchtern, und da sein Blick durchdringend und unnachgiebig war, drehte sie sich schnell zum Kamin um und hielt ihre kalten Handflächen über die Glut.

Das Schweigen wurde ungemütlich.

„Was die Gefahr angeht, in die ich mich begeben habe, Herr Ritter: Ich lebe seit meiner Kindheit tagtäglich mit Gefahren. Als ich bei meinem Eintreffen einem Ihrer arroganten Freunde da unten gegenüberstand, war das nichts anderes als das, was ich von barbarischen Männern erwartet hatte, die an nichts anderes denken als an ihre Geschicklichkeit mit Schwert und Lanze."

Sie drehte leicht den Kopf und schaute ihn forschend an.

Er zog eine Braue in die Höhe. „Ihre Worte treffen mich zutiefst, Fürstin."

„Gut. Das sollen sie auch."

„Ja. Zweifellos. Sie wollen, daß ich um die Brosamen Ihrer großzügigen Gunst bettle und flehe. Was für mich aber die Frage aufwirft, warum Sie überhaupt hierher gekommen sind, wenn ich doch ein barbarischer Hund bin, der Ihrer Gunst kaum würdig ist."

Sie erinnerte sich an das schmachtende Seufzen ihrer Kusine Zoe und der anderen einfältigen Frauen innerhalb des Adels. „Jedenfalls bin ich bestimmt nicht wegen Ihres schönen Gesichts gekommen, Herr Ritter."

„Daß Sie andeuten, mein Gesicht bemerkt zu haben, versetzt mein Blut in Wallungen, Fürstin."

Sie starrte steif ins Feuer. „Welch kühne Phantasie Sie haben."

Tankred lehnte lässig an der Tür. „Dann werfen wir einmal alle Phantasie über Bord. Reden wir offen miteinander." Er trat an den Kamin, wo er ihr Gesicht sehen konnte. „Ich bin sicher, daß Ihr hitzköpfiger Leibwächter Ihnen abgeraten hat, hierher zu kommen. Sie wissen doch bestimmt von den Kämpfen zwischen dem Herzog und Ihrem Kaiser? Sie haben für Ihren Besuch einen sehr gefährlichen Augenblick gewählt."

„Dessen bin ich mir bewußt. Es war nötig."

„Das war es nicht. Ich habe Ihnen durch Bardas mitteilen lassen, daß ich zu Ihnen Kontakt aufnehme, sobald ich nach Konstantinopel zurückkehre."

Die goldenen Fäden in ihrem byzantinischen Kleid glitzerten. „Und ich, Herr Ritter, habe Ihnen in das venezianische Viertel am Goldenen Horn eine Nachricht geschickt, wie Sie mir geraten hatten!"

Eine Braue zog sich nach oben. „Ja. Ich habe Ihren Befehl erhalten."

„Tatsächlich? Und trotzdem sind Sie nicht gekommen?"

Tankreds Lächeln war leicht süffisant. Sein Blick wanderte mit offenkundigem Desinteresse kurz über sie hinweg. „Ich wollte nicht kommen."

Sie begegnete seiner Herausforderung mit äußerlicher Ruhe, aber auf ihre Wangen traten leichte Farbtupfer.

„Darf ich hoffen, daß Sie vor Enttäuschung halb verschmachteten?"

Sie stieß ein Lachen aus. „Persönliche Enttäuschung? Wohl kaum!" Sie drehte sich um und zog ihren Umhang aus. Dann verschränkte sie gelassen die Arme vor der Brust. „Ihr Schwert ist es, was mich interessiert."

„Leidenschaftlich?"

„Haben Sie über Ihren Pflichten für Philipp vergessen, daß ich bald an einen moslemischen Prinzen in Antiochia verheiratet werden soll? Ein abstoßender Schurke, genauso eingebildet wie Sie, ein Mann, der auch noch ein Vetter von Ihnen ist, wie ich herausgefunden habe! Anscheinend haben Sie viele zwielichtige Vettern – von einem behaupten Sie auch noch, er sei ein Mörder."

Er wurde ernst. „Das behaupte ich nicht nur. Mosul ist ein Mörder. Ein rücksichtsloser Mann, der über Leichen geht."

Seine Worte brachten für einen Augenblick Nüchternheit und Ernst in den Raum. Wie konnte er über ihre Not so unberührt hinweggehen? „Kalid ist auch Ihr Vetter", sagte sie. „Ich soll zu ihm geschickt werden. Oder haben Sie Ihre abscheuliche Taktlosigkeit, als Sie in Philipps Gemächern hinter dem Vorhang lauschten, so schnell vergessen?"

Tankred warf einen Blick auf das kleine offene Fenster, als höre er ein unerfreuliches Geräusch. Helena lauschte ebenfalls, hörte aber nur ihr aufgeregtes Herz laut schlagen und die Geräusche der Soldaten, die um ein Lagerfeuer im Burghof herumstanden.

„Wie könnte ich ein so unterhaltsames Schauspiel je vergessen?" Er lachte leise. „Das war ein köstlicher Augenblick."

„Ihre Galanterie läßt schwer zu wünschen übrig. Ich würde sagen, Ihre angebliche treue Freundschaft zu meinem Onkel war nur gelogen", beschuldigte sie ihn mit frustrierter Stimme. „Sonst würden Sie meine bittere Notlage nicht mit einer solchen Gleichgültigkeit betrachten."

„Sie können mir vieles vorwerfen, aber nicht, daß ich Ihr Schicksal mit Gleichgültigkeit betrachte. Ich könnte Ihnen meine Hilfe anbieten, Fürstin, wenn Sie nicht so verwöhnt und maßlos eingebildet wären."

„Sie wagen es –"

„Aber es besteht immer noch Hoffnung. Bald wird Nikolas Ihr neuer Vormund, der Ihnen Manieren und Güte beibringt. Wenn er es nicht tut, dann kann ich diese Aufgabe übernehmen. Vielleicht wenn unser beider Zukunft weniger von den Umständen gefesselt ist und die Freiheit hat, gemeinsame Wege zu gehen. Aber im Moment sind wir beide nicht frei, das zu tun, was wir wirklich wollen. Ich könnte dieses Ziel nicht weiter verfolgen, selbst wenn Sie mich darum bitten, denn mir sind die Hände gebunden. Außerdem leben Sie immer noch in der Selbsttäuschung, Sie würden Philipp lieben."

Verblüfft über seine Kühnheit, konnte Helena ihn nur sprachlos anstarren.

Tankred lächelte. „Andererseits ist meine Erinnerung an Kalid sehr lebendig. Ein Ritter vergißt seine Feinde nicht. Ich auch nicht. Haben Sie keine Angst: Es ist nicht meine Absicht, etwas, das ich als wertvoll betrachte, kampflos einem Gegner zu überlassen. Und genau das ist Kalid jetzt: mein Gegner."

Sie schaute ihn überrascht an.

„Er bietet dem Mörder Unterschlupf, der Derek getötet hat", erklärte er. „Ich muß es also mit beiden, sowohl mit Kalid als auch mit Mosul, aufnehmen – aus verschiedenen Gründen."

„Ich würde gern Ihr Schwert kaufen, damit Sie mich vor Kalid beschützen."

„Ah, mein Schwert ..." Er zog es aus der Scheide und betrachtete die Waffe, als wäre sie der Heilige Gral, aber sein ironisches Lächeln widersprach seiner gespielten Ehrfurcht. „Es gibt im ganzen Westen keines, das es mit ihm aufnehmen kann. In seinem Griff stecken Reliquien. Es ist bestimmt gesegnet und bereit, für eine heilige Sache zu kämpfen. Aber mein Krummschwert!“ Er seufzte. „Es wurde von einem ungläubigen Sarazener geschmiedet! Was jetzt? Die beiden stehen im Konflikt. Ich bin hin- und hergerissen!“

„Vielleicht sind Sie für immer dazu verdammt, zwischen den beiden Welten zu kämpfen“, sagte sie.

„Welches Schwert wollen Sie von mir?“ stichelte er.

„Vielleicht beide!“

„Dann haben Sie anscheinend etwas vergessen.“ Er trat ans Fenster und schaute hinab, als erwartete er jeden Augenblick Reiter im Hof.

„Vergessen?“

Er schaute sie an. „Habe ich Ihnen nicht in jener Nacht in Philipps Gemächern gesagt, daß mein Schwert nicht zu kaufen sei?“

Sie erinnerte sich sehr wohl an diese demütigende Nacht, aber sie wünschte, er würde sie vergessen. Sie gab sich gleichgültig.

„Und mein Dienst ist im Augenblick genausowenig zu kaufen, falls Sie aus diesem Grund gekommen sind.“ Er steckte seine Klinge wieder ein.

Einen Augenblick schaute sie ihn hilflos und entwaffnet an. „Aber ich dachte ..., Sie haben angedeutet ..., daß Sie mir helfen würden.“

„Sie haben mich nicht um Hilfe gebeten. Statt dessen sind Sie gekommen und haben Forderungen gestellt wie eine hochnäsige Prinzessin gegenüber einem barfüßigen Sklaven. Sie wollen, daß ich mich vor Ihnen beuge, um ein freundliches Wort bettle, meinen Kopf für nichts als ein herablassendes Lächeln riskiere. Eine solche Beziehung finde ich unser beider unwürdig.“

So war es nicht! Wie konnte sie ihm das nur begreiflich machen?

„Es ist nicht nur das“, sprach er weiter. „Ich bin außerdem eine Verpflichtung gegenüber Ihrem Kaiser eingegangen, eine Verpflichtung, die ich um meiner Ehre willen erfüllen werde, denn ich habe es ihm geschworen, auch wenn diese Pflicht mich in Gefahr bringen kann.“

Helena glaubte zu wissen, welches Unternehmen ihn in Gefahr bringen konnte: die Aufgabe, als Verbindungsmann in das Lager der anrükkenden Normannen zu reiten. Glaubte er, dort auf Männer zu stoßen, die wußten, daß er aus Sizilien geflohen war? Er glaubte doch gewiß nicht, daß sich Nikolas gegen ihn stellen würde? Es sei denn, er war kein Freund ihres Onkels, wie Bardas behauptete.

„Sobald ich meine Pflicht gegenüber dem Kaiser erfüllt habe, muß ich Konstantinopel verlassen. Ich halte mich ohnehin schon zu lange hier auf“, sagte er mehr zu sich selbst als zu ihr. „Meine Suche ist so dringlich, daß sie nicht warten kann.“

„Aber Sie haben doch die Aufgabe als Verbindungsmann angenommen, obwohl Sie wissen mußten, daß sich dadurch Ihre eigenen Ziele verzögerten."

Er schaute sie an. Sein Blick verriet nichts. „Ja."

„Dann –", argumentierte sie. „Da Sie diese Verpflichtung eingegangen sind und Philipp Sie gut bezahlt, bezahle ich Ihnen eben noch mehr." Sie trat mit raschelnden, glitzernden Gewändern auf ihn zu. „Ich bezahle Ihnen doppelt soviel wie Philipp."

„Sie glauben, alles ließe sich für den richtigen Preis kaufen und verkaufen. Ich bin kein habgieriger Mann. Gold? Ich habe genug." Er schaute wieder aus dem Fenster.

„Sie lehnen mein Angebot wegen Ihrer Loyalität zum Kaiser ab?"

„Allerdings, denn Loyalität läßt sich nicht kaufen. Wenn ich an ihn und an seine Sache glauben würde, dann hätte er meinen Dienst um der Ehre willen und nicht für Gold bekommen."

Sie erstickte die aufflackernde Flamme der Bewunderung in ihrem Herzen. „Aber Sie glauben nicht an ihn, und auch nicht an Philipp", beschuldigte sie ihn.

„Sollte ich das? Selbstsüchtige, ehrgeizige Pläne nähren die Wünsche in seinem Herzen. Darin sehe ich keinen Unterschied zwischen ihm und den Moslems. Beide beanspruchen den Segen des Himmels für sich. Ich würde sagen, ihr Eifer wurde eher von den Flammen der Hölle entzündet. Und was Philipp angeht: Er will Sie für sich haben. Trotzdem bringt er nicht den Mut auf, seine Stellung aufzugeben, um Sie zu behalten. Er begehrt das Lob und die Anerkennung der Menschen, die ihm falsche Sicherheit bieten."

Tankreds Kompromißlosigkeit weckte eine heimliche Hochachtung in ihr, aber wie konnte sie sich diese Lügen über Philipp anhören? Ja, er hatte sie enttäuscht, er hatte seine Träume und seinen Ehrgeiz, aber ihre Liebe ließ sich allein durch sein Versagen an ihr nicht so leicht auslöschen, und sie hegte die Hoffnung, daß er sich zu der Galanterie erheben würde, von der sie wußte, daß sie in der Tiefe seiner Seele wohnte.

„Aber Sie haben Philipp Ihr Schwert verkauft! Warum nicht mir? Wenn es eine Frage der Bezahlung ist –"

„Wenn ich mich im Augenblick ihm anschließe, dann aus persönlichen Gründen."

Sie verstand nicht, warum seine spitzen Bemerkungen so leicht ihren Zorn wecken konnten. *Ich sollte für Philipp nichts mehr empfinden, aber so ist es nicht,* dachte sie verletzt. Philipp hatte sie gedemütigt, als er sich geweigert hatte, mit ihr zu fliehen. Er war bereit, ihre Heirat mit Kalid zuzulassen. Aber irgendwie bedeutete er ihr immer noch etwas.

Tankred mußte an ihrer Miene erkannt haben, was sie dachte. „Sie tun mir schrecklich leid, Fürstin“, sagte er mit spöttischer Traurigkeit. „Sie vergeuden viele kostbare Stunden damit, sich seinetwegen vor Kummer zu verzehren, obwohl er weder Ehrgefühl noch Mut im Leib hat.“

„Ich verzehre mich nicht vor Kummer!“

„Zu der Frage, warum ich in der kaiserlichen Garde diene: Das tue ich nur für kurze Zeit. Die Normannen unter Fürst Bohemund sind im Anmarsch. Wenn ich noch ein paar Wochen länger warte, bevor ich losreite, um den Mörder meines Bruders zu finden, dann tue ich das nur, weil ich mich Nikolas anschließen will, und –“, fügte er hinzu, „um sicherzugehen, daß er von Ihrer geplanten Hochzeit mit Kalid erfährt.“

Helena warf ihm einen Blick von der Seite zu und versuchte abzuschätzen, ob er möglicherweise irgendein Interesse an ihrer Zukunft hatte, aber sie konnte seine Gedanken nicht lesen. Wenigstens hatten sie ein gemeinsames Interesse an ihrem Onkel.

„Dann wissen Sie bereits, daß die Normannen sich der Stadt nähern?“

„Ich war bei Philipp, als die Nachricht in Herion eintraf. Sind Sie deshalb gekommen?“

„Ich habe erfahren, daß Sie als Verbindungsmann zwischen dem Kaiser und dem normannischen Fürsten fungieren sollen.“

„Mehr Spione, Fürstin?“

„Sie sind mein Schutz, Herr Ritter. Sie werden bald allein losreiten, um sich mit diesem Bohemund zu treffen. Ich muß ebenfalls die Stadt verlassen. Ich muß mit Ihnen in das normannische Lager reiten. Bringen Sie mich zu Nikolas, und ich bezahle Ihnen doppelt soviel wie Philipp.“

„Wenn ich Sie mitnehmen würde, wären Sie damit einer noch größeren Gefahr ausgesetzt. Ich reite allein zu Bohemund.“

In ihrer Verzweiflung hob sie ihren Umhang auf und zog einen kleinen silbernen Stoffbeutel daraus hervor. „Er ist voll mit Goldstücken.“ Sie drückte ihm den Beutel in die Hand. „Später bekommen Sie noch mehr.“

Tankred warf den Beutel achtlos auf den Stuhl, als lehnte er ein Glas Wasser ab. „Nein, danke. So leicht lasse ich mich nicht kaufen. Ein Beutel mit Goldmünzen? Sogar zwei?“

Sie schaute ihm fragend in die Augen und suchte nach einer versteckten Bedeutung hinter seiner offensichtlichen Gleichgültigkeit. War sie echt? Das konnte nicht sein.

„Dann bezahle ich Ihnen zehnmal soviel.“

„Nein.“

„Edelsteine. Ich habe viele.“

„Nein.“

Enttäuscht drehte sie sich um. Im Feuerschein funkelten die Perlen in ihren Haaren wie winzige Sterne.

„Die Lysanderfamilie besitzt Ländereien in Athen“, erklärte sie, ohne lange nachzudenken. „Sie schätzen Pferde mit gutem Blut. Sie können Apollo behalten, und ich befehle Bardas, Ihnen noch mehrere Zuchtstuten zu bringen. Sie sind sehr wertvoll.“

Immer noch keine Antwort.

Sie betrachtete ihn. *Was will er?*

Sie atmete tief ein. „Und ... wie Sie wissen, bin ich Erbin der Burg Hohms. Wenn Nikolas einverstanden ist ..., mache ich die Burg zum Preis für Ihr Schwert, wenn Sie mich zu ihm und dann auf die Burg bringen. Beschützen Sie uns dort vor unseren Feinden und ... und ...“ Sie brach plötzlich ab.

Seine blaugrauen Augen spiegelten zum ersten Mal einen Funken von Interesse wider. „Und?“

Ihre Miene verriet nichts. „Und ich werde in Betracht ziehen, Sie zum Lehnsherrn der Burg zu machen.“

Sein Lächeln verriet eine leichte Ironie. „Mein Onkel und Adoptivvater, Rolf Redwan, ist Lehnsherr der Burg. Warum sollte ich einen Verwandten von seinem Posten verdrängen wollen? Er ist ein guter Soldat. Es gibt nicht viele, die besser sind als er.“

„Ja, aber –“

„Und ich habe Ihnen schon einmal gesagt, daß ich eine Burg auf Sizilien besitze – vielleicht sogar zwei. Was sollte ich mit einer dritten?“

„Ich dachte, nun ...“

Er betrachtete sie gelassen. „Ist die Burg nicht Ihre Mitgift?“

Ihr Herz pochte wie wild. „Ja“, murmelte sie.

Er dachte nach und ließ sie nicht aus den Augen. „Der Mann, der Sie heiratet, bekommt die Burg?“

Sie steckte mit übertriebener Geschäftigkeit die Geldbörse wieder in ihren Umhang. „Das wissen Sie doch bereits.“

Das absichtliche Schweigen wuchs. Helena fühlte, wie Ihre Wangen anfingen zu glühen. Mißmutig über sich selbst, weil er es geschafft hatte, ihre Selbstbeherrschung zu erschüttern, schaute sie bewußt zu ihm auf und begegnete ruhig seinem Blick. Sie hob das Kinn etwas, um zu zeigen, daß sie immer noch Herr der Lage war – oder etwa nicht?

Tankred lehnte an der Wand und tippte nachdenklich die Finger aneinander.

Helena rauschte an ihm vorbei, wandte ihm den Rücken zu und verschränkte die Arme vor der Brust.

„Ich werde Sie nicht heiraten, Herr Ritter."

Er warf den Kopf zurück und lachte.

Beleidigt wirbelte sie herum. „Sie lachen mich aus!"

„Ich lache, Fürstin, weil ich nicht den Wunsch habe, Sie zu heiraten." Er richtete sich auf. Seine Hände waren in seine Hüften gestemmt, sein gutaussehendes Gesicht war belustigt, seine Augen verspotteten ihren Stolz. „Als ich sagte, ich finde Sie attraktiv, wollte ich damit nicht andeuten, daß ich Sie als meine Frau haben möchte. Nein." Er winkte mit der Hand ab. „Ich könnte keine Frau ertragen, die ein so eitles Gesicht und eine so eitle Gestalt hat! Einen so stolzen und hochnäsigen Geist!"

Sie schluckte betroffen. „Herr Ritter! Das bin ich nicht! Ich beuge meine Knie vor Christus. Und mein Herz demütigt sich vor ihm."

„Ein ausgezeichneter Anfang, aber Sie müssen auch Ihrem irdischen Herrn Ehrerbietung erweisen ..." Er lächelte. „Ihrem Ehemann, Fürstin. Nannte Sara Abraham nicht ‚Herr'?"

Sie schaute ihn grimmig an. „Ich würde Sie nie so nennen."

Er zuckte mit den Achseln. „Und ich würde Sie nie ‚meine Geliebte' nennen."

„Wie können Sie es wagen!"

„Ich wage es. Jetzt genug mit diesem Gerede. Ich interessiere mich weder für Ihre Burg noch für Ihre Almosen, noch für Ihre Hand. Ich bin ein Ritter, und ich kämpfe um Wahrheit und Ehre, aus reiner Ritterlichkeit." Er zog eine Braue in die Höhe. „Bislang haben Sie mir nichts angeboten, das mein Herz anrührt."

Scheinbar gelangweilt seufzte er, ließ seinen muskulösen Körper gemütlich auf einen Stuhl sinken, streckte die Beine lang aus und wischte einen Fussel von seiner schwarzroten Uniform.

Helena unterdrückte den starken Drang, die Obstschale vom Tisch zu nehmen und sie nach ihm zu werfen, aber mit einer solchen Geste hätte sie seine Unterstellung, sie sei verwöhnt und verzogen, nur noch unterstrichen.

Ihr Herz schlug laut in ihren Ohren. Sie betrachtete ihn durch ihre Wimpern hindurch. *Dieser Cretin! Es reicht. Ich habe genug von seinen stichelnden Worten, die er mir absichtlich an den Kopf wirft, damit ich klein beigebe.*

Sie drehte sich würdevoll um. „Wenn Sie mir also nicht helfen wollen –"

„Das habe ich nicht gesagt."

Ah ..., er war ziemlich schnell bereit, seine Arroganz wiedergutzumachen. Sie hielt inne und wartete.

In seinen Augen funkelte unterdrückte Belustigung. „Zwar muß ich mit großem Bedauern Ihr Heiratsangebot ablehnen –“

Sie wollte protestieren, aber er hob eine Hand. „Ihre Wünsche werde ich aber in Erwägung ziehen. Ich werde mir Ihr Angebot noch einmal überlegen, wenn ich die Freiheit habe, ihm meine ganze Aufmerksamkeit zu widmen.“

Helena verschränkte die Arme vor der Brust. „Zu gütig und großzügig von Ihnen, Herr Ritter. Wie lange muß ich auf Ihre Antwort warten?“

„Sie müssen sich in Geduld üben“, lächelte er. „Ich versichere Ihnen, daß es sich am Ende lohnen wird.“

„Geduld? Wenn Kalid nur darauf wartet, mich nach Antiochia zu bringen? Ich habe keine Zeit und muß so schnell wie möglich Nikolas finden.“

„Ich würde mir über Kalid nicht den Kopf zerbrechen. Und Ihre Burg ist kaum das Ziel, das ich anstrebe. Es gibt etwas viel Wertvolleres, das ich zu gewinnen suche.“

Über Kalid nicht den Kopf zerbrechen? Warum konnte er so etwas in einem so leichtfertigen Tonfall sagen? Plante er, ihn wegen ihres gemeinsamen Vetters, Mosul, zur Rede zu stellen? Was wollte er gewinnen? Etwas aus Antiochia?

„Wenn Sie die Burg nicht wollen, dann besitze ich noch einen Parfümladen auf der Mese.“

„Behalten Sie Ihr Parfüm. Es gibt viele in Konstantinopel, die Sie kaufen könnten –, Söldner, die erstklassig mit ihrem Schwert umgehen können. In Bardas, Ihrem eigenen Sklaven, steckt ein ganzer Soldat. Warum ist er Ihnen nicht genug?“

„Ich wünsche Ihre Dienste aus denselben Gründen wie Philipp. Sie werden nicht von politischen Plänen beherrscht wie die Byzantiner. Sie sind ein Außenstehender. Wir können Ihnen unsere Sache anvertrauen. Was Bardas betrifft: An seinem Auftreten sieht man es nicht, aber sein Schwertarm wurde ihm beinahe abgeschnitten, als er vor Jahren an der Seite meines Vaters kämpfte. Der Arm ist fast nicht mehr zu gebrauchen, aber lassen Sie ihn nicht wissen, daß ich es Ihnen erzählt habe. Der Arm ist nie richtig geheilt, deshalb hält er ihn bedeckt.“

„Deshalb benutzt er seine linke Hand ...“

„Es ist Ihnen also aufgefallen?“

„Es ist mein Beruf, solche Dinge zu bemerken. Um seiner selbst willen sollte er aber dann lieber nicht so laut knurren, wenn jemand in Ihrer Nähe ist, den er nicht mag. Nicht alle Soldaten sind so sanftmütig wie ich.“

Tankred sanftmütig? Sie hätte lachen können. Helena versuchte, an seinem Gesicht seine Gedanken abzulesen, aber seine Miene war bewußt undurchdringlich. Sie drängte weiter. „Dann sind wir uns also einig, Herr Ritter? Ich verlange nicht viel von Ihnen, nur Ihren Dienst mit dem Schwert und daß Sie mich zu Nikolas bringen."

Sein Lächeln war süffisant. „Daß Sie meinen Wert so hochschätzen, finde ich schmeichelhaft. Ich werde also Ihre hochgesteckten Erwartungen nicht enttäuschen. Der Preis für mein Schwert wird Sie jedoch sehr teuer zu stehen kommen."

Ihre Augen wichen keinen Augenblick von seinem Gesicht. „Ich werde Ihren Preis bezahlen."

„Ohne zu hören, was es ist?"

„Ich brauche Ihre Hilfe, und ich bin bereit, Ihren Preis in Gold oder in Ländereien zu bezahlen."

Er sagte nichts.

„Ich warte, Herr Ritter. Ihr Preis?"

Tankred schwieg nachdenklich, und einen kurzen Augenblick lang dachte sie, er wisse selbst nicht, was er wollte, und reize sie nur absichtlich, um zu sehen, wie sie bei seiner Kühnheit aus der Haut fuhr.

Er mußte ihre forschenden Augen bemerkt haben, denn sein Gesicht wurde plötzlich so glatt wie eine Maske, die ihn vor ihren prüfenden Blicken abschirmte. Er stand aufrecht da. Jede seiner Bewegungen war attraktiv und so geschmeidig wie die eines Panthers. „Zuerst möchte ich den Grund hören, warum Ihre Tante gegen Sie intrigiert. Dann werde ich über die Bezahlung entscheiden."

So! Er weiß also, daß Irene gegen mich intrigiert! „Welche Sicherheit geben Sie mir, daß Sie mit wichtigen Informationen, die ich Ihnen verrate, nicht geradewegs zu Irene gehen?"

„Sie haben mein Versprechen. Wenn Sie meinem Wort nicht glauben, dann vergessen wir am besten auf der Stelle, daß wir je miteinander gesprochen haben."

„Wir sind im Geschäft, Herr Ritter", sagte sie eilig.

Er lächelte. „Sie sollten sich am besten setzen. Sie sehen verärgert aus."

Sie hätte ihm sagen können, daß er an ihrer Verärgerung nicht ganz unschuldig war, aber das würde sie nicht weiterbringen. Er war zum Kamin gegangen und bot ihr einen Stuhl an. Helena setzte sich, während er sich bückte und ein weiteres Holzscheit auf die roten Kohlen legte.

„Als Sie von der Burg Hohms sprachen, erwähnten Sie Ihren Vater. Er war General Lysander?"

„Ein ausgezeichneter Soldat", sagte sie wehmütig und erinnerte sich an die längst vergangenen Jahre, als sie als Kind mit ihrer Mutter auf seine Rückkehr aus dem Krieg gewartet hatte. Es gab immer ein großes Fest in der Villa, und in der Zeit, in der er zu Hause war, waren sie alle glücklich gewesen.

„Sie sprachen vor einem Augenblick über ihn, als wäre er noch am Leben. Ich habe anderes gehört."

Ihre Augen verwandelten sich in glühendes Feuer. „Er wurde im Kampf gegen die Türken getötet. Bardas war bei ihm, als er verwundet wurde. Er blieb bis zum Schluß bei meinem Vater und sorgte dafür, daß sein Leichnam zu der Kutsche zurückgebracht wurde, damit er ein christliches Begräbnis bekam. Bei diesem tapferen Handeln wurde Bardas verwundet und beinahe getötet."

„Und er hat Ihrem Vater geschworen, daß er Sie bis zu seinem Tod beschützen würde?"

Sie war überrascht, daß er so viel wußte. Er mußte ihre erstaunte Miene gesehen haben.

„Philipp sprach davon", erklärte er. „Er behauptet aber gleichzeitig, daß Bardas ihm lebenslange Treue geschworen hat."

Sie verstand nicht ganz. Wollte er damit andeuten, daß sie Bardas nicht ganz trauen konnte? „Er ist ihm treu, ja, aber Bardas würde mich nie verraten."

„Bardas würde dafür sorgen, daß Sie Philipp heiraten, koste es, was es wolle für ihn oder für irgend jemand anderen, einschließlich für Sie."

„Was wollen Sie damit sagen?"

Tankred bückte sich und entfachte die Kohlen mit einem Eisenstab zu einem tanzenden Feuer. „Ich würde ihm meine Bereitschaft zur Mithilfe, daß Sie auf die Burg gelangen, nicht vollständig anvertrauen."

Dieser Gedanke weckte ihre Besorgnis, aber es war vollkommen abwegig zu glauben, Bardas könnte sich gegen sie wenden. „Lieber würde er sterben. Er traut Ihnen nicht, aber am Ende wird er tun, was ich ihm sage."

Tankred blieb nachdenklich und schaute in die Flammen. „Ich habe gehört, die Lysanders sind mit dem Haus Nikephoros verwandt."

Ein Anflug von Stolz stieg in ihr auf. „Hat Ihnen das auch Philipp erzählt?"

Er schaute sie an. Alle frühere Leichtigkeit war aus seinem schön geschnittenen Gesicht gewichen. „Nein. Ich habe in der Königlichen Bibliothek einige Nachforschungen angestellt."

Sie fragte sich, warum. Interessierte er sich für sie, oder argwöhnte er irgendeinen Verrat gegen Onkel Nikolas?

„Das Haus Nikephoros wurde abgesetzt", sagte sie mit deutlichem

Unbehagen bei dem Gedanken daran, daß ihre Mutter wegen Hochverrats verhaftet worden war, weil sie ihn unterstützt hatte. Aber trotzdem waren ihre Mutter und auch Nikolas dem neuen Kaiser gegenüber loyal gewesen, als er die Macht übernommen hatte.

„Nikephoros II. – der Kaiser, den Alexios abgesetzt hatte – hatte keine Söhne, die den gegenwärtigen Herrscher bedrohen könnten?"

Tankred war gebildeter, als sie anfangs gedacht hatte, und er hatte viel über sie in Erfahrung gebracht.

„Nein, das glaube ich nicht. Es gab einen Sohn, aber seit Kaiser Alexios vor einigen Jahren Nikephoros stürzte, hat man nichts mehr von ihm gehört. Wie dem auch sei, mein Vater war nur entfernt mit ihm verwandt. Er stellte keine wirkliche Bedrohung dar."

„Byzanz genießt den Ruf, keine Risiken einzugehen. Ebensowenig wie die Normannen", bemerkte er trocken. „Es gibt Kontroversen unter Wilhelms Enkeln. Das ist auch der Grund, warum Bohemund in den Osten kommt, um sich hier selbst ein Reich aufzubauen."

Ihr stellten sich Fragen über Tankred. „Was ist mit Ihnen? War es ein Machtkampf innerhalb der Redwanfamilie, der zu dem Mord an Ihrem Bruder Derek führte?"

„So ist es immer. Wegen Macht und Reichtum werden die meisten Kämpfe der Welt ausgefochten." Er schaute sie an. „Und wegen der Frauen, die die Männer begehren."

„Aber die Frauen haben dabei wenig zu sagen."

„Da muß ich Ihnen widersprechen. Sie sind für ihre geschickten Betrügereien hinter den Türen der Privatgemächer bekannt."

Sie stand entrüstet auf. „Ich versichere Ihnen, daß ich kein Gift habe."

Er erhob sich ebenfalls. „Manche benutzen auch gern Seide, habe ich gehört."

Sie erblaßte und mußte an ihre Tante denken. Wußte Tankred von den Gefahren für die Menschen, die Irenes Plänen im Weg standen?

„Sie wissen von vergifteter Seide?"

„Sie vergessen, daß ich neben den bodenständigen Normannen noch eine zweite Familie habe. Die andere Hälfte meines Lebens verbrachte ich in der geheimnisumwobenen Welt der Mauren. Die Kunst, Seide zu vergiften, wurde unter den verschleierten Frauen entwickelt. Das war ein leichter und unauffälliger Weg, um eine Frau im Harem zu beseitigen."

Das Gespräch schlug eine Richtung ein, die sie nicht weiter verfolgen wollte.

Helena lenkte das Thema abrupt wieder auf die Lysanders. „Während mein Vater treu für den neuen Kaiser kämpfte und dabei den Tod fand, beschuldigten Feinde meine Mutter des Hochverrats und ließen sie verhaften."

„Wenn Sie von Feinden sprechen, meinen Sie dann Feinde im Palast oder in der Familie?"

„Beides wahrscheinlich. Die Leute, die das Lysandererbe kontrollieren, haben in die Familie eingeheiratet. Irene ist meine angeheiratete Tante. Ihr Mann war Nikolas' älterer Bruder."

„Warum wurde Nikolas verbannt? Er hat nie darüber gesprochen."

„Ich war noch ein Kind, als das passierte. Es geschah kurz nach der Verhaftung meiner Mutter. Ich vermute, Habsucht war das Motiv."

„Und nachdem Nikolas verbannt war, wurde Irene Ihr Vormund?"

„Ja. Damit bekam sie die rechtmäßige Kontrolle über das Vermögen und die Ländereien meiner Familie. Konstantin – ein anderer Verwandter – half ihr bei ihren Intrigen."

„Haben Sie dafür Beweise?"

Helena dachte an ihr Gespräch mit Konstantin. Um ihrer Mutter willen wagte sie es nicht, mehr zu sagen.

Sie seufzte. „Nein. Sie sind zu klug. Und jetzt stehen sie dem Kaiser sehr nahe."

„War Nikolas je in Irene verliebt?"

Entsetzt schaute sie ihn an. „Nein – für eine so kalte und gemeine Frau könnte er bestimmt keine Gefühle aufbringen."

„Viele Frauen verbergen eine Weile, daß sie giftige Spinnen sind, wenn sie eine Beute fangen wollen."

Sie schaute ihn direkt an. Zwar stimmte sie ihm in der Beurteilung ihrer Tante zu, aber seinen Vergleich wollte sie nicht gelten lassen. Hielt er denn alle Frauen für Spinnen, die Netze sponnen, um Männer in die Falle zu locken? Was dachte er über sie? Sah er, daß ihre momentane Kühnheit, mit der sie ihn um seine Dienste bat, ihr von ihren gefährlichen Umständen aufgezwungen wurde?

Sie runzelte die Stirn. Sie war nicht aggressiv und heimtückisch.

„Ihre Mutter wurde nach dem Tod Ihres Vaters verhaftet?"

„Ja. Obwohl sie unschuldig war, wurde sie zur Haftstrafe in einem Kerker verdammt. Es hieß, sie sei einen Monat später dort gestorben. Ich habe sie nie wieder gesehen."

„Wer hat Ihre Mutter angeklagt?"

„Irene streitet es ab. Aber ich weiß, daß sie dahintersteckte."

„Wie paßt Philipp in das Ganze hinein, oder hat er damit überhaupt nichts zu tun?"

„Irene hat große Pläne für Philipp, wie Sie ja in seinen Gemächern gehört haben. Er soll Kaiser werden. Bei diesen Plänen spiele ich keine Rolle."

„Und als seine Mutter würde sie durch ihn herrschen?"

„Das ist ihr Ziel", gestand sie müde. „Und sie wird erst ruhen, wenn sie es erreicht hat."

„Philipp auch, vermute ich."

Helena konnte diese Meinung nicht akzeptieren und wandte sich ab. Sie kannte Philipp besser als Irene. Philipp würde sich von der erdrückenden Last, stolzen Plänen nachzujagen, befreien.

„Wer ist Philipps Vater?"

Sie zögerte, da sie ungern ein Geheimnis ausplaudern wollte. Aber andererseits glaubte sie, wenn sie nicht ganz ehrlich zu Tankred wäre, würde er nicht das Risiko auf sich nehmen und ihr jetzt helfen.

„Konstantin."

„Das habe ich vermutet."

Sie fragte sich, warum, sprach diesen Gedanken aber nicht aus. Hatte er die beiden miteinander gesehen? Wahrscheinlich, da Tankred als Mitglied der Kaiserlichen Garde Zugang zum Palast hatte.

„Ich verstehe, worum es bei der Burg Hohms geht", erklärte er, „und bei den Verhandlungen zwischen Ihrem Kaiser und Antiochia. Aber welches Motiv gibt es, eine Heirat zwischen Ihnen und Irenes Sohn zu verbieten? Ich würde meinen, das wäre Ihrer Sache nützlich, da Sie die Erbin des Vermögens Ihres Vaters sind."

„Das wäre ich, wenn Irene es nicht bereits so gedreht hätte, daß Philipp der Erbe ist."

„Und Sie würden wieder die Kontrolle darüber bekommen, wenn Sie ihn heiraten?"

„Ja. Irene kontrolliert alles, auch Philipp."

„Weiß er, daß Konstantin sein Vater ist?"

„Skandale werden in Byzanz selten unter den Tisch gekehrt. Ja, er weiß es." Sie schaute ihn an. „Aber er ist ein Mann, dem sein Ruf wichtig ist. Offiziell heißt es, Philipp sei der Sohn eines gefallenen Generals – eines noch größeren Helden, als mein Vater es war. Das ist auch der Grund, warum er den Posten des Kriegsministers anstrebte."

„Wenn alles auf Lügen aufgebaut ist, liegt der Charakter eines Mannes in Schutt und Asche."

Sie erinnerte sich an Philipps militärische Fehler, die er begangen hatte, als die Rheinländer seine Gefolgschaft in Wieselburg überfielen. Es war Tankreds Sieg gewesen, aber Irene hatte dem Kaiser etwas anderes weisgemacht.

Sie erhob sich und errötete für Philipp. „Beleidigen Sie ihn nicht!"
„Das brauche ich nicht. Er demaskiert sich selbst."
„Warum hassen Sie ihn so? Weil Ihre eigene Eitelkeit verletzt wurde, als Sie nicht mit Pauken und Trompeten als strahlender Held begrüßt wurden?"
„Byzanz kann seine glänzenden Trompeten behalten. Der Lohn bedeutet mir wenig. Mein Herz kannte früher Frieden auf Sizilien, bevor ich nach Konstantinopel kam."
„Wollen Sie damit andeuten, daß Ihr Herz jetzt keinen Frieden hat?", bemerkte sie spitz. Die Gleichgültigkeit, mit der er ihre erhabene griechische Kultur abtat, erboste sie.
Die blaugrauen Augen betrachteten ihr Gesicht. Ihre Wangen erröteten, und sie drehte sich um.
„Sie sollten lieber fragen, wie Ihr geliebter Philipp einen so offensichtlichen Frieden haben kann, wenn er die Frau aufgibt, die er will."
„Ich nehme an, Sie sind ein Mann, der eine Frau mehr als alles andere lieben würde! Sie würden alles für sie aufgeben!"
„Wenn ich eine Frau so begehren würde, wie Philipp es behauptet? Nichts könnte sie mir streitig machen. Ich würde es mit Schwertern und Krummsäbeln aufnehmen, und die ganzen goldenen Paläste des Orients könnten sie nicht vor mir verschließen."
Der Gedanke an eine solche Liebe ließ ihr Herz schneller schlagen. Aus Angst, er könnte das bemerken, wandte sie sich von ihm ab und drehte sich wieder zu dem Feuer herum. „Philipp sieht es nicht so."
„Ich bin ein anderer Mann als Philipp."
Helena wurde sich seiner Nähe bewußt. Sie ging von ihm weg. „Beabsichtigen Sie jetzt, mir zu helfen, oder nicht?"
„Ihre Bitte ist überhaupt keine Bitte, sondern ein Befehl. Sie klingen so hart und kalt wie ein Kettenhemd. Wenn Sie dagegen zu mir kämen, mir tief in die Augen schauten und mich anflehten: ‚Tankred, ich brauche dich!', wie könnte ich dann einer Frau, die in Not steckt, meine Hilfe verweigern?"
„Ich habe gehört, daß Sie eine andere Frau geliebt haben – eine Frau namens Kamila."
Sie sah, wie seine Miene hart wurde. Sie deutete diese Veränderung in seinem Gesicht als Verärgerung darüber, daß sie ihn durchschaut hatte.
„Bardas hat also auf den Basaren herumgeschnüffelt und sich nach meinem Leben in Palermo erkundigt. Warum fragen Sie mich nicht selbst? Ist es bloße Neugier über die vielen außergewöhnlichen Frauen, die ich kenne?"

„Ich bin nicht neugierig!"
„Seltsam …, ich dachte, Sie wären es."
„Dann dachten Sie falsch!"
„Sie sind nicht neugierig über Irene?"
Was sie auch über seine Arroganz dachte, sie brauchte ihn und bewahrte eine gleichgültige Miene und schwieg.
„Sie ist wie die Frau, über die ich einmal in der Bibel gelesen habe, die Purpur trug und sich mit Perlen schmückte und ihren gefährlichen Weinkelch vielen Liebhabern gab. Ich bin nicht so dumm, daraus zu trinken. Um mich zu gewinnen, ist schon eine andere Art von Frau nötig, eine Frau, die rein ist, die ihr Herz nur mir allein verspricht."
„Ich glaube, dieses Gespräch führt zu weit –"
„Sie können Bardas sagen, daß ich es nicht gern habe, wenn man hinter mir herschnüffelt. Er sucht etwas, das er bei Ihnen gegen mich verwenden kann. Irene spinnt ein heimtückisches Komplott, und ich habe nicht den geringsten Wunsch, eines frühen Todes zu sterben. Aber für eine Frau, die sich noch vor einem Moment überhaupt nichts aus meinem Leben machte, haben Sie Ihre Meinung ziemlich plötzlich geändert."
„Wohl kaum! Ich bin nur überrascht, daß ein Mann Ihres Charakters sie abweisen würde."
„Und meinen Charakter haben sie bereits beurteilt und für schuldig befunden?"
Sie riß ihren Blick von ihm los, denn ihre Augen verrieten ihre Gefühle. Sie empfand eine seltsame Freude darüber, daß er Irene nicht erlegen war, daß er zu stark war, um sich von ihr verführen zu lassen. „Ich will nichts mehr davon hören."
„Wie Sie wünschen."
Schweigen folgte, dann hörte sie den Klang von Schritten. Sie fuhr herum. „Warten Sie! … Bitte!"
Helena eilte zu ihm und ergriff ihn am Arm. „Ich war etwas ungerecht", gestand sie rasch und brachte ein entschuldigendes Lächeln zustande.
Tankreds Augen waren belustigt über ihre eilige Entschuldigung.
Sie wurde ernst. „Aber … Sie haben es mir von Anfang an nicht leicht gemacht."
„Ich hatte den Eindruck, es sei genau umgekehrt gewesen."
„Ich streite jetzt nicht mit Ihnen. Sagen Sie, was Sie wollen. Werden Sie mir helfen?"
„Habe ich nicht schon gesagt, daß ich es mir überlegen würde? Ich nehme Sie mit zu Nikolas."

Erleichterung flutete wie eine große Welle über ihr Herz hinweg, verebbte aber vor Angst, als ein Ruf unterhalb der Burg erklang. Tankred ging von ihr weg und spähte aus dem Fenster. Sie hörte Pferde und wütende Stimmen.

„Was ist?“ Sie eilte an seine Seite und spähte ebenfalls hinab. Ihr Magen zog sich zusammen, als sie einen Ring Reiter mit brennenden Fackeln in den Händen sah, die anderen bewaffneten Männern etwas zubrüllten. „Was geht da unten vor?“

„Rheinländer. Sie reiten mit Gottfrieds Armee.“

„Rheinländer“, wiederholte sie flüsternd und erschauderte bei ihren unangenehmen Erinnerungen. „Sie greifen die Burg an?“

„Nein. Sie kämpfen gegen die kaiserlichen Soldaten, einschließlich der Männer unter meinem Befehl.“ Seine Stimme verriet seine wütende Verzweiflung.

Sie warf einen Blick auf seine Uniform. Er könnte genauso zur Zielscheibe ihrer Angriffe werden, wenn er sie anbehielt.

„Ich nehme an, Ihr Kaiser hat für einen früheren Überfall der Rheinländer Vergeltung geübt, und jetzt kommen sie, um Gottfried zu informieren. Meiner Meinung nach haben sie die Vergeltung verdient. Sie bestehlen griechische Bauern. Aber jetzt ist nicht die Zeit, um über Gerechtigkeit zu diskutieren.“ Er drehte sich um und zog sie vom Fenster weg. Bei dem Gedanken, innerhalb der Burg gefangen zu sein, während überall um sie herum Rheinländer ihr Unwesen trieben, wurden ihre Knie schwach.

„Es ist zu spät. Sie können nicht mehr mit Ihrer Kutsche fliehen. Sie würden ihnen unweigerlich in die Hände fallen.“ Er runzelte die Stirn und dachte nach. „War Philipp in Herion, als Sie die Brücke überquerten?“

„Nein, das Wachhaus schien leer zu sein. Wir wurden nicht angehalten.“

„Dann muß er nach Konstantinopel zurückgeritten sein. Er hätte in der Burg bleiben sollen. Jetzt bleibt uns keine andere Wahl mehr. Sie müssen warten, bis ich Sie sicher über die Brücke gebracht habe. Wenn die Kämpfe bereits ausgebrochen sind, dann werden sie die ganze Nacht weiter wüten, vielleicht sogar mehrere Tage lang.“

Sie schaute ihn an und versuchte, ihre Angst zu verbergen.

Er runzelte die Stirn. „Sie hätten im Lysanderpalast bleiben sollen.“

„Ich bat Sie zu kommen, und das taten Sie nicht.“

„Ich habe Bardas gesagt, daß ich sobald wie möglich Kontakt zu Ihnen aufnehmen würde.“

Bardas hatte ihr davon nichts gesagt –, hatte er es vergessen?

„Das haben Sie zu Bardas gesagt?"

Er schaute sie trocken an. „Hat er Ihnen das nicht ausgerichtet? Er hat mich im venezianischen Viertel aufgesucht. Habe ich Ihnen in Philipps Gemächern nicht gesagt, daß Sie dort über Zakeem Kontakt zu mir aufnehmen könnten?"

„Ja, aber –" Sie brach ab, da sie seine Vorbehalte gegenüber Bardas nicht weiter schüren wollte. Bestimmt hatte Bardas das vergessen ... Er hatte viel im Kopf gehabt, und er war von Irenes Spionen verfolgt worden – wenigstens glaubten sie das beide.

„Sie hätten mir eine Nachricht schreiben und Ihre Absichten erklären können."

„Dafür war keine Zeit. Ich habe Bardas versprochen, daß ich kommen würde, sobald ich meinen Auftrag hier erledigt hätte. Ich halte mein Wort immer, Helena. Das ist mehr, als Sie von Ihrem galanten Philipp sagen können."

Er hatte ihren Namen benutzt, und das ließ sie kurz innehalten, denn sie fand den Klang seiner Stimme angenehm, wenn er ihn aussprach.

Die wütenden Stimmen der Ritter drangen zu ihnen herauf. Tankred öffnete schwungvoll die Tür. Helena konnte Bardas nirgendwo sehen. Wo steckte er?

Sie trat neben Tankred an die Galeriebrüstung, während unter ihnen noch mehr von Herzog Gottfrieds Männern durch die Burgtür eintraten und ihm Bericht erstatteten.

„Bewaffnete Reiter, die Schwerter und Knüppel schwangen, haben den Rheinländern einen schweren Schlag versetzt. Viele sind tot, mein Lehnsherr! Zelte stehen in Flammen. Unsere kostbaren Rosse wurden getötet!"

Helena warf einen Blick auf Tankred und sah, daß er nicht im geringsten überrascht war. Sie wußte, daß der zerbrechliche Waffenstillstand zwischen Gottfried und dem Kaiser jetzt nicht mehr zu retten war. Sie schaute nach unten.

Der Herzog war wütend und weigerte sich zuzugeben, daß seine eigene voreilige Kampfeslust und seine hitzigen Reden diesen Vergeltungsschlag heraufbeschworen hatten.

Ein zweiter großgewachsener Mann, dessen Kleidung ihn als Adeligen kennzeichnete, trat auf den Herzog zu. Er war so dunkel, wie Gottfried blond war.

„Wer ist das?" fragte sie Tankred flüsternd.

„Balduin, der jüngere Bruder des Herzogs. Und nicht der Typ, der es so schnell vergißt, wenn sein Stolz verletzt wurde. Er liebt nichts mehr als zu kämpfen."

Balduin sprach: „Dieses Mal werden wir ihm eine Lektion erteilen! Ich und meine Männer werden die Brücke stürmen und sie gegen seine türkischen Söldnersoldaten verteidigen."

„Er hat recht", erklärten die anderen Edelmänner und Fürsten.

Gottfried schritt auf und ab. „Räumt die Winterquartiere. Wir werden die Burgen und Häuser niederbrennen. Aber zuerst werden wir alles, was er hier hat, gründlich plündern!"

Tankred zog Helena vom Geländer zurück, damit man sie nicht sehen konnte.

„Mit Ihrer byzantinischen Kleidung werden Sie den Haß dieser Männer auf das, was ihrer Meinung nach ein schmählicher Verrat des Kaisers ist, nicht gerade beschwichtigen. Bleiben Sie außer Sichtweite. Überhaupt –" Er schaute sie nachdenklich an. „Je früher Sie Ihren byzantinischen Prunk gegen die Kleidung einer normannischen Frau austauschen, um so sicherer werden Sie sein."

Ihr Blick wanderte verzweifelt an ihrem Kleid hinab.

„Sie machen sich bestimmt gut als meine Bedienstete."

„Als Ihre Bedienstete!"

„Sind Sie nicht stolz darauf, mir zu dienen?" Belustigung funkelte aus den Tiefen seiner Augen.

„Stolz –!"

Tankreds Mundwinkel zogen sich nach oben. „Andere Frauen habe ich abgelehnt. Sie können sich geehrt fühlen. Und eine normannische Frau zu sein, wenn auch nur für kurze Zeit, wird Sie eine Demut lehren, die Sie bitter nötig haben –, ganz zu schweigen davon, daß Sie es lernen, sich einem Mann unterzuordnen." Seine blaugrauen Augen schauten sie direkt an. „Sie brauchen einen Herrn."

Helena kniff die Augen zusammen. Ihre Wangen wurden warm. „Die Normannen sind natürlich eine demütige Rasse! Sie, deren Vorfahren andere Reiche eroberten und versuchten, die Mauern meiner Stadt zu stürmen!"

Sein leichtes Lächeln machte sie schier wahnsinnig. „Balduins junge Frau ist Normannin. Ich kenne sie. Sie wird uns helfen und uns etwas zum Anziehen für Sie geben. Warten Sie mit Bardas hier oben."

„Bardas ist fort", erklärte sie steif. „Ich weiß nicht, wo er ist. Ich habe ihn gebeten, auf dem Gang zu warten."

„Als er hörte, daß es Schwierigkeiten geben könnte, ist er wahrscheinlich verschwunden, um die Pferde in Sicherheit zu bringen."

Er wandte sich zum Gehen, aber sie hielt ihn am Arm fest. „Tankred! Ihre Uniform –“

Sie brach ab, als sich seine warme Hand über ihre Finger legte.

„Sie haben zum ersten Mal meinen Namen in den Mund genommen.“

Sie zog ihre Hand zurück und bewegte sie mit gespielter Gleichgültigkeit hinter ihren Rücken, fühlte aber immer noch die Wärme seiner Finger. Es war töricht, wie diese einfache Berührung ihr Herz lauter schlagen ließ. Aber genau aus diesem Grund sprach sie mit einem Anflug von Hochnäsigkeit. „Im Kampf wird niemand wissen, daß Sie mit diesem berüchtigten Normannen namens Bohemund verwandt sind –, oder sollte ich lieber sagen mit al-Kareem aus Palermo?“

Er war unbeeindruckt. „Sie haben sich den Namen meines Großvaters gemerkt. Sie haben wirklich an mich gedacht. Das werde ich mir merken.“

Sie lachte leichthin. „Wie könnte ich vergessen, daß Sie gleichzeitig ein Normanne und ein moslemischer Ungläubiger sind – wie Prinz Kalid! Wenn diese christlichen Ritter von Ihrem maurischen Blut wüßten, würden sie unten im Kamin anstelle dieses fetten Ferkels Sie braten.“

Tankreds Braue zog sich nach oben. Die durchdringenden blaugrauen Augen schauten sie nur spöttisch an. „Sie sollten lieber hoffen, daß niemand so dumm ist und das versucht, Fürstin. Ich töte nicht gern einen anderen Ritter. Außerdem: Sollte mir etwas zustoßen, dann stünde Ihre eigene hübsche Haut ebenfalls in Gefahr. Aber machen Sie sich keine Sorgen: Ich habe zu viele interessante Pläne, um mich so leicht einem Schwert oder einem Lächeln geschlagen zu geben. Leben Sie wohl.“

Die Tür fiel mit einem lauten Knall ins Schloß.

* * *

Wo steckt Tankred nur? Er war noch nicht von Fürst Balduins Frau mit der normannischen Kleidung zurückgekehrt. *Und was ist mit Bardas?* Während die Nacht mit ihrem Schrecken immer dunkler wurde, kauerte sich Helena verzweifelt an die Wand. Sie hörte entsetzt den Lärm, als Gottfrieds Armee die byzantinische Stadt überfiel und Burgen und Häuser mit ihren Fackeln in Brand setzte.

Sie stand zitternd in dem verdunkelten Raum und spähte aus dem Fenster und betete inständig darum, daß die Soldaten nicht vergessen würden, daß diese Burg von Ihrem Lehnsherrn bewohnt wurde. Obwohl der Herzog und seine Familie überhaupt nicht hier waren!

Rauch und Feuer stiegen von nahegelegenen Burgen auf, Holzhäuser gingen in Flammen auf, und die abziehende Armee ließ Glut und Asche hinter sich zurück. Sie vermutete, daß Gottfried sich in Richtung der Brücke und der Stadtmauern Konstantinopels bewegte, wo er seinen alten Lagerplatz vor den Toren wieder in Besitz nehmen und auf die normannische Armee unter Fürst Bohemund warten würde. Sie konnte sich die Besorgnis des Kaisers bei der Aussicht darauf, daß sich die zwei starken Streitkräfte miteinander verbündeten, gut vorstellen.

Was sollte sie tun, wenn Männer hier ins Zimmer kämen und sie fänden?

Die Stadt war erfüllt von dem verängstigten Wiehern der Pferde und dem Brüllen der Lasttiere, von rufenden Männern und kreischenden Frauen. Helena hielt sich die Ohren zu. *Gnädiger Herr, hilf mir! Schicke Tankred und Bardas, bitte –*

Jetzt waren die Plünderer im Saal unter ihr. Sie konnte ihre Rufe, das Poltern ihrer schweren Füße und das Zerbersten von Geschirr und Möbeln hören. Sie stürmten die Treppe hinauf. Jemand stand vor der verriegelten Tür. *Bitte, laß ihn nicht hereinkommen –*

Helena zuckte bei jedem Schlag der Hellebarde zusammen, die sich in das mit Eisenstreifen verstärkte Holz schnitt. Sie wich zurück.

Die Tür gab nach. Entsetzt kauerte sie sich an die Mauer, unfähig, auch nur einen Ton über die Lippen zu bringen. Tränen traten in ihre Augen. Das Feuer aus der Stadt leuchtete rot durch das Fenster wie das höllische Gesicht eines Dämons. Ihre kalten Finger umklammerten das byzantinische Kreuz. Sie brachte es an ihre Lippen und sah die Rubine im Feuerschein blutrot funkeln.

Die Tür zerbrach. Sie hielt entsetzt den Atem an, als ein Soldat eintrat. Seine Augen waren wütend, sein Gesicht war hart und schweißgebadet. Er schaute sich um und erblickte sie. Sie trug noch ihr byzantinisches Kleid, das golden glitzerte und nach Reichtum und Überheblichkeit schrie ...

Tankred hat mich im Stich gelassen. Wo ist er nur, wo?

Der Rheinländer schritt geradewegs auf sie zu. In ihren Schreien hallte ein Entsetzen wider, das niemand hörte und das von dem tosenden Kampflärm erstickt wurde. Er hob sie wie eine Puppe hoch und trug sie in die rauchende Dunkelheit hinaus.

7. Burgen in Flammen

Hilf mir, Herr! Allmächtiger Gott! Hilf mir!

„Jesus!" schrie Helena aus. „Sohn des allerhöchsten Gottes!"

Der Rheinländer zuckte zusammen. Die Vollmacht und Heiligkeit dieses Namens hallte von den hohen Burgwänden wider. Als wäre er von dem blitzenden Schwert eines Engels geschlagen worden, stolperte er schwerfällig. Mit großer Wucht stürzten sie beide gegen den Tisch. Helena fiel schwer zu Boden und erstickte nur mühsam einen Schrei.

Stechende Schmerzen durchbohrten ihre Rippen, während ihre Hände den kalten Steinboden berührten. Obwohl sie aus seinem Griff befreit war, war sie zu verblüfft, um sich zu bewegen. Keuchend rappelte sie sich auf die Hände und Knie hoch und kroch von ihm weg in die Dunkelheit hinein. Sie erhob sich mühsam auf die Beine und umklammerte immer noch das Kreuz, das sie von ihrer Mutter bekommen hatte.

Helena spähte durch den Rauch auf den zusammengekauerten, riesigen Körper ihres Angreifers, an dessen Schläfe Blut aus einer Wunde tropfte. Sie taumelte und konnte nicht richtig atmen. Schmerzen bohrten sich durch ihre rechte Seite. In panischer Angst begriff sie, daß sie sich anscheinend eine Rippe gebrochen hatte. Tränen der Enttäuschung traten ihr in die Augen, bis sie innerlich Zuflucht bei ihrem Gott fand. Hatte der Herr sie nicht soeben gerettet? Natürlich hatte er das!

Ihr Körper war vor Schmerz mit kaltem Schweiß bedeckt. Sie biß die Zähne zusammen und mühte sich langsam zu der zersplitterten Tür. Sie mußte es einfach schaffen. Sie redete sich ein, sie könnte ungesehen diese Burgtreppe in den großen Saal hinabhuschen und in die dunkle Nacht mit ihrem ganzen Wahnsinn entkommen. Ein Engel würde sie führen; ja, sie hatte in den Buntglasfenstern der Hagia Sophia Engel gesehen. Schöne Engel mit großen weißen Flügeln!

Sobald sie außerhalb der Burg wäre, würde sie irgendwie Tankred und Bardas, die Kutsche, die Pferde finden ...

Aber die Engel kamen nicht. Lähmendes Entsetzen traf sie, als sie auf die Galerie über der gemeißelten Treppe trat. Ihre schwache Hoffnung zerbarst. Sie hörte nicht das sanfte Flattern von Engelsflügeln, sondern das Poltern schwerer Stiefelschritte, die grölenden, tiefen Stimmen von immer mehr Rheinländern, deren Zungen vom Wein schwer waren! Überall waren sie, plünderten alles, was nicht niet- und nagelfest war, schändeten Frauen und töteten die byzantinischen Soldaten.

Jeden Augenblick würde sie entdeckt werden.

Die schreckliche Wirklichkeit war schlimmer als ein Alptraum. Es gab keinen Ausweg, keine Fluchtmöglichkeit. Mit einer gebrochenen Rippe konnte sie weder weglaufen noch kämpfen; sie konnte sich nicht einmal verstecken. Sie war in der Burg bei wild wütenden Barbaren gefangen, die sich nichts dabei dachten, jeden zu töten, der auch nur im entferntesten wie ein Byzantiner aussah. Und sie war eine Fürstin des Hochadels, in Purpur gekleidet und mit Perlen in ihren Haaren geschmückt.

Welch eine stolze kleine Närrin war sie gewesen, daß sie so dreist hierher gekommen war! Welcher Wahnsinn hatte sie gegen besseres Wissen getäuscht und ihr vorgegaukelt, daß nichts auf der Welt Helena vom Hochadel etwas anhaben könnte?

Der Geruch des ungewaschenen Rheinländers klebte wie eine Krankheit an ihrer Kleidung. Der Mann war nicht der einzige Rheinländer in der Burg gewesen. Sie waren überall. Sie könnte froh sein, wenn man sie nur tötete.

Nackte Angst bedrängte ihr ehemals tapferes Gemüt wie heulende Hyänen, die immer näher kamen und sie einkreisten. Hinter ihr torkelte der Rheinländer schwerfällig durch den Saal und knurrte wütend wie ein verwundeter Bär.

In ihrer Schwachheit bemühte sie sich, Stufe für Stufe die Treppe hinabzusteigen. Jede Bewegung bereitete ihr Schmerzen. Sie betete darum, daß sie nicht auf ihr Kleid treten würde. Nebel hüllte die Luft ein. Dann loderten unter ihr plötzlich hohe Flammen auf. Rote Funken ergossen sich über den Saal, als Möbel und Teppiche Feuer fingen und beißende Rauchschwaden verbreiteten, die ihr in den Augen und im Hals brannten.

Helena blieb auf der Treppe stehen. Sie wußte nicht, was sie tun sollte, und hielt sich die Rippe, als plötzlich eine bekannte Stimme an ihre Ohren drang.

Hoffnung überschattete sie mit mächtigen Flügeln und versprach, sie davonzutragen. „Bardas!“ Von der Treppe aus sah sie den großen Mann, der sich mit dem Schwert in der Hand durch die brennenden Möbelstücke und den Rauch hindurch seinen Weg zu ihr bahnte.

„Herrin! Hat man Sie verletzt?“

Ihre Augen wurden weit. Sie glaubte, ihre Stimme sei zu schwach, um ihn in dem höllischen Lärm zu warnen. „Bardas . . ., paß auf . . ., hinter dir!“ Er fuhr herum und stand kampfesmutig einem Rheinländer gegenüber, der mit fletschenden Zähnen auf ihn zustürmte.

Die zwei Schwerter prallten klirrend aufeinander. Helena zuckte zusammen. Sie fühlte die Kraft der granitharten Arme, die sich wie die Hörner von Kampfbullen ineinanderbohrten. Der Rheinländer richtete seinen ganzen Haß auf den byzantinischen Leibwächter. Bardas kämpfte um sein Leben. Mit Entsetzen sah sie hilflos zu, wie er auf ein Knie gezwungen wurde. Blut lief aus einer klaffenden Wunde.

Helenas Hände fuhren zu ihrem trockenen Mund. Ihr Herz pochte in ihren Ohren. Sie war sicher, daß sie jeden Augenblick mitansehen müßte, wie Bardas zerfleischt würde. Ein in schwarzem Leder gekleideter Ritter tauchte im Türrahmen auf. Er rief dem Rheinländer etwas zu, der sofort seine Angriffswut auf den Ritter richtete.

Mit aufsteigender Übelkeit schaute Helena zu, wie der Ritter mit einem kräftigen Stoß sein Schwert gegen ihn führte, dem ein zweiter folgte, der dem Rheinländer die Hand abschnitt, in der er die Waffe hielt –, aber mit seiner anderen Hand zog der Rheinländer eine mit Nägeln besetzte Eisenkugel an einem Band heraus. Er wirbelte die bedrohliche Waffe über seinem Kopf, aber der Ritter duckte sich, und die Kugel bohrte sich hinter ihm in einen von Gottfrieds Fußsoldaten. Im nächsten Augenblick hatte der Ritter ein gebogenes Krummschwert in der Hand und durchtrennte mit einer blitzschnellen Bewegung den Hals des Rheinländers.

Helenas Knie gaben nach. Sie glaubte, sich übergeben zu müssen, und sank kraftlos auf die Treppe, weil sie den Blick nicht von dem abgetrennten Kopf abwenden konnte.

Ihr Verstand bemühte sich mit aller Kraft, nicht in Ohnmacht zu fallen.

Der Ritter, auf dessen Lederumhang ein rotes Kreuz gestickt war, kam schnell auf sie zu. Sie starrte verständnislos in seine blaugrauen Augen, die keine Gefühlsregung verrieten, als er über den abgetrennten Kopf stieg. Er hob sie genauso leicht auf seine Arme wie vor einigen Minuten der Rheinländer, aber dieses Mal empfand sie kein Entsetzen, nur eine benommene Erleichterung und so etwas wie Hochachtung. „Tankred?“ keuchte sie.

„Ihr Diener, Fürstin“, war alles, was er sagte.

* * *

Auf der Straße drängten sich in Panik geratene Soldaten und Pferde. Feuer loderte von einer zusammengebrochenen Hütte auf; von tausend Fackeln stieg spiralförmiger Rauch auf. Sie hörte, wie Bardas ihnen folgte.

„Die Pferde“, rief Tankred. „Holen Sie sie!“

Bardas ergriff Apollos Zügel, der schnaubte und tänzelte, weil er es nicht erwarten konnte, zu seinem Herrn zu kommen. Trotz seiner Verletzung gelang es Bardas, sich auf den Rücken des zweiten Pferdes zu schwingen. Er galoppierte auf sie zu und beugte sich vor, als Tankred ihm Helena hinaufreichte.

„Vorsichtig. Ihre Rippe ist gebrochen.“

„Ich – ich muß mit Ihnen in das Lager der Normannen reiten!“ keuchte Helena benommen. Sie konnte nicht mehr klar denken.

Tankred nahm seinen Helm ab, unter dem seine feuchten braunen Haare zum Vorschein kamen. Er schwang seinen muskulösen Körper auf den Sattel. „Das können Sie nicht. Ein langer Ritt würde Ihre Verletzung nur verschlimmern.“

„Ich kann schon! Ich kann!“

„Tapfer bis zum Schluß“, meinte er kopfschüttelnd, während er in die Ledertasche auf seinem Sattel griff und eilig etwas darin suchte.

„Redwan hat recht, Herrin. Das normannische Lager ist auch nicht sicherer. Habe ich nicht gesagt, Sie sollten nicht kommen? Unsere Hoffnung liegt bei Herrn Philipp. Er wird bestimmt noch für Ihre und seine Sache beim Kaiser vorsprechen.“

Die Erwähnung von Philipps Namen erfüllte Helena, deren Körper und Gefühle vollkommen erschöpft waren, mit einer unerwarteten Sehnsucht nach seiner Umarmung, und sie stellte sich vor, daß es Philipp und nicht Tankred gewesen sei, der sie aus der Gefahr in der Burg davongetragen hatte und jetzt mit ihr in die Sicherheit der Familienvilla ritt.

Tankreds durchdringender Blick riß sie aus ihren Gedanken. Gegen ihren Willen schaute sie ihn an, wie er auf Apollo saß. Seine unbeugsame und muskulöse Erscheinung forderte ihre unfreiwillige Aufmerksamkeit. Sie sah, daß er ihre Gedanken über Philipp an ihrer Miene abgelesen hatte. Eine schnelle Röte huschte über ihre Wangen.

Er schaute Bardas an, der ihn vorsichtig im Auge behielt. „Bringen Sie Ihre Herrin zur Wachburg.“ Er zog eine Flasche mit Medizin aus seinem Lederbeutel und warf sie Bardas zu. „Trinken Sie etwas und kümmern Sie sich dann um Ihre Herrin. Der Ritt wird ihr Schmerzen bereiten.“

Bardas betastete gedankenverloren seinen verwundeten linken Arm, dann trank er, ohne jedoch den Blick von Tankred abzuwenden.

„Ihr Kriegsminister ist nicht in der Wachburg", sagte Tankred, dessen Stimme keine Regung verriet. „Ich werde dort Ihre gebrochene Rippe ruhigstellen und verbinden."

Helena zuckte bei dem Gedanken an die bevorstehenden Schmerzen zusammen. Ihre Nerven waren aufs äußerste angespannt, und sie sehnte sich danach, sich in den Schlaf flüchten zu können. Bardas reichte ihr die Flasche, aber sie wandte angewidert den Kopf ab.

„Er hat recht. Der Ritt wird sehr schmerzhaft für Sie sein, Herrin."

Müde nippte sie an der Flasche und verzog das Gesicht, als der Alkohol in ihrer Kehle brannte und in ihrem leeren Magen ein Feuer entfachte.

Sie ritten aus der byzantinischen Stadt und ließen die Kreuzfahrer mit Gottfrieds blauer Standarte, die jetzt mit Blut befleckt war, hinter sich zurück. Helena sank in einen unruhigen Schlaf und träumte von Drachen und Rittern und von stürmischen männlichen blaugrauen Augen.

Ein leichter Regen setzte wieder ein und benetzte ihr Gesicht. Tankred zog seinen Umhang aus, ritt näher an Bardas heran und reichte ihn ihm, damit er sie zudecken konnte.

Weit hinter ihnen verwandelten sich die brennenden Burgen in dunkle, erstickende Schatten aus Rauch und Schwefel, die wie riesige Türme in dichten Schwaden zum östlichen Himmel hinaufstiegen. Das war erst der Anfang. Der Krieg gegen die Ungläubigen hatte noch nicht einmal begonnen.

8. Herr Ritter, wo sind Sie?

Das Reich bedeutet alles, dachte Irene. Um ihres eigenen und Philipps Schicksals willen waren harte Maßnahmen nötig. Sie mußte stark sein und ihre Pläne zum Ziel bringen, ohne sich dabei von ihren Gefühlen und den Fangarmen der Moral abhalten zu lassen; sie waren nur Stolpersteine auf den Stufen zum Thron des Byzantinischen Reiches. Nichts konnte sie jetzt noch abhalten. Nicht einmal ihre Zuneigung zu ihrem Sohn. Philipp würde eines Tages verstehen, daß alles, was sie tat, zu seinem politischen Erfolg nötig war. Seine Schwäche für Helena würde bald verblassen, wie jede männliche Leidenschaft für die Frau seiner Träume irgendwann einmal nachließ. Schönheit verging, aber Macht hatte bis ins hohe Alter Bestand und lebte durch die Erben weiter.

Habe ich es nicht erreicht, Philipp die begehrte Stellung als Kriegsminister zu beschaffen? Sie hatte ihm diese Freudenbotschaft feierlich überbracht, bevor sie ihm mitteilte, daß Helena mit Prinz Kalid verheiratet werden sollte. Außerdem hatte sie Philipp davon überzeugt, daß der Entschluß, Helena mit dem moslemischen Prinzen zu verheiraten, vom Kaiser selbst getroffen worden und nicht durch ihre Manipulationen zustande gekommen sei.

Irene betrachtete Philipp, der auf der anderen Seite des Marmorpavillons lag. Seine dunklen Augen waren schwermütig, sein aristokratisches Gesicht finster. Er hob seinen Becher, trank und fuhr rastlos mit seinen langen Fingern durch seine schwarzen geölten Haare. Er lag in einer Sänfte und trug einen Brokatumhang aus purpurfarbenen und schwarzen Mosaiken. Auf dem Achattisch zwischen ihm und Irene lag sein hoher, turbanähnlicher Seidenhut, dessen Krempe dicht mit Edelsteinen besetzt war. Seine muskulösen Beine steckten in einer schwarzen Hose, und seine um die Waden gebundenen Sandalen waren ebenfalls aus weichem schwarzen Leder.

„Hör doch schon auf, so eine finstere Miene zu ziehen, Philipp“, fauchte sie. „Vor der Kapitulation Antiochias kommt Nikäa. Mit jedem militärischen Sieg, den du für den Kaiser erringst, wirst du wichtiger für ihn.“

Philipps Begeisterung darüber, daß er den begehrten Sitz des Kriegsministers übernommen hatte, lebte immer noch im Schall der triumphierenden Trompetenklänge fort; trotzdem war für alle, auch für Irene, offensichtlich, daß der Verlust von Helena seine Freude trübte.

Irene schaute Philipp ungeduldig an. Seine jammernden Bedenken reizten sie zum Ärger. Wenn er nur mehr wie sie und sein Vater, Konstantin, wäre – mit eisernem Willen und ohne Mitgefühl. Seine Schwäche bedeutete eine Gefahr und machte ihn zu einem Unsicherheitsfaktor. Ständig mußte sie aufpassen, daß er nicht in einem unerwarteten Augenblick etwas Unüberlegtes tat. In dieser Hinsicht war er wie Konstantin. Er war ebenfalls sprunghaft und trauerte immer noch um den Verlust seiner illustren Kusine Adrianna Lysander. Sie war tot, aber Konstantin träumte wie ein gejagtes krankes Tier immer noch von ihr. Ja, er war ebenfalls ein Faktor, den sie nicht immer kontrollieren konnte.

Aber Philipp ...

„Du bist wie dein Vater“, sagte sie verächtlich. „Du könntest jede beliebige Frau am Hof oder außerhalb bekommen, die du haben möchtest, aber du schmachtest der einen Frau hinterher, die du nun einmal nicht haben kannst.“

Irene beobachtete ihn und hatte seine Torheit genauso fest im Blick wie eine Leopardin die wackeligen Schritte ihres Jungen. Er war krank vor Sehnsucht nach Helena und handelte manchmal so unüberlegt, daß er am liebsten mit ihr davongelaufen wäre.

„Kalid ist nicht der einzige Mann, der an Helena interessiert ist“, sagte er mißmutig. „Tankred ist es auch, obwohl er klug genug ist, seine Absichten zu tarnen. Daß er das tut, macht ihn aber um so gefährlicher.“

„Überlaß Tankred mir. Ich weiß, wie man mit Männern wie diesem Normannen umgehen muß. Ich habe gehört, daß sein sizilianischer Onkel ihn wegen Mordes an seinem Halbbruder sucht. Eifersucht und Habsucht, der Machtkampf unter den wölfischen Normannen werden mir in die Hand spielen. Bald werde ich Tankred genau an dem Platz haben, wo ich ihn haben will: auf den Knien vor meinen Füßen.“

Philipp trank aus seinem glitzernden Kelch und zeigte wenig Kooperationsbereitschaft.

Seine Zerrissenheit war beunruhigend. Er war wie ein halb gezähmtes, eigensinniges Tigerjunges; sie wußte nie, wann er ausbrechen und sich gegen ihren Willen stellen würde.

Irene seufzte; es klang fast wie ein Miauen. Jetzt blieb ihr nicht viel mehr, als Philipp klarzumachen, daß ihre Entscheidung richtig gewesen war, daß sie getan hatte, was weise für ihn war. Sie lag auf einer Sänfte vor dem Kamin, in dem ein Feuer flackerte, und nippte an ihrem mit Edelsteinen besetzten Kelch.

Sie waren allein in einem der Gemächer des Lysanderpalastes, auch wenn sie bald Konstantins Ankunft erwartete. Seine plötzliche Abreise vor einigen Tagen hatte ihren Argwohn geweckt. Welche Informationen suchte er auf den arabischen Basaren auf der Mese, der Hauptstraße Konstantinopels?

Irene richtete ihre Aufmerksamkeit wieder auf ihren Sohn. Sie hatte bewußt verhindert, daß Philipp Helena in den letzten Wochen zu Gesicht bekam. Er sollte die Befriedigung schmecken, daß sein ehrgeiziger Plan Wirklichkeit geworden war. Nicht einmal sein Wunsch nach Helena würde ihm erlauben, der Macht, die er genoß, den Rücken zuzukehren.

Ja, sie kannte Philipp gut. Viel besser als Helena.

„Der Kaiser hat dich für morgen abend zum Bankett mit ihm und der Kaiserin eingeladen. Daran siehst du, daß deine Stellung im Kriegsministerium von entscheidender Wichtigkeit für ihn ist. Winsele doch nicht wie ein geprügelter Schoßhund. Du weißt genauso gut wie ich, daß dein Ehrgeiz stärker ist als deine Liebe zu Helena."

Sein klassisch griechischer Gesichtsausdruck war launisch, seine Augen wie trübe Teiche. „Du siehst aus wie die Statue der Göttin Medusa, um die sich Hunderte von Schlangen winden. Seltsam, daß ich jetzt daran denken muß."

Sie stieß ein gekünsteltes Lachen aus. „Das knurrende Junge schlägt verspielt nach der Leopardin. Sei vorsichtig. Ich fasse es nicht als Kompliment auf, wenn ich mit Schlangen in Verbindung gebracht werde."

Irenes Figur wurde von schimmernder Seide unterstrichen, und ihre Haare glänzten im Feuerschein wie gesponnenes Gold. Ihre bernsteinfarbenen Augen funkelten wie brennende Steine.

„Ich hatte erwartet, daß du dich über die Entscheidung des Kaisers freust, mein Kleiner", stichelte sie. „Statt dessen liegst du wie ein verbitterter alter Mann da."

Er zuckte mit den Achseln. „Ich habe jahrelang vom Posten des Kriegsministers geträumt. Wie sollte ich jetzt nicht dankbar sein?"

„Jetzt hast du den Posten."

„Ich bin erstaunt, daß du den Kaiser dazu überreden konntest, mich auszuwählen. Er war so zufrieden mit Tarasius."

Ihre langen, zarten Finger legten sich fest um ihren Kelch. „Ja. Zu bedauerlich, daß Tarasius so viel Zeit in seinem exotischen Kräutergarten verbrachte." Sie schwenkte nachdenklich den roten Wein in ihrem Kelch. „Der arme Tarasius; eine lange Krankheit, die einen Menschen unaufhaltsam dahinsiechen läßt, ist oft schlimmer als ein plötzlicher Tod. Besonders, wenn man seinen einflußreichen Posten zurücklassen muß. Die Götter sind wirklich herzlos."

„Der Arzt Andronikus vermutete Gift", sagte Philipp gedankenabwesend.

Irenes Gesicht wurde hart. „Dieser neugierige Idiot aus Pergamon. Er steckt seine Nase überall hinein. Er wird mir immer mehr zum Ärgernis. Ich muß der Kaiserin sagen, sie soll ihn wegschicken. Hier, schenke meinen Becher noch einmal voll. Ich habe keine Lust, den Sklaven zu rufen."

Philipp beugte sich über den Tisch. Während er den Krug nahm, bemerkte er: „Dein Interesse an persischem Gift wird allmählich zu einem Thema, über das viel geredet wird. Ebenso wie dein Einfluß auf die Kaiserin. Sie plant keine Reise und hält kein Bankett ab, solange du ihr nicht versicherst, daß ihre Entscheidung weise sei. Du hast sehr viel Einfluß, Mutter."

Irenes Bewegung war so schnell wie die einer Leopardin. Sie sprang auf, riß ihm den Kelch aus der Hand und warf ihn ins Feuer.

„Wie oft habe ich dir schon gesagt, daß du mich nicht so nennen sollst? Die Augen und Ohren der Sklaven sehen durch Wände und hören durch verriegelte Türen!"

„Jeder weiß, daß du meine Mutter bist. Nur du hältst an der törichten Einbildung fest, es sei ein Geheimnis." Er winkte mit der Hand. „Es tut mir leid; es war ein Versprecher."

„Du mußt deine Zunge hüten wie ein Ritter sein Leben", fauchte sie. „Wenn der Kaiser erfährt, wer du wirklich bist, bedeutet das unser Ende im Kaiserpalast. Deine Mutter starb bei deiner Geburt in Athen. Er glaubt, du seist der Sohn des gefallenen Generals Servius. Verstanden?"

„Ja! Ich habe verstanden! Und ich werde diesem Titel alle Ehre machen!"

„Sorge dafür. Ich habe schwer dafür gearbeitet, uns dahin zu bringen, wo wir jetzt sind. Verspiel das alles nicht so leichtsinnig."

„Und ich?" fragte er empört. „Habe ich nicht auch gearbeitet? Es gibt niemanden, der dem Kaiser loyaler ergeben wäre als ich."

„Wenn Konstantin und ich deinen Namen nicht wie Rosenblüten um den Thron verstreut hätten, wüßte der Kaiser gar nicht, daß es dich gibt. Du könntest dein Leben für ihn opfern, und er würde nicht einmal mit der Wimper zucken. Man braucht mehr als Loyalität, Philipp; man braucht kluge Intrigen. Vergiß nicht, wieviel du mir verdankst."

„Glaubst du, ich würde meine eigenen Ziele nur widerwillig verfolgen? Ich könnte mir auch ohne deine Hilfe einen Namen machen!"

„Ah! Das Löwenjunge wagt es zu brüllen, aber wo sind deine Zähne? Es ist die Löwin, die dir das Fleisch bringt! Vergiß das nicht! Dein Erfolg hängt von meinen Bemühungen ab. Er ist auch meine Sicherheit. Wenigstens solange, bis ich Maria von Alanien los bin und selbst die Mätresse des Kaisers werde. Ich werde nicht zulassen, daß du unsere Zukunft im Kaiserpalast wegen eines Mädchens aufs Spiel setzt, das mit seinen großen Augen deine jungenhaften Leidenschaften weckt."

Vor Wut schmetterte Philipp einen Kelch auf den Marmorboden und schritt aufgebracht zur Tür.

Sie sprang auf die Beine. „Philipp. Komm sofort zurück! Du wagst es, mich einfach hier stehenzulassen, bevor ich zu Ende gesprochen habe?"

„Ich gehe Helena besuchen."

„Ich kann es nicht erlauben, daß du dich in diese Angelegenheit einmischst."

Seine Augen brannten wie zwei brennende Kohlen. „Willst du mich auch von deinen Leuten bewachen lassen?"

„Ich tue, was sein muß. Vergiß das nie. Deine Torheit wird mir nicht alles kaputt machen, Philipp. Tu nichts Überstürztes. Es steht zu viel auf dem Spiel, als daß ich dir erlauben könnte, es jetzt wegzuwerfen. Helena bringt deiner Zukunft keinen Vorteil und meiner auch nicht."

Sein Gesicht verzerrte sich unter einem plötzlichen Schmerz und erinnerte sie an ein Tier, das in die Ecke getrieben wurde. „Aber zu welchem Preis!" jammerte er klagend mehr zu sich selbst als zu ihr.

„Mein Junge", beruhigte sie ihn plötzlich. „Komm, ruhe dich aus. Beruhige dich erst einmal. Du kannst Helena sehen; du kannst sie sogar bald in deinen Schlafgemächern haben. Kalid und Antiochia sind nicht für immer, nur für ein paar Monate. Bis dahin mußt du dich in Geduld üben. Vergiß nicht: Du kannst Macht *und* Lysanders Tochter haben, wenn du jetzt mit mir zusammenarbeitest. Aber du bist erschöpft. Wenn die Sonne morgen aufgeht, sieht die Welt ganz anders aus. Dann wirst du wieder alles im richtigen Licht sehen. Du wirst besser verstehen können, daß Konstantin und ich nur tun, was das beste für dich ist, für uns alle drei. Was du jetzt brauchst, ist Ruhe."

Er kam zu ihr zurück und sank wie ein geschlagenes Hündchen auf die Kissen auf dem Teppich.

Irene drehte ihm den Rücken zu und goß eine kleine Menge Wein in einen neuen Kelch und fügte ein weißes Pulver dazu. „Armer Philipp. Es war gedankenlos von mir, deine Enttäuschung nicht zu sehen. Trink das, mein Sohn. Dann kannst du besser schlafen."

Philipp nahm den Trank, den sie ihm oft gab, wenn er sehr deprimiert war.

Sie setzte sich neben ihn und zog seinen dunklen Kopf auf ihren weichen Schoß. Ihre langen Finger streichelten seine gelockten Haare und strichen über seine Wangen. „Morgen früh wirst du dich wie ein neuer Mensch fühlen."

„Aber Helena? Warum muß ich sie diesem schrecklichen Sarazener überlassen?"

„Waren wir uns nicht schon vor langer Zeit einig, daß einiges geopfert werden muß, wenn man das erreichen will, was wirklich wichtig ist?"

„Aber ich will sie", jammerte er kläglich.

„Glaube mir, Philipp: Ich habe alles in meiner Macht Stehende getan, um Prinz Kalid den Wunsch auszureden, sie zu heiraten. Ich habe ihm Gold geboten. Ich habe ihm andere adelige Töchter Konstantinopels vorgestellt, aber er ist ein eigensinniger Mann. Als der Kaiser darauf bestand, ich solle alles tun, um ihn zufriedenzustellen, blieb mir keine andere Wahl. Der Preis, den er verlangte, um uns Antiochia zu übergeben, war Lysanders Tochter."

„Was ist mit Nikolas? Was wird er tun, wenn er erfährt, daß seine Nichte dem Sohn eines moslemischen Emirs zur Frau gegeben wurde? Du weißt, wie treu Nikolas dem christlichen Gott dient."

Bei der Erwähnung von Nikolas machte ihr Herz einen Sprung. Sie wollte nicht an den einen Mann denken, der ihr Blut in leidenschaftliche Wallungen versetzen konnte. Nikolas hatte sie einmal geliebt, als sie beide so jung gewesen waren wie jetzt Philipp und Helena. Er hatte sie geliebt . . ., bis er aus Athen zurückkehrte und feststellen mußte, daß sie in den zwei Jahren, die er fort gewesen war, die Mätresse des Kaisers geworden war. Er hatte ihr den Rücken gekehrt und war wortlos von ihr fortgegangen. Sie hatte ihn angefleht, zu ihr zurückzukommen, sie hatte sogar versprochen, sich zu ändern, aber er hatte nicht auf sie gehört. Und so hatte sie sich Konstantin zugewandt und vielen anderen im Palast und außerhalb des Palastes.

Nikolas würde sie wieder lieben. Sie könnte ihn in ihre Arme zurücklocken. Es gab nur wenige Männer, die ihr widerstehen konnten. Sie hatte Konstantin, Philipp und sogar Helena vorgegaukelt, daß sie beabsichtige, Nikolas verhaften zu lassen, aber das war nicht das Ende, das sie für ihn plante, sondern ihre Versöhnung mit ihm auf Konstantins Kosten.

„Sprich nicht von ihm", sagte sie mit gespielter Bitterkeit. „Er kann nicht viel tun. Und er wird nicht nach Konstantinopel zurückkommen. Nikolas wird es nicht riskieren, erneut des Hochverrats angeklagt zu werden", sagte sie glatt. „Und genausowenig darfst du das Mißfallen des Kaisers riskieren", warnte sie. „Deine Stellung als Kriegsminister ist der Anfang dessen, was dir Achtung und Ansehen einbringen wird. Ich weiß, wieviel dir beides bedeutet. Eines Tages wirst du Byzanz zeigen, wer Philipp Lysander wirklich ist. Als Kaiser wirst du neben großen Namen wie Justinian und Basileios in die Geschichte eingehen."

„Im Augenblick ziehe ich meine Stellung als Kriegsminister vor – und Helena."

„Selbstsüchtig bis zum Ende. Dann leck deine Wunden, mein lieber Sohn. Wenn du in einem Jahr immer noch um Helena trauerst, kannst du jederzeit nach Antiochia reiten und mit dem Prinzen verhandeln."

Seine Miene wurde heller. „Glaubst du?"

„Aber natürlich. Ich werde dich sogar dabei unterstützen, wenn du mir schwörst, daß du jetzt nichts Voreiliges unternimmst. In einem Jahr ist der Seldschuke ihrer bestimmt längst überdrüssig."

Er verzog das Gesicht erneut zu einer finsteren Miene.

„Lieber Philipp, schau nicht so betroffen. Armes Kind, bin ich grausam zu deinen zarten Gefühlen? Komm schon! Lächle ein bißchen und denke an deinen Sieg über Tarasius. Das macht Helenas Abreise in zwei Wochen leichter erträglich. Und du kannst dich auf das nächste Frühjahr freuen."

Philipp war schläfrig geworden. Der leere Kelch glitt aus seiner Hand auf den Teppich. Irene wartete noch eine Minute, dann hob sie den Kopf ihres Sohnes von ihrem Schoß und legte ihn sanft auf ein Seidenkissen. Eine Minute später drehte sie die Lampen dunkler und verließ das Zimmer.

* * *

Philipp stützte sich auf seinen Ellbogen. Seine Augen waren wütend und schauten ihr mit unverhohlener Verärgerung nach. Für welch einen Idioten sie ihn hielt! Er war nicht das brave kleine Schoßhündchen, wie sie anscheinend immer noch glaubte. Eines Tages würde er sie und alle anderen, die ihm im Weg standen, vernichten. Er allein wäre Kaiser. Und Helena wäre seine Kaiserin. Er hatte Pläne, von denen Irene nichts wußte. Kluge Pläne, die die Dienste des Normannen Tankred einbezogen, um seinen Erfolg zu sichern. Tankred würde mit ihm kooperieren. Ihm bliebe keine andere Wahl, wenn er diesen Mörder namens Mosul lebendig haben wollte, um seine Unschuld beweisen zu können.

Philipp hatte Irenes Schlaftrunk in eine Palme neben seiner Sänfte gegossen. Täuschung und Betrug hatte er von seiner Mutter und von seinem Vater aus erster Hand gelernt. Er stand von den Kissen auf, stemmte die Hände in die Hüften und sah überhaupt nicht wie ein bedauernswerter, winselnder Hund aus, für den sie ihn hielt.

Philipp verließ den Raum und rief nach seinen persönlichen Soldaten, Männer, die ihm und nicht Irene treu ergeben waren. Zu seiner Überraschung war Bardas bei ihnen. Welche Nachricht brachte ihm Helenas Leibwächter?

9. Dunkler Ritter, weißer Ritter?

Eine düstere, graue Regenwand schloß die Wachburg mit durch Mark und Bein gehender Feuchtigkeit ein. Helenas Kopf war benommen, ihr Brustkorb war so streng gebunden, daß sie sich kaum bewegen konnte. Sie zog ihren beschmutzten Pelzumhang enger um sich und versuchte, sich aufzuwärmen. Mit bohrenden Schmerzen in der Brust lag sie in einem der oberen Räume des Burgfrieds – einem Turm, in dem sich die Schlafquartiere der Soldaten befanden und der gleichzeitig als Wachturm und Waffenlager benutzt wurde.

Sie spähte durch eine Ritze in der Mauer, die mit Schießscharten durchzogen war, und fühlte, wie der Wind ihr den Regen ins Gesicht wehte. Sie wandte sich ab. Das einzige Gute, das sie dem trüben Wetter abgewinnen konnte, war, daß der Regen vielleicht das Feuer in den brennenden Burgen auf der anderen Seite der Brücke gelöscht hatte.

Inzwischen hatte der Hauptteil von Gottfrieds Armee bestimmt schon die Brücke überquert und war in sein altes Lager außerhalb der Stadtmauern zurückgekehrt. Sie vermutete, daß Bardas Nachrichten über die Verwüstungen in den Großen Palast überbracht hatte.

Bei der Erinnerung an die Schrecken, deren unfreiwillige Zeugin sie geworden war, zuckte sie unweigerlich zusammen, und das nicht nur aufgrund ihrer körperlich angeschlagenen Verfassung. Sie drehte sich von der Steinmauer zu einem kleinen tragbaren Steinofen um. Heiße Ziegel wurden von einem Bediensteten, der ihr auch einen kupfernen Krug mit Tee aus dem fernen China brachte, angeschleppt und in dem Ofen aufgehäuft. Als sie sich nach Tankred und Bardas erkundigte, teilte ihr der Junge mit, daß Tankred Bardas zu General Taticus geschickt habe, um Verstärkung anzufordern. Tankred selbst sei zur Brücke zurückgeritten, um mit Herzog Gottfried erneut Kontakt aufzunehmen. Er wollte an diesem Morgen zurückkehren.

Helena nippte an dem bitteren Gebräu und versuchte, ein gewisses Maß an Klarheit in ihrem Kopf zurückzuerlangen. Sie fand Trost in der Wärme, die von den Ziegeln ausgestrahlt wurde.

Ihre geschwungenen dunklen Brauen zogen sich zusammen. Sie konnte sich kaum an ihre Ankunft in der Wachburg vor vier oder fünf Stunden mit Tankred und Bardas erinnern. Inzwischen breitete sich die Morgendämmerung von Osten her aus.

Sie erinnerte sich daran, daß sie auf einem Stoß Decken gelegen hatte und immer wieder kurz erwacht und dann in einen unruhigen Schlaf gesunken war. Tankred und Bardas waren in der Nähe gewesen, aber sie konnte sich nicht an die Einzelheiten erinnern oder daran, daß Tankred ihre gebrochene Rippe verbunden hatte. Als sie erwachte, war es immer noch dunkel. Nur einige dicke, weiße Kerzen brannten auf dem Steinsims; sie war allein, und ihre Rippen waren so streng verbunden, daß sie nur mit Mühe atmen konnte.

Während sie jetzt neben den heißen Ziegeln saß, sinnierte sie wieder über den interessanten Mann nach, der gleichzeitig Ritter, Medizinstudent und ein Abenteuerer auf der Suche nach geistlicher Wahrheit war –, wenigstens hatte er das in jener Nacht in Konstantinopel in Philipps Gemächern behauptet. Sie hatte noch keine Gelegenheit gehabt, ihn nach dem Koran zu fragen.

Tankreds Geschick als Ritter war beeindruckend, dachte sie. Bei der grausamen Erinnerung an den enthaupteten Rheinländer schloß sie schnell die Augen. Eilig stellte sie ihre Teetasse ab und verlor jeglichen Appetit.

Der Wind, der um die Steinzinnen pfiff, ließ ein hohes, einsames Heulen erklingen und erinnerte sie mit einem Frösteln daran, wie verzweifelt ihre Zukunft jetzt aussah, falls Tankred es ablehnen sollte, für sie zu arbeiten. Mutterseelenallein hier oben im Burgfried fühlte sie die Schmerzen, hörte den Wind und spürte die Feuchtigkeit und sah sich in ihrer Phantasie bereits als Gefangene, die zu einer Kamelkarawane nach Antiochia und dem mysteriösen moslemischen Palast des Emirs unterwegs war.

Helena legte den Kopf in ihre Handflächen. Sie wußte, daß sie den Mut nicht verlieren durfte, und richtete ihre Hoffnung und ihre Gebete auf Gott und bat um sein Eingreifen. Immerhin war es nicht so, daß Tankred sich geweigert hatte, ihr zu helfen. Er hatte in Gottfrieds Burg den Eindruck erweckt, als würde er sich ihren Wünschen beugen. Wäre da nicht die brutale Unterbrechung durch die Reiter gewesen, dann hätte sie vielleicht seine Zusage bekommen, sie mit in das normannische Lager zu Nikolas zu nehmen. Bei dem Gedanken an diese ungenutzte Gelegenheit stöhnte sie leise.

Und jetzt? Sie berührte ihren steifen, unbequemen Verband. Was konnte sie tun? Wie konnte sie von hier fortkommen? Andererseits konnte sie auch nicht lange in dem Burgfried bleiben! Inzwischen hatte Irene ihr Verschwinden bestimmt schon längst bemerkt und Spione losgeschickt, um sie zu suchen. Ihre Tante würde zuerst Philipp zur Rede stellen. Wenn sie bei ihm nichts herausfand, würde sie ihre Suche ernsthaft beginnen. *Und Philipp, was wird er denken?*

Helena wagte es nicht, sich auszumalen, was geschehen würde, falls Irene sie mit Tankred erwischte, während sie versuchten, in das normannische Lager zu Nikolas zu fliehen.

Sie hob den Kopf. Das Klappern von Pferdehufen im Hof hatte sie aus ihren Gedanken gerissen. Mit schmerzverzerrter Miene stand sie mühsam von ihrem Stuhl auf und schleppte sich langsam quer durch das Zimmer zu dem schmalen Fensterschlitz. Ihr Blick glitt über den kalten Bosporus und diese furchteinflößenden Hügel des moslemischen Orients, die wie Kamelhöcker aussahen.

Das Tageslicht durchdrang allmählich den grauen Horizont und breitete sich aus. Durch den Regen hindurch sah sie im schwachen Glanz der Fackeln eine Handvoll patrouillierender byzantinischer Soldaten. War Bardas ebenfalls zurückgekehrt?

Helena drehte sich um, als sie schnelle Schritte die steile gemeißelte Treppe heraufkommen hörte. Die Tür zu ihrem Zimmer ging auf.

Tankred trat ein. Jetzt trug er wieder die schwarzrote Uniform der Kaiserlichen Garde, die ihm sehr gut stand. Sein wollener Reitmantel war vom Regen ganz naß. Seine Haare waren ebenfalls feucht und lockten sich in seinem Nacken. Seine lebhaften graublauen Augen betrachteten sie, als sei er überrascht, sie wach und auf den Beinen vorzufinden. „Sie sollten noch nicht aufstehen."

Trotz ihrer Vorsicht waren ihre Gefühle ihm gegenüber nicht mehr so hart und abweisend. Wie konnte es auch anders sein? Er hatte sie in der Burg gerettet und war jetzt ihr Arzt ...

„Ich glaube allmählich, ich kenne Sie überhaupt nicht. Ich möchte mich bei Ihnen entschuldigen. Sie sind also tatsächlich ein Arzt."

Er lächelte. „Nur ein Medizinstudent." Er trat auf sie zu. „Wie fühlen Sie sich? Ist der Verband zu eng?"

„Etwas. Ich kann mich überhaupt nicht daran erinnern, daß Sie mich verbunden haben."

„Der Knochen wird wieder zusammenwachsen. Es ist gut, daß Sie sich nicht daran erinnern."

Ihre Augen schauten ihn suchend an. „Ich stehe in Ihrer Schuld. Erlauben Sie mir, Sie dafür zu bezahlen?"

Ein Lächeln spielte sich um seinen Mund. „Zu gegebener Zeit."

„Sie dürfen nicht vergessen, mich daran zu erinnern", fügte sie eilig hinzu.

„Ich werde es bestimmt nicht vegessen, zu einer passenderen Zeit Ihre Schulden zu kassieren."

Tankred trat an den Fensterschlitz, an dem sie stand, und schaute hinab. Er wurde ernst und nachdenklich. „Sie stecken ganz schön in der Klemme, Helena. Ich wünschte, es wäre anders. Sie sind für die schönen Dinge des Lebens geschaffen, nicht für Rheinländer, gebrochene Rippen und Kalid, der Sie benutzen will, um seine ehrgeizigen Pläne in Antiochia zu verwirklichen. Und ich kann nicht mehr lange bleiben", sagte er ruhig.

Seine Bemerkung schien so viel mehr zu bedeuten als nur sein Aufbruch zu Fürst Bohemund und der normannischen Armee. Einen kurzen, fröstelnden Augenblick lang empfand sie einen großen Verlust bei dem Gedanken, daß er wie alle Ritter weiterreiten und nie zurückkehren würde.

Es war das erste Mal, daß er so ernst und mitfühlend gesprochen hatte, und sie reagierte viel zu bereitwillig. Sie riß die Augen von ihm los und blickte ebenfalls gedankenverloren aus dem Fenster. Gemeinsam schauten sie zu, wie die trübe Morgendämmerung über das rauhe Wasser zog.

Tankred runzelte die Stirn. „Bardas müßte schon längst zurück sein." Seine Augen schauten sie fragend an. „Er war dagegen, daß Sie zu mir gekommen sind und mich um Hilfe gebeten haben. Hoffen wir nur, daß er nicht genügend väterlichen Eifer entwickelt, um Philipp zu verraten, daß Sie zu mir gekommen sind und versucht haben, mich anzuwerben."

„Es Philipp verraten?" Sie schaute ihn überrascht und fragend an. Warum sollte Philipp für einen von ihnen eine Gefahr darstellen?

„Ja, Philipp", wiederholte er mit einem trockenen Lächeln. „Ihr illustrer Edler mit purpurfarbenen Sandalen. Meiner Meinung nach wird er, wenn er sich alles erst einmal genau durch den Kopf hat gehen lassen, es irgendwie zuwege bringen wollen, Sie und seine Stellung als Kriegsminister zu behalten."

Das waren nicht die üblichen Beschimpfungen, Philipp würde sie bereitwillig im Stich lassen, um seine Karriere beim Kaiser zu sichern. Sie fragte sich, was diesen Meinungsumschwung bei ihm bewirkt hatte. Die Vorstellung, daß Philipp sich nach ihr sehnen könnte, entzündete ein hoffnungsvolles Leuchten in ihren Augen. Als Tankred es sah, drehte er sich trocken um.

„Ich würde mich nicht zu sehr nach ihm verzehren, Fürstin."

„Ich *verzehre* mich nicht!"

„Doch. Ihre irregeleitete Zuneigung steht Ihnen ins Gesicht geschrieben."

Sie wandte den Kopf von seinem durchdringenden Blick ab.

„Seine Intrigen werden bei der ersten Erschütterung zusammenstürzen. Wenn ich Philipp überhaupt erwähne, dann nur aus dem Grund, weil ich Bardas nicht traue, daß er Ihre Geheimnisse vor ihm bewahrt. Es kann gut sein, daß er mit der Nachricht von Ihrer Verletzung und Ihren Plänen, Nikolas zu suchen, direkt zu ihm gelaufen ist."

Ihre Hoffnungen begannen, sich zu glühenden Träumen zu entzünden, obwohl Tankred versuchte, sie im Keim zu ersticken. Was würde Philipp unternehmen, wenn er von ihren verzweifelten Versuchen erfuhr?

„Wenn Bardas wüßte, wo er meine Feinde finden kann, würde er mich ihnen wahrscheinlich schnellstens ausliefern", sinnierte er.

Helena warf ihm einen Blick zu. „Nein. Sie haben doch gesehen, daß er gestern nacht in der Burg Ihren Befehlen gehorchte. Er würde Sie nicht verraten, und da ich Ihre Dienste suche, wird er kooperieren, auch wenn er meinen Entschluß mißbilligt. Sie werden im Augenblick benötigt."

Eine Braue zog sich nach oben. „Im Augenblick kann man nicht auf mich verzichten. Wie großzügig! Ich vermute, das sollte mir einen gewissen Trost geben. Ich kann wenigstens heute beim Schlafen mein Schwert in der Scheide stecken lassen, aber morgen?" fragte er mit gespielter Besorgnis. „Morgen werde ich vielleicht zu den Bären geworfen."

Sie lächelte reumütig. „Glauben Sie, ich würde Sie ebenfalls verraten – an die Bären?"

„Sie haben gerade gesagt, daß Sie mich brauchen", kam seine viel zu glatte Antwort. „Meine Hoffnungen wachsen."

Helena warf ihm einen vorsichtigen Blick zu, aber er spähte schon wieder aus dem Fenster und runzelte ernst die Stirn.

„Jedenfalls können Sie nicht mit mir ins normannische Lager reiten. Sobald Bardas hier eintrifft, soll er Sie in Ihre Familienvilla bringen. Warten Sie dort auf mich."

Dann wird er mir also doch helfen! „Und Nikolas?"

„Ich werde ihn von Ihrer prekären Situation mit Kalid in Kenntnis setzen. Nikolas wird dann zweifellos auf der Stelle zu Ihnen kommen wollen."

Dankbar legte sie spontan die Hand auf seinen Arm, aber als sie die rauhe, vom Regen feuchte Uniform fühlte, wurde sie sich seiner Nähe zu sehr bewußt und zog ihre Hand schnell wieder zurück.

„Ich wußte, daß Sie meine Sache mit Ihrem Schwert unterstützen würden. Dann treten Sie also in meinen Dienst?"

Er schaute ihr direkt ins Gesicht. „Nein."
„Nein? Aber Sie sagten doch gerade –"
„Ich biete meine Dienste kostenlos an."
Sie versuchte, das lautstarke Pochen ihres Herzens zu unterdrücken, als sich ihre Blicke trafen.
„Aber ... was ist mit der Burg ...", begann sie schwach.
„Ich dachte, Sie haben mir gestern abend erzählt, sie sei als Mitgift für den Mann bestimmt, der Sie heiraten wird, außer ..." Eine sarkastische Belustigung funkelte in seinen Augen auf. „Außer Sie wollen darum bitten, meine Braut zu werden."
„Ihre Frechheit ist unerhört." Sie sprach eilig weiter. „Die Goldbesants –"
„Ich habe gestern abend ebenfalls klargestellt, daß ich mir nichts aus Ihrem Gold mache."
Sie setzte sich eilig auf einen Stuhl. Sie hatte Schmerzen und hielt die Hand an ihr Herz. „Sie haben mich zu eng gebunden."
„Wünschen Sie, daß ich den Verband lockere?"
„Nein", erwiderte sie eilig. „Ich ..., ich komme schon zurecht. Wie Sie sagten ..., es muß heilen." Sie zog ihren Umhang um sich, denn ihr war kalt, und sie erinnerte sich an das zweite verzweifelte Problem, bei dem sie seine Hilfe brauchte.
„Ich habe viel mit Ihnen zu besprechen, bevor Sie zu dem normannischen Fürsten aufbrechen. Ich habe Nachrichten über meine Mutter, die Sie Nikolas überbringen müssen. Außerdem ... benötige ich noch dringend Informationen. Informationen, die Sie durch Ihre Kontakte zu den moslemischen Freunden Ihres Großvaters in Erfahrung bringen könnten." Sie stand hoffnungsvoll auf und suchte seinen Blick. „Haben Sie schon einmal von ibn-Harun aus Jerusalem gehört?"
Tankred bedachte sie mit einem durchdringenden Blick, als sei er von der Richtung, die ihr Gespräch einschlug, und von dem Namen Haruns überrascht.
„Daß Sie von einem solchen Mann in Jerusalem wissen, verblüfft mich. Wer hat Ihnen von ihm erzählt? Philipp?"
Sie fragte sich, warum er Philipp erwähnte. „Philipp hat mir diesen Namen nicht gesagt. Er weiß nichts davon. Ich habe mit ihm nicht mehr gesprochen, seit mein Informant mir vor einigen Wochen die Nachricht über ibn-Harun zukommen ließ. Kennen Sie ihn, Tankred?"
Er schwieg, als überlegte er, wie aufrichtig ihre Frage gemeint sei und welche tieferen Motive dahinterstecken könnten. „Ich habe von ihm gehört. In Palermo hatte mein Großvater geschäftlich mit ihm zu tun. Er

ist kein Türke und auch kein Maure, sondern Araber. Er und sein Bruder züchten arabische Pferde. Er hat mir in Palermo eine Stute verkauft." Bei der Erinnerung an sein Pferd wurde sein Gesicht hart. „Er hatte sie von Kalid gekauft. Ich gab ihr den Namen Alzira ... Der Mörder meines Bruders reitet sie jetzt."

Er kannte den Araber namens ibn-Harun! Helenas Erregung wuchs.

„Genug von meiner Vergangenheit", sagte er schnell. „Wie kommt es, daß Sie von ihm gehört haben?"

Der grauenhafte Augenblick der Wahrheit war gekommen, der Augenblick, um über die Schmach und Niederträchtigkeit zu sprechen, die ihrer Mutter angetan worden war. „Ich wüßte nichts von ihm, wenn ich nicht erfahren hätte, daß meine Mutter doch noch am Leben ist, obwohl mich Feinde jahrelang glauben ließen, sie sei tot. Sie ist Sklavin im moslemischen Orient. Und sie befand sich im Haus ibn-Haruns."

In dem überraschten Schweigen, das nun folgte, hörte sie, wie der Wind den Regen durch die Schießscharten peitschte.

„Sind Sie sicher?" fragte er schließlich leise.

„Daß sie lebt? Ja. Aber sie befindet sich nicht mehr in seinem Haus." Ihre Augen flehten ihn an. „Sie wurde weiterverkauft ... oder ibn-Harun gewaltsam weggenommen. Aber Harun oder sein Bruder wissen doch bestimmt, wo sie sich jetzt aufhält. Oh, Tankred, ich muß sie finden und sie aus diesem schrecklichen Elend befreien, selbst wenn es mich das Leben kosten sollte. Ich hätte schon längst selbst etwas unternommen, wenn nicht meine eigene Zukunft im Augenblick so unheilvoll durch Kalid und Antiochia bedroht würde. Helfen Sie mir?"

„Sie sagen, Ihre Mutter sei eine Sklavin. Wie kommt es, daß eine adelige Frau aus dem Hause Lysander in den moslemischen Orient gerät?"

Ihre Augen glühten vor Entrüstung. „Ich habe keine Beweise, aber ich glaube, meine Tante steckte dahinter."

„Und Ihr Informant brachte Ihnen Nachrichten über Harun? Wann?"

„Vor mehreren Wochen. Ich habe ihn auf der Mese getroffen, und er hat mir eine Nachricht überbracht, in der es hieß, daß sie in Jerusalem im Dienste eines gewissen ibn-Harun gelebt habe."

„Aber sie ist jetzt nicht mehr dort? Woher wissen Sie das?"

„Mich erreichte eine weitere Nachricht ..." Ein Schatten zog über ihr Gesicht. „Sie wurde von einem Sultan gekauft."

„Im Orient gibt es viele Sultane", erinnerte er sie.

„Ja, ja. Mein Informant sollte sich vor einigen Tagen mit Bardas treffen und ihm weitere Informationen verraten, aber beide wurden daran gehindert, ihre Verabredung einzuhalten. Irene fuhr in ihrer Kutsche vorbei und sah Bardas. Inzwischen habe ich erfahren, daß mein Informant tot ist."

Sie dachte an ihre Begegnung mit Konstantin und an seine Warnung, niemandem etwas von ihrem Gespräch zu verraten. Sie wich Tankreds forschendem Blick aus, da sie fürchtete, er würde zu viele Fragen stellen, während sie sich lediglich seine Kontakte zu ibn-Harun zunutze machen wollte. Sie wagte es nicht und erzählte Tankred nichts von Konstantins Plänen, Adrianna ebenfalls ausfindig zu machen.

Sie zog einen Zettel aus einer Innentasche ihres Umhangs heraus und reichte ihn Tankred. „Das ist die letzte Nachricht, die ich erhielt."

Er hob eine Kerze hoch und las die Nachricht nachdenklich.

Helena kannte sie auswendig: *„Ihre Mutter ist nicht mehr in Jerusalem. Sie wurde vor einem Jahr weggebracht und lebt jetzt in den moslemischen Zelten des Orients."*

„In Ihren Adern fließt das Blut der Mauren", drängte sie. „Sie haben bestimmt noch andere Kontakte als ibn-Harun. Sie kennen die Emire in Kairo, Damaskus, Bagdad. Ich muß meine Mutter von dem Sultan, der sie besitzt, freikaufen."

Tankred war nachdenklich. „So einfach ist es wahrscheinlich nicht."

„Was meinen Sie damit?" fragte sie besorgt.

„Sind Sie sicher, daß sie ihre Freiheit wünscht?"

Diese Frage verblüffte sie. Helena schaute ihn fragend an und bemerkte, daß sein Blick ernst war. Ihr fiel ein, daß das stolze Blut al-Kareems durch seine Adern floß, und mußte zugeben, daß sie noch keinen Mann kennengelernt hatte, der besser aussah als er. Zum ersten Mal ließ sie den Gedanken zu, daß ihre geliebte christliche Mutter den Sultan, der sie gefangen hielt, möglicherweise liebte. Aber schnell verwarf sie diesen unerhörten Gedanken wieder. „Sie unterstellen, daß meine Mutter – Fürstin Adrianna Lysander – einen Nomadenfürsten, einen Sultan, lieben könnte und gern in einem nomadischen schwarzen Zelt leben sollte?"

Er zog eine Braue in die Höhe. „Die verschleierten Frauen fänden meine Frage nicht beleidigend. Ich frage lediglich, ob es möglich ist, daß Ihre Mutter den Mann, der sie gefangenhält, vielleicht mag. So etwas ist schon vorgekommen."

Helena hielt den Atem an und wollte diese Möglichkeit als völlig abwegig verwerfen, aber dann sah sie für einen kurzen Augenblick Tankred weder in der Uniform der Byzantiner noch in der Rüstung eines normannischen Ritters, sondern als Maure der geheimnisvollen Wüste gekleidet, als Sultan –, und seine Frage kam ihr nicht mehr so abwegig vor.

Helena trat an den kleinen Ofen, setzte sich und wärmte sich die Hände. Er folgte ihr nicht, sondern blieb bei den Schießscharten stehen.

„Haben Sie außer mir noch irgend jemandem erzählt, daß Ihre Mutter lebt? Es ist wichtig. Es könnte sie in größte Gefahr bringen, wenn Ihre Tante Wind davon bekommt.“

Sie dachte an Konstantin und seine Warnungen vor Irene und erinnerte sich an die giftige Seide.

Als Helena nicht sofort antwortete, trat er an den Tisch, an dem sie saß. Als sie aus Angst, sie könnte sich verraten, nicht zu ihm aufschaute, nahm er den Krug und goß sich eine Tasse Tee ein. Er trank und beobachtete sie dabei.

„Ihr Schweigen sagt mir, daß Sie Ihrem geliebten Philipp alles anvertraut haben.“

Ihre Augen zogen sich leicht zusammen. Sie hob das Kinn. „Nein. Das heißt ... nicht das über ibn-Harun.“

„Nein?“

Die leichte Dehnung in seiner Stimme verriet sein Mißtrauen. Sie fügte eilig hinzu: „Ich habe ihm vor unserer Reise an die Donau erzählt, daß sie am Leben ist. Das war die einzige Möglichkeit, um ihn zum Nachgeben zu bewegen, damit er mich von Nisch aus mitnahm, um Nikolas zu finden. Aber was Sie auch von ihm denken mögen: Man kann Philipp vertrauen, daß er die Information über meine Mutter für sich behält.“

„Sie sind so vertrauensselig. Trotzdem ist Irene seine Mutter.“

„Er wird nichts sagen“, beharrte sie.

Er stellte seinen leeren Becher ab. Ob er ihr glaubte, war fraglich, und aus seinem nachdenklichen Stirnrunzeln schloß sie, daß es ihn störte, daß sie überhaupt etwas von ibn-Harun wußte. Offenbar hatte der Mann irgendeine Bedeutung in Tankreds Vergangenheit auf Sizilien gespielt. Machte er sich Sorgen, daß Philipp das von ihr erfahren würde?

„Ich habe ihm nicht von Ihrem arabischen Bekannten erzählt“, wiederholte sie. „Was ist mit Kalid? Kennt er diesen arabischen Pferdezüchter?“

Sie sah, wie das Blaue in seinen Augen hart wurde. „Ja, er kennt ihn. Und Mosul auch“, sagte er.

Der Mörder ...

„Bardas weiß ebenfalls davon, daß Ihre Mutter in Jerusalem war, da er ja für Sie auf der Mese unterwegs war. Noch jemand?“

Sie schüttelte schwach den Kopf. „Niemand sonst, außer –“ Sie brach ab, als Konstantins fest entschlossenes, drohendes Gesicht vor ihrem geistigen Auge auftauchte.

„Ja?“

„Nikolas", sagte sie. „Bardas überbrachte ihm die Nachricht nach Clermont. Damals wußte niemand von uns etwas von Harun."

„Wenn Bardas von General Taticus zurückkehrt, reiten Sie bitte nicht nach Konstantinopel zurück. Ich will, daß Sie beide in der Villa warten, bis ich mit Nikolas zu Ihnen komme. Ich werde sobald wie möglich Kontakt zu Zakeem aufnehmen und ihm sagen, daß er in Jerusalem Erkundigungen bei Harun einholt, aber im Augenblick kann ich nicht viel unternehmen, da Zakeem nach Antiochia geritten ist. In der Zwischenzeit werde ich mich ebenfalls unauffällig nach Ihrer Mutter erkundigen."

Helena stand auf. „Ich kann nicht in der Villa bleiben. Irene wird mich wahrscheinlich suchen. Wie lange werden Sie fortbleiben?"

„Ich reite noch in dieser Stunde los. Erwarten Sie mich in zwei Wochen, nicht später. Wenn ich bis dahin nicht zurück bin, dann verlassen Sie die Villa. Haben Sie einen anderen Platz, an dem Sie warten könnten?"

„Ich habe Freunde in Athen. Nikolas kennt sie." Sie schwieg und fragte sich, wie sie am besten den nächsten Punkt ansprechen sollte, da sie wußte, er würde ihr Handeln mißbilligen.

„Ich ... ich muß Bardas nach Konstantinopel zurückschicken, wenn auch nur für einen Tag."

„Das wäre ein Fehler. Das erhöht nur unser Risiko. Denken Sie an Ihre Juwelen?"

„Nein ..." Sie zögerte. „Sie sind sicher verwahrt." Sie wollte ihm aber nicht verraten, wo. „Aber es gibt noch eine andere Sache, die ich klären muß, bevor ich mit Nikolas für immer auf die Burg reite." Sie wandte sich ab und nahm den Krug, als wollte sie noch mehr Tee trinken. „Ich muß mit Philipp sprechen."

Tankred schwieg. Sie warf ihm einen schnellen Blick zu und sah in seinen Augen ein ungeduldiges Funkeln. Sie beeilte sich mit einer Erklärung. „Ich habe in seinen Gemächern häßliche Dinge zu ihm gesagt. Ich will nicht abreisen, ohne ihm zu sagen –" Sie brach ab.

Unter seinem forschenden Blick konnte sie kaum weitersprechen.

„Daß Sie so unklug sind und ihn immer noch lieben?"

Sie errötete ungewollt. „Das ist meine Sache, Herr Ritter."

„Ich würde sagen, das ist jetzt auch meine Sache, Fürstin, da ich meinen Kopf aufs Spiel setze, um für Ihre Sicherheit zu sorgen und mich bei den Sultanen nach Adrianna zu erkundigen."

Helena hatte zu hart darum gekämpft, endlich seine Kooperationsbereitschaft zu bekommen. Sie durfte es nicht riskieren, jetzt alles wieder zu verlieren. „Ich stehe ewig in Ihrer Schuld."

„Verstehen Sie meinen Einwand nicht falsch. Nicht Ihre sentimentalen Liebesworte, die Sie an einen solchen Mann verschwenden, fordern meinen Zorn heraus", erklärte er. „Es ist Ihre Bereitschaft, damit sich selbst und auch mich einem unnötigen Risiko auszusetzen. Sie setzen unser beider Sicherheit aufs Spiel, nur um ihm einen Abschiedskuß zu geben."

Sie wandte sich ab. „Aus Ihrem Mund klingt es so frivol und oberflächlich, so sinnlos."

„Frivol? Ich glaube nicht. Philipp ist bereit, Sie in das Schlafgemach meines Vetters zu verkaufen."

Eine kräftige Stimme rief herausfordernd vom Türrahmen: „Ich glaube, wir müssen unseren galanten Ritter aus Sizilien Lügen strafen, Helena."

Erschrocken drehte sich Helena zur Tür um.

Philipp betrat mit seinem dunklen guten Aussehen und dem Inbegriff byzantinischen Prunks das Zimmer. Hinter ihm standen zwei seiner Soldaten.

Seine schwarzen Augen funkelten Tankred herausfordernd an. „Sie irren sich, mein normannischer Freund. Helena wird nicht Ihrem unwürdigen Vetter Kalid übergeben werden und auch nicht Ihnen, unserem vieltalentierten Ritter und Arzt."

Die Abneigung in seiner Stimme war unüberhörbar, Helena konnte die erhöhte Spannung im Raum förmlich fühlen. Was sollte sie davon halten? Ein vorsichtiger Blick auf Tankred verriet ihr, daß auch er die Veränderung bei Philipp nachdenklich beobachtete.

Philipp streckte ihr beide Hände entgegen. Aus seinen Augen leuchtete Wärme, und sie verrieten Selbstvorwürfe. „Ich habe dich zu diesem gewagten, aber unklugen Handeln getrieben, Helena. Du warst verzweifelt. Du hättest getötet werden können. Als Bardas mir erzählte, was in Gottfrieds Burg passiert ist und daß du verwundet wurdest, bin ich sofort gekommen."

„Bardas hat es Ihnen erzählt?" fragte Tankred glatt.

Sie erinnerte sich an Tankreds diesbezügliche Andeutung, aber ihre Aufmerksamkeit galt nur Philipp.

Philipp wandte den Blick von ihr ab und richtete ihn auf Tankred. „Haben Sie ihn nicht zu mir geschickt? Bin ich nicht der Kriegsminister? Ein Dutzend Männer warten unten, Redwan. Sie haben Befehl, den Normannen entgegenzureiten. Aber brechen Sie noch nicht sofort auf. Ich will, daß Sie vorher hören, was ich Helena zu sagen habe."

Philipp schaute sie wieder herzlich an, als sei Tankred Luft. Er sprach die Worte, nach denen sie sich seit Wochen so sehr gesehnt hatte.

„Als ich gestern nacht erfuhr, was dir zugestoßen ist, wurde mir zum ersten Mal klar, wie viel du mir bedeutest, Helena, und wie gedankenlos und selbstsüchtig ich in den letzten Wochen gewesen bin. Tankred hatte recht – ich habe an dir versagt. Die Angst, daß du unter der Hand dieser Barbaren hättest sterben können, war nötig, um mir die Augen zu öffnen."

Sie konnte kaum noch atmen. Ihre Augen hingen an seinem Gesicht. Er kam auf sie zu und ergriff ihre Schultern. „Ich will dich nicht verlieren."

„Kalid ist auch ein Soldat, der nicht verlieren will", bemerkte Tankred trocken.

Philipp warf ihm einen kühlen, finsteren Blick von der Seite zu. „Ich bat Sie zu bleiben, damit Ihnen klar wird, daß ich die Absicht habe, Helena zu heiraten. Ihre Meinung über Kalid interessiert mich nicht."

Helenas Gefühle gerieten außer Kontrolle. Daß Philipp die Demut aufbrachte, vor Tankreds Ohren seinen Fehler einzugestehen, verblüffte sie und machte seine Worte nur noch kostbarer. Ihr Herz litt für ihn, da sie wußte, wieviel ihn dieses Eingeständnis kostete, und doch empfand sie eine große Freude. Er rehabilitierte nicht nur sich selbst, sondern auch sie und alle ihre Worte, mit denen sie seinen Charakter gegen Tankreds spöttische Verleumdungen verteidigt hatte. Am liebsten hätte sie Tankred triumphierend angesehen, aber sie zügelte ihre kindische Genugtuung, da ihr bewußt wurde, wie verzweifelt sie seine Beziehungen zu den Sultanen noch benötigte, um herauszufinden, wo ihre Mutter war – etwas, das nicht einmal Philipp für sie erreichen konnte.

„Philipp . . .", flüsterte sie. „Du brauchst jetzt nicht mehr zu sagen. Wir können später weitersprechen, wenn wir allein sind."

„Ich habe dir viel zu sagen. Ich hätte wissen müssen, wozu dich deine Verzweiflung treiben würde, als ich in jener Nacht in meinen Gemächern an dir versagt habe. Geliebte, ich schwöre, daß ich jetzt zu dir stehen werde." Er schaute Tankred an. „Sie sind mein Zeuge, Normanne. Falls Sie Helena vor Kalid retten wollten, wird Ihre Hilfe jetzt immer noch genauso dringend benötigt."

Wenn seine Worte schon bei ihr Verblüffung auslösten, was dachte dann erst Tankred? Sie warf ihm einen Blick zu, unsicher, ob sie sich auf diesen durchdringenden Blick einlassen wollte. Er sagte nichts, aber ihr Atem stockte, als sie das Funkeln in seinen Augen sah. Sie drehte ihm den Rücken zu und schaute Philipp an. Sein Arm legte sich beschützend um sie.

„Ich habe die Absicht, beim Kaiser vorzusprechen, sobald diese Sache mit Bohemund geklärt ist. Er ist bestimmt in einer gelösteren Stimmung, sobald die Fürsten ihm ihren Treueeid geleistet haben und über den Bosporus verfrachtet sind. Sollte er mein Gesuch ablehnen, dann werde ich so tun, als würde ich das Schicksal, das uns auseinanderzureißen droht, akzeptieren. Aber ich habe einen Plan."

Einen Plan? Welchen Plan? fragte sie sich. Würde er funktionieren?

Philipp wandte sich an Tankred. „Ich werde Ihnen den Befehl über die Gefolgschaft erteilen lassen, die Helena nach Antiochia bringt. Die Männer, die Ihnen unterstehen, werden mir loyal ergeben sein. Sie werden mit Helena Konstantinopel verlassen, aber nicht nach Antiochia reiten, sondern auf die Burg Hohms. Dort werde ich zu Ihnen stoßen."

Ihr Herz tat einen Sprung. Sie ergriff aufgeregt seinen Arm.

„Und wenn Sie auf der Burg Hohms sind, was dann?" kam Tankreds ruhige Stimme. „Werden Sie dann ruhig und glücklich bis an Ihr Lebensende dort leben, nur Sie beiden allein? Wie lange? Bis Irene und Konstantin mit berittenen Soldaten kommen und Sie in den Kaiserpalast zurückbringen? Was wird aus Helena? Wird sie dann doch noch zu Kalid geschickt – als Freundschaftsgeschenk nach Ihrer Hochzeitsnacht?"

Sie wirbelte herum und hielt empört den Atem an, aber Tankred schien ihre Reaktion nicht zu interessieren. Er beobachtete Philipp mit einem kühlen, herausfordernden Blick, bei dem ihr jeder Protest im Halse steckenblieb.

Wenn sie glaubte, seine Worte würden Philipp zu einem Wutausbruch provozieren, dann irrte sie sich, denn Philipp blieb genauso kühl wie Tankred. Ein siegessicheres Funkeln leuchtete in seinen Augen auf.

„Wenn Helena und ich heiraten, wird sie mir niemand mehr wegnehmen. Auch nicht Kalid."

„Vielleicht hat er aber andere Vorstellungen", widersprach Tankred. „Er ist ein Kämpfer."

Helena verstand die Andeutung, daß Philipp kein Kämpfer sei. Tankreds Unverschämtheit erstaunte sie, aber Philipps Verhalten überraschte sie noch mehr. Statt ihn als normannischen Barbaren zu beschimpfen und ihn aus seiner Nähe zu verweisen, blieb Philipp ungewöhnlich kühl.

„Nein, Freund Tankred, das wird er nicht. Wollen Sie wissen, warum? Es ist ganz einfach. Nachdem Sie Helena auf die Burg Hohms gebracht haben, werden Sie nach Antiochia weiterreiten. Mit einem byzantinischen Spion wurde vereinbart, daß er Sie sicher in die Stadt läßt. Dort bleiben Sie, bis Antiochia den Normannen übergeben wird –, und nach der Kapitulation der Stadt sorgen Sie dafür, daß Kalid die Stadt nicht lebend verläßt." Sein Lächeln verriet seinen Triumph. „Ich habe vollstes Vertrauen zu Ihnen. Wir beide." Mit diesen Worten drehte er sich siegessicher zu ihr herum. „Nicht wahr, Helena?"

Sie war von seinen Worten betroffen und konnte ihm keine Antwort geben.

Philipp war fast übermütig. „Ich bin sicher, Freund Tankred, daß Kalid sterben wird, wenn Ihre geschickten normannischen Ritter die Mauern stürmen und die Stadt besetzen."

Helenas Augen wanderten von Philipp zu Tankred und schauten ihm fragend ins Gesicht. Hatte er von diesem Plan gewußt? Das konnte er nicht. Was sie in Tankreds Blick zu sehen erwartet hatte, war ihr selbst nicht klar, aber sie war nicht auf den Blick vorbereitet gewesen, der zwischen ihm und Philipp gewechselt wurde. Eine klare Botschaft wurde in diesem Blick übermittelt – eine Botschaft, die sie nicht verstand.

„Philipp, was geht hier eigentlich vor?" fragte sie.

Als er nicht sofort antwortete, schaute sie Tankred an und sah, wie sein Miene hart wurde und seine Augen, mit denen er Philipp abschätzend betrachtete, kühl, fast klirrend funkelten.

„Zum Erfolg Ihrer Intrige kann man Ihnen nur gratulieren. Sie stehen Ihrem Kaiser in bezug auf Schlauheit in nichts nach", sagte Tankred.

Helena hörte die unterschwellige Beleidigung in seiner ruhigen Stimme und warf einen schnellen Blick auf Philipp.

Er lächelte kühl. „Ich weiß Ihr Kompliment zu schätzen", sagte Philipp. „Ihre eigene Arbeit für den Kaiser wird auch nicht ohne Lohn bleiben."

Tankred beobachtete regungslos, wie Philipp einen Brief unter seinem braunen Umhang hervorzog und ihn herüberreichte.

„Sie brauchen sich keine Sorgen wegen Walter von Sizilien zu machen", erklärte Philipp. „Durch die Informationen, die ich Ihnen für Bohemund gebe, sind Sie zu wichtig für ihn. Sie haben einflußreiche Freunde in Byzanz. Und für Ihren künftigen Dienst in Antiochia habe ich eine weitere Belohnung für Sie, die Sie bestimmt nicht verachten werden."

Ein triumphierender Blick lag unübersehbar auf Philipps Gesicht. Helena beobachtete ihn unsicher. Eine große Enttäuschung über das, was sie hier erlebte, beschlich sie. Zum ersten Mal sah sie, daß er das Lächeln seiner Mutter hatte, wenn er glaubte, er trage den sicheren Sieg davon.

„Und was ist diese großartige Belohnung?" erkundigte sich Tankred gelassen.

„Der Mörder, den Sie so eifrig suchen. Mosul. Er ist mein Gefangener. Und ich kann jederzeit mit ihm tun, was mir beliebt. Ich glaube“, sagte er viel zu beiläufig, „daß Sie diesen Mann unbedingt lebend brauchen, um Ihre Unschuld am Tod Ihres Bruders zu beweisen.“

Es war Helena, die überrascht den Atem anhielt. Tankred zeigte keine Reaktion und schaute ihn nur an. Aber Philipp war offensichtlich sehr mit sich zufrieden.

„Was soll das heißen, Philipp? Du hast Tankreds Vetter?“

Er legte den Arm um ihre Schultern. Seine Augen baten sie, ihm zu vertrauen und still zu bleiben.

Unsicher schaute Helena zu, wie Tankred ruhig den Brief öffnete und las. Sie wartete angespannt.

Einen Augenblick später schaute Tankred Philipp an. „Wer weiß von diesem armenischen Spion? Ihr Kaiser? Irene, Konstantin?“

Philipps Mund verzog sich zu einem humorlosen Lächeln. „Sie wissen nichts von Firus. Die Pläne, Antiochia an Bohemund zu übergeben, bleiben ein Geheimnis zwischen Ihnen und mir.“

„Sie wollen das Risiko eingehen, des Hochverrats angeklagt zu werden?“ fragte Tankred.

Philipp schaute ihn scharf an. „Der Kaiser will die Stadt, und er bekommt sie. Die Mittel, die zu diesem Ziel eingesetzt werden, sind unerheblich.“

„Wirklich? Mit dieser Schlußfolgerung werden nicht alle einverstanden sein.“

Philipp tat Tankreds Bemerkung mit einer überheblichen Handbewegung ab. „Ob Antiochia durch Prinz Kalid als Gegenleistung für Helena und die Burg wieder an das Ostreich angegliedert wird oder durch Firus über Bohemund ist unerheblich.“

„Für den Kaiser wird es schon erheblich sein, falls Bohemund sich nämlich entschließt, die Stadt für sich zu behalten. Was dann?“

Philipp wollte offenbar nicht weiter auf dieses Thema eingehen. „Es genügt, daß Sie mit Firus zusammenarbeiten. Um Helenas willen werde ich meine Chancen nutzen.“ Er zog sie an seine Seite. „Das werden wir beide.“

Da sie den Inhalt des Briefes nicht kannte, verstand Helena nicht, worum es bei ihrem Gespräch ging, aber sie hatte genug gehört, um zu wissen, daß sie über Gefahren sprachen, und zwar Gefahren, die Tankred eingehen sollte.

„Bin ich denn ein unmündiges Kind, daß mir niemand erklärt, worum es hier geht?“ fragte sie.

„Der Plan ist so einfach, daß ihn jeder Byzantiner versteht", sagte Tankred. Er schaute Philipp an. „Wollen Sie es ihr sagen, oder soll ich?"

Philipp zögerte, als wollte er es ihr lieber nicht verraten, aber nachdem er schon so viel gesagt hatte, konnte er nicht mehr zurück. „In Antiochia lebt ein armenischer Spion namens Firus. Aus persönlichen Gründen wird er die Stadt den Kreuzfahrern ausliefern."

„Die Stadt ausliefern? Aber wie?"

„Das sind Informationen, um die sich Tankred kümmern wird, wenn er sich heimlich mit ihm in der Stadt trifft. Wie du siehst, unterscheidet sich dieser Plan von dem, was Irene und Konstantin vorher arrangiert haben. Sie rechnen damit, daß Kalid mir Antiochia übergibt und daß ich die Stadt im Namen des Byzantinischen Reiches übernehme."

Von seinem Wunsch, so etwas zu tun, verwirrt, schaute sie ihn fragend an und sah nur einen befriedigten Ausdruck in seinem Gesicht. „Warum tust du das?" drängte sie. „Antiochia den Normannen übergeben? Warum sollte das unsere Freiheit garantieren?"

Philipp schaute Tankred triumphierend an. „Tankred wird dafür sorgen, daß Kalid im Kampf fällt."

Tankreds Augen funkelten. „Dieser Gedanke sollte Ihnen und Ihrem Bräutigam einen friedlichen Schlaf schenken, Fürstin."

„Und ... Sie werden das tun?" fragte sie überrascht und unsicher. Eine stürmische Unruhe braute sich in ihrer Seele zusammen.

Tankred schaute ihr wortlos in die Augen.

Sie drehte sich abrupt zu Philipp um und sah das humorlose Lächeln in seinem Gesicht.

„Tankred bleibt keine andere Wahl", erklärte Philipp gelassen. „Ich konnte mit dem türkischen Befehlshaber Kerboga zusammenarbeiten, ohne daß Kalid etwas davon erfuhr. Der Mörder, den Tankred sucht, wird im Augenblick als Gefangener in Antiochia festgehalten, und ob er am Leben bleibt oder stirbt, das liegt allein in meiner Hand."

Eine leichte Übelkeit regte sich in ihrem Magen. *Er klingt so sehr wie seine Mutter. Das ist etwas, das Irene gut kann. Aber Philipp?* Er benutzte unfaire Druckmittel, um Tankred zu zwingen, bei seinen Wünschen zu kooperieren, genauso wie Irene es mit anderen Soldaten machte, um sie dazu zu bringen, ihre Pläne auszuführen. Tankred brauchte Mosul lebendig, um seine Unschuld beweisen zu können. Aber Philipp konnte Mosuls Tod veranlassen, falls Tankred sich weigerte, seine Befehle auszuführen.

Sie drehte sich zu Philipp um und erwartete alles, nur nicht sein triumphierendes Lächeln. „Ich will damit nichts zu tun haben", erklärte sie.

Philipp wirkte überrascht. „Schau doch nicht so bestürzt, Geliebte. Was interessiert dich Kalids Leben? Tankred hätte ihn deinetwegen früher oder später ohnehin herausgefordert. Ich gebe ihm nur eine bessere Gelegenheit dazu. Das Endergebnis bleibt das gleiche. Natürlich mit der Ausnahme, daß wir beide davon profitieren. Dann sind wir frei und können heiraten und in Frieden in Konstantinopel leben, so wie wir es unser ganzes Leben lang geplant haben."

Sie schaute ihm fragend in die Augen. „Konstantinopel? Glaubst du, der Kaiser wird uns empfangen, nachdem du den Normannen erlaubt hast, die Stadt einzunehmen?" protestierte sie.

„Zerbrich dir nicht den Kopf über Bohemund", sagte Philipp zuversichtlich. „Er kann besänftigt werden. Es gibt viele Reiche im Osten, nicht wahr, Freund Tankred?"

„Sie sollten es ja wissen", kam die glatte Antwort. „Das Byzantinische Reich ist die Königin der Bestechungen und Tribute."

„Mit dieser Methode haben wir siebenhundert Jahre überlebt", erwiderte Philipp gefühllos. „Ich verurteile sie nicht und ich rechtfertige sie nicht. Sie ist einfach eine Tatsache."

Eben noch war sie so stolz auf Philipp gewesen, als er sich klar zu seiner Liebe zu Helena bekannt hatte, aber nun gefielen ihr seine Methoden gar nicht, und sie wich Tankreds Blick aus. Sie wußte, was sie in diesen blaugrauen Augen finden würde.

Philipp ging zur Tür und öffnete sie. „Und jetzt, mein normannischer Freund, wartet viel Arbeit auf Sie. Hoffentlich sind Ihre Verhandlungen mit den Normannen erfolgreicher als Ihre Gespräche mit Gottfried. So vieles hängt davon ab", sagte er bedeutungsvoll.

Helena drehte ihnen den Rücken zu. Sie weigerte sich, Tankred anzuschauen. Ihre Gefühle waren zu sehr aufgewühlt. Sie hörte, wie er die Tür hinter sich schloß und ging.

Philipp trat mit einem strahlenden Lächeln auf sie zu. Lachend zog er sie in seine Arme. „Nun, meine geliebte Helena. Du siehst, wie sehr ich dich liebe! Und meine Pläne sind genauso klug wie irgend etwas, das der Kaiser auf seinem Thron ersinnen könnte! Ich werde eines Tages einen ausgezeichneten Herrscher abgeben."

Ihr Herz wurde schwer, und in ihrer Magengrube lag ein unangenehmer Kloß, als sie in seine belustigten dunklen Augen aufblickte.

„Philipp", flüsterte sie mit trockener Kehle. „Ist es weise, daß du Tankred erpreßt, nur um deine Pläne auszuführen? Ihn mit dem Mörder zu ködern . . ., allein bei dem Gedanken daran läuft es mir eiskalt über den Rücken. Was ist, wenn irgend etwas schiefläuft?"

„Nichts wird schieflaufen. Ich habe die gesamte Armee hinter mir. Mosul ist in Antiochia hinter Schloß und Riegel. Ich weiß genauso viel wie der Kaiser. Nein, ich weiß mehr."

Seine Miene war besorgniserregend. „Aber", flüsterte sie. „Gott lächelt bestimmt nicht über diesen Verrat."

„Verrat! Kalid ist Tankreds Feind! Er würde ihn auf der Stelle töten, wenn er könnte. Habe ich dir nicht gesagt, daß Tankred Kalid selbst dann herausfordern würde, wenn ich meine ganzen Pläne über Bord werfen würde? Warum sollte er ihn also nicht zu unserem Glück bekämpfen? Komm schon! Schau mich nicht so an, Helena. Das ist das byzantinische Leben. Du weißt das genausogut wie ich. Und Tankred lernt, daß er kooperieren muß."

„Er wird es nicht lernen wollen. Er verachtet deine Peitsche; das konnte ich unmißverständlich an seiner Miene sehen. Du kannst ihn nur bis zu einem bestimmten Punkt treiben, bevor er sich gegen dich wendet."

„Du kennst ihn also gut, nicht wahr?" Sein Lächeln verschwand.

„Philipp!"

„Sprechen wir nicht mehr über ihn. Du bist verwundet", sagte er schnell. „Ich werde dich in die Stadt zurückbringen. Deine Verletzung werden wir zu unserem Vorteil nutzen. Jede Verzögerung des Planes, dich nach Antiochia zu schicken, gibt Tankred und mir mehr Zeit, alles zu arrangieren."

„Ich kann nicht zurückfahren! Irene weiß, daß ich von dem Gartenbankett geflohen bin."

„Du hast nichts zu befürchten. Ich werde dafür sorgen, daß Konstantin sie davon überzeugt, du hättest dir deine Verletzung in der Villa zugezogen. Sie weiß, wie gern du reitest. Einige neue Pferde sind gekauft worden, und Konstantin wird ihr sagen, daß du darauf bestanden hast, eines zu reiten, und gestürzt bist."

„Konstantin?" fragte sie nervös. „Warum sollte er mich decken wollen?"

„Er hat seine Gründe", war alles, was Philipp sagte, aber er wirkte zuversichtlich. „Ich werde ihn darum bitten."

„Seit wann soll er denn auf deine und meine Wünsche hören?"

„Er tut es", erklärte er unumstößlich. „Zwischen ihm und mir hat sich einiges geändert."

„Warum? Was hat sich geändert?"

Er lächelte. „Er wird Irene überzeugen. Überlaß alles andere mir."

Ich habe keine andere Wahl, begriff Helena. Sie hatte in dem Augenblick, als sie Tankred weggehen ließ, die Entscheidung getroffen, Philipp zu folgen und sich seiner Führung unterzuordnen. Jetzt mußte sie sich seiner Herrschaft beugen. Er war der Mann, den sie heiraten würde.

Sie schaute ihn besorgt an. Hatte sie die richtige Wahl getroffen? Hatte sie sich und ihre Zukunft dem richtigen Mann ausgeliefert? Philipp war das Risiko wert. Wie viele Jahre hatte sie versucht, seine Zuneigung, seine Liebe zu gewinnen! Und jetzt hatte sie ihn. Mit allem, was dazugehörte.

Sie schaute ihm fragend in die Augen. „So viele Lügen, Philipp, so viele Intrigen ..."

„Wir müssen unsere Feinde überleben. Und wenn das alles vorbei ist und die Kreuzfahrer nach Jerusalem weiterziehen, werden wir auch wieder Frieden und Zufriedenheit erfahren."

„Was ist mit Nikolas?" fragte sie besorgt. „Wie kann ich Frieden haben, wenn es Pläne gibt, ihn zu verhaften, falls er die Stadt betritt?"

„Gegen deinen Onkel wird nichts unternommen werden. Er wird mit Tankred sicher in die Stadt reiten."

Sie starrte ihn an und hoffte verzweifelt, er hätte recht. Aber sie fürchtete doch, daß alles anders kommen würde. Bosheit kannte keinen Frieden. Gottes Heiligkeit hatte es so gewollt, und das zurecht. Wäre Nikolas bereit, die Ungerechtigkeit, die ihm aufgeladen wurde, zu vergessen?

Philipp mußte ihre Zweifel gesehen haben, denn er ergriff ihre Schultern, und seine Augen schauten sie flehend an.

„Helena, wenn die Kreuzfahrer unsere Feinde in Antiochia ausschalten und Tankred unsere Sache unterstützt, können wir jetzt das haben, was wir am meisten wollen – unsere gegenseitige Liebe."

Aber zu welchem Preis? fragte sie sich. Wie hoch der Preis auch war, er schien Philipp nicht zu stören –, auf ihrem Herzen jedoch lag er wie eine schwere Last.

„Wir können uns von Nikolas auf der Burg trauen lassen", sprach er weiter.

Philipp hielt sie fest, aber Ängste, die sie nicht beim Namen nennen konnte, tauchten auf und störten ihre Träume. Der Augenblick, nach dem sie sich diese vielen Jahre lang so gesehnt hatte, war jetzt gekommen, aber der Sieg war des Glanzes beraubt, den sie sich ausgemalt hatte. Trotz seiner Erklärung war ihr Herz schwer.

Was war in der Zwischenzeit geschehen, seit sie Philipp das letzte Mal in seinen Gemächern gesehen hatte? Warum war er so zuversichtlich, daß er die Menschen im Großen Palast, deren Pläne seinen eigenen zuwiderliefen, ausmanövrieren könnte? Wie war es ihm gelungen, Mosul in Antiochia ausfindig zu machen und gefangenzunehmen? Würde sein

Selbstvertrauen so unerschütterlich bleiben? Oder würde irgendein unvorhergesehenes Ereignis dafür sorgen, daß sie beide im Kerker landeten?

Und Tankred ...

„Wenn Tankred mit seiner Mission Erfolg hat, werden die westlichen Fürsten bald in Konstantinopel eintreffen, um dem Kaiser den Lehenseid zu leisten. Dann werde ich es arrangieren, daß Tankred die Gefolgschaft befehligt, die dich nach Antiochia eskortiert, aber sobald wir Konstantinopel hinter uns haben, wird er einen anderen Weg einschlagen und zur Burg Hohms reiten."

„Wird Irene erlauben, daß er mich eskortiert? Was ist, wenn sie Verdacht schöpft? Besonders jetzt, nachdem ich hierher gekommen bin?"

„Ich werde es irgendwie so hindrehen, als sei es der Wunsch des Kaisers. Wenn ich ebenfalls in der Gefolgschaft mitreite, wird sie weniger mißtrauisch sein. Sie glaubt, ich hätte Frieden darüber, daß du mit Kalid verheiratet wirst."

„Halte mich fest, Philipp. Ich habe Angst."

* * *

Tankred stieg schnell die steilen Stufen hinab und schnappte sich im Vorbeigehen seinen Helm vom Tisch. Als er die Tür zur Wachburg öffnete, begrüßte ihn ein kühler Regen. Seine Augen glühten, während er den Riemen unter seinem Kinn festzurrte. Sagte Philipp die Wahrheit über Mosul? Gewiß. Philipp hatte zu selbstzufrieden ausgesehen.

Einen Trost hatte er dabei, daß Philipp ihn gezwungen hatte, sich seinen Wünschen zu beugen: den enttäuschten Blick in Helenas Augen, als sie mitangesehen hatte, wie Philipp seine Trümpfe ausspielte. Hatte er recht? War sie innerlich empört gewesen?

Auf der anderen Seite des Hofes sah er Bardas bei den offenen Ställen Philipps Pferde füttern.

Tankred steckte das zusammengefaltete Papier, das Philipp ihm gegeben hatte, in seine Jackentasche. Wieviel wußte Bardas? Auch wenn Helena die Hand für ihren Leibwächter ins Feuer legen würde, traute er dem großen Spartaner nicht über den Weg. Er könnte ihn jetzt zur Rede stellen, weil er zu Philipp gelaufen war und ihm verraten hatte, daß Helena seine Hilfe gesucht hatte, aber er war in seiner Ergebenheit unter den Edlen so blind, daß er abstreiten würde, irgend etwas Unrechtes getan zu haben.

Bardas blickte auf und sah ihn. Seine unbeweglichen Augen erwiderten kurz Tankreds Blick, dann wandte er sich als Inbegriff seiner Ergebenheit wieder den Pferden zu.

Tankred hob den Blick zu der Wachburg, da er wußte, daß Helena oben im Burgfried bei Philipp war und sich, als wäre sie mit Blindheit geschlagen, von seiner Zuneigung überzeugen ließ, die sie sich so lange von dem gutaussehenden Aristokraten erträumt hatte. Nun, jetzt hatte sie ihn. Was interessierte es sie schon, daß Philipp so tief sank und zu solch unehrenhaften Taktiken griff?

Philipp hatte Mosul, und er hatte Helena.

Damit bleibt mir die unbequeme Rolle als Vasall, dachte er mit kalter Wut. *Aber nicht lange.* Er mußte bei Philipps Spiel eine Weile mitspielen, bis er Gelegenheit hatte, von dem Armenier namens Firus zu erfahren, wo Mosul steckte. Sobald er in Antiochia wäre, würde er mit Philipp brechen und seinem Gewissen folgen. Er würde seinen Vetter Kalid nicht töten, damit dieser Edle, der kein Rückgrat hatte, Helena ungehindert für sich haben konnte. Wenn er Kalid den Kampf ansagte, dann mußte es allein um sie gehen.

Der starke Wind peitschte den kalten Regen gegen die schwer einnehmbare Wachburg und durchnäßte seinen Reitumhang. Seine Augen zogen sich zusammen, als die Tropfen gegen seinen Helm prasselten. Philipp hatte einen Fehler begangen, fand Tankred. Er hatte seinen rücksichtslosen Charakter vor ihren Augen und Ohren bloßgestellt. Wenn sie nicht absichtlich die Augen vor der Wirklichkeit verschloß, konnte sie nicht länger seine makellose Ehre verteidigen und gleichzeitig mit Steinen nach Tankreds Ehre werfen.

Wenn ihre Enttäuschung über Philipp nicht bald die Oberhand gewönne, dann wäre es zu spät. Ein schwaches Lächeln verzog seinen Mund. Das Dilemma, in dem er steckte, würde sich vielleicht trotz allem am Ende auszahlen.

Tankred steckte seinen Stiefel in den Steigbügel, schwang sich auf den Sattel und betrachtete die Gruppe von Männern, die unter seinem Befehl mit ihm der heranrückenden normannischen Armee entgegenreiten würden. Philipp hatte gesagt, daß sie ihm loyal ergeben seien, und er zweifelte nicht daran, daß er sie sorgfältig ausgewählt hatte.

Er warf einen letzten Blick in Bardas' Richtung, der ihm demonstrativ den Rücken zuwandte, und bog dann auf die Straße ab. Die Söldnersoldaten folgten ihm.

Es würde guttun, Nikolas zu sehen! Er war der einzige Mann, auf dessen Ehre er sich verlassen konnte.

10. Der weiße Bischof

Nachdem Tankred die byzantinische Wachburg hinter sich gelassen hatte, folgte er der alten Straße der Händlerkarawanen und Pilger, die früher als Zeichen ihrer Buße nach Jerusalem gezogen waren, bevor die Türken die geliebte Heilige Stadt einnahmen. Nach zwei Tagen fiel ihm auf, daß mehr als das übliche Kontingent kaiserlicher Patrouillen auf den Straßen unterwegs waren.

„Die Normannen lagern eine Tagesreise vor uns", setzte ihn ein Offizier in Kenntnis. „Seien Sie vorsichtig: Diese Barbaren sind ein gefährlicher Haufen."

Tankred lächelte. Der Soldat wußte nicht, daß er selbst auch ein Normanne war. Er gab seinen byzantinischen Soldaten Befehl, auf ihn zu warten, und ritt allein weiter.

Am Nachmittag des folgenden Tages näherte er sich dem normannischen Lager. Eine Gruppe Mönche mit verstaubten Kutten, die mit dem Heer zogen, blieben stehen, als sie ihn auf Apollo heranreiten sahen. Die religiösen Männer erkannten einen Ritter oder einen Soldaten auf den ersten Blick. Ihre scharfen Augen betrachteten sein Kettenhemd, das unter seinem dunklen Umhang zu sehen war.

„Heil und Segen, Soldat. Kommen Sie im Frieden in das Lager?"

Tankred lächelte. „Wenn ein Normanne einen anderen begrüßt, kann es dann etwas anderes als Frieden geben?"

Sie lachten, aber ihre Zweifel waren nicht ganz ausgeräumt. „Sie sind ein Normanne?"

„Und das mit Stolz. Ein entfernter Vetter von Fürst Bohemund."

Sie betrachteten ihn. „Aber Sie tragen eine fremde Uniform, Soldat, und wenn Ihr Schwert von Sankt Michael gesegnet ist, wo ist dann der Beweis für Ihre Herkunft?"

„Mit Ihrer Erlaubnis —" Langsam zog er sein Schwert aus der Scheide, sehr wohl wissend, daß sie ebenfalls Waffen trugen und zweifellos auch gut damit umgehen konnten. Mit ernster Miene zeigte er ihnen den Griff seiner Klinge mit dem Emblem des Erzengels Michael.

Sankt Michael, von dem die westlichen Ritter glaubten, er führe die Standarte der christlichen Ritter in den Heiligen Krieg, war der Schutzheilige der Normannen. Sie hatten sich in Le Puy in der Kirche, die nach Sankt Michael benannt wurde, versammelt, um vor ihrem Kampf gegen die Ungläubigen den „Schwertsegen" zu empfangen. Der Krieg war für die Ritter und die Mönche und Priester in ihrer Gefolgschaft etwas zutiefst Religiöses. Männer kämpften mit der Vorstellung, daß der Krieg für Christus einem Soldaten den Himmel öffnete und die Vergebung seiner Sünden bewirkte.

Die Mönche begutachteten Tankreds Schwert und waren offenbar zufrieden, daß es die Waffe eines normannischen Ritters war. Sie betrachteten ihn erneut neugierig und fragten sich zweifellos, warum er nicht die Lederkleidung von Bohemunds Männern trug.

„Wir kommen aus dem Kloster in Reggio im Süden Italiens", stellte sich einer der Mönche vor.

Tankred drehte sich auf seinem Sattel um und spähte nach vorne. Er befand sich in der Mitte zwischen zwei Gruppen. Die zweite kam näher, einige waren zu Fuß, andere waren beritten. Nikolas ausfindig zu machen wäre in einer Menschenmenge dieses Ausmaßes nicht gerade leicht.

„Stammen alle in Ihrer Karawane aus dem Kloster in Reggio?"

„Nein, die Männer hinter uns kommen aus Bari."

Diese Nachricht war gut, da Nikolas nach seiner Exkommunikation aus dem östlichen Zweig der Kirche und seiner Verbannung aus Konstantinopel in Bari an Land gegangen war.

„Dann reite ich jetzt weiter. Wenn Sie mich entschuldigen." Mit diesen Worten steckte er sein Schwert wieder in die Scheide und ritt auf der Straße weiter, wo die vielen Kavalleristen und Fußsoldaten, die dieses Weges zogen, tiefe, morastige Furchen hinterlassen hatten.

Der Frühlingsnachmittag war kühl. Ein leichter Wind bewegte die frischen grünen Blätter, Vögel trällerten ihre Lockrufe. Es war ein herrlicher Tag. Das Leben machte Freude, und sein Herz schlug jetzt, da er wieder bei seinem eigenen Volk war, viel leichter und lebendiger. Er verstand sie, ihre kriegerische Natur, ihre manchmal abergläubischen Vorstellungen, die sich mit Religion vermischten. Aber zum größten Teil waren sie Gott hingegeben, und es gab viele gute Christen unter ihnen, deren Herzen sich in Ehrfurcht vor Gott und seinem heiligen Sohn beugten. Sie würden ihr Leben riskieren, um für ihn zu kämpfen, da sie glaubten, daß sie durch politische Kriege die Grenzen seines irdischen Reiches erweiterten.

Es war für Tankred eine Genugtuung, daß Nikolas etwas anderes glaubte. Er war schon immer ein unorthodoxer Priester gewesen, ein geachteter Gelehrter, der fließend Griechisch und Latein lesen, schreiben und sprechen konnte, was ihm den Zugang zu der Heiligen Schrift eröffnete. Er hatte Tankred gut unterrichtet, und er liebte ihn dafür, aber Tankred neckte ihn gern damit, daß er zusätzlich noch etwas konnte, das Nikolas nicht beherrschte –, Arabisch lesen und schreiben. Er lächelte bei sich, als er sich an die geistigen Schlachten erinnerte, zu denen er Nikolas und seinen maurischen Großvater al-Kareem getrieben hatte, indem er immer einen gegen den anderen ausgespielt hatte.

Nikolas hatte meistens damit gekontert, daß er irgendeine Tatsache über die Bibel unterstrich:

„Es gibt dreihundert Prophezeiungen in bezug auf die Geburt, den Tod, die Auferstehung und irdische Herrschaft Jesu Christi", hatte Nikolas ihm gesagt.

„Dreihundert!" Als Junge war Tankred beeindruckt gewesen, denn man hatte ihm erzählt, daß Jesus ein Prophet sei wie Adam, Noah, Abraham und Mose, aber sie seien alle weniger wichtig als Mohammed, der einzige wahre Prophet Allahs. „Und wie viele Prophezeiungen sprechen von der Wichtigkeit des kommenden Mohammed?"

„Es gibt weder in der Bibel noch im Koran irgendwelche Prophezeiungen, die auf das Kommen Mohammeds hinweisen. Mohammed und den Koran gab es erst mehrere hundert Jahre, nachdem Jesus Christus zum Vater zurückgekehrt war. Das Neue Testament war bereits geschrieben und abgeschlossen."

„Aber der Engel Gabriel kam zu Mohammed", entgegnete Tankred. „Allahs Botschaften wurden in Reden, die er in Mekka und Medina empfing, offenbart."

Nikolas blätterte im Neuen Testament zu dem Brief an die Galater. „Diese Worte wurden mehrere hundert Jahre vor Mohammeds Geburt geschrieben. Lies die Warnungen vor Engelsbotschaften, die der Bibel widersprechen."

Tankred las die Bibelstelle laut: „Aber auch wenn wir oder ein Engel vom Himmel euch ein Evangelium predigen würden, das anders ist, als wir es euch gepredigt haben, der sei verflucht. Wie wir eben gesagt haben, so sage ich abermals: Wenn jemand euch ein Evangelium predigt, anders als ihr es empfangen habt, der sei verflucht."

Diese Diskussionen hatten Tankred bis spät in die Nacht viel zu denken gegeben.

„Das Christentum ist keine Religion, die Gott sucht, sondern eine

Offenbarung Gottes, der in Liebe herabkommt, um die verlorenen Söhne und Töchter Adams und Evas zu suchen und zu retten", hatte Nikolas erklärt.

„Wenn ich in einem See kurz vor dem Ertrinken wäre", hatte Nikolas seine Erklärung ausgemalt, „dann würde Mohammed ans Seeufer treten und mir zurufen, ich solle schwimmen.

‚Ich kann nicht schwimmen', würde ich schreien.

‚Fang an, deine Arme und Beine zu bewegen', würde er sagen.

‚Es ist zu spät. Ich gehe schon unter, und ich kann es nicht lernen.'

‚Dann wirst du ertrinken, und ich kann dir nicht helfen', ist seine Antwort.

Aber Jesus Christus kam an den See, zog sein königliches Gewand aus und schwamm mir entgegen, um mich vor dem Ertrinken zu retten."

Nikolas hatte ihn eindringlich angeschaut. „Siehst du den Unterschied? Mohammed sagt: ‚Versuche, gut zu sein, damit du leben darfst!' Aber Jesus sagt: ‚Ich gebe dir ewiges Leben als Geschenk, und dann wirst du aus lauter Dankbarkeit Gutes tun können.'"

Tankred hatte viel darüber nachgedacht. Der Islam bot keine Vergebung der Sünden an. Die Taten im Leben jedes Menschen würden am Gerichtstag aufgewogen werden, und sie würden entweder über den Himmel oder die Hölle entscheiden. Sein Großvater, al-Kareem, hatte ihn die fünf Glaubenssätze, die sogenannten Säulen des Islam, gelehrt. Fünfmal am Tag beten; Bekenntnis des Glaubens – „Es gibt keinen Gott außer Allah, und Mohammed ist sein Prophet"; den Armen Almosen geben; freitags und im Fastenmonat Ramadan von Sonnenaufgang bis Sonnenuntergang fasten; und mindestens einmal im Leben nach Mekka reisen.

„Du mußt dich in Richtung Mekka verbeugen und beten", hatte Tankred zu Nikolas gesagt.

Aber Nikolas glaubte, daß Mohammed die Idee, sich beim Gebet in Richtung Mekka zu verbeugen, von den Juden im Alten Testament übernommen hatte, die das Gesicht nach Osten richteten und in Richtung Jerusalem beteten, wo damals der Tempel Salomos stand.

„Aber selbst König Salomo, der den Tempel gebaut und eingeweiht hatte, wußte, daß der wahre, lebendige Gott allgegenwärtig ist. ‚Der Himmel und aller Himmel Himmel können dich nicht fassen', hatte Salomo in seinem Gebet gesagt, als er den Tempel einweihte. ‚Wie sollte es dann dies Haus tun, das ich gebaut habe?'

Hat nicht Jesus zu der Frau am Brunnen gesagt: ‚Glaube mir, Frau, es kommt die Zeit, daß ihr weder auf diesem Berge noch in Jerusalem den

Vater anbeten werdet. Gott ist Geist, und die ihn anbeten, die müssen ihn im Geist und in der Wahrheit anbeten.‘

Wahrheit, mein Sohn, ist das, worauf es am Ende ankommt, nicht darauf, wie religiös und aufrichtig wir es vielleicht meinen.“

Tankred hatte höflich zugehört, aber seine Distanz bewahrt. Al-Kareem hatte ihm das Gegenteil gesagt. Es war zu schmerzvoll, sich zwischen seinem Großvater und Nikolas entscheiden zu müssen. Er wußte, daß er eines Tages seine eigene Entscheidung auf der Grundlage der Wahrheit und nicht seiner Liebe zu einem der beiden Männer treffen müßte. Was für ein Gott war Allah? War er der wahre Gott?

Al-Kareem hatte ihm erzählt, daß es neunundneunzig Namen für Allah gebe. Allah war groß, mächtig und konnte alles bestimmen. Aber Tankred wurde unsicher, als Nikolas ihn fragte, welche Namen Allahs von seiner Liebe, Barmherzigkeit, Gnade und Vergebung sprachen.

Al-Kareem war entrüstet, als Tankred ihm dies bei seinem nächsten Besuch in Palermo sagte.

„Es ist Gotteslästerung, Jehan, auch nur daran zu denken, daß man Gott persönlich kennen könnte. Eine solche Vorstellung unterstellt, daß Gott herabkommt und sich den Menschen verfügbar macht. Das ist unter Allahs Würde.“

„Aber genau das ist ja das große Wunder dabei“, hatte Nikolas gesagt, als Tankred ihm von den Worten seines Großvaters erzählte. „Gott kam herab. Er schlug sein Zelt unter uns auf. ‚Wer mich sieht, sieht den Vater‘, hatte Jesus gesagt.“

Tankred war über diese Worte überrascht und hatte nichts mehr gesagt. Trotzdem vergaß er sie nie. Und danach hatte er sich über die Worte Jesu in den Evangelien Gedanken gemacht und lange darüber nachgesonnen.

Sein Großvater geriet völlig in Rage, als Tankred ihm erzählte, was er von der christlichen Seite seiner Familie gelernt hatte. Al-Kareem pfiff durch die Zähne, kniff die Augen zusammen und trommelte mit den Fingerspitzen auf seinen Bauch. „Jehan! Du darfst nicht auf diesen ungläubigen Nikolas hören. Der Koran ist die Wahrheit. Und die Bibel steckt voller Irrtümer.“

„Woher weißt du das, Großvater?“

Seine Brauen waren in die Höhe geschossen. „Weil der Koran die letzte Offenbarung Allahs ist. Und da die Bibel nicht mit dem Koran übereinstimmt, ist die einzige vernünftige Erklärung, Jehan, daß die Bibel verfälscht wurde.“

„Aber – Nikolas sagt, daß in der Bibel vieles geschrieben steht, das tausend Jahre, bevor Mohammed überhaupt geboren wurde, passierte."

Seine Augen zogen sich zusammen. „Nikolas lügt."

„Vielleicht war der Engel nicht Gabriel –, vielleicht –"

„Jehan!" Er warf sichtlich entsetzt die Hände in die Luft.

Nikolas war ruhig geblieben, als Tankred als zwölfjähriger Junge herausfordernd mit verschränkten Beinen vor ihm in der Klosterschule saß, und hatte ihm aufgetragen, genau das zu tun, was al-Kareem sagte.

„Wenn du die Bibel liest, Tankred, dann lese ich deinen Koran. Wir vergleichen die Stunden, die wir damit verbracht haben, und berichten einander, welche Weisheiten wir gelernt haben. Wir vergleichen Weisheit mit Weisheit, Wahrheit mit Wahrheit, Allah mit dem allmächtigen Gott und deinen Propheten Mohammed mit dem unvergleichlichen Jesus Christus."

„Einverstanden, Bischof Nikolas."

Und so hatte der lange Weg auf der Suche nach der Wahrheit begonnen ...

* * *

Tankred ritt auf Apollo weiter in Richtung des normannischen Lagers. Dabei mußte er an den alten Mann namens Odo denken, der ihm geholfen hatte, aus der Redwanburg zu fliehen. Vor seinem Tod hatte er ihm einen Gegenstand gegeben, den er in das Heilige Grab nach Jerusalem zurückbringen sollte. Einmal hätte er die Reliquie beinahe verloren, als er von Rheinländern gefangengenommen wurde. Tankred runzelte die Stirn und faßte seinen Entschluß. Er würde Nikolas die Reliquie übergeben und ihn bitten, sie nach Jerusalem zu bringen.

Er war mehrere Minuten lang weitergeritten, als er sich einer reich verzierten Sänfte näherte, die zwischen zwei Maultieren hing und in der ein alter Mann in dem Gewand eines Erzbischofs mit einem Pelzkragen saß. Ein weitkrempiger Hut mit einer goldenen Borte saß auf seinem weißen Kopf. Tankred erkannte an diesen äußeren Zeichen, daß er einen ehrbaren Gelehrten vor sich hatte.

Der alte Herr hielt ein zusammengerolltes Pergament in der Hand und sprach mit einem Pagen, der an seiner Seite lief. Der junge Knabe trug eine kurze Samtjacke, enge purpurfarbene Strümpfe und ein Paar Lederschuhe mit langen Spitzen, die den Staub unter seinen Füßen aufwirbelten. Der Geistliche war von gut ausgerüsteten Rittern abgeschirmt, vor und hinter der Sänfte waren Bogenschützen zu sehen.

Eine Gruppe von Mönchen mit knielangen Kutten, die um die Hüfte mit einer Schnur zusammengebunden waren, folgten hinter ihnen.

Tankred hielt sein Pferd an. Apollo schnupperte mit zitternden Nüstern in die Luft.

Tankred wartete, bis die Gruppe näher kam, und ritt dann kühn mitten auf die Straße und hielt seine Hand, die in einem Handschuh steckte, hoch.

Sofort bildeten die Ritter einen schützenden Ring um den Geistlichen, um ihn zu decken. Die Bogenschützen legten ihre Bögen an.

„Friede, Vater! Ich bitte, Sie stören zu dürfen", rief Tankred.

Der alte Geistliche schaute ihn mit zusammengekniffenen Augen an, als wäre er blind, und legte den Kopf schief, um besser hören zu können. Der vorderste Soldat, ein Mann mit unnachgiebigem Auftreten, betrachtete Tankred argwöhnisch.

„Wer sind Sie? Was wollen Sie?"

„Ich bitte im Namen von Graf Dreux Redwan um Ihre Aufmerksamkeit!"

Ein kurzes Schweigen unter den Rittern folgte. Tankred fühlte ihren harten, forschenden Blick auf sich.

Der alte Mann beugte sich in der Sänfte vor, stützte sich auf den Arm eines Trägers und hielt die Hand an sein Ohr, um Tankred besser verstehen zu können.

„Dreux?" rief er. „Sagten Sie Dreux?"

„Allerdings, Exzellenz."

Ein mißtrauischer Blick zog über sein Gesicht. „Was wissen Sie über Graf Dreux Redwan?"

„Ich bin sein Sohn und Erbe", erklärte Tankred ruhig.

Wieder folgte Schweigen. Tankred sah, daß der alte Geistliche verblüfft war.

„Er lügt, mein Herr", sagte der Offizier. „Das ist nur eine List. Ziehen wir weiter, bevor sie aus den Wäldern über uns herfallen."

Der Alte reagierte mit Vorsicht. „Wer ist Ihr Lehnsherr?"

„Großherzog Roger I. von Sizilien. Bohemund ist mit dem Haus meines Vaters verwandt."

Der Soldat beugte sich ungeduldig von seinem Sattel zu der Sänfte vor. „Das weiß jeder. Das beweist überhaupt nichts, Exzellenz. Schauen Sie sich doch seine Kleidung an: Sie ist alles andere als normannisch."

Der alte Gelehrte hob eine schwache Hand und winkte Tankred herbei. „Kommen Sie näher, junger Mann. Ich möchte mir Ihr Gesicht ansehen.“

Tankred lenkte Apollo zu ihm und schaute zu dem Geistlichen hinab. Die klaren grauen Augen des Mannes betrachteten ihn wohlwollend.

„Vielleicht, vielleicht. Sie haben sein gutes Aussehen.“

Jetzt war es an Tankred, neugierig zu sein. „Sie kannten meinen Vater?“

„Er starb in der Nacht, in der Rom besiegt wurde, in meinen Armen in der Basilika Sankt Peter.“

Tankred spannte sich an. Die Erinnerung an jene schreckliche Nacht, als Flammen über der Stadt aufloderten, wurde in seinem Herzen lebendig. Er war dort gewesen . . ., von einem Freund seines Vaters zu seinem eigenen Schutz aus dem Sattel gestoßen worden.

Tankred schaute ihn fragend an. „Erzbischof Turill?“ fragte er vorsichtig.

Die dünnen Lippen des alten Mannes bewegten sich zu einem melancholischen Lächeln. „Ja. Ich bin es. Turill. Du bist es also tatsächlich, Tankred! Ich habe dich in jener Nacht aus den Augen verloren, mein Sohn. Ich war so auf deinen Vater konzentriert, daß ich dich nicht mehr fand, als ich dich holen wollte, um ihn ein letztes Mal zu umarmen.“

Tankred biß die Zähne zusammen, um seine Gefühle im Zaum zu halten. Sein Vater hatte ihn ein letztes Mal umarmen wollen . . . „Rund um mich herum brannte es und wüteten die Kämpfe. Ich lief davon.“

„Preis sei Gott, daß Nikolas dich hinter dem Altar fand.“

Ja, dachte Tankred bei der Erinnerung daran. Er hatte sich in seiner Angst versteckt, als er die schrecklichen Schreie der Priester, der Nonnen und der Bürger Roms hörte, die niedergemetzelt wurden.

In der stillen, aber erstickenden Kapelle war plötzlich der Vorhang beiseite gezogen worden. Sein Versteck war entdeckt worden.

Tankred hatte erwartet, daß eine Hellebarde auf seinen Kopf herniedergehen und ihn entzweispalten würde – genauso wie vor seinen Augen die Freunde seines Vaters zerhackt und mit Lanzen durchbohrt worden waren. Statt dessen hatte ein Priestersoldat mit kühnen dunklen Augen und einem ungestümen Gesicht auf ihn hinabgeschaut. Seine harte Miene war schnell einem Blick liebevollen Interesses gewichen.

„Komm heraus, mein Sohn“, hatte Nikolas gesagt. „Du bist Graf Dreux's Sohn, nicht wahr? Bei mir bist du in Sicherheit. Ich bringe dich nach Monte Casino.“

* * *

„So, so“, keuchte Turill und riß Tankred aus seinen Erinnerungen an diese bewegende Vergangenheit. „Du *bist* es also tatsächlich, Tankred! Wie gut du aussiehst! Dein Vater wäre stolz auf dich. Ich nehme an, du suchst Nikolas? Er ist im Lager. Und du, Sohn des großen Dreux! Warum trägst du die Uniform Ostroms? Dienst du mit deinem Onkel Rolf in der Burg Hohms?“

Obwohl er Turill vertraute, war er nicht sicher, ob er den Männern, die ihr Gespräch mithörten, trauen konnte. Erklärungen mußten warten. Er achtete nicht auf die forschenden Blicke des Offiziers, der Turills Eskorte leitete.

„Ich stehe in Diensten des Kaisers. Er hat mich geschickt, um mit Fürst Bohemund zu sprechen.“

Der alte Erzbischof wandte den Kopf seinem führenden Ritter zu. „Sweyn, bringen Sie diesen Mann zu Nikolas. Wenn er Tankred ist, der Sohn von Graf Dreux, dann wird er ihn kennen. Und dir“, sagte er wieder zu Tankred, „wünsche ich den Segen des Himmels.“ Er hob seine Hand und machte das Zeichen des Kreuzes.

Tankred neigte den Kopf und machte ebenfalls das Kreuzzeichen auf seiner Brust.

Die Karawane bewegte sich die morastige Straße weiter hinab.

Der Soldat namens Sweyn war schweigsam. Wahrscheinlich fragte er sich, ob er sich tatsächlich an der Seite des Sohnes und Erben von Graf Dreux Redwan befand. Tankred fragte sich selbst, ob es nicht völlig töricht gewesen sei, so schnell zu verraten, wer er war.

Sweyn lenkte sein Pferd herum und ritt los. Tankred folgte ihm.

Sweyn warf ihm einen scharfen Blick zu und betrachtete ihn von Kopf bis Fuß. Dabei fielen seine geübten Augen auf das Krummschwert –, jeder erfahrene Soldat wußte, daß es keine Waffe war, die von Normannen benutzt wurde. Er betrachtete Apollo, als wollte er klären, ob das Pferd eine arabische Stute sei, die ebenfalls als „ungläubig“ betrachtet wurden. Normannen ritten das Percheronpferd, das wegen seiner Kraft, Statur und seines Gewichts in der eindrucksvollen normannischen Pferdezucht gezüchtet wurde und erstmals von Wilhelm dem Eroberer benutzt worden war.

„Sie haben ein schönes Pferd. Und Sie tragen ein Krummschwert.“

Tankred warf ihm ein langsames Lächeln zu. „Sie sind ein guter Beobachter. Auch wenn das Pferd leichter ist als die Pferde, die wir als Ritter gewohnt sind, ziehe ich trotzdem seine Wendigkeit und Schnelligkeit vor."

Sweyn war offensichtlich anderer Meinung. „In einer Schlacht würde es schnell unterliegen."

„Damit haben Sie wahrscheinlich recht. Wenn ich im Westen im Krieg wäre oder einen Zweikampf bestehen müßte, würde ich das Percheronpferd vorziehen. Aber im Kampf gegen die Seldschukentürken um Jerusalem werden Sie bald erfahren, daß die Türken nicht nach unserem Stil kämpfen. Sie gehen nicht direkt aufeinander los, sondern reiten auf ihren Pferden schnell heran und werden dann plötzlich langsamer. Außerdem ist das Wetter in Kleinasien anders, als wir es in unserem eigenen Land gewohnt sind. Hier rauben die schwere Ritterrüstung und die orientalische Hitze dem Percheronpferd viel Kraft."

Sweyn gefiel nicht, was er hörte. Er warf wieder einen Blick auf das Krummschwert. „Zieht der Sohn eines großen Normannen auch die Klinge der Ungläubigen vor?"

„Genauso wie mein Pferd ist sie schnell und zielsicher. Aber ich benutze auch das." Noch bevor der Soldat reagieren konnte, hatte Tankred seine normannische Klinge aus der Scheide gezogen und hielt sie in die Höhe. Dabei lag seine Hand um den mit Edelsteinen besetzten Griff. Er dachte sehnsüchtig an ein anderes Schwert, das Graf Dreux Redwan gehört hatte. Nikolas hatte es ihm in Monte Casino gegeben.

Und jetzt hatte es Mosul – zusammen mit seiner arabischen Stute Alzira.

In der Sprache der Normannen zitierte er auswendig aus dem *Rolandlied* der Ritter:

„Ah, Durendal! Wie weiß und hübsch bist du, und dein goldener Griff ist voller Reliquien!"

Die Miene des Soldaten verwandelte sich in widerwillige Akzeptanz. Das Rolandlied war das Herz und die Seele der normannischen Ritter. Ein Ritter zu sein bedeutete, für Gott und für seinen irdischen Lehnsherrn zu kämpfen. Mit Mut zu kämpfen; wenn nötig, in einer Niederlage oder im Sieg zu sterben, es bedeutete Ruhm, ja, sogar den Himmel. Und die Ungläubigen waren ein Feind der schnellen Klinge Durendal, die diese besiegte und unterwarf.

Tankred hatte davon nichts in der Bibel gelesen, aber der Glaube daran war bei den Rittern so tief verwurzelt, daß sie darum kämpfen würden, falls jemand es leugnen sollte.

„Wie ich sehe, sind Sie wirklich ein normannischer Ritter", sagte Sweyn. Ohne ein weiteres Wort ritt er auf das Lager zu.

Tankred steckte sein Schwert in seine Scheide und folgte ihm. Apollo warf den Kopf hoch, als sei er fest entschlossen, seinen Platz in den Reihen der größeren Pferde zu behaupten. Seine Mähne leuchtete wie schwarzes Gold in dem unterbrochenen Sonnenlicht, das durch die Zweige der hohen Bäume auf ihn fiel. Tankred stellte sich gutgelaunt vor, daß der Hengst stolz war auf das große Lob, das er über ihn und das Krummschwert ausgesprochen hatte.

Apollo wieherte und galoppierte weiter.

* * *

Der Abend dämmerte schon, als sie sich ihren Weg durch ein Zypressenwäldchen mit wilden Beerensträuchern bahnten. Der Rauch von Holzfeuer lag im Wind. Der Geruch war beißend. Lagerfeuer, mehrere tausend! Jetzt würde es nicht mehr lange dauern. Er hatte Hunger und dachte an die guten Sachen, die an Nikolas' Lagerfeuer auf ihn warteten.

Als sie auf eine Anhöhe ritten, schreckten sie zwei Falken auf, die von der Lichtung aufstiegen. Sie kreischten und flogen mit ihren kräftigen Flügeln in Richtung der östlichen Berge, wo sie im Schein eines lavendelfarbenen Sonnenuntergangs verschwanden.

Sie ritten eine kurze Strecke auf der Anhöhe dahin, von der aus sie einen freien Blick auf das Meer hatten, wo ein griechisches Schiff vor Anker lag. Tankred vermutete, daß die Männer des Kaisers vom Land und vom Meer aus Bohemund genau im Blick behielten und täglich über sein Vorankommen in Richtung der Mauern Konstantinopels Bericht erstatteten.

„Ein schönes Schiff", kam die wehmütige Stimme des Soldaten.

„Ja. Aber auch nicht besser als unsere eigenen Galeonen. Als Junge bin ich einmal bis nach China gefahren."

Sweyn staunte. „Sie waren in dem sagenumwobenen China?"

Tankred wandte sich zum Weiterreiten. „China ist genauso echt wie Sizilien. Es liegt hinter Indien, hinter den größten und höchsten Bergen, die ich je gesehen habe. Sie waren ständig weiß mit Schnee."

Der Soldat sagte nichts und übernahm wieder die Führung. Sie ritten nebeneinander her. Die angenehme Meeresbrise wehte ihnen ins Gesicht. Tankred beobachtete mehrere andere Schiffe, die jetzt in ihrem Blickfeld auftauchten. Sie erinnerten ihn an Seefalken, die geduldig darauf warteten, in den von einer Mauer geschützten Hafen hinabzustoßen.

„Da hinüber“, sagte Sweyn und deutete mit seiner Hand, die in einem Handschuh steckte, nach rechts.

Tankred wandte sich nach Südosten. Er sah das normannische Lager, und sein Herz tat einen Sprung. Es sah so aus, als wäre die gesamte Armee aller drei Fürsten vor ihm versammelt. Wachleute hatten sie schon aus der Ferne kommen sehen. In einer größeren Entfernung sah er eine Gruppe Reiter auf sich zukommen, die sich zweifellos fragten, ob sie Freunde oder Feinde waren.

Dann fiel Tankreds Blick auf ein Pferd –, ein eindrucksvolles Pferd in einem hellen Grau, ein Pferd, das er nicht vergessen hatte. *Es konnte in ganz Sizilien keine zwei solche Pferde geben.*

Den Mann, der darauf saß, kannte er. Es war Norris Redwan, sein Vetter.

Der leichte Wind ergriff die Standarte, die einer der Ritter trug. Tankred verbarg seine plötzliche Anspannung, als er die bekannte scharlachrote Flagge mit den zwei fliegenden Seefalken, einem weißen und einem schwarzen, sah. Ihm wurde schlagartig bewußt, daß er mitten in eine Gefolgschaft des Redwanclans geraten war.

Es war zu spät, um umzukehren.

11. Das Knurren der Wölfe aus dem Norden

Tankred berührte Apollo leicht mit den Hacken und ritt mit harter Miene auf die Reiter mit dem Redwanwappen zu.

Sein Vetter Norris sah ihn aus der Ferne kommen und reagierte mit Erstaunen. Selbst wenn seine Vettern aus keinem anderen Grund als wegen der Befreiung Jerusalems unter Bohemunds Befehl ritten, wußten sie von Dereks Ermordung. Sie wußten, daß ihr Onkel, Walter von Sizilien, Tankred des Mordes beschuldigte und ihn deshalb überall suchte.

Tankred ritt langsam vor und hielt seine Hand so, daß er, wenn nötig, schnell seine Klinge ziehen könnte. Wenn er Norris in die Hände fiele, bekäme er keine Gelegenheit zu einer Unterredung mit Nikolas oder Bohemund. Sein Vetter, der es nicht erwarten konnte, sich einen Namen zu machen, würde ihn schnellstens auf eines der Schiffe verfrachten und in Ketten nach Sizilien zurückbringen lassen.

Der Soldat Sweyn warf Tankred einen scharfen Blick zu. „Ich habe das Gefühl, daß keiner von euch beiden damit gerechnet hatte, den anderen hier zu sehen. Sind Sie sein Feind?"

„Er hat sich zu meinem Feind gemacht. Er nimmt sich mehr heraus, als ihm zusteht."

„Dann kennen Sie ihn?"

„Er ist ein Vetter."

Sweyn wirkte verwirrt, denn die Miene in Norris' Gesicht war alles andere als verwandtschaftlich oder freundlich.

Norris und die Handvoll Ritter, die ihm unterstanden, ritten vor und hielten ihre Pferde an. „Ergreift diesen Mann!" befahl Norris und deutete auf Tankred.

Tankred zog seine Klinge aus der Scheide. „Friede, Vetter, sprechen wir im Beisein von Bischof Nikolas über alles."

„Ich bin im Auftrag Erzbischof Turills von Rom unterwegs", rief

Sweyn. „Jetzt wird nicht gekämpft. Turill befahl mir, diesen Mann zu Bischof Nikolas zu bringen."

„Tankred wird von unserem Onkel, Walter von Sizilien, gesucht. Nehmt ihm sein Schwert ab!"

„Ich bin in der Sache, die man mir vorwirft, unschuldig", erklärte Tankred. „Wenn ich zu Nikolas gebracht werde, kann ich alles erklären."

Er sprach in Norris' Richtung und fragte mit deutlicher, kräftiger Stimme: „Wo ist Nikolas von Monte Casino? Ich bin hier, um den Bischof zu sprechen!"

Ein halbes Dutzend Ritter hörten ihn, genau wie er beabsichtigt hatte. Neugierig kamen sie näher und bildeten einen Kreis. Tankred fragte herausfordernd: „Wer von euch wagt es, sein Schwert gegen den Sohn und Erben von Graf Dreux Redwan zu ziehen?" Er deutete auf seinen Vetter, der ihn mit finsterer Miene anschaute. „Dieser Vetter von mir wird eines Tages mein Vasall sein! Und jetzt will er befehlen, daß mir mein Schwert abgenommen wird? Ein Redwan gibt seine Waffe nicht ab."

Der Name Redwan erregte ihre Aufmerksamkeit und löste ein Zögern aus, genau so, wie Tankred es erwartet hatte. Sein Motiv war einfach: Er wollte Norris' Befehlsgewalt in Frage stellen und Zweifel in den Köpfen der Männer schüren. Er erinnerte sich, daß Norris schon immer hitzköpfig gewesen war, und er vermutete, daß sich diese Männer seinem Herrschaftsanspruch nicht uneingeschränkt beugen würden.

In dem unsicheren Schweigen rief Tankreds Stimme laut und kräftig: „Es ist kein Geheimnis, daß ich beschuldigt werde, Derek getötet zu haben, aber meine Hände sind nicht mit dem Blut meines Bruders befleckt. Und ich werde meine Unschuld noch beweisen. Ich bin der Sohn von Dreux Redwan und sein rechtmäßiger Erbe. Ich bin außerdem der Adoptivsohn von Rolf Redwan, den ihr alle kennt und als großen Ritter achtet. Verweigert ihr mir die einfache Bitte, mit Bischof Nikolas zu sprechen?"

Norris war wütend, weil seine Reiter zögerten und Tankred zuhörten. „Du bist aber auch der Enkelsohn des ungläubigen Mauren al-Kareem! Wie bist du von der Burg entkommen? Hat dich dein ungläubiger Freund Zakeem befreit? Für diesen Verrat wird er ebenfalls teuer bezahlen!"

Tankred legte die Hand an den Griff seines Schwertes, drehte sich im Sattel um und ließ seinen Blick über die Männer wandern, die das Geschehen mit ernsten, nüchternen Gesichtern beobachteten. Sentimentalität war keine hervortretende Eigenschaft bei den normannischen Rittern, und obwohl sie einerseits ihr Leben für ihn einsetzen würden, wenn er seinen rechtmäßigen Platz einnahm, könnten sie ihn genauso leicht töten, wenn sie ihn des Verrats gegen Derek, den sie geliebt hatten, für schuldig befanden.

Seine Hand lag immer noch auf seinem Schwertgriff. Apollo tänzelte mit hoch erhobenem Haupt und aufgeblähten Nüstern auf der Stelle. Er roch den Kampf und war bereit, allen zu beweisen, daß er es mit jedem normannischen Percheronpferd aufnehmen konnte. Tankred beruhigte ihn und sprach mit fester Stimme zu Sweyn: „Ich komme mit wichtigen Nachrichten für Fürst Bohemund. Wenn Sie mir jetzt eine Audienz bei ihm verweigern, werden Sie ihm und sich selbst großen Schaden zufügen."

Er schaute von einem Mann zum anderen. Alle behielten ihn vorsichtig im Auge. Sie hatten noch nichts gegen ihn unternommen. Das machte ihn zuversichtlich. Einige zweifelten anscheinend doch daran, daß er, wie sein Onkel behauptete, seinen Halbbruder Derek ermordet haben sollte. Vielleicht hatte Nikolas während des Kreuzzuges bereits zu seinen Gunsten das Wort ergriffen.

„Wie viele von euch sind dem Gedächtnis meines Vaters treu ergeben?"

Die Ritter schauten finster drein, und die Fußsoldaten richteten den Blick auf die Erde.

„Sie wissen, daß wir Ihrem Vater alle treu ergeben waren, Tankred", sagte einer der Ritter und bewegte sich unbehaglich. „Aber er ist tot. Und auch Derek."

„Und ich werde den Mann, der den Dolch nach Derek warf, unserer Gerechtigkeit übergeben. Ich war es jedenfalls nicht."

„Es ist nicht die Sache dieser Männer, das zu entscheiden", rief Norris. „Du mußt die Feuerprobe bestehen, um deine Unschuld zu beweisen."

„Wenn ich euch den Mörder nicht bringen kann, werde ich durch das Feuer gehen, wenn es unbedingt sein muß. Als Erbe von Graf Dreux habe ich das Recht, angehört zu werden – ein Recht, das mir auf Sizilien verweigert wurde. Bevor irgendein Gericht abgehalten wird, muß Rolf als mein Adoptivvater anwesend sein."

„Bis er kommt, unterstehen wir Walter und seinem Vetter Norris", erklärten die Ritter.

„Mosul Kareem war es, der Derek Redwan ermordete."

Vielsagende Blicke wurden gewechselt, dann rief Norris: „Mosul? Sollen wir etwa vergessen, daß er dein maurischer Vetter ist? Genausowenig werden wir vergessen, daß durch deine Adern das gleiche Blut fließt wie durch seine – und daß du das Herz eines Ungläubigen hast!"

Tankred hoffte, Zeit zu gewinnen, denn während des Wortgefechts war Sweyn unbemerkt verschwunden, und er glaubte, daß er losgeritten war, um Nikolas zu suchen.

Tankred hob die Spitze seiner Klinge. „Dafür, mein Vetter, könnte ich leicht deinen Kopf fordern."

Norris biß an dem Köder an und trieb sein großes Roß mit den Knien voran. „Willst du mich herausfordern?"

Tankred betrachtete ihn. „Ich will doch nicht mit einem Kleinkind kämpfen, das gerade erst von der Muttermilch entwöhnt ist. Ich habe meine Ehre, und sie gebietet mir, keine kleinen Jungen zu schlagen."

Gelächter erscholl. Norris warf den Rittern einen wütenden Blick zu. Sie wurden wieder still. Er zog sein Schwert. „Bei den Göttern der Wikinger! Ich werde nicht auf die Feuerprobe warten –, ich will selbst dein Blut fließen sehen! Ein Zweikampf!"

Tankred gab sich gleichgültig. „Wie du wünschst, Vetter. Willst du es auf deinem Pferd oder zu Fuß mit mir aufnehmen?"

Tankred hatte nicht den Wunsch, ihn zu verletzen. Er wollte ihn nur aus dem Sattel werfen, eine Schande, die Norris nicht so leicht vergessen würde. Die Männer wichen zurück. Sie sahen nicht im geringsten danach aus, als wären sie begierig darauf, einen Zweikampf zu sehen. Seit Dereks Ermordung war Tankred der einzige überlebende Sohn ihres Lehnsherrn.

Tankred ließ sich bewußt Zeit. Er beugte sich vor und überprüfte die Zügel, als wäre mit ihnen etwas nicht in Ordnung. Norris hatte bereits seine Stellung eingenommen und war ungeduldig wie immer.

Tankred ritt auf die gegenüberliegende Seite, dann drehte er sich langsam zu Norris herum. Trotz seiner Worte wußte er, daß sein Vetter ein wütender Schwertkämpfer war und ein kräftigeres Pferd für den Zweikampf besaß.

Er tätschelte Apollos glänzenden Hals. „Jetzt hast du deine Chance, Junge. Läßt du dich von einem barbarischen Gaul schlagen? Streng dich an und zeig es ihnen –, für deine Herrin und für Byzanz!"

Apollo schnaubte, als verstünde er ihn, und stapfte ungeduldig.

Norris hielt sein Schwert bereit. Tankred zog seine Klinge aus der Scheide und umklammerte es kräftig, damit es ihm bei dem bevorstehenden Zusammenstoß nicht aus der Hand gerissen würde.

Das Percheronpferd seines Vetters lief los und nahm wie eine riesige Lawine ständig an Geschwindigkeit zu.

„Nur Mut, Apollo!"

Der geschmeidige Hengst raste los. Er war so leichtfüßig, als würden seine Beine von Flügeln getragen.

Das Percheronpferd raste geradewegs auf Apollo zu und versuchte, ihn zu überrennen. Tankred ließ ihn laufen und hielt die Zügel fest in der Hand. Als sie einander fast berührten, wich er schnell zur Seite und landete dabei einen kräftigen Schlag gegen die Klinge seines Vetters. Die Pferde liefen mit aufgeblähten Nüstern weiter. Tankred lenkte Apollo herum, der sich als das wendigere Pferd erwies, und ritt erneut auf Norris zu.

Tankred senkte seine Klinge. „Ich will nur Nikolas sehen, dann verschwinde ich wieder. Halte dich aus der Sache heraus. Du brauchst hier niemandem etwas zu beweisen."

Norris lachte. Seine blauen Augen waren vor Leidenschaft ganz wild.

„Du reitest gut!" sagte er fast fröhlich.

Tankred betrachtete ihn. *Das ist Wahnsinn –, er genießt das auch noch!*

Die Pferde begannen, sich zu umkreisen. Norris holte zum Schlag aus. Tankred hatte kaum Zeit, um seine Klinge abzuwehren. Sie kämpften, der Stahl klirrte. Tankred, der ihn nicht töten wollte, mußte sein ganzes Können aufwenden, um ihn abzuwehren, ohne ihn zu verletzen. Unnötige Anfeuerungsrufe kamen von den normannischen Rittern, als die zwei Männer aufeinander einschlugen.

Tankred umkreiste seinen Vetter wieder, verlangsamte das Tempo und hielt ihn mit seinem Schwert ab, bis die Ritter ungeduldig riefen, er solle endlich angreifen. Er landete einen klirrenden Schlag an der Seite von Norris' Helm. Sein Vetter keuchte benommen, als er durch die starke Wucht das Gleichgewicht verlor. Ein entsetzter Ruf erklang aus dem Mund der Ritter. Kraftlos glitt er aus seinem Sattel und landete auf der Erde. Geschlagen und mit verletztem Stolz lag Norris im Staub.

Sweyn war noch nicht mit Nikolas zurückgekehrt, aber eine zweite Gruppe Reiter näherte sich dem Schauplatz, unter ihnen ein weiterer Redwanvetter –, dieses Mal Leif Redwan.

Leif war fünf Jahre älter als Tankred und im Gegensatz zu seinen anderen Vettern ein Mann, der das Meer vorzog und mit den Familiengaleonen die nördlichen Gewässer durchsegelt hatte. Aufgrund ihres Altersunterschiedes und Leifs langer Seereisen hatte Tankred ihn nicht so gut kennengelernt wie die anderen.

Er erkannte seinen Vetter, einen Einzelgänger, kaum. Seine Mutter war Normannin gewesen. Im Gegensatz zu Tankred waren Leifs Haare golden und seine Augen eisig blau. Seine Haare waren nicht im typischen normannischen Stil kurz geschnitten, sondern bildeten eine dicke goldene Mähne, die bis zu seinen breiten Schultern reichte. Jetzt waren sie mit einem Lederstreifen zurückgebunden. Die gutaussehenden Gesichtszüge, die allen Redwanmännern zu eigen waren, waren von der Sonne stark gebräunt.

Leifs Hellebarde hatte schon viele Kämpfe in ganz Europa ausgetragen. Seine Kleidung war staubig. Zusammen mit den anderen Redwanvettern hatte er vor drei Monaten Sizilien verlassen, um unter der Standarte Fürst Bohemunds ins Heilige Land zu reiten.

Seine Augen wanderten über Tankreds elegante byzantinische Uniform und das normannische Kettenhemd und den normannischen Helm, dann richteten sich seine Augen auf Norris, der lang ausgestreckt auf der Erde lag. Er hob eine Hand und gab den Männern, die bei ihm waren, ein Zeichen. Sie bildeten sofort einen Ring um Tankred, der ihn am Weiterreiten hinderte.

„Du hast deinen Bruder meuchlings ermordet, und jetzt greifst du auch noch deinen Vetter an?"

Tankred betrachtete Leif forschend. Er war nicht hitzköpfig wie Norris, und in seiner Stimme klang genausoviel Frage wie Anklage mit.

„Wenn es in unserer Familie mehr Vernunft gäbe als die abergläubischen Überlieferungen unserer Wikingervorfahren, würde ich nicht wie ein wildes Raubtier gejagt und in die Enge getrieben werden. Ich kann meine Unschuld beweisen, indem ich Dereks Mörder gefangennehme."

„Es wird dir schwerfallen, ihn zu finden, falls es ihn überhaupt geben sollte. Wir sind entschlossen, dich festzuhalten. Der ganze Familienclan aus Sizilien ist hier bei Bohemund – einschließlich unseres Onkels Walter.

Nenne es Aberglaube, wenn du willst, aber als Haupt des Redwanclans wird Walter auf der Feuerprobe bestehen –" Er brach plötzlich mitten im Satz ab und schaute an Tankreds Schulter vorbei. Seine Miene verwandelte sich in Bestürzung und dann in Wut. „Norris! Nein!"

Tankred riß Apollos Zügel herum, aber nicht schnell genug. Norris war wieder auf sein Pferd gestiegen und kam jetzt mit wutverzerrter Miene auf seinem schweißgebadeten Gesicht auf ihn zugestürmt.

Tankred hatte sein Schwert noch nicht wieder in die Scheide zurückgesteckt und hob es in einem schnellen Reflex hoch, um den Schlag abzufangen. Norris schlug erneut zu. Tankred fühlte, wie sein Kettenhemd nachgab.

Er hatte Mühe, sein Schwert festzuhalten, während ihm aus einer Wunde das Blut über den Brustkorb lief. Aus den Augenwinkeln sah er Norris mit erhobenem Schwert auf ihn zustürmen.

Ein Pfeil pfiff durch die Luft und bohrte sich treffsicher in sein Ziel. Norris keuchte und sackte auf dem Sattel zusammen.

Mehrere Männer liefen zu Norris, um ihm von seinem Pferd zu helfen und sich neben ihn zu knien. „Er lebt noch."

Tankred stieg ebenfalls ab und stand benommen und schwach neben Apollo, während Leif mit dem Bogen in der Hand auf ihn zuritt.

„Du kannst gut damit umgehen."

„Ich habe es nicht für dich getan, sondern für unsere Bräuche –, du mußt die Feuerprobe über dich ergehen lassen. Und ich will nicht, daß noch ein weiterer Vetter des Mordes angeklagt wird."

Tankred schaute in die eisig blauen Augen, die so kalt waren wie die nördlichen Meere, und tastete mit der Hand an die Stelle neben seiner Halswirbelsäule, aus der hellrotes Blut sickerte. Sein Mund wurde vor Zynismus ganz dünn. „Danke. Dann solltest du am besten hoffen, daß dein Pfeil sein Herz verfehlt hat."

„Und wie steht es mit dir?" Er schaute den Blutfleck an, der immer größer wurde. „Du wirst so weiß wie die Eisberge des Nordens."

„Ich werde es überleben", erwiderte Tankred und nahm seine Tasche von seinem Sattel. Ohne weiter auf Leif zu achten, wühlte er in der Tasche und zog Wein und getrocknetes Moos heraus. Er tränkte das Moos und drückte es auf seine Wunde. Dann richtete er seine Aufmerksamkeit auf Norris.

Sein Vetter lag auf dem Boden und verzog das Gesicht vor Schmerzen, als Tankred auf ihn zutrat. Aber trotz seiner Schmerzen warf Norris sowohl Tankred als auch Leif einen zornerfüllten Blick zu.

„Dafür werde ich euer beider Köpfe rollen sehen! Warte nur, bis Walter erfährt, was du getan hast, Leif! Ich wäre dafür gelobt worden, wenn ich ihm den Mörder ausgeliefert hätte! Und jetzt –"

„Deine Zunge ist schneller als dein Verstand", unterbrach ihn Leif, der immer noch seinen Bogen in der Hand hielt. „Danke Gott, daß du noch am Leben bist. Und dafür, daß ich der beste Bogenschütze Siziliens bin, denn sonst würdest du jetzt von Engeln in Abrahams Schoß getragen werden."

Tankred vergrößerte mit einem ungeduldigen Ruck den Riß in Norris' Hemd. „Bist du dir so sicher, daß er in den Himmel kommen würde?" Er untersuchte die Stelle, an der der Pfeil eingedrungen war, und sah, daß er, ohne innere Verletzungen anzurichten, herausgezogen werden konnte. Er umklammerte den Pfeil mit beiden Händen.

Norris schaute finster zu ihm auf. „Ich traue dir nicht! Ein anderer soll den Pfeil herausziehen."

Tankred verzog verärgert das Gesicht. „Du sprichst von Vertrauen? Ausgerechnet du, der mich von hinten angegriffen hat?"

Norris wandte mißmutig den Kopf ab. „Ich war ein bißchen verärgert", murmelte er.

„Nur ein bißchen?" spottete Tankred. „Was tust du denn, wenn du in Rage gerätst?"

„Du hast mich gedemütigt. Du, ein Arzt, hast mich aus dem Sattel geworfen."

„Betrachte es als einen Segen, daß ich in Salerno Medizin studieren durfte." Tankred umfaßte den Pfeil noch fester.

Aber Norris wollte sich nicht trösten lassen und knurrte: „Großherzog Rogers eigener Leibwächter schlug mich zum Ritter! Ich lag die ganze Nacht auf meinem Gesicht vor dem heiligen Altar!"

„Das hat dir anscheinend nicht viel genützt. Ich würde weniger Stunden auf der kalten Erde und dafür lieber mehr Zeit für das Studium der Heiligen Schrift empfehlen."

„Halte deine lästerliche Zunge im Zaum und zieh endlich den Pfeil heraus!"

Tankred lächelte ihn zynisch an. „Glaubst du, du bist stark genug, um die Schmerzen auszuhalten, ohne daß uns das Trommelfell zerreißt?"

„Ich? Du bist nicht stark genug, um mich zum Schreien zu bringen."

„Deine Prahlereien sind so leer wie der Wind."

Tankred zog kräftig und geradlinig an und holte den Pfeil aus dem Fleisch seines Vetters. Er hielt ihn hoch, um ihn zu untersuchen. Norris stöhnte laut. Tankred lächelte zu ihm herab. „Mein Geschick erstaunt mich immer wieder. Du kannst mir später danken, wenn ich dein Lehnsherr bin." Er goß Wein auf die Wunde. Norris wurde blaß. Dann deckte Tankred die Wunde mit einem sauberen Tuch ab. „Ich werde dich als Träger meiner Medikamententasche und meiner Waffen in Betracht ziehen."

Norris knirschte mit den Zähnen. Tankred, der sich schwächer fühlte, als er die anderen wissen ließ, schaffte es, sich auf den Beinen zu halten. Er tastete mit einer Hand nach seiner eigenen Wunde. Dann wurde er ernst. „Ich vergebe dir deinen heimtückischen Angriff, mein Vetter, aber nur Jesus Christus kann dir deine Sünde vergeben."

Er drehte sich um und schritt auf Apollo zu. Er hatte Mühe, sich auf den Beinen zu halten ... Er mußte zu Nikolas.

Jeden Augenblick rechnete er mit Leifs Befehl an die Männer, ihn gefangenzunehmen, aber er hörte nichts, als fragten sich alle verwundert, warum er einem Verwandten half, der gerade versuchte hatte, ihn zu töten. Trotzdem war er sicher, daß der Befehl jeden Augenblick kommen würde.

Vielleicht hatten sie keine Eile, weil sie wußten, daß er in seiner Verfassung ohnehin nicht weit käme. Er schnallte mit zittrigen Händen seine Tasche an den Sattel und lehnte sich an Apollo. Sein Kopf pochte, sein linker Arm und seine linke Schulter waren taub. Er lockerte den Riemen an seinem Helm und zog ihn herab. Seine Haare waren feucht. Er brauchte nur einen Augenblick ..., einen Augenblick Ruhe ... Sein Helm fiel zu Boden.

Leifs Stimme rief: „Johann! Bring unseren Vetter zu Nikolas' Zelt! Unser Onkel will bestimmt, daß er gesund und kräftig ist, wenn er durch das Feuer geht. Ich werde Walter berichten, wer uns in die Hände gelaufen ist."

* * *

Das normannische Lager ähnelte einer weiten Zeltstadt. Standarten mit den verschiedensten Wappenzeichen hingen an Holzpfählen vor großen Zelten, wo sich Adelige mit ihren Jagdhunden und Falken aufhielten. Ritter aus Sizilien und Süditalien standen mit Rittern aus der Normandie zusammen, und jede Gruppe betrachtete die andere mit einer Mischung aus Respekt und Vorsicht. Bei ihnen standen zwei Bischöfe, von denen jeder ein Schwert trug.

Troubadoure probten für ihre Vorstellungen, und Liliputaner übten ihre akrobatischen Vorführungen mit einem abgerichteten Bären; ein Musiker entlockte einer Leier fröhliche Melodien, während ein Bogenschütze übte, in einen Heuhaufen zu schießen, sehr zur Belustigung anderer, die damit prahlten, sie könnten es viel besser. Herolde standen vor den großen Zelten bereit, um schnell wichtige Nachrichten überbringen zu können. Und genauso wie bei Herzog Gottfried und den anderen Fürsten gab es eine große Gefolgschaft aus Bauern im hinteren Teil des Lagers. Ganze Familien folgten ihren Feudalherren, wohin diese auch zogen. Sie wuschen und kochten und versorgten ihre Tiere. Aus vielen Zelten erklang das Weinen neugeborener Kinder. *Was soll nur aus ihnen werden?* fragte sich Tankred besorgt. Würden sie in und um Jerusalem zu Rittern heranwachsen oder im heißen Sand begraben werden, und niemand außer Jesus Christus würde sie kennen? Der Sohn Gottes, der selbst in einem Stall geboren wurde und vor seinen Feinden in die ägyptische Wüste fliehen mußte, wo er nur die Sterne als Dach und den Schoß seiner Mutter als Wiege hatte.

Das Klirren von Metall, das Wiehern der Pferde, das Bellen von Hunden, das Lachen rauher Männer, die noch mit Hingabe daran glaubten, daß sie Jerusalem befreien müßten, riß Tankred aus seinen Gedanken. Der leichte Wind trug die vertrauten Gerüche eines großen Lagers an seine Nase; Leder, Pferde, Holzrauch. Hier fühlte er sich zu Hause, und doch berührte das Ziel, das die Seelen dieser Leute antrieb, sein Herz nicht. Er zog den friedlichen Lesesaal der Königlichen Bibliothek vor, den Geruch von Pergament und Tinte, die tiefen Gedanken großer Männer, die auf den Straßen der Vergangenheit gekommen und wieder gegangen waren.

Als er sich in dem Lager umschaute, erblickte er Geistliche und auch Soldaten. Die Adeligen – und sogar einige berühmte Ritter – hatten ihren eigenen, persönlichen Priester, der mit ihnen zog. Der normannische Klerus war an Schlachten gewöhnt. Sie hatten dem „kämpfenden Bischof", der ebenfalls gut mit Waffen umgehen konnte, seinen Namen gegeben.

Im Inneren von Nikolas' Zelt ruhte sich Tankred kurz auf den Kissen aus, während Nikolas aufgewühlt auf und ab schritt und die Neuigkeiten, die er ihm überbracht hatte, verarbeitete –, die meisten davon waren schlechte Nachrichten.

Seine eindrucksvolle Gestalt und sein adeliges griechisches Blut hatten unter dem langen Ritt quer durch Europa nicht gelitten, dachte Tankred. Über dem schwarzen Wollhemd trug er ein feines Kettenhemd. In einer ledernen Scheide steckte sein Schwert, und obwohl er es nicht sehen konnte, ging Tankred davon aus, daß in seinem linken Stiefelschacht ein Dolch steckte und daß in einer Scheide, die er um sein Handgelenk und seinen Unterarm gebunden hatte, ein kleiner maurischer Dolch steckte –, ein Geschenk, das er vor mehreren Jahren von Tankred bekommen hatte.

Seine dichten Haare waren kohlrabenschwarz und mit einem leichten Eisengrau wie die Federspitzen eines Vogelflügels durchzogen. Seine Augen waren ebenfalls dunkel und durchdringend, und seine harten Gesichtszüge waren wie bei den meisten Griechen klassisch gutaussehend.

„Sweyn hat mir von deinen Schwierigkeiten mit Norris berichtet."

„Norris hat versucht, mich umzubringen. Ich habe ihn aus dem Sattel geworfen und damit seinen Stolz verletzt."

Nikolas' Miene verzog sich finster. „Norris handelt zu unüberlegt. Was da draußen passiert ist, wird im Lager schnell die Runde machen. Du weißt, daß Walter dich sucht und ganz Sizilien dich für Dereks Mörder hält, selbst die Menschen, die dich sehr gut kannten. Es war gefährlich von dir, so kühn ins Lager zu reiten."

„Hält mich Bohemund auch für schuldig?"

„Ich habe mit ihm gesprochen und ihm deine Unschuld beteuert. Ich glaube, er ist bereit, mein Zeugnis gelten zu lassen, aber nicht einmal er wird es riskieren, dich vor der Feuerprobe zu schützen."

„Die Nachricht, die ich ihm überbringe, wird mir seine Gunst und seine Unterstützung sichern."

Bei diesen Worten blieb Nikolas abrupt stehen und schaute neugierig zu ihm hinab. Tankred griff in seine Uniform und holte ein versiegeltes Dokument heraus. „Ich muß mit Bohemund sprechen. Ich bin der Verbindungsmann des Kaisers."

Nikolas betrachtete ihn überrascht und wirkte dann belustigt. „Nicht schlecht!" Er entspannte sich. Diese Nachricht verschaffte ihnen Zeit und Schutz. Er setzte sich auf einen Stuhl, über den ein Pelz geworfen war, tippte mit der Kante eines zusammengerollten Pergaments an sein Kinn und schien diese Nachricht erst einmal verarbeiten zu müssen.

„Verbindungsmann des Kaisers, sagst du? Du bist schnell aufgestiegen", bemerkte er trocken. „Als nächstes werde ich hören, daß du in den byzantinischen Adel eingeheiratet hast."

Tankred blieb unter seinen dunklen forschenden Augen ruhig und undurchdringlich. „Noch nicht."

Nikolas schaute ihn fragend an.

Tankred lächelte schwach. „Ich habe Helena in Philipp Lysanders Armen zurückgelassen."

„Ah. Du hast sie also kennengelernt ..."

„Ich habe sie kennengelernt", kam Tankreds träge Stimme.

Nikolas beobachtete ihn. „Und was hältst du von meiner Nichte?"

Tankred beugte sich über die Kissen zu einem Wasserschlauch. Er erwiderte Nikolas' direkten fragenden Blick und trank, wohl wissend, daß sein Mentor ihn mit guter Laune und aufmerksamem Interesse beobachtete.

„Ich habe es überlebt. Du hast mir in den ganzen Jahren, die ich in deiner Schule in Monte Casino verbrachte, nie erzählt, daß du eine Nichte hast."

„Du hast mich zu sehr damit beschäftigt, den geistlichen Kampf mit meinem Gegner, deinem ehrenwerten Großvater, auszutragen."

„Helena ist verwöhnt und eigensinnig", bemerkte Tankred leichthin und warf den Schlauch wieder auf den Boden. „Ihr Benehmen fordert eine starke Hand, die sie an die Kandare nimmt. Ihre byzantinische Überheblichkeit ist provozierend."

Nikolas tippte weiterhin mit dem Pergament an sein Kinn. Seine dunklen Augen funkelten belustigt. „Ich nehme an, du hältst Philipp nicht für den richtigen Mann, der sie an die Kandare nehmen kann?“

„Philipp genießt ihre Zuneigung seit ihrer Kindheit. Es braucht Zeit, bis sie reif genug wird, um von der Illusion aufzuwachen, daß er ein mächtiger Staatsmann und ein galanter Held sei. Byzantinische Macht war ihre Muttermilch, und Philipp repräsentiert die Größe dieser Macht. Ansonsten“, erklärte er gelassen, „war ich zu sehr mit anderen Dingen beschäftigt, um mir Gedanken über meine Gefühle ihr gegenüber zu machen.“

Tankred lehnte sich auf die weichen Kissen zurück, verschränkte die Hände hinter dem Kopf und starrte zur Zeltdecke hinauf.

„Ich bin sicher, daß dir irgendwann bewußt wird, wie es um deine wahren Gefühle steht“, lächelte Nikolas.

Bei der schwachen Andeutung in seiner Stimme, daß er sich bereits entschieden habe, obwohl seine Worte das Gegenteil behaupteten, wandte Tankred ihm stirnrunzelnd den Kopf zu.

Nikolas' ruhiger Blick verriet nichts. Er tippte weiterhin mit der Pergamentrolle an sein Kinn.

Tankred erklärte bestimmt: „Aber eines weiß ich, und ich möchte dich warnen: Philipp ist nicht hundertprozentig zu trauen, wenn es um Helena geht. Seine Gefühle sind unbeständig. An einem Tag ist er sein eigener Mann, der ihr schwört, daß er sie vor Kalid und Antiochia beschützt, und am nächsten Tag gehorcht er brav wie ein Schoßhündchen den Plänen seiner Mutter. Er kann deprimiert sein und vor dem Leben kapitulieren, und im gleichen Augenblick bildet er sich ein, er wäre ein großer militärischer Führer, der genug Weisheit besitzt, um Kaiser zu werden.“

Nikolas war ernst, als erinnerte er sich an etwas, das ihn an Philipp beunruhigte – oder an Irene? „Wenn ich du wäre“, sprach Tankred weiter, „würde ich ihr nicht erlauben, ihn in der Burg Hohms zu heiraten. Er ist nicht der starke Herr, den sie braucht.“

Nikolas' schwarze Braue zog sich nach oben. „Wie ich sehe, hast du erkannt, was für ein Mann Philipp geworden ist. Als Junge war er anders. Sein Herz war empfindsam, sein Ohr konnte zuhören, sein Verstand konnte Wahrheit und Lüge voneinander unterscheiden. Ich hatte ihn sehr gern ...“ Ein besorgtes Stirnrunzeln zog über sein unbeugsames Gesicht, das von den Monaten in der Sonne während des Zuges durch Europa gebräunt war. „Irene hat seine Seele zerstört. Es ist ein Fluch, daß manche Kinder Eltern haben, die ihren Verstand so formen und beeinflussen können, daß sie die Lügen des Teufels glauben. Irene hat den Samen der Astrologie in seine Seele gesät, und jetzt ist er voll Stolz und träumt von seinem eigenen Ruhm."

„Philipp glaubt, daß er eines Tages Kaiser wird", sagte Tankred bei der Erinnerung an sein Gespräch mit ihm in den Zeuxippos-Bädern.*Ich könnte nie den Dienst für den Kaiser verlassen –, er ist mein Leben,* hatte Philipp damals gesagt.

Wie aufrichtig waren seine Worte gegenüber Helena in der Wachburg gewesen, als er ihr versprochen hatte, er würde sich gegen den Willen des Kaisers und seiner Mutter auf ihre Seite stellen?

Tankreds Zweifel ließen sich nicht ausräumen. Philipp rechnete damit, ihn zu benutzen, um seine Ziele mit Kalid zu erreichen, aber was dann? Selbst wenn Kalid tot wäre, mußte man sich die Frage stellen, ob Philipp zu Helena stehen würde, falls Irene politische Einwände dagegen hätte?

„Philipp glaubt an die Sterne", erklärte Tankred Nikolas ruhig. Er wußte, daß dies Nikolas schmerzen mußte.

„Ja", murmelte Nikolas nachdenklich, als erinnerte er sich an seine eigene Beziehung zu Irene. „Sie ist ein Sprachrohr der alten griechischen Götter. Sie hat Philipps Zukunft in den Sternen gesehen."

„Und er glaubt diesen Unsinn", sagte Tankred vorwurfsvoll.

„Ja, leider . . ., aber Helena nicht. Schon als Kind begeisterte sie sich für die Wahrheit des christlichen Glaubens. Adrianna hat sie gut erzogen. Wir beide. Aber Helena lebte immer in der Vorstellung, daß sie eines Tages Philipp heiraten würde. Selbst Irene war damit einverstanden, bis sie diesen hinterhältigen Plan einer politischen Heirat mit Kalid ersponn."

Tankred setzte sich auf und zuckte vor Schmerzen zusammen, als er seine Schulter berührte. Plötzlich stieg eine Wut auf Norris in ihm auf. „Was willst du in bezug auf Antiochia unternehmen?" fragte er.

„Ich halte es für das beste, die Pläne, die du bereits erwähntest, weiter zu verfolgen. Wir bringen sie zur Burg Hohms und unterstellen sie dem Schutz deines Onkels, während du den Mörder suchst. Lehnsherr Rolf hat bestimmt eine starke Garnison Soldaten auf der Burg und kann die Burg auch im Falle einer Belagerung verteidigen. Sobald Antiochia fällt, ist der Plan, sie an Kalid zu verheiraten, für Irene nicht mehr profitabel. Wir werden dann entscheiden, wie es weitergeht. Die Zukunft liegt bei Gott."

Daß Helena auf der Burg in Sicherheit wäre, war Tankred klar, aber sie erwartete, daß Philipp mit ihr dort wäre – und daß Nikolas die beiden trauen würde.

Das ist unwichtig, entschied er. Er hatte seine eigenen Pläne und Ziele. Wenn Philipp ihn nicht angelogen hatte, wurde Mosul in diesem Augenblick in Antiochia gefangengehalten.

Tankred stand unruhig auf. „Es gibt so viel zu tun. Ich kann nicht einfach die Zeit vergeuden und hier herumliegen, bis meine Wunde geheilt ist. Kannst du mich zu Bohemund bringen?"

„Es ist besser, wenn man dich im Lager nicht sieht. Ich werde ihm eine Nachricht schicken, daß er hierher kommen soll."

Nikolas trat an die Zeltöffnung und rief nach einem Jungen. Als er sich wieder umdrehte, fiel Tankreds Blick auf das rote Kreuzfahrerkreuz auf der linken Seite von Nikolas' Umhang.

„Du hast den Kreuzfahrereid geleistet?" Seine Stimme zeigte seine Überraschung und auch sein Mißfallen.

„Deus le volt!" murmelte Nikolas gedankenabwesend und schaute auf das Pergament in seiner Hand. Er steckte es in eine Tasche und zog ein kleines, in Leder gebundenes Buch heraus.

Tankred schenkte dem Buch keine Beachtung, sondern betrachtete Nikolas fragend. Er wollte es nicht wahrhaben, daß Nikolas die Lehre, ein Krieg gegen die Moslems und die Befreiung der christlichen Schreine in Jerusalem stamme von Gott, ernsthaft glaubte. Irrte er sich? Immerhin hatte er Nikolas seit Urbans Rede in Clermont nicht mehr gesehen.

„Es überrascht mich, daß du den Eid abgelegt hast. Jahrelang hast du mir gesagt, daß Gott Sünde nur durch das Sühneopfer Christi vergeben kann."

„So steht es geschrieben. Es freut mich, daß meine geduldigen Unterweisungen in deinem Kopf Wurzeln geschlagen haben. Mögen sie auch in deinem Herzen aufblühen."

„Das haben sie. Aber warum hast du den Kreuzfahrereid geleistet?"

„Empfindest du das als Beleidigung? Ich bin der Legat des Papstes bei der normannischen Armee, genauso wie Adhémar bei Graf Raimunds Heer."

Tankred überlegte. Er wollte sich mit dieser zu einfachen Antwort nicht zufriedengeben. In Monte Casino war Nikolas der unorthodoxe Sprecher gewesen, der nicht immer mit den Lehren der Kirche in Rom einverstanden war und darauf beharrte, daß auf die Heilige Schrift mehr Wert gelegt werden müsse als auf die Überlieferungen der Kirche.

Er runzelte die Stirn. „Ich kann es einfach nicht glauben, daß du einen Dschihad sanktionierst."

Nikolas schaute ihn überrascht an. „Das tue ich nicht. Und die Bibel auch nicht. Der einzige Heilige Krieg, der noch zu kämpfen sein wird, liegt in der Zukunft, wenn der König der Könige auf einem weißen Pferd reitet."

„Also", fragte Tankred herausfordernd und deutete auf das Kreuz. „Warum hast du den Eid abgelegt?"

„Ich habe meine Gründe. Welche bessere Möglichkeit habe ich, nach Konstantinopel zu reiten, ohne meinen Feinden in die Falle zu gehen? Aber deine Bedenken sind nicht unbegründet. Einen blutigen Krieg im Namen des Kreuzes zu führen, ist gottlos. Das Kreuz repräsentiert Erlösung, Vergebung, die Liebe Gottes zu den Menschen, auch –", sagte er mit einem trockenen Funkeln in den Augen, „für die ungläubigen Sarazenen."

„Diese Wahrheit solltest du Graf Emich und den Rheinländern predigen", sagte Tankred bei der Erinnerung an das Unheil, das unter den Juden angerichtet worden war. „Das Volk des Bundes hat von falschen Eiferern mit einem roten Kreuz auf der Brust einen schrecklichen Lohn empfangen."

Nikolas war ernst. „Ja, der Teufel hat einen Sieg errungen. Ich habe gehört, was einige der Kreuzfahrer den Juden angetan haben." Seine Augen funkelten. „Sie werden dafür Rechenschaft ablegen müssen. Sie haben gegen die irdische Familie unseres Herrn das Schwert erhoben. Weißt du, warum der Teufel ihre Zerstörung wünscht? Weil die Bibel verheißt, daß Jesus Christus wiederkehren und von Jerusalem aus über sie herrschen wird. Die Juden zu eliminieren würde bedeuten, genau das Volk zu vernichten, über das er regieren soll! Oh, diese bösen Gedanken des Satans! Wie heimtückisch ist sein Haß auf die Juden."

Tankred erzählte ihm von seiner Reise durch Worms und Köln und von Graf Emichs lächerlicher Gans, mit der er seine Rheinländer gegen die jüdischen Gemeinden „führte." Er holte das handgeschriebene Büchlein aus seiner Jacke, das er Rachel abgenommen hatte. Die Seiten waren von ihrer und inzwischen auch von seiner eigenen häufigen Benutzung ganz abgegriffen.

„Diese Worte stammen aus dem Neuen Testament. Ich habe sie in der Königlichen Bibliothek in Konstantinopel übersetzt."

Nikolas betrachtete sie. „Eine gute Arbeit." Dann schaute er Tankred mit einem befriedigten Blick an. „Ich habe etwas für dich. Ich habe die letzten zwei Jahre damit verbracht. Es ist ein Geburtstagsgeschenk." Er reichte Tankred das in Leder gebundene Buch.

Tankred nahm es neugierig entgegen und betastete das Leder. „Ein Buch? Aristoteles?"

Nikolas verzog das Gesicht. „Schlag es auf."

Tankred gehorchte ... und hielt sprachlos inne. *Das Neue Testament.* Das gesamte Neue Testament auf Griechisch! Sein komplettes persönliches Exemplar!

Seine Augen wanderten zu Nikolas, und mit einem Ansturm von Gefühlen, die er nicht zurückhalten konnte, warf er die Arme um ihn.

Nikolas lachte. „Ah! Dein Herz und deine Seele gehören Jesus Christus! Das sehe ich dir an! Tausend Gebete wurden erhört, mein Sohn Tankred. Ich habe für dich vor Gottes Thron gebetet und gefleht, seit ich dich damals hinter dem Altar in Rom fand. Ich fürchtete schon fast, ich würde es nicht schaffen, dein Herz zu gewinnen. Aber jetzt –"

„Ich habe während jener Jahre mehr begriffen, als du vielleicht ahntest. Mein Großvater wußte es." Tankreds Lächeln verschwand bei dem Gedanken an al-Kareem, denn er liebte ihn von ganzem Herzen. „Er wird betrübt sein."

„Aber der Himmel freut sich. Werde bitte nicht ärgerlich und halte mich nicht für hart, weil ich für deinen Großvater kein Mitgefühl aufbringe. Möge er ebenfalls den wahren Gott kennenlernen."

„Ja ..., und er wird immer mein geliebter Großvater sein, aber ich bin nicht sicher, ob ich sein ‚lieber Jehan' bleiben werde. Jetzt nicht mehr. Du weißt ja nicht, wie schmerzvoll es ist, ein Familienband zu brechen, wenn es von einem von Menschen geschaffenen Glauben zusammengehalten wird. Der Islam ist eine Kultur. Diese Religion abzulehnen bedeutet, daß die Familienbande entzweigerissen sind. Er wird jetzt sagen, daß ich für ihn tot bin."

Nikolas wurde nüchtern und sagte sanft: „Aber für Gott lebst du. ‚Dieser mein Sohn war tot, aber jetzt lebt er.' Der Vater freut sich. Auch ich habe Schmerzen erfahren. Ich wurde aus der Ostkirche verbannt und von meinem Kaiser entwürdigt und dann wie ein Judas in den barbarischen Westen geschickt."

Tankred betrachtete ihn. „Du hast selten gezeigt, daß du etwas vermißt."

Nikolas zuckte mit den Achseln und ließ sich auf dem Stuhl nieder. „Es ist besser so. Aber nicht nur das Haus deiner Mutter wird dich ablehnen –, auch der Clan deines Vaters. Vielleicht solltest du dir überlegen, ob du im Byzantinischen Reich bleiben willst. Erwähntest du nicht einmal die medizinische Universität in Dschundi Schapur?"

„Solche Träume sind jetzt unerreichbar. Es wird einen Krieg geben, und ich muß erst noch meine Unschuld an Dereks Tod beweisen." Gedankenabwesend zog er den Koran aus seiner Tasche und betrachtete ihn. Dabei mußte er an seinen Großvater denken, an seine Mutter ...

Nikolas zog eine Braue in die Höhe. „Ziehst du den Koran immer noch ernsthaft in Erwägung?“

Tankred schaute ihn mit einem schwachen Lächeln an. Die Frage war typisch für den Nikolas, an den er sich aus seiner Kindheit erinnerte. „Dank deiner Geduld, mit der du mich in den Schriften unterwiesen hast, konnte ich bei genauerem Hinsehen umgeschriebene Bibelstellen entdecken, die so verändert worden waren, daß sie in Mohammeds Lehren paßten. Aber nein –, ich werde dieses Buch eines Tages benutzen, um mit al-Kareem zu sprechen.“ Tankreds Augen erwiderten Nikolas’ herausfordernden Blick. „Ich habe auch etwas für dich, etwas, das in das Heilige Grab zurückgebracht werden muß.“

„Ah, das Heilige Grab! Was hast du? Den Rock unseres Herrn?“

Tankred lächelte und griff nach seiner Tasche. „Wenn du weiterhin so ketzerisch sprichst, wirst du eines Tages auch noch im Westen exkommuniziert werden. Was machst du dann? Nein –, ich habe für dich einen gestohlenen Gegenstand. Mein Großonkel nahm ihn an sich, als er noch sehr jung war, so hat er mir erzählt. Es war sein letzter Wunsch, daß ich es nach Jerusalem zurückbringen soll. Ich habe ihm geschworen, daß ich es tun würde, aber da du ohnehin nach Jerusalem ziehst –“

Nikolas weigerte sich mit einer abwehrenden Handbewegung, den Gegenstand anzunehmen, und lehnte sich auf seinem Stuhl zurück. „Verschone mich bitte mit Reliquien! Ich schleppe schon genug davon mit mir herum. Wenn du es Odo geschworen hast, dann mußt du dich schon selbst darum kümmern.“

Tankred war enttäuscht. Er hatte gehofft, diese Last loszuwerden. „Es ist genug, daß ich es in Antiochia mit Schwert und Krummsäbel aufnehmen muß, um Mosul an den Familienclan auszuliefern. Aber Jerusalem! Wer weiß, wann die Kreuzfahrer die Stadt einnehmen werden!“

Nikolas schaute zuversichtlich aus, als er seine Stiefel ausstreckte, während sein Kettenhemd und das Kreuz auf seinem Hemd glitzerten. „Sie werden die Stadt einnehmen“, erklärte er. „Aber du hast recht. Die Frage ist: Wann!“ Er seufzte und schaute auf sein Schwert. „Es wird ein schrecklich blutiger Krieg werden, Tankred.“

„Ein Krieg, in den ich nicht hineingezogen werden will“, erklärte Tankred und deutete auf Nikolas. „Es ist einfach angemessener, daß du die Reliquie zurückbringst. Du bist ein Bischof, und du hast den Kreuzfahrereid geleistet, und ich nicht. Ich habe nur ein Ziel.“ *Nein,* stellte er bei genauerem Nachdenken fest. *Ich habe zwei.* Helenas Mutter und das Haus ibn-Haruns in Jerusalem. Er hatte versprochen, für sie Informationen auszugraben. Nikolas würde ihn bestimmt dabei begleiten wollen, sobald er ihm davon erzählte.

Tankred wechselte vorsichtig das Thema.

„Ich bringe dir schlechte Nachrichten über Fürstin Adrianna."

Nikolas sah besorgt aus. Er rechnete anscheinend mit dem schlimmsten. „Helena hat geschrieben, daß sie lebt – stimmt das?"

„Sie ist am Leben." Dann erzählte er ihm alles, was Helena ihm in der Wachburg anvertraut hatte.

Nikolas stand auf und schritt ruhelos auf und ab. „Ich muß sie finden. Helena hat recht. Es kann erst dann Ruhe geben, wenn sie wieder sicher bei uns ist. Adrianna, meine arme Schwester, möge die Gnade des Herrn dir in deiner unerträglichen Situation Kraft geben."

„Ich habe Kontakte", versicherte ihm Tankred. „Ich könnte sie vielleicht ausfindig machen." Er zog al-Kareems Siegelring aus der Tasche, steckte ihn an den Finger seiner rechten Hand und dachte an die Worte seines Großvaters: *„Nimm meinen Ring, mein Sohn; er wird dir die Münder der Stummen aufschließen."*

Nikolas schaute zuerst den Ring und dann Tankred an. „Du glaubst, ibn-Harun wird uns helfen?"

„Er ist ein Freund. Er könnte den Sultan kennen, der sie jetzt besitzt. Da ist aber noch etwas, Nikolas. Ich habe davon nichts zu Helena gesagt, aber es ist möglich . . . daß Adrianna nicht länger eine Sklavin ist, sondern eine Ehefrau oder Nebenfrau, vielleicht ist sie sogar in einem Harem. Es tut mir leid, dir das sagen zu müssen."

Nikolas' Kinn wurde hart, und seine dunklen Augen funkelten. „Sag nichts davon zu Helena. Es ist am besten, wenn sie glaubt, ihre Mutter sei nur eine Sklavin."

Tankred überlegte kurz, ob Helena bereits vermutete, daß ihre Mutter sich in einer Zenana befand. „Da ist noch etwas", sagte er leise. „Sobald ich auf der Mese zurück bin, besuche ich einen arabischen Freund auf den Basaren."

„Tankred, deine Hilfe ist ein Segen Gottes. Zum ersten Mal bin ich dankbar, daß du auch das Erbe eines Mauren in dir trägst."

„Ein Maure, der auch innerhalb Antiochias viel zu erledigen hat."

„Bist du sicher, daß Mosul Dereks Mörder ist?"

„Informanten aus dem Hause al-Kareem schwören es. Ibn-Haruns Bruder ist einer von ihnen. Ich habe ihn im schwarzen Zelt in Palermo getroffen, bevor ich Sizilien verließ. Mosul hat außerdem in Le Puy mit seiner Tat geprahlt."

„Ein Mann, der mit seiner Sünde prahlt, ist der schlimmste Narr, den es geben kann. Dann ziehst du also mit den Normannen, um Antiochia einzunehmen?"

„Nein. Ich reite allein los, um ihn zu finden. Es ist eine Sache zwischen ihm und mir. Zakeem wartet schon in Antiochia auf mich. Sobald meine Aufgabe für den Kaiser bei Bohemund erledigt ist, muß ich mich um meine eigenen Angelegenheiten kümmern."

„Dann hast du recht", sinnierte Nikolas. „Ich muß bei den Kreuzfahrern sein, wenn sie Jerusalem einnehmen. Mehr als das Schicksal der Stadt lastet jetzt auf meinem Herzen. Ibn-Harun darf nichts geschehen. Er allein kann uns sagen, wo Adrianna ist."

„Vielleicht", sagte Tankred, „gibt es aber auch noch andere, an die wir leichter herankommen können. Ich werde mein möglichstes tun."

Er erzählte Nikolas von dem Befehl des Kaisers, daß alle Fürsten ihm den Lehenseid leisten müßten, bevor er ihre Armeen über den Bosporus nach Anatolien übersetzen ließe.

„Er fürchtet Bohemund, und das aus gutem Grund. Wir beide wissen, daß er nicht die Absicht hat, dem Kaiser irgendeine Burg, die er den Türken abnimmt, oder irgendeine Stadt, am allerwenigsten Antiochia, zu überlassen."

„Bohemund", sagte Nikolas, „wird nicht so leicht damit einverstanden sein, allein in die Stadt zu reiten. Er hat im Sinn, sich ein neues Reich aufzubauen."

Tankred verbarg seine persönlichen Bedenken und seine Abneigung gegenüber diesem Plan, aber Nikolas ahnte seine Gedanken.

„Und was hat dir Philipp angeboten, damit du seinen Plan ausführst?"

„Er bezahlt mich mit geheimen Informationen."

„Darüber, wo Mosul sich aufhält?"

Tankreds Augen wurden hart. „Ich wußte schon, daß er in Antiochia war. Rufus, Fürstin Irenes Leibwächter, hat es mir schon vor Wochen verraten. Mosul arbeitete als Leibwächter für den türkischen Befehlshaber Kerboga."

Nikolas wirkte besorgt. „War? Willst du damit sagen, daß er jetzt nicht mehr dort ist? Was hat dir Philipp dann angeboten?"

Tankred schaute ihn an. „Er hat ihn als Gefangenen. Als Gegenleistung für Kalids Kopf will er ihn mir ausliefern. Außerdem gibt es einen Mann Namens Firus, der bereit ist, Antiochia an Fürst Bohemund zu verraten."

Nikolas starrte ihn verblüfft an.

„Ich finde, wir sollten bald eine Versammlung einberufen", sprach Tankred weiter. „Bohemund wird die Informationen reizvoll genug finden, um mit dem Kaiser zu kooperieren."

„Die Nachricht von Antiochias Kapitulation dürfen die anderen Fürsten nicht einmal andeutungsweise erfahren. Sie werden alle diesen Sieg für sich selbst haben wollen."

„Ich habe selbst auch einen Grund, die Sache geheimzuhalten. Dieser Plan bietet mir einen direkten Zugang zu Antiochia, zu Kerboga und zu Mosul. Wenn er nicht meine Unschuld beschwört, kann ich für den Rest meines Lebens als Söldnersoldat durch die Lande ziehen und darf nie nach Sizilien zurück. Mir bleibt keine andere Wahl, als mit Philipp zusammenzuarbeiten."

Und Helena, dachte Tankred. Sie war jetzt davon überzeugt, daß Philipps Ehre rehabilitiert war. Tankred wagte es nicht, darüber nachzudenken, wie ihr Bild ihn in seinen Träumen verfolgte, wie der Gedanke daran, daß sie den Edlen heiraten würde, in ihm eine nicht zu leugnende Enttäuschung weckte. Warum er so starke Gefühle empfand, war offensichtlich, aber er war nicht bereit, es offen zuzugeben, nicht einmal sich selbst gegenüber. Sie war jetzt Nikolas' Sorge – und bald Philipps kostbarer Schatz.

Tankred warf einen ungeduldigen Blick zum Zelteingang. „Warum braucht Bohemund denn so lange?"

„Bohemund war noch nie der Mann, der sich zu etwas drängen ließ. Und bei deiner Verletzung brauchst du es auch nicht allzu eilig zu haben. Hoffen wir nur, daß Walter von Sizilien nicht jeden Augenblick kommt und dich sucht, denn sonst steht uns ein Kampf ins Haus."

„Mach dir darüber keine Sorgen. Mit den Informationen, die ich allein über den Zugang zu Antiochia habe, kann ich Bohemund und seine gesamte Ritterarmee dazu bringen, für meine Freiheit zu garantieren. Sie werden mich nie der Feuerprobe ausliefern."

Nikolas lächelte. „Daran hatte ich nicht gedacht. So, jetzt zeig mir diese gestohlene Reliquie, die wir um Odos Seelenfriedens willen nach Jerusalem bringen müssen."

„Wir?" lächelte Tankred, dann zog er den Gegenstand aus seiner Tasche und entfernte vorsichtig die Stoffschicht, in die er eingewickelt war.

Nikolas wartete und wurde neugierig, als er Tankreds feierliche Miene beobachtete.

„Willst du mich auf die Folter spannen? Was ist es denn?"

„Es ist die alte Spitze einer Lanze."

„Einer Lanze!"

„Schau es dir an. Was meinst du? Wieder eine angeblich wichtige Reliquie?"

„Zweifellos."
„Es steht eine lateinische Inschrift darauf."
„Lies sie vor."
Tankred hielt die Lanzenspitze an die Kerze und strengte seine Augen an. Als er die Worte entziffert hatte und die Bedeutung begriff, die dahintersteckte, zögerte er, dann schaute er Nikolas an: „Golgatha, im Jahr der Kreuzigung unseres Herrn. Die Lanze des römischen Soldaten, der seine Seite durchbohrte?"
Nikolas runzelte die Stirn. „Das kann nicht sein. Die Lanzenspitze, die Jesus durchbohrte?" Er lehnte sich schweigend zurück und überlegte.
Tankred widerstand dem abergläubischen Drang, den Gegenstand zu fürchten, als wäre er heilig. Er wickelte ihn wieder in das Tuch. „Das kann nicht sein", wiederholte er. „Die Lanze wäre inzwischen längst verrostet."
„Ja, aber trotzdem werden wir die Spitze in das Heilige Grab zurückbringen", sagte Nikolas ruhig. „Odo war dein Großonkel. Ich nehme an, du willst den Eid, den du ihm unmittelbar vor seinem Tod gegeben hast, nicht brechen?"
Tankred bemerkte das Funkeln in Nikolas' Augen. „Bleibt mir denn eine andere Wahl? Ich werde die Lanzenspitze bei mir behalten. Sie ist bei vielen Abenteuern quer durch ganz Europa nie entdeckt worden, obwohl ich oft nur mit knapper Not entkam. Wem sie früher auch gehört hat, ich werde dafür sorgen, daß sie dorthin zurückgebracht wird, woher sie kommt."
Tankred stand neben Nikolas, als wenige Minuten später Bohemund das Zelt betrat. Sein Leibwächter blieb vor dem Eingang stehen. Bohemund stand in einem scharlachroten Umhang, der über sein Kettenhemd fiel, vor ihnen. Seine blonden Haare waren im normannischen Stil geschnitten; kurz und an den Ohren abgerundet. Er war ein Mann, der gleichzeitig groß und kräftig war, breite Schultern und einen umfangreichen Brustkorb hatte, sich aber trotzdem wendig und geschmeidig bewegte – fraglos mit Leib und Seele ein Soldat. Seine Leidenschaft war der Krieg; er war ein Mann, der dazu bestimmt war, Befehle zu erteilen: unbezähmbar, rücksichtslos und mutig.
Sobald sie sich gesetzt hatten, übergab ihm Tankred den Brief des Kaisers und beobachtete Bohemund, wie dieser die Nachricht mit schneller Auffassungsgabe überflog.
„Er erwartet von Ihnen, daß Sie allein ohne Ihre Armee in die Stadt reiten."
„Hält er mich denn für einen hirnlosen Idioten?" Bohemund wollte

den Brief gerade wütend in die Ecke werfen, als Tankred ruhig sagte: „Sie können acht Männer als Leibwache mitnehmen."

Tankred konnte Bohemunds Mißmut und Widerwillen spüren und überbrachte ihm die geheimen Informationen von Philipp über den armenischen Spion in Antiochia. „Er kann uns aus dem Inneren der Stadt helfen, und Antiochia wird Ihnen übergeben werden."

In Bohemunds eisenblauen Augen funkelte ein Ansturm von Leidenschaft auf, die sein Herz offenbar schneller schlagen ließ. Er lächelte. Seine Miene zeigte eine ironische Belustigung.

„Tankred, mein Verwandter. Ich habe es mir anders überlegt. Ich könnte den Gedanken nicht ertragen, wenn der Kaiser Ostroms vor Sorge um den Schlaf gebracht würde. Ich werde tun, was er von mir verlangt. Ich lasse meine Armee hier und komme mit nur acht Männern in die Stadt, und ich werde mein Knie beugen. Ich werde versuchen, die anderen Fürsten zu überreden, das gleiche zu tun, einschließlich Gottfried."

„Dann ist die Sache abgemacht. Aber da gibt es noch eine andere Kleinigkeit, über die ich gern mit Ihnen sprechen würde. Sie betrifft ein Mißverständnis zwischen Walter von Sizilien und mir."

„Davon habe ich schon gehört."

„Er und meine Vettern halten mich für schuldig, Derek Redwan getötet zu haben. Inzwischen weiß Walter, daß ich hier bin, da es Schwierigkeiten mit einem Vetter gab, als ich ins Lager ritt. Walter wird von Ihnen die Erlaubnis erbitten, mich gefangennehmen zu dürfen, damit ich nach normannischem Brauch vor Gericht gestellt werde."

Bohemund verzog die Miene und winkte dann mit seiner kräftigen Rechten ab. „Jeder, der versuchen sollte, dich gefangenzunehmen, wird meinen Zorn erleben. Das werde ich Walter sofort mitteilen lassen. Solange du unter meiner Standarte reitest, Tankred, hast du meine Unterstützung."

„Dann sind wir uns handelseinig, Herr."

„Und bald im Krieg, den wir gewinnen werden."

Als Bohemund das Zelt verließ, lachte Nikolas leise. „Der Wolf hat angebissen."

„Ja. Philipp beweist seine Fähigkeit, daß er genauso erfolgreich Intrigen schmieden kann wie der Kaiser", sagte Tankred nachdenklich und beunruhigt. Er wollte nicht in eine Situation gebracht werden, in der er auf Philipp angewiesen wäre. Er schaute Nikolas an. „Auf dich wartet vielleicht auch eine Falle, nicht von Philipp, sondern von deinen Feinden in Konstantinopel, die etwas gegen deine Rückkehr haben. Ist es weise, dich öffentlich in der Stadt zu zeigen?"

„Ich werde auf der Hut sein vor ihren Intrigen. Helena ist davon überzeugt, daß Irene bei Adriannas Schicksal die Finger im Spiel hatte. Ich kenne Irenes betrügerisches Wesen, und das weiß sie genau. Konstantin wünscht meinen Tod. Er könnte versuchen, diesen Wunsch in die Tat umzusetzen."

Tankred betrachtete ihn. Gab es eine ungeklärte Sache zwischen Nikolas und Irene? Er fragte ihn nicht, da er davon ausging, daß Nikolas es ihm von sich aus erklären würde, falls er das wünschte. Wenn es um eine Frau und ihre heimtückischen Machenschaften ging, dann war Nikolas der Mann, der so etwas allein erledigte.

12. Vor dem Thron versammelt

Helena kehrte in den Lysanderpalast beim Sankt-Barbara-Tor zurück. In ihren luxuriösen Wohngemächern erholte sie sich gut von ihrer Verwundung. Das hatte sie Tankreds geschickter Behandlung in der Wachburg zu verdanken.

In den Tagen nach ihrer Rückkehr von den brennenden Burgen wartete Helena mit Grauen darauf, daß sie von ihrer Tante zur Rede gestellt würde. Sie wunderte sich, warum Irene so lange auf sich warten ließ. War es Konstantin tatsächlich gelungen, sie davon zu überzeugen, daß sie sich ihre Verwundung bei einem Ritt auf einem neuen Pferd zugezogen hatte? Irgendwie konnte Helena ihre Zweifel nicht ganz abschütteln. Irene war nicht dumm.

Manchmal erwachte sie aus dem Schlaf und wurde sich überrascht bewußt, daß sie tatsächlich Philipp heiraten würde. Die Krisenjahre in ihrer Beziehung nahmen endlich ein glückliches Ende. Nur das Warten auf den Tag, an dem Tankred Fürst Bohemund in die Stadt bringen würde, beeinträchtigte ihre Genesung und verzögerte ihre Pläne.

Täglich ging sie im Garten spazieren und hoffte, damit Bardas eine Gelegenheit zu geben, ihr irgendwelche Nachrichten von Tankred zu überbringen, aber die Tage und Nächte krochen dahin, ohne daß etwas geschah, und verstärkten nur ihre Sorgen.

Je früher alle Fürsten aus dem Westen eintrafen, um im Großen Palast dem Kaiser ihren Lehenseid zu leisten, umso früher könnten sie und Philipp zur Burg Hohms fliehen.

Da sie ständig von Fürstin Irenes treuen Sklavinnen umgeben war und keine Gelegenheit hatte, mit Bardas zu sprechen, krochen die Tage schleppend dahin, und Helena konnte nicht viel darüber in Erfahrung bringen, was sich außerhalb des Palastes ereignete. Überraschenderweise war es ausgerechnet Zoe, die, wenn auch unbewußt, Helena gespannt aufhorchen ließ. Sie saßen beide im Garten des Sommerpalastes. Zoe, die ein Jahr jünger war als Helena und ihre pechschwarzen Haare vorteilhaft um ihren Kopf gewickelt hatte, lehnte träge auf einer Sänfte und aß die gezuckerten Früchte, die ihnen von Sklaven serviert wurden. Wer Zoes Eltern waren, lag etwas im dunkeln, aber die Familie behauptete, sie sei die Tochter von Konstantins Bruder Photios.

„Die Barbaren haben ihren alten Lagerplatz an den Toren wieder in Besitz genommen."

„Du meinst Herzog Gottfried?"

„Ich glaube, so heißt er. Nachdem die Burgen niedergebrannt wurden und nach allem, was dir zugestoßen ist, sollte der Kaiser Soldaten hinausschicken, um ihnen eine Lektion zu erteilen."

Zoe spitzte nachdenklich die Lippen. „Aber diese Ungeheuer sehen gut aus, nicht wahr? Es heißt, der Herzog sei ein seltenes Exemplar von einem Mann; seine Haare sollen rotgold sein und bis auf seine Schultern reichen. Stimmt das?" fragte sie mit unverhohlenem Interesse in den Augen. „Hast du ihn gesehen?"

„Ja, seine Haare sind lang; alle haben diese Frisur ... Gibt es schon irgendwelche Neuigkeiten über Fürst Bohemund?"

Zoes Augen schauten sie spöttisch an. „Interessiert dich wirklich der normannische Fürst, oder fragst du wegen Tankred? Jede Frau im Palast hat ihn bemerkt, sogar meine keusche Kusine Helena, auch wenn du so tust, als wäre es nicht so." Mit dieser Bemerkung legte sie den Kopf zurück und ließ den Saft aus einer üppigen blauen Weintraube auf ihre Zunge träufeln.

„Sind die Normannen schon näher an Konstantinopel herangekommen? Du hast heute morgen Philipp gesehen; hat er etwas gesagt?"

Zoe zuckte mit den Achseln und steckte ihre Füße mit den goldenen Sommerschuhen unter ihren Brokatumhang. „Philipp spricht nur wenig. Er ist oft schlecht gelaunt."

Nach seinem überschwenglichen Heiratsantrag vor erst zehn Tagen auf der Burg verwirrte sie diese Neuigkeit. „Schlecht gelaunt? Hat er gesagt, warum?"

Zoe verzog gelangweilt das Gesicht. „Philipp erklärt nie etwas. Er sagt, ich sei zu keinen vernünftigen Gedanken fähig." Sie winkte mit der Hand, wie sie es immer tat, wenn sie das Thema wechselte und dabei nicht unterbrochen werden wollte. „Es heißt, der Herzog warte auf die Normannen, da er im Sinn habe, sein Heer mit ihnen zu verbünden und unsere Stadt einzunehmen. Der Kaiser hat aber keine Angst vor den Barbaren." Sie seufzte. „Er sieht so gut aus."

„Der Kaiser?" bemerkte Helena sarkastisch. „Du hast schlechte Augen, Zoe. Du glaubst, jeder Mann sehe gut aus."

Sie sah beleidigt aus. „Nun, nicht so gut wie Tankred."

„Erzähl mir von dem Heer des Herzogs –, was ist passiert?"

Zoe warf die Trauben zur Seite. „Krieg, so ein langweiliges Thema! Nur die Männer, die in dem Krieg kämpfen, sind interessant. Also gut: Während die Kaiserliche Kavallerie weiterhin die Fußsoldaten des Herzogs schikaniert, hält der Kaiser Nahrungslieferungen zurück, um ihn zur Vernunft zu bringen."

„Genügt das?"

„Nein, einige seiner Männer haben eines der Tore angegriffen."

„Sie haben das Tor gestürmt?" rief Helena entsetzt aus.

„Nur eine kleine Gruppe. Es ist nicht bekannt, ob der Herzog überhaupt etwas davon wußte. Angeblich sollen sie geglaubt haben, daß mehrere ihrer Fürsten vom Kaiser gefangengehalten würden. Stell dir das nur einmal vor! Sie waren bereit, einen Angriff auf den Kaiserpalast zu wagen, um ihre Männer zu befreien! Du hättest die Frauen in der Nähe des Tores schreien hören sollen! Sie waren überzeugt, daß sie gefangengenommen und als Sklavinnen verschleppt werden würden. Der Kaiser hat Bogenschützen in die Tortürme geschickt, um ihre Pferde zu töten."

Der Gedanke, daß überhaupt ein Pferd verwundet wurde, erboste Helena. Sie wußte, daß jedes Pferd für die bevorstehenden Schlachten gegen die Moslems gebraucht würde.

„Dann hat Herzog Gottfried bei Sonnenuntergang den Rückzug befohlen. Er sitzt unentschlossen in seinem Zeltpavillon und weigert sich, dem Kaiser den Lehenseid zu leisten, während sein Heer Überfälle starten muß, um etwas zu essen zu haben. Aber bis zum Sommer gibt es nichts auf den Feldern, und das Vieh wird versteckt gehalten."

Helena schaute von Zoe zu einer Sklavin, die sich mit unbeweglichem Gesicht verbeugte. „Fürstin Helena, Fürstin Irene verlangt, Sie zu sprechen."

Helena blieb regungslos sitzen und warf einen unbehaglichen Blick zum Säulengang, auf dem Irene in den weiten Pavillon hinaustrat. Ihre Haare leuchteten in der Sonne wie pures Gold.

„Jetzt kannst du dich auf eine harte Befragung einstellen", raunte ihr Zoe zu. „Unsere Tante glaubt, du seist weggelaufen, um Tankred zu finden."

* * *

Eine Stunde später saß Helena in ihren Gemächern auf dem Brokatschemel und beobachtete ihre Tante, die aufgebracht im Zimmer auf und ab schritt. Helena versuchte, ihre Beunruhigung zu verbergen.

Wie Philipp es in der Wachburg versprochen hatte, waren er und Konstantin nach ihrer Rückkehr für sie eingetreten. Aber glaubte Irene ihnen? Was wäre, wenn sie Philipps wahre Pläne herausfände? Helena saß ruhig da und beobachtete ihre Tante. Sie versuchte, an Irenes Miene etwas abzulesen, während diese weiterhin auf dem roten Teppich auf und ab schritt und ihr Kleid mit dem kunstvoll genähten, mit Goldfäden durchzogenen Saum hinter ihr raschelte. Ihre Haare hingen in einem elegant verschlungenen Zopf über ihren Rücken und waren mit roten und grünen Edelsteinen durchsetzt. Ihre bernsteinfarbenen Augen, die diesen Edelsteinen an Härte in nichts nachstanden, hefteten sich auf Helena, die regungslos auf der Ottomane saß, die Hände auf dem Schoß gefaltet hatte und darum betete, nicht ertappt zu werden.

„Du bist also von einem Pferd gestürzt", spottete Irene. „Du hast das grandiose Gartenbankett des Kaisers verlassen, um den ganzen Weg bis zur Villa zurückzufahren und auf einem Pferd zu reiten. Solche verrückten Fabeln! Und Philipp erwartet allen Ernstes, daß ich so etwas glaube!"

Irene trat neben sie. Helena zuckte unfreiwillig zusammen. Sie erwartete eine schallende Ohrfeige, aber Irenes Augen zogen sich zu glühenden Schlitzen zusammen. „Am besten erzählst du es mir gleich ohne lange Umschweife."

„Ich habe nichts zu erzählen, Fürstin."

„Nichts?" höhnte Irene und zog ihre dünnen Brauen in die Höhe. „Du bist zur Wachburg geflohen. Du hast damit gerechnet, daß dieser normannische Ritter dich zu Nikolas bringt." Sie schritt aufgebracht weiter. „Ich kann diesem unverschämten Barbaren Gottfried eigentlich dankbar sein. Dadurch, daß er die Städte am Bosporus geplündert hat, hat er dich wenigstens daran gehindert, deine Pläne zu verwirklichen." Sie hielt inne und schaute sie böse an. „Du Närrin! Du hättest von irgendeinem Barbaren verschleppt werden können!"

Helena senkte den Kopf und starrte auf ihre Hände, die sie auf dem Schoß verkrampft hatte.

„Wieviel hast du Tankred bezahlt, damit er dich zu Nikolas bringt?"

Dann weiß sie nichts von Philipp.

Wenn Helena den Grund, der sie zur Wachburg geführt hatte, zugab, könnte sie dann Irene davon ablenken, ihre tatsächlichen Pläne zu entdecken?

Sie schaute ihre Tante ernst an. „Ich habe ihm doppelt soviel geboten, wie Philipp ihm zahlt, aber er hat mein Angebot ausgeschlagen."

„Er hat es ausgeschlagen! Hältst du mich für so dumm, das zu glauben?"

„Offensichtlich gibt es Männer, die sich nicht kaufen lassen. Er bestand darauf, daß seine Verpflichtung gegenüber dem Kaiser vor meinen Wünschen Vorrang haben müsse."

Irene starrte sie schweigend an. Helena unterdrückte ein leichtes Schaudern, das der Blick ihrer Tante bei ihr auslöste. Es war die Wahrheit, daß Tankred sich nicht hatte kaufen lassen. Sein Angebot, ihr zu helfen, hatte er mit ritterlicher Galanterie begründet. Und wenn Philipp nicht gekommen wäre ..., wäre sie mit Tankred zu den Normannen geritten. Inzwischen wäre sie in der Begleitung ihres Onkels Nikolas und befände sich in Sicherheit.

Helena weigerte sich, dem leichten Anflug von Bedauern nachzugeben. War es die richtige Entscheidung gewesen, sich mit Philipp zu versöhnen? Er hatte Tankred gezwungen, sich Philipps zweifelhafter Strategie bei der Eroberung Antiochias zu beugen. Doch diese Intrige blieb eine beunruhigende Sache, für die sie noch keine Lösung gefunden hatte.

Sie warf die Schultern zurück und rief sich ins Gedächtnis, daß Philipp ebenfalls gezwungen gewesen war, verzweifelte Entscheidungen zu treffen. Konnte sie es ihm wirklich vorwerfen, daß er zu Intrigen griff? Sie durfte nicht zulassen, daß sich jetzt noch etwas zwischen sie und ihn stellte.

Irene durfte nicht erraten, daß Philipp und nicht Tankred geschworen hatte, sein Herz und seine Kraft einzusetzen und dafür zu sorgen, daß sie vor Prinz Kalid und Antiochia verschont bliebe.

„Er hat mein Angebot abgelehnt", wiederholte sie. „Und ich habe kein weiteres Interesse mehr an dem Nachkommen eines unzivilisierten, dahergelaufenen Hundes", sagte Helena mit dem Versuch, ihre Tante von ihrer Fährte abzulenken.

„Das hast du gut gesagt, aber ein dahergelaufener Wolf kann Welpen mit erstklassigem Blut zeugen. Ein Welpe, der in den goldenen Gemächern der adeligen Damen und der Sklavinnen gleichermaßen mit offenen Armen empfangen würde."

„Von solchen Dingen will ich nichts wissen", sagte Helena abweisend.

Irene schaute sie an. „Er hat das gutaussehende Fleisch eines Prinzen. Glaube nicht, ich wüßte nicht, was geflüstert wird. Alle sprechen von dem neuen Ritter in der Kaiserlichen Kavallerie."

Einschließlich Fürstin Irene, dachte Helena, verkniff sich aber ihre vorlauten Worte. „Ich höre nicht auf das alberne Geflüster von kindischen Mädchen. Wenn einige sich unbedingt zum Narren machen wollen und Jagd auf Männer machen, dann kann sie wahrscheinlich niemand daran hindern. Meine Art ist das nicht."

Irene wandte sich ungeduldig von ihr ab und ging mit schnellen Schritten über den Teppich. „Die Welt ist voller Narren. Du hast selbst auch Jagd auf Philipp gemacht. Versteh mich bei Tankred Redwan nicht falsch. Glaubst du denn, daß ich dich deshalb frage, weil ich mir Sorgen über eine kindische Verliebtheit in einen gutaussehenden Ritter mache? Ich habe dich wegen seines Schwertes zur Rede gestellt. Nimm dich in acht, Helena: Wenn ich herausfinde, daß du mich in bezug auf Tankred anlügst, lasse ich dich bis zu deiner Abreise zu Kalid in deine Gemächer einsperren."

Helena wußte, daß sie Desinteresse vorschützen mußte. „Da Philipp ebenfalls will, daß ich Kalid heirate, sehe ich wenig Hoffnung. Mir bleibt keine andere Wahl, als zu kooperieren, bis, wie du sagst, meine Arbeit in Antiochia erledigt ist und die Stadt kapituliert." Sie erhob sich seufzend, um ihre Resignation zu unterstreichen.

„Daß du dich entschlossen hast zu kooperieren, ist lobenswert. Je früher du deine Aufgabe erledigt hast, um so früher kannst du in den Kaiserpalast zurückkehren. Und", fügte sie spitz hinzu: „Um so früher kannst du meinen Sohn an deine Brust drücken."

Helena sah ihr nach, wie sie auf die andere Seite des Zimmers zur Tür ging. Sie verbarg das Schaudern, das wie ein Pfeil ihr Herz durchbohrte.

Irene drehte sich noch einmal zu ihr um. „Es wird dich freuen zu hören, daß Philipp eine Leistung vollbracht hat, für die ihn der Kaiser reichlich belohnt hat. Dieser widerliche Normanne Bohemund wird ohne seine Armee nach Konstantinopel reiten. Er kommt mit einer Leibwache von acht Männern, um dem Kaiser den Lehenseid zu leisten."

Dann hat Tankred Erfolg gehabt, dachte Helena aufgeregt. Inzwischen wußte Bohemund von dem armenischen Spion, der ihm Antiochia ausliefern würde. Und Tankred würde bald Konstantinopel verlassen, um sich unauffällig in die Stadtmauern Antiochias zu schleichen. Ihre Gedanken rasten zu Onkel Nikolas. Sie hoffte, er wäre in Bohemunds Gefolgschaft. Sie konnte es sich kaum verkneifen, sich nach ihm zu erkundigen, aber damit würde sie nur Irene hellhörig machen. Sie schluckte die Worte hinab. Ruhig schaute sie ihre Tante an, die jetzt anscheinend in ihre eigenen Gedanken vertieft war.

„Du wirst der Zeremonie im Großen Palast morgen abend mit deiner Kusine Zoe beiwohnen", bestimmte sie und verließ den Raum.

* * *

Am nächsten Morgen stand Helena neben Zoe und den anderen Töchtern des Purpurnen Gürtels, einschließlich Prinzessin Anna Komnenos, der Tochter des Kaisers, und hielt aufgeregt nach Nikolas Ausschau. Anna hatte verkündet, daß sie eines Tages über die westlichen Fürsten und den Kreuzzug nach Jerusalem ein Buch schreiben würde.

Sie standen auf dem Balkon und beobachteten, wie Bohemund und seine normannische Gefolgschaft langsam das Augusteion hinab, am Senatsgebäude vorbei in Richtung des Kaiserpalastes ritten. Tankred würde ebenfalls mit Bohemund reiten. Helena hielt nach ihm und Apollo Ausschau, hoffte aber zugleich, daß er ihr Interesse nicht bemerken würde.

„Schau dir diesen Barbaren an", flüsterte Zoe ehrfürchtig. „Kein Wunder, daß er ‚Bohemund' genannt wird – Behemot würde genauso passen. Nennen wir ihn doch einfach Riese!"

Helena stimmte ihr insgeheim zu, denn der normannische Fürst sah mit seinen breiten Schultern und seinen muskulösen Armen überdurchschnittlich groß aus. Er trug keinen Helm, und sein goldblonder Kopf war stolz und aufrecht; sein gebräuntes Gesicht war im Gegensatz zu dem der byzantinischen Männer glattrasiert. Er trug einen mit Pelz gesäumten Mantel und strahlte eine nicht zu bestreitende Würde aus, aber gleichzeitig ging auch etwas Schlaues und Beängstigendes von ihm aus.

Helena hatte gehört, daß Bohemunds Zug durch Europa von vielen Kämpfen entlang des Weges gekennzeichnet gewesen war, ein großer Teil davon mit der Söldnerarmee des Kaisers, die im byzantinischen Grenzgebiet patrouillierte. Jetzt ritt er friedlich in das Zentrum des Byzantinischen Reiches und hatte ehrgeizige Pläne bei diesem Kreuzzug.

„Man sagt, er esse gern rohes Fleisch und reiße es mit den bloßen Händen auseinander", flüsterte Zoe mit glühenden Augen.

„Das ist dummes Gerede", flüsterte eine andere verächtlich. „Er ist mit Tankred verwandt. Ißt der denn sein Fleisch roh?"

„Es würde mich nicht stören, wenn er es täte", kicherte eine andere.

„Euer Geschnatter langweilt mich", schimpfte Helena. „Ihr seid wie zwitschernde Vögel, die nichts Besseres zu tun haben, als herumzulaufen und Abfallkrümel aufzupicken."

„Achtet nicht auf Helena", murrte Zoe verächtlich. „Sie lebt von ihrer Religion, und das macht sie selbstgerecht. Schaut nur! Da unten sind auch barbarische Frauen!"

Helenas Neugier an den normannischen Frauen war größer als ihre Neugier an Bohemund, denn Tankred hatte sich positiv über die Normanninnen geäußert.

Das Schweigen, mit dem die jungen Byzantinerinnen den Einzug der Normanninnen begleiteten, verriet, daß die Töchter des Purpurnen Gürtels mit Enttäuschung feststellen mußten, daß die normannischen Frauen genauso beeindruckend waren wie ihre Männer.

Helenas Blick fiel auf eine junge Frau, die an Tankreds Seite ritt. Sie saß aufrecht und stolz auf ihrem Pferd, und ihre flachsblonden Haare waren elegant geflochten. Ihre nördliche helle Hautfarbe und die gut geformten Wangenknochen und großen Augen zeigten eine Frau, die sowohl Tapferkeit als auch Schönheit besaß. Helena betrachtete sie kühl.

Das, dachte sie, waren also die Frauen und Töchter der Adeligen. Sie waren alle blond und, wie sie vermutete, blauäugig. Sie staunte darüber, daß sie ohne Sattel auf den Pferden ritten und offenbar problemlos mit den Männern mithalten konnten.

Wer war diese fürstlich aussehende Frau an Tankreds Seite?

Zoe beugte sich zu ihr herüber. Ihre Wangen waren vor Aufregung leicht gerötet. „Es sieht so aus, als habe der ‚Graf aus Sizilien‘ eine Bewunderin. Wer ist sie? Was meinst du?“

„Ich habe keine Ahnung“, flüsterte Helena. „Und es interessiert mich auch nicht.“

„Na, na –, vielleicht Bohemunds Tochter?“

„Bohemund ist doch noch nicht so alt. Er sieht nicht älter als fünfunddreißig aus“, bemerkte eine andere.

„Sie ist zu alt“, sagte Zoe mit spitzen Lippen. „Schaut sie euch doch nur an! Sie bekommt von der Sonne hier im Osten schon Falten.“

Lautes Gelächter strafte sie Lügen. „Alt, beim Zeus! Schau sie dir doch genauer an –, sie ist genauso schön wie jede Tochter des Purpurnen Gürtels –, einschließlich dir, Zoe.“

Zoe schnitt eine Grimasse. Dann zog sie impulsiv einen Armvoll süß duftender Blumen aus dem Krug auf dem Balkon und warf sie kühn hinab und Apollo, auf dessen Sattel sich Tankred dem Balkon näherte, vor die Füße.

Tankred lenkte Apollo herum, um zu verhindern, daß seine Hufe die Blumen zertraten, und schaute nach oben. Zoe winkte. Einige der anderen jungen Frauen lachten über ihre Kühnheit, aber Helena blieb ernst. Als seine Augen ihrem Blick begegneten, bemühte sich Helena, das seltsame Pochen in ihrem Herzen zu unterbinden.

Er lächelte, und entgegen ihrer Art – und vielleicht weil die normannische Frau sie ohne das leiseste Lächeln ebenfalls anstarrte – zog Helena eine einzige weiße Blüte aus einer Vase und warf sie zu ihm hinab.

„Helena –“, keuchte Zoe.

Die Blüte berührte ihn nicht, und sie konnte nicht sagen, was er dachte, denn genau in diesem Augenblick wurde sein Gesicht vom Schatten des Gebäudes verdunkelt.

Als sie sich ihrer Kühnheit bewußt wurde, wunderte sie sich über ihr Handeln und suchte schnell mit den Augen nach Onkel Nikolas. Ihr Herz jubelte! Ein gutaussehender, unbeugsamer Mann Mitte Vierzig ritt einige Pferdelängen hinter Tankred. Er lachte zu ihr hinauf. Offenbar hatte er gesehen, wie sie die Blume zu Tankred hinabgeworfen hatte. Sie lachte ebenfalls und winkte; dann zog sie viele Blumen aus einem Krug und warf sie hinab. „Onkel Nikolas!"

Er winkte und rief etwas zu ihr hinauf, aber sie konnte ihn nicht verstehen.

„Onkel Nikolas!" rief Helena mit Tränen in den Augen. „Willkommen zu Hause!"

Da sah sie, daß sich sein Gesichtsausdruck veränderte. Helena drehte den Kopf und sah Irene auf dem Balkon stehen und zu ihm hinabschauen. Sie strahlte goldenen Glanz aus.

Helena hatte Angst vor dem, was sie wohl im Gesicht ihres Onkels sehen würde, und warf ihm einen beunruhigten Blick zu, aber Nikolas schaute mit einem süffisanten Lächeln zu Irene hinauf. Mit einer spöttischen Geste hob er seinen weitkrempigen schwarzen Hut.

Helenas Magen zog sich empfindlich zusammen. Sie drehte sich wieder um, um Irenes Reaktion zu sehen. Das leidenschaftliche Aufflackern in Irenes bernsteinfarbenen Augen verblüffte Helena. *Irene und nicht Nikolas ist hier gerührt.*

Zum ersten Mal in ihrem Leben sah Helena etwas bei Irene, das sie noch nie bei dieser Frau erlebt hatte –, eine Leidenschaft, bei der sogar ihre Wangen erröteten.

Helena wollte der Atem versagen.

Nikolas schaute Irene, ohne eine Miene zu verziehen, an und ritt unter ihr vorbei. Irene trat an den Rand der Balustrade und folgte ihm mit den Augen, bis er hinter dem Senatsgebäude ihren Blicken entschwand.

Mit verkrampften Händen starrte Helena zu ihr hinauf. *Sie kann Nikolas nicht bekommen.*

* * *

An diesem besonderen Abend, an dem die Fürsten aus dem Westen dem Kaiser ihren Lehenseid leisten sollten, trafen ein Dutzend königlicher

Sänften ein, um Helena und die anderen Gäste zum Kaiserpalast zu bringen. Muskulöse Sklaven mit nacktem und ölig glänzendem Oberkörper trabten die Königsmeile hinab und trugen sie am Senatsgebäude vorbei zu der Stadt innerhalb der Stadt, dem sogenannten Großen Palast, aus zahlreichen Marmorsäulengängen, -galerien, Arkaden und Prunkbauten.

Das Augusteion, ein eindrucksvoller Platz, der von Säulengängen umgeben und im Süden und Westen vom Senatsgebäude und Kaiserpalast abgegrenzt war, stand in seinem Glanz dem Großen Palast in nichts nach. Auf der Anhöhe, die zum Marmarameer hinabfiel, bildeten Terrassengebäude aus Marmor und Ziegel den sogenannten Großen Palast. Seit den Tagen des römischen Kaisers Konstantin, der seinen Thron in die Stadt am Bosporus verlegt hatte, legte jeder seiner Nachfolger auf dem Thron Wert darauf, die großartige Residenz noch prunkvoller zu gestalten. Paläste, Empfangssäle mit goldenen Mosaiken, Pavillons, die von duftendem Grün umgeben waren, Unterkünfte für die Kaiserliche Garde, Bibliotheken, berühmte Bäder und Kirchen –, der Große Palast besaß allen Prunk, der für das zeremonielle Leben und die Kultur, mit der das Byzantinische Reich seine barbarischen Gäste in Staunen versetzte, wichtig war.

Während die Sterne auf sie hinableuchteten und sie das aufgeregte Geplapper und Lachen von Zoe und den anderen jungen Frauen hörte, sprudelte Helenas Herz vor Glück über. Sie sah zu, wie die Strahlen des Mondlichts zwischen den Wolken durchschimmerten und das Marmarameer wie unter einer goldenen Staubdecke funkeln ließ. *Nikolas ist hier,* jubelte ihr Herz wieder. Und sie und Philipp hatten heimliche Fluchtpläne, die Irene nicht entdeckt hatte. Was konnte noch schieflaufen? Es spielte keine Rolle, daß ein seltsames Ziehen in ihrem Herzen ihre Gefühle auf etwas anderes lenkte: blaugraue Augen, Haare in der leuchtenden Farbe von Herbstweizen und ein Lächeln, das seltsame Sehnsüchte in ihr weckte. Sie würde nicht darauf hören. Philipp war der Mann, den sie liebte. Wie konnte es auch anders sein? *Ich liebe ihn schon mein ganzes Leben lang,* dachte sie. *Es kann keinen anderen Mann geben.*

Ihre Sänfte hielt vor den Stufen zum Palast an. Sklaven kamen, um ihr herauszuhelfen, während der Duft der Judasblüten die Abendluft durchzog. Die klappernden Hufe der anrückenden Kaiserlichen Kavallerie verwandelte das Lachen in ein erwartungsvolles Schweigen. Helena schaute die breite Straße hinab, die von den brennenden Fackeln der Garde erhellt war und ihre schwarzroten Uniformen beleuchtete.

Tankred ritt in einer Gruppe junger griechischer Adeliger, die Philipps Kutsche eskortierten. Ihre Augen suchten gegen ihren Willen nach Tankred und Apollo. Sie redete sich ein, daß sie nur sehen wollte, wie vornehm ihr Pferd mit einem kaiserlichen Sattel aussah.

Aber ihre Augen richteten sich weniger auf den Hengst als auf Tankred, dessen Uniform seinen muskulösen Körperbau betonte. Mit dem Umhang und dem Federhelm ritt er vor Philipps Kutsche. Sie kniff die Augen zusammen. *Er stellt sein gutes Aussehen bewußt vor den Frauen zur Schau,* dachte sie. Noch nicht genug, daß sogar die Mätresse des Kaisers sich heimlich nach ihm erkundigte, wie Bardas ihr berichtet hatte! Er mußte auch noch Öl in das überhitzte Feuer gießen!

Als sich ihre Blicke trafen, hob Helena das Kinn. Tankred lächelte nicht, aber unter dem Blick, mit dem er sie ansah, errötete sie. Sie schalt sich für diese Reaktion und riß mit Mühe die Augen von ihm los. Sie durfte ihm nicht noch mehr Anlaß geben, ihre Liebe zu Philipp in Frage zu stellen.

Helena legte gelangweilt den Kopf schief und wedelte mit ihrem königsblauen Pfauenfächer.

Fürstin Irene traf in einer Sänfte ein. Ihr riesiger schwarzer Leibwächter namens Rufus saß auf einem eindrucksvollen weißen Pferd und trug ein Kettenhemd unter seinem vergoldeten Umhang. Er eskortierte sie wie eine Königin über den Hof des Marmorpavillons zu Philipp.

Als wäre Philipp der Kaiser, dachte Helena. *Und sie die Königinmutter!*

Soldaten und Sklaven waren überall und bewachten mit geübter Leichtigkeit und wachsamem Auge ihre Herren. Die Sklaven bewegten sich mit erhobenem Haupt und unübersehbarer Würde. Sie waren aufgrund ihrer Kraft und Schönheit ausgewählt worden, und ihre Anwesenheit war genauso unverzichtbar wie die eindrucksvollen griechischen Statuen, die unter den brennenden Fackeln und leuchtenden Laternen zu sehen waren.

Hoffte Irene, Nikolas wäre so kühn und würde hier erscheinen? Er war zu weise, um sich so töricht zu verhalten, tröstete Helena sich.

Ein schneller Blick über die versammelten Menschen verriet ihr, daß ihr Onkel nicht hier war. Sie vermutete, er würde sich so unauffällig und flüchtig wie ein Schatten verhalten und damit Irenes und Konstantins Unsicherheit verstärken. Da sie die Reaktion ihrer Tante auf Nikolas' Ankunft gesehen hatte, erwartete sie, daß wahrscheinlich Spione unterwegs waren, um ihn ausfindig zu machen.

Die Kutsche des Kaisers näherte sich, und die Kaiserliche Garde begab sich in Stellung. Die Prozession setzte sich in Bewegung, zog durch die Tore und dann mit unübertrefflichem Prunk die breite Straße unter den weißen Palastmauern hinauf. Als sie sich näherte, ließen Trompeten ihren Schall ertönen, und männliche Stimmen riefen donnernd wie aus einem Munde: „Heil dem Kaiser!"

Das elegante Klappern der Pferdehufe hallte in dem von Fackeln beleuchteten Zug wider. Helena glaubte irgendwie, daß Apollo mit seiner neuen Aufgabe zufrieden und stolz darauf war und auch seinen neuen Herrn akzeptiert hatte, der den Anschein erweckte, als besitze er das Pferd, auch wenn sie es ihm noch nicht geschenkt hatte. Das würde sie natürlich zum passenden Zeitpunkt tun. Vielleicht wenn sie sich auf der Burg Hohms endgültig voneinander verabschiedeten.

Die majestätischen Pferde liefen im Takt zu einem gleichmäßigen Trommelschlag. Ihre glänzenden Mähnen und Schwänze waren auf Hochglanz gebürstet worden und strahlten im Fackellicht. Sie waren reich mit goldenem und silbernem Schmuck verziert. Helena warf einen Blick auf Tankred, der mit militärisch korrekter Haltung in der Kaiserlichen Garde ritt, und fragte sich, wie es wohl wäre, wenn sie sich endgültig voneinander verabschiedeten. Sie hielt ihr Gesicht in den warmen Wind und weigerte sich, genauer darüber nachzudenken, warum dieser Gedanke sie beunruhigte. Sie war immerhin eine Tochter des Purpurnen Gürtels! Und er war ein Barbar!

Während die Prozession näher kam, zollten die Trompeten dem Kaiser mit lautem Schall ihren Tribut.

„Heil Kaiser Alexios! Er möge immer glücklich und siegreich sein! Heil dem Kaiser!"

Zoe stieß Helena in die Seite und holte sie in die Gegenwart zurück. Es war Zeit, die Empfangsreihe für den Einzug des Kaisers zu bilden.

„Heil dem Kaiser!"

Der jahrhundertealte Brauch bestimmte, daß er einen purpurfarbenen Umhang über eine Schulter geworfen hatte, der mit einer leuchtenden Perlenkette festgehalten wurde. Seine schweren dunklen Haare und sein kurzer Bart waren gelockt und geölt. Seine großen griechischen Augen waren ernst und tiefgründig.

Die Warängergarde eskortierte ihn durch die gebogenen Säulenhallen aus gemeißeltem Elfenbein in den Empfangssaal des Palastes, in dem die Fürsten aus dem Westen genötigt würden, ihm den Lehenseid zu leisten.

Als sie im Inneren des Palastes waren, blieb Helena, in ein nachdenkliches Schweigen versunken, stehen. Ihre Gedanken waren jetzt weit von den Belangen des Reiches entfernt und drehten sich um ihre persönliche Situation. Jeden Augenblick würden Philipp und Irene, von Rufus eskortiert, eintreten. Ihre Augen suchten immer noch vorsichtig nach Nikolas.

Ihr Herz schlug so schnell, daß ihr Kleid um ihre immer noch empfindlichen Rippen unbequem eng wurde. Das kaiserliche Byzanz diktierte, was sie und auch alle anderen, einschließlich des Kaisers, zu tragen hatten. An diesem Abend mußte sie sich ihrer Stellung entsprechend verhalten.

Sie trug ein violettblaues Kleid aus byzantinisch gemusterten Quadraten mit eingewebten Purpur- und Goldfäden, die den ganzen Stoff mit zarten Kreuzen durchzogen. Die übliche Schärpe aus purpurfarbener Seide unterstrich ihre schlanke Taille. Perlen waren modisch in ihre üppigen dunklen Haare geflochten und bildeten aus zwei Schlingen, die auf jeder Seite ihres Kopfes bis auf ihre Schultern hinabhingen, ein schimmerndes cremefarbenes Band, das bei jeder Bewegung ihres Kopfes tanzte.

„Sie ist schön“, flüsterte Zoe Helena ins Ohr. Helena folgte dem wehmütigen Blick ihrer Kusine zum Eingang. Irene trat in einem Kleid aus leuchtend goldener Seide ein. Edelsteine funkelten in allen Farben in ihren Haaren.

„Sie will die Aufmerksamkeit des Kaisers auf sich ziehen“, flüsterte Zoe. „Ich frage mich, ob sich Maria von Alanien heute abend zeigen wird. Ich habe gehört, daß sie unsere Tante verabscheut. Kannst du ihr daraus einen Vorwurf machen?“

Helena wußte um Irenes sorgfältig geplantes Vorhaben in die Schlafgemächer des Kaisers vorzudringen, und flüsterte: „Der Kaiser sollte seine Frau anschauen und bewundern.“

„Dein christlicher Glaube ist zu streng. Selbst Bischof Konstantin hat seine Affären.“

„Er ist kein Bischof. Er ist genauso fleischlich wie die Priester, die den alten Götzen dienen.“

„Wie selbstgerecht du klingst“, spottete Zoe. „Und wie ermüdend und langweilig.“

„Wahre Liebe kennt Treue und Hingabe. Und sie ist überhaupt nicht langweilig, sondern aufregend und spannend.“

„Woher willst du das denn wissen?“ stichelte Zoe.

„Glaubst du, der Kaiser würde Irene oder Maria auch nur eines Blickes würdigen, wenn sie durch eine Krankheit plötzlich schrecklich entstellt würden? Würde er ihre Hand an seine Lippen führen und schwören, es sei ihr Charakter, den er an ihnen schätzt? Nein! Er würde sich sehr schnell neue Schönheiten mit einem törichten Herzen suchen, die sich durch seine frivole Aufmerksamkeit geschmeichelt fühlen.“

„Du bist gerade die Richtige, um so zu sprechen! Läßt nicht Philipp, ohne auch nur mit der Wimper zu zucken, zu, daß du in das Bett eines moslemischen Prinzen verkauft wirst? Wenn Liebe Hingabe für einen Menschen bedeutet, dann liebt er dich nicht!"

Helena schaute Zoe an und wünschte, sie könnte ihr erzählen, daß Philipp sich geändert und edel gehandelt hatte, aber das konnte sie nicht.

Zoes helle Augen leuchteten triumphierend, und ihr Mund verzog sich selbstsicher, als sie den Kopf drehte und sich im Saal umschaute.

„Ich werde in Irenes Fußstapfen treten", verkündete Zoe.

„Und es dein Leben lang bereuen, daß du deine Unschuld einfach weggeworfen hast", stichelte Helena. „Du gehst einer Lust nach, die du nicht stillen kannst. Das, was dein Denken bestimmt, wird letztendlich auch durch dein Handeln sichtbar –"

„Spar dir diese Worte. Schau, Konstantin kommt."

Er ist aus Antiochia zurück. Helena drehte sich um und fühlte, wie ihr die Anspannung fast den Atem raubte. Sie warf einen Blick über den Marmorboden zum Eingang, wo der Bischof in Philipps und Tankreds Begleitung eintrat.

Helena und Zoe senkten respektvoll den Kopf, als der Bischof auf sie zutrat und sie begrüßte. Wie aus einem Munde sagten beide höflich: „Guten Abend, Herr Bischof."

Helena achtete sorgfältig darauf, daß ihre Miene gelassen blieb, als sie in sein aristokratisches Gesicht mit dem rotbraunen Bart schaute und sich mit einem leichten Frösteln an ihr Gespräch über ihre Mutter vor mehreren Wochen erinnerte. Was hatte er herausgefunden? Überhaupt etwas? Und wenn ja, würde er es ihr verraten? Sie schaute ihm forschend in die Augen, aber seine Gedanken blieben hinter einem dunklen Schatten verborgen.

„Helena, mein Kind, es freut mich zu sehen, daß du dich von deinem unglücklichen Reitunfall wieder gut erholt hast."

Sie tat, als bemerke sie das ironische Funkeln nicht, das in den Tiefen seiner Augen aufflackerte.

Er wandte sich an Philipp. „Ich habe gehört, daß du entsprechende Vorkehrungen für Helenas Fahrt nach Antiochia getroffen hast."

Philipps mißmutiger Blick verriet seine Anspannung in der Gegenwart seines Vaters.

„Prinz Kalid wird allmählich ungeduldig", sagte er mit ausdrucksloser Stimme. „Die Verzögerung aufgrund ihrer Verletzung wird nicht verstanden. Um ihn zufriedenzustellen, war es nötig, Helena früher, als eigentlich ratsam wäre, nach Antiochia zu schicken. Kalid versichert, daß moslemische Ärzte in der Ausübung ihres Berufes geschickter seien als westliche Ärzte und daß Helena mit äußerster Fürsorge behandelt wird."

„Wie ich höre, sind Sie auch in der Medizin bewandert, Tankred", sagte Konstantin in seine Richtung. „Wenn ich richtig informiert bin, sind wir Ihnen zu Dank verpflichtet."

Tankred hielt einen taktvollen Abstand zu den anderen und spielte die Rolle des desinteressierten und schweigenden Leibwächters. Sein gutaussehendes Gesicht spiegelte jedoch alles andere als Unterwürfigkeit wider, als seine Augen über Konstantin, Philipp und Zoe wanderten und dann auf Helena verweilten. Er verbeugte sich kurz vor ihr.

„Eine Kunst, die ich in Salerno von meinen maurischen Vorfahren gelernt habe. Daß ich mich für die künftige Prinzessin von Antiochia als nützlich erwiesen habe, erfreut mein Herz."

Helena erwiderte seinen Blick, als er sich vor ihr verbeugte. „Ich stehe in Ihrer Schuld, Herr Ritter", murmelte sie, zeigte aber keine weitere Reaktion.

Zoe starrte ihn wie eine hungrige Löwin an. Er erwiderte ohne jede Gefühlsregung ihren Blick, bis zwei rote Flecken auf ihre Wangen traten und sie die Augen von ihm abwandte.

Konstantin beobachtete Helena. „Hauptmann Redwan wird dich nach Antiochia begleiten, Helena. Du wirst einen vertrauenswürdigen Leibwächter als Hauptmann deiner Eskorte benötigen."

Helena fürchtete, ihre Stimme könnte sie verraten, und zog es daher vor zu schweigen. Er durfte keinen Verdacht schöpfen, daß Philipp sich diesen Plan in der Wachburg Herion ausgedacht hatte.

Philipp brach das Schweigen und wandte sich an Tankred. „Ihre Dienste haben sich als loyal und lobenswert erwiesen. Wenn Sie als Hauptmann die Eskorte begleiten, ist der Kaiser beruhigt und zuversichtlich, daß Helena unbeschadet in Antiochia ankommen wird."

Tankred verbeugte sich leicht. „Vielleicht wäre es aber trotzdem besser, wenn ein anderer diese Aufgabe übernimmt."

Helena wollte ihn entsetzt anstarren. Warum sagte er so etwas? Wenn er auf diesem Vorschlag beharrte, würde er alles in Gefahr bringen! In ihrer Angst, er könne ihre gut ausgeklügelten Pläne ruinieren, warf sie ihm einen entrüsteten Blick zu, stellte aber fest, daß seine Augen auf Konstantin gerichtet waren.

„Kalid ist mein Vetter aus der Familie meiner Mutter", erklärte ihm Tankred. „Er und ich sind Feinde. Vielleicht nimmt er Anstoß daran, daß ausgerechnet ich ihm seine Braut bringe. Vielleicht würde der Kaiser es vorziehen, wenn ich mit den Normannen reite. Die Stadt wird zweifellos für Ihren Kaiser erobert werden."

Konstantin betrachtete ihn einschätzend und wirkte leicht überrascht.

Erst jetzt begriff Helena, warum Tankred das gesagt hatte. Konstantin wußte bereits, daß er Kalids Vetter war, und er hatte das Thema offen angesprochen, um Konstantin damit zu entwaffnen.

In dem kurzen, aber angespannten Schweigen, das zwischen ihnen entstand, wagte sie kaum zu atmen und wartete nervös.

„Es besteht keine Veranlassung, Ihre Dienste abzulehnen, Hauptmann Redwan. Philipp hat klargestellt, daß es der ausdrückliche Wunsch des Kaisers ist, daß Sie die Eskorte anführen. Helenas sichere Ankunft und ihre Heirat mit Kalid ist für das Reich von entscheidender Bedeutung."

Konstantins Miene wurde selbstgefällig. „Zufällig hat der Kaiser mich ebenfalls gebeten, Helena unter Ihrem Schutz zu begleiten."

Helena konnte weder Philipp noch Tankred anschauen, da sie fürchtete, ihr Blick würde ihre Verzweiflung verraten.

Philipp wandte sich steif an seinen Vater. „Du reitest mit uns?"

Konstantin schenkte ihm ein kühles Lächeln. „Du freust dich nicht darüber?"

Philipps Mund wurde dünn. „Doch –, aber ja, natürlich. Deine Begleitung wissen wir sehr zu schätzen."

„Gut. Dann brechen wir in drei Tagen auf."

Unsere Pläne sind ruiniert. Helena fürchtete, daß sie blaß aussah, und wandte den Blick ab.

„Wir haben wichtige Kontaktpersonen in der Stadt, die mit Kalid und Kommandant Kerboga zusammenarbeiten", sprach Konstantin weiter. „Für den Fall, daß die Stadt kurz davorstehen sollte, den Kreuzfahrern in die Hände zu fallen, wurde vereinbart, daß sie vorher dir übergeben wird, Philipp." Er warf einen Blick auf Helena und richtete ihn dann wieder auf Philipp. „Ich werde in Antiochia bleiben, um mit dir zusammenzuarbeiten. Gemeinsam werden wir dafür sorgen, daß uns der Sieg nicht genommen wird."

Etwas funkelte in seinem Blick auf. Sie war sicher, daß er damit mehr meinte, als nur die Stadt den Moslems abzuringen. Er gab keine weitere Erklärung und verbeugte sich kurz. Dann erwiderte er ruhig den wütenden Blick seines Sohnes, dessen Lippen eine dünne weiße Linie bildeten.

„Du bist ein geschickter Diplomat", sagte Philipp mit kalter Stimme.

Konstantin schaute ihn scharf an. „Ich bin immer dein treuer Ratgeber. Es war nötig. Wir können es uns doch nicht leisten, daß unsere Pläne scheitern, nicht wahr?" bemerkte er bedeutungsvoll. Er deutete über den weiten Marmorfußboden zum Audienzzimmer. „Der Kaiser erwartet uns."

* * *

„Ein raffinierter Heuchler“, riß Tankreds leise Stimme Helena aus ihren Gedanken. Erst jetzt bemerkte sie, daß sie nicht allein war. Ihre besorgten Augen fuhren zu seinem Gesicht hoch, aber er schaute Bischof Konstantin nach, wie er sich würdevoll in Richtung der Adeligen verbeugte, die sich für die Ankunft des Kaisers versammelt hatten.

Tankred drehte den Kopf und schaute zu ihr hinab. Seine stürmischen blaugrauen Augen schauten sie direkt an. „Er hat bestimmt Wind von den Plänen seines Sohnes bekommen, mit Ihnen zu fliehen. Und er ist klug genug, Philipps Männer in der Eskorte gegen Soldaten auszutauschen, die ihm selbst loyal ergeben sind. Wir werden unsere Pläne wohl ändern müssen.“

Ein Frösteln durchfuhr sie wie ein eisiger Wind, der den Sommer an seinem Einzug hindern will. „Nein, das darf nicht sein. Es darf nicht sein. Unsere ganzen Pläne, unsere ganzen Hoffnungen sollen wieder zerschmettert werden?“

Ein leichtes, süffisantes Lächeln zog über seine Lippen. „Wir? Ich versichere Ihnen, Fürstin, Trauer ist das letzte Gefühl, das mich bewegt. Sie sollten dankbar sein, daß der Bischof heute abend gekommen ist und sich verraten hat, denn sonst wären wir wie Schafe zur Schlachtbank gegangen. Wenigstens sind wir jetzt vorgewarnt.“

Seine Worte stießen auf taube Ohren. „Vielleicht weiß er nichts“, widersprach sie ihm flüsternd. Sie weigerte sich, den Kelch der Niederlage zu trinken. „Vielleicht –“, begann sie hoffnungsvoll, aber Tankred unterbrach sie bestimmt und dieses Mal mit deutlicher Ungeduld über ihre Weigerung, das Offensichtliche zu akzeptieren.

„Er weiß es. Glauben Sie mir. Warum sonst hätte er es arrangiert, uns zu begleiten? Dieser Plan stammt einzig und allein von ihm. Er hat es selbst so eingefädelt. Nein –, sparen Sie sich Ihre Einwände. Ich bin sicher, daß der Kaiser ihn aufgefordert hat, mit uns zu reiten, aber vorher hat Konstantin ihm diese Idee in den Kopf gesetzt. Das ist eine Möglichkeit, wie er Philipp im Auge behalten kann.“ Er warf ihr einen forschenden Blick zu. „Aber trotzdem glaube ich, daß er noch andere Motive hat. Irgend etwas Persönliches treibt ihn zu diesem Schritt.“

Sie dachte an ihre Mutter und fuhr unbewußt mit der Hand an die Perlenkette an der Seite ihres Kopfes. „Für Philipp ist Konstantin keine Intrige und kein Opfer zu groß. Sein Erfolg bedeutet ihm alles, weil er damit auch seinen eigenen Erfolg und Irenes Erfolg sicherstellt.“

Helena konnte sehen, daß Tankred nicht überzeugt war.

„Vielleicht hat er aber auch noch andere Pläne. Haben Sie irgendeine Idee, wie diese aussehen könnten?“

Sie wich seinem Blick aus. Solange auch nur die leiseste Hoffnung bestand, daß Konstantin ihre Mutter finden und befreien könnte, wagte sie es nicht, seinen Zorn zu riskieren.

„Nein ...“, murmelte sie und haßte diese Lüge, denn sie brauchte Tankred. Eine innere Stimme warnte sie davor, nichts zu tun, womit sie sein Vertrauen und seine Bereitschaft, ihr schließlich doch zu helfen, verraten und aufs Spiel setzen würde. „Warum sollte ich irgendeine Idee haben, wie seine persönlichen Pläne aussehen könnten?“

Er betrachtete forschend ihr Gesicht, bis sie den Kopf abwandte.

„Ich dachte, Sie wüßten es vielleicht. Immerhin haben Sie bezahlte Informanten.“

„Nicht mehr“, sagte sie ausdruckslos. „Er ist tot. Ich glaube, das habe ich Ihnen bereits in der Wachburg erzählt.“

„Ich glaube, Sie haben mir auch erzählt, daß unser ehrwürdiger Bischof den armen Kerl umbringen ließ.“

„Bitte, müssen wir jetzt über so etwas sprechen?“ Ihre Verzweiflung wuchs. „Ich muß auf die Burg kommen. Was können wir denn tun, wenn er den Verdacht hegt, daß Philipp und ich fliehen wollen?“

Ein unerwarteter Anflug von Belustigung zog über sein Gesicht. „Sie könnten ihre Kindheitsträume, den Edlen zu heiraten, aufgeben.“

Außer sich vor Wut ballte sie die Fäuste. „Sie verspotten mich in einem solchen Augenblick, wenn ich vor Sorgen und Angst ganz krank bin?“

Er zeigte kein Mitgefühl, sondern lächelte nur freundlich. „Haben Sie keine Angst. Als Arzt ist es mir ein großes Anliegen, daß Sie wieder gesund werden. Ich brauche dazu nur eine gute Gelegenheit, die Sie mir aber verweigern.“

„Was Sie nicht sagen!“ Sie warf den Kopf zurück. Die Perlen tanzten.

„Ich habe Ihnen einmal gesagt, daß ich nichts, was ich als wertvoll erachte, kampflos einem Feind überlasse. Und Sie vergessen eines: Ich werde auch in Antiochia sein. Und Kalid und ich werden über Ihr Schicksal entscheiden, genauso wie die Normannen über das Schicksal der Stadt entscheiden werden.“

Diese kühnen Worte verblüfften sie. „Vorausgesetzt, daß ich überhaupt in Antiochia sein werde“, korrigierte sie ihn. „Das werde ich nämlich nicht.“

„Allerdings habe ich meine Bedenken wegen Antiochia. Kalid ist ein ungeduldiger Mann. Eine Warnung: Sie dürfen ihn nicht reizen. Kalid vergeudet keine Zeit damit, so zu tun, als wäre er ein galanter Mann. Er würde sehr schnell dafür sorgen, daß Sie in seinem Harem verschwinden, statt seine Prinzessin zu werden."

Helena errötete. „Mein christlicher Glaube gebietet etwas anderes. Ich werde mir lieber das Leben nehmen, als mich der unmoralischen Einrichtung eines Harems zu unterwerfen."

„Geben Sie mir wenigstens Zeit, um dorthin zu kommen. Mein Krummschwert wird uns einen Fluchtweg freikämpfen."

Bei seinen kühnen Worten zog sie die Augen zusammen. „Ich werde schon vorher mit Philipp fliehen – wie auch immer!"

„Nikolas verbietet Ihnen vielleicht eine Heirat mit Philipp genauso vehement wie Fürstin Irene, wenn auch aus anderen Gründen. Er ist hier, und als sein geliebter Patensohn habe ich ihm meine Bedenken hinsichtlich Ihrer Zukunft als Braut des Edlen Philipp nicht vorenthalten."

„Wie freundlich von Ihnen, Herr Ritter", bemerkte sie zynisch. „Ich möchte Sie bitten, sich nicht in meine privaten Angelegenheiten einzumischen, wenn es um den Mann geht, den ich heiraten möchte."

„Es ist die Pflicht eines Ritters, einem Fräulein zu Hilfe zu kommen, das verwirrt und irrigerweise in einen Kriegshelden verliebt ist."

Ihre Nägel gruben sich in ihre Handflächen. „Ich bin weder verwirrt, noch ver..." Sie brach ab und machte ihrer angestauten Enttäuschung in einem vernehmbaren Ausatmen Luft. Sie hob den Kopf, um zu bekräftigen, daß sie immerhin Helena vom Hochadel war, eine Tochter des Purpurnen Gürtels.

„Wo ist Nikolas?" fragte sie schnell und konnte es nicht erwarten, von Tankred fortzukommen. Wenn sie überhaupt verwirrt war, dann wegen ihrer unfreiwilligen Reaktion auf sein gutes, männliches Aussehen und Auftreten.

„Er geht seinen Feinden aus dem Weg –, von denen Irene, die goldene Göttin, wahrscheinlich am gefährlichsten ist, vermute ich", sagte er trokken. „Sie hat Spione ausgeschickt, die ihn suchen. Nikolas kommt statt dessen zu Ihnen."

„Wo kann ich ihn erwarten?"

„Er warf einen Blick in Fürstin Irenes Richtung. „Dort, wo Sie ihn am wenigsten erwarten würden. Im Lysanderpalast. Bardas wartet auf Sie und wird Sie dorthin bringen."

Solange sie die Gelegenheit hatte, ungesehen davonzuhuschen, drehte sie sich um und wollte sich eilig in Richtung Ausgang bewegen."

„Warten Sie!" Seine Hand ergriff ihren Arm.

Ihre Augen schauten ihn zweifelnd an. Sie spürte die Kraft und Wärme seiner Hand. „Warnen Sie ihn vor Konstantin. Erzählen Sie ihm, daß Philipps Soldaten wahrscheinlich durch Konstantins Männer ersetzt werden. Ich werde noch heute abend zu Ihnen beiden in Ihrem Familienpalast stoßen. Wir werden uns neue Pläne einfallen lassen müssen."

Ihre Augen erwärmten sich mit neuer Hoffnung. „Dann . . . haben Sie Ihre Meinung nicht geändert, daß Sie mir helfen wollen? Sie werden einen Weg finden, um mich auf die Burg zu bringen, damit ich dort auf Philipp warten kann?"

„Ich werde Ihnen helfen, ja, und versuchen, Sie auf die Burg zu bringen, aber ob ich das tue, um Sie mit Philipp zusammenzubringen, überlasse ich Nikolas' Entscheidung."

„Nikolas wird zustimmen. Sie werden schon sehen. Philipp ist –"

„Und jede Hilfe, die Philipp von mir bekommt, geschieht nicht um seinetwegen. Zu meinem Pech sind der Edle und ich aus der Not heraus aufeinander angewiesen. Sie vergessen: Er hat den Mörder, der Derek auf dem Gewissen hat. Und Mosul ist der einzige Mann, der meine Unschuld an dem Mord bezeugen und damit meine Zukunft retten kann –, was Philipp nur allzugenau weiß. Wie Sie schon sagten –", kam seine sarkastische Stimme „er ist ein galanter und bewundernswerter Mann, der Ihrer Hingabe und Ihrer größten Leidenschaft würdig ist."

Ihre Wangen glühten. Sie erinnerte sich mit einem Stich im Herzen daran, daß Philipp den Mörder dazu benutzte, um Tankred Daumenschrauben anzulegen, damit er als sein Söldner Kalid tötete.

„Sie sind sicher, daß Sie Ihre Liebe weise verteilen?" kam seine leise Stimme. „Er ist eines solchen Vertrauens und dieser Liebe nicht wert."

Sie konnte ihm nicht in die Augen schauen. Ihr Herz pochte immer lauter in ihren Ohren.

Er betrachtete die Perlenkette. „Er ist der falsche Mann für Sie. Genauso falsch wie Kalid."

Gegen ihren Willen erwärmte ein inneres Feuer ihre Wangen. Ihre Gefühle drohten, ihren Willen vollkommen zu überrollen. Um zu überleben, zog sie sich hinter der arroganten Maske von Helena vom Hochadel zurück. „Herr Ritter, Sie haben Ihre Meinung über mich doch bestimmt nicht geändert?" fragte sie mit würdevoller, aber gleichzeitig spöttischer Stimme.

Eine entwaffnend unschuldige Miene und ein attraktives Lächeln lagen auf seinem Gesicht. Offenbar durchschaute er ihre Taktik. „Meine Meinung über Sie, Fürstin? Ich falle vor Ihren Füßen nieder! Ich würde dafür sorgen, daß Kalids Kopf auf einer Stange durch die Straßen getragen wird! Vielleicht auch Philipps Kopf ... Ich schwöre Ihnen meine unerschütterlichen Dienste! Als Ritter bin ich bereit, mich auf Zeus' Altar opfern zu lassen, um zu verhindern, daß der purpurfarbene Samt Ihres Rockes den gewöhnlichen Schmutz auf der Straße berührt! Verlangen Sie von mir, was Sie wollen –, es gehört Ihnen, bis zur Hälfte meines Reiches!"

Sie widerstand dem Drang, über seine absichtlich absurde Äußerung laut zu lachen. Es hatte sie in der Wachburg irritiert, als er leichthin verkündet hatte, daß er nie den Wunsch hätte, sie zu heiraten. „Sie sind unmöglich, Tankred. Soll ich diese Veränderung ernst nehmen? Sie sagten in der Wachburg, daß Sie nicht die Absicht hätten, sich in ein verwöhntes byzantinisches Fräulein zu verlieben. Erinnern Sie sich?"

„Natürlich. Aber nachdem ich Sie zweimal vor den Rheinländern gerettet habe, fühle ich eine gewisse Verpflichtung, bei Ihrer Zukunft ein Wort mitzureden –, selbst wenn ich Sie nicht für mich selbst will, würde ich Sie für einen Ritter retten, der würdiger ist als ich. Für jeden, nur nicht für Philipp."

Sie zog die Augen zusammen. Er deutete immer wieder an, daß ihm etwas an ihr liege, und wies sie im nächsten Atemzug mit deutlichem Desinteresse wieder ab.

„Ein Wort mitreden bei der Frage, wen ich heiraten sollte? Sie scherzen." Sie brachte ein leises Lachen zustande. „Seit wann würde ich *Ihnen* erlauben, bei *meiner* Zukunft mitreden zu dürfen?"

Er lächelte. „Vielleicht ist es nicht so sehr eine Frage, was Sie sagen, sondern Nikolas' Entscheidung. Ich könnte nie zulassen, daß die Nichte meines geistlichen Vaters verabscheuungswürdigen Hunden in Purpuruniform oder mit einem Turban auf dem Kopf zum Opfer fällt."

„Sie können Ihr ritterliches Pflichtbewußtsein vergessen, Herr Ritter. Ich will es nicht, und auch nichts anderes, das aus dem barbarischen Westen kommt."

„Nein? So schnell ändert sich das? Erst vor wenigen Wochen haben Sie es mit Gottfrieds ganzer Armee aufgenommen, um mich um meine Dienste anzuflehen!"

„Ich habe Sie nicht angefleht."

„Aber das war natürlich, bevor Philipp einfach auftauchte und Sie ihm zu Füßen gefallen sind! ‚Oh, wunderbarer Mann, ich liebe dich!'"

„Das habe ich nicht! Er hat sich vor mir gebeugt."

„Wirklich? Sie haben sich doch in seine Arme geworfen. Philipp läßt sich von nicht viel mehr als von seinen eitlen Träumen nach Ruhm und Macht bewegen. Er ist genauso sehr ein Sklave wie die Leute, die hier mit den Tabletts herumgehen. Er könnte Konstantinopel nicht den Rücken kehren und sich damit zufriedengeben, nur Sie zu haben. Können Sie denn nicht sehen, wie er es gedreht und gewendet hat, bis er einen teuflischen Weg fand, die Gunst des Kaisers zu gewinnen und Sie dabei zu behalten? Seine ehrgeizige Logik entspricht seinem byzantinischen Naturell. Ich bin der Köder, den er den Bären vorwirft. Ganz der Feigling, der er ist, schaut er von der Zuschauertribüne aus zu, während von mir verlangt wird, für ihn Kalid zu töten."

Helenas Atem ging schneller. Ihre Hände wurden eiskalt, ihre Handflächen wurden feucht. „Das höre ich mir nicht an!"

„Ich könnte Ihnen noch viel mehr sagen, wenn Sie mir zuhören würden."

„Nichts als Lügen, Eifersucht, Neid!"

„Ich? Ich bin zweimal in die Arena gestürmt, um Ihr hübsches Gesicht zu retten, und welchen Lohn haben Sie mir als Dank dafür geboten –, eine Burg! Edelsteine! Gold!" spottete er.

„Oh – aber Sie sind so ritterlich und ehrenwert, Herr Ritter, daß Sie nichts anderes von mir wollen –, erinnern Sie sich?" stichelte sie sarkastisch.

Sein Blick wanderte von ihren Augen zu ihren Lippen.

Sie hob den goldenen Fächer vor ihr Gesicht. Ihre Augen beobachteten ihn über den Rand hinweg. „Sie können Ihr Pflichtgefühl und Ihre Meinung für sich behalten", murmelte sie atemlos. „Ich biete Ihnen nichts an."

„Ich muß mich also mit einer Burg zufriedengeben?" kam seine gespielte Enttäuschung.

„Ich höre mir kein Wort mehr über Ihre romantischen Gefühle an, Herr Ritter."

Er zog eine Braue in die Höhe. „Von meinen romantischen Gefühlen haben Sie noch kein Wort gehört. Sollte der Augenblick jedoch einmal kommen, verspreche ich Ihnen, daß Sie nicht enttäuscht sein werden."

„Es kann sein, daß ich Philipp sage, er soll eine andere Eskorte aufstellen, die mich zur Burg Hohms bringt. Sie werden ziemlich lästig."

„Das würde mich zutiefst enttäuschen. Damit rauben Sie mir zwei Wochen, in denen ich unter den Wüstensternen reiten und an einem Lagerfeuer essen und Sie dazu überreden kann, daß Sie sich den richtigen Mann als Geliebten und Herrn suchen."

„Nur zwei Wochen?" brachte sie mit leicht spöttischer Stimme über die Lippen.

„Ich werde zu sehr damit beschäftigt sein, Sie zu beschützen. Schneller werde ich es nicht schaffen, Sie zu überreden. Ja“, sagte Tankred und tat, als müsse er angestrengt nachdenken. „Zwei Wochen.“

Ihr Atem stockte –, sie riß die Augen von ihm los, drehte sich auf dem Absatz um und schritt hoch erhobenen Hauptes schnell zur Tür, die in den Garten hinausführte. Dabei tanzte ihre Perlenkette in königlichem Pink.

Ihr Herz schlug viel zu schnell. Im Türrahmen blieb sie stehen und drehte noch einmal den Kopf nach ihm um.

Er verbeugte sich tief in der Hüfte, als wäre sie die Kaiserin.

Helena wirbelte herum und eilte hinaus in den abendlichen Duft. Sie atmete die kühle Luft ein und fächerte sich rasch frische Luft zu.

13. Die goldene Mätresse und der weiße Bischof

Kaiser Alexios Komnenos war es gelungen, die westlichen Armeen voneinander zu trennen, indem er die Fürsten bei ihrer Ankunft aus Europa einzeln empfing. Er machte ihnen Goldgeschenke und ließ dann ihre Armeen über die Meerenge in ein vorher festgelegtes Lager an der kleinasiatischen Küste verfrachten. Das alles hatte er bereits vor der Ankunft der Normannen veranlaßt. Somit verhinderte er, daß sich die Armeen aus dem Westen vor seinen Stadttoren verbündeten und mit gierigen Blicken Konstantinopel um seinen Reichtum beneideten.

Jetzt, da Bohemund angekommen war, wurde die bereits angekündigte Stunde, in der sich alle Fürsten im Palast versammelten, festgelegt. Mehr Goldgeschenke wurden den Fürsten überbracht, während an die Armen, die zu Fuß unter der Standarte des Fürsten unterwegs waren, großzügig Kupferkessel verteilt wurden. Dann riefen die kaiserlichen Herolde die Anführer zu der großen Versammlung im Kaiserpalast zusammen.

Tankred stand mit vorgetäuschtem Ernst in dem königlichen Empfangssaal, in dem auf allen Seiten Gold und Marmor prunkvoll funkelte.

Einer nach dem anderen wurden die unbeugsamen Kreuzfahrerfürsten von der Kaiserlichen Garde in den Saal geführt –, einige mit mißmutigen Gesichtern, andere mit gespieltem Ernst; Robert, der Graf der Normandie, der Sohn Wilhelms des Eroberers; der normannische Fürst Bohemund, ein Enkelsohn Wilhelms; Herzog Gottfried von Niederlothringen mit seinen zwei Brüdern, den Fürsten Balduin und Eustachius; Graf Raimund von Toulouse; Hugo, Graf von Vermandois und Bruder des Königs von Frankreich; Adhémar, Bischof von Le Puy und offizieller päpstlicher Legat bei diesem Kreuzzug; und Peter, der Eremit, der dem Massaker an der Bauernarmee in Anatolien vor mehreren Monaten entkommen war.

Tankred schaute zu, wie sie sich mit ihren obersten Männern versammelten, die alle eindrucksvoll in feinen Mänteln mit Goldrand und Hermelinpelzen gekleidet waren und ihre Schwerter umgeschnallt hatten. Er wußte, daß die meisten von ihnen es mit dem Lehenseid an den Kaiser nicht übermäßig ernst meinten, sondern vielmehr aus taktischen Gründen einwilligten, viele von ihnen murrend. Einige, wie Bohemund, hatten sich aus persönlichen Interessen bereit erklärt, den Eid zu leisten. Tankred wußte, daß Bohemund sich darauf konzentrierte, Antiochia zu beherrschen.

Außer Graf Raimund, dem ältesten der Kreuzfahrerfürsten, brachten die meisten der eifrigen Ritter dem Byzantinischen Reich und seinem Kaiser wenig anderes als heimliche Verachtung entgegen.

Sklaven mit goldenen Stäben bahnten Herzog Gottfried einen breiten Weg durch die Menge, die sich auf dem Augusteion aus weißem Marmor in der Nähe des Thrones versammelt hatte. Während aus der Ferne Musik erklang, beugte sich Kaiser Alexios auf seinem Thron vor, um seine „neuen Söhne" mit einem Friedenskuß zu begrüßen.

Tankred sah, wie sich der überhebliche und temperamentvolle Herzog Gottfried steif auf ein Knie beugte.

Der Kaiser sprach herzlich: „Ich habe gehört, daß Sie ein Mann sind, dem man voll und ganz vertrauen kann, der mächtigste Ritter und Fürst Ihres Landes.

So nehme ich dich als meinen Sohn an. Ich setze mein Vertrauen in dich, daß durch dich mein Reich erhalten und die früheren Grenzen meines Landes wiederhergestellt werden."

Gottfried legte seinen Eid ab, hielt sein Schwert hoch und küßte das Knie des Kaisers.

Als der Herzog aufstand und in den Empfangssaal begleitet wurde, wo er warten sollte, folgten ihm Sklaven mit Geschenken aus Gold, feinen Gewändern und edlem Wein. Von vielleicht größerem Wert als diese Geschenke waren für die Fürsten die versprochenen Pferde und Lebensmittelmärkte, die so weit wie möglich entlang ihres Weges nach Jerusalem eingerichtet werden sollten. Der Kaiser schwor, daß er „die Kreuzfahrer, die nach ihnen kämen, schützen" und ihnen mit byzantinischen Streitkräften zu Land und auf dem Wasser im Kampf beistehen würde.

Das waren seine Worte. Tankred zweifelte, ob diese Unterstützung auch dann noch bestehen würde, wenn die Fürsten sich weigerten, Land, das sie von den Türken eroberten, dem Kaiser zu übergeben. Er verstand inzwischen die Gedankengänge des Kaisers so gut, daß er glaubte, Alexios würde keine Sekunde zögern, sie von Nahrungsmitteln abzuschneiden, falls sich ihre Lehenseide als unzuverlässig erweisen sollten. Sollte das geschehen, dann würden Hungersnöte und Seuchen zum größten Feind der westlichen Armeen werden, denn die Moslems würden bei einem Rückzug lieber ihre Felder niederbrennen und ihre Häuser zerstören, als den verachteten Christen ihre Sachen zu überlassen.

Während Tankred noch über die zu erwartenden Schwierigkeiten bei diesem Kreuzzug nachsann, erregte eine Bewegung bei den Türen zum Pavillonhof seine Aufmerksamkeit. Es war nur ein normannischer Soldat, der dort herumlungerte und seine Blicke durch den königlichen Saal schweifen ließ, aber dieser Mann weckte irgendwie unangenehme Erinnerungen in Tankred. Bald bemerkte er, daß der Mann ihn beobachtete.

Ihre Blicke trafen sich. Der Soldat drehte sich schnell um und ging dann wieder in den Hof hinaus. Tankreds Unbehagen wuchs. Mit einem Blick in die Richtung, wo Bohemund noch vor wenigen Augenblicken gestanden hatte, sah er, daß er und Graf Raimund von Toulouse zusammen mit dem Kaiser den Saal verlassen hatten. Jetzt fiel es ihm ein: Der Soldat, der an der Tür gestanden hatte, war bei seiner Auseinandersetzung mit Norris im normannischen Lager in der Gefolgschaft seines Vetters gewesen.

Seine Vettern waren hier. Vielleicht auch Walter. Aber Bohemund war nicht da. Wenn er nicht in der Gesellschaft des normannischen Fürsten war, würde sein Onkel nicht zögern, ihn ergreifen zu lassen. Tankred könnte Bohemunds Schutz suchen, aber dazu blieb ihm keine Zeit mehr.

Tankred bewegte sich langsam auf die gegenüberliegende Tür zu. Er blieb abrupt stehen, als sich ihm ein Normanne mit harten Gesichtszügen, rötlicher Gesichtsfarbe und einer graublonden Haarsträhne über der Stirn in den Weg stellte. Walter von Sizilien stand vor ihm und ließ ihn nicht aus den Augen. Seine hellblauen Augen waren unnachgiebig. Hinter seinem Onkel versammelten sich mehrere Redwanvettern, aber weder Norris noch Leif waren darunter. Warteten sie an einer anderen Stelle? Oder wußten sie nichts von dem, was hier vor sich ging?

Tankreds Blick wanderte kurz durch den Saal zu einer offenen Terrasse, die in einen Garten hinabführte. Walters Blick wanderte ebenfalls zu der Terrasse, als folgten seine Gedanken Tankreds Überlegungen. Diese Gedanken schienen ihm aber überhaupt nicht zu gefallen. Er gab seinen Männern, die auf der anderen Seite des großen Saales standen, ein Zeichen, woraufhin diese begannen, sich ebenfalls in dieselbe Richtung zu bewegen. Aber sie gingen nur zögernd vor, da der Zutritt zu der Terrasse nur den Soldaten des Kaisers gestattet war.

Tankred mußte vorsichtig sein. Warteten sie bei den Ställen, wo Apollo stand? Er mußte zu Fuß entkommen und später zurückkehren und sein Pferd holen.

Tankred bewegte sich schnell durch die Menge in Richtung des Fensters. Die normannischen Soldaten, die Walter unterstanden, zogen sich eilig durch die Eingangstüren zurück und hofften, ihn im Garten zu überholen. Er schwang sich auf die Balustrade, hielt sich an einem Ast fest und begann, hinabzuklettern.

Wenn sein Onkel ihn jetzt erwischen würde, wäre er eine leichte Zielscheibe. Die Sträucher unter dem Baum waren dunkel und ruhig. Er landete auf den Füßen im Garten.

Hinter sich hörte er Schritte. Sie waren nicht mehr weit. Tankred flüchtete durch die Bäume, sprang über niedrige Sträucher und kam an eine Mauer. Sie war hoch –, er sprang, hielt sich oben fest und zog sich hinauf. Als er sich gerade auf der anderen Seite auf die Erde fallen lassen wollte, erstarrte er. Unter ihm schaute ein byzantinischer Soldat überrascht zu ihm hinauf und zog dann seine Waffe.

„Das ist Privatgelände!"

„Ich stehe im Dienst des Kriegsministers. Ich brauche Ihre Unterstützung."

Der Soldat trat auf ihn zu und hob sein Schwert, zögerte aber, als er Tankreds byzantinische Uniform bemerkte. „Aber Sie sprechen die Sprache eines Normannen."

„Ich spreche auch Griechisch", erwiderte Tankred in der Sprache des Mannes. „Schnell, wie komme ich von hier zu den Soldatenunterkünften?"

Der Mann blieb argwöhnisch. „Die Normannen sind gekommen. Ihr Fürst, Bohemund, hat dem Kaiser den Treueeid geschworen. Haben Sie heute nacht auch geschworen?"

„Mit tiefster Hingabe!"

Der Soldat ließ sein Schwert sinken und trat zurück. Tankred sprang auf die Erde.

Als er das Rascheln und Klappern laufender Füße hinter der Mauer hörte, änderte der Soldat seine Meinung schnell wieder. Er wollte gerade laut rufen, als ein Mann von kirchlichem Rang zwischen den Bäumen auftauchte. Er trug einen schwarzen Reitumhang und ein Kettenhemd. Mit einem gezielten Schlag mit der Hand traf er den Wachmann am Hinterkopf. Dieser sackte ins Gras.

„Es wurde auch Zeit, daß du auftauchst", sagte Tankred trocken. Nikolas zog eine Braue in die Höhe.

„Ich dachte, du kämst mit solchen Kleinigkeiten allein zurecht, mein Sohn."

Tankred warf ihm einen vielsagenden Blick zu. Nikolas lächelte und zog den bewußtlosen Soldaten unter die Büsche. Er berührte Tankreds Schulter. „Komm! Helena wartet bei den Pferden."

Sie liefen quer durch den Garten und suchten dabei Deckung unter den Zweigen, bis sie schließlich auf der anderen Seite herauskamen. Hier standen eindrucksvolle Gebäude mit hohen Mauern, die mit großen Scheiben und riesigen Kuppeln verziert waren.

„Weißt du, wo wir sind?“ keuchte Tankred.

Nikolas schaute ihn über seine Schulter an. „Du vergißt, daß ich in Konstantinopel geboren und aufgewachsen bin!“

„Das könnte ich nie vergessen –, Helena erinnert mich ständig daran.“

„Walter und deine Vettern suchen dich überall“, sagte Nikolas. „Es ist wahrscheinlich zu gefährlich, zu den Unterkünften der Kaiserlichen Garde zurückzugehen.“

Sie schritten schnell durch den Hof und warfen vorsichtige Blicke auf die hohe Hecke, hinter der jederzeit bezahlte Mörder lauern konnten. Plötzlich bog Nikolas auf einen freien Weg, der von hellen Fackeln beleuchtet wurde. Überall waren Soldaten zu sehen.

Tankred schritt ungezwungen neben ihm her und warf dabei unauffällige Blicke auf die patrouillierenden Soldaten. Bildete er sich nur ein, daß die Augen starker Männer mit Schwertern auf ihn gerichtet waren? Wie viele waren wirklich seine Freunde? Wie viele würden sich gegen ihn stellen, wenn sie eine Gelegenheit dazu bekämen? Obwohl er ihrem Kaiser und dem Kriegsminister diente, fühlte er die Abneigung einiger Männer, die auf seinen schnellen militärischen Aufstieg eifersüchtig waren. „Ich hoffe, du weißt, was du tust.“

„Vertraue mir.“

Hätte er Nikolas nicht so gut gekannt und an seine Fähigkeiten als Soldat geglaubt, dann hätte sich Tankred geweigert, sich von ihm führen zu lassen. Nikolas war jedoch kein verweichlichter Priester mit dickem Bauch. Zu seiner Kleidung, die zur Hälfte die eines Geistlichen und zur Hälfte die eines Soldaten war, gehörte sowohl das rote Kreuzfahrerkreuz, das auf seine schwarze Lederweste gestickt war, als auch ein normannisches Schwert, das in seiner Scheide steckte.

Trotzdem blieb Trankred abrupt stehen, als vor ihnen ein großer kahlköpfiger Mann aus dem Schutz der dunklen Sträucher auftauchte. Nikolas blieb ebenfalls stehen. Tankreds Hand fuhr zu seiner Klinge, aber Nikolas hob einen Arm und hinderte ihn daran, sie aus der Scheide zu ziehen.

„Es ist Bardas.“

„Ich traue ihm nicht. Er ist mir ein Dorn im Auge, seit ich deine Nichte das erste Mal gesehen habe.“

Nikolas grinste. „Die Bärenmutter knurrt und kämpft, um ihr Junges zu beschützen. Reg dich nicht darüber auf. Ich habe nach ihm geschickt.“

„Das war ein Fehler." Aber als Nikolas unbeirrt weiterschritt, blieb Tankred nichts anderes übrig, als ihm vorsichtig zu folgen.

Als Bardas Nikolas sah, kam er ihnen entgegen: Zum ersten Mal sah Tankred ein warmes Lächeln auf dem breiten Gesicht des Eunuchen. Er zupfte begeistert an seinem Schnurrbart.

„Seien Sie gegrüßt, Herr Nikolas! Die Götter freuen sich, daß Sie wieder in Konstantinopel sind!"

„Ein Gott, Bardas! Der eine wahre und lebendige Gott. Vergiß das nicht."

„Ja, Herr Nikolas", verbesserte er sich eilig. „Ein Versprecher."

Tankred betrachtete ihn aufmerksam. Er hatte noch nie gesehen, daß Bardas so schnell reagierte und so bereitwillig einem Mann Respekt entgegenbrachte. Er beurteilte die Situation und kam zu dem Schluß, daß man Bardas trauen konnte, wenn er irgendwelche Befehle von Helenas geliebtem griechischen Onkel ausführte, selbst solche Befehle, die Tankred miteinschlossen.

Zu seiner Überraschung griff Bardas hinter sich in die Sträucher und holte Tankreds Tasche und seine Sachen hervor, die er aus seiner Unterkunft geholt hatte, aber er schenkte Tankred nicht die geringste Beachtung, sondern erklärte Nikolas schnell, wo die Pferde versteckt waren und wo Helena auf sie wartete.

Tankred untersuchte kurz seine Sachen, um sicherzugehen, daß alles da war. Anscheinend hatte Nikolas Bardas den Befehl gegeben, seine Sachen zu holen.

Nikolas bückte sich neben ihm und sagte leise: „Unsere Pläne haben sich geändert und müssen noch heute nacht durchgeführt werden. Du mußt ohne mich weitermachen. Ich vertraue dir Helenas Leben an."

„Hat sie dir von Konstantin erzählt?"

Ein Anflug glühender Wut zeigte sich in Nikolas' dunklen Augen. „Ja. Du hattest recht, ihm zu mißtrauen. Philipp hat mir eine Nachricht geschickt und mich gedrängt, noch heute nacht ohne ihn aufzubrechen."

Er war überrascht, daß Philipp zu solcher Uneigennützigkeit fähig war. „Wo ist er?" fragte er vorsichtig.

„Immer noch beim Kaiser. Konstantin und Irene beobachten jeden seiner Schritte."

Tankred hatte seine Zweifel an Philipp, aber davon hatte er Nikolas bereits im normannischen Lager in Kenntnis gesetzt. Jede weitere Warnung könnte Nikolas veranlassen, Tankreds Schlußfolgerungen seiner Eifersucht zuzuschreiben. Trotzdem konnte er sein eigenes Mißtrauen gegenüber Philipp nicht von sich abschütteln.

„Aber sie ins Lager der normannischen Armee bringen zu lassen? Ist das weise?“

„Wir haben keine andere Wahl. Konstantin läßt bestimmt den Weg zur Burg beobachten. Jeden Augenblick ist dort mit einem Hinterhalt zu rechnen. Die lange Reise wird uns Zeit geben, dafür zu sorgen, daß sie dem Lehnsherrn der Burg Hohms sicher übergeben wird, wenn unsere Gegner es am wenigsten erwarten.“

Sie standen auf. Um sie herum war alles dunkel. „Rolf Redwan wird sie gut beschützen können, bis die Kreuzfahrer Antiochia einnehmen. Darin wirst du mir doch bestimmt recht geben“, meinte Nikolas.

Tankred zögerte und war immer noch unsicher. Es gäbe Kämpfe unterwegs, und die Armee war kein Platz für eine Frau von Helenas Erziehung und Kultur. Er konnte sich vorstellen, daß sie sich bei den Schwierigkeiten auf dem Weg und den Entbehrungen, die sicher kommen würden, bald beklagen würde.

Tankred überlegte, daß im Lager genauso byzantinische Spione sein konnten wie auf dem Weg nach Antiochia. Ihm gefiel der Plan nicht. Außerdem hatte er nicht beabsichtigt, mit der normannischen Armee zu ziehen. Allein käme er schneller voran und könnte lange vor ihnen Antiochia erreichen, ohne von den Seldschukentürken bemerkt zu werden. Er war sich der Tatsache bewußt, daß Antiochia sich angesichts der anrückenden Kreuzfahrer nicht einfach ergeben würde, egal wie beeindruckend die Massen von Rittern, Percheronpferden und Fußsoldaten von ihren Wachtürmen aus auch aussehen mochten. Sie wußten bestimmt, daß die Kreuzfahrer im Anmarsch waren, und hatten Vorkehrungen für einen langen Belagerungszustand getroffen. Er kannte das stolze Denken der Moslems.

Außerdem war da noch Helenas Mutter . . . Tankred hatte sein Versprechen nicht vergessen: Er würde seine Beziehungen zu den moslemischen Bekannten al-Kareems benutzen, um herauszufinden, in welchen Wüstenzelten sie sich befand. Nikäa wäre ein guter Ort, um die Suche zu beginnen, aber wenn er mit Bohemund käme, würde man ihn wohl kaum durch das Tor in die Stadt lassen, um Asad zu besuchen.

„Helena ist bei uns sicherer als bei dir und ein paar Söldnern allein auf der Straße“, sagte Nikolas. „Sowohl Irene als auch Konstantin, falls er auftaucht, wissen, daß ich sie nicht so leicht einem Moslem zur Frau gebe. Sie werden so tun, als glaubten sie, daß wir zusammenarbeiten, um sie zu Kalid zu bringen, aber in ihrem Herzen wissen sie genau, daß ich eine moslemische Heirat meiner christlichen Nichte verweigern werde.“

Tankreds Unbehagen blieb, aber er konnte sehen, daß Nikolas diesen Plan als einzigen Ausweg sah.

„Sobald sie im Kreuzfahrerlager ist, werden sie nicht mehr viele Möglichkeiten haben, sich zu widersetzen. Deshalb ist es deine Aufgabe, sie dorthin zu bringen, bevor sie wissen, was wir im Schilde führen."

„Konstantin hat aber auch noch andere Absichten", deutete Tankred stirnrunzelnd an. „Und du kannst dir sicher sein, daß sie seinen ehrgeizigen Plänen dienlich sind und auch denen seines Sohnes."

Nikolas' aufmerksamer Blick schaute ihn fragend an. „Dann weißt du, daß er Philipps Vater ist?"

„Helena hat es mir verraten." Er fragte sich, was wohl Nikolas davon hielt.

„Es ist gut, daß sie es dir gesagt hat. Dann verstehst du vielleicht etwas besser die Hintergründe."

„Ich verstehe genug, um eines zu wissen: Je früher ich mich wieder um meine eigenen Angelegenheiten, nämlich die Suche nach dem Mörder meines Bruders, kümmern kann, um so früher kann ich wieder nach Sizilien zurückkehren und Frieden finden."

Nikolas lachte. „Frieden? Auf Sizilien? Die Normannen gehen einander ständig an die Kehle. Und wenn du in nächster Zeit zurückkehrst, um die Redwanburg als dein Eigentum zu beanspruchen, wirst du es mit Großherzog Roger zu tun bekommen."

„Du unterschätzt mich, Nikolas. Wenn ich zurückkehre, dann als freier Mann, der sein Leben und seine Ziele in Palermo selbst in die Hand nimmt. Wenn ich das nicht kann, dann werde ich nicht zurückgehen", sagte er mit einer unerwarteten Entschlossenheit, die ihn selbst überraschte.

Nikolas schien darüber nachzudenken, aber das Funkeln in seinen Augen verriet Tankred, daß er seine eigenen Gedanken hatte. Nikolas war ein Mann, der gut plante und normalerweise bekam, was er wollte. Aber was wollte er? Er war unter dem Deckmantel des Kreuzzugs nach Konstantinopel zurückgekehrt, aber er war nicht der Mann, der an einem solchen Krieg Gefallen fand. Genausowenig sehnte er sich danach, seinen Posten als Bischof im östlichen Zweig der Kirche wieder einzunehmen.

„Du wirst den Mörder finden", sagte Nikolas mit mehr Überzeugung, als Tankred selbst aufbrachte. „Und ich? Konstantin und ich haben viel zu erledigen, bevor dieser Feldzug nach Jerusalem vorüber ist."

Tankred hielt Nikolas für den Mann, der erreichte, was er sich vornahm.

„Ich werde mich in ein paar Tagen in Bohemunds Lager zu dir gesellen“, sagte Nikolas. „Ich werde heimlich kommen. Erwarte mich im Schutze der Nacht.“

„Was hält dich noch in der Stadt zurück?“ fragte Tankred neugierig, da er nicht verstand, warum er erst in mehreren Tagen zu ihnen stoßen würde. „Ist das weise? Selbst jetzt sind Irenes Spione unterwegs, um dich zu suchen.“

„Dann darf ich sie nicht enttäuschen.“

Tankred schaute ihn fragend an, aber Nikolas' Mund verzog sich zu einem grimmigen Lächeln. „Kümmere dich um Helena. Ich kümmere mich um Irene.“

„Die Pferde und meine Herrin warten“, erinnerte Bardas die beiden besorgt.

Tankred zögerte, denn er war von diesem Plan immer noch nicht ganz überzeugt, aber was Nikolas anging, so sagte er sich, ging auch ihn etwas an. Er schuldete ihm viel –, wenigstens, was seine Nichte betraf.

„Es war nicht meine Absicht, mich in diesen Krieg hineinziehen zu lassen. Und das will ich eigentlich immer noch nicht.“

„Deine Wünsche werden sorgfältig bedacht.“

Tankred betrachtete ihn und fand diese Antwort nicht befriedigend, aber Nikolas blieb ausweichend.

„Wir haben in Jerusalem eine Aufgabe zu erfüllen“, sagte Nikolas zu ihm. Mit dieser unbequemen Erinnerung an die Reliquie, die in das Heilige Grab zurückgebracht werden mußte, verschwand er wie ein geheimnisvoller Schatten in der Nacht.

Jetzt, da Nikolas fort war, stand Helena wieder unter Tankreds Obhut. Bardas huschte ebenfalls davon und hatte vor, ihn zu der Stelle zu führen, wo seine Herrin mit den Pferden wartete. Tankred konnte es ebenfalls kaum erwarten, von hier fortzukommen –, irgendwo nicht weit hinter ihm war Walter von Sizilien und suchte ihn immer noch.

Tankred zog seinen Umhang um sich, hob seine Sachen vom Boden auf und folgte Bardas in die Dunkelheit.

* * *

Nikolas runzelte die Stirn. Seine Gedanken drehten sich immer noch um die unangenehme Aufgabe, die vor ihm lag. Er freute sich nicht darauf, Irene sehen zu müssen. Trotz der Zuversicht, die er Tankred gegenüber gezeigt hatte, legte sich eine unangenehme Unsicherheit um sein Herz. Er hatte sie einmal geliebt, bis Irene sich wie Gomer, die Frau des Propheten Hosea, auch wie eine Hure benommen hatte.

Seine Gedanken wanderten in die Zeit zurück, als er als junger Mann und Irenes Verlobter nach Athen aufgebrochen war, um Priester in der Kirche zu werden. In jener Nacht vor so langer Zeit waren sie in dem duftenden Garten gewesen und hatten einander vor Gott ihre Hingabe, ihre Ehrfurcht, ihre Körper versprochen und sich gegenseitig ihre Keuschheit geschworen. Zwei Jahre später war er zurückgekehrt und hatte Irene als die Mätresse des Kaisers vorgefunden.

Der Schmerz, den er damals empfunden hatte und den er nach zwanzig Jahren für tot gehalten hatte, regte sich in seinem Herzen wie erloschene Kohlen, die zu neuem Leben erglühten. Nur der Prophet Hosea konnte die Schmerzen nachempfinden, die er damals empfunden hatte, die Verzweiflung, die Enttäuschung, den bitteren Verlust seiner reinen und wunderschönen Irene von Troja, die er an die purpurnen Gewänder und Perlen einer Hure verloren hatte, die sich wie eine Ware verkaufte.

Nikolas schritt weiter und strich nachdenklich über seinen kurzen Bart. Er huschte geräuschlos durch den Palastgarten und näherte sich dem Tor mit der niedrigen Mauer, das in die Richtung des Augusteions führte.

Er ging in Gedanken versunken weiter, und seine dunklen Augen spiegelten die Unruhe wider, die seiner Seele keine Ruhe ließ. Er war nicht auf die Soldaten gefaßt, die plötzlich mit erhobenen Schwertern, die im Mondlicht silbern funkelten, aus der Dunkelheit auftauchten.

Nikolas blieb stehen und hatte nur einen kurzen Augenblick Zeit, um zu reagieren, bevor er umringt wurde. Seine Klinge kam schnell aus der Scheide, aber ein gemeiner Schlag traf ihn von hinten am Kopf, und er stürzte. Sein Gesicht schlug auf dem Steinboden im Hof auf.

In dem kurzen Augenblick, bevor er das Bewußtsein verlor, hörte er Irene sagen: „Bringt ihn zur Villa. Dort werden wir ungestört sein."

Unter Aufbietung seiner ganzen Willenskraft zwang sich Nikolas, sich zu bewegen, aber undurchdringliche Dunkelheit verschlang ihn. Durch den Dunst hindurch hörte er das Klappern ihrer hochhackigen, eleganten Schuhe neben seinem Kopf und fühlte, wie ihr duftender Seidenrock über sein Gesicht strich. Sie bückte sich und legte eine kühle Handfläche auf seine Schläfe. Sie streichelte seine Schläfe. „Armer Nikolas. Armer, irregeleiteter, aber geliebter Nikolas. Du bist wieder mein. Endlich."

14. Die geheime Vergangenheit des weißen Bischofs

Das Tageslicht traf Nikolas' Augen wie ein Dolch. Er stöhnte und versuchte, sich zu bewegen, aber seine Gliedmaßen schmerzten, als würden ihn tausend spitze Nadeln stechen.

„Der Bär erwacht aus seinem Tiefschlaf", hörte er Irenes Stimme wie aus weiter Ferne. Sie klang erregt und spöttisch. „Wenn ich nicht davor zurückschrecken würde, meine Kissen zu ruinieren, hätte ich Wasser aus dem Teich über dich schütten lassen."

Nikolas bemühte sich mit Schmerzen, wieder klar denken zu können, aber seine Anstrengungen blieben erfolglos. Er fühlte, wie Sklaven ihn auf den Rücken rollten. Er versuchte, sich dagegen zur Wehr zu setzen, schaffte es aber nicht. Einen Augenblick später ergoß sich ein kalter, erfrischender Wasserguß über ihn. Er protestierte lautstark, stützte sich auf einen Ellbogen und blinzelte in das grelle Licht. Als seine benommenen Augen wieder klar sehen konnten, sah er, wie Irene mit den Händen in die Hüften gestemmt über ihm stand und auf ihn hinabschaute.

„Bringt ihn zu mir, wenn er gegessen hat und angezogen ist", befahl sie.

* * *

Nikolas trat auf den weiten gepflasterten Hof hinaus und schaute sich in der altvertrauten Umgebung der Villa um, in der er mit seiner Schwester Adrianna und anderen Mitgliedern der Lysanderfamilie seine Jugend verbracht hatte. Der Hof ging in den schönen Olivenhain über. Tauben gurrten, und Wasser plätscherte friedlich über die Felsen des dreistufigen Springbrunnens. Er wehrte die bitteren Erinnerungen von sich ab, die wie Dämonen ihn zu besiegen versuchten.

Über dem dunklen wollenen Unterhemd trug er ein Kettenhemd und darüber ein Lederhemd. Seine dichten dunklen Haare waren immer noch naß und wurden von einem Lederriemen zurückgehalten. Er wußte, daß er immer noch nicht alt und abstoßend aussah, genauso wie Irenes Schönheit noch nicht verblaßt war, und er war vorsichtig. Er warf seinen Umhang über seine Schulter und ging zu ihr.

Sie hat absichtlich den Platz gewählt, an dem wir uns damals unsere Liebe schworen.

Sein Schwert und die Scheide waren fort –, aber nicht sein Dolch, der sicher unter seinem linken Ärmel steckte. Offenbar respektierte die Sklavin, die ihn gestern nacht und an diesem Morgen versorgt hatte, sein heiliges Kirchenamt so sehr, daß sie ihm die Unterwäsche nicht ausgezogen hatte.

Seine dunklen Augen sahen sie. Sie wartete auf ihn und erhob sich von der gemeißelten Bank. Sie trug keine schimmernde Seide, sondern ein einfaches Kleid mit einem schnörkellosen Gürtel. Aus ihrem Gesicht war jede künstliche Farbe geschrubbt, und ihre Haare waren mit einem weißen Schal bedeckt.

Das hatte er nicht erwartet. Er hatte sein Herz gegen die Versuchung von Seide, Parfüm und starken Verführungskünsten abgeschirmt; aber sie kam mit dem Aussehen einer Jungfrau und flehenden Augen auf ihn zu. Er blieb stehen. In dem sanften, warmen Wind neigten sich die bunten Blumen, die vor seinen Füßen wuchsen.

Irene kam leichtfüßig auf ihn zu und hielt ihm mit beiden Händen seine Scheide entgegen. „Du kannst mich mit deinem geheiligten Schwert töten, wenn du willst. Das würde ich als Gnade betrachten."

Seine schwarzen Augen schauten sie spöttisch an. Sie war eine meisterhafte Schauspielerin.

„Du warst schon immer dramatisch. Wenn ich tatsächlich deinen hübschen Kopf abschneiden würde, wäre deine Seele dann nicht mehr blutrot besudelt und des Mordes überführt?"

„Des Mordes?" fragte sie unschuldig und kam ohne Schuhe auf ihn zu. Die Schleppe ihres weißen Kleides glitt über die steinernen Fliesen. Ein Windstoß blies ihr die Kapuze vom Kopf, und ihre hellen seidigen Haare fielen geschmeidig bis zu ihren Hüften.

Er betrachtete sie von Kopf bis Fuß und wunderte sich, daß sein Herz genauso regelmäßig schlug wie immer. Nichts war von der Leidenschaft geblieben, die früher einmal in ihm gebrannt hatte, nur ein seltsames dunkles Mitleid mit ihr, das gleiche Gefühl, das er für einen verwundeten Vogel empfinden würde, der nicht mehr fliegen konnte, oder für eine Lilie, die unter achtlosen Füßen zertreten wurde. Es war immer traurig, wenn etwas, das früher einmal hübsch gewesen war, starb und in der Glut der Sonne verwelkte.

„Ich möchte sterben", schluchzte sie. „Wenn deine Hände mir das Leben nehmen, wäre das für mich eine Gnade."

Ein Lächeln spielte sich in seinem kurzen dunklen Bart. „Ich kenne dich zu gut, Irene. Du vergißt, daß du mich schon so oft angelogen hast. Ich lasse mich von dir nicht wieder überlisten. Deine Reue hat das schöne Gesicht des Morgendunstes, der sich aber viel zu schnell auflöst. Mach uns doch durch diese Schauspielerei nicht beide lächerlich."

„Du machst dich über mich lustig, Nikolas." Sie kam still auf ihn zu, und ihre Augen schauten ihn unterwürfig an. Sie kniete vor ihm nieder und legte sein Schwert vor seine Füße. „Ich bin dein, Nikolas. Tu mit mir, wie du willst."

„Mein Wille gehört einem anderen Herrn. Dem Herrn, vor dem du dich auch einmal verantworten mußt", sagte er leise. „Dem Herrn, den du abgelehnt hast, aber deine Ablehnung war noch nicht genug – du hast auch noch verlangt, daß ich mich ebenfalls von ihm abwende. Der Preis für deine Liebe, Irene, war schon immer zu hoch."

„Dein Gott –, ich verabscheue dein Gewand mit diesem Kreuz! Wie unnahbar, wie rechtschaffen du warst, als du mich ablehntest."

„Ich kam nicht als Priester zu dir, sondern als ein Mann, der dich liebte, bis ich erfuhr, was aus dir geworden war. Ich habe dich nie abgelehnt, nicht einmal dann, als ich zurückkam und dich als die Mätresse des Kaisers vorfand. Ich wollte dir helfen, ich wollte dich zu Jesus Christus führen. Ich hätte dich geliebt, Irene. Du hast mich abgelehnt, als du dich den Götzen und Sternen zuwandtest. Du hattest verlangt, daß ich meinen größten Schatz für dich wegwerfe."

„Dein Gott ist nichts als Einbildung! Was hat er denn für dich getan? Schau dich doch an –, du bist nichts als ein heimatloser Bischof mit einem Pferd und einem Schwert! Und ich! Dadurch, daß ich mich den Göttern der Sterne zuwende, werde ich eines Tages Kaiserin sein."

„Selbst wenn du so hoch kommen solltest, daß du nach den Sternen greifen kannst, wirst du doch genauso niedrig sterben wie der geringste Sklave. Und im Gegensatz zu den ärmsten Menschen, die mit Jesus Christus als ihrem Retter sterben, wirst du bettelarm sein."

„Ich gehe also in den Hades, was? Du bemitleidest *mich?* Dein Mitleid ist schlimmer als das Schwert, das du durch mein Herz bohren könntest. Ich hasse deinen Gott, denn er hat dich mir weggenommen."

„Hast du meinen Bruder auch gehaßt? Hast du Leo deshalb vergiftet? Du hast intrigiert, damit ich nach Bari verbannt wurde, dann hast du ihn angelogen und ihm erzählt, ich sei gestorben. Du hast ihn getäuscht und ihn wegen des Lysandererbes geheiratet, nur um dann zu erfahren, daß es trotz allem mir gehörte und nicht ihm. Mir und Adrianna. Du hattest keine weitere Verwendung für ihn und hast ihn deshalb vergiftet und dich an Konstantin herangemacht. Adrianna hat die Umstände von Leos Tod herausgefunden. Also mußtest du auch gegen sie intrigieren."

Irene fuhr, plötzlich erschreckt, zusammen. „Ich habe Leo nicht vergiftet."

„Doch", erklärte er. „Adrianna hat es mir geschrieben. Das war auch der Grund, warum du ein Komplott geschmiedet hast, um sie loszuwerden."

„Er hat sich selbst das Leben genommen!"

„Wenn er das hat, dann nur, weil du ihn so sehr gequält hast, daß er dazu getrieben wurde."

Sie fiel vor seine Füße. „Nikolas", flüsterte sie. Tränen traten in ihre bernsteinfarbenen Augen, als sie zu ihm aufschaute. „Nikolas, ich habe in tausend Nächten von dir geträumt."

„In wessen Armen lagst du bei diesen Träumen –, in denen eines Sklaven oder des Kaisers?"

„Verspotte mich, soviel du willst. Ich liebe dich trotzdem."

„Du hast mich nie geliebt, und du liebst auch keinen anderen Mann. Nicht einmal deinen eigenen Sohn, Philipp. Du feilschst mit ihm, wie ein Araber mit Kamelen feilscht! Du willst Macht, du liebst das berauschende Gefühl, daß andere deinen Befehlen unterworfen sind. Warum das so ist, weiß nur Gott. Verunglimpfe das Wort Liebe nicht, indem du es in den Mund nimmst."

Ihre Finger verkrampften sich um seine Knöchel und bewegten sich an seinen Beinen nach oben. „Nikolas", flüsterte sie. „Wenn du nur wüßtest, wie oft ich mich in all diesen Jahren verflucht habe. Ich habe mich verflucht, bis ich mein Bild im Spiegel verabscheute."

„Dein Stolz, Irene, veranlaßt dich bestimmt, eine ganze Stunde vor dem Spiegel zu sitzen und dein Gesicht zu bewundern. Du sprichst von Selbstverurteilung?"

„Ich weiß nur, daß ich dich liebe, Nikolas. Ich werde nur dir gehören. Immer nur dir."

Er packte sie am Arm, riß sie auf die Beine und schüttelte sie, bis ihre Haare um sie beide herumflogen und ihr Schluchzen verstummte.

„Hast du denn überhaupt kein Schamgefühl? Was weißt du schon von Liebe, die bereit ist, sich selbst zu opfern, von der Liebe Gottes? Du kannst nicht lieben. Du ziehst die Lebensweise einer Hure vor. Das wußte ich schon damals, als wir noch jung waren, als du noch eine Jungfrau warst. Schon damals, als die Unschuld noch auf deinen Lippen lag und deine Wangen schamhaft erröteten, hättest du dich bereitwillig vor unserer Hochzeit zu mir ins Bett gelegt, wenn ich dich darum gebeten hätte. Ich wußte es, aber ich weigerte mich, es zu sehen. Es dauerte nicht lange, bis du deine Unschuld an den erstbesten Mann, der dich haben wollte, wegwarfst! Ich ging nach Athen, um zu beten, um zu erkennen, wie Gott dich sah –, denn ich hatte schon damals meine Zweifel. Ich wußte, was du warst. Und als ich zurückkehrte, hattest du bereits mit dem Sklavenjungen geschlafen. Du prahlst mit dem Kaiser? Hast du ihm von dem Sklavenjungen erzählt, der vor ihm kam?"

Sie wollte ihre Nägel in seine Brust krallen, aber er umfaßte ihre Handgelenke und hielt sie von sich ab.

„Und selbst jetzt sind deine Worte immer noch Lügen. Ja, du bist wirklich verführerisch. Du wußtest, daß du nicht mit dem Gesicht Isebels zu mir kommen konntest. Also hast du dich mit einer noch schlimmeren Heuchelei geschmückt! Du kommst als Engel zu mir. Und warum? Du wolltest sehen, wie ich dir willenlos zu Füßen falle, und das allein wegen der Genugtuung, mich schließlich doch noch überwunden zu haben."

Ihr Schluchzen hörte auf, und ihre Augen wurden hart und eisig.

„Du bist trotz dieses Bischofsgewands immer noch ein Mann! Das sehe ich genau. Ich erinnere mich daran, wie du mich früher festgehalten hast, wie deine Lippen mich leidenschaftlich küßten, wie du mir deine Liebe geschworen hast. Es ist nicht zu spät, Nikolas. Wir können jetzt zusammen sein." Sie wollte ihn berühren, aber er packte sie am Handgelenk und hielt es fest.

Plötzliche Bitterkeit funkelte in seinen Augen auf. „Du hast mich mit deinen spöttischen Verhöhnungen tausendmal verletzt. Hältst du mich für einen grünen Jungen, daß du mich so leicht dazu verführen könntest, dir zu erliegen?"

Sie riß sich von ihm los. Ihr Gesicht war hart vor Zorn. „Warum bist du zurückgekommen? Was willst du wegen der Vergangenheit unternehmen, wegen Leo? Zum Kaiser gehen? Ihn überreden, daß er mich hinrichten läßt? Mich zwingen, den Rest meiner Tage im Kloster zu verbringen? Er wird nicht auf dich hören! Und wenn du zu ihm gehen wirst, wird er dich verhaften lassen."

Seine Augen wanderten über sie. „Ist das der Grund, warum du dich mir zu Füßen geworfen hast und so getan hast, als würdest du mich lieben? Du hattest Angst, ich würde dich als Mörderin vor den Thron zerren? Ich liefere dich nicht den Gesetzen des Byzantinischen Reiches aus. Dein Ende wird von selbst kommen. Nein, ich komme wegen der Villa, wegen des Lysandererbes, der Burg Hohms. Das Erbe gehört Helena und nicht Philipp."

„Das Lysandererbe! Glaubst du, davon könntest du den Kaiser überzeugen?" spottete sie. „Er hört auf mich, auf Philipp, auf Konstantin und nicht auf dich." Ihre Augen verhöhnten ihn. „Ich habe feste Kontrolle über die Kaiserin."

„Daran habe ich keine Zweifel. Hast du sie mit deinen bösen Pülverchen und deiner Zauberei zu deinem willenlosen Werkzeug gemacht?"

„Ich könnte dich leicht töten lassen", warnte sie. „Das habe ich bis jetzt nicht getan, weil du mir viel bedeutest, ob du mir das glaubst oder nicht. Ich werde dich immer lieben."

„Du bist nie giftiger als dann, wenn du von Liebe sprichst. Ich fürchte mich nicht vor dir, Irene, und auch nicht vor Konstantin." Nikolas ließ ihren Arm los. Sie trat zurück und beobachtete ihn vorsichtig.

Sein Blick wanderte zum Olivenhain, denn er wußte, daß sie Soldaten hatte. „Ich werde das Erbe bekommen. Als erstes werde ich Anspruch auf die Familienburg in Hohms erheben."

„Wenn du das willst, mußt du zuerst Kalid aufhalten", sagte sie verächtlich. „Er hat die Burg als Preis für Antiochia ausgehandelt."

„Ich habe vor, ihn aufzuhalten", gab er unumwunden zu. „Helena wird Kalid nicht heiraten."

„Du wirst das nicht mehr verhindern können. Falls du es versuchen solltest, bist du ein Narr. Selbst jetzt könnte ich in Sekundenschnelle zwanzig Soldaten hierher rufen. Dein Tod wäre so einfach", zischte sie. „Ich könnte mir deinen arroganten Kopf auf einem Tablett bringen lassen."

„Und über dieser Tat bestimmt gut schlafen."

Ihre Augen, in denen gleichzeitig Wut und Leidenschaft brannten, wanderten über ihn hinweg. „Ich will deinen erbärmlichen Kopf nicht –, ich will dich. Das wollte ich immer, und ich werde dich wollen, bis ich sterbe." Sie hob das Kinn und warf ihre seidenen Haare zurück. „Ich werde dich noch bekommen, Nikolas. Du wirst schon sehen. Ich werde nie aufgeben."

Sie trat auf ihn zu, schlang die Arme um seinen Nacken und drückte ihren warmen Mund auf seine Lippen.

Einen kurzen Augenblick wehrte sich Nikolas nicht dagegen, aber dann zog er ihre Hände hinter seinem Nacken fort und hielt sie mit den Armen hinter ihrem Rücken von sich ab. Er schaute ihr ins Gesicht. Ihr Atem kam schnell.

Ihre Augen funkelten triumphierend. Sie lachte und warf selbstbewußt den Kopf zurück. „Trotz deines ganzen frommen Geredes schlägt dein Herz genauso wie das eines jeden Mannes. Du willst mich", flüsterte sie.

Seine Augen schauten sie gelassen und direkt an, dann ließ er sie los. „Du verdienst noch mehr als Mitleid", sagte er und hob seinen Umhang vom Boden auf. Er drehte sich um. „Ich habe die Eigentumsurkunde für die Burg."

„Du lügst. Leo hat sie versteckt, und niemand hat sie je gefunden. Er wollte mir nicht sagen, wo sie war."

„Und deshalb hast du ihn vergiftet? Das soll dich in deinen Träumen verfolgen –, er konnte es dir nicht sagen. Er wußte es nicht. Du hast ihn vergeblich ermordet. Die Übertragungsurkunde, in der Kaiser Nikephoros die Burg den Lysanders überschrieb, war in all diesen Jahren im Kloster auf dem Berg Athos sicher verwahrt."

Ein häßlicher Blick zog über ihr Gesicht.

Er lächelte und hob gelassen das Kinn. „Dort habe ich sie versteckt, bevor du und Konstantin dem Kaiser eingeredet habt, ich hätte Hochverrat begangen. Sie war während all dieser Jahre in greifbarer Nähe." Er wandte sich zum Gehen. „Ich rate dir, nicht auf die Burg zu kommen."

„Ich werde kommen. Ich werde dir folgen, wohin du auch gehst, Nikolas. Eines Tages werde ich dich überreden, bei mir zu bleiben."

Er drehte sich um und ging davon. Sie lief ihm nach. Ihre Stimme war flehend, ja sogar weinerlich. „Ni-ko-las!"

Er fühlte nichts als Befreiung, als er davonging und verletzte Gefühle hinter sich ließ, die jahrelang schmerzlich in seiner Seele begraben gewesen waren. *Möge Gott die Ungerechtigkeit und den Tod in seine Hand nehmen,* dachte er.

Er blieb stehen und schaute zum Sommerhimmel hinauf, der so blau war wie ein Topas. Bewußt übergab er Irene und Konstantin und den Mord an seinem Bruder dem Willen Gottes.

Ich bin jetzt frei und kann der Zukunft ins Auge sehen.

Nikolas ging weiter, atmete die frische Luft tief ein und warf seinen Bischofsumhang über seine Schultern. Ihn beschäftigte jetzt ein einziges Ziel –, nicht Rache, sondern Helenas und Adriannas Sicherheit. Er hatte Irene gegenüber seine Schwester nicht erwähnen können, obwohl er sie gern zur Rede gestellt hätte, da Irene auf keinen Fall erfahren sollte, daß Adrianna lebte.

Er hörte Irenes Schritte, die hinter ihm angelaufen kam, und stellte sich vor, er hätte einen Dolch in der Faust.

Sie ergriff ihn schluchzend am Arm. „Warte, Nikolas. Es stimmt nicht, daß es in mir keine Liebe, keine Traurigkeit, kein Bedauern gibt. Ich bin eine Frau; ich habe meine bitteren Erinnerungen. Wenn ich die Zeit zurückdrehen könnte –" Ihre Stimme zitterte, so aufgewühlt waren ihre Gefühle. „Ich schwöre dir, ich würde deinem Gott nachfolgen und ein Leben führen, das dir gefällt. Ich würde mich anders entscheiden."

Er entfernte sanft ihre Hand von seinem Arm. Seine dunklen Augen schauten sie ernst an. „Es tut mir leid, Irene. Die Jahre sind gelebt und für immer vorbei. Die Erinnerung daran verfolgt uns in der Nacht; aber die Früchte unserer Jahre werden uns in der Ewigkeit erwarten. Solange du auch nur noch eine Stunde zu leben hast, solltest du dich für das Leben entscheiden, das Gott dir anbietet. Es gibt keine Sünde, die so scharlachrot wäre, daß er sie nicht wegwaschen könnte. Du kannst so rein werden wie frisch gefallener Schnee."

Nikolas zupfte eine Blüte von einem Strauch und drückte sie in ihre schwache, kalte Hand. „Die Schönheit verwelkt nur allzu schnell. Deine Schönheit wird auch verwelken. Du wirst eines Tages als alte Frau enden, der nichts bleibt als ihre Selbstvorwürfe."

Irene erbleichte, als sie ihm ins Gesicht schaute. „Mitleid", flüsterte sie. „Du wagst es, mich zu bemitleiden?" Sie zitterte und zerdrückte die weiße Blume zwischen ihren Fingern. „Ich werde ein Reich regieren", sagte sie heiser.

„Frage die Geister der verstorbenen Kaiser, ob das genügte."

„Dafür wirst du mir bezahlen", kreischte sie. „Niemand darf mich so behandeln. Glaubst du, du dürftest das, Nikolas? Wenn ich dich schon nicht haben kann, dann werde ich dafür sorgen, daß du bald tot bist."

„Leb wohl, Irene."

Nikolas stieg in den Steigbügel, schwang sich auf sein Pferd und lenkte es in Richtung des Goldenen Horns. Dort würde er ein Schiff besteigen und an das Ufer Anatoliens fahren. Bald wäre er in Fürst Bohemunds Lager bei Tankred. Die Übertragungsurkunde für die Burg steckte in seiner Tasche, und seine Waffen waren alle griffbereit. Er ritt davon und ließ die Geister der Vergangenheit hinter sich zurück.

15. Befreiung aus dem Spinnennetz

Es war Nacht, und kein Lichtschein durchbrach die Dunkelheit der schmutzigen Straßen. Hier, in einem verwahrlosten Viertel Konstantinopels, waren Diebe und Bettler genauso zahlreich zu finden wie die Armen, die in niedrigen, baufälligen Häusern in den engen Gassen lebten.

Es hatte geregnet. Der Morast war tief. Der Gestank nach Unrat hing in der Luft, die mit betrunkenem Gelächter erfüllt war. Tankred hörte eine leise Bewegung über seinem Kopf. Sein Instinkt warnte ihn. Schnell berührte er Bardas' Arm, und sie blieben vorsichtig stehen.

Tankred schaute zu einem kleinen Vorsprung hinauf, der unter einem dunklen Fenster vorragte. Ein Mann kauerte dort oben mit einem Dolch und würde jeden Augenblick springen. Der Räuber machte einen verzweifelten Satz auf Bardas und wollte ihn zu Fall bringen, aber genau im richtigen Augenblick beugte sich Bardas vor, stieß mit seinem Schwert nach oben und durchbohrte die Brust des Mannes. Das Gewicht des Diebes trieb ihm das Schwert bis zum Schaft in die Brust und warf Bardas rücklings auf die Erde. Er stieß ihn von sich und befreite mühsam sein Schwert.

„Schnell, es werden bald mehr sein", sagte Bardas. „Hier entlang."

„Warum haben Sie sie an diesen erbärmlichen Ort gebracht?"

„Sie wird von drei treuen Soldaten des Kriegsministers bewacht." Sie kamen zu einer schwach beleuchteten Taverne. Tankred zog seinen befleckten Umhang aus und trat mit Bardas ein.

Der Raum war überfüllt, und sie nahmen an einem Holztisch im hinteren Teil des Zimmers Platz. Innerhalb weniger Minuten betrat Irenes oberster Leibwächter allein das Gasthaus.

Der riesige schwarze Soldat stellte eine so elegante Gestalt dar, als wäre er von einem Künstler aus Marmor gemeißelt worden. An ihm strahlten die Farben der Kaiserlichen Garde. Sein Umhang war in kräftigem Purpur gefärbt und mit Gold umrandet.

Tankred war etwas überrascht, denn er hatte in dem Monat, den er in

Philipps Dienst verbracht hatte, Rufus ziemlich gut kennengelernt. Rufus hatte sich als Freund erwiesen. In der Vergangenheit hatte er ihn vor Irenes Plänen gewarnt. Genauso wie sie Rufus und andere kontrollierte, wollte sie auch Tankred beherrschen. Er erinnerte sich, daß Rufus ihm erzählt hatte, er könne sich wegen seines Sohnes Josef, der als Übersetzer in der Königlichen Bibliothek arbeitete, nicht aus ihrer Bevormundung befreien. Er hatte ihm außerdem verraten, daß Mosul für den türkischen Befehlshaber Kerboga in Antiochia arbeitete.

Tankred beobachtete, wie die schwarzen Augen des Soldaten über die Menschen, die in dem Raum saßen, flogen. Er war so weise gewesen, einen Stadtteil zu wählen, in dem er nicht bekannt war und in den sich Fürstin Irene höchstwahrscheinlich nicht wagte. Als er offenbar niemanden sah, den er kannte, schritt Rufus an den Tisch, an dem Tankred und Bardas saßen, und zog einen Stuhl zurück, um sich zu ihnen zu gesellen.

Obwohl er saß, war er immer noch unübersehbar ein riesengroßer Mann mit breiten Schultern und kräftigen Händen. Tankred bemerkte, daß mehrere Augenpaare sich mit Unbehagen in seine Richtung bewegten und dann in ihren Becher starrten.

Rufus hatte ihm erzählt, daß er als Junge aus Äthiopien gekommen war und sich in der Söldnerarmee des Kaisers hochgearbeitet hatte. Später war er zur Burg Hohms geritten, wo er Tankreds Onkel, Rolf Redwan, unterstanden hatte. Von dort aus hatte Irene ihn abgeworben. Tankred vermutete, daß es auf Irenes Betreiben hin früher einmal eine Romanze zwischen den beiden gegeben haben mußte, denn es gab nur wenige Männer im Palast, die sie sich nicht mit allen Mitteln dienstbar gemacht hatte.

Rufus vergeudete keine Zeit. „Trotz aller Vorsichtsmaßnahmen fürchte ich, daß wir verfolgt wurden. Fürstin Helena wartet in einem der hinteren Ställe in Begleitung von treuen Männern. Sie müssen aufpassen. Ihre Feindin ist eine Leopardin, die sich heimtückisch an ihre Beute heranschleicht."

Tankred zog bei dieser Beschreibung von Irene eine Braue in die Höhe. Ein passendes Bild, das Rufus da wählte!

„Was ist mit Ihnen? Kommen Sie mit uns?"

„Es könnte sein, daß sich bald eine Möglichkeit ergibt, auf die ich schon lange warte. Deshalb muß ich bleiben."

Seine Andeutung ließ mehr als nur persönliche Pläne vermuten. Er verabscheute Irene. Hatte es irgend etwas mit ihr zu tun? Als Tankred ihm einen forschenden Blick zuwarf, verbarg Rufus seine Miene hinter einer undurchdringlichen Maske.

„Sie hat meinen Sohn Josef."
„Ich erinnere mich. Ich habe mir einen Plan ausgedacht, wie man seine Freiheit erreichen könnte."
Rufus lächelte zum ersten Mal. „Ich auch. Unsere Pläne stehen fest. Eines der venezianischen Schiffe hatte kürzlich in Äthiopien geschäftlich zu tun. Für den richtigen Preis bringt es Josef in die Freiheit."
Tankred betrachtete ihn. „Und Sie?"
Seine Augen wurden hart. „Ich werde so lange hier bleiben, bis ich sicher bin, daß seine Flucht gelingt. Falls es eine Falle ist, werde ich dafür sorgen, daß die Fürstin darin gefangen wird."
„Dann verstehen wir uns. Aber Haß kennt keine Freiheit. Sie wollen doch nicht ihr Blut an den Händen haben, Rufus."
Seine schweren Schultern sackten etwas zusammen, und einen Augenblick sah er aus wie ein bemitleidenswerter Mann, wie ein majestätischer Adler an einer kurzen Kette. Tankreds Miene war ernst.
„Unternehmen Sie nichts auf eigene Faust. Ich fürchte, Ihr Haß wird Sie zu einer Entscheidung treiben, die Sie für den Rest Ihres Lebens bereuen. Wenn bei Ihren Plänen zu Josefs Rettung etwas schiefläuft, dann warten Sie, bis ich aus Antiochia zurückkehre. Ich werde irgendwie dafür sorgen, daß er freikommt."
Rufus schaute ihn an. Tränen traten in seine großen Augen.
„Wenn sie tot wäre, wäre diese Stadt ein besserer Ort." Er hob den Metallbecher hoch und zermalmte ihn mit einer Hand.
Bardas rutschte unbehaglich hin und her und warf Tankred einen vielsagenden Blick zu.
„Töten Sie sie nicht. Warten Sie auf mich."
Rufus sackte zusammen. Seine Gefühle waren zu angespannt. Er sprach nichts, sondern nickte als Antwort nur mit dem Kopf.
Tankred hob seinen Becher und trank. „Nikolas hat mit Irene seine eigenen Pläne. Ich glaube, er hat mehr Aussicht auf Erfolg als Sie."
Rufus stand auf. Er hatte seine Gefühle wieder unter Kontrolle, und sein Gesicht war unbeweglich. „Wir dürfen es nicht wagen, uns wieder zu treffen, bevor Sie aus Antiochia zurück sind. Es war schon gefährlich, daß ich heute nacht hierher gekommen bin. Ich denke nicht an mich, sondern an Josef. Sie weiß, daß ich es nicht ertragen könnte, wenn meinem Sohn ein Leid zugefügt würde. Wenn irgend etwas schiefläuft, kann ich nichts mehr tun, um General Lysanders Tochter zu helfen. Sie müssen aus Konstantinopel hinauskommen, egal, wie."

* * *

Die Aussicht aus dem groben Holzstall beschränkte sich auf die enge Straße. Helena stand mit einem Kapuzenumhang am Fenster und spähte in die Dunkelheit hinaus, als Tankred mit Bardas eintrat. Sie drehte sich erwartungsvoll um. Als sie ihn sah, wurde ihre Miene vorsichtig, denn seine Nähe weckte eine gewisse Unruhe in ihr.

Tankred machte eine übertrieben tiefe Verbeugung in der Hüfte. „Ihr Diener, Fürstin. Sie haben mich gerufen?"

Sie trat wie eine Prinzessin auf ihn zu, eine Haltung, die gut zu ihr paßte, wenn sie nicht von dem üblichen Versuch begleitet gewesen wäre, Trankred das Gefühl eines Dieners zu geben, der sich ihr zu unterwerfen habe.

„Stört Sie meine Anwesenheit, Fürstin?" erkundigte er sich glatt.

„Warum sollte sie das? Ich war es, die Onkel Nikolas darum bat, daß Sie mich in das Kreuzfahrerlager eskortieren."

„Ihr Wunsch ist mir selbstverständlich Befehl."

Sie lächelte und hob das Kinn. Sie wandte ihm den Rücken zu und stichelte: „Und natürlich auch Philipps Wunsch. Das sind seine neuen Pläne. Er ist in solchen Dingen ziemlich geschickt."

„Dann sollte ich Sie vielleicht hier lassen", bemerkte Tankred gelassen, „bis er kommt, um für Ihre Sicherheit zu sorgen."

Helena drehte sich schnell zu ihm um und streckte die Hand aus, als erwartete sie, ihn schon zur Tür gehen zu sehen.

Tankred stand da und wartete auf sie. Er lächelte. „Gehen wir, Prinzessin?"

Ihre Augen schauten ihn direkt an, dann lächelte auch sie. „Ich bin bereit." Sie drehte sich um. „Bardas? Hast du die Pferde?"

„Alles ist bereit, Herrin. Je früher wir von diesem schrecklichen Ort fortkommen, um so besser."

„Es ist abscheulich hier. Ich wußte nicht, daß es in der Stadt überhaupt solche Orte gibt."

„Der Kaiser weiß es offenbar auch nicht", bemerkte Tankred trocken.

Sie schaute ihn überrascht an. „Der Kaiser weiß alles über seine Stadt. Warum sagen Sie das?"

Der leichte Stolz in ihrer Stimme reizte ihn. „Weil er nichts unternimmt, um seinen armen Bürgern zu helfen. Aber andererseits ist er vielleicht zu sehr beschäftigt, als daß ihn das interessieren würde. Genauso wie der übrige Adel muß er ja vollkommen erschöpft davon sein, Spiele und den Zirkus zu besuchen und Barbaren anzuwerben, die seine Kriege für ihn austragen.“

Sie rauschte an ihm vorbei. Er folgte ihr. Bardas und ein Soldat gingen voran, zwei weitere Soldaten bildeten den Abschluß.

„Natürlich wird sich das Leben für die Armen zum Besseren wenden, wenn einmal Ihr geliebter Philipp Kaiser wird“, sagte er zu ihr.

Helena hob den Kopf. „Es freut mich, daß Sie so denken. Wenn Sie Ihre Pflicht tun, Soldat, werde ich ihn vielleicht bitten, Sie anzustellen, wenn dieser Tag kommt. Sie können dann als Leibwächter unsere königliche Kutsche fahren.“

Sie blieb an der Tür stehen und schaute ihn mit einem unschuldigen Lächeln an.

Tankred beugte sich vor und öffnete mit einer tiefen Verbeugung die Tür. Helena rauschte hinaus auf die Straße.

Einem spontanen Impuls folgend, schwang er sie auf seine Arme. „Eine Tochter des Purpurnen Gürtels darf ihre goldenen Schuhe nicht mit dem gewöhnlichen Dreck armer Leute beschmutzen.“

„Lassen Sie mich sofort wieder hinunter!“

Es war dunkel, aber an ihrer aufgeregten Stimme hörte er heraus, daß sie errötete.

„Ich bin Ihr untertänigster und ergebenster Diener, Prinzessin. Wie könnte ich erlauben, daß Sie wie ein gewöhnliches Bauernmädchen durch den Schmutz laufen?“

Sie verfiel in ein stummes Schweigen, während er die schmale Gasse hinabschritt. Es war ein angenehmes Gefühl, sie auf den Armen zu haben. „Ich finde, Sie gehören hierher“, bemerkte er ernst.

Sie drehte scharf den Kopf zu ihm herum. „Bei allem, was recht ist, Herr Ritter!“

„In meine Arme, Fürstin, nicht in diesen Dreck.“

Sie erreichten die Pferde, wo Bardas wartete. Seine Augen wurden kühl und hart, als er Helena auf Tankreds Armen sah. Er hielt die Zügel, und als Tankred sie auf die Füße stellte, trat Bardas schnell zwischen Helena und Tankred und hielt ihr den Steigbügel, damit sie aufsteigen konnte.

Sie saß gut auf ihrem Pferd und ließ eine gute Reiterin vermuten.

„Es ist gut, daß Sie reiten können“, bemerkte er, während er sich mit Leichtigkeit auf Apollo schwang und das Pferd an den Zügeln herumlenkte. „Es ist ein weiter Weg nach Antiochia.“

„Ich reite nicht nach Antiochia“, entgegnete sie. „Sondern auf meine Burg, um dort Philipp zu heiraten.“

Tankred betrachtete sie, ohne auf Bardas' ständig wachsame Augen zu achten. „Ich verstehe, warum er Sie heiratet, – wegen der Burg."

„Das tut er nicht! Sondern aus Liebe."

„Die Burg ist für Philipp von strategischer Bedeutung. Für mich nicht."

Sie ritten in einem flotten Trab davon. Die Soldaten ritten vor ihnen und schirmten sie an den Flanken ab.

„Sie haben doch bereits eine Burg. Haben Sie das vergessen?" spottete sie. „Es sei denn, Sie haben nur angegeben", lachte sie. „Ich bezweifle, daß es im barbarischen Westen überhaupt Burgen und Schlösser gibt. Ich vermute, es sind Lehmhütten."

„Eine Galeone hingegen! Ah, das wäre schon etwas anderes", sprach er weiter, als hätte er sie nicht gehört. „Für ein Schiff würde ich ein Mädchen vom Fleck weg heiraten."

„Für ein Schiff!" wiederholte sie überrascht. „Aber warum?"

Seine Augen schauten sie spöttisch an. „Weil ich nach China, nach Indien, in viele exotische Länder segeln könnte. Ich könnte den Frieden einer Kajüte genießen, meine geliebten Bücher lesen und bliebe mehrere Jahre am Stück vor ihrem Nörgeln verschont."

Sie ließ ihr Pferd angaloppieren und ritt schnell an Bardas' Seite weiter.

* * *

Als Tankred am Goldenen Horn ankam, erfuhr er, daß die byzantinische Marine unter dem Befehl des Kaisers bereits mit der großen Aufgabe beschäftigt war, die Kreuzfahrerarmeen über den Bosporus nach Anatolien, das auch Kleinasien genannt wurde, zu bringen. Große Kontingente von Rittern und Soldaten, die bereits übergesetzt hatten, schlugen achtzig Kilometer von der ersten moslemischen Festung entfernt ihr Lager auf.

Neugierig wie immer – denn sie war, fand er, eine intelligente Frau – ritt Helena an seine Seite. „Was ist? Kommen wir zu spät?"

„Nein, die Fußsoldaten haben mir gesagt, daß immer noch ein großer Teil der Normannen am Goldenen Horn ist."

„Was ist mit Walter von Sizilien? Angenommen, er sieht Sie?"

„Machen Sie sich Sorgen um mich?"

„Ich möchte nicht gern einen guten Leibwächter verlieren", bemerkte sie spitz und ritt zu Bardas zurück.

Tankred ritt auf die Zelte zu und warf einen sehnsüchtigen Blick auf die

Schiffe im Hintergrund. Er wünschte fast, er könnte sich eine Kajüte mieten und auf die andere Seite der Welt segeln und Mosul und vieles andere vergessen. Aber das würde er natürlich nicht tun. Er hätte keine Selbstachtung mehr, wenn er den leichteren Weg wählen würde.

Sie hatte recht. Er würde gut aufpassen müssen, um seinem Onkel und seinen Vettern nicht in die Hände zu fallen. Hatte Walter beschlossen, doch nicht an dem Kreuzzug teilzunehmen?

Wunschdenken, dachte er trocken. *Wie hungrige Wölfe haben sie jetzt Wind von mir bekommen und werden mich bis zum bitteren Ende jagen.*

Eine Stunde später ritt er zu der Stelle zurück, wo Helena und die anderen in einem Versteck auf ihn warteten.

„Ich habe uns Nahrungsmittel beschafft und einen Levantiner angemietet. Das Schiff wird unsere Pferde an Bord nehmen. Es bringt uns heute nacht auf die andere Seite des Bosporus. Noch einen oder zwei Tage, dann erreichen wir das Lager der Kreuzritter."

In dieser Nacht glitten sie unter sternklarem Himmel aus dem Hafen und durch das Goldene Horn hinab zum Bosporus.

Ihre Pferde waren in der Mitte des Schiffes untergebracht. Helena stand allein an der Reling. Tankred wußte, daß sie zuschaute, wie Konstantinopel in der Ferne verschwand, wo das Mondlicht sich auf den großen Kuppeln der byzantinischen Kirchen spiegelte.

„Trauern Sie über den Verlust?"

Sie hatte ihn nicht näher kommen hören und drehte schnell den Kopf um, als sie seine ruhige Stimme hörte. Ein wehmütiges Lächeln berührte ihr Gesicht, der Sommerwind spielte in ihren Haaren.

„Nein, ich denke an meine Mutter."

„Ich würde nicht zu große Hoffnungen hegen", sagte er ruhig. „Aber es ist möglich, daß ich Nikolas helfen kann, herauszufinden, wo sie ist. Sobald Zakeem sich aus Antiochia bei mir zurückmeldet, werden wir beide mehr darüber wissen, was wir von unserer Zukunft zu erwarten haben."

„Von unserer Zukunft?" fragte sie, da sie seine Absichten falsch deutete. „Ich wüßte nicht, daß wir eine gemeinsame Zukunft hätten."

„Ein Versprecher, Fürstin. Das haben wir auch nicht. Ein Grund, dankbar zu sein." Mit diesen Worten ließ er sie absichtlich allein stehen.

Er ging zu der Stelle, wo die Pferde angebunden waren, und fütterte Apollo und die anderen aus einem Stoffbeutel mit Äpfeln, die er mitgebracht hatte. Er wußte, daß sie immer noch über seine Bemerkung nachdachte, und warf belustigt einen Blick in ihre Richtung. Wie er vermutet hatte, stand sie da und beobachtete ihn. Er konnte sich vorstellen, daß sie über seine vorgetäuschte Gleichgültigkeit ihr gegenüber verwirrt war. Je mehr sie ihre Gefühle mit überheblichem Stolz abschirmte, um so mehr würde er sie ablehnen. Und wenn er überhaupt etwas über sie wußte, dann, daß seine Gleichgültigkeit ihr Interesse weckte.

Da ihr ständig Männer den Hof machten, die sich nicht für sie, sondern für ihre Schönheit und ihre Stellung interessierten, konnte sie nicht verstehen, warum er sich anders benahm.

Er drehte ihr lässig den Rücken zu, lehnte sich an die Schiffswand und biß in einen Apfel.

* * *

Als sie auf der anderen Seite des Bosporus in Anatolien ankamen, stand die Morgensonne warm und stechend am Junihimmel. Sie ritten in das Kreuzfahrerlager. Helena erkannte die Flagge, oder vielmehr die Standarte, wie Tankred sie nannte, von Fürst Bohemund. Andere Feudalherren aus der Normandie waren ebenfalls eingetroffen, und sie bemerkte die gleichen roten Kreuze auf ihrer Kleidung. Noch mehr Soldaten waren kürzlich auf venezianischen Schiffen angekommen. Helena beobachtete, wie die Männer sich bei einem großen Zelt, dem Hauptquartier, versammelten und sich alle rote Kreuze auf die Brust nähen ließen.

Die Größe des Lagers versetzte sie in Erstaunen. Sie schaute sich um und legte die Hand an die Stirn, da die Sonne sie blendete, während sie langsam zwischen Tankred und Bardas durch das Lager ritt.

Bardas zupfte an seinem eindrucksvollen Schnurrbart und knurrte leise: „Hier sind ja noch mehr Barbaren als bei Herzog Gottfried in der Stadt auf der anderen Seite der Brücke. Ich hoffe, es war kein Fehler von Herrn Nikolas, Sie hierher zu bringen."

Obwohl Helena Nikolas' Entscheidung nicht in Frage stellte, war der Anblick, der sich ihr bot, beeindruckend und einschüchternd zugleich. So weit das Auge reichte, sah sie Zelte, Pferde, Esel, Wagen, Karren und Soldaten – Tausende. Und diese Männer waren, wie Tankred vorher schon erklärt hatte, nicht der halb verhungerte und zerlumpte Bauernpöbel, der in dem Glauben, Jesus Christus marschiere vor ihnen her, um die Ungläubigen zu töten, mit Peter dem Eremiten seinem Massaker entgegengezogen war.

Diese Ritter trugen Leder und Eisenrüstungen. Ihre Waffen wurden von jungen Burschen, die dazu ausgebildet wurden, eines Tages Ritter zu werden, auf Hochglanz gebracht und einsatzbereit gemacht. Sie betrachtete die eindrucksvollen Percheronpferde, die eigens für den Krieg gezüchtet wurden.

„Sie sind für den Ritter genauso wichtig wie sein eigener Körper“, sagte Tankred, als er ihrem Blick folgte. „Das Pferd wird von einem Pferdeknecht neben dem persönlichen Zelt eines Ritters gepflegt und gut gefüttert.“ Er fügte mit einem belustigten Seitenblick auf sie hinzu: „Sie werden besser behandelt als ihre Frauen.“

„Dessen bin ich mir sicher.“

„Jeder Ritter hat gewöhnlich sechs Lakaien, die neben ihm kämpfen, sein Pferd abschirmen oder vor ihm kämpfen und auf den Feind einschlagen.“ Er deutete auf eine andere Gruppe. „Das sind die berühmten Bogenschützen. Und da drüben sind Steinwerfer. Sie berufen sich auf David als ihren Schutzpatron. Dann sind da noch die Fußsoldaten. Sie schwingen die Hellebarde – eine Axt an einem langen Schaft und mit einer scharfen Klinge –, wieder andere benutzen den Morgenstern, eine schwere Eisenkugel, die mit scharfen Spitzen gespickt und mit einer Kette an einem Griff befestigt ist.“

Helena warf ihm einen Blick von der Seite zu.

„Sie sehen also, Fürstin: Sie werden hier gut beschützt.“ Er deutete auf die Zelte der Schmiede. Helena hörte das Eisen auf den Ambossen laut klirren.

„Hier wird dafür gesorgt, daß alle diese Waffen und noch viele andere immer einsatzbereit sind“, erklärte Tankred. „Und die Bereitschaft der Männer, einen Gegner entzweizuspalten, ihm die Nase abzuhacken oder seinen Schädel zu zerschmettern, schwelt immer unter der Oberfläche.“

Helena konnte an seiner glatten Stimme nicht erkennen, ob er diese Worte zynisch oder mit vollem Ernst sagte. „Ich bin zutiefst beeindruckt“, murmelte sie.

„Das sollten Sie auch. Die Ritter haben alle die Absicht, die Türken zu töten –, und obwohl sie angeblich vom Himmel geschickt wurden, waren sie sich nicht zu gut, einige christliche Städte entlang ihres Weges durch Europa zu plündern. Viele von ihnen, besonders die Fürsten und Adeligen, sind auf Profit aus, Land, Gold, neue Herrschaftsbereiche und natürlich auf das große Abenteuer.“

Sie warf ihm einen trockenen Blick zu. „Es überrascht mich, daß Sie das zugeben.“

„Warum sollte ich nicht?“

„Diese Männer sind Ihre Verwandten, Ihr Volk.“

„Das sind die Mauren auch. Bin ich denn der Lehnsherr der Kreuzfahrer? Und überhaupt ist es weder meine Aufgabe, diese Expedition zu verteidigen, noch sie zu verurteilen."

Sie betrachtete ihn, während er auf Apollo neben ihr herritt, und fand, daß er von Kopf bis Fuß ganz genauso aussah wie die anderen Ritter hier. „Werden Sie sich Ihnen anschließen?"

Er schaute mit zusammengekniffenen Augen auf die hügeligen Berge des Orients, die immer näher rückten. „Wenn ich es vermeiden kann, nicht. Ich war von Anfang an gegen Kreuzzüge, und das bin ich immer noch, aber das interessiert niemanden. Sie können es nicht erwarten, in einen Kampf zu ziehen. Viele Ritter, ihre Edelmänner und auch die gewöhnlichen Fußsoldaten glauben, sie kämpften für Christus und seine Ehre. Man hat ihnen gesagt, daß ihre Sünden vergeben würden, daß sie sofort in den Himmel kämen, wenn sie an dem Kreuzzug teilnehmen und unter dem Kreuz kämpfen. Ihre Schwerter wurden vor ihrem Aufbruch gesegnet, und sie sind zu allem bereit."

Sie fragte nachdenklich: „Aber Sie glauben nicht, daß Gott die Kirche aufruft, die Ungläubigen zu vernichten und das heilige christliche Jerusalem zurückzuerobern?"

„Wie die Bischöfe das glauben können, erstaunt mich."

„Nikolas glaubt es nicht", verteidigte sie eilig ihren Onkel.

„Weil er die Bibel besser versteht als die einfachen Priester. Und nach allem, was ich gelesen habe, waren die letzten Worte Jesu vor seiner Himmelfahrt der Auftrag, die Nachricht der Hoffnung und Vergebung bis ans Ende der Welt zu tragen."

„Und wenn sie diese Nachricht nicht annehmen wollen?"

„Dann nehmen sie sie eben nicht an und werden auf ewig von Gott getrennt sein. Ich verstehe die Bibel so, daß Jesus Christus zu einem letzten Gericht gegen seine Feinde reitet und sein Reich auf Erden errichtet. Die Kirche wird das nicht mit körperlicher Gewalt tun, denn ihre Waffen sind nicht fleischlich, sondern geistlich."

„Und Sie glauben nicht, daß er ‚geistlich' voranreitet, um durch das irdische Schwert der Kreuzfahrer das Gericht zu bringen?"

Tankred schaute sie an, als überlege er, ob ihre Frage ernst gemeint sei. „Falls er das tun sollte, werden wir nie eine Schlacht verlieren. Aber was ist mit dem Bösen, das in seinem Namen angerichtet wurde, als viele der Kreuzfahrer auf ihrem Weg durch Europa die Juden überfielen? Selbst die Bauern bei Peter dem Eremiten plünderten und brannten Häuser nieder, auch wenn sie es abstritten, als sie deswegen zur Rede gestellt wurden."

„Ich glaube, Sie haben recht", sagte sie ruhig. „Auch wenn ich zugeben muß, daß ich mir bis jetzt nicht viele Gedanken darüber gemacht habe. Ich war zu sehr mit meinen eigenen Problemen beschäftigt. Ich fürchte, es wird zwischen dem Bosporus und Jerusalem große Verluste an Menschenleben geben."

„Ja", war alles, was er sagte.

„Ich bin froh, daß Sie sich ihnen nicht anschließen wollen", sagte sie nach einem kurzen Schweigen.

Seine blaugrauen Augen schauten sie einen Augenblick direkt an. Dann ließ sie ihren Blick über die Zelte und Soldaten wandern.

„Vielleicht muß ich das", erwiderte er tonlos. „Es gibt Zeiten, in denen ein Mann in Umstände gerät, denen er nicht ausweichen kann. Um zu überleben, muß ich kämpfen. Egal, wie meine Überzeugungen auch aussehen, habe ich trotzdem nicht den Wunsch, mein Schwert zu übergeben und unter dem Krummschwert den Tod eines Märtyrers zu sterben." Ein Lächeln bildete sich auf seinem Gesicht. „Wer würde Sie dann aus Kalids Umarmung retten?"

Sie wandte den Kopf ab und wischte eine dunkle Locke von ihrer Wange. „Darüber brauchen Sie sich keine Sorgen zu machen. Ich werde bald Philipp heiraten."

„Wirklich?"

Sie antwortete nicht, denn in diesem Augenblick fiel ihr Blick auf Fürst Bohemunds Zelt, und sie sagte überrascht: „Aber – Philipp ist hier." Doch dann stockte ihr der Atem. „Ist das nicht Konstantin an seiner Seite?"

Tankreds Augen folgten ihrem Blick zu dem großen Zelt, in dem sich das Hauptquartier befand und an dessen Eingang stolz Bohemunds scharlachrote Flagge im Wind flatterte. Sowohl Philipp als auch Bischof Konstantin standen da und schauten ihnen entgegen. Neben ihnen stand General Taticus, der Befehlshaber der kleinen byzantinischen Streitmacht, die mit den Kreuzfahrern zog.

„Was macht Konstantin hier?" flüsterte sie. „Ich frage mich, ob Nikolas etwas davon weiß."

„Sicher nicht. Er ist auch noch nicht im Lager. Wenn Nikolas kommt, dann wird er das so leise wie auf den Flügeln eines Falken tun."

„Bis zu seiner Ankunft wird Philipp dafür sorgen, daß ich es bequem habe. Er hat bestimmt einige Sklaven bei sich und läßt für mich ein Zelt neben seinem eigenen aufstellen."

„Er denkt bestimmt zuerst an Bequemlichkeit und Luxus", kam Tankreds gelangweilte Stimme. „Ich hoffe, er überlebt den langen Weg nach Jerusalem. Es kann zu Hungersnöten kommen, bevor wir Davids Stadt zu Gesicht bekommen."

„Er wird überleben! Haben Sie vergessen, daß Philipp auch ein Soldat ist?"

„Wieselburg vergessen? Ich mache es mir zur Pflicht, mich gut daran zu erinnern. Wie steht es um Ihre Sicherheit? Wird er dafür auch sorgen?"

Sie schaute ihn kühl an. „Warum Sie ihn nicht mögen, ist so offensichtlich."

„Wirklich?"

Sie ließ die Zügel schnalzen und ritt voraus. Bardas folgte ihr schnell und warf einen finsteren Blick zurück auf Tankred.

* * *

Tankred brachte Apollo zum Stehen und legte seinen Ellbogen auf seinen Sattel. Er betrachtete General Taticus, der zweifellos als Spion für den Kaiser im Lager war. Es war bestimmt sein heimlicher Ehrgeiz, dafür zu sorgen, daß jede Festung, die den Türken abgenommen wurde, an das Byzantinische Reich zurückgegeben würde. Die Kreuzfahrerfürsten würden noch schwere Lektionen lernen müssen, wenn sie den Kaiser des Ostreichs überlisten wollten. Alexios hatte nicht die geringste Absicht, frühere Gebiete, die die Moslems dem Byzantinischen Reich abgenommen hatten, aufzugeben und den Kreuzfahrern zu überlassen. Inzwischen hatte der Kaiser bestimmt an jedem Vorposten entlang des Weges seine Spione stationiert, die versuchten, heimliche Verhandlungen mit den verschiedenen kleinen Sultanen und Emiren zu treffen, damit sie ihre Gebiete General Taticus und nicht diesen schrecklichen barbarischen Fürsten übergaben.

Konstantin dagegen war eine ganz andere Sache. Genauso wie Nikolas war Tankred davon überzeugt, daß seine Anwesenheit eine tiefere Bedeutung hatte als seine Ergebenheit unter die Herrschaft seines Kaisers. Ihm ging es um mehr, als dafür zu sorgen, daß sein Sohn Philipp den Ruhm für alle möglicherweise errungenen Siege davontragen würde. Was genau wollte Konstantin bei diesem beschwerlichen Zug nach Jerusalem erreichen?

Eines war klar: Helena hatte ihm noch nicht alles über ihre Mutter, Adrianna, erzählt.

Er beobachtete, wie Philipp seinen Platz neben General Taticus verließ und vortrat, um Helena von ihrem Pferd zu helfen. Sie standen einen Augenblick da und schauten sich in die Augen, dann drehte sich Philipp um, trat neben Konstantin und sagte etwas zu ihm. Dabei erweckte er den Eindruck, als sei sie nur eine gute Freundin von ihm.

Tankred blieb im Sattel sitzen und lenkte den Hengst im Schritt zu der eindrucksvollen Versammlung byzantinischer Beamter unter dem Vordach, über dem die stolze Flagge mit dem doppelköpfigen Adler flatterte, der nach Westen und Osten schaute. Seit den Tagen des Byzantinischen Reiches hatte Konstantinopel jedoch in beiden Richtungen Gebiete verloren.

Philipp verließ die Plattform unter dem Vordach und trat auf Tankreds staubbedecktes Pferd zu. Es schien, als wollte er sich leise nach Nikolas erkundigen, aber Konstantin gesellte sich zu ihnen und vereitelte diese Gelegenheit.

„Sie sind überrascht, uns zu sehen, Hauptmann Redwan?“ fragte Konstantin mit einem dünnen Lächeln. „Ich vergaß, Ihnen bei unserer letzten Begegnung zu sagen, daß Philipp und ich als Abgesandte des Kaisers ausgewählt wurden, um mit General Taticus und seiner byzantinischen Truppe zu reiten. Wir werden die Kreuzfahrer auf dem Weg nach Antiochia und Jerusalem begleiten. Jedoch werde ich mit Graf Raimund von Toulouse reiten.“

Tankred schaute Philipp an, der angespannt wirkte. War er unter dem Vorwand, mit General Taticus zusammenzuarbeiten, zu Helena gekommen? Oder hatte er tatsächlich einen Auftrag des Kaisers zu erfüllen?

„Sie haben Helena sicher in unsere Obhut gebracht“, sagte Philipp. „Gute Leistung, Hauptmann. Irgendwelche Schwierigkeiten unterwegs?“

„Hätte ich mit Schwierigkeiten rechnen sollen?“ fragte Tankred unschuldig. Nikolas hatte recht. Konstantin und Irene hatten ihre privaten Soldaten in den Bergen versteckt, die bereit wären, Helena auf dem schnellsten Weg zu Kalid zu schleppen, falls ihr Sohn versuchen sollte, mit ihr zu fliehen.

Philipp schwieg, aber Konstantins falkenähnliches Gesicht wurde hart. „Es gibt immer Gefahren. Sie können von hier bis nach Jerusalem mit Schwierigkeiten rechnen.“

„Ich werde auf der Hut sein, Herr Bischof.“

Konstantins Augen funkelten. Er ging zu seinem Pferd und stieg auf. „Schade, daß ich Nikolas verpasse. Reitet er nicht mit Ihrem normannischen Lehnsherrn? Oder hat er beschlossen, wie ein Schatten, der sich hinter den Wüstenfelsen versteckt, hinterherzuschleichen?“

Tankreds militärische Miene blieb regungslos. „Wünschen Sie, daß ich einen Reiter zu Nikolas schicke?“ fragte er unschuldig.

Ein Funkeln zeigte sich in seinen kühnen Augen. „Das ist nicht nötig, Redwan. Ich bin sicher, Nikolas weiß, daß ich hier bei den Kreuzfahrern bin. Er kann mich bei Graf Raimunds Armee und Bischof Adhémar finden, wenn er will.“

„Dann sind Sie zweifellos nicht weit entfernt.“

Konstantins Augen wanderten kurz über ihn. „Als Abgesandter des Kaisers werde ich immer in Philipps Nähe sein. Es ist seine Verantwortung, dafür zu sorgen, daß die Fürsten ihren Lehenseid halten und alle gewonnenen Gebiete dem Kaiser übergeben.“

„Jetzt, da Sie hier sind, um ihm zu helfen, bin ich mir sicher, daß Sie beide ihre Ziele erfolgreich erreichen werden, Herr Bischof.“

Konstantins Mund verzog sich. Tankred wandte sich an Philipp, der sichtlich angespannt neben seinem Vater stand. „Mit Ihrer Erlaubnis.“ Er hob eine Hand zum militärischen Gruß, lenkte Apollo herum und ritt weiter.

* * *

Tankred stand bei einem der Pferche, in denen mehrere von Bohemunds Percheronpferden standen. Apollo wurde von den anderen getrennt gehalten, da die großen Pferde in seiner Nähe unruhig wurden. Tankred war gerade dabei, seine Hufe zu untersuchen, als der Ostwind ein einsames, fernes Schnauben an seine Ohren trug. Er richtete sich auf und spähte in die schwarze Nacht hinein. Wie immer hatte er seine Waffen in greifbarer Nähe und war vorsichtig.

Nikolas tauchte wie ein Trugbild in der Wüstennacht auf. Er trug einen normannischen Helm auf dem Kopf und einen kurzen Ritterumhang.

Ein gutgelauntes Lächeln zog über sein gebräuntes Gesicht. Er deutete auf Apollo. „Willst du dich mit einem verwöhnten Vollblutpferd zu einem gestandenen normannischen Roß gesellen?“

Apollo hob den Kopf, als hätte er die Beleidigung verstanden.

„Schenke ihm keine Beachtung, Apollo“, sagte Tankred. „Er vergißt, daß wir die Absicht haben, ihnen allen etwas vorzuführen – einschließlich seinem Gaul.“

Nikolas trieb sein Pferd mit den Knien voran und lehnte seinen Arm über den Sattel. Seine schwarzen Augen funkelten in dem silbrigen

Mondlicht, und seine weißen Zähne leuchteten unter dem dunklen Schnurrbart.

„Ich habe gehört, daß Konstantin sich nach mir erkundigt hat."

„Bist du ein Geist, daß du Worte hörst, die gesagt werden, wenn du nicht dabei bist? Vielleicht hast du außer mir noch andere Spione", sagte Tankred.

„Raimund hat es mir gesagt. Ich war bei ihm, bevor ich hierher geritten bin."

„Hast du Konstantin gesehen?"

„Nein, aber Raimund ist überhaupt nicht davon begeistert, daß mehrere Spione des Kaisers und auch noch Konstantin mit seiner Armee reiten. Wo ist Helena?"

„Sie ist in Sicherheit. Ihr Zelt ist bei den Byzantinern. Ich frage mich, warum Konstantin von Philipp nicht verlangt, sie in seine eigene Gefolgschaft zu bringen? Es muß einen Grund geben, warum er sie unbewacht so nahe bei Philipp läßt. Vielleicht", meinte Tankred nachdenklich, „hat er Grund zu glauben, daß Philipp trotz allem nicht mit ihr auf die Burg fliehen wird."

Nikolas schaute in die sternklare Nacht. Der warme, trockene Wind umwehte ihn sanft. „Du glaubst, Philipp könnte mehr mit ihm kooperieren, als er uns erzählt hat? Vielleicht. Ich glaube auch allmählich, daß er Spione hat, die ihm aus Nikäa Bericht erstatten."

Tankred warf ihm einen aufmerksamen Blick zu. „Ich habe auch Nachrichten aus Nikäa. Sie betreffen deine Schwester Adrianna."

„Ah! Sprechen wir in meinem Zelt weiter –, oder bin ich dazu verdammt, bei den Skorpionen und Fliegen zu schlafen?"

„Dein byzantinisches Blut läßt sich nicht leugnen! Du hast immer noch deinen fleischlichen Wunsch nach Luxus. Ja, du hast ein Zelt, und zwar ein ausgezeichnetes. Und ich bin auch kein Verächter von Bequemlichkeit. Solange es leer stand und ich auf dich wartete, bin ich darin eingezogen. Ich werde meine Sachen holen und mir bei den Rittern einen Platz suchen."

„In dem Zelt ist genug Platz für uns beide, und ich will dich in der Nähe haben. Es gibt vieles zu besprechen." Nikolas schwang sich von seinem Pferd und führte es zu dem Pferch, wo Futter und Wasser warteten und zwei junge Bauernburschen dösten. Sie sprangen schnell auf die Beine, als sie den Bischof sahen, und begrüßten ihn eilig. „Christus sei gelobt, Herr Bischof!"

„Möge er wirklich gelobt werden. Kümmert euch um mein Roß –, ich meine, um meinen ‚Gaul'", sagte er und warf einen spitzbübischen Blick auf Tankred. Dann schritten sie gemeinsam in das Lager, das von vielen Feuern hell erleuchtet war, während der Wind den Rauch über das kahle Land wehte.

* * *

Helenas geräumiges Zelt war von Laternenlicht erhellt. Ihre dichten dunklen Haare waren offen und legten sich in Locken über ihre schmale Taille. Als sie ein „kratzendes" Geräusch am Eingang hörte, drehte sie sich auf ihrem Täbristeppich um und schaute vorsichtig zur Zeltwand. Tankred wäre doch bestimmt nicht so kühn, so spät abends in ihr Zelt zu kommen? Sie hatte seit ihrer Ankunft im Lager vor mehreren Tagen nicht mehr mit ihm gesprochen und sich schon gefragt, wo er war. Da sie es nicht erwarten konnte, Nikolas zu sehen, hatte sie Philipp mit Fragen bedrängt, aber er behauptete, er tappe genauso im dunkeln wie sie. Bardas hatte ihr auch nicht sagen können, was Tankred im Sinn hatte –, oder wollte er es ihr nur nicht sagen?

Sie schob die Decke über dem Eingang zur Seite und unterdrückte einen überraschten Ausruf, als Nikolas sie breit angrinste und die Kopfbedeckung von seinen dichten schwarzen Haaren zurückschob.

„Hast du Platz für zwei Abtrünnige?" flüsterte er.

Zwei? Sie spähte an ihm vorbei und erblickte Tankred.

Schnell schob sie die Decke wieder vor und drängte: „Beeilt euch, ich drehe das Licht kleiner. Dann glaubt man, ich würde schlafen." Sie eilte los, um eines der Lichter kleiner zu drehen. „Wie kommt es, daß die Wachen euch nicht gesehen haben?"

„Bardas hat sie abgelenkt. Ein kluger Spartaner."

Sie drehte die zweite Laterne kleiner. „Philipp läßt mein Zelt bewachen. Er fürchtet, daß Konstantin uns von Spionen beobachten läßt, die nur darauf warten, daß wir versuchen, zur Burg zu fliehen."

„Das hat er Ihnen erzählt?" fragte Tankred.

Sie hörte den versteckten Zweifel aus seiner Stimme heraus und schaute ihn an. „Ja, welchen anderen Grund sollte er dafür haben?"

Tankred antwortete nicht und zog einen zweiten Vorhang über den Eingang, damit man ihre Schatten nicht sehen könnte, dann drehte er sich zu ihr um. Ihr fiel auf, daß er seine byzantinische Uniform gegen das rauhe Leder der Normannen ausgetauscht hatte.

Sie ließ sich gegenüber von Nikolas auf dem Teppich nieder und schenkte Tankred keine Beachtung, war sich seiner Nähe aber sehr wohl bewußt.

„Soll ich Philipp rufen lassen?“ fragte sie ihren Onkel ruhig. „Wenn wir über unsere Pläne sprechen wollen –“

„Noch nicht, Fürstin“, unterbrach Tankred sie gelassen, ohne jedoch eine weitere Erklärung abzugeben. Helena glaubte, seine Motive bereits zu kennen, und drehte den Kopf in seine Richtung. Er hatte eine Schale mit frischem Obst, die Philipp ihr hatte bringen lassen, hochgehoben, betrachtete die appetitlichen Früchte und wählte eine Traube mit leuchtend blauen Beeren. Er reichte die Schale an Nikolas weiter, der lächelnd beobachtete, wie die beiden aufeinander reagierten. Ihn schien ein Gedanke, den er nicht verriet, zu belustigen.

„Tankred hat recht. Ruf ihn noch nicht.“

Daß Nikolas so schnell Tankred zustimmte, überzeugte Helena davon, daß die Beziehung zwischen den beiden doch enger war, als sie geglaubt hatte. Diese Erkenntnis war etwas enttäuschend, da es ihr Wunsch war, daß Nikolas Philipp mehr zustimmte. Ihr Onkel hatte zu ihrem Entschluß, Philipp auf der Burg zu heiraten, noch nicht seinen Segen gegeben. Letzten Endes rechnete sie damit, seine Zustimmung zu bekommen, aber es hätte sie gefreut, wenn er mehr Begeisterung zeigen würde. Immerhin war Philipp ein Verwandter, und sie hätte erwartet, daß Nikolas auf seinen wichtigen Posten als Kriegsminister stolz wäre.

„Hast du Neuigkeiten?“ fragte sie ruhig.

Sie schaute ihn erwartungsvoll an, aber Nikolas zog einen Dolch aus einer Scheide an seinem Handgelenk und begann, tief in Gedanken versunken, eine Orange zu schälen.

Sie fühlte sich etwas unbehaglich und war nicht sicher, ob das an seinem plötzlichen Ernst oder an dem Dolch lag, den er so selbstverständlich benutzte. Sie sah, daß darauf zwei überkreuzte Krummschwerter eingraviert waren, und vermutete, daß er den Dolch von Tankred bekommen hatte.

„Hast du die Zeichnung von Nikäa?“ fragte er Tankred.

Tankred hob seine Tasche hoch und setzte sich zu ihnen auf den Teppich. Er zog eine Zeichnung heraus, und Helena hob die Laterne hoch, um die Karte besser sehen zu können.

„Wie du weißt, ist Nikäa eine ausgezeichnet befestigte Stadt“, erklärte ihr Nikolas. „Tankred war vor kurzem innerhalb der Stadtmauern.“

Diese Information erstaunte sie, aber sie lernte allmählich, daß Tankred immer für Überraschungen gut war.

„Die Stadt liegt auf dem Hauptverbindungsweg für die Nachschublinie der Kreuzfahrerarmeen. Es wäre tödlich für die Kreuzfahrer, wenn sie eine starke türkische Garnison hinter sich stehen ließen."

„Die Fürsten planen deshalb, Nikäa einzunehmen", erklärte ihr Nikolas. „Diese Nachricht begünstigt unser persönliches Anliegen."

„Aber was habe ich damit zu tun?" fragte sie unbehaglich.

„Ich hatte zuerst die Hoffnung, dich so schnell wie möglich zur Burg Hohms zu Tankreds Adoptivvater, Lehnsherr Rolf Redwan, zu schikken, einem Mann mit ausgezeichneten Fähigkeiten. Aber es ist noch nicht möglich, dich dorthin zu bringen. Konstantin hat diesen Schachzug vorhergesehen und hat Soldaten postieren lassen. Wir müssen auf den richtigen Augenblick warten." Er schaute Tankred fragend an. „Was hast du in Nikäa herausgefunden?"

Sie sah den Blickwechsel zwischen den beiden Männern, dann drehte Tankred den Kopf und schaute sie an.

„Die Zitadelle wird vom Sultan, Kilidsch Arslan, beherrscht", sagte Tankred. „Sie kennen ihn als den Roten Löwen. Ihre Mutter wurde gesehen, als sie mit ihm von Jerusalem nach Nikäa ritt."

Betroffen starrte sie ihn an. *Mutter, in Nikäa? So nahe?*

„Sind Sie sicher?" flüsterte sie.

„Meine Quellen sind zuverlässig", antwortete Tankred ruhig. „Aber ich kann nicht versprechen, daß sie noch in der Zitadelle ist."

Meine Mutter bei dem Roten Wüstenlöwen!

Nikolas legte mitfühlend eine Hand auf ihre Schulter, als Tränen in ihre Augen traten, obwohl sie sich bemühte, sie zurückzuhalten.

„Sie muß dort sein", flüsterte sie.

„Wenn sie in der Stadt ist, werden wir sie finden", erklärte Nikolas.

Sie war nahe daran, ihm von Konstantin zu erzählen. Wußte Konstantin auch, daß sie in Nikäa war? Doch dann erinnerte sie sich an seine kalte Warnung. Sollte Konstantin ihre Mutter zuerst ausfindig machen, war es von entscheidender Wichtigkeit, daß sie seine Pläne nicht verriet, um ihn nicht zu verärgern. Wenigstens noch nicht.

„Glauben Sie nicht, daß sie jetzt schon in Nikäa ist?" fragte sie Tankred.

„Das weiß ich nicht. Ich habe gehört, daß der Rote Löwe nicht in der Stadt ist."

„Sind Sie sicher?"

„Nein, aber machen Sie sich lieber keine allzu großen Hoffnungen."

„Die Hoffnung ist das einzige, was mir bleibt."

Nikolas trommelte nachdenklich mit den Fingern auf den Teppich. „Mir fällt gerade etwas ein ... Als Alexios Kaiser wurde, war es für ihn von Interesse, einen Vertrag mit dem Roten Löwen zu schließen –, oder war es sein Vater?" Er schaute Tankred fragend an.

„Sein Vater. Suleiman war Kalif über dieses ganze Gebiet, aber er ist tot. Seit seinem Tod ist das moslemische Reich in viele zerstrittene Gruppen zerfallen, deren Emire sich gegenseitig bekriegen. Falls der Kaiser einen Vertrag abgeschlossen hat, dann mit dem Roten Löwen. Warum erwähnst du diesen Vertrag? Denkst du an Konstantin und Philipp?"

„Ja. Falls Nikäa den Byzantinern übergeben wird, dann hat der Kaiser in diesem Vertrag geschworen, die Familie und die Frauen des Roten Löwen zu schützen ..."

„Ich verstehe, was du meinst", nickte Tankred.

„Aber ich nicht!" flüsterte Helena.

Tankred schaute sie an. „Als der Rote Löwe Nikäa verließ, hat er vielleicht, wie in diesem Vertrag vereinbart, eine sichere Reise seiner Familie an einen geheimen Ort in Konstantinopel arrangiert."

Helena schaute die beiden an. Sie ballte die Fäuste und dachte an Irene. Sie würde davon erfahren und ihre Mutter finden ...

„Hat Philipp irgend etwas über den Vertrag mit dem Roten Löwen gesagt?" fragte Tankred.

„Nein. Ich bin mir sicher, daß er davon nichts weiß."

„Ich bitte, widersprechen zu dürfen, gnädiges Fräulein. Er weiß genausoviel wie wir, vielleicht noch mehr."

„Philipp? Wie können Sie so etwas behaupten?"

„Er ist Kriegsminister, oder etwa nicht?" erinnerte er sie ruhig. „In dieser Funktion ist er der Chef des Geheimdienstes."

Sie starrte ihn an und war sicher, daß er mit diesen Worten etwas Unschmeichelhaftes meinte, aber sie war nicht sicher, was es war. Sie schaute Nikolas an und sah an seiner Miene, daß er ebenfalls zu beunruhigenden Schlußfolgerungen gekommen sein mußte.

Sie stand auf und ging einige Schritte. Eisige Finger legten sich um ihr Herz. Sie glaubte zu wissen, worauf Tankred anspielte: Philipp könnte Irene verraten, daß Adrianna in Konstantinopel war. Wie konnte Tankred so etwas auch nur denken!

Sie blieb angespannt stehen. Zu viele Gedanken rasten durch ihren Kopf. Langsam sank sie auf den mit Brokat überzogenen Stuhl. *Meine Mutter ist in Nikäa,* sagte sie zu sich. *Ich werde sie finden. Gott wird meine Gebete erhören.*

16. Ritter, Tapferkeit und Minne

Die Standarten der Kreuzfahrerfürsten flatterten im warmen Mittelmeerwind, als der vier Tage lange Marsch nach Nikäa begann. Die Ritter saßen auf ihren Pferden, während Soldaten mit Äxten vorausmarschierten, um für die vielen Wagen und die riesige Menschenmenge, die zu Fuß folgte, einen Weg durch das Unterholz zu bahnen.

Die langen, heißen Tage führten sie durch die Hügel, die von Pinien und Zypressen gesäumt waren und die Grenze zwischen dem Byzantinischen Reich und Anatolien, dem Seldschukenreich der moslemischen Türken, bildeten. Nach der Stadt Nikäa würden die Soldaten gegen Doryläon, Antiochia, Edessa, Tripoli, Damaskus, Tyrus, Akko, Jaffa, Bethlehem und schließlich Jerusalem ziehen!

In kurzem Abstand zu Bohemund und seinen obersten Rittern folgte die kleine, elitäre byzantinische Gefolgschaft, die aus Philipp, General Taticus und einem Dutzend griechischer Soldaten bestand.

Helena ritt zwischen Tankred und Bardas. Nikolas ritt eine Pferdelänge vor ihnen neben Bohemund. Priester und Mönche schritten mit der Kirchenstandarte und ihren kostbaren Reliquien neben ihnen her.

Helenas Pferd war mit einer kleinen Sänfte aus roter Seide mit Goldrand gepolstert worden. Als es Nachmittag wurde und kein Windhauch mehr zu spüren war, fächerte sie sich etwas Luft zu und wünschte sich einen kühlenden Wind.

„Wie weit ist es noch, bis wir das Lager aufschlagen?“ erkundigte sie sich bei Philipp, obwohl Tankred als ihr Leibwächter näher neben ihr ritt.

Philipp lenkte sein Pferd an ihre Seite, wo Bardas schnell Platz machte und eine Pferdelänge zurückfiel.

„Du bist doch nicht schon erschöpft?“ Er lächelte sie an, dann winkte er einem Diener, mit Erfrischungen vorzureiten. Der Diener war im Kaiserpalast ausgebildet worden und balancierte mit erstaunlichem Geschick einen goldenen Kelch, in den er aus einem silbernen Krug Wein einschenkte. Philipp nippte zuerst daran und schaute Helena dabei tief in die Augen. Dann reichte er ihr den Kelch.

Helena lächelte, hob den Kelch an ihre Lippen und trank an derselben Stelle, an der seine Lippen den Rand berührt hatten. Dabei konnte sie dem Drang nicht widerstehen, einen Blick auf Tankred zu werfen. Dieser beobachtete den Kelch, der wie ein bunter Goldbarren in den Sonnenstrahlen glitzerte, ganz genau. Helena beachtete ihn nicht, als er demonstrativ seinen abgegriffenen Wasserschlauch vom Sattel nahm und seinen Durst stillte, ohne sie aus den Augen zu lassen. Wieder einmal wurde ihr der abgrundtiefe Unterschied zwischen diesen beiden Männern bewußt. Wäre Philipp nicht neben ihr geritten, dann hätte sie mit Sicherheit irgendeine ruhige, aber stichelnde Bemerkung über byzantinische Protzerei aus Tankreds Mund erwartet.

Als Helena oben am Rand der felsigen Schluchten ankam und ihre Gefolgschaft die türkische Grenze überschritt, stockte ihr bei dem entsetzlichen Anblick, der sich ihnen bot, der Atem.

Halbverweste Menschenskelette in verrotteten Lumpen! Knochen! Haufen über Haufen von Menschenleichen, die grotesk wie Festungen aufgetürmt waren!

Ihre Hand fuhr an ihren Hals. „Wer – ist das? Wer wagt es, die Toten so grausam zu verhöhnen?"

Tankreds Augen folgten grimmig ihrem entsetzten Blick. „Sie sehen die bejammernswerten Überreste der Bauernarmee unter Peter dem Eremiten. Schauen Sie sie sich genau an. Das war das erste Kontingent von Kreuzfahrern, die mit dem Ruf ‚*Deus le volt!*' auf den Lippen siegessicher losmarschierten."

Helena schaute Philipp fragend an, um von ihm zu erfahren, ob Tankred recht habe. Philipp betrachtete die Szenerie mit finsterer Miene.

„Warum sind sie so aufgestellt? Wie Festungen? Das ist empörend!"

„Die Moslems haben einen abartigen Sinn für Humor", sagte Philipp.

Tankred warf einen beiläufigen Blick zum hügeligen Horizont. „Sie wissen zweifellos von der heranrückenden Kreuzfahrerarmee unter den Fürsten und wollen uns mit diesem Denkmal warnen."

Sie erschauderte und erinnerte sich an das schmähliche Debakel vor einigen Monaten unter Peter dem Eremiten und seinem irregeleiteten Bauernpöbel. Die ruhelosen und undisziplinierten Horden – die einige Zeit vor den Armeen der Feudalfürsten eingetroffen waren – hatten sich geweigert, den Rat des Kaisers zu befolgen und in einem Lager am Bosporus zu bleiben. Sie hatten mit nicht viel mehr als mit ihrem fehlgeleiteten religiösen Eifer und dem Glauben, daß Christus sie zum militärischen Sieg führen würde, die Meerenge überquert und waren nach Anatolien losmarschiert. Tragischerweise waren sie den Seldschukentürken geradewegs in die Arme gelaufen und einem schrecklichen Massaker zum Opfer gefallen. Außer einigen Frauen und Kindern, die als Sklaven verschleppt worden waren, waren alle tot.

Helena mußte an ihre Mutter denken. *Sie ist auch Sklavin, vielleicht bei dem Roten Löwen.* Ein Schaudern lief ihr über den Rücken. Helena flüsterte ein Gebet, daß ihre lange Reise nicht vergeblich wäre.

* * *

„In Nikäa hat das erste Kirchenkonzil über die Gottheit Jesu Christi stattgefunden", erzählte Tankred Helena am vierten Tag, als sich die alte Zitadelle vor ihren Augen ausbreitete.

Entgegen ihrem Willen schaute sie ihn an – lange und genau – und versuchte, dem starken Drang zu widerstehen, der sie zu ihm hinzog – emotional, körperlich und auch geistlich.

Sie wollte gern mehr über seinen Glauben wissen, und dieser Augenblick, während sie dahinritten und die Fransen an ihrer Sänfte zum Rhythmus des Pferdes schaukelten, bot eine gute Gelegenheit, die ganz gefahrlos war, etwas mehr darüber zu erfahren.

„Es überrascht mich, daß Sie so etwas wissen. Bardas hat gesehen, wie Sie ehrfürchtig den Koran gelesen haben."

„Ehrfürchtig? Das ist seine Interpretation. Ich nenne Studieren nicht Ehrfurcht, sondern den Prozeß, die großen Unterschiede zwischen dem Christentum und dem Islam zu lernen." Tankred griff in seine Tasche und zog zwei Bücher heraus: ein in Leder gebundenes Neues Testament und den Koran.

„Mein Großvater hat mir dieses Buch gegeben, als ich aus Palermo floh. ‚Nimm es mit dir, dann nimmst du Weisheit mit', hat er zu mir gesagt. Damals konnte ich ihm nicht gestehen, daß mein Herz Fragen stellte, die mir niemand beantworten konnte. Ich hatte das starke Bedürfnis, nach der Wahrheit zu suchen. Ich kannte den Koran bereits ..., aber ich wollte mehr über die Bibel erfahren. In Monte Casino habe ich unter Nikolas viel über Jesus Christus gelernt. Die Schule war der einzige Ort, an dem es vollständige Exemplare sowohl des Alten als auch des Neuen Testamentes gab ... Hebräisch konnte ich selbst nicht lesen, aber ich hatte von Nikolas Griechisch und an der medizinischen Universität Latein gelernt, und ich spreche fließend Arabisch. So eröffneten sich mir Möglichkeiten, die nicht jeder hat."

Er steckte den Koran wieder in die Tasche und reichte ihr das Neue Testament. „Das hat mir Nikolas im normannischen Lager geschenkt. Wollen Sie es sehen? Er hat es eigenhändig abgeschrieben."

Helenas Finger berührten unbeabsichtigt Tankreds Hand, als sie nach dem Buch griff. Einen kurzen Augenblick hielt er sie fest. Sie konnte nicht sagen, ob diese Bewegung absichtlich geschah oder nicht, und schaute ihm nicht ins Gesicht. Sie hielt das Neue Testament fest und staunte darüber, daß Nikolas sich so viel Arbeit gemacht hatte, um dieses Kunstwerk für Tankred zu erstellen. Das verriet nicht nur viel über ihren Onkel, sondern zeigte auch, wieviel ihm Tankred bedeutete. Die Arbeit mußte mehrere Jahre gedauert haben. Ihr Herz war angerührt.

„Deshalb lesen Sie also den Koran –, um ihn mit dem Wort Gottes zu vergleichen", sagte sie ruhig.

„Ich wußte, daß ich eines Tages überall, wohin meine Reisen im Leben mich auch führen werden, die Bibel selbst studieren könnte und daß ich nicht nur in einem dunklen Kloster sitzen und die alten Manuskripte, die in den Kirchengewölben bleiben müssen, lesen würde. Nikolas hat das möglich gemacht. Ich könnte auch sagen: Gott hat die Sehnsucht meines Herzens gehört."

Tankred schwieg einen Augenblick, tief in Gedanken versunken. „Die letzte Wahrheit ist nicht in Rom eingeschlossen, auch nicht in Mekka oder Medina – nicht einmal in Jerusalem. Man erlangt sie dadurch, daß man Zugang zum Wort Gottes hat. Die Wahrheit von Gottes Wort leuchtet jetzt auf meinem Weg, und auch wenn ich wegen meiner inneren Schwächen, meiner Erziehung, meiner Kultur immer wieder stolpere, so weiß ich doch, daß Gott mich kennt.

Mein Großvater gab mir den Koran, und ich habe vor, ihn eines Tages zu benutzen, um ihm die Wahrheit zu zeigen. Wenn ich ihn wegwerfen würde, würde er mich nie genug achten, um mir zuzuhören. Wenn ich ihn gewinnen will, darf ich ihn nie beleidigen, sondern muß ihn ehren und ihm grenzenlose Geduld entgegenbringen. Das wird schwer für mich sein. Ich bin noch nicht bereit dazu. Eines Tages bin ich das vielleicht."

Helena war von seiner Ehrlichkeit angerührt. Er hatte eine Tür seines Herzens geöffnet und seine Seele offenbart, ihr seine geistliche Suche und seine tiefen Sehnsüchte verraten. Sie fühlte sich von ihm geachtet, dadurch, daß er das tat, aber noch etwas anderes war in ihrem eigenen Herzen entzündet. Helena fuhr mit den Fingern über die Seiten, ihre Augen lasen das Griechisch, das sie so gut kannte, und sie dachte über das nach, was Tankred gesagt hatte. In ihrer Seele brannte eine Sehnsucht, die weit über die körperliche Einheit hinausreichte und eine geistliche Einheit wünschte, die sie mit Philipp nie erlebt hatte. Sie entfachte einen Wunsch, der viel tiefer lag –, und vermischte sich mit der körperlichen Anziehungskraft, die Tankred schon lange auf sie ausübte.

Sie schwieg und betrachtete das Neue Testament in ihrer Hand, während ihr Pferd weitertrabte und das Sonnenlicht auf seiner kastanienbraunen Mähne schimmerte. Apollo, dessen schwarze Mähne glänzte und auf dessen kräftigem Hals der Schweiß stand, warf den Kopf zurück und schien sich näher an ihre Stute heranzudrücken.

Helena las die Worte, die in sauberen goldenen Buchstaben in das Buch geschrieben waren:

Für Tankred Jehan Redwan, meinen Sohn in unserem gemeinsamen Glauben.

Nikolas Lysander, Bischof in Monte Casino, A.D. 1097.

„Nikäa", sagte Tankred sachlich, „hat eine reiche Geschichte, von der vieles christlich ist."

„Das Konzil von Nikäa?"

„Sie wissen davon?"

Sie lächelte. „Etwas, das ich Nikolas zu verdanken habe. Er hat uns in der Villa unterrichtet, als wir Kinder waren."

Er wirkte neugierig und warf einen Blick auf Philipp, der vor ihnen ritt und in ein Gespräch mit General Taticus vertieft war. „Mit ‚wir' meinen Sie sich und Philipp?"

„Ja, und Zoe – eine Kusine. Sie haben Sie kennengelernt?"

„Ich erinnere mich an sie."

Helena warf ihm einen schnellen Blick zu, aber er steckte gerade das Neue Testament wieder in seine Tasche zurück, so daß sie seine Miene nicht sehen konnte.

„Philipp hatte seine eigenen Interpretationen über das Christentum", sagte sie, ohne zu verraten, welche Gefühle sie dabei empfand. „Ich glaube, er hat den arianischen Glauben übernommen."

„Arianisch?"

Sie vermutete, daß er wußte, was sie damit meinte, es aber unterhaltsam fand, ihr zuzuhören, wenn sie über dieses Thema sprach. Also gut, wenn er glaubte, sie habe von solchen Dingen keine Ahnung –

„Zur Zeit Kaiser Konstantins fanden in Alexandria, der größten Stadt Ägyptens und dem Zentrum der christlichen theologischen Entwicklung, hitzige Debatten statt."

„In Ägypten? Ich bin überrascht!"

Das glaubte sie ihm nicht und fächerte sich schnell frische Luft zu. „Die

Kirche in Nordafrika war damals das Zentrum der Theologie. Der Streit, um den es ging, war eine wichtige Frage –, sie konzentrierte sich auf die Person Jesus Christus. War er Gott, oder war er es nicht? Zwei Kirchenmänner, die sich in dieser Frage nicht einig wurden, waren Arius und Athanasius.

Um es einfach zu machen, damit es auch Barbaren verstehen können: Die Arianer glaubten, daß Gott über allem stehe und Jesus zwar das größte aller ‚geschaffenen' Wesen sei, daß er aber trotzdem unter Gott stehe. Die Athanasier lehrten die Wahrheit der Bibel: Gott, Jesus und der Heilige Geist stehen auf einer Stufe und bilden die Trinität – ein lateinisches Wort, das Drei in Einem bedeutet."

„Und Kaiser Konstantin hat den Streit beigelegt, indem er ein Kirchenkonzil in Nikäa einberief?" fragte Tankred unschuldig.

„Er selbst hatte den Vorsitz bei dem Konzil. Bischöfe aus allen Teilen des Reiches wurden einberufen. Sie kamen zu dem Schluß: die Bibel lehrt, daß Jesus Christus tatsächlich der Gott aller Zeiten ist, ein Teil der Trinität. Diese Lehre wurde in der christlichen Kirche offiziell übernommen."

„Sie sind klüger, als ich dachte – für eine Frau."

Sie schaute ihn scharf an. Er zeigte ein leichtes Lächeln.

„Für eine Frau?"

Er hob gleichgültig eine Hand. „Der Islam lehrt, daß Frauen geistlich unter den Männern stehen."

Helena richtete den Blick empört geradeaus.

„Sie wurden gemacht, um Söhne zu gebären", sagte er.

„Was Sie nicht sagen!"

„Und um im Schlafgemach zu gefallen."

Ihre Augen zogen sich zusammen und richteten sich auf ihn.

Er lächelte. „Und um an der Kochstelle zu gefallen."

„Sonst noch etwas?" erkundigte sie sich kühl.

„Nein, das genügt." Er beugte sich vor und streichelte Apollo zärtlich den Hals. Er schaute sie an. „In einigen Gegenden im Orient wäre ein Anhänger des Islam bereit, mehr für sein Pferd zu bezahlen als für eine Frau. Aber", sagte er gelassen, „im Gegensatz zu einem Pferd darf eine Frau ins Paradies kommen, falls ihr Ehemann damit einverstanden ist und dort mit ihr belästigt werden will. Andererseits beschreibt der Koran das Paradies als ein Paradies der Männer mit vielen schönen Frauen, die ihm Wein einschenken und alle seine Bedürfnisse befriedigen. Warum sollte er sich also mit einer Frau belasten, die alt und fett geworden ist und nur nörgelt?"

Tankreds warme blaugraue Augen betrachteten sie. „Kalid erwartet, daß Sie ihn glücklich machen."

Helena schluckte schwer.

„Nikäa hat eine bedeutsame christliche Geschichte", wechselte er ruhig das Thema. „Die Kirche glaubt, sie habe das Recht, die Stadt von der Herrschaft des Islam zu befreien. Nikäa war früher auch einmal eine römische Festung. Sehen Sie dieses Mauerwerk?"

Helena kochte innerlich immer noch über seine vorhergehenden Bemerkungen.

„Es wurde von Rom erbaut", erklärte er. „Die Mauer ist mehrere Kilometer lang und über zwei Meter dick. Die Kreuzfahrer haben bestimmt eine schwere Aufgabe, wenn sie unter der Mauer einen Tunnel graben wollen, falls das ihr Ziel sein sollte. Ich habe sie mir angeschaut, als ich mit Zakeem hier war. Die Wüstensonne hat sie zu einem felsenharten Bollwerk gebrannt."

Ihr Herz schlug schneller, als sie an die Hoffnung dachte, daß in dieser Stunde ihre Mutter irgendwo innerhalb dieser Mauern wartete. „Meine Mutter ist vielleicht dort", flüsterte sie. „Oh, Tankred, glauben Sie, daß sie da ist?"

„Wenn ich nur von ihr gewußt hätte, als ich damals in der Stadt war", sagte er ruhig.

Sie starrte die Mauern aufmerksam an. Hatte Adrianna von den heranrückenden Kreuzfahrern gehört? Betete sie für ihren Erfolg? Vielleicht schaute sie aus dem Palastfenster und beobachtete die Staubwolke, die die Pferde und die Fußsoldaten aufwirbelten. Vielleicht hörte sie die Sklavenmädchen aufgeregt über die Ritter flüstern, die aus dem fernen, barbarischen Westen kamen.

Philipp lenkte sein Pferd neben Tankred und deutete nach vorne auf die Stadtfestung, die an den Ufern des Ascaniasees erbaut war, so daß ein großer Teil ihrer dicken Mauern auf das Wasser hinauszeigte. „Die Tore sind alle verriegelt und verrammelt. Die Belagerung wird sich lange hinziehen."

Helena bemerkte die Miene auf Tankreds Gesicht und glaubte, daß er Philipps Anwesenheit bei den Kreuzfahrern immer noch mit Argwohn betrachtete. Warum war er gekommen? Wollte er eine Möglichkeit für ihre Flucht zur Burg Hohms finden, ohne von Irenes und Konstantins Spionen entdeckt zu werden, oder war es seine Absicht, Nikäa dem Kaiser zu übergeben? Sie mußte zugeben, daß Philipp während des kräfteraubenden Ritts bis jetzt mehr an militärischen Belangen interessiert gewesen war, als daran, über ihre bevorstehende Hochzeit auf der Burg zu sprechen.

„Ich nehme an, ein langer Belagerungszustand ist genau das, was Ihr Kaiser will“, bemerkte Tankred.

Philipps stolzer dunkler Kopf fuhr scharf zu ihm herum. „Der Kaiser wünscht den Erfolg der Kreuzfahrer.“

Tankred spielte mit seinen Zügeln. Jede seiner Bewegungen verriet, daß er Philipps glatten Worten nicht glaubte. „Es wird mehr nötig sein als Rammböcke, um die Mauern zu stürmen.“ Er deutete mit der Hand. „Neben diesem See befindet sich ein zwölf Meter breiter Burggraben, der rund um die Mauern herumführt. Wir brauchen vom Kaiser mehr als seine guten Wünsche. Die Fürsten werden byzantinische Waffen und Geräte benötigen. Werden Sie ihnen welche beschaffen? Immerhin sind Sie der Kriegsminister.“

Philipps Augen funkelten aufgebracht. „Zweifeln Sie an meiner Aufrichtigkeit? Die Kreuzfahrer brauchen mich nur darum zu bitten. Ist es denn meine Schuld, wenn ihr übertriebenes westliches Ego sie daran hindert? Wenn sie bis zum Ende des Sommers hier lagern wollen, dann ist das ihre Entscheidung und nicht meine.“

„Was die Verzögerung um so angenehmer macht.“

Philipp blieb unbeeindruckt. Seine dunklen Augen waren kühl und verächtlich, als sein Blick zu den Mauern und dem Burggraben wanderte. „Die Kreuzfahrer sind unbesorgt. Sie sprechen bereits davon, den Burggraben aufzufüllen.“

Helena dachte über diese Worte nach und warf einen Blick auf Tankred, um seine Reaktion zu sehen –, aber er sah nicht danach aus, als teile er diese Zuversicht.

„Es ist sinnlos, auch nur daran zu denken, eine doppelte Verteidigungsmauer zu stürmen“, kam seine beherrschte, aber ungeduldige Stimme. „Schauen Sie nur, wo die Türme stehen. Sie drohen jedem Angreifer mit tödlichem Beschuß. Mit ihren seldschukischen Bogenschützen und ihren Steinschleudern können sie die Mauern leicht verteidigen. Es kann uns passieren, daß wir monatelang hier festsitzen.“

Monatelang! Wieder warf Helena einen Blick auf die hundert Türme mit ihren Schießscharten, die das freie Gelände verteidigen sollten.

„Trotzdem ist eine Belagerung der vernünftigste Weg“, sagte Philipp steif.

„Für den Kaiser? Für das Heer bestimmt nicht. Die Bauern und Fußsoldaten haben jetzt schon nicht mehr genug Getreide, das sie zum Brotbacken dringend benötigen.“

Helena dachte mit Unbehagen an die üppigen Delikatessen, die Philipp für sie beide und die byzantinische Gefolgschaft unter General Taticus mitgebracht hatte. Kein Wunder, daß Tankred einen höhnischen Blick auf den goldenen Kelch geworfen hatte. Sie hörte, wie er Philipp widersprach: „Was soll eine Belagerung bewirken? Können wir denn ohne Boote verhindern, daß durch die hinteren Tore, die zum See hinausführen, Nahrungsmittel in die Stadt geschmuggelt werden?"

„Schmuggler?"

„Selbst diejenigen unter uns, die von militärischen Dingen wenig Ahnung haben, können sich vorstellen, daß die Türken die Stadt direkt vor unserer Nase weiterhin mit Nahrungsmitteln versorgen werden", bemerkte Tankred gelangweilt.

„Dafür haben wir keine Beweise."

„Da ich wußte, daß wir uns der Stadt näherten, bin ich letzte Nacht vorausgeritten. Am Ufer habe ich genau beobachtet, wie der Rote Löwe entlang der Mauer, die auf den Ascaniasee hinauszeigt, Boote mit Nahrungsmittelnachschub zu den Türmen am Tor geschickt hat."

Philipps gutaussehendes Gesicht hatte einen verächtlichen Zug, als er sein unruhiges Pferd zügelte, damit es neben Apollo hertrabte. „Bis zu dieser Stunde ist der Stolz der Kreuzfahrer nicht bereit, meine Anwesenheit im Lager ernst zu nehmen und zu schätzen. Ich würde vorschlagen, daß Sie die Barbaren überreden, mit mir zusammenzuarbeiten. Es sei denn, sie wollen mit nichts anderem als mit Stöcken und Steinen kämpfen."

„Die Moslems und das Byzantinische Reich profitieren davon, wenn ein langer Belagerungszustand beginnt. Wenn ich die Fürsten überrede, um Belagerungswaffen zu ersuchen, sind Sie und Konstantin dann bereit, diese Waffen aus Konstantinopel anzufordern?"

Philipps Augen funkelten. „Wollen Sie damit andeuten, der Kaiser wünsche eine Niederlage der Kreuzfahrer? Damit die Moslems Nikäa behalten? Das ist absurd."

„Vielleicht sind byzantinische Intrigen absurd. Ich bleibe nicht nur bei Andeutungen, ich frage offen heraus: Hat Ihr Kaiser Pläne, die Stadt selbst einzunehmen? Seine eigenen Ziele erfordern vielleicht nicht die gleiche Eile wie die der Kreuzfahrer, da sein Tisch reichlich mit Fleisch und Wein gedeckt ist, während die Mönche und Bauern, die hier zu Fuß marschieren, immer dürrer werden."

Philipps Nasenflügel blähten sich auf, und seine Knöchel traten weiß hervor, als sich sein Griff um seine Zügel verkrampfte.

Helenas Blick wanderte von einem Mann zum anderen. Philipp betrachtete Tankred kalt, dann lenkte er sein Pferd herum. „Ich werde dafür sorgen, daß Ihre ausgehungerten Mönche Fleisch bekommen." Er ritt erhobenen Hauptes wieder an General Taticus' Seite. Helenas Augen folgten ihm.

„Sie genießen es, ihn zu reizen“, schalt sie Tankred.

Dieser warf ihr einen überraschten Blick zu.

Sie schaute ihn mit vorwurfsvoll zusammengezogenen Augenbrauen an. „Philipp hat in einer griechischen Schule eine militärische Ausbildung genossen. Aber Sie spotten über seine fachliche Kompetenz, als wäre er ein dummer Schuljunge.“

„Vielleicht. Er muß an einiges erinnert werden. Sein Stolz ist ein Hindernis.“

„Sie, Herr Ritter, sind auch nicht gerade das, was ich unterwürfig nennen würde!“

„Wollen Sie denn immer die Glucke spielen, die ihr Küken beschützt?“ Er verzog den Mund. „Haben Sie keine Angst –, Ihr Kaiser hat dafür gesorgt, daß er den Sieg davontragen wird. Und falls Alexios es versäumt hat, dann können Sie sicher sein, daß Konstantin und Irene sich darum gekümmert haben.“

„Was meinen Sie mit *seinem Sieg?* Ist es nicht zum Vorteil der Kreuzfahrer, wenn Nikäa fällt?“

„Allerdings. Aber die Kreuzfahrer werden nicht begeistert sein, wenn sie ihre Beute Philipp übergeben sollen. Denn nicht seine, sondern ihre Soldaten werden sterben, um den Sieg zu erringen.“

* * *

Die Wochen verstrichen. Der Morgen war warm und entwickelte in dem langen Tal, das von Höhenzügen mit niedrigen Latschenkiefern überzogen war, unter der orientalischen Sonne schnell eine unangenehme Hitze. Nikäa mit seinen gelben Mauern befand sich im Belagerungszustand. Die Fürsten, von denen jeder seine eigene Standarte hatte, hatten mit ihren Armeen Belagerungsreihen vor der Zitadelle aufgebaut. Die Tore waren nach wie vor fest verriegelt und verrammelt.

Tankred bestieg Apollo und ritt gemeinsam mit Nikolas aus dem normannischen Lager hinaus und schlug den staubigen, zerfurchten Weg in die Richtung ein, aus der in Kürze das Eintreffen von Graf Raimund von Toulouse aus Konstantinopel erwartet wurde.

Sehr zu seiner Verärgerung ließ sich ein anderer Ritter namens Erich, der mit ihnen ritt, nicht von seiner Gewohnheit abbringen, Lieder zu dichten und sie seinen undankbaren und unfreiwilligen Zuhörern zum Besten zu geben.

... ihre Haare wie reines Gold, sie weinte, als ich von ihr ritt mit meinem Schwert so kühn und hold.

„Du hättest ein Troubadour werden sollen", unterbrach ihn Tankred. „Aber wenn ich es mir recht überlege, dann würde dich wahrscheinlich niemand hören wollen. Kannst du nicht besser dichten? ‚Schwert so kühn und hold'!"

Nikolas grinste leicht, aber der junge Ritter bedachte Tankred mit einem finsteren Blick. „Soll das heißen, du könntest es besser, Redwan?"

„Wenn du die Augen nicht offen hältst, muß dein Schwert vielleicht kühn und hold sein. Bist du sicher, daß du hier oben Türken gesehen hast?"

„Bin ich denn bescheuert oder blind? Ich habe sie gesehen! Über ein Dutzend Ungläubige, die auf ihren Pferden hier herumschnüffelten. Ich habe noch nie seltsamere Typen gesehen."

„Du wirst noch jede Menge solcher Typen zu Gesicht bekommen, bevor du Jerusalem erreichst."

„Die Männer, die du hier gesehen hast, sind jedenfalls verschwunden", bemerkte Nikolas. „Wir sollten am besten zurückreiten."

Erichs Stolz war verletzt. „Wenn Sie erlauben, Bischof Nikolas, reite ich nach Süden und schaue, ob ich ihre Spur finden kann."

„Um dabei einen Kopf kürzer gemacht zu werden, wenn sie dich erwischen", warnte Tankred.

„Aber Nikolas hob beschwichtigend die Hand. „Laß ihn reiten. Wir reiten nach Osten. Wenn hier Türken sind, die unsere Verteidigung ausspionieren wollen, dann will Bohemund sicher darüber Bescheid wissen."

„Sie sind in der Nähe", sagte Tankred. Seine Erfahrungen aus der Vergangenheit machten ihn vorsichtig. „Sie werden uns irgendwann auf den Zahn fühlen und sehen wollen, wie gut wir uns verteidigen können, um herauszufinden, ob wir genauso schwach sind wie die Bauern unter dem Eremiten."

Erich warf ihm einen finsteren Blick zu und ritt davon, fest entschlossen, den anderen beiden zu beweisen, daß er sich nicht nur etwas eingebildet hatte. Tankred folgte Nikolas widerwillig über einen ausgefahrenen Weg auf ein Feld.

Sie ritten eine Weile schweigend nebeneinander her. Die Sonne stieg höher und wurde immer heißer. Nikolas deutete auf einen Baum. Sie hielten in seinem Schatten an, um vor der Sonne Schutz zu suchen.

Tankred legte die Hand an seine Stirn, um in dem hellen Sonnenlicht besser sehen zu können.

„Graf Raimunds Lager liegt vor uns."

Die blaue Standarte von Toulouse flatterte stolz im Wind. Hinter den Belagerungsreihen, wo ein gewisses Maß an Schutz gewährleistet war, grasten ungestört Pferde und Lasttiere. Kinder füllten Wasserkrüge, Frauen bereiteten das Essen zu. Der Anblick von Frauen, Kindern und sogar alten und kranken Menschen unter den Kreuzfahrern beunruhigte Tankred. Viele der Ritter hatten ihre ganzen Familien und ihren ganzen Besitz mitgebracht –, eine eindeutige Erklärung, daß sie nicht die Absicht hatten, nach Europa zurückzukehren und irgendein Gebiet, das sie im Krieg gewinnen würden, abzutreten. Einer dieser Männer, die fest entschlossen waren, nicht nach Europa zurückzukehren, war Graf Raimund.

„Er hat geschworen, nie wieder einen Fuß auf westlichen Boden zu setzen", erzählte Nikolas ihm. „Er hat seine Frau, sein Kind, seinen Besitz mitgebracht, und ich glaube, er hegt insgeheim den Wunsch, über Antiochia oder Jerusalem zu herrschen."

„Was Antiochia betrifft, wird er sich aber erst mit Bohemund einigen müssen."

Als sie im Schatten eines Zypressenwäldchens weiterritten, das sich als moslemischer Friedhof herausstellte, sahen sie einen alten Mönch aus Raimunds Lager offenbar ahnungslos auf einem Grabstein sitzen.

„Ein herrlicher Morgen", begrüßte der alte Mann Tankred und Nikolas.

Tankred ließ seinen Blick vorsichtig über die bewaldeten Höhen bei der Straße streifen. „Finden Sie?" entgegnete er.

Der Mönch betrachtete Tankred neugierig. „Ah, ein gut ausgerüsteter Soldat. Sie sind kein Fußsoldat, und Sie sehen auch nach mehr als nach einem Ritter aus."

Tankred schaute zu ihm hinab und lächelte. Er deutete mit dem Kopf zu dem Grabstein. „Die Gebeine der Moslems sind so beleidigt über Ihre Anwesenheit, daß die Erde unter Ihnen erbebt."

Nikolas lächelte, als der Mönch wie von einer Wespe gestochen aufsprang und seine Kutte abklopfte, als sei er mit irgend etwas Unreinem in Berührung gekommen. Er schaute auf den Stein hinab und kniff die Augen zusammen, als er zum ersten Mal sah, worauf er gesessen hatte, dann schaute er mit einer seltsamen Miene zu Tankred auf. „Haben Sie Stimmen gehört?"

Tankred spannte sich an und wandte seinen Blick von dem Mönch ab zu den Höhen. „Ja ..., aber nicht von den Toten."

Schreie in der Ferne! Tankred sah Angriffsreihen moslemischer Reiter aus den bewaldeten Höhen auftauchen und in kriegerischer Haltung auf Graf Raimunds Lager zureiten. Gleichzeitig trieb Erich sein Pferd wie wahnsinnig in ihre Richtung und rief aus voller Kehle: „Ungläubige!"

Nikolas zog das Horn von seinem Sattel und blies laut Alarm, um Graf Raimunds Lager zu warnen. Die Ritter stürmten aus ihren Zelten, um zu sehen, was der Alarm zu bedeuten habe.

Tankred schaute in die Richtung der Moslems. In dichten Staubwolken rückte die Seldschukenkavallerie näher. Sie schwangen ihre Krummschwerter und hatten ihre Pfeile und Bogen schußbereit angelegt. Laute Rufe, „Allah il-allahu! Allah il-Allah!", hallten durch den heißen Tag.

Tankred hielt sie für die Vorhut einer stärkeren Kavallerie des Roten Löwen, der wahrscheinlich beabsichtigte, den Belagerungsring zu durchbrechen.

„Dort reitet Raimund", rief Nikolas. „Auf in den Kampf, Tankred!"

„Herr", rief der alte Mönch, als Graf Raimund mit seinen obersten Rittern vorritt. „Gott stehe Ihnen bei!"

Tankred zog sein Schwert aus der Scheide und ritt neben Nikolas auf Graf Raimund zu, auf dessen Standarte das Kreuzfahrerkreuz rot und kühn leuchtete.

Die Moslems stürmten vor und hatten offenbar die Absicht, das Lager in Verwirrung zu bringen. Sie waren schon auf halbem Weg zum Lager, als Tankred ihnen entgegenritt, Nikolas an seiner Linken und Erich neben ihm. Die Ritter unter Raimund holten eilig ihre Waffen und Pferde und waren bald ohne Schutzschild oder Sattel auf dem Feld. Die Fußsoldaten stolperten eilig vorwärts, um ihren Hauptmann einzuholen und die Ritter und ihre Percheronpferde zu beschützen.

Die Percheronpferde der Ritter waren eine Streitmacht, die in einem Direktkampf nicht zu schlagen war. Sie wurden immer schneller, die Erde flog unter ihren Hufen, ihre Panzerung funkelte wie Silber, während sie auf das offene Schlachtfeld ritten. Unter den wütenden Rufen wurden Schwerter und Streitäxte geschwungen. Die Türken stürzten von ihren Pferden und gerieten unter die zermalmenden Hufe der Percheronpferde.

Tankreds Schwert landete einen Schlag gegen den leichten Schild eines Angreifers, durchschnitt ihn und raubte ihm jede Verteidigung. Tankred setzte mit einem kräftigen Stoß nach, der die Brust des Türken durchbohrte. Die langen Schwerter der Ritter schwangen über ihren Köpfen, nahmen an Kraft zu, fuhren über den Köpfen hernieder und hackten die feindlichen Soldaten in Stücke.

Die Moslems, die ein so starker Widerstand überraschte, zogen sich eilig auf die Höhen zurück.

„Wir haben sie geschlagen", schrie Erich jubelnd.

„Unterschätze sie nicht", warnte Tankred. „Sie wollten nur testen, was wir können. Sie werden wiederkommen."

Die Kunde von dem Angriff rief Ritter von den anderen Feudalherren herbei, die sich um Raimunds blaue Standarte scharten. Bis zum frühen Nachmittag versammelten sich die Moslems, wie Tankred vorhergesagt hatte, wieder auf dem Höhenzug. Dieses Mal waren sie ruhig und nüchtern und hatten ihre Waffen angriffsbereit.

„Eine Reihe bilden!" rief Graf Raimund und ritt vor seinen Rittern her.

Die türkischen Reiter stürmten mit schwingenden Krummschwertern geradewegs auf sie zu und priesen laut Allahs Namen.

„Jesus sei gelobt!" rief Bischof Adhémar an Graf Raimunds Seite.

Die Priester hoben das Kreuz hoch und riefen laut: „Es gibt keinen Gott als den lebendigen Gott, den Vater unseres Herrn und Heilands Jesus Christus!"

Tankred zog sein Schwert aus der Scheide und ritt neben Nikolas in den Kampf. Staubwolken stiegen auf, Rufe und Schreie von beiden Seiten erfüllten den Nachmittag.

Die zwei gegnerischen Streitkräfte kämpften mit gleicher religiöser Wut, Schwerter fingen die Stöße von Krummsäbeln ab; Krummschwerter kämpften sich durch die Reihen der Reiter, um die Priester zu enthaupten, die mit nichts anderem in der Hand als dem Kreuz, das sie fest umklammerten, in die Schlacht stürmten. Tankred versuchte, sie zu verteidigen. Er war wütend über diese Szene und sah sich gezwungen, etwas dagegen zu unternehmen.

Mit wilder Entschlossenheit kämpften sie – Schmerzen, Blut und Todesschreie, wohin man sah. So plötzlich, wie der Angriff begonnen hatte, brach er auch wieder ab. Wieder hatten die christlichen Ritter aus dem Westen zum Erstaunen der Moslems dem Angriff standgehalten. Dieses Mal gäbe es nicht haufenweise Leichen, die in der Sonne verrotten würden, wie die Bauern unter dem Eremiten.

Die Ritter ruhten sich kurz aus, während die Mönche und sogar die Frauen und Kinder mit Wassereimern zu ihnen eilten. Die Priester knieten sich in den Staub, beteten und schlugen das Kreuzzeichen. Die Verwundeten wurden zu den Zelten zurückgetragen, neue Fußsoldaten liefen los, um ihren Platz einzunehmen und die Pferde zu beschützen.

Die Moslems formierten sich ebenfalls neu und griffen zum dritten Mal mit ihren grünen Standarten, auf denen gekreuzte Krummschwerter abgebildet waren, an. Die Moslems zogen sich zurück, nur um erneut mit lauten Lobeshymnen auf Allah zuzuschlagen. Es folgte ein Angriff mit Pfeilen, die hinter den runden Schilden von türkischen Kurzbögen abgeschossen wurden.

Das Feld war jetzt mit dem Blut von Christen und Moslems gleichermaßen getränkt; Tote und Verwundete lagen auf der Erde. Priester liefen zu den sterbenden Rittern und beteten, starben aber selbst unter den tödlichen Pfeilen, bevor sie die Ritter erreichten. Priester krochen mit ihrem letzten Atemzug zu den weinenden Rittern, die an den Stellen, wo ihre verwundeten Pferde gestürzt waren, um Vergebung ihrer Sünden flehten.

Tankred schaute sich nach Nikolas um; er hatte ihn während der Schlacht aus den Augen verloren. Erich sah er auch nicht. Als er sich auf seinem Sattel umdrehte, traf ein Pfeil seinen Helm. Einen Augenblick war er wie gelähmt, aber das Eisen hielt dem Aufprall stand und rettete ihm das Leben. Doch in seiner Überraschung konnte er nicht auf den Seldschukenreiter reagieren, der an ihm vorbeistürmte und mit seinem Krummschwert sein Kettenhemd aufschlitzte. Tankred wurde verwundet und blutete. Nikolas tauchte aus dem Staub auf. Sein schweres Roß rüstete sich zum Angriff, seine normannische lange Klinge hackte in den runden Schild seines Feindes und warf ihn mit großer Wucht von seinem schlanken Pferd.

„Reite zurück, Tankred!"

Aber wieder brach der Kampf aus. Beide Seiten galoppierten voran, und er hatte keine Zeit zum Rückzug.

Die Seldschukenkavallerie, die nicht imstande war, die christlichen Ritter zu zersprengen, ritt zu den Höhen zurück, und die Kreuzfahrer riefen ihren Sieg aus, während Graf Raimund und Bischof Adhémar die Verfolgung anführten, bis die letzten Strahlen der untergehenden Sonne hinter dem Horizont verschwanden.

* * *

Als Tankred wieder das Bewußtsein erlangte, lag er in einem ruhigen Zelt auf mehreren Decken und befand sich in der Gesellschaft einer jungen Frau namens Adele, die er schon in Bohemunds Lager kennengelernt hatte. Er hatte keine Ahnung, wie er in ihr Zelt gekommen war, und vermutete, daß er sich in Graf Raimunds Lager befand. Ihre goldenen Zöpfe waren um ihren Kopf gewickelt, ihre blauen Augen beobachteten ihn ernst. Sie reichte ihm eine Feldflasche mit Wasser.

„Nur Mut, tapferer Ritter. Sie werden bald wieder siegreich in den Kampf ziehen."

Normannische Frauen hatten große Freude an den ritterlichen Fähigkeiten ihrer Männer. Er hätte am liebsten ironisch gelächelt, unterließ es aber lieber und berührte statt dessen mit einer Hand seine Wunde und stellte fest, daß sie bereits verbunden worden war.

„Ihre Worte machen mir Mut, Adele. Sind Sie sich dessen sicher?"

Es schien sie ernsthaft zu verwirren, daß er ihre Aussage in Frage stellte. „Wie bitte, Herr?"

„Ich bin ein wehleidiger Ritter, der stöhnt und jammert", sagte er, während er sich auf einen Ellbogen stützte und dabei vor Schmerzen zusammenzuckte, denn er wußte, daß sie ein Auge auf ihn geworfen hatte, und er wollte ihre Verliebtheit in seine Tapferkeit unbedingt im Keim ersticken.

„Wie Sie sehen können, bin ich kein siegreicher Held. Aber ... ich würde gern wissen, wer mich in Ihr Zelt gebracht hat?"

Ihre Augen richteten sich mit ehrfurchtsvoller Bewunderung auf ihn. „Sie irren sich bestimmt, Graf Redwan. Mein Onkel hat mir erzählt, wie tapfer und mutig Sie sind. Bischof Nikolas stimmte ihm lebhaft zu."

Er konnte darauf verzichten, daß Nikolas vor romantisch veranlagten jungen Frauen seine Tapferkeit lobte. „Wirklich, hat er das getan? Und wo steckt Bischof Nikolas jetzt? Oder hat er mich hier als Invalide zurückgelassen, um mich von Ihnen pflegen zu lassen?"

„Nikolas ist bei Graf Raimund und erkundigt sich bei ihm nach dem byzantinischen Bischof namens Konstantin. Anscheinend ist er verschwunden."

„Doch hoffentlich nicht tot?" fragte Tankred gelassen.

„Nein. Er hat seine Zelte abgebrochen und ist mit seinem Dutzend Soldaten fortgeritten."

Diese Nachricht war beunruhigend. „Er ist fortgeritten?"

„Ja, einen Tag vor dem Kampf. Niemand weiß, wohin."

War er des Belagerungszustandes müde geworden und nach Konstantinopel zurückgekehrt? Tankred vermutete etwas anderes –, vielleicht war er mit Hilfe von Männern des Roten Löwen ins Innere der Stadt gelangt.

„Es gibt keinen normannischen Ritter, der so ehrenhaft ist wie Sie", murmelte sie und beugte sich zu ihm vor. Er fühlte, wie ihre Hand sich zu seiner nackten Schulter bewegte.

Seine Augen wanderten über ihr Gesicht und zu ihrem vollen, runden Mund. „Und ... was würde wohl Bischof Adhémar sagen, wenn er wüßte, daß seine Nichte einem Mörder, der auf Sizilien gesucht wird, die Schulter streichelt?“

Sie zuckte bei dieser unsanften Ernüchterung zurück.

„Es gibt keinen unehrenhafteren Ritter als mich – außer Erich. Und ich rate Ihnen, nicht zu versuchen, ihm den Rücken zu streicheln. Er wäre kooperativer als ich. Ich möchte Sie bitten, ihn zu mir zu holen –, wir müssen etwas besprechen.“

„Ich habe Erich schon kennengelernt. Ich sehe nichts an ihm, das unehrenhaft sein sollte. Er war sehr galant und hat mich auf dem Schlachtfeld gerettet. Erich war es, der Sie auf Bischof Adhémars Befehl hin hierher brachte. Und was Sie betrifft: Ihr Lächeln verrät mir, daß Sie kein Verbrecher sind.“

„Ich kann mir das Lächeln einfach nicht verkneifen.“ Tankred versuchte, sich aufzusetzen. „Ich bin ein Verbrecher.“ Er hielt sie von sich fern. „Gnädiges Fräulein, Sie führen mich sehr in Versuchung. Wo ist Ihr Vater?“

„Ich habe keine Mutter und keinen Vater.“

„Das habe ich befürchtet“, murmelte er.

„Was sagen Sie, Herr?“

„Mein Hemd“, bat er sie und deutete auf den Stuhl. „Und meine Rüstung –, ich habe keine Zeit, mich hier auszuruhen.“

Sie legte ihre Handflächen auf seine Schultern und schob ihn mit einem Lächeln zurück. „Sie müssen sich ausruhen, mein Graf. Ich bin Adele. Haben Sie das vergessen?“

„Nein, ich erinnere mich sehr gut.“

„Ich habe Sie im normannischen Lager kennengelernt. Bischof Adhémar ist mein Verwandter.“ Sie lächelte. „Soll ich auch noch Adhémar zu Ihnen holen?“

Tankred konnte sich vorstellen, wie der Bischof unerwünschte Schlußfolgerungen über seine Beziehung zu Adele ziehen könnte, und als sie auf die Beine springen wollte, hielt er sie am Handgelenk. Die Schmerzen, die bei dieser Bewegung durch seine Schulter schossen, ließen ihn leicht zusammenzucken. „Warten Sie. Bitte.“

Sie schaute ihn neugierig an. Er fügte trocken hinzu: „Er wird nicht kommen. Er ist zu sehr damit beschäftigt, türkische Köpfe zu jagen. Stören Sie ihn nicht.“

„Sie brauchen nicht traurig zu sein“, sagte sie, da sie seinen Zynismus falsch verstand und glaubte, er bedauerte, daß er nicht draußen war und das gleiche tun konnte. „Ihnen wird es auch bald wieder besser gehen, und dann können Sie die Köpfe der Ungläubigen jagen. Sie sind sehr stark“, murmelte sie und betrachtete seinen muskulösen Oberkörper.

Tankred fiel auf das Kissen zurück. Draußen hörte er Pferde und singende Ritter, die nach ihrem ersten Sieg über die Türken wieder ins Lager zurückkehrten. Erich kam so stolz und arrogant wie ein junger Gockelhahn ins Zelt und sang das Rolandlied.

„Verschone mich mit deinem schrecklichen Gesang. Du klingst wie ein Esel mit Halsschmerzen.“

Das Mädchen warf die Hände vor den Mund und kicherte leise, aber Erich ließ sich von dieser Schelte nicht beeindrucken. „Die Ungläubigen sind davongelaufen“, prahlte er.

Tankred korrigierte ihn: „Sie zerstreuen sich immer, aber sie werden sich wieder formieren und zurückkehren und euch auf dem ganzen Weg nach Jerusalem bekämpfen; andere Türken werden sich ihnen anschließen, die nicht so ausgelaugt sind wie wir. Sie haben den Vorteil, daß sie immer frische Soldaten haben und daß wir in einem Land kämpfen müssen, das sie weitaus besser kennen als wir.“

„Dein maurisches Blut kommt zum Vorschein. Nein, sie sind geflohen wie verängstigte Kaninchen, über denen ein Falke kreist. Wir haben einen Gefangenen. Er sagt, der Rote Löwe habe seiner Garnison in Nikäa die Nachricht geschickt, daß er ihnen nicht von außen helfen könne. Und deshalb singen die Ritter.“

Diese Nachricht war interessant. Während Tankred darüber nachdachte, schenkte Erich Adele seine ganze Aufmerksamkeit, etwas, das er sehr gut konnte.

„Ich bin froh, daß du so guter Laune bist“, sagte Tankred, als er seinen Gesichtsausdruck sah. „Aber ich bin nicht so zuversichtlich. Gib mir mein Hemd. Der Rote Löwe hat vielleicht erfahren, mit welchen Soldaten er es zu tun hat, aber er ist kein Narr. Und“, schloß er, „die Mauern der Stadt stehen immer noch.“

„Nicht mehr lange. Die Stadt wurde ‚überredet‘, sich zu ergeben.“

Als Tankred ihn fragend anschaute, fügte Erich mit einem strahlenden Lächeln hinzu: „Wir haben einige Köpfe der Ungläubigen über die Mauern katapultiert und andere vor dem Tor aufgespießt. Sie werden sie morgen früh sehen.“

* * *

Tankred lag in dieser Nacht auf seinen Decken und stellte sich darauf ein, am nächsten Morgen in Bohemunds Lager zurückzureiten. Draußen bewegte sich nichts als der warme Wind, der gegen die Zeltwand wehte. Dann vernahm er die Geräusche eines Pferdes und schließlich eine leise Stimme, die Erich etwas fragte.

Hellhörig geworden, richtete sich Tankred auf einem Ellbogen auf, schaute zur Zeltöffnung und griff nach seinen Waffen. Die Decke am Eingang wurde zurückgeschoben, und in einem Reitumhang mit Kapuze trat Helena ein. Sie warf die Kapuze zurück, unter der ihre kunstvoll frisierten, dunklen Locken zum Vorschein kamen, die mit goldenem Stoff durchwoben waren. Ihre leuchtenden, gewürzbraunen Augen schauten sich fragend um.

„Ich habe gehört, daß Sie verwundet wurden, und ..." Sie verstummte mitten im Satz, als ihr Blick auf Adele fiel, die sich neben Tankreds Bett erhob.

Die zwei Frauen starrten einander an. Tankred betrachtete genüßlich ihre Mienen. Adele strahlte Kühnheit und Selbstvertrauen aus; mit den Händen in die Hüften gestemmt, betrachtete sie Helena von Kopf bis Fuß. Tankreds Blick haftete an Helena, die er mit heimlicher Genugtuung beobachtete. Er konnte nur mit Mühe ein Lächeln unterdrücken, als er bemerkte, mit welcher Miene sie Adele anstarrte. Eine leichte Röte erwärmte Helenas hübsches Gesicht. Sie kniff ihre Lippen zusammen, und ihr Entsetzen verwandelte sich schnell in Verwirrung. Ihre Augen schossen zu seinem Gesicht.

Tankred erwiderte ihren Blick ganz ruhig, bis er darin mit Befriedigung sah, was er suchte. Diese Augen, die sein Herz schneller schlagen ließen, verrieten die eifersüchtige Wut, die sie darüber empfand, daß sie ihn in Adeles Zelt und in ihrer Pflege antraf.

Das muß ich ausnutzen ... Er stellte sich, als wolle er den Wasserschlauch nehmen und sei aufgrund seiner Verwundung zu schwach dazu. Wie er erwartet hatte, beeilte sich Adele, ihm das Wasser zu bringen, und kniete neben dem Bett nieder.

„Wasser, Herr?" fragte sie schnell.

„Ich sterbe vor Durst, Fräulein. Sind Sie Wirklichkeit, oder bilde ich mir ein, einen Engel zu sehen?"

Adele errötete, und Tankred stellte sich zu schwach, um den Kopf zu heben. Sie legte eine Hand unter seinen Kopf, hob den Schlauch an seinen Mund und legte die Arme um ihn. Er trank und beobachtete dabei Helena durch die Wimpern.

Sie stand wie angewurzelt da und starrte die beiden wortlos an.

„Sind Sie gekommen, um Nikolas zu sprechen?" fragte er einen Augenblick später und ruhte seinen Kopf auf Adeles Arm aus.

Helena stockte, dann trat sie einige Schritte zurück. „Nein, ich dachte –, ich meine, ich habe mich geirrt, Herr Ritter. Als die Nachricht von dem Kampf unser Lager erreichte, sagte jemand, Sie seien schwer verwundet, und ich dachte, Sie brauchten vielleicht Hilfe. Ich sehe aber, daß Sie alles haben, was Sie brauchen."

Adele schaute sie ruhig an. Tankred stellte sich ernst. „Ihre Großzügigkeit ist sehr freundlich, Fürstin. Es kommt nicht oft vor, daß eine byzantinische Tochter des Purpurnen Gürtels dem niedrigen Zelt eines Barbars die Ehre ihres Besuches erweist, aber wie Sie sehen, bin ich in guten Händen", sagte er und deutete auf Adele.

„Ja, das sehe ich!"

„Das ist Adele", stellte er vor. „Eine Normannin. Adele, das ist Fürstin Helena, eine Byzantinerin."

Die zwei Frauen schauten einander einschätzend an. Helena stand da, als erwarte sie, daß Adele ihre niedrigere Stellung anerkannte und das Zelt verließ, aber das tat Adele nicht. Im Gegenteil, sie drehte ihr den Rücken zu und vergewisserte sich, daß Tankreds Wunde gut zugedeckt war.

Helena blickte sich um; dann drehte sie sich mit einem schmerzvollen Blick in den Augen um und wandte sich zum Gehen.

Das genügt. Tankred schien plötzlich seine verlorenen Kräfte zurückzugewinnen. Er schob Adele zur Seite und schaffte es, auf die Beine zu kommen, auch wenn er sich dazu an einem Pfosten abstützen mußte.

„Warten Sie, Helena. Ich beabsichtige, mit Ihnen und Nikolas ins normannische Lager zurückzureiten."

Er schnappte sich sein Hemd und zuckte schmerzvoll zusammen, als er es über seine muskulöse Brust zog. Adele schaute ihm dabei kühn zu, aber Helena eilte durch den Zelteingang in die Nacht hinaus.

Tankred hob seine Waffen auf und reagierte nicht auf Adele, die seinen Arm festhielt und ihm fragend in die Augen schaute.

„Lassen Sie sie gehen, Herr. Sie ist nicht die richtige Frau für Sie."

„Ich stehe im Dienst des byzantinischen Kriegsminister. Falls Nikolas kommt, sagen Sie ihm, ich sei mit Helena zurückgeritten."

Adele ließ resigniert die Hand sinken.

Draußen begrüßte ihn der warme Wind und strich angenehm über seine Haare. Tausend Sterne beleuchteten den schwarzen Himmel und schrieben eine tiefe Sehnsucht in sein Herz. Er sah, daß Helena ihr Pferd erreicht hatte und gerade aufsteigen und losreiten wollte.

Ein schneller Blick verriet ihm, daß Bardas sie nicht begleitet hatte. Sie war allein zu ihm gekommen! Tankred schritt auf sie zu, ergriff ihr Handgelenk und zog sie zu sich herum. „Helena, Sie können nicht allein zurückreiten. Es ist gefährlich. Überall sind Soldaten."

Sie schüttelte ihre Hand los und trat zurück, dann drehte sie sich auf dem Absatz um, stellte ihren Fuß in den Steigbügel und stieg mit der Haltung einer Prinzessin auf. Sie ergriff die Zügel und schaute dann mit glühenden Augen auf ihn hinab. „Gehen Sie zu Ihrer Normannin zurück. Sie wartet bestimmt schon sehnsüchtig auf Sie."

Helena wollte losreiten, aber er ergriff die Zügel, riß sie ihr aus der Hand und hielt ihr Roß fest. „Für eine Frau, die behauptet, sie sei in Philipp verliebt, benehmen Sie sich seltsam. Sie zeigen mir die brennenden Funken der Eifersucht, Fürstin. Das finde ich schön. Es zeigt sich in Ihren Augen, in der hübschen Wärme auf Ihren Wangen. Steigen Sie ab."

„Kretin", zischte sie. „Nein."

„Steigen Sie ab. Schauen Sie sich doch an. Sie zittern."

Helena versuchte, mit den Zügeln nach ihm zu schlagen. „Das werde ich nicht. Eifersüchtig? Eine solche Arroganz. Ich . . . ich kam aus christlicher Nächstenliebe. Außerdem werden Philipp und ich Sie noch brauchen. Sie müssen uns sicher zur Burg bringen." Sie schaute ihn an. „Sie brauchen keinen Trost, so wie Sie, ohne Ihre Brust zu bedecken, herumgelegen haben. Es war empörend."

Sie zerrte an den Zügeln. „Ich sehe, Sie sind nicht so schwer verletzt und werden Ihre Verwundung überleben, Herr Ritter –, also, wenn Sie nichts dagegen haben."

Er hielt die Zügel aufgebracht fest und überlegte, ob er sie von ihrem Pferd herabholen und in die Arme nehmen sollte. Das Mondlicht fiel auf das byzantinische Kreuz, das sie um den Hals trug, und die Rubine glitzerten wie Blut. Als sei er vom Himmel getadelt worden, schaute er das Kreuz noch einmal an, dann Helena. Ihr Gesicht war im Mondschein blaß, und er bemerkte zum ersten Mal die Beunruhigung in ihren Augen. Erst jetzt erkannte er, daß sie betroffener war, als ihm bewußt gewesen war.

Sie zerrte gewaltsam an den Zügeln. Tränen klangen in ihrer Stimme mit, Tränen der Angst. „Lassen Sie meine Zügel los, oder ich schreie nach Nikolas."

Tankred wurde ernst. „Das müssen Sie wirklich, weil ich nicht erlauben werde, daß Sie allein durch das Lager reiten. Entspannen Sie sich, Fürstin. Jetzt steigen Sie bitte ab", sagte er ruhig. „Oder muß ich Sie herabholen?"

Sie wurde plötzlich still, aber er konnte sehen, daß ihr Atem schneller ging. Die Sekunden verstrichen, dann lächelte sie ihn unfreundlich an. „Ihre Gesellschaft wird mir aufgenötigt. Ich wünsche sie nicht."

Ihre Worte trafen ihn und reizten ihn zu einer zähneknirschenden Antwort. „Wirklich nicht? Ihre Beleidigung reizt mich, Ihnen das Gegenteil zu beweisen. Aber das werde ich nicht. Ich habe zu viel Respekt vor dem einen, dem wir beide gehören. Ich möchte seine Gesetze nicht brechen. Ich werde warten, bis Sie bereit sind, es mir zu gewähren."

„Darauf können Sie warten, bis Ihre Haare grau sind und Ihre Muskeln sich in Fett verwandelt haben."

Ein süffisantes Lächeln berührte seinen Mund. „Ihre Worte sind wirklich entmutigend."

Sie drehte den Kopf weg.

Tankred betrachtete sie. Gegen seinen Willen sah er, wie hübsch sie im Mondschein aussah, die Konturen ihres Gesichts, die weich und angenehm waren, wie der Wind ihre dunklen Locken wie seidene Fäden bewegte. Ein Schmerz wütete in seinem Herzen und verwandelte sich in Enttäuschung.

„Die erhabene Prinzessin Helena!"

Sie sagte nichts, und ihre Hände verkrampften sich auf ihrem Schoß. Eine einsame Träne lief über ihre Wange.

„Wann werden Sie endlich ehrlich genug sein, um auf Ihr Herz zu hören?" fragte er.

Helena blickte geradeaus. „Meinetwegen. Sie bestehen darauf, mich in die Enge zu treiben. Wie Sie wollen. Ich werde warten, bis Sie mich begleiten."

Tankred zögerte. Er war vorsichtig und fragte sich, ob sie wirklich meinte, was sie sagte, dann ließ er ihre Zügel los. „Ich brauche nur einen Augenblick. Ich muß Apollo satteln."

Er pfiff dem Hengst, der sofort herbeitrabte, aber noch bevor Tankred sich versah, ließ sie die Zügel schnalzen und galoppierte davon.

Tankred knirschte mit den Zähnen. Seine blaugrauen Augen funkelten, als er ihr enttäuscht nachschaute.

17. Der Ritter und Helenas Zelt

Die Belagerung Nikäas zog sich in die Länge. Vor den Mauern der Stadt waren etwa fünfzigtausend Ritter und Fußsoldaten versammelt, das größte Heer, das Tankred je gesehen hatte. Trotzdem blieb die Festung für die entschlossenen Kreuzfahrer uneinnehmbar.

Ihre Erfahrungen aus der Vergangenheit, die sich auf die Überwindung hölzerner Schutzwälle und das Einreißen kleinerer Tortürme oder eines einzigen größeren Turmes einer Burg begrenzt hatten, waren mit dieser Aufgabe nicht zu vergleichen.

Tankred, der sich noch nicht ganz von seiner Verletzung erholt hatte, hörte zu, wie Nikolas über die Hartnäckigkeit der Kreuzfahrer sprach.

„Sie ist wirklich bewundernswert. Genauso Raimunds Kreativität. Er hat deinen Rat befolgt."

„Wie läuft es?"

„Er hat Schutzschilde aus geflochtenen Espen und Weiden gebaut, um seine Bogenschützen vor der türkischen Garnison in den Türmen über den Mauern zu schützen. Er hat eine niedrige Hütte gebaut, die unten offen ist, und bewegt seine Männer auf den östlichen Turm zu. Sie haben die Mauern untergraben und dann Feuer gelegt, damit der Turm zusammenbrechen sollte. Leider passierte das während der Nacht." Er stieß ein kurzes Lachen aus. „Die schlauen Türken haben die ganze Nacht durchgearbeitet und das Mauerwerk wieder so fest aufgebaut, daß ein Eindringen an dieser Stelle jetzt unmöglich ist."

Nikolas schritt auf und ab. „Wir können die Belagerung nicht einfach aufgeben und nach Antiochia weitermarschieren. Nikäa liegt auf dem direkten Weg nach Jerusalem. Wenn wir eine befestigte türkische Garnison hinter uns stehen lassen, schneiden wir damit unsere Nachschublinie aus Konstantinopel ab. Wir brauchen byzantinische Belagerungsmaschinen: Rammböcke, die zu den Mauern gerollt werden können, Sturmleitern und Steinschleudern."

„Aber es dient zu Philipps Vorteil, wenn die Belagerung sich in die Länge zieht, und deshalb fordert er diese Mittel nicht an."

Nikolas schaute ihn aufmerksam an. „Das sind genau meine Gedanken. Aber da ist noch mehr. Wir haben eine Nachricht von Rufus erhalten."

Tankred wurde hellhörig. Er erinnerte sich an die heimlichen Pläne von Irenes Leibwächter, einen Fluchtversuch mit seinem Sohn Josef zu unternehmen.

„Welche Nachricht?"

Nikolas zog ein Papier unter seinem Hemd hervor und tippte damit an sein Kinn. In seinen Augen funkelte ein nachdenkliches Mißfallen und ein unübersehbarer Argwohn auf, als er Tankred die Nachricht reichte.

Nikolas fing wieder an, auf und ab zu schreiten. „Rufus hat uns mitgeteilt, daß Konstantin unauffällig in den Kaiserpalast zurückgekehrt ist, wo er sich mit Alexios getroffen hat."

Tankred las die kurze Nachricht. Nikolas war zurecht beunruhigt. Warum hatte Konstantin das Lager verlassen?

„Konstantin hatte bestimmt den Verdacht, daß Philipp heimlich mit Helena fliehen will. Ich finde es seltsam, daß er fortgeritten ist und die beiden unbewacht zurückläßt", überlegte Tankred.

„Vielleicht ist es doch nicht so seltsam ..., wenn seine Rückkehr in den Kaiserpalast etwas mit Philipp und seinen Plänen mit Nikäa zu tun hat."

Tankred stand auf und schlüpfte in ein Unterhemd aus hellbraunem Stoff. Darüber zog er das Kettenhemd und dann ein schwarzes Hemd. Er gürtete seine Schwertscheide um und schaute zu Nikolas hinüber. „Sagtest du nicht, der Kaiser habe vor einigen Jahren einen Vertrag mit dem Sultan geschlossen?"

„Darüber habe ich oft nachgedacht ..."

„Mit gutem Grund. Mir dämmert jetzt, was der Grund für Konstantins Verschwinden sein kann. Er könnte eine heimliche Kapitulation Nikäas an Philipp arrangieren."

„Ja, das ergibt einen Sinn. Aber ich kann mich des Gedankens nicht erwehren, daß noch mehr dahintersteckt, Tankred. Mein Feind hat noch irgendeinen anderen Grund als nur Philipps Karriere, etwas Persönliches ..., aber was?"

Tankred füllte einen Becher mit dampfend heißer Brühe und trank nachdenklich. Er würde noch einmal mit Helena sprechen.

Erich tauchte am Zelteingang auf. „Die Fürsten halten eine dringende Versammlung ab und bitten Sie beide, daran teilzunehmen."

* * *

Während der Nacht waren die Lakaien fleißig mit Holz und Seilen zugange gewesen und hatten einen provisorischen Pavillon in der Mitte des Lagers errichtet. Die Versammlung war bereits in Gang. Im heißen Juniwind flatterten die stolzen Standarten der westlichen Fürsten, die sich mit ihren obersten Rittern unter der Überdachung des Pavillons versammelt hatten. Sie waren sich zwar in ihrem Anliegen einig, aber ihr Temperament und ihre starken Persönlichkeiten sorgten für eine knisternde Atmosphäre. Als Tankred mit Nikolas eintraf, war die Stimmung der Fürsten genauso energiegeladen wie die dicken Gewitterwolken, die sich über den fernen Höhen im Osten zusammenbrauten.

Nikolas nahm seinen Platz neben Bischof Adhémar ein, der sich in der Begleitung von Graf Raimund von Toulouse befand. Tankred, der immer noch das Byzantinische Reich repräsentierte, blieb im Hintergrund stehen und lehnte sich an einen Holzpfosten.

Graf Raimund, der das christliche Anliegen wahrscheinlich am gottesfürchtigsten und ernsthaftesten verfolgte, war Mitte Fünfzig, der älteste der Kreuzfahrerfürsten. Seine gut frisierten silbergrauen Haare und sein kurzer Bart waren geölt, und seine tiefsitzenden Augen wanderten mit Ungeduld über den zwanzig Jahre jüngeren, leicht aufbrausenden Herzog Gottfried.

„Wir haben keine andere Wahl, wir müssen uns an den Kaiser wenden und ihn bitten, uns Kriegsmaschinen zu schicken. Wir alle haben von ihrem griechischen Feuer und von ihren brennenden Geschossen gehört! Wenn wir Geschosse über die Mauern der moslemischen Zitadelle schießen könnten –"

„Hat dieser Grieche euch denn auch schon eingewickelt?" warf Gottfried ein. Sein Temperament glühte genauso wie die Farbe seiner rotgoldenen Haare, die über seine Schultern strichen. „Wir haben schon früher Erfahrungen mit ihren hinterlistigen Methoden gemacht. Wir können ihnen nicht trauen. Sie lächeln uns freundlich ins Gesicht und intrigieren gleichzeitig, um für sich selbst einen Vorteil herauszuschlagen. Jede Waffe, die von den Byzantinern kommt, unterstreicht ihren Anspruch, daß wir die Festung General Taticus übergeben sollen."

Graf Raimund war wenigstens teilweise entschlossen, seinen Lehenseid gegenüber dem Kaiser einzuhalten. Er hatte einen besseren Empfang genossen als die anderen Fürsten, denen der Kaiser nicht traute. Der Kaiser hielt Raimund von Toulouse und Bischof Adhémar für die eigentlichen Führer der Kreuzfahrer und war ihnen mit Vertrauen und Respekt begegnet.

„Es gibt keine andere Möglichkeit. Wir haben bereits Wochen mit einer Belagerung vergeudet. Wenn der Kaiser Artilleristen hat, dann verlangen wir sie doch von ihm. Haben wir nicht geschworen, mit ihm zu kooperieren?"

„Dieser Eid wurde uns aufgezwungen." Herzog Gottfried schaute die anderen Fürsten herausfordernd an. „Es ist *unser* Blut, das beim Kampf gegen Christi Feinde vergossen wird. Und wo ist dieser Kriegsminister und sein schwacher General, die unserem Heer wie Spione mitten in unseren Reihen folgen? Sie sitzen in ihren Zelten und laben sich an luxuriösen Köstlichkeiten und trinken aus ihren silbernen Bechern! Schaut dagegen uns an! Wir sind schweißverschmiert, unsere Hände haben Schwielen und bluten, unser Ruf als tapfere Fürsten und Ritter wird von den Ungläubigen in dieser Stadt verhöhnt! Stehen wir doch auf und stürmen wir wie ein Mann diese Mauern. Ist Gott in unserer Mitte, um uns zu segnen, oder nicht?"

In dem Schweigen, das seinem Temperamentsausbruch folgte, stand Fürst Bohemund auf, um diesen Augenblick zu seinem Vorteil zu nutzen. Der fürstliche Normanne, dem man ansah, daß er ein kühler Wolf war, schritt zur Mitte der Plattform. Sein scharlachroter Umhang flatterte um seine Stiefel.

„Wer von euch wüßte nicht, wie mein Vater gegen diesen hinterlistigen Kaiser gekämpft hat und ihn beinahe besiegt hätte? Wären wir Normannen nicht Soldaten der Kirche und nach Rom zurückgerufen worden, um den Papst gegen das Deutsche Reich zu verteidigen –", er schaute Gottfried an, „ – dann würde mein Vater bis auf den heutigen Tag über Konstantinopel regieren!"

Herzog Gottfrieds Wangen waren leicht gerötet. Tankred erinnerte sich daran, daß Gottfried den deutschen König Heinrich im Krieg gegen den Papst um das Recht, Bischöfe zu ernennen, unterstützt hatte. Gottfried war der erste gewesen, der die Mauern Roms erstürmt und Waffen gegen den Papst eingesetzt hatte.

„Die Byzantiner können schon intrigieren, aber wir werden auf unserem Recht bestehen, Nikäa in unsere Hand zu bekommen", erklärte Bohemund.

„Und wer von uns wird diese Trophäe für sich beanspruchen?" kam Graf Raimunds kühle Stimme. „Sie, Bohemund?"

Die blauen Augen des Normannen funkelten. Dann lachte er. Es war ein tiefes Lachen, das zu seiner Größe und zu seinen breiten Schultern paßte.

„Ich denke nur an uns alle –, an unseren Eid, dieses Land von den Ungläubigen zu befreien. Warten auf dem Weg nach Jerusalem nicht genug Reiche für uns alle, Raimund? Wenn Sie unbedingt Nikäa haben wollen, dann nehmem Sie es doch. Was uns Normannen betrifft, so werden wir unseren Eid nicht vergessen. Wir werden dafür sorgen, daß Jerusalems Tore vor seinem wahren Herrn fallen, nämlich Jesus Christus."

Nikolas verließ seinen Platz an Adhémars Seite, trat vor und ließ seinen Blick über die versammelten Männer schweifen. Seine lebhaften dunklen Augen funkelten. „Einige von euch sind in Le Puy zu mir gekommen, haben ihr Knie gebeugt und den Segen für ihr Schwert erbeten und ihr Herz dem Dienst der Kirche geweiht. Und jetzt wollt ihr zulassen, daß innere Rivalitäten und Neid eure große Stärke als christliche Ritter lähmen und schwächen? Wir könnten Nikäa belagern, bis der Winter einbricht, und dabei verhungern – nur achtzig Kilometer hinter Konstantinopel! Was ist mit Jerusalem? Belagerungsmaschinen sind nötig! Schikken wir doch Tankred auf der Stelle mit der Bitte um die Hilfe des Kaisers zum Kriegsminister! Sitzen wir denn nicht schon lange genug hier? Es sind noch sechzehnhundert Kilometer bis nach Jerusalem!"

Bischof Adhémar legte Nikolas eine kräftige Hand auf die Schulter. „Hört auf ihn! Er spricht Worte der Wahrheit und der Vernunft. Möge das edle Anliegen, für das wir uns alle auf diese Reise begeben haben, wie ein Licht auf unserem Weg leuchten. Die Moslems haben den wahren König Jerusalems beleidigt, nämlich Jesus Christus. Sie entweihen unsere heiligen Stätten und verweigern uns den Zutritt zu unserer Heiligen Stadt. Wir sind gekommen, um Jerusalem zu befreien!"

Die Barone und Ritter schauten einander an, dann trat Herzog Gottfried vor, beugte sich auf ein Knie und senkte den Kopf. Die anderen folgten ihm, und bald legte sich ein feierlicher Ernst über die Versammlung. Gebete wurden gesprochen, die Sünden der Selbstsucht und des Neids wurden bekannt.

Die Fürsten standen auf und umarmten sich, und bald breitete sich eine freundschaftliche Stimmung aus. Mehrere Männer gesellten sich zu Tankred.

„Du dienst seit Monaten in der Kaiserlichen Garde", sagte Herzog Gottfried. „Was hältst du von den byzantinischen Waffen und Geräten?"

Tankred richtete sich von seinem Pfosten auf. „Ich habe wenig Zweifel daran, daß eine Batterie mit Geschossen die Zitadelle durchbrechen könnte. Die Maschinen, die ich gesehen habe, können schwere Eisenpfeile mit großer Wucht abschießen."

Dieser Gedanke beschäftigte Gottfrieds Aufmerksamkeit genauso wie die der anderen. Bohemund war durch den Krieg seines Vaters gegen das Byzantinische Reich bereits mit griechischen Waffen vertraut. „Was ist mit dem See?“ erinnerte er Tankred. „Er ist genauso ein Hindernis wie die Mauern. Die Türken können mit Booten Nachschub in die Stadt bringen. Solange dies nicht unterbunden wird, wird unsere Belagerung ohne Erfolg bleiben.“

„Der Kaiser kann eine Bootsflotte abstellen. Ich habe in Civitot gesehen, daß sie Schiffe mit wenig Tiefgang haben. Der Kriegsminister kann auch eiserne Pfeile, Boote und Belagerungswaffen vom Kaiser anfordern.“

Bohemund wandte sich an die Fürsten, und sie sprachen ruhig weiter. Er versicherte ihnen, daß Tankreds Beschreibung dem entsprach, was er in dem früheren Krieg gesehen hatte. Sie sprachen mit Bischof Adhémar und Nikolas, dann wandten sie sich an Tankred.

„Wir sind uns einig. Versuche, die byzantinischen Kriegsmaschinen für uns zu bekommen.“

* * *

Auf der anderen Seite des Lagers in der Nähe des byzantinischen Hauptquartiers band Tankred Apollo unter einer Zypresse an und schaute mit einem leichten Stirnrunzeln zu Helenas Zelt. Wie erwartet, hielt Bardas vor ihrem Zelt Wache, aber der Tag war heiß und schwül gewesen, und Bardas saß mit überkreuzten Beinen vor dem Zelt auf einem Kissen und döste. Tankreds besorgtes Stirnrunzeln verwandelte sich in ein leicht belustigtes Lächeln.

Er ging leise auf das Zelt zu, aber Bardas schnarchte ungestört weiter. Mit trockener Miene hob Tankred einen Fuß, um dem alten Bären einen leichten Stoß zu versetzen und ihn wachzurütteln, aber dann überlegte er es sich anders. Es würde Bardas nicht schaden, wenn er herausfände, daß er ungehindert an ihm hatte vorbeihuschen können. Dann würde er in Zukunft vielleicht besser auf der Hut sein.

Tankred betrat geräuschlos das fürstlich ausgestattete Zelt und ließ seinen Blick über die edlen Seidenkissen und Teppiche schweifen, bis er Helena erblickte. Sie saß mit einem Spiegel vor einem kleinen Frisiertisch und bürstete ihre dunklen Locken.

Helena erblickte ihn in ihrem Spiegel. Ihre Augen wurden bei seiner Unverfrorenheit ganz groß. Schnell stand sie auf und drehte sich, immer noch mit einer vergoldeten Haarbürste in der Hand, zu ihm herum.

Tankred machte eine tiefe Verbeugung und sagte mit übertriebener

Untertänigkeit: „Ich bitte tausendmal um Vergebung für mein Eindringen, Fürstin, aber es ist nötig, daß ich allein mit Ihnen spreche. Ich bitte um Ihre gnädige Erlaubnis!“

Er richtete sich auf und sah, daß ihre Augen ihn von Kopf bis Fuß musterten. Überraschenderweise sah sie nicht so aus, als sei sie über sein Eindringen empört. Das freute ihn für einen kurzen Augenblick.

„Tatsächlich, kann das denn sein?“ flüsterte sie spöttisch. „Aber ja –, ich glaube, meine Augen trügen mich nicht –, es ist der Ritter, der sich von der Normannin in ihrem Zelt trösten und wieder aufpäppeln läßt.“

Er blieb gelassen stehen und schaute sie ruhig an. „Ihre Erinnerung trügt Sie nicht. Sie haben viel darüber nachgedacht.“

Sie warf achtlos ihre mit Edelsteinen besetzte Bürste auf den Tisch und trat auf ihn zu. Dieses Mal mit unerschütterlicher Miene. Anscheinend war sie bei der Erinnerung an ihre letzte Begegnung und ihre Unsicherheit fest entschlossen, sich dieses Mal von ihm nicht aus der Reserve lokken zu lassen.

„Haben Sie einen Dolch in der Hand versteckt?“ fragte er trocken.

„Wenn ein so kühner und starker Ritter mich mit Leichtigkeit überwältigen könnte?“ fragte sie unschuldig. „Was nützt mir da ein Dolch? Ich bezweifle, daß die Normannin einen bei sich trägt. Ich vermute, sie versteckt absichtlich Ihr Krummschwert, weil sie hofft, daß Sie dann versuchen werden, sie zu überwältigen.“

„Darf ich also zu hoffen wagen, daß Sie es sich anders überlegt haben?“

„Ich habe keine Zeit damit vergeudet, an Sie zu denken. Wie sind Sie an Bardas vorbeigekommen?“ flüsterte sie.

Er legte alle Formalitäten ab. Um ihr zu zeigen, daß ihre adelige Stellung ihn nicht im geringsten einschüchterte, warf er seinen Reitumhang auf einen Stuhl, als wäre er in diesem Zelt zu Hause.

„Ein schnarchender Wachhund bellt nicht, um seine Herrin zu warnen.“ Er deutete mit dem Kopf zum Zelteingang. „Sie müssen sich schon eine bessere Wache besorgen, um mich von sich fernzuhalten. Aber wenn ich es für nötig erachte, Sie zu sehen, kann mich nichts und niemand abhalten.“

Ihre Augen schauten ihn unfreiwillig an, aber sie zog sich schnell hinter ihre hochnäsige Fassade zurück und drehte ihm eine Schulter zu.

„Nach Ihrem ungebührlichen Verhalten im Zelt dieser Frau kann ich mir nicht vorstellen, daß es noch irgend etwas zu sagen gäbe.“

„Ungebührlich, sagen Sie? Daß sie meine Wunde versorgt hat? Ich erschaudere bei solch herzlosen Worten –, und das, nachdem Sie selbst einen gefährlichen Ritt durch das Lager auf sich genommen hatten, um genau das gleiche zu tun!“

„Nur weil ich Ihr Schwert brauche."

Er lachte leise. „Machen Sie mir immer noch einen Vorwurf, weil ich in ihrem Zelt aus der Bewußtlosigkeit erwachte? Wäre es Ihnen lieber, wenn ich auf dem Schlachtfeld verblutet wäre, damit Sie nicht eifersüchtig zu sein bräuchten?"

„Sie sahen aus, als fühlten Sie sich in ihrem Zelt wie zu Hause."

„Ich hätte Ihres vorgezogen. Das tue ich immer noch."

„Herr Ritter, Sie vergessen sich!"

„Ganz und gar nicht. Wie könnte ich das in Ihrer Nähe? Was Adele betrifft: Sie ist ein adeliges Fräulein, das mit Bischof Adhémar verwandt ist, der über jeden ihrer Schritte wacht."

„Genug davon, Herr Ritter", sagte sie leichthin. „Ich habe nicht den Wunsch, über Ihre Beziehung zu ihr zu sprechen."

„Es besteht keine Beziehung", seufzte er. „Ich gestehe, daß ich im Tiefsten meines Herzens nur darauf warte, bis Sie endlich des hochnäsigen und ehrgeizigen Philipps müde werden und Ihre leidenschaftliche Aufmerksamkeit mir zuwenden."

„Davon kann keine Rede sein", sagte sie leichthin.

Obwohl sie es abstritt, bemerkte Tankred, daß die Information, Adele sei die Verwandte eines Bischofs, sie freute.

Helena schritt an ihm vorbei und zog dabei ihren langen goldenen Schal, der von ihrer Schulter bis zu ihren Knöcheln reichte, hinter sich her. „Sie sollten am besten sofort gehen, sonst werde ich Bardas wekken." Sie tat, als wolle sie an ihm vorbei zum Zelteingang rauschen.

Schnell versperrte er ihr den Weg, hielt aber Abstand zu ihr. „Nein, Fürstin, mir fällt sehr viel ein, das zwischen uns besprochen werden muß."

„Was bringt Sie auf die Idee, daß ich zuhören möchte?"

„Ihre Augen –, sie verraten Sie."

Sie schaute ihn an. Ihre zarten dunklen Brauen verzogen sich zu einer würdevollen Ablehnung. Sie verschränkte ruhig die Arme vor der Brust und legte den Kopf schief. „Sie sind so von sich überzeugt. So vollkommen eingebildet, daß Sie tatsächlich glauben –"

„Wie Sie wünschen." Er trat zurück, verbeugte sich und deutete mit einem ausgestreckten Arm zum Eingang ihres Zeltes. Wenn Sie schreien wollen, dann tun Sie es. Rufen Sie Philipp und die gesamte byzantinische Garde herbei. Sie werden bestimmt gleich angestürmt kommen und mich verhaften –, wenn das Ihr Wunsch ist."

Einen Augenblick glaubte er, sie würde es tatsächlich tun, denn sie ging auf den Eingang zu. Dann blieb sie stehen.

Tankred lächelte innerlich, aber seine Miene wurde undurchdringlich, als sie sich umdrehte und ihn mit einem süffisanten Lächeln auf den Lippen anschaute.

„Welch ein Vergnügen wäre es, Sie verhaften zu lassen, bis *ich* mich entscheide, Philipp davon zu überzeugen, daß Sie nichts Böses im Sinn hatten."

„Ja ..., ich bin sicher, Sie wünschen, daß ich vor Ihren Füßen krieche. Aber Sie werden mich nicht verraten."

Helena schien über seine Kühnheit nachzudenken, dann schritt sie langsam zu den roten Kissen auf dem Teppich und ließ sich bequem darauf nieder. „Vielleicht erwäge ich es, Gnade zu zeigen."

Tankreds trockenes Lächeln war entwaffnend. „Ich stehe in Ihrer Schuld, schönes Fräulein. Nach Ihrer Gnade lechze ich wie ein verdurstender Mann nach Wasser."

Sie beugte sich zu dem Krug vor, goß einen Kelch mit Wasser ein und reichte ihn ihm mit belustigten Augen. „Ich zeige immer Gnade. Trinken Sie."

Er nahm den Becher und zwang sich, seine Beherrschung zu bewahren. Er trank das Wasser in einem Zug leer und betrachtete sie dabei ruhig.

Sie wich zuerst seinem direkten Blick aus und schaute zu der Obstschale. Als wäre sie von dem, was sie darin sah, vollkommen fasziniert, wählte sie eine Pflaume. „Wenn Sie irgendwelche Erklärungen über dieses barbarische Mädchen abgeben wollen, so versichere ich Ihnen, daß ich kein Interesse daran habe."

„Das ist sehr gut, denn ich hatte nicht die Absicht, eine lange Erklärung abzugeben. Ich bin nicht wegen Adele gekommen." Er deutete mit der Hand. „Darf ich mich zu Ihnen auf die Kissen setzen?"

„Nein." Sie hob mehrere Kissen auf und warf sie ihm vor die Füße. „Kommen Sie mir nicht zu nahe."

Tankreds Verärgerung wuchs. Er nahm die Kissen, legte sie sich schnell zurecht und setzte sich darauf, dann warf er ihr den leeren Kelch zu, als langweile er ihn. Sie schaute den Kelch an, an dem die Juwelen funkelten, schnappte ihn und stellte ihn resolut auf den Teppich.

Er legte einen Arm über sein Knie und wandte den Blick nicht von ihr ab. Ihre langen Haare fielen über ihre Schultern und reichten bis über ihre Taille hinab.

„Wenn Sie etwas zu sagen haben, dann tun Sie es", drängte sie ihn. Sie wich seinem Blick aus und lutschte an der Pflaume.

Seine Stimme kam ruhig und tonlos, während er sie weiterhin beobachtete. „Vor Nikäas Mauern ist die größte Anzahl von Kreuzfahrern versammelt, die je in eine Schlacht gezogen sind. Aber trotzdem zieht sich die Belagerung in die Länge, ohne daß Hoffnung auf eine Kapitulation der Stadt besteht, und der heiße Sommer steht uns erst noch bevor. Eines könnte diese Belagerung zu einem baldigen Ende führen: Boote vom Kaiser, die auf dem See patrouillieren und verhindern, daß weiterhin Nachschub in die Stadt gebracht wird. Außerdem brauchen wir Belagerungswaffen, um die Mauern stürmen zu können. Sie haben gehört, als ich das alles schon vor Wochen Philipp gegenüber erwähnte."

„Ja, ich erinnere mich." Sie schaute ihn beunruhigt an. „Falls meine Mutter in Nikäa im Palast des Roten Löwen wartet, erhöht jeder Tag, den es länger dauert, meinen Schmerz. Ich glaube, Sie haben recht, aber warum erzählen Sie das mir und nicht General Taticus?"

„Weil der General Philipp untersteht. Sie können Philipp überreden und dafür sorgen, daß wir diese Mittel bekommen. Wie Sie sagten: Es ist auch zu Ihrem Vorteil, falls Ihre Mutter in der Stadt ist."

„Ich soll Philipp überreden?"

„Warum nicht?"

„Aber Sie stehen in seinem Dienst! Oh, ich weiß, er möchte gern so tun, als schenkte er Ihren Worten keine Beachtung, aber er hört mehr auf Sie, als Sie glauben." Sie warf die ausgelutschte Pflaume zur Seite. „Wenn er sich manchmal hochnäsig benimmt, dann nur, weil er Angst vor seinen eigenen Unzulänglichkeiten hat."

„Es verblüfft mich, daß Sie das zugeben."

Sie zuckte mit den Achseln. „Das ist für mich kein Grund, ihn deshalb geringer zu achten. Er muß es zu großem militärischem Erfolg bringen –, er wagt es nicht zu versagen."

„Genau das sind auch meine Schlußfolgerungen. Nur, daß er nicht mein Mitleid hat. Wenn er um jeden Preis diesen Erfolg wünscht, dann beweist das nur, daß er ein Sklave seiner maßlosen Selbstüberschätzung ist. Er will sich selbst und allem, was er erreicht hat, ein Denkmal setzen. Und es stört ihn nicht, wenn Tausende darunter leiden, Hauptsache, er kann sich zur Spitze emporarbeiten."

„Ich weigere mich, mir solche beleidigenden Worte anzuhören."

„Dann überlegen Sie eines: Warum will Philipp den Belagerungszustand in die Länge ziehen? Tut er das auf Befehl des Kaisers oder im Auftrag Konstantins?"

Als er diesen Namen erwähnte, hob sie ihren vergoldeten Fächer und bewegte ihn unbehaglich. „Selbst wenn Byzanz diesen Zustand in die Länge ziehen wollte, hat Philipp mit meiner Tante und mit Konstantin gebrochen. Wir haben jetzt unsere eigenen Pläne. Im passenden Augenblick werden wir zur Burg fliehen."

„Sind Sie sicher, daß ein passender Augenblick kommen wird? Für mich sieht es ganz danach aus, als zeige Philipp keine Ungeduld. Der leidenschaftliche Bräutigam gibt sich damit zufrieden, in seinem Zelt zu sitzen und mit General Taticus Pläne und Intrigen zu schmieden."

Helena klappte ihren Fächer zusammen. „Muß ich Sie daran erinnern, daß Nikolas es war, der uns gebeten hat zu warten, weil Konstantin Wachen aufgestellt hat, die den Fluchtweg zur Burg beobachten? Was kann Philipp anderes tun, als zu kooperieren?"

„Konstantin ist nicht mehr bei Graf Raimund. Der Bischof ist still und heimlich in den Kaiserpalast zurückgekehrt. Was würden Sie dazu sagen, wenn ich Ihnen verrate, daß Philipp das schon weiß? Ihm ist klar, daß Sie schon längst zur Burg Hohms fliehen könnten."

Ein beunruhigtes Funkeln zeigte sich in ihren Augen, aber er konnte sehen, daß sie versuchte, ihre Gefühle zu verbergen.

„Philipp weiß das nicht. Wenn er es wüßte, dann würde er noch heute nacht mit mir aufbrechen."

„Er weiß es", erklärte Tankred ruhig. „Und – was Konstantin betrifft, so bin ich sicher, daß er dem Kaiser eine Nachricht überbringt, eine von Philipp, vielleicht auch von dem türkischen Befehlshaber in Nikäa. Eine Nachricht, die seiner Sache und Philipps Karriere nützlich ist. Konstantin wird nach Nikäa zurückkehren und über die Kapitulation der Stadt verhandeln –, nicht die Übergabe der Stadt an die Kreuzfahrer, sondern an Philipp."

Helena zögerte, dann zeigte sich ein ängstliches Funkeln in ihren Augen, das ihn hellhörig machte. Sie machte sich noch um etwas anderes Sorgen, nicht nur um Philipps Verhalten. Was verheimlichte sie vor ihm? Hatte es mit Konstantin zu tun?

„Woher wissen Sie das alles? Das sind doch nur kühne Vermutungen."

Er griff in sein Hemd, das er über seinem Kettenhemd trug, und zog die Nachricht heraus, die Rufus geschickt hatte.

„Nikolas hat diese Nachricht bekommen." Er gab sie ihr zum Lesen.

„Ich habe Ihnen in jener Nacht, als ich mit Nikolas hierher kam, gesagt, daß Ihre Mutter das letzte Mal bei dem Roten Löwen gesehen wurde und daß sie möglicherweise in Nikäa festgehalten wird. Es gibt noch etwas anderes, das ich Ihnen allerdings noch nicht gesagt habe, da ich noch nicht sicher war. Da mein Großvater al-Kareem ist, habe ich – sagen wir – gewisse ‚Freunde' in der moslemischen Welt. Zwei Monate, bevor ich überhaupt beschloß, eine Stellung in der kaiserlichen Kavallerie anzunehmen, habe ich Zakeem in die Zitadelle geschickt, um sich darin umzusehen. Er hat mir die Nachricht gebracht, daß der Rote Löwe nicht in Nikäa ist, sondern an seiner östlichen Grenze gegen eine andere türkische Sippe um die Kontrolle über einen kleinen christlichen armenischen Staat Krieg führt.

Seine Frauen und seine Familie sind jedoch noch in der Stadt. Und auch Mitglieder seines Harems. Nein – unterbrechen Sie mich nicht. Es kommt noch mehr."

Helena hing wie gebannt an jedem seiner Worte. Sie rückte näher an ihn heran und legte beunruhigt eine Hand auf sein Handgelenk.

„Ich habe auch mit dem türkischen Gefangenen gesprochen, den Graf Raimund in der letzten Schlacht festgenommen hat. Obwohl er nur wenig Latein spricht, konnte ich mich mit ihm fließend auf Arabisch unterhalten. Er versichert mir, daß die Frauen und die Familie des Roten Löwen immer noch unter starken Sicherheitsvorkehrungen im Palast sind."

„Dann ist meine Mutter auch dort!"

„Das kann ich nicht versprechen. Wenn ich hineinkommen könnte ..., aber dafür müßten Freunde ihr eigenes Leben aufs Spiel setzen ..." Tankred wurde nachdenklich.

„Weiß der Kaiser von den Frauen des Sultans?" flüsterte sie.

„Ja. Und er wird diese Information bestimmt gut zu seinem Vorteil nutzen."

Sie sah besorgt aus. „Dann weiß es auch Konstantin. Wenn sie dort ist, wird er sie finden. Haben Sie den Gefangenen nach ihr gefragt?"

„Ja. Es tut mir leid ..., er wußte nichts von einer Adrianna."

Helena starrte ihn an, dann sagte sie mit einer Stimme, die verriet, daß sie die Wahrheit nur sehr schwer akzeptieren konnte: „Sie hat inzwischen wahrscheinlich einen moslemischen Namen."

„Daran habe ich auch gedacht, aber er konnte mir nicht mehr sagen. Ich bin am nächsten Tag noch einmal hingegangen, um ihn zu bestechen, aber er war geflohen – zur gleichen Zeit, zu der Konstantin Graf Raimunds Lager verlassen hat."

„Sie glauben, er hat ihn befreit?"

„Oder er hat ihn umbringen lassen, damit niemand die Informationen bekommt, die er nur für sich selbst haben wollte. Was der Kaiser weiß, beunruhigt mich aber ebenfalls. Erinnern Sie sich an das, was Nikolas über den Vertrag gesagt hat, den der Kaiser nach der Niederlage der Christen in Manzikert mit dem Roten Löwen geschlossen hat?"

„Ja, aber was hat das mit meiner Mutter oder mit Konstantin zu tun?"

„Der Kaiser könnte mit einem Boot einen heimlichen Unterhändler auf die andere Seite Nikäas schicken, um dort mit den herrschenden türkischen Offizieren des Roten Löwen zu verhandeln. Er bringt eine Nachricht vom Kaiserpalast, die besagt, daß sie von kannibalischen Barbaren niedergemetzelt werden, wenn sie sich nicht vorher ihm ergeben. Damit erreicht er die Kapitulation der Stadt, bevor die Kreuzfahrer sie einnehmen können. Ich glaube, Bischof Konstantin ist dieser heimliche Unterhändler."

„Konstantin darf nicht als erster in die Zitadelle kommen –, er wird sie finden", flüsterte sie verängstigt.

„Was meinen Sie damit?" fragte er. „Was ist es, das Sie mir noch nicht verraten haben?"

Sie vergrub das Gesicht in ihren Händen. „Ich . . ., ich kann es Ihnen nicht sagen. Er hat mir gedroht."

Er ergriff ihre Handgelenke und zog ihre Handflächen nach oben, damit er ihr Gesicht sehen konnte, und zog sie näher zu sich heran. „Wer?" fragte er ruhig. „Philipp?"

„Nein! Nein! Er weiß nichts davon . . ." Sie zögerte, dann schaute sie ihm lange in die Augen und seufzte schließlich resigniert. „Konstantin. Er weiß von meiner Mutter. Er ist schon vor Wochen zu mir gekommen, noch bevor ich in der Wachburg mit Ihnen sprach."

„Erklären Sie mir das bitte genauer."

„Er hat mir gesagt, er wisse, daß ich sie suche, und daß er sie ebenfalls suche. Daß – daß sie leidenschaftlich ineinander verliebt seien und es schon immer gewesen seien."

Tankred sah den Schmerz in ihrem Gesicht, während sie sich darum bemühte, das zu akzeptieren, was für sie unglaublich sein mußte.

„Dann glaubt Konstantin, daß Ihre Mutter im Palast des Roten Löwen festgehalten wird?"

Helena nickte. „Das muß er. Und falls sie in der Zitadelle ist, wie Sie sagen . . ." Ihre besorgte Stimme brach ab.

„Wie hat er erfahren, daß sie am Leben ist? Sie hatten mir doch erzählt, daß er und Irene glaubten, sie sei im Kloster gestorben."

„Er hat meinen Informanten auf der Mese abgefangen. Ich bat Konstantin, mir zu verraten, wo sie ist, aber er weigerte sich. Wenn ich damals nur gewußt hätte, daß es Nikäa war –, aber ich hatte keine Ahnung. Ich dachte an Täbris oder Bagdad. Und dann hat man mir gesagt, sie sei in Jerusalem bei ibn-Harun. Dabei war sie die ganze Zeit nur achtzig Kilometer von Konstantinopel entfernt!"

„Ich habe meine Zweifel, aber Konstantin glaubt es vielleicht. Philipp glaubt es bestimmt auch . . ."

„Nein, er weiß es nicht!“

Sein Griff um ihre Handgelenke wurde fester. „Wann werden Sie endlich erwachen und begreifen, daß Philipps Pläne zuerst ihm selbst gelten und sich nicht immer nach Ihren persönlichen Interessen richten? Warum sonst, glauben Sie, will er, daß diese Belagerung sich noch länger hinzieht? Seine Anwesenheit hier im Lager ist nur ein Ablenkungsmanöver. Er und Taticus sind hier, um alles zu beobachten, um das byzantinische Schachspiel zu spielen. Und sie rechnen damit, es zu gewinnen. Es paßt in seine Pläne –, vielleicht sogar besser, als er zuerst erwartet hatte. Und er rechnet damit, daß Nikäa ihm übergeben wird und nicht den Kreuzfahrern. Wie das alles Konstantins persönliche Pläne mit Adrianna berührt, weiß ich nicht, aber sie arbeiten zusammen.“

„Philipp würde mir eine solche Information nie vorenthalten.“

Tankred verzog den Mund. „Fürstin, wenn Sie mir nur halb soviel vertrauen würden wie dem edlen Philipp –“

„Ich vertraue Ihnen doch, Tankred. Habe ich Ihnen nicht gerade von meinen Befürchtungen wegen Konstantins Plänen erzählt?“

„Dann vertrauen Sie mir ohne Vorbehalte. Die Kreuzfahrer müssen die Zitadelle einnehmen. Jede heimliche Übergabe an Philipp muß vereitelt werden. Sie müssen uns dabei helfen.“

Er sah, daß ihr bei dem Gedanken, Philipp einen Sieg zu verwehren, unbehaglich zumute war.

Helena folgte seinen Gedanken und richtete sich steif auf. „Ich werde tun, was Sie verlangen, aber wie kommen Sie auf die Idee, daß Philipp auf mich hören wird?“

„Sie müssen es versuchen. Es gibt sonst niemanden, auf den er hört. Er weiß, daß wir Boote und Waffen benötigen. Als Kriegsminister kann er diese Dinge offiziell anfordern. Dann werden sie sofort gebracht.“

Er hielt immer noch ihre Arme fest und war sich ihrer Nähe sehr stark bewußt, aber sie schien es nicht zu bemerken. Ihr Duft war betörend, genauso ihre Augen, ihre Haare ...

Tankred ließ sie energisch los und erhob sich abrupt von den Kissen. Er nahm seinen Umhang und vermied es, sie anzusehen. „Ich überlasse Philipp Ihnen.“ Er war stolz darauf, daß seine Stimme ruhig und gleichgültig klang. „Wenn Sie ihm so viel bedeuten, wie Sie behaupten, gibt es nichts, das er für Sie nicht tun würde. Dann wird er auch diese Boote anfordern.“

Helena stand unsicher auf. Er drehte sich jetzt zu ihr um und schaute ihr direkt in die Augen. Er sah, daß sie verwirrt war, und fragte sich, ob sie den Augenblick vor wenigen Sekunden wahrgenommen hatte.

„Wollen Sie damit andeuten, daß ich ihn hintergehen soll? ... Den Mann, den ich bald heiraten werde?“

Tankred verbarg seinen Ärger über ihre kindischen romantischen Träume. „Ob Sie ihn heiraten oder nicht, steht noch nicht fest. Und was die Frage angeht, ihn zu hintergehen, so ist es genau umgekehrt.“

Enttäuscht wandte sie ihm den Rücken zu und ging mit verschränkten Armen ein paar Schritte.

„Bevor ich Sie verlasse, stelle ich Ihnen noch eine Frage, über die Sie sich Gedanken machen können. Wenn ein Mann eine Frau liebt, riskiert er sein Leben für sie. Er kann es nicht erwarten, sie als seine Geliebte auf seine Burg davonzutragen. Ich bitte Sie zu überlegen, warum Philipp lieber in seinem Zelt sitzt und mit General Taticus Ränke schmiedet, während Sie in greifbarer Nähe sind und ihn vom Fleck weg heiraten würden und Nikolas hier ist, um die Zeremonie durchzuführen.“

Sie drehte sich zu ihm um und schaute ihn an. Tankred deutete zum Zelteingang. „Ich muß wieder an Bardas vorbeikommen.“

Sie zögerte. „Nein, warten Sie. Es ist am besten, wenn er nichts von Ihrem Besuch weiß.“ Sie ging zu dem Schleier, der in ihr Schlafgemach führte, und zog ihn zur Seite. „Hier gibt es noch einen zweiten Ausgang.“

Er folgte ihr vorbei an noch mehr Bettkissen, Elfenbeinfläschchen mit Parfüm und haufenweise seidenen Kleidern bis zur Rückseite des Zeltes. Sie zog einen großen gewebten Korb zur Seite und brachte dahinter eine Öffnung zum Vorschein. „Sie können auf diesem Weg hinauskommen. Hier wird niemand Sie sehen.“

„Meine Erwartungen an das byzantinische Denken werden nicht enttäuscht. Nur eine Tochter des Purpurnen Gürtels hat einen geheimen Ausgang in einem Zelt.“

* * *

Philipp hat durch General Taticus beim Kaiser offiziell Kriegsmaschinen und andere Waffen angefordert.

Tankred schaute von der schriftlichen Nachricht auf. „Sag deiner Herrin, Bardas, die Kreuzfahrer stehen tief in ihrer Schuld, auch wenn es vielleicht zu spät ist.“

Bardas' Miene verriet sein Unverständnis. Aber Tankred verließ das Lager und gesellte sich zu Nikolas ans Seeufer, wohin dieser ihn bestellt hatte. Nach drei Wochen Stillstand planten die Kreuzfahrer für den folgenden Tag einen Angriff.

Die Nacht war ruhig und schwarz, aber das Mondlicht schimmerte auf dem entfernten Wasser vor Nikäas Mauern. Tankred trat schweigend neben Nikolas, der regungslos über den See starrte. Innerhalb kürzester Zeit hörten sie, daß in der Ferne das Wasser plätscherte. Die Ruder mehrerer Boote schnitten sich durch den Ascaniasee und bewegten sich in Richtung Konstantinopel.

Tankred schaute mit zusammengekniffenen Augen in die Dunkelheit und konnte die Silhouette kleiner byzantinischer Boote ausmachen, von denen jedes von Soldaten bewacht wurde. Während sie im hellen Mondschein dahinzogen, erhaschte er einen Blick auf türkische Turbane, vergoldete Stoffe und Krummschwerter, die sich seltsam mit den bekannten Uniformen der Kaiserlichen Garde vermischten. In mehreren Booten saßen eine Reihe verschleierter Frauen.

Tankred drehte Nikolas, dessen hartes braunes Gesicht ein dünnes Lächeln zeigte, den Kopf zu.

„Die Frauen und die Familie des Roten Löwen“, sagte Tankred.

„Morgen früh wird über den Toren Nikäas die byzantinische Flagge wehen.“

Tankred beobachtete, wie die Boote leise in der Nacht verschwanden, und mußte an Helena denken. Sie wäre bitter enttäuscht. War ihre Mutter eine dieser verschleierten Frauen?

Als der neunzehnte Juni über die Höhen zog und die Morgendämmerung sich über den Horizont erhob und den Himmel in einer Mischung aus Gold und Scharlachrot leuchten ließ, durchschnitt ein bestürzter Schrei wie ein Donnerrollen das Kreuzfahrerlager.

Fürsten, Ritter, Lakaien und Bauern erwachten und eilten aus ihren Zelten und sahen von Nikäas Türmen die kühnen Insignien des Ostreichs auf sich herabblicken. Flaggen mit dem stolzen doppelköpfigen Adler flatterten triumphierend von den hohen Stadttürmen.

Die Nachricht breitete sich aus wie ein Lauffeuer. Die hinterhältigen Griechen haben uns betrogen!

Der Nachricht von der Übergabe der Stadt folgte ein schneller und entschlossener byzantinischer Erlaß:

„Der Kaiser hat Befehl gegeben, daß allen türkischen Bewohnern Nikäas gewährleistet wird, unbelästigt nach Konstantinopel zu ziehen. Die Stadt werden nur Personen betreten, die von den byzantinischen Behörden als ehrbar ausgewählt werden.“

Diese Ankündigung, die zuerst den mißmutigen Fürsten, Rittern und

Adeligen unter den Standarten mitgeteilt wurde, verbreitete sich auch bald unter dem einfachen Volk. Bewaffnete griechische Soldaten ritten durch das Lager und lasen den Priestern das offizielle Papier auf Lateinisch vor, die wiederum versuchten, die Wut des Volkes, das sich betrogen fühlte, zu beschwichtigen.

Betroffen erfuhr Helena aus Bardas' Mund von dieser Neuigkeit.

„Während der Nacht ist eine kaiserliche Delegation mit einer Bootsflotte auf den See hinausgefahren. Dort wurde ein Übergabevertrag mit der türkischen Garnison unter dem Roten Löwen unterzeichnet."

„Wo ist Philipp?" rief sie aufgebracht.

„Er hat mir ausrichten lassen, daß ich Sie sofort nach Nikäa bringen soll. Er wartet im moslemischen Palast."

Ihr Herz pochte gleichermaßen vor Angst und Hoffnung. „Er hat sie ausfindig gemacht?" flüsterte sie.

„Das konnte ich nicht herausfinden. Er sah nicht glücklich aus." Bardas schaute finster drein. „Mir gefällt das nicht, Herrin. Vielleicht sollten Sie lieber nicht gehen."

„Wenn Philipp will, daß ich komme? Er hat bestimmt gute Nachrichten, Bardas. Komm. Und was ist mit Bischof Konstantin? Gibt es irgendwelche Nachrichten davon, daß er eingetroffen ist?"

„Herr Philipp hat nichts gesagt."

War er ein Mitglied der Delegation gewesen, die der Kaiser geschickt hatte, um den Vertrag mit der türkischen Garnison zu unterzeichnen? Konnte es sein, daß Tankred sich in ihm täuschte? Was war, wenn er mit den Verhandlungen nichts zu tun gehabt hatte? Dann wäre Philipp und nicht Konstantin der erste gewesen, der die Zitadelle betreten hatte! Aufkeimende Hoffnung erfüllte Helena mit neuer Kraft, als sie im Schutz einiger Soldaten auf der Zugbrücke über dem Burggraben in die Stadt ritt.

Was war mit Tankred und Nikolas? Wußten sie von der Kapitulation? Das mußten sie, aber sie sah keinen der Kreuzfahrer in den beinahe leeren Straßen, in denen jetzt berittene byzantinische Soldaten patrouillierten. Ihre Augen wanderten über die Moscheen mit den Kuppeldächern, über die Minarette, die Alabasterscheiben an den Fenstern der zweistöckigen Steinhäuser und kleinen vereinzelt stehenden Paläste. Der Palast des Roten Löwen glänzte golden in der Sonne, aber sie schenkte dem eindrucksvollen Anblick kaum ihre Aufmerksamkeit, während Philipps Soldaten sie einen vergoldeten Gang hinabführten. Sie wurde in ein Empfangszimmer begleitet, in dem ein scharlachroter Vorhang ein erhobenes Podest umgab. Der Platz des Sultans war leer, aber nicht das Zimmer.

„Helena."

Sie drehte sich um, als sie Philipps angespannte Stimme hörte.

Er trat auf sie zu. Sein gutaussehendes Gesicht war ernst, seine dunklen Augen warnten sie. *Wovor?* fragte sie sich. Doch dann erstarrte sie.

Hinter ihm auf einer Terrasse mit Elfenbeinverzierungen sah sie nur die bekannten Mitglieder seiner Gefolgschaft. General Taticus bewegte sich in ihre Richtung. An seinem Arm hatte sich eine Frau eingehängt.

Helenas Herz raste erwartungsvoll und wollte dann schier stehenbleiben. Sie erblaßte, als ihre Tante sie mit süßlicher Stimme begrüßte.

„Meine liebste Helena, du hast diese Strapazen wirklich gut überstanden", kam Fürstin Irenes musikalische Stimme. „Du kannst dich im Palast ausruhen, bis Prinz Kalid hier eintrifft."

Irenes Lächeln war unfreundlich und triumphierend, und ihre bernsteinfarbenen Augen lachten Helena ins Gesicht, das bestimmt aschfahl war.

„Philipp, mein Sohn, bring deiner Kusine Helena einen Becher Wein. Sie sieht schwach aus –, das muß wohl die Hitze sein." Sie lächelte Helena an. „Es wird dich freuen zu hören, daß ich Kalid eine Nachricht geschickt habe, daß du hier im Palast des Roten Löwen auf ihn wartest. Das erspart dir eine ermüdende Reise in einer Kamelkarawane. Die Hochzeit wird hier inmitten der schönen Umgebung des neuen byzantinischen Nikäa stattfinden."

18. Die unerwartete Aufforderung

Die Kreuzfahrerfürsten, deren Wut über das, was in Ihren Augen nicht nur gemeiner Verrat, sondern gleichzeitig auch eine Beleidigung ihrer Ritterehre war, überschäumte, verloren keine Zeit. Eine zweite Versammlung wurde einberufen. Tankred schritt nervös auf und ab und wartete auf Nikolas' Ankunft. Eine innere Unruhe nagte an ihm. Er hatte gehört, daß Helena in der Gesellschaft von Philipp und der byzantinischen Offiziere im Palast des Roten Löwen war.

Wie er vermutet hatte, ergab sich Nikäa mit fliegenden Fahnen Philipp Lysander, dem Kriegsminister, dem offiziellen Abgesandten des Kaisers. Konstantin hatte zu seiner Rechten gestanden, Irene zu seiner Linken und neben ihr General Taticus. Etwa dreitausend Männer aus seinem Regiment patrouillierten jetzt auf den Straßen Nikäas.

Die Diskussion war hitzig, als die Fürsten über Alternativen zu den faulen Früchten des Verrats, wie sie es nannten, zu Rate saßen.

„Habe ich nicht gesagt, daß man diesen gerissenen Byzantinern nicht über den Weg trauen darf?“ knurrte Herzog Gottfried.

„Er hat recht“, stimmte Bohemund ihm zu. „Uns bleibt keine andere Wahl, als so bald wie möglich unser Lager abzubrechen und nach Antiochia weiterzuziehen.“

Tankred hörte nicht mehr zu. Vor einigen Minuten hatte ihm ein Bauer einen eilig hingekritzelten Brief von Bardas überbracht.

Herr Nikolas ist verschwunden. Ich fürchte, er wurde von Konstantins Männern gefangengenommen. Ich bin auf der Suche nach ihm. Meine Herrin befindet sich im Palast des Roten Wüstenlöwen in Gefahr. Sie bittet Sie, so schnell wie möglich zu ihr zu kommen. Ich warte im Orangenhof auf Sie.

Bardas

* * *

Philipps eilig geschriebene Nachricht hatte Helena, kurz nachdem sie unter strenger Bewachung in ein Gemach im Palast des Sultans gebracht worden war, durch einen Sklaven erhalten. *Heute nacht werden wir fliehen.* Sie würden beide bis zu einem Olivenhain bei der Familienvilla reiten, wo sie mit Nikolas zusammentreffen würden. Von dort aus wollten sie zur Burg Hohms weiterreiten und hinter den sicheren Mauern der Burg warten, bis die Kreuzfahrer Antiochia befreit hätten.

Sie erschauderte. Kalid würde bald im Palast eintreffen. War er schon unterwegs?

Die Änderung ihrer Pläne ließ Gefahren vermuten, aber sie tröstete sich damit, daß Philipp alles für ihre Flucht arrangieren würde.

Ihre Gedanken wanderten zu Tankred ... Wußte er, daß sie im Sultanspalast gefangengehalten wurde?

* * *

In dem Zelt, das er mit Nikolas teilte, zog Tankred wieder seine schwarzrote Uniform an, bestieg dann Apollo und ritt langsam neben den hohen Mauern der Zitadelle entlang, bis er sich einer Zugbrücke über den Burggraben vor einem der Tore Nikäas näherte.

Der Tag war immer noch schwül, kein Windhauch zog vom See auf. Vor ihm stand das Tor weit offen. Soldaten hielten Wache und kontrollierten jeden, der das Tor passierte. Das war der Augenblick, in dem es sich entscheiden mußte. Seine Uniform der Kaiserlichen Kavallerie und die Stellung, die er bei Philipp innehatte, boten ihm einen gewissen Schutz, aber das konnte sich schnell ändern.

Mehrere Soldaten beobachteten ihn, aber Tankred ritt unbehelligt an ihnen vorbei. Dann hörte er vor sich eine bekannte Stimme.

„Keiner der Barbaren darf die Stadt betreten. Dieses Verbot gilt auch für die Ritter. Verstanden? Das ist ein Befehl des Kriegsministers."

Es war Rufus!

Tankred ritt weiter und schaute ihn an. Ihre Blicke begegneten sich, dann drehte sich Rufus um und gab einem der Wachleute einen Befehl. Daß er so tat, als kenne er Tankred nicht, warnte ihn davor, weiterzureiten.

Aber er hatte keine andere Wahl. Helena und Nikolas waren beide in Gefahr. Er könnte die heimlichen Freunde al-Kareems suchen –, aber nicht in der Kleidung eines Byzantiners!

Mit einem Anflug von Ironie wurde ihm bewußt, auf welch schmalem Grat er sich bewegte. Er mußte immer in die richtige Rolle schlüpfen. In seinem Bündel trug er die Kleidung der Mauren und daneben das rauhe Ledergewand eines Normannen. Aber das Herz und die Seele von Tankred Redwan –, wer war er wirklich?

Er ritt in die Seitenstraßen, wo ihn die Soldaten nicht so leicht bemerken würden. Er kannte den Hof, in dem er sich mit Bardas treffen würde, denn er war schon vorher mit Zakeem hier gewesen. Wie lange ihm diese wenigen Monaten erschienen, die seit damals vergangen waren!

Die Schatten des frühen Abends lagen auf den Wänden der alten Steingebäude und vergitterten Fenster. Die Hitze des Tages hatte die Steine aufgeheizt.

Er stieg von seinem Pferd und führte Apollo hinter sich her. Die Hufe hallten auf den alten Pflastersteinen wider. Während er weiterging, fragte er sich, warum Bardas wollte, daß er in den Orangenhof kam ... Was wußte Bardas von diesem öffentlichen Hof? Vielleicht hatte Helena in der kurzen Zeit, die sie im Sultanspalast war, davon gehört.

Er bog um eine Ecke, wo die Straße vor einem hohen Eisentor endete, das geschlossen und von einer hohen Steinmauer mit grünen Ranken und purpurfarbenen Blumen umgeben war. Es gab noch eine andere Straße, die breiter wurde und in ein Gewirr von Gebäuden mündete. Ein Blick darüber zeigte ihm Zypressen – ein Lieblingsbaum der Moslems, den sie als heilig betrachteten. Es gab Gärten, in denen die Vegetation üppig grün blühte, und einen Säulengang mit maurischen Torbögen. Hinter den Torbögen lag der öffentliche Hof, voll mit Orangenbäumen, deren Zweige schwer nach unten hingen.

Tankred band Apollo fest und ging dann über den Hof. Seine Stiefel traten auf die heruntergefallenen Blüten. Der starke süßliche Geruch erfüllte seine Sinne. Die Schatten wurden länger, und die Spazierwege, auf denen sonst die Türken und Araber zu den Springbrunnen oder zu den Gebetsplätzen gehen würden, waren wegen der Kapitulation menschenleer.

Tankred blieb stehen –, als würde ihn eine Stimme aus seiner maurischen Vergangenheit über den Hof rufen. Der *Muezzin* rief von seinem Balkon herab zum Gebet. Die Gläubigen beeilten sich, sich zu reinigen und niederzuknien ...

Allah ist allmächtig – Allah ist allmächtig ... Ich bezeuge, daß es keinen anderen Gott gibt als Allah – ich bezeuge, daß Mohammed sein Prophet ist ... Kommt zum Gebet – kommt zum Gebet ... kommt in das Haus des Gebets. Allah ist allmächtig – Allah ist allmächtig ... Es gibt keinen Gott außer Allah!

Seine Augen funkelten bei der Erinnerung. *Keinen Gott außer Allah?*

Einem inneren Drang folgend, griff er in seine Tasche und zog das in Leder gebundene Neue Testament heraus. Nikolas hatte eine persönliche Nachricht über Gottes Geschenk der Liebe an die Menschen hineingeschrieben und mit einigen Versen aus dem Buch des Propheten Jesaja geschlossen. Seine Augen suchten, bis sie die Worte fanden.

Er las sie, seine Stimme war ein Flüstern, aber die Worte hallten in der Ewigkeit wider:

Ich bin der Herr, und sonst keiner mehr ... Es ist sonst kein Gott außer mir, ein gerechter Gott und Heiland, und es ist keiner außer mir. Wendet euch zu mir, so werdet ihr gerettet, aller Welt Enden; denn ich bin Gott, und sonst keiner mehr. Ich habe bei mir selbst geschworen, und Gerechtigkeit ist ausgegangen aus meinem Munde, ein Wort, bei dem es bleiben soll: Mir sollen sich alle Knie beugen und alle Zungen schwören und sagen: Im Herrn habe ich Gerechtigkeit und Stärke. Aber alle, die ihm widerstehen, werden zu ihm kommen und beschämt –

„Redwan!" erklang eine nervöse, leise Stimme. Bardas kauerte im Schatten der Bäume und versteckte sich unter einem dunklen Kapuzenumhang.

Tankred trat auf ihn zu. Er blieb vorsichtig stehen, aber Bardas deutete über seine Schulter zu dem Kuppeldach des Palastes, das im goldenen Zwielicht zu sehen war.

„Prinz Kalid ist unerwartet angekommen."

Kalid! Seit Tankreds letzter unerfreulicher Begegnung mit ihm im Waffenhof in Konstantinopel waren mehrere Monate vergangen. Er war sicher, daß Kalid sich mit ihrem gemeinsamen Vetter Mosul angefreundet hatte und daß Kalid jetzt ein erbitterter Feind war.

Tankred traute Bardas nicht ganz. Er schaute forschend in seine marmorschwarzen Augen, die alle inneren Regungen verbargen. Woher sollte Kalid wissen, daß die Belagerung zu Ende war? Wie konnte er so schnell hier sein?

„Er erwartet, daß deine Herrin nach Sankt Symeon gebracht wird. Warum sollte er nach Nikäa kommen?"

„Er erhielt eine Nachricht von Fürstin Irene. Die Hochzeit wird im Palast des Roten Löwen stattfinden."

Tankred knirschte mit den Zähnen. „Wo steckt Kalid jetzt?"

„Im Palast des Roten Löwen. Er trifft Pläne, mit ihr nach Aleppo und nicht nach Antiochia weiterzureisen, aber Herr Philipp hat Vorbereitungen für ihre Flucht getroffen."

„Philipp ist jetzt bei ihr?"

„Sie haben mich beide gebeten, Sie so schnell wie möglich zu holen. Sie haben Pferde bereitstehen und werden heute nacht zur Burg Hohms aufbrechen."

Tankred zögerte. „Was ist mit Nikolas? Hat er sich sehen lassen?"

Bardas stand steif da. „Er wird am Tor zu uns stoßen. Er kommt mit einem Boot."

Tankred beobachtete ihn und legte die Finger um den Griff seines Schwertes.

Bardas trat in den dunkleren Schatten zurück. „Soll ich Ihnen Apollo bringen? Wo haben Sie ihn stehen gelassen?"

Bardas hatte noch nie zuvor so viel Kooperationsbereitschaft gezeigt –, lag das daran, daß Philipp ebenfalls sein Kommen wünschte? Sie würden noch einen zusätzlichen Mann mit einem Schwert brauchen, und vielleicht war Bardas jetzt, da Kalid so nahe war, besorgt, aber trotzdem ...

„Ja, hole ihn. Er ist am Tor. Beeile dich."

Bardas verschwand in den dunklen Schatten. Tankred schaute ihm nach und kratzte sich nachdenklich am Kinn.

Der Duft der Blüten hing süßlich in der Abendluft, aber das bedrohliche Schweigen legte sich um ihn und erhöhte seine wachsende Anspannung. War er ein Narr? Minuten verstrichen und verkleinerten seine Chancen zu entkommen. Er hatte sich freiwillig in Gefahr begeben, und das alles nur wegen einer Fürstin mit warmen, verwundbaren Augen.

Tankred bemerkte das Tor in der Gartenmauer. Es stand weit offen, obwohl es vorher geschlossen gewesen war.

Er zog seine Klinge und wich in den Schatten der Sträucher zurück.

Hinter ihm hörte er das leise Klirren von Metall. Er drehte sich um, aber im selben Augenblick tauchten drei Männer mit gezogenen Schwertern im Tor auf.

Von vorne und von hinten kreisten ihn byzantinische Soldaten ein.

„Sie hätten verschwinden sollen, solange Sie noch Gelegenheit dazu hatten", sagte Rufus, ohne irgendeine Gefühlsregung in seiner Stimme zu verraten. „Leider habe ich Befehl, Sie zu verhaften."

„Wessen Befehl? Irenes? Sie ist *hier?*"

„Ja, aber Konstantin hat den Befehl gegeben, Sie zu ihm zu bringen. Ich habe keine andere Wahl, Redwan. Kommen Sie."

„Seit wann dienen Sie dem Bischof und nicht mehr Irene?"

„Seit er mir Hoffnung auf die Freilassung meines Sohnes Josef macht."

Tankred hob die Spitze seiner Klinge. „Es tut mir leid, mein Freund, aber ich habe kein Interesse, für die Freiheit Ihres Sohnes geopfert zu werden. Es ist wichtig, daß ich heute nacht von hier fortreite."

„Die Freiheit meines Sohnes kann nicht länger warten. Erinnern Sie sich an dieses Schiff, von dem ich Ihnen erzählt habe? Es läuft nach Äthiopien aus, und wir werden beide an Bord sein. Stecken Sie Ihre Klinge ein. Gegen so viele Männer haben Sie keine Chance."

Rufus winkte den Soldaten. „Bringt Redwan zum Boot –"

Eine Stimme aus der Dunkelheit unterbrach ihn scharf: „Für diesen Verrat bezahlst du mir, Rufus. Laß Tankred Redwan frei!"

Tankreds Kopf fuhr scharf zu dieser ebenfalls bekannten Stimme herum. Rufus drehte sich auch um, und für einen Augenblick sackten seine Schultern besiegt zusammen.

„Du hast gehört, was ich gesagt habe", drohte Irene wütend mit einem Dutzend Soldaten an ihrer Seite. „Ihr alle – steckt eure Schwerter weg. Meine Soldaten sind in der Überzahl. Du! Rufus! Du willst also jetzt für Konstantin arbeiten? Dich knöpfe ich mir später vor."

Rufus stand steif da, während Irene warnte: „Ich habe Josef in meiner Gewalt. Hast du das vergessen? Ich brauche dich noch für einige Schlachten. Wenn du klug bist, widersetzt du dich mir nicht." Sanfter fügte sie hinzu: „Wenn du mir gut dienst, werde ich euch beide zur Burg Hohms schicken. Konstantins Versprechen, daß angeblich ein venezianisches Schiff nach Äthiopien ausläuft, ist eine Lüge. Er ist ein Verräter an mir und an dem Kaiser."

Tankred hörte aufmerksam zu. Hieß das, daß die Beziehung zwischen ihr und Konstantin endlich zu einem dunklen Ende gekommen war? Hatte sie erfahren, daß er Adrianna suchte?

Rufus und die Soldaten steckten ihre Schwerter weg.

„Ihr alle, los, geht wieder an eure Arbeit", sagte sie verächtlich. „Nur du nicht, Rufus. Bleib hier."

Die Soldaten verschwanden. Tankred und Rufus blieben allein stehen.

„Alle beide – kommt sofort her", befahl sie.

Söldnersoldaten mit unbeweglichen Gesichtern und leeren Augen erschienen auf ihren Pferden. Tankred vermutete, daß sie in einer ähnlichen Situation waren wie Rufus und sich nicht aus Irenes eisernen Fängen befreien konnten.

Rufus trat vor und nahm entschlossen seinen Platz hinter den Zügeln der Kutsche ein. Hinten saß Irene und lächelte Tankred freundlich an.

„Mein gutaussehender Normanne –, oder sollte ich lieber sagen Maure? Leisten Sie mir Gesellschaft?"

Tankred verbeugte sich glatt. „Fürstin, bleibt mir eine andere Wahl?"

„Nein", sagte sie zuckersüß. Dann verschwand ihr Lächeln, und ihre Stimme wurde hart. „Außer Sie wollen hier sterben."

„Nein, danke."

„Ich finde auch, daß es schade wäre. Ich habe wichtige Pläne mit Ihnen."

„Und wenn ich mich weigere?"

„Sie sind zu klug, um das zu tun", sagte sie zuversichtlich. „Außer Sie wollen, daß ich Sie Walter von Sizilien übergebe."

Tankred schaute sie scharf an.

„Er wartet an einem der Tore, zu dem Bardas Sie törichterweise führen wollte."

Der alte Soldat hat mich also trotzdem verraten.

„Wo ist Bardas?"

„Er ist entkommen, aber das ist jetzt unwichtig. Sie können mir dankbar sein, daß ich eingeschritten bin und Soldaten geschickt habe, um Ihren ehrgeizigen Onkel einzuschüchtern. Für meine Großzügigkeit erwarte ich eine gute Gegenleistung."

„Daran habe ich keine Zweifel."

Tankred trat an die Kutsche heran und ließ sich auf dem bequemen Ledersitz neben ihr nieder. Die Kutsche bewegte sich vorwärts, gefolgt von berittenen Soldaten.

Was jetzt? dachte er trocken.

Er dachte über Bardas nach. Was hatte ihn zu diesem Verrat veranlaßt? Was hatte er damit zu gewinnen gehofft? Warum hatte er ihn dem Redwanclan ausliefern wollen? Und was war mit seinen Informationen über Nikolas' Verschwinden und Helenas und Philipps Fluchtpläne –, war es nur eine List gewesen? *Bardas hat die Kunst der Byzantiner gut gelernt,* dachte er bitter.

Er mußte entkommen, aber wie? Und was wollte ‚die Löwin' von ihm?

Ein beiläufiger Blick über seine Schulter überzeugte ihn davon, daß es aussichtslos wäre, von der Kutsche zu springen und zwischen den dunklen Sträuchern entkommen zu wollen.

Irene saß mit einem leichten Lächeln dicht neben ihm. Ihre bernsteinfarbenen Augen waren warm und kühn, ihr Parfüm stark und provozierend und das mit voller Absicht. Sie trug schimmernde goldene Seide unter einem weißen Pelzcape, aber er fand, daß ihr eine Ritterrüstung besser zu Gesicht stünde.

„Das ist eine ungewohnte Situation, Gefangener einer Frau zu sein", sagte er mit einem undurchdringlichen Lächeln. „Ich habe das Gefühl, noch mehr in Gefahr zu stecken."

„Würden Sie Walter von Sizilien vorziehen?"

„Wenn ich vor die Wahl gestellt werde, finde ich Ihre Kutsche luxuriöser und bequemer, aber ich ziehe meine Freiheit vor“, sagte er leichthin. „Ich wollte Ihnen und dem Kaiser zu der erfolgreichen Kapitulation Nikäas gratulieren und mich von meinem Kreuzfahrergeist weiter führen lassen. Wenn Sie also erlauben –“

„Erlaubnis verweigert. Sie haben etwas, das ich will.“ Ihre Augen schauten ihn höhnisch an. „Informationen.“

Tankred lehnte sich auf dem Sitz zurück, verschränkte die Hände hinter dem Kopf und schaute zu den leuchtenden Sternen am schwarzen Himmel hinauf.

Er seufzte. „Ah, ja, Informationen ... Einen törichten Augenblick lang habe ich ganz die Lieblingsbeschäftigung der Byzantiner vergessen. Da Sie Spione sammeln wie einige Frauen elegante Schuhe, gibt es doch kaum noch eine Information, die Sie nicht bereits haben und die ich Ihnen verraten könnte.“ Er schaute sie mit einem Lächeln an.

Irenes Augen spielten mit seinen. „Sie können sicher sein, daß Sie von Wert sind, Tankred. Sonst hätte ich Sie nicht verhaftet.“

„Ja, natürlich. Wie kann ich nur so etwas Dummes denken. Sie wollen doch bestimmt nicht mein Schwert. Sie haben Rufus und die anderen. Was also? Betrifft es Philipp?“

Ihre Augen wurden hart. Sie setzte sich auf ihrem Sitz zurück. „Ich mache es zu meinem Ehrgeiz, alles zu wissen, was Philipp tut. Mein Sohn ist ein charmanter Junge, aber unvernünftig, und er neigt zu törichten Stimmungsschwankungen.“

„Sehr riskant für einen Kriegsminister! Aber ich bin sicher, der Kaiser hat keinen Grund zur Besorgnis, da er ja Ihre Festigkeit hat, auf die er sich stützen kann.“

„Ich nehme an, Helena hat erneut versucht, Sie dafür zu gewinnen, daß Sie sie und Philipp zur Burg Hohms bringen?“

Er hielt sie für zu schlau, um ihr jetzt etwas vorzumachen, aber konnte er sie zu falschen Schlußfolgerungen bewegen?

„Das hat sie. Genauso wie Philipp ist sie charmant, aber unvernünftig. Ihre Nichte hegt keine romantischen Gefühle für meinen Vetter Kalid. Sie will nach Athen fliehen, aber ich konnte ihr nicht helfen. Ich verfolge meine eigenen Ziele. Wie Sie heute abend selbst gesehen haben, sucht mein Onkel mich wegen Mordes an meinem Bruder. Der wahre Mörder befindet sich in Antiochia, und ich muß ihn finden.“

„Ich weiß schon seit Wochen von Ihrer Flucht aus Sizilien und von Derek Redwans Tod. Es kann sein, daß ich Ihnen helfen kann, Mosul ausfindig zu machen – zum richtigen Preis.“

Daß sie das wußte, war keine Überraschung. Rufus hatte ihn bereits von der Gefahr unterrichtet, die von Irenes Informanten ausging. Trotzdem wußte sie nicht, daß Philipp Mosul gefangenhielt, bis Tankred seine Arbeit mit dem armenischen Spion zu seiner Zufriedenheit erledigt hätte.

„Sie haben von Mosul gehört?" fragte er mit gespielter Unschuld.

„Wie Sie bereits sagten: Ich mache solche Dinge zu meiner Lieblingsbeschäftigung. Aber eines wissen Sie nicht, Tankred: Mosul ist nicht mehr in Antiochia." Sie lächelte. „Ihr Gesichtsausdruck verrät Sie. Sie sind überrascht? Das sind Sie zweifellos."

Diese Wende hatte er nicht erwartet. Mosul war nicht in Antiochia! Hatte Philipp gelogen, oder hatte Kerboga ihn an einen sichereren Ort verlegen lassen? Diese Nachricht beunruhigte ihn, denn wenn Mosul nicht in Antiochia war, hatte er wenig Chancen, ihn zu finden, außer Philipp hielte seine Abmachung; und er traute weder Philipp noch Kerboga.

Irene lehnte sich bequem zurück. Ihre Juwelen glitzerten. „Kalid hat Mosul gewarnt, und er ist geflohen, aber ich habe Zugang zu geheimen Informationen und kann Ihnen sagen, wo er sich befindet, falls Sie kooperieren."

Sein Herz pochte. Er fühlte, wie die Giftschlange der Versuchung sich langsam um seine Seele wand. Welche Informationen wollte sie jetzt von ihm? Konnte er sie ihr geben, ohne Helenas und Nikolas' Sicherheit in Gefahr zu bringen?

„Ich habe wirksame Mittel, um mit Helena fertigzuwerden", sagte Irene. „Und auch mit Philipp. Glauben Sie also nicht, ich brauchte Sie, um ihren dummen Fluchtplan zu durchschauen. Das wird ihnen nicht nützen. Kalid kommt hierher nach Nikäa." Sie richtete ihren durchdringenden Blick auf ihn. „Nein, die Informationen, die ich von Ihnen will, betreffen den Ort, an dem sich Adrianna Lysander aufhält."

Selbst eine schallende Ohrfeige hätte ihn nicht härter treffen können als ihre Worte. Er beobachtete sie. Seine Miene war bewußt undurchdringlich. Er mußte Zeit gewinnen ...

„Sie hat Ihnen doch von ihrer Mutter erzählt?" erkundigte sich Irene und beobachtete ihn dabei aufmerksam. „In der Wachburg Herion vermute ich."

„Von ihrer Mutter? Sie hat mir erzählt, daß sie vor mehreren Jahren während ihrer Gefangenschaft in einem Kloster starb."

„Bin ich denn eine Närrin, daß Sie glauben, Sie könnten sich über mich lustig machen? Ich habe erfahren, daß sie am Leben ist. Sie bedeutet eine Bedrohung für mich und für meinen Sohn, solange sie lebt. Sie wissen auch, daß Adrianna am Leben ist. Helena hat es Ihnen bestimmt gesagt. Und Nikolas weiß es auch."

„Dann geben Sie also zu, daß Philipp Ihr Sohn ist?"

„Helena hat es Ihnen bestimmt längst erzählt. Sie genießt es, das unschuldige Opfer zu spielen und böses Geschwätz über mich zu verbreiten. Es ist kein Geheimnis, daß sie mich verachtet, weil Philipp auf meinen Rat hört. Nicht, daß ihr Geschwätz über seine Geburt mich stören würde. Genausowenig wird es meine Pläne für seine Karriere ruinieren. Warum sollte ich es leugnen? Ja, er ist mein Sohn. Und eines Tages wird er Kaiser des Byzantinischen Reiches sein. Es steht in den Sternen geschrieben."

„Als ich noch ein Junge war, nahm mich Nikolas einmal in einer Sommernacht, als der Himmel wolkenlos war und zigtausend Sterne an ihm funkelten, mit auf einen großen Felsen. ‚Warum sollten wir den Sternen vertrauen? Vertrauen wir doch lieber dem Schöpfer der Sterne!' sagte er immer. ‚Der Himmel spricht von der Herrlichkeit Gottes.' Er zitierte die größte Schrift aller Zeiten – die Bibel. Ihre Astrologie wurde im alten Babylon geboren und war die Religion des Turmbaus von Babel. Da er von Gott verflucht wurde, ist jede Botschaft, die Sie von den Planetenbahnen zu empfangen glauben, Torheit. Wenn Philipp Kaiser wird, dann deshalb, weil seine Mutter geschickt mit Gift umgehen kann."

„Sie unverschämter Narr! Sie wagen es, so mit mir zu sprechen? Ich könnte Sie dafür auf der Stelle töten lassen, und niemand würde mich dafür zur Rede stellen."

„Gott, der die Sterne am Himmel geschaffen hat, Fürstin, entscheidet letztendlich über mein Schicksal, aber vielleicht ist der Grund, warum Sie Ihre Hand von mir fernhalten, weniger schwerwiegend: Sie brauchen die Informationen, die ich angeblich habe. Töten Sie mich, und Ihre Pläne sind zum Scheitern verurteilt."

Ihre Augen waren kühl. Dann stieß sie ein kurzes Lachen aus. „Nikolas hat mit seinem christlichen Glauben auch Ihren gesunden Menschenverstand beeinträchtigt. Er war immer ein entschlossener Mann, aber durch seine Hingabe an Gott ließ er sich auch immer in die Irre leiten. Er warf die Gelegenheit weg, Kaiser zu werden, und so –" Sie brach ab, als hätte sie zuviel gesagt. Tankred folgte ihrer verkehrten Logik. „Und so haben Sie Ihre Sterne noch einmal genauer gelesen und sind zu dem Schluß gekommen, daß Ihre Berechnungen falsch waren; die Krone, die Sie angeblich sehen, gehört nicht Nikolas, sondern Philipp! Sehr bequem, gnädige Frau. Wenn Prophezeiungen sich als falsch erweisen, dann ändert man einfach ihre Bedeutung. Aber Gottes Wahrheit ändert sich nicht." Er schaute sie mit einem spöttischen Blick an. „Ich bin überrascht, daß Sie Konstantin nicht davon überzeugt haben, daß ihm die Krone gehört. Liegt das daran, daß er sich nicht so leicht manipulieren läßt wie Philipp?"

„Konstantin ist ein ehrgeiziger Mann."

„Gilt sein Ehrgeiz sich selbst oder Philipp?"

„Das ist ein und dasselbe. Philipp steht immer in Gefahr, auf Abwege zu geraten, und sein Vater und ich müssen dafür sorgen, daß er auf dem vorgegebenen Weg bleibt. Wir können nicht zulassen, daß er Lysanders Tochter heiratet ..., wenigstens jetzt noch nicht."

„Wenn er Helena heiraten würde, würde das bedeuten, daß Sie nicht mehr über ihr Erbe verfügen können?"

Sie zuckte mit den Achseln. „Sie können es genausogut wissen, ja."

„Und Fürstin Adrianna?"

„Wenn Adrianna lebt und nach Konstantinopel zurückkehrt, werden wir alle unsere Stellung beim Kaiser verlieren. Ich habe zu hart dafür gearbeitet, Philipps Karriere zu sichern, um jetzt einen solchen Fehler zuzulassen. Genug mit Ihren Fragen! Sie müssen mir meine Fragen beantworten. Ich will wissen, wo sie ist."

„Und wenn ich es Ihnen nicht sage?"

„Sie werden es mir sagen, noch bevor diese Nacht vorbei ist." Ihre Augen wurden verächtlich. „Kommen Sie schon, Tankred, Sie sind ein kluger Mann und kein Narr. Sie haben viel zuviel Erfahrung mit Gefahren, um mit einer Frau von meiner Entschlossenheit ein Spiel treiben zu wollen. Sie wissen, daß ich nicht zögern werde, Sie aufknüpfen zu lassen, wenn Sie sich weigern, mir zu sagen, wo sie ist."

„Ich bin enttäuscht. Ich hätte erwartet, daß Sie mit einer ungewöhnlicheren Methode aufwarten würden, um sich eines Feindes zu entledigen."

Ihr Lächeln wurde hart. „Um Sie zum Reden zu bewegen? Ich habe Helena in meiner Gewalt. Ein galanter Ritter würde Folter und Tod auf sich nehmen, um seine Ehre nicht zu verlieren; aber würde er mitansehen, wie sein Mädchen verhaftet und gequält wird?" Mit einem ruhigen und kühlen Lächeln schaute sie ihn triumphierend an. „Ich sehe an ihrem wütenden Gesicht, daß Sie anfangen zu begreifen. Es muß natürlich nicht so weit kommen. Für den richtigen Preis verrate ich Ihnen sogar, wo Sie den Mörder finden können."

19. Dunkle Schatten der Astrologie

Im Audienzsaal im Palast des Roten Löwen saß Irene auf mehreren Kissen vor einem scharlachroten Seidenvorhang. Tankred beobachtete sie und fragte sich, wie lange er wohl noch durchhalten könnte. Was würde geschehen, wenn sie herausfand, daß er gar nicht wußte, wo Adrianna war? Er mußte Zeit gewinnen. Und was könnte er tun, falls Helena ebenfalls irgendwo im Palast gefangengehalten wurde?

Er beobachtete Irene, die so kalt und berechnend wie eine Leopardin auf Beutejagd vorging. Bluffte sie nur? Zum ersten Mal ertappte er sich dabei, daß er hoffte, Philipp habe rechtzeitig genug Mut und Ehrgefühl entwickelt und sei bereits mit Helena geflohen. *Und Nikolas.* Offenbar hatte Bardas gelogen, nur um Tankred hierherzulocken, als er gesagt hatte, Nikolas stecke in Schwierigkeiten. Aber wo war er dann?

„Kerker sind häßliche Orte", erinnerte Irene ihn. Als er nicht darauf einging, schaute sie ihn provozierend an. „Nicht, daß ich beabsichtigen würde, Zeit damit zu vergeuden, Sie in den Kerker zu werfen. Sie würden mir bis zum Ende eigensinnig Widerstand leisten. Nein, um Sie zum Sprechen zu bewegen, muß ich Sie mit Informationen über Mosul locken oder jemanden als Hebel benutzen, der schwächer ist als Sie. Helena hat Angst vor Kerkern, und sie hat eine Phobie vor Ratten."

Sie spitzte die Lippen. „Wie ich sehe, hat meine Andeutung den wunden Punkt getroffen. Es tut mir leid. Ich hasse es, grausam zu sein." Irene stand auf, trat an einen niedrigen Tisch und füllte sich einen goldenen Kelch mit Wein. „Sie hat schon einmal einen Kerker überlebt. Er war dunkel, die Luft war stinkig und kalt. Überall waren Ratten. Riesige, hungrige Ratten." Sie schaute zu ihm hinüber. „Helena war damals noch ein Kind. Sie hätte vor Angst beinahe den Verstand verloren. Sie brauchte mehrere Monate, bis sie sich von diesem entsetzlichen Erlebnis erholt hatte."

Tankred blieb ausdruckslos. Sie war eine noch schlimmere Hexe, als er gedacht hatte. Kein Wunder, daß Nikolas sie letztendlich abgelehnt hatte.

Ihre bernsteinfarbenen Augen funkelten. „Wenn Sie mir sagen, wo ihre Mutter sich aufhält, muß sich diese Tragödie nicht wiederholen."

Das Schweigen zog sich in die Länge. Der Vorteil, sie glauben zu lassen, er wüßte Adriannas Aufenthaltsort, verschaffte ihm Zeit, aber nicht viel mehr.

„Kalid wird ein Wort mitreden wollen, wenn Sie Ihre Abmachung mit ihm brechen. Wenn er herausfindet, daß seine Braut in einem Kerker dahinvegetiert, wird er bei der Übergabe Antiochias an Philipp nicht kooperieren."

„Genau aus diesem Grund biete ich Ihnen ja an, Ihnen zu verraten, wo Mosul sich aufhält. Denken Sie nur an Ihre eigene Freiheit. Sie könnten nach Palermo zurückkehren, wenn Sie wollen, oder sich in Konstantinopel niederlassen. Der Kaiser hat eine hohe Meinung von Ihnen. Ich könnte Ihnen einen einflußreichen Posten verschaffen. Sie könnten sogar Helena haben. Das ließe sich arrangieren – nach Kalid."

Tankred nahm seinen Becher und trank einen Schluck. Diese Hexe!

„Sie wollen nicht kooperieren, oder lassen Sie sich mein Angebot doch durch den Kopf gehen? Glauben Sie mir", warnte sie. „Ich werde sie überhaupt nicht nach Antiochia schicken, wenn ich vor die Entscheidung gestellt werden sollte, Adrianna zu finden oder Antiochia für Philipp zu erobern!" Sie warf ihren Becher nach ihm. Er bückte sich schnell. Der Becher zerschellte hinter ihm auf den Mosaikfliesen.

Ihr Gesicht war weiß, und ihre Augen glühten. „Ich werde einen anderen Weg finden, um zu bekommen, was ich will! Unterschätzen Sie mich nicht. Wenn es sein muß, bin ich bereit, einen großen Teil meiner derzeitigen Pläne aufzugeben. Adrianna zu finden ist weitaus wichtiger als alles andere." Sie schritt auf und ab. Ihr Seidenkleid wehte um ihre eleganten Schuhe. „Ich kann jederzeit neue Pläne entwerfen", sagte sie zu sich selbst. „Es gibt andere Städte, die von den Seldschukentürken zurückerobert werden können, um Philipps Erfolg zu sichern. Nikäa ist ein Triumph, der den Kaiser sehr freut, und die Stadt ist Philipps Geschenk an ihn. Schauen Sie sich nur diesen Palast an! Er strotzt vor Reichtümern."

„Und Philipp?" warnte Tankred. „Er wird brav danebenstehen und zusehen, wie Sie sie in einen Kerker werfen? Er mag sich zwar Ihrem Willen unterordnen, aber er ist auch egoistisch. Und er will Helena genauso wie Kalid."

„Und genauso wie Sie. Ich bin keine Närrin, wenn es um Männer geht. Ich habe die Blicke gesehen, mit denen Sie sie anschauen." Ihre goldenen Brauen zogen sich in die Höhe. „Philipp bekommt Helena – eines Tages. Er ist geduldig genug, um zu warten, da er weiß, daß seine Stellung ebenfalls wichtig ist. Ihm geht es wie den Göttern –, zwei Pferde reißen ihn hin und her."

Irene trat auf ihn zu. Ihr Körper strotzte vor Energie. „Ich muß nur noch herausfinden, was Sie hin- und herreißt. Und wenn ich das weiß, dann werden Sie tun, was ich will, wann ich es will, und solange ich will."

Tankred holte tief Luft und zog eine Braue in die Höhe. „Fürstin, Sie machen mir Angst!"

Sie lachte. „Wirklich?" Dabei streckte sie eine kalte, glatte Hand nach ihm aus und legte sie um seinen Nacken, dann zog sie mit ihrem anderen Arm seinen Kopf zu sich hinab.

Er hob die Hände und löste sich aus der Umklammerung. „Sie lassen mich kalt."

Sie zuckte mit den Achseln. „Auch gut. Mir ist Distanz ebenfalls lieber. Die anderen Männer, die ich kontrolliere, wünschen es jedoch anders."

„Alle außer Nikolas?"

Bei der Erwähnung von Nikolas' Namen zog ein aschfahler Blick über ihr Gesicht. Sie drehte sich um und schritt zu den Kissen zurück. Sie ließ sich darauf nieder und blieb mit einem Arm um ein Kissen geschlungen sitzen, während sich auf ihrem schimmernden Kleid das Fackellicht widerspiegelte. Sie sah so unecht aus wie eine Statue irgendeines heidnischen Götzen aus Troja.

„Philipp muß nicht erfahren, daß sie im Kerker sitzt, noch nicht. Es kann ja sein, daß ich sie bereits zu Prinz Kalid geschickt habe. Und wenn er es doch herausfindet, nun, dann kann ich immer noch dafür sorgen, daß Helena krank wird, und so tun, als hätte ich es ihm verschwiegen, da ich weiß, wieviel sie ihm bedeutet. Ich will nicht, daß er leidet." Sie beugte sich vor und nahm den Weinkrug, um sich einen zweiten Becher einzuschenken.

Tankred überlegte, welche Möglichkeiten ihm blieben. Er hatte sein Schwert, aber gegen so viele Soldaten hatte er keine Chance.

Sie führte den Becher an ihren Mund, nippte daran, stand auf und kam auf ihn zu. „Ich nehme an, Sie fragen sich, warum ich Helena nicht selbst zur Rede stelle, aber ich bin ziemlich sicher, daß sie nicht weiß, wo ihre Mutter ist, und Nikolas auch nicht. Die Antwort liegt bei Ihnen und bei Konstantin." Ihre Lippen verzogen sich. „Dieser Narr. Konstantin hat mich betrogen. Er ist geflohen, um sie zu finden. Damit bleiben nur Sie übrig."

Konstantin war also verschwunden. „Er liebt sie?"

„Er war schon immer in Adrianna vernarrt. Ich glaube, er ist geistig instabil. Er ist ihr gefolgt, wohin sie auch ging, und hat wilde Behauptungen aufgestellt, daß sie sich mit ihm getroffen habe und ihn habe heiraten wollen. Davon ist nichts wahr. Adrianna“, sagte sie verächtlich, „ist zu heilig, um sich etwas aus einem Mann mit Konstantins Machthunger und geistlicher Scheinheiligkeit zu machen. Genauso wie Nikolas mich verachtet. Er hat Mitleid mit mir –, können Sie sich das vorstellen?“ Sie warf den Kopf zurück und lachte. „Er habe Mitleid mit mir, sagte er. Er glaubt, wenn ich sterbe, komme ich in die Hölle!“ Sie schaute Tankred nachdenklich an, und ihr Lächeln verschwand. „Glauben Sie das auch?“

Konstantin ist nicht der einzige in der Familie, von dem man sagen könnte, daß er verrückt ist.

„Wahrscheinlich, Fürstin“, antwortete er ruhig.

Sie lachte. „Alle anderen Männer würden sagen: ‚Sie, Fürstin? Die Ewigkeit in der Hölle verbringen? Oh nein, Fürstin. Sie doch nicht!‘ Sie gefallen mir, Tankred – wirklich. Sie haben keine Angst vor mir. Genauso wie Nikolas.“

Sie sank auf einen Stuhl und sah plötzlich müde aus. „Ich könnte Kalid bestechen, daß er mir verrät, wo sie ist. Sogar den Roten Löwen, aber das würde Zeit kosten. Wochen. Konstantin würde sie vorher finden.“

„Dann weiß er, wo Fürstin Adrianna ist?“

„Ja.“ Sie hob den Kelch und starrte ihn finster an. „Selbst wenn Helena wüßte, wo ihre Mutter gefangengehalten wird, wäre sie so dumm, sich mir zu widersetzen, auch wenn ich ihr mit dem Kerker drohte. Sie ist ein Kind, das sich an sentimentale Gefühle klammert. Für ihre ‚geliebte christliche Mutter‘ nimmt sie sogar ihren eigenen Tod in Kauf.“

Wieder stand Irene auf. Sie war so unruhig wie eine gefangene Katze.

„Ihre Nichte ist eine tapfere Frau“, sagte Tankred. „Ich vermute das gleiche von ihrer Mutter.“

Irene drehte sich um und schaute ihn ärgerlich an, als habe er sie mit diesem Kompliment beleidigt.

„Verderben die beiden Ihnen nicht den Tag, wenn Sie morgens aufstehen und sich im Spiegel betrachten, Fürstin? Oder sind Sie so eitel, daß Sie glauben, Ihre Schönheit sei genug, um die Liebe eines Mannes zu gewinnen?“

„Wenn ich die Dienste eines Mannes wünsche, kann ich sie durch Angst genauso leicht bekommen wie durch Liebe.“

Er dachte an Rufus und die anderen Männer, die an sie gekettet waren.

„Aber Sie täten gut daran, vorsichtig zu sein: Wenn sie eine Gelegenheit dazu bekommen, kann es leicht sein, daß die halb verhungerten Hunde nicht zögern, ihre Isebel zu verschlingen.“

Ihre Handfläche peitschte wie der Stachel einer Natter über seine Wange. Ihre Nasenflügel blähten sich auf.

Tankred rieb sich das Kinn und beobachtete sie. So kühl und herzlos sie auch war, wollte sie doch nicht mit der Isebel aus dem Alten Testament verglichen werden.

„Ich war auch einmal eine ehrbare Dame." Ihre Augen wanderten zu der offenen Balustrade, über der der Horizont schimmerte, als stünden die Hügel in Flammen.

„Früher einmal", wiederholte sie, „war ich so unschuldig und süß wie Helena, der Kirche so religiös hingegeben wie Adrianna. Nikolas kannte mich damals ..., er liebte mich damals. Dann ging er fort, um in Athen zu studieren. Und ich, nun ... ich habe mich verändert. Ich konnte sehen, daß mich meine Sanftheit nirgendwohin führte, während andere, die weit weniger talentiert waren, in die Schlafgemächer des Kaisers geholt wurden ... Warum sollte ich nicht auch dorthin gehen? Das war der einzige Weg, zu bekommen, was ich wollte."

Irene schaute ihn ausdruckslos an. „Und so ging ich. Als Nikolas zwei Jahre später zurückkam, war ich die Mätresse des Kaisers. Er sagte nichts zu mir. Er schaute mich nur mit diesem unerträglichen Mitleid an und ging davon! Oh, ich habe ihn für dieses hochnäsige Mitleid gehaßt!" Ihre Stimme erstarb, und ein ersticktes Keuchen kam aus ihrer Kehle, als seien ihr Tränen in die Augen getreten. Schnell legte sie die Hand an ihren Hals, um ihre Gefühle wieder unter Kontrolle zu bringen.

Sie drehte sich zu ihm um, und zum ersten Mal konnte er sehen, wie die Spuren des Alters auf ihrem gezeichneten Gesicht hervortraten. Sie sah verwundbar aus, wie eine Frau, für die auch er Mitleid empfinden könnte.

Tankred senkte seinen Blick und konzentrierte ihn auf seinen Kelch, der mit Smaragden, Rubinen und Saphiren besetzt war. Das alles bedeutete am Ende nichts. Der Charakter, die Seele einer Frau, ihre Selbstachtung – das waren die Tugenden, die wirklich zählten, die Männer wie ihn und Nikolas zu einer Frau hinzogen.

Schweigen breitete sich in dem vergoldeten Raum aus. Irene hatte ihre Selbstbeherrschung wiedererlangt. Im nächsten Augenblick hatte sie ihre byzantinische Maske aufgesetzt und ihre Gefühle hinter einer Panzerrüstung verbarrikadiert.

„Trotz Ihrer kühlen Versuche, Ihre Gefühle zu verschleiern, weiß ich, daß Helena Ihr besonderes Interesse geweckt hat. Deshalb unterbreite ich Ihnen einen Vorschlag."

„Einen Vorschlag?" fragte er ruhig.

„Ja. Ein Austausch von Informationen. Ich verrate Ihnen, wo Sie Mosul finden können, und verspreche, Helena nicht in den Kerker zu werfen, wenn Sie mir sagen, wo ich Adrianna finden kann."

Tankred ließ seinen Blick beiläufig zu der Terrasse wandern.

Sie folgte seinem Blick und las seine Gedanken. „Versuchen Sie es nicht. Überall warten Soldaten." Abrupt drehte sie sich um. „Rufus!" rief sie.

Der riesige Leibwächter erschien an der Tür. Seine Gesichtszüge waren angespannt.

„Komm herein!"

Tankred spannte sich an, als Rufus sich nicht bewegte, sondern sie nur anschaute. Ein Unbehagen beschlich Tankred, als er den glühenden Haß im Gesicht des Äthiopiers sah.

Irene erweckte nicht den Eindruck, als hätte sie Angst. Sie lächelte. „Komm, Rufus. Oder die Soldaten, die Josef gefangenhalten, werden ihn auspeitschen. Glaubst du, ich hätte Angst vor dir, Rufus? Nicht, solange meine unversehrte Rückkehr nach Konstantinopel bedeutet, daß Josef am Leben bleibt. Wenn mir irgend etwas zustößt, wird er sterben. Das weißt du. Jetzt komm zu mir."

Tankred konnte diese demütigende Szene nicht ertragen und wandte sich ab. Er lehnte sich mit der Schulter an eine Säule, dabei hörte er, wie Rufus vortrat und Irene lachte. „Beuge dein Knie", forderte sie ihn höhnisch auf. „Ja – sehr gut. Du siehst sehr gut aus, Rufus."

Tankred atmete hörbar aus und schaute verächtlich zur Decke hinauf.

„Unser normannischer Freund muß überredet werden. Laß Helena zu mir bringen", sagte Irene.

Tankred zog sein Schwert.

Sie drehte sich scharf um. „Seien Sie kein Narr. Ich habe ein Dutzend Soldaten. Und genauso wie Rufus sind sie alle meine Sklaven. Sie verachten mich vielleicht, aber sie können nichts tun, um Ihnen zu helfen."

Sie kamen in den Raum –, zähe, harte Männer mit gezogenen Klingen, harten Gesichtern und leeren Augen.

„Nun – stecken Sie Ihr Schwert weg", befahl sie Tankred. „Es wird Ihnen hier nichts nützen." Sie wandte sich an die Soldaten. „Bringt ihn fort. Ich werde ihn rufen lassen, wenn Helena hier ist. Wo ist der Kriegsminister? Wie kommt es, daß ich ihn nicht finden kann?"

„Er hat eine Besprechung mit den Offizieren."

„Laß ihm ausrichten, er soll so schnell wie möglich kommen. Ich habe heute nacht keine Geduld mehr für widerspenstige Narren!"

Während mehrere Soldaten verschwanden, um ihre Befehle auszuführen, führten andere Tankred die Treppe hinauf in ein Zimmer. Irene rief: „Ich bin sicher, Tankred, wenn Sie sich etwas ausgeruht haben, werden Sie einsehen, wie weise es ist, mit mir zu kooperieren. Ich lasse Sie als freien Mann davonreiten, sobald ich sicher bin, daß Ihre Information der Wahrheit entspricht. Wenn nicht, werde ich Sie Walter von Sizilien übergeben."

Rufus brachte ihn in einen kleinen Raum. Tankred wandte sich ungeduldig von ihm ab und trat an das einzige kleine Fenster im Raum.

„Es gibt keinen Fluchtweg", erklärte Rufus, der ihm zum Fenster gefolgt war. „Dafür hat sie gesorgt. Jetzt wissen Sie auch, warum ich ihre Ketten nicht von mir abschütteln kann. Sie denkt an alles." Bei diesen Worten deutete er nach unten.

Tankred spähte in den Hof hinab. Er war von einer hohen, unüberwindbaren Mauer umgeben. Aber er sah noch etwas anderes –: zwei Leoparden, die im Hof nervös ihre Runden drehten.

„Ein Dutzend Soldaten dienen ihr gehorsam –, sie hat ihre Frauen und Kinder in der Hand. Wenn sie ihr treu dienen, belohnt sie die Familien mit Geschenken und Belohnungen und sorgt dafür, daß sie glücklich und in Frieden leben können. Wenn wir uns gegen sie stellen, würde sie dafür sorgen, daß wir ruiniert sind."

„Wenn wir alle geschlossen vorgehen –"

Rufus wandte sich resigniert ab. „Sie hat Spione in unseren Reihen. Wir wissen nicht, wem wir vertrauen können. Das Risiko für unsere Familien ist zu groß."

„Ich würde lieber sterben, als ihr Sklave zu sein."

„Das sagen Sie jetzt. Was werden Sie tun, wenn sie Lysanders Tochter bringt?"

Tankred überlegte. *Gott,* betete er, *es muß doch einen Ausweg geben!*

„Finden Sie Nikolas", bat er Rufus. „Er muß irgendwo bei der normannischen Armee sein. Erzählen Sie ihm von Helena."

„Was Sie da von mir verlangen, ist unmöglich! Ich kann die Stadt nicht verlassen." Er drehte ihm den Rücken zu, um den Raum zu verlassen. In seinen schwarzen Augen brannte bittere Enttäuschung. „Sie hat Josef irgendwo in der Stadt, und ich weiß nicht, wo. Wenn ich sie wieder verrate, wird sie ihm etwas antun." Er trat auf den Gang hinaus, und ein schwerer Riegel wurde geräuschvoll vor die Tür geschoben.

Tankred schaute sich genauer in dem Zimmer um, auch wenn er ziemlich sicher war, daß er in einer Falle saß, aus der er nicht herauskommen konnte. Auf der Außenmauer, die dem Fenster gegenüber lag, war kein Vorsprung zu sehen.

Von seiner Machtlosigkeit niedergeschmettert, warf er sich auf das Bett und versuchte zu schlafen, aber er mußte ständig an Helena denken. Sehnsüchtig dachte er an Zakeem und seinen Falken, aber inzwischen war sein maurischer Verbündeter bestimmt in Antiochia und wartete dort auf ihn. Er wußte wahrscheinlich nicht, daß Mosul bereits geflohen war!

Wütend stand er auf. Er schob einen Tisch zur Seite, der ihm beim Auf- und Abgehen im Weg stand. *Diese Schlange!* Sie wollte ihn nicht nur mit Informationen über Mosul zum Reden bewegen, sondern drohte auch noch, Helena Schaden zuzufügen.

Konnte es sein, daß sie ihn wegen Mosul angelogen hatte? Nein, denn ihre Informationen stimmten mit denen Philipps überein. Er konnte jetzt nicht an Mosul denken, solange Helenas Dilemma ihm keine Ruhe ließ. Welch ein Narr war er gewesen, daß er Bardas so unvorsichtig in die Falle gegangen war. Seine Finger legten sich um die Fenstergitter.

Und Bardas? Wo steckte dieser gemeine Verräter?

Er sah unten Fackeln aufleuchten. Was wäre, wenn er seine List fortsetzte und Irene falsche Informationen gab? Sie würde ihn gefangenhalten, bis sie ihr Ziel erreicht hätte, und Helena trotzdem zu Kalid schikken. Bis er frei wäre und nach Antiochia reiten könnte, wäre sie längst Kalids unfreiwillige Braut – oder einfach eine der vielen Frauen in seinem Harem.

Denken, ich muß denken. Aber zum ersten Mal in seinem Leben saß er in der Falle, nicht in der Falle seines normannischen Onkels und seiner rachsüchtigen Vettern, sondern in der Falle einer Frau von außergewöhnlicher Schönheit, mit dem eisernen Willen eines Gladiators, aber ohne Gewissen.

Seine Augen verdunkelten sich unter seinen Wimpern, als Helenas Gesicht vor seinem geistigen Auge erschien. Nein, er war nicht von Irene gefangen, sondern von seinen Gefühlen für Helena. Er könnte mit Leichtigkeit unbeschadet aus dieser Situation freikommen, wenn es ihm nichts ausmachen würde, sie zu verraten. Er würde sogar Mosul finden und die Gefahr umgehen, als Spion nach Antiochia schleichen zu müssen, und die blutigen Schlachten vermeiden, die vor ihm lagen, bevor sich die Tore Jerusalems den Kreuzfahrern öffneten.

Es war Zeit, sich einzugestehen, daß sein Herz von ihr gefangen war. Tankred wandte sich vom Fenster ab. Als er einen Stuhl vor sich stehen sah, schleuderte er ihn mit einem wütenden Fußtritt quer durch das Zimmer.

* * *

Die Morgendämmerung zog über die Hügel; der moslemische Ruf zum Morgengebet weckte die schlafende Stadt. Tankred beobachtete, wie ein Soldat auf die Mauer des Hofes stieg und den Leoparden mehrere Stücke rohes Fleisch zuwarf.

Tankred schaute ihm eine Weile zynisch zu, doch dann wurde er aufmerksam. *Die Leoparden werden gefüttert.* Das könnte bedeuten, daß Irene sie doch nicht als Drohung einsetzen wollte. Hatte sie in den späten Stunden der letzten Nacht etwas erfahren, das sie bewogen hatte, ihre Pläne zu ändern?

Er drehte sich zur Tür, als er schwere Schritte auf dem Gang vernahm. Einen Augenblick später wurde der Riegel zurückgeschoben. Die Tür ging quietschend auf, und Rufus stand allein und unbeweglich vor ihm.

„Irene ist abgereist. Es steht Ihnen frei zu gehen. Apollo wartet am Tor."

Frei zu gehen? Diese unerwartete Wende beunruhigte ihn. Er starrte Rufus ruhig an und schaute forschend in sein grimmiges Gesicht. „Was ist passiert?"

In Rufus' Augen flackerten hitzige Gefühle auf. „Sie werden nicht mehr gebraucht, aber beeilen Sie sich, bevor sie es sich wieder anders überlegt."

„Nicht mehr gebraucht? Warum?"

Die Verachtung, die Rufus empfand, hallte in seiner beißenden Stimme wider. „Der Kriegsminister hat ihr die Informationen gegeben, die sie haben wollte."

Philipp ... „Wo ist Helena jetzt?"

„In einem Zimmer eingesperrt, bis Prinz Kalid kommt."

„Kalid – er kommt hierher? Wann?"

Rufus zuckte mit den Achseln. „In einer Woche, in zwei Wochen, wer weiß?"

„Ich muß mit ihr sprechen."

Rufus wurde steif. „Ich kann in dieser Sache nichts tun. Ihr Pferd wartet am hinteren Tor." Er schwieg und fügte dann leise hinzu: „Philipp hat ihr eine heimliche Nachricht zukommen lassen, in der er schreibt, daß er heute nacht mit ihr fliehen will."

„Sie weiß das und erwartet ihn?"

„Ja."

„Er ist ein Feigling", sagte Tankred verächtlich. „Dieses Risiko wird er nicht eingehen. Gemeinsam können Sie und ich ihr helfen."

Rufus schüttelte den Kopf. „Nein. Ich kann nichts tun."

„Dann bringen Sie mich bitte wenigstens in ihre Gemächer. Ich muß sie sprechen, bevor Philipp kommt, wenn auch nur für einen Augenblick."

Rufus überlegte kurz und warf einen unsicheren Blick den Gang hinab. „Einverstanden ... Für Sie tue ich es. Für die Erinnerung an Ihren Vater. Ich kann Sie aber nicht lange in ihren Gemächern lassen."

Tankred gürtete seine Schwertscheide um und warf seinen Umhang über seine Schulter, dann folgte er Rufus den Gang hinab und eine Marmortreppe hinauf.

Sie kamen zu einer Tür. Neben der Tür stand ein Soldat und hielt Wache. Rufus sprach leise mit ihm. Tankred sah, wie ein Goldbesant in die Hand des Soldaten wanderte. Der Schlüssel drehte sich im Schloß, die Tür ging auf, und Tankred trat ein. Einen Augenblick später hörte er, wie der Schlüssel wieder umgedreht wurde. Er war ebenfalls eingesperrt.

Das Zimmer war luxuriös mit purpurnen Wandbehängen und dicken Teppichen eingerichtet. Er schaute sich nach Helena um. Sie hatte auf einem Sessel geschlafen und sich mit einer seidenen Decke zugedeckt. Aber als sie ihn eintreten hörte, erwachte sie.

20. Ritterehre

Helena hielt ihn anscheinend für einen Sklaven, der ihr das Frühstückstablett brachte, denn sie schaute ihn nicht an. „Ich habe keinen Hunger. Bitte gehen Sie wieder."

Tankred lehnte sich mit der Schulter an die Tür und beobachtete sie schweigend. Als die Stille anhielt, spürte sie anscheinend seine Anwesenheit, denn sie bewegte sich und hob den Kopf.

Ihre Augen wurden groß, dann zog eine kalte Wut über ihr Gesicht und noch etwas anderes, das er nicht verstand – Enttäuschung?

Diese Reaktion verwirrte ihn. Er fragte sich, ob Irene ihr vielleicht von seiner Gefangennahme erzählt hatte.

„Guten Morgen", grüßte er und verbeugte sich.

Sie sprang auf die Beine und warf die Decke beiseite. „Verschwinden Sie", fauchte sie. Ihre Hände waren zu Fäusten geballt.

Er betrachtete fragend ihr Gesicht und versuchte herauszufinden, was in ihrem Kopf vorging. „Sind Sie immer so schlecht gelaunt, wenn Sie aufwachen? Oder bin ich schuld daran, daß Nikäa gefallen ist? Wenn Sie im Zelt auf mich gehört hätten –"

„Schweigen Sie." Helena trat auf ihn zu.

Tankred richtete sich von der Tür auf. „Ich habe im Augenblick genug von Frauen, die ihre Peitsche über meinem Kopf knallen lassen", sagte er.

Sie blieb vor ihm stehen. „Sie sind also galant? Ein Mann mit Anstand? Mit Ehre? Ein Ritter? Ein Mann, dem ich mein Leben anvertrauen könnte, geheime Informationen über meine Mutter?"

Er blieb ruhig und rieb sich nachdenklich das Kinn.

„Sie Verräter! Sie Barbar! Sie – Sie –" Sie holte mit dem Arm aus, aber er hielt ihr Handgelenk fest.

„In dieser Familie fließt in den Adern der Frauen statt Blut Gift. Ihre Tante schlägt auch wie wild um sich. Ich wage nicht einmal daran zu denken, welcher Sturm jetzt auch noch Sie gegen mich aufgebracht hat."

Helena riß ihren Arm los. Ihr Atem ging schwer.

„Ich reite fort. Ich bin gekommen, um mich zu verabschieden", erklärte er.

Sie drehte ihm den Rücken zu.

Tankred sprach unbeirrt weiter. „Ich werde mich den normannischen Rittern unter Bohemund anschließen." Er wartete auf eine Reaktion von ihr. „Wir werden bald nach Antiochia aufbrechen. Ich werde Sie also eine Weile nicht sehen. Es kommt ein langer Krieg und –"

„Es interessiert mich nicht, was Sie tun, Barbar", zischte sie über die Schulter. „Und ich hoffe, ein Krummschwert schneidet Ihnen den Kopf ab, noch bevor Sie Antiochia erreichen." Sie ging an ihm vorbei, um die Tür zu öffnen, aber sie war verschlossen.

„Haben Sie den Schlüssel?" wollte sie wissen.

Er verlor allmählich die Geduld; alle romantischen Gefühle für sie lagen in Schutt und Asche. Er warf seinen Reitumhang achtlos auf einen Stuhl, baute sich mit den Händen in die Hüften gestemmt vor ihr auf und schaute sie durchdringend an.

„Warum sollte ich den Schlüssel haben? Bin ich etwa derjenige, der Sie gefangenhält?"

„Oh, nein, bestimmt nicht –, aber Sie sind *ihr* Gefangener, nicht wahr?" fauchte sie vielsagend.

„Was werfen Sie mir eigentlich vor? Wenn Sie wüßten, was ich durchgestanden habe, um meine Haut zu retten und gleichzeitig Sie zu schützen –"

„Wie wenn Sie nicht wüßten, was ich Ihnen vorwerfe! Wer hat Sie in meine Privatgemächer gelassen?"

„Irenes Leibwächter. Aber ich bedaure, daß ich ihn darum gebeten habe, Sie sehen zu dürfen. Lieber würde ich in die eisigen Augen einer giftigen Natter schauen. Was Rufus angeht: Ihm können Sie vertrauen. Er könnte sich als guter Freund erweisen."

„Ich vertraue niemandem", fauchte Helena. „Jetzt nicht mehr. Sie werden mich nicht in Antiochia sehen, und auch nirgendwo sonst. Nachdem Sie geschworen haben, meine Mutter zu finden, und alles erfahren haben, was Sie wissen mußten –, haben Sie sie in der letzten Nacht an Irene verraten, damit Sie Mosul finden können."

Er wurde still und beobachtete sie mit einem tiefen Schmerz in der Seele. „Ich muß ein Narr sein", sagte er. „Ich dachte, ich wäre der letzte, dem Sie Verrat vorwerfen würden. Ich sehe aber, daß ich der erste bin."

„Der erste? Ja, Bardas hatte recht mit seinem Urteil über Sie; und auch Philipp. Nein – versuchen Sie nicht, sich herauszureden. Ihre glatten Ausreden werden mich dieses Mal nicht täuschen. Ich habe schon zu viele aus Ihrem Mund gehört."

Sie wollte an ihm vorbei zur offenen Terrasse rauschen. Schnell zog er sie zurück und an sich heran. „Nicht so schnell. Dieses Mal nicht."

* * *

Helenas Herz pochte laut, als sie sich berührten, und sie wurde steif. Sie wollte sich mit beiden Handflächen von seiner Brust wegschieben und drehte den Kopf zur Seite. „Lassen Sie mich los."

„Hören Sie auf, so um sich zu schlagen."

„Wollen Sie, daß ich schreie? Das werde ich!" Ihre Stimme zitterte, und das ärgerte sie noch mehr.

„Ich gebe Ihnen mein Wort: Ich habe Ihre Mutter nicht verraten. Ich weiß nicht einmal, wo sie ist, aber Konstantin weiß es. Er hat Nikäa verlassen, um sie zu finden. Irene glaubte, ich wüßte etwas. Sie hofft, ihm zuvorzukommen."

Helena hatte noch das genüßliche Lächeln ihrer Tante vor Augen, mit dem sie ihr erzählt hatte, daß sie die Informationen von Tankred bekommen habe. Der Schock und die Enttäuschung, die sie erfüllt hatten, als sie ihr die gemeinen Einzelheiten erzählt hatte, lasteten immer noch mit lähmender Gewalt auf ihr.

„Kennen Sie mich so wenig, daß Sie glauben, ich würde Sie verraten?"

„Sie denken wahrscheinlich, ich würde Ihnen glauben, wenn Sie es abstreiten."

„Sie hat von mir keine Informationen bekommen. Hat sie Ihnen das erzählt? Glauben Sie ihren Worten mehr als meinen?"

Als Helena ihm in die Augen schaute, wurde sie unsicher. Sie wußte nicht, was sie glauben sollte. Verwirrung lähmte ihr Denken und machte sie traurig.

„Nein? Wie hat sie es dann erfahren? Nicht von Konstantin. Er ist letzte Nacht auf einem der Boote verschwunden. Und nicht von Bardas –"

„Bardas! Dieser Verräter! Wenn ich ihn das nächste Mal sehe, drehe ich ihm den Kragen um. Fragen Sie Philipp, woher seine Mutter die Informationen bekommen hat."

Sie las die Anschuldigung in seinem finsteren Blick und verwarf sie sofort. „Philipp? Er würde mein Geheimnis nie verraten. Sie sind verrückt."

„Philipp! Ich bin diesen Mann leid, genauso wie ich Ihr kindisches Vertrauen in ihn nicht mehr ertragen kann."

Helena bemühte sich vergeblich, sich von ihm loszureißen. „Sie haben uns verraten, um Informationen über Mosul zu bekommen. Ich weiß, was es Ihnen bedeutet, ihn zu finden –, und Sie haben die Nacht mit Irene verbracht; sie hat es mir selbst erzählt."

Tankred ließ sie so abrupt los, daß sie einen Schritt nach hinten taumelte.

Er schaute sie mit seinen stürmischen blaugrauen Augen an. „Sie kennen mich überhaupt nicht."

Die ruhige Enttäuschung in seiner Stimme rüttelte sie wach und machte sie nüchtern. In dem Schweigen, das den Raum erfüllte, schaute sie ihm unsicher ins Gesicht.

„Irene hat damit geprahlt. Sie sagte, daß –"

„Und Sie haben ihr geglaubt?" kam seine ironische Stimme. „Einer Frau, von der Sie schon lange wissen, daß sie es nicht gut mit Ihnen meint? Sie schlucken bereitwillig ihre Lügen und weigern sich, die Wahrheit zu glauben, die ich Ihnen sage?"

Sie wurde unsicher. „Ich ... weiß nicht ..., wie sonst hätte sie es herausfinden sollen, wenn nicht von Ihnen?"

Er verbeugte sich mit übertriebenem Zynismus. „Danke, Fürstin. Ihre hohe Meinung über meinen Charakter überwältigt mich. Zufällig habe ich auf viel verzichtet, was mir sehr wichtig ist, um Sie und Ihre Mutter zu schützen. Sie hat mir mehr angeboten, als Sie sich vielleicht vorstellen können, und ich habe alles abgelehnt – ihr Bett und auch alles andere, einschließlich Informationen über Mosul. Informationen, die mich von dem Dienst für Philipp befreit hätten. Mosul ist nicht einmal in Antiochia, aber Philipp schickt mich dorthin, damit ich für ihn seine feige Arbeit dort erledigen soll."

Helena starrte ihn an. Sein Ärger nötigte sie, noch einmal über alles nachzudenken. Gegen ihren Willen begann sie sich zu fragen, ob Irene nicht vielleicht doch gelogen hatte, nur um ihr weh zu tun. Sie kämpfte gegen verwirrende Gefühle an, die durch ihre Seele flossen und sie wie ein Feuer an einem frostigen Morgen erwärmten.

„Die prägenden Jahre, die Sie im Palast verbracht haben, haben Sie zynisch gegenüber Männern gemacht, Helena. Sie glauben, jeder Mann würde seine Seele für sein Machtstreben, seine Gier und Lust verkaufen. Ich muß etwas unternehmen, um Ihr Vertrauen wieder aufzubauen. Besonders zu mir."

Sie wich seinem durchdringenden Blick aus, denn dieser Mann erwies sich als genauso gefährlich wie ihr Dilemma im Palast des Roten Löwen.

„Ich habe die Nacht hinter einer verriegelten Tür verbracht. Allein. Freiwillig."

„Vielleicht, aber deswegen sind Sie – was meine Mutter betrifft – nicht unschuldig, und außerdem – interessiert es mich nicht, wo Sie geschlafen haben."

„Sie stecken voller Widersprüche. In einer Minute beschuldigen Sie mich schlimmster Dinge, und wenn ich sie abstreite, zeigen Sie mir die kalte Schulter und sagen, es interessiere Sie nicht."

„Weil es mich nicht interessiert!"

„Jedoch", sprach er weiter, „interessiert es mich, was Sie denken. Und während ich allein war, waren Sie es, die meine ruhelosen Gedanken und Sehnsüchte erfüllte."

Helena wirbelte herum. Angst durchflutete sie. „Bitte hören Sie auf. Ich werde mir das nicht anhören ..."

„Doch, Sie werden –" Tankred kam auf sie zu, drehte sie herum und zog sie wieder zu sich heran. Als er den Kopf zu ihren Lippen vorbeugte, riß sie schnell den Kopf zur Seite.

Er stellte sich enttäuscht. „Wenn ich denke, daß Sie mir nur wegen Philipp einen Korb geben! Einem Verräter, einem Feigling!"

Sie riß sich los und wich aus der Gefahr seiner Umarmung zurück. Sie kniff die Augen zusammen. „Sie verachten ihn nur, weil er all das hat, was Sie nicht haben."

„An dem Tag, an dem ich Philipp beneide, höre ich auf, ein Mann zu sein."

„Ihre Arroganz ist unerträglich."

„Um eine Sache beneide ich ihn allerdings schon. Um Ihr unerschütterliches Vertrauen und Ihre Zuneigung."

Wagte sie es, ihm zu glauben? Wagte sie es, sich auf die unbekannte, verwirrende Sehnsucht in ihrem Herzen einzulassen?

„Nachdem Sie mich so schmählich verraten haben? Ich wünschte, Sie würden sich in mich verlieben, damit ich Ihr Herz in Stücke reißen könnte."

Er starrte sie wortlos an. Plötzlich empfand Helena Furcht und Bedauern. Warum hatte sie so etwas gesagt? Warum versuchte sie absichtlich, ihn zu verletzen, alles zwischen ihnen zu zerstören?

„Ich glaube, Sie meinen das wirklich so, Helena", sagte er so ruhig, daß es ihr kalt über den Rücken lief.

Nein, wollte sie ausrufen. *Ich meine es nicht so, Tankred!*

„Ich dachte, Sie könnten unter dieser überheblichen, arroganten byzantinischen Maske eine andere Frau sein, aber jetzt fange ich an, mich zu fragen, ob ich mich habe täuschen lassen. Ich werde in Zukunft daran denken, meine Verwundbarkeit vor Ihren Krallen zu schützen."

Tankreds Hände ließen ihre Schultern los. Er schob sie sanft von sich weg.

Schmerzen loderten wie Feuer in ihrem Herzen, sie brannten und taten ihr weh. Sie trat zurück. Unter seinem kühlen, distanzierten Blick fühlte sie, wie ein frostiger Wind über ihre Seele wehte. *Was habe ich nur getan?*

Sie trat zur Terrasse, wandte ihm den Rücken zu und fühlte sich kraftlos und schwach. Sie wartete, bis die Tür hinter ihm ins Schloß fallen würde. Fort, für immer ...

Er ging nicht.

Sie drehte sich blaß und ausgelaugt um und hielt sich an einer Stuhllehne fest. „Nun? Sie ziehen in den Krieg, wie man es bei einem Söldner nicht anders erwarten kann. Gehen Sie! Und möge Ihr Verrat an meiner Mutter sich hundertfach an Ihnen rächen."

„Ich gehe. Keine Angst! Aber ich kann es nicht ertragen, Sie mit der Genugtuung zurückzulassen, daß ich Fürstin Adrianna verraten hätte. Haben Sie Ihrem wagemutigen Helden von dem Roten Löwen erzählt?"

„Falls Sie von Philipp sprechen, ja. Natürlich habe ich es ihm erzählt. Ich kann ihm vertrauen", sagte sie kühl. „Das ist mehr, als ich von manchen anderen Männern behaupten kann, die angeblich galant sind. Philipp wird mein Ehemann. Sollte ich vor ihm Geheimnisse haben?"

Er lachte süffisant und lehnte sich lässig an die Tür. „Einen armseligen Ehemann würde er abgeben. Sie werden nie wissen, ob das, was Sie ihm im Bett ins Ohr flüstern, nicht auf direktem Weg zu Irene gelangt."

Sie kniff die Augen zusammen. „Verlassen Sie meine Gemächer", zischte sie.

„Solange Philipp Kriegsminister ist, tun Sie gut daran, Ihre tiefsten Geheimnisse in Ihrem Herzen unter Verschluß zu halten –, besonders, wenn sie ihm und Irene zu mehr Erfolg verhelfen könnten."

„Glauben Sie wirklich, daß ich je glauben würde, Philipp hätte meine Mutter verraten?"

„Nein, denn Sie *wollen* glauben, daß ich es war."

Helena erwiderte ruhig seinen Blick. „Philipp und ich werden heute abend fliehen und heiraten. Er hat beschlossen, Konstantinopel und seine Stellung zu verlassen. Das beweist, daß Ihr Urteil über ihn falsch ist. Er hatte keinen Grund, mich zu verraten. Er braucht die Macht und den Ruhm des Kaiserpalastes nicht mehr."

„Philipp wird das brauchen, solange er lebt. Es ist die Luft, die er zum Atmen benötigt, seine Lebensgrundlage, sein Gott."

Sie zuckte zusammen, denn die Worte drangen durch ihre selbstsichere Fassade und berührten etwas in ihrem Inneren, das ihr Angst einflößte, etwas, das sie zusammenfahren ließ, da es wahr sein könnte.

„Philipp ist jetzt frei, ja? Glauben Sie das wirklich? Selbst wenn er mit Ihnen flieht und Sie seine Braut werden, würden Sie bald erfahren, daß er nie ohne Konstantinopel zufrieden sein kann. Er wird wie eine ausgerissene Blume verwelken und sterben."

Helena schluckte schwer und schaute ihn an. Ihr Herz schlug schmerzvoll.

„Er hat seiner Mutter die Informationen über Fürstin Adrianna verraten. Fragen Sie Rufus. Er wird Ihnen die Wahrheit sagen; er hat keinen Grund zu lügen, und auch keinen Grund, mich zu verteidigen. Und da es Philipp war, der gestern nacht mit Irene kooperierte, können Sie sich ja selbst fragen, warum er das getan hat, falls er wirklich seine Stellung beim Kaiser aufgeben will. Ich habe Sie für weiser gehalten."

Sie fand keine Worte, die sie darauf hätte erwidern können, und schaute auf die Terrasse hinaus. Die heiße Morgenluft strömte über die alten Steine und raubte ihr die letzte Kraft. „Ich weiß es nicht", murmelte sie.

„Sie lieben ihn nicht, Helena. Sie reden sich das nur ein, weil Sie in diesen ganzen Jahren nichts anderes in Ihrem Leben kannten als Philipp, das Byzantinische Reich und Ihre Träume."

Helena schloß bei seinen Worten die Augen. „Ich weiß es nicht", murmelte sie wieder. „Lassen Sie mich allein. Bitte."

„Wie wollen Sie an den Soldaten vorbeikommen?"

Sie schlug die Augen auf und schaute ihn an. „Glauben Sie, ich würde Ihnen verraten, wie wir fliehen wollen? Es genügt, daß Philipp alles arrangiert hat."

„Ich weiß nicht, was er im Sinn hat, aber ich würde ihm nicht trauen. Er wird nicht kommen und Sie holen. Sie werden nach Antiochia gebracht werden. Und ich werde Sie dort finden."

Sie schüttelte eigensinnig den Kopf. „Er wird kommen, wie er versprochen hat."

Tankred trat neben sie auf die Terrasse. Seine Augen waren beunruhigt, aber in ihren Tiefen leuchtete noch etwas anderes, etwas, bei dem es ihr die Sprache verschlug und das ihren Blick fesselte.

„Bitte ... lassen Sie mich allein", flüsterte sie.

„Nein ... ich kann Sie nicht allein lassen. Ich habe Ihnen in jener Nacht auf der Burg, als Sie zu mir kamen, gesagt, daß weder ich noch mein Schwert billig zu kaufen seien. Ich habe Ihnen bereitwillig meine Hilfe angeboten, aber Sie haben sie abgelehnt, sobald Philipp auftauchte. Jetzt wollen Sie glauben, daß Irene dieselbe Treue so billig kaufen könnte? Sie hoffen, daß es so ist, weil solche Gedanken über mich es Ihnen leichter machen, Ihre wahren Gefühle zu leugnen."

Helena wollte ihre aufflammenden Gefühle von sich abschütteln. „Meine Gefühle?" fragte sie unschuldig. „Sie beleidigen Philipp. Sie sagen mir, ich sei ein Kind, das nicht weiß, was es will, dann sind Sie auch noch so arrogant, mir ins Gesicht zu sagen, *Sie* seien der Mann, den ich in Wirklichkeit begehre."

„*Sie* haben gerade gesagt, daß Sie mich begehren; ich habe das nicht gesagt."

„Ich könnte nie etwas anderes als Enttäuschung und Mitleid wegen des Verrats, den Sie begangen haben, für Sie empfinden."

„Mitleid! Verschonen Sie mich damit, Fürstin!" Er folgte ihr über die Terrasse, als sie vor ihm zurückwich. „Ich behaupte trotzdem, daß Sie sich selbst etwas vormachen. Sie haben Angst vor den Gefühlen, die wir füreinander empfinden. Sie sind stark, nicht wahr? Wie das endlose Rauschen der Brandung, wie der Wind, der unablässig weht."

„Halten Sie sich jetzt auch noch für einen Dichter?" spottete sie flüsternd und hoffte, ihre Miene bliebe ruhig und ihre Stimme fest.

„Mit Ihnen in meinen Armen könnte ich alles sein, was Sie wünschen."

Philipp entfachte kein so wildes Pochen in ihrem Herzen, er schwor ihr auch keine solche Leidenschaft.

„Geben Sie es zu", sagte er. „Wir fühlten uns vom ersten Augenblick an zueinander hingezogen, seit der Stunde, als wir uns auf der Straße an der Donau begegneten. Ich habe eine solche Anziehungskraft noch nie zuvor erlebt. Egal, was Sie über Philipp behaupten, glaube ich trotzdem, daß es für Sie auch nicht anders ist. Sie bilden sich nur ein, daß Sie Philipp lieben."

Helena versuchte zu lächeln und so zu tun, als langweilten sie seine Worte, die sie zu ihm hinzogen und in ihr den Wunsch weckten, sich in seine Umarmung zu ergeben, eine Umarmung, auf die er nicht bestand.

„Aber in Wirklichkeit liebe ich Sie?" fragte sie.

„Eines Tages werde ich aus Ihrem Mund die Worte hören: ‚Tankred, du bist der Mann, den ich liebe.'"

„Das geht zu weit. Verlassen Sie sofort mein Zimmer!"

„Heiraten Sie Philipp nicht. Warten Sie auf mich. Ich werde zu Ihnen nach Antiochia kommen."

„Ich werde nicht da sein."

„Glauben Sie immer noch, daß er kommen wird?"

„Ja. Trotz Ihrer Behauptungen bin ich in ihn verliebt."

Tankreds Arme legten sich um sie. „Ich werde dafür sorgen, daß Sie ihn vergessen. Sie brauchen mich nur um meine ganze Liebe zu bitten, dann werde ich sie Ihnen geben."

Sie war verwirrt und unsicher. Glühende Gefühle flackerten in ihrem Herz auf. „Seit wann bittet der unverwundbare Tankred Redwan eine Frau um etwas?"

„Ich bin nicht so unverwundbar. Nicht, wenn es um die eine Frau geht, die ich begehre."

„Hat Kamila Sie gebeten, sie zu lieben?"

„Ja."

„Haben Sie – sie geliebt, meine ich?"

„Nein ..."

„Ich werde Sie nie bitten zu bleiben."

„Angenommen, ich bin entschlossen, dafür zu sorgen, daß Sie das tun. Wenn nicht jetzt, dann eines Tages. Und wenn es das letzte ist, was ich tue: Ich werde bei den Normannen sein, wenn sie die Stadt einnehmen. Und ich werde den Seldschuken töten, der Sie besitzt, und Sie zu mir holen. Entspricht das meinem Ruf als Barbar?"

Tankreds Entschlossenheit und das Begehren, das er ihr gegenüber zeigte, waren gleichzeitig seltsam aufregend und beunruhigend. Ihre Stimme zitterte. „Ich glaube, Sie haben plötzlich den Verstand verloren."

„Glauben Sie? Vielleicht. Zum ersten Mal bin ich verrückt nach einem Gesicht, das ich nachts sehe, wenn ich die Augen schließe, nach einer Gestalt, die so hübsch ist, als schwebe sie im Wind ... Ich werde sie zu meiner Braut machen, zu meiner Freundin, zu meiner Geliebten, zur Mutter meiner Kinder, zur –"

„Hören Sie auf", flüsterte sie. „Bitte ... gehen Sie."

„Wollen Sie das wirklich?"

„Ja ... ja!"

„Daß wir uns nie wiedersehen?"

Ihre Augen schauten ihn direkt an. Kein Laut wollte über ihre Lippen kommen.

„Ich habe keine andere Wahl, als Sie eine Weile zu verlassen, denn Walter von Sizilien sucht nach mir. Bevor ich je wieder Frieden finde, bevor ich Ihnen meine ganze Liebe schenken kann, muß ich noch etwas erledigen. Wenn ich meine Unschuld bewiesen habe, bin ich frei. Aber bevor ich gehe, gibt es noch etwas, nach dem ich mich sehne, seit ich Sie das erste Mal sah ..."

Ich kann das nicht mehr ertragen ... dachte sie.

„Sie würden doch einem einfältigen Barbaren die Erinnerung an die

Berührung Ihrer Lippen auf meinem Mund nicht verwehren, nicht wahr? Sollte ich im Krieg fallen, dann würde die Erinnerung an Sie mich ewig trösten."

„Nein ..."

„Ihre Augen sagen Ja. Wem soll ich glauben?"

Ihr stockte der Atem. Er beugte sich zu ihr vor.

„Sagen wir ..." Tankred zögerte. „Es ist eine byzantinische Großzügigkeit? Sie wissen in Ihrem Herzen, daß ich für Sie sterben würde."

Was für eine Bitte ist das? Was für eine Herausforderung, die in falsche Unterwürfigkeit gekleidet ist?

„Sie haben mich einmal nach dem Preis für mein Schwert, für meinen Einsatz für Sie und Ihre Sache gefragt. Ich verrate Ihnen jetzt meinen Preis. Ein einfacher Kuß."

Sie konnte sich nicht bewegen, als sie so nahe beieinander standen und seine Hände leicht auf ihren Armen lagen.

Warum riß sie sich nicht von ihm los und tat seine Worte als verrückte Torheit ab? Weil sie heimlich davon geträumt hatte – vielleicht genauso sehr wie er?

Helena sagte sich, daß sie ihm eine Abfuhr erteilen müsse, daß es eine Falle war, die genauso schlau ausgelegt war wie irgendeine byzantinische Intrige. Er konnte gefährlich sein; das wußte sie. Trotzdem ... sollte sie die erste Frau sein, die die Gefühle des schwer faßbaren Tankred Redwan besaß? Und was war schon ein kleiner Kuß?

„Ihre Forderung ist eine geringe Bezahlung, Herr Ritter. Immerhin haben Sie mich vor den Rheinländern gerettet."

„Und ich wurde Ihr ergebenster Arzt."

„Ja ..."

„Dann ... mit Ihrer Erlaubnis, Fürstin."

Sie schloß die Augen und bot ihm ihre Lippen dar.

„Ich bin ganz ergriffen, hübsches Fräulein", neckte er. „Wenn ich daran denke, daß Helena vom Hochadel mir erlaubt, eine solche Erinnerung mit in den Krieg zu nehmen. Vielleicht werden Sie sich auch daran erinnern?"

Helena öffnete bei dieser kühnen Bemerkung die Augen, aber in diesem Augenblick berührten seine Lippen ihren Mund, und ihr Herz raste laut in ihren Ohren.

Die kurze Berührung war zu schnell vorbei. Unsicher und verwirrt schaute sie ihn unter ihren Wimpern hervor vorsichtig an.

Seine Augen waren belustigt.

Ihre Arme bewegten sich um ihn und zogen seinen Kopf zu ihrem Gesicht herab. Er nahm sie leidenschaftlich in seine Arme.

Ihr Kopf lehnte sich zurück auf seinen Arm, und unzählige glückliche Augenblicke verstrichen.

„Was war es, das Salomo sagte ..." flüsterte er. „Du bist wunderschön, meine Freundin, kein Makel ist an dir. Deine Lippen sind süßer als Honigseim, deine –"

Sie flüsterte atemlos: „Genug ... du mußt jetzt gehen ..."

„Komm mit mir nach Cordoba, oder bis ans Ende der Welt. Wenn du fortlaufen willst, dann tu es mit mir. Eines Tages werde ich Anspruch auf Schiffe, Ländereien und eine Burg erheben. Ich werde dir eine Burg bauen, die deiner Schönheit würdig ist; du wirst Diener, Edelsteine haben –, alles, was du willst."

Seine betörenden Worte versetzten ihr Denken und Fühlen in einen Rausch. Plötzlich klang alles so realistisch, gar nicht wie im Märchen. *Seine Augen waren blau ...*, dachte sie. *Nein, sie waren wie Kobalt ..., wie ein Sturm auf dem Meer, der alles, das ihm im Weg steht, fortreißt.*

„Du würdest mich nicht anlügen, Tankred?"

„Glaubst du, ich würde irgend etwas tun, das dich verletzt?"

Seine zärtliche Stimme und seine liebevollen Worte waren alles andere als das, was sie erwartet hatte.

„Du hast meine Mutter nicht verraten?"

„Ich würde sterben, um dich zu beschützen, um dein Geheimnis zu bewahren."

„Und Philipp? Du glaubst, er wird nicht zu mir kommen? Er hat gelogen?"

„Er wird nicht kommen. Er hat sich gestern abend mit Irene getroffen und ihr die Informationen verraten, die sie haben wollte."

„Wohin bringst du mich?"

Seine Umarmung wurde leidenschaftlicher, und ihre Lippen berührten sich wieder. „Geliebte Helena. Zur Burg Hohms, und wir werden Nikolas finden. Heirate mich dort!" flüsterte er.

Sie küßte ihn. „Ja ..."

Das Klappern von Pferdehufen hallte unter der offenen Terrasse wider.

„Es kommt jemand", murmelte sie.

Eine bekannte Stimme rief einem Soldaten einen Befehl zu. Helena erstarrte. *Philipp!*

Aber ... Tankred hatte ihr gerade gesagt, daß er nicht kommen würde –

Ihre Augen schossen zu seinem Gesicht. Tankred hatte nicht recht. Wenn er sie in diesem Punkt betrogen hatte, was war dann mit dem Verrat an ihrer Mutter? Was war mit dem Versprechen seiner Hingabe, seiner Liebe? Wer wußte schon, was er tatsächlich mit ihr im Sinn hatte oder mit der Burg? Vielleicht hatte Bardas trotzdem recht gehabt. Tankred war ein Spion für die Normannen!

Unter ihrem forschenden Blick war er undurchdringlich. Tankred trat zur Terrasse und schaute hinab. Sie sah, wie seine Gesichtszüge hart wurden. Helena eilte an seine Seite und spähte in den Hof hinab.

Unter ihnen stieg Philipp von seinem vollblutigen Pferd, warf einem Soldaten die Zügel zu und erteilte Befehle.

Tankred drehte sich schnell um und wollte zur Tür eilen, aber sie überholte ihn und verbaute ihm den Weg. Einen Augenblick starrten sie einander an.

Sie verpaßte ihm eine schallende Ohrfeige. So! Jetzt wüßte er, was sie von seinem Verrat hielt.

„Ich habe jedes Wort so gemeint, wie ich es gesagt habe, Helena."

„Bis du hattest, was du wolltest. Deine klugen Worte kommen viel zu glatt über deine Lippen, und ich war eine Närrin, daß ich sie glaubte –, aber du hast ja so viel Übung und sagst sie zu jeder Frau, die sie hören will. Einschließlich Irene letzte Nacht! Warum habe ich je auf dich gehört? Ich ärgere mich nur über mich selbst, daß ich dir geglaubt habe. Du hast gelogen, mir einzureden versucht, Philipp würde nicht kommen."

Sie stürmte zur Tür und stellte fest, daß sie unverschlossen war. Rufus wußte anscheinend, daß Philipp gekommen war. Sie riß die Tür auf.

„Ich werde Philipp erzählen, wie du mich beleidigt hast. Wie du mich in deine Arme gezwungen hast."

„War es so? Ich hatte eher den Eindruck, wir wären beide bereitwillige Opfer gewesen."

„Ich werde nie vergessen, daß du mich angelogen hast. Daß du Philipp beschuldigt hast, er hätte meine Mutter verraten. Was hattest du auf der Burg mit mir vor? Mich gegen Informationen über Mosul an Kalid zu verkaufen? Verschwinde. Ich werde alles Philipp erzählen. Er wird dich dafür töten."

Seine Augen funkelten vor Wut. „Oder ich werde ihn töten."

„Wage es, ihn anzurühren, dann werde ich dich verachten, solange ich lebe."

Er betrachtete sie einen Augenblick. Ihre Miene verriet ihre brennende Wut. Sein Kinn wurde hart, dann verbeugte er sich kurz und schritt an ihr vorbei auf den Gang hinaus. Noch bevor er sich umdrehen konnte, schlug sie die schwere Tür so laut sie konnte hinter ihm ins Schloß.

* * *

Tankred lehnte sich an die Wand. Seine Wut schäumte über. Seine Gefühle hatten ungeahnte Höhen erklommen, nur um dann auf den harten Felsen aufzuschlagen und zu zerschellen. Sein Ärger fraß sich wie ein Brandeisen in sein Herz.

Er dachte über ihre eigensinnigen, verwöhnten Gefühle nach. Er hatte sein Herz vor ihr offengelegt, und sie hatte ihm ins Gesicht geschlagen. Aber Philipp vertraute sie, egal was er tat. Sie lief wie ein Vogel mit gestutzten Flügeln immer wieder zu ihm zurück.

Er merkte, wie sein Herz hart wurde. Auch gut. Wenn sie es unbedingt so haben wollte, dann bitte.

Rufus kam von seinem Wachposten am Ende des Ganges schnell auf ihn zugeschritten. „Beeilen Sie sich, Redwan. Philipp kommt. Ihr Pferd wartet am hinteren Tor. Wenn er Sie hier findet, wird er befehlen, daß Sie gefangengenommen werden. Dasselbe geschieht mit mir, weil ich Ihnen erlaubt habe, mit ihr zu sprechen. Folgen Sie mir."

Kalte Vernunft drängte sich in Tankreds Denken. Genug von Kerkern und Drohungen! Genug von dieser unmöglichen Frau! Er schnappte sich seinen Helm und seine Tasche und ging über die Hintertreppe zu einer Tür, die Rufus eilig für ihn öffnete.

„Möge der Wind Ihnen auch Freiheit bringen", sagte Tankred zu ihm.

Am Tor fand er Apollo, dessen freundliches Wiehern ihm einen gewissen Trost gab. Tankred stieg auf und schaute nachdenklich zur Palastfestung zurück. Sich von ihr zu verabschieden war eine Sache, aber fest stand, daß die Erinnerung an sie ihn begleiten würde, wohin er auch ritt.

„Adieu, schönes Fräulein", sagte er wehmütig und lenkte Apollo durch das offene Tor hinaus.

21. Von einem Zauber gefangen

Philipp betrat das Zimmer, eilte schnell auf sie zu und begrub sein Gesicht in ihren Haaren. „Ich hätte fast den Verstand verloren, als ich begriff, was sie dir antun könnten."

Er drehte ihr Gesicht zu sich herum und küßte sie. Helena zitterte und war völlig erschöpft. Sie schob das auf ihre Angst. Bei ihrer mangelnden Reaktion schauten seine dunklen Augen sie scharf und durchdringend an, bis eine leichte Röte ihre Wangen erwärmte.

Ihre Gefühle verrieten sie, was wieder einmal bewies, daß Tankred mehr Kontrolle über ihr Herz hatte, als sie sich selbst eingestehen wollte.

„Ich habe Angst", flüsterte sie. „Was ist, wenn Irene längst weiß, daß wir fliehen wollen?"

Sein Mund wurde vor Entschlossenheit ganz hart. „Sie wird es nicht herausfinden. Alles ist arrangiert. Wir werden nicht zur Burg reiten. Das ist der erste Ort, an den sie Soldaten schickt, um uns zu suchen. Wir kehren nach Konstantinopel zurück und reiten dann zur Villa. Sobald ich mehr loyale Soldaten zusammenstellen kann, brechen wir zur Burg Hohms auf."

„Wir müssen zuerst Nikolas finden –, wie kann ich ohne ihn aufbrechen? Du mußt ihm eine Nachricht ins normannische Lager schicken."

Die Besorgnis in seinen Augen machte sie hellhörig. „Er ist nicht bei den Fürsten. Wir werden ihm eine Nachricht schicken, sobald wir in der Burg ankommen. Wir müssen an vieles denken und haben wenig Zeit, wenn unsere Pläne Erfolg haben sollen. Wenn wir nicht sofort aufbrechen, kann es für uns zu spät sein."

Sie hielt ihn ängstlich fest. Ihre Gedanken waren ein wirres Durcheinander.

„Ich dachte, Konstantin könnte unsere Pläne entdeckt haben, aber er ist so darauf versessen, Adrianna zu finden, daß er uns gar nicht beachtete", sagte er. „Unsere Chance ist jetzt gekommen."

Sie hob den Kopf von seiner Brust und schaute ihm forschend ins Gesicht. „Dann weißt du es?"

Ungeduldige Linien zogen über sein Gesicht. „Wissen? Was soll ich wissen? Daß Irene dich gestern abend einsperren ließ? Natürlich weiß ich das! Ich bin so schnell ich konnte zu dir gekommen. Ich hätte dich aus dem Kerker geholt, egal, welche bösen Pläne sie auch mit dir gehabt hätte. Sie hat mir alles gesagt."

„Aber ich habe dir nicht erzählt, daß Konstantin nach meiner Mutter sucht." Sie beobachtete ihn beunruhigt. „Woher weißt du es? Irene sagt, Konstantin sei gestern nacht verschwunden. Sie ist wütend und sucht ihn."

Ein Aufflackern von Ungeduld machte seine Züge hart. „Beim Zeus! Stehe ich vor Gericht? Ich bin der Kriegsminister! Es gibt wenig, das ich nicht weiß!"

„Ja, und du wußtest auch, daß ich sie suche", beschuldigte sie ihn schwach. „Und ich habe dir gesagt, daß sie beim Roten Löwen gesehen wurde."

„Oh, das!" Er winkte ungeduldig mit der Hand ab. „Ich habe um deinetwillen ebenfalls nach ihr suchen lassen, da ich wußte, daß du glaubst, sie sei am Leben. Aber ich habe nie wirklich damit gerechnet, etwas über sie herauszufinden. Konstantin hat die Informationen leider abgefangen. Es tut mir leid, geliebte Helena. Aber ich glaube, sie bedeutet ihm wirklich sehr viel. Er wird Irene zuvorkommen und sie vor ihr finden. Du hast nichts zu befürchten. Er ist ein entschlossener Mann, und er wird sich von niemandem ausstechen lassen, nicht einmal von ihr."

„Ich bin mir dessen nicht so sicher wie du. Wenn du in diesen ganzen Monaten nach ihr gesucht hast, warum konntest du mir dann nichts davon verraten? Wir hätten sie gemeinsam suchen können."

„Die Gefahr für deine Sicherheit war zu groß. Dein Informant ist tot."

„Das hat Konstantin mir erzählt", sagte sie kalt. „Ist er auch noch ein Mörder?"

Philipps Gesicht wurde hart. „Er ist mein Vater. Sprich nicht so geringschätzig von ihm."

„Du wußtest das alles über den Roten Löwen durch deinen Posten als Kriegsminister. Trotzdem hast du kostbare Zeit verstreichen lassen, ohne etwas zu unternehmen. Sie haben sie vielleicht inzwischen woanders hingebracht."

„Können wir darüber nicht später sprechen?"

„Nein, Philipp. Das können wir nicht. Ich will es jetzt wissen."

Seine dunklen Augen funkelten ungeduldig. „Was wirfst du mir eigentlich vor? Glaubst du, ich habe Irene gesagt, wo sie Adrianna finden könnte?"

Bei der Unverblümtheit seiner Frage machte Helena einen Rückzieher. Helena war beschämt und begriff, daß sie einen kurzen Augenblick diese Möglichkeit allen Ernstes in Betracht gezogen hatte. Sie hatte ihn angegriffen, ihn in die Enge getrieben, als wäre er tatsächlich schuldig. Sie erkannte, daß Tankreds Anschuldigungen gegen ihn erfolgreich Samen des Zweifels in ihr gesät hatten.

Sie beeilte sich, die Verdächtigungen aus ihrem Herzen zu verbannen. „Oh, Philipp! Es tut mir leid. Ich werfe dir überhaupt nichts vor. Wie könnte ich? Ich war nur überrascht, daß du wußtest ...“ Sie drehte sich verwirrt um und ging zur Terrasse.

„Alles geht so schnell“, gestand sie. „Ich bin besorgt, unsicher darüber ... darüber, was ich fühle, über so viele Dinge.“

Sie schaute ihn traurig an. Sein Gesicht verriet seine Beunruhigung. Ihr Herz empfand Mitleid mit ihm.

Wagte sie es, ihm den Grund für ihren Gefühlsausbruch zu erklären? Sollte sie ihm gestehen, was Tankred ihm vorgeworfen hatte? Aber er wußte nicht, daß sie Tankred gesehen hatte, und irgendwie fürchtete sie sich davor, es zuzugeben, als sie sich an seine leidenschaftliche Umarmung, seine zärtlichen Küsse erinnerte ...

Sie schloß die Augen und wandte sich ab. „Ich bin so verwirrt.“

Philipp trat schnell hinter sie, ergriff ihre Schultern und drehte sie zu sich herum. „Helena, ich weiß schon lange, daß Konstantin etwas für Adrianna empfindet. Ich dachte, das würde dich nur beunruhigen. Ich wußte, daß du ihn nicht magst, daß du glaubst, er und Irene hätten deine Mutter und Nikolas verraten. Deshalb sah ich bis jetzt keine Veranlassung, es dir gegenüber zu erwähnen, da ich dich nicht mit noch mehr Sorgen belasten wollte.“

Helena schaute ihm forschend in die Augen und sah, daß er es aufrichtig meinte.

„Es besteht Hoffnung, daß Konstantin sie findet, bevor Irene ihre bösen Intrigen ausspielen kann. Und wir beide müssen auch fliehen. Wenn wir erwischt werden, bedeutet das unser Ende, Helena.“

„Sie würde dir nie etwas zuleide tun. Du bist ihr Sohn. Konstantin verehrt dich auch. Mich wollen sie loshaben, und meine Mutter. Ich nehme an, du weißt, warum.“

Er ließ die Hände von ihren Schultern sinken, zuckte ungeduldig mit den Achseln und schaute in den Hof hinab. „Die Ländereien und die Burg, was sonst? Warum sonst versuchen Familien, sich gegenseitig zu vernichten?“

„Nicht alle Familien, Philipp. Nur die Lysanders.“

Er stieß ein verächtliches Lachen aus. „Wenn du das glaubst, bist du wirklich naiv. Betrug und Habgier gibt es überall. Sie sind in jeder Herrscherfamilie zu finden. Die Kaiserin selbst sucht nach einer Gelegenheit, wie sie gegen den Kaiser vorgehen könnte –, denn sie hat von Irenes Ambitionen auf den Kaiserthron erfahren. Und ich werde als ein Günstling des Kaisers von dem starken Willen derjenigen umkämpft, die mich benutzen wollen, um selbst an die Macht zu kommen."

Er schüttelte seinen dunklen Kopf. „Meine Unabhängigkeit bröckelt dahin, Helena. Ich werde immer mehr zu Irenes Sklaven. Was noch beunruhigender ist: Ich stelle fest, daß ich bereit bin, diese willenlose Schachfigur zu spielen. Wenn ich jetzt nicht fliehe, werde ich es nie tun. Ich bin selbst mein schlimmster Feind!"

Er drehte sich um und hielt sie mit kalten Händen fest.

Auch Helena befiel jetzt die Angst. „Ich glaube an dich", sagte sie eilig. „Du hast noch andere Werte als Macht und Ruhm. Zweifle nicht an dir. Wenn das nicht so wäre, hättest du damals in der Wachburg deine Meinung über uns nicht geändert. Tankred hat mit seinen Worten über dich unrecht. Ihm ... ihm ist nicht zu trauen. Du bist galant und ehrenhaft."

Philipp blickte auf sie herab. Sein Gesicht war angespannt und blaß, seine Hände drückten sich schmerzlich in ihre Schultern.

„Tankred? Wann hast du Tankred gesehen? Was hat er dir über mich erzählt?" Er drehte scharf den Kopf und schaute zum Stuhl.

Sie verstand nicht, warum sein Verhalten sich so plötzlich änderte, und folgte seinem Blick. Ihr Magen verkrampfte sich.

Tankreds Umhang lag noch dort, wo er ihn achtlos hingeworfen hatte. Philipp ging zu dem Stuhl, hob ihn hoch und starrte ihn an. Sie sah, wie die Knöchel an seinen Händen weiß hervortraten. Er schaute sie wütend an.

„Das ist Tankreds Umhang. Der Umhang, den ich ihm bringen ließ."

Sie holte tief Luft. „Ja." Ihre Stimme war ruhig; warum sollte es auch anders sein? Immerhin hatte sie nichts zu verbergen. Schließlich hatte sie seinen Heiratsantrag am Ende abgelehnt. Mehr brauchte Philipp nicht zu wissen.

„Er hat ihn hier liegengelassen", gestand sie. „Er hatte es eilig, als er dich im Hof kommen hörte."

Ein dunkler Schatten zog über sein Gesicht. „Er war *hier?*"

„Ja. Irene hatte ihn gefangennehmen lassen. Sie wollte Informationen über meine Mutter von ihm haben, und er behauptet, er habe sich geweigert, ihr etwas zu verraten, aber ich glaube ihm nicht."

Philipp starrte sie nur an.

Sie erklärte mit leerer Stimme weiter. „Mosul ist nicht mehr in Antiochia. Irene hat Tankred mit geheimen Informationen bestochen und wollte als Gegenleistung von ihm erfahren, wo meine Mutter sich aufhält."

Er sprach immer noch kein Wort, sondern beobachtete sie nur mit funkelnden Augen.

Als das Schweigen unangenehm wurde, fragte sie sich, wie er wohl reagieren würde. Schließlich sprach er, aber seine Stimme hatte jegliche Gefühle verloren.

„Noch etwas?" fragte er tonlos.

Sollte sie es ihm sagen? Sie sank müde auf den Stuhl.

„Ja. Tankred behauptete, du seist es gewesen, der mein Geheimnis an Irene verraten hat. Er sagte mir, du würdest nicht zu mir kommen, du würdest Konstantinopel nicht verlassen, sondern immer ein Sklave deines Strebens nach Macht und Ruhm bleiben."

Philipps Kinn wurde hart; sein Mund spitzte sich zu. In einer plötzlichen Wut warf er den Umhang auf den Boden.

„Was sollten wir von diesen normannischen Wölfen auch anderes erwarten? Es ist meine Schuld. Es war ein Fehler, ihn je anzustellen."

„Was ist mit Bohemund? Was ist mit Antiochia? Was ist mit den Plänen, daß Tankred Kontakt zu einem Spion in der Stadt aufnehmen soll?"

„Leider bleibt uns keine andere Wahl, als das bis zum Ende durchzuziehen. Ohne Tankred wird Kalid überleben. Nur wenn er fällt, können wir mit Antiochia als Geschenk und der Burg Hohms in unserer Hand zum Kaiser zurückkehren. Daß wir geflohen sind und geheiratet haben, wird großzügig übersehen werden, wenn wir dem Kaiser Antiochia übergeben."

Philipp zog sie an sich heran. „Wir haben genug gesprochen, geliebte Helena. Wir reiten zur Villa."

„Sie werden uns nie finden. Wir haben einander und können ein neues Leben beginnen."

„Ja, wir werden glücklich sein."

„Natürlich werden wir das, Philipp."

Das kurze Schweigen brachte ein angespanntes Lächeln auf seine Lippen. Etwas starb zwischen ihnen, und sie wagte es nicht, sich diese Tatsache einzugestehen. Sie ergriff seinen Arm. „Erinnerst du dich noch daran, als wir in der Villa Kinder waren? Wie wir am Fenster saßen und Bardas zusahen, wie er die Pferde dressierte? Du sagtest, du würdest eines Tages als Kaiser vorreiten. Und ich habe mit stolz leuchtenden Augen gesagt, ich würde im Hippodrom sitzen und dir zujubeln!"

„Ja . . . ich erinnere mich, Helena."

„Philipp, ich möchte dich immer noch anfeuern, der Mann zu sein, der du sein kannst, der Mann, als den Gott dich haben will. Du brauchst nicht den Jubel der Menschen. Ihre Liebe ist so unsicher! Verärgere sie, enttäusche sie, und sie werden dich von deinem Thron stoßen und dich vor die Wagenräder werfen."

„Ja, ich weiß, ich weiß", sagte er und schaute zur Terrasse.

„Ein Mann muß Achtung vor sich selbst haben und wissen, daß es Werte gibt, an die er glaubt, für die es sich lohnt, zu leben und, wenn nötig, dafür zu sterben. Ehre, Mut, Rechtschaffenheit", sagte Helena und merkte, daß sie von Tankreds Worten beeinflußt war.

„Verkündest du den Ruf der westlichen Ritter, Helena?" fragte er ruhig.

Ihre Augen fuhren zu seinem Gesicht. „Wenn das eine Anspielung auf Tankred sein soll – nein. Ich verkünde deine Ritterlichkeit, Philipp."

Ein schwaches Lächeln zog über sein Gesicht. Er ergriff ihren Arm. „Die Pferde warten. Und unser Schicksal. Oder, wie du sagen würdest: die Führung Gottes."

„Er wacht gewiß über dem Weg seiner Gläubigen. Er wird uns beschützen", sagte sie und fragte sich, warum sie sich so müde fühlte.

„Dann werden wir kühn und ehrenvoll voranreiten", sagte er mit einem wehmütigen Ton und einem traurigen Lächeln.

„An deiner Seite, Philipp, habe ich keine Angst."

Er zog sie plötzlich stürmisch in seine Arme und hielt sie fest, als würde sie jeden Augenblick verschwinden. „Deine Worte wecken in mir den Wunsch, alles zu sein, was ich in deinen schönsten Träumen bin! Wir werden es schaffen; du wirst schon sehen."

* * *

Es war spät . . ., die Nacht war dunkel . . ., aber sie konnten die Pferde sehen. Die Soldaten, die bestochen worden waren, damit sie schwiegen, kehrten ihnen den Rücken zu. Bardas wartete ebenfalls auf sie und hielt die Zügel.

Helena trug einen Kapuzenumhang und ging neben Philipp unter dem Sternenhimmel zu ihrem Pferd. Kein Wort wurde gesprochen, denn alle wußten, was zu tun war.

Sie bestiegen die Pferde und ritten durch das Tor hinaus, wo mehrere

Männer auf ihren Pferden warteten, um sie sicher auf die Straße nach Konstantinopel zu bringen und dann weiter zur Familienvilla zu begleiten. Vielleicht könnten sie Nikolas eine Nachricht zukommen lassen, damit er sich auf der Burg mit ihnen treffen könnte, denn er würde zweifellos mit den Kreuzfahrern nach Antiochia und Jerusalem weiterreiten.

„Wir warten nicht bis zur Burg Hohms mit unserer Hochzeit", erklärte Philipp. „Wir haben unsere Gelegenheit, und dieses Mal darf sich nichts zwischen uns stellen, Liebling. Die Zeit verrinnt wie der Sand zwischen unseren Fingern."

Es war für den Augenblick genug, bei ihm zu sein und wieder an ihn zu glauben. Sie ritten schweigend weiter.

An diesem Abend war der Mond nicht zu sehen. Die Sterne funkelten klar am schwarzen Himmel. Sie drehte sich im Sattel um und schaute zurück. „Ich kann es kaum glauben, daß wir wirklich davonreiten", flüsterte sie.

Vor und hinter ihnen ritten die bewaffneten Soldaten.

„Wir müssen die ganze Nacht durchreiten", sagte er. „Ich hoffe, das wird dir nicht zuviel."

Helena streckte die Hand nach ihm aus. „Wenn ich bei dir bin, werde ich nicht müde."

Die Straße führte an großen Feldern und fernen Bauernhäusern vorbei. Weiter hinten schliefen die dunklen Berge Kleinasiens wie eine Kamelkarawane.

Helena richtete ihren Blick geradeaus und betrachtete die Dunkelheit. Sie erschien ihr wie eine grimmige Erinnerung an die Gefahren, die auf sie lauerten. Sie würden gesucht werden – dafür würde Irene sorgen – sie würden durch das ganze Byzantinische Reich gejagt werden und fänden erst dann Ruhe, wenn sie und Philipp für tot erklärt wären.

Ihre Gedanken rasten in viele Richtungen. Ihre Mutter? Würde Konstantin sie finden? Das war ihre einzige Hoffnung. Sie konnte im Augenblick nichts anderes für sie tun als zu hoffen und zu beten.

Und Tankred – war es ihm gelungen, sicher ins normannische Lager zurückzureiten? Er würde Nikolas bestimmt erzählen, daß sie mit Philipp geflohen war.

Als die Morgendämmerung aufzog und der Himmel über den Höhenzügen hell wurde, war sie erschöpft, sie fror und hatte Hunger, aber sie ritt schweigend weiter. Ihre Muskeln waren verkrampft, ihre Gedanken müde, und sie sehnte sich nur noch nach Schlaf.

Einer der Soldaten vor ihnen ritt zu Philipp zurück. „Da vorne ist ein Gasthaus. Dort gibt es genug Platz und Futter für alle Pferde."

„Wir bleiben während der Tagesstunden hier und reiten dann abends zur Villa weiter", erklärte Philipp ihr. Sie nickte und war froh, endlich schlafen zu können.

Bardas half Helena von ihrem Pferd. „Mir gefällt dieser Ort nicht", flüsterte er ihr zu.

„Wir müssen uns damit zufriedengeben", erwiderte sie und schaute sich vorsichtig um.

Reisende brachen jetzt auf, Soldaten, Händler mit Kamelen und Eseln, und eine Bauersfrau mit einem Säugling. Zum ersten Mal fragte sich Helena, wie es wäre, wenn sie so arm wäre, so hilflos und in der Lage dieser Frau ohne ein richtiges Zuhause und immer mit der bangen Frage, ob der Mann, bei dem sie war, ihnen ein Dach über dem Kopf und genug zu essen beschaffen konnte. Und der Säugling! So winzig, so schutzlos gegenüber den mächtigen Kaisern, uneinnehmbaren Reichen und unbezwingbaren Armeen.

Helenas Augen wanderten zu Philipp. Seine innere Stärke war nicht auf das byzantinische Leben begrenzt. Er würde auch ohne die Kultur, in der er aufgewachsen war, gut zurechtkommen. Er würde überleben und Zufriedenheit finden. Er würde sich nicht in seinen zerschlagenen Träumen vergraben und durch die Umstände bitter und depressiv werden.

Seltsam, daß sie sich jetzt über so etwas Sorgen machte, wo ihre Hochzeit kurz bevorstand. Warum hatten diese Fragen sie früher nie belastet? Sie wollte nicht zugeben, daß Tankred ihr Denken über die wahre Hingabe zwischen einem Mann und einer Frau geprägt hatte.

Philipp legte den Arm um sie und führte sie zu dem Gasthaus. „Es tut mir leid, daß ich dich hierher bringe."

Die Situation schien ihn mehr zu stören als sie. Sie schüttelte lächelnd den Kopf und dachte an die Jungfrau Maria, die den Sohn Gottes in einem Stall zur Welt gebracht hatte und weder Bedienstete noch ein weiches Bett für sich oder das Christuskind gehabt hatte. Wer war sie, daß sie sich darüber beschwerte, neben einem warmen Kamin in einem Gasthaus zu schlafen?

Tankred hatte behauptet, sie sei verwöhnt. Nun, sie würde ihm beweisen, daß sie das nicht war. Sie konnte stundenlang auf einem Pferd reiten und auch in einem Gastzimmer schlafen, das nach ungewaschenen Körpern roch; sie könnte dem Luxus und Prunk des Kaiserpalastes den Rükken zukehren. Im Gegensatz zu Lots Frau sehnte sie sich nicht danach, zu der Kultur, die sie hinter sich ließ, zurückzuschauen. Ihr Herz hing nicht an Bequemlichkeit und einem schönen Leben. Doch dann wurde ihr bewußt, daß Tankred das nicht erfahren und sie ihn nie wiedersehen würde. Es sollte ihr gleichgültig sein, was er dachte. Ein winziges Bedauern, wie das Kräuseln eines Regentropfens, der die Ruhe eines Teiches stört, legte sich über ihr Herz. Er war ihr nicht gleichgültig. Würde sie ihn je vergessen? *Ich wage es nicht, über einen so nagenden Schmerz nachzudenken!* dachte sie und war über ihre Entdeckung gleichzeitig überrascht und betrübt.

Als der Wirt sie nicht sofort bediente, wurde Philipp böse.

„Eine solche Schlamperei ist in Konstantinopel unerhört. Dort, mein Bauernfreund, würde ich dafür sorgen, daß Ihr Gasthaus geschlossen wird, bis Sie gelernt haben, wie man eine ehrenwerte Gesellschaft behandelt. Bringen Sie etwas zu essen und Wein. Genug für uns alle."

„Philipp, bitte, er ist alt und müde. Schau dir doch seinen Körper an –, er ist von den Jahren harter Arbeit gebeugt. Du mußt Geduld haben."

„Wahrscheinlich hast du recht. Ich muß mich an meine neue Bedeutungslosigkeit gewöhnen."

„Für mich bist du nicht bedeutungslos."

Nach dem Essen erinnerte sie sich an nicht mehr viel. Die Wärme, die das Feuer ausstrahlte, ließ sie in einen tiefen Schlaf sinken.

* * *

Philipp saß an dem rauhen Holztisch und starrte ins Feuer. Seine Gedanken waren vom Wein benommen, seine Lippen hart und sein aristokratisches Gesicht mißmutig.

„Das ist nicht gut, Bardas. Schau uns nur an! Helena und ich, beide von adeliger Herkunft, schlafen in einem Bauerngasthaus auf dem Fußboden und werden wie Vögel für das nächste Menü gejagt!"

Er hielt ihm seinen Becher entgegen. Bardas füllte ihn widerwillig. „Wenn die Probleme zu groß werden, Herr, gaukelt einem der Wein ein Trugbild vor, das einem auch keine Fluchtmöglichkeiten bringt. Er ist eine gierige Grube, die ins Verderben führt."

„Willst du mich kritisieren?"

„Ich wäre ein Narr, wenn ich schlecht von Ihnen sprechen würde. Das Blut der Barbaren ist es, dem wir nicht trauen können."

Philipp überlegte, wem er trauen konnte. Wenn er allein seine Ziele im Leben hätte bestimmen können, weit weg vom Kaiserpalast, hätte er sich dann zu einem vollkommen anderen Menschen entwickelt? Die Leidenschaft, etwas Bedeutendes zu sein, die Sehnsucht danach, gelobt zu werden, und alles, was der Ruhm anscheinend zu bieten hatte, konnte ihm zum Fallstrick werden.

Aber wie konnte Helena Konstantinopel mit so wenig Bedauern aufgeben? Bedeutete es ihr denn überhaupt nichts?

„Sie müssen sich auch ausruhen, Herr Philipp."

Er betrachtete Helena, die am Kamin schlief. „Welche armselige Stadt ließe sich mit der herrlichen Kaiserstadt vergleichen?" murmelte er. „Ich sage dir eines, Bardas: Selbst wenn wir über die ganze Welt ziehen und die unbekannten Meere überqueren würden, fänden wir nirgends ein Reich, das so groß und herrlich ist wie das Byzantinische Reich."

„Angeblich ist Cordoba auch eine Königin. Und das alte Rom –"

„Rom, pah! Die Geister der Cäsaren jagen sich gegenseitig zwischen den Ruinen! Das ist das Schicksal aller Zivilisationen, Bardas. Nur Ideen überleben, und sie sterben auch, wenn sie nicht auf Wahrheit und Gerechtigkeit gegründet sind –, hör mich nur an! Man könnte meinen, ich wäre ein Philosoph! Bravo!" spottete er und hob seinen Becher. „Tankred, der Normanne, wäre stolz auf mich! Er hat gelernt, was es heißt, Ehre zu haben; er hat das Denken der Ritter gelernt!" Er schob Bardas seinen Becher hin. „Gieß noch einmal ein. Trinken wir auf die Kreuzfahrer! Sie machen uns Hoffnung, auf der Burg Hohms in Freiheit leben zu können."

„Sie scherzen doch bestimmt nur, Herr. Sind sie nicht räudige Hunde, die nur darauf aus sind, alles zu zerfleischen?"

„Nennst du Redwan einen räudigen Hund?"

Bardas legte eine Hand auf seinen Arm. „Sprechen Sie seinen Namen nicht so laut aus."

„Dafür würde er dich zum Duell herausfordern. Nein, das würde er nicht –, er würde deine Beleidigung als die Gedanken eines Narren abtun, der von seinen eigenen Vorurteilen geblendet ist."

Philipp lächelte reumütig und stellte seinen Becher ab.

„Der lange Weg zur Villa liegt vor uns. Wenn die Abenddämmerung hereinbricht, müssen wir wieder bei Kräften sein."

Philipp stand auf. Bardas half ihm zu seinem Lager und deckte ihn zu.

Die Minuten vergingen. Bardas hockte immer noch neben ihm und schaute mit einer besorgten Falte zwischen den Augen auf Philipp hinab. Philipp irrte sich. Der Normanne würde keine Sekunde zögern, ihm mit seinem Krummschwert den Kopf abzuschneiden, falls er ihn je wieder zu Gesicht bekäme. *Nein, ich habe das Richtige für Helena getan,* dachte er. Warum ließ ihm dann sein Gewissen wie die alte Wunde in seinem Arm keine Ruhe?

Es war geschehen und ließ sich nicht mehr rückgängig machen.

* * *

Als am nächsten Tag die Sonne aufging, setzten sie ihre Reise zur Villa fort. Sie ritten mit ein paar bewaffneten Männern, von denen Philipp sagte, ihnen könne er sein Leben anvertrauen, und mit einem Sklaven, den er seit seiner Kindheit kannte, weiter. Philipp sprach von Revolution und daß ein neuer Kaiser gebraucht würde, und wurde immer launischer und aggressiver.

„Das Haus Komnenos muß gestürzt werden. War nicht dein Vater, General Lysander, ein Verwandter des abgesetzten Nikephoros?"

„Sprich nicht einmal im Flüsterton von einem solchen Verrat, Philipp."

„Ich möchte es nicht flüstern, sondern laut hinausrufen."

Helena schaute ihn unbehaglich an, dann wanderte ihr besorgter Blick auf die Gruppe Soldaten und ihre unbeweglichen Mienen.

„Bist du sicher, daß du diesen Männern trauen kannst?"

„Sie würden ihr Leben für mich geben. Ich kenne sie seit meiner Kindheit."

„Das heißt nicht viel. Sind nicht Tankreds Vettern, die er seit seiner Kindheit kennt, durch ganz Europa gezogen, um ihn zu jagen?"

„Sie hatten ihren Grund."

Philipp drehte sich in seinem Sattel um und sprach kurz mit dem Offizier seiner Truppe. „Wir werden da vorne anhalten. Dort ist ein Brunnen."

Die Sonne stach heiß vom Himmel. Helena brachte ihr Pferd unter einem knorrigen Baum am Rand des Olivenhains zum Stehen. Philipp kam an ihre Seite.

In der Ferne stand ein Steinhaus, das griechischen Bauern gehörte, im Sonnenschein. Sie beobachteten, wie mehrere Männer mit Ochsen auf dem Feld arbeiteten, während eine Frau eine Ölpresse bediente.

Das Schweigen zwischen ihnen hielt an, während der wohltuende Wind über das weite Feld wehte und die Grashalme bewegte. Morgen würden sie die Villa erreichen, dachte sie. Als sie merkte, daß Philipp sie beobachtete, drehte sie sich zu ihm um und lächelte.

„Du hast Gedanken, die du vor mir verbirgst. Du trauerst doch nicht dem Ritter aus Sizilien nach, oder?" Seine Lippen verzogen sich zu einem gezwungenen Lächeln.

„Am Tag vor meiner Hochzeit?" lächelte sie, aber ihr Gewissen regte sich . . ., sie *hatte* an ihn gedacht . . ., und bald würde sie sich an Philipp versündigen, wenn sie an ihn dachte . . .

„Warum sollte ich an ihn denken?“ fragte sie leichthin. „Habe ich nicht von dir geträumt, seit ich ein junges Mädchen war?“

„Du bist jetzt auch noch nicht viel älter, aber eine Frau wird reifer und verändert sich. Die Art dieses Normannen findest du attraktiver, als deine byzantinische Erziehung zugibt. Die Ritter, die kommen, sind nicht die ungebildeten Barbaren, die wir uns vorgestellt hatten.“

Sie spielte ungeduldig mit den Zügeln. „Es überrascht mich, daß du das zugibst.“

„Die Fürsten sind rücksichtslos, arrogant, aber sie strahlen einen Geist aus, der frisch und belebend ist. Wir Byzantiner werden träge und lethargisch. Wir ruhen uns auf der ruhmreichen Vergangenheit unseres Landes aus und prahlen damit, daß wir der Welt die Zivilisation bringen. Das haben wir auch getan. Wenn Rom Straßen baute und Frieden bewahrte“, sagte er trocken, „dann haben wir der Welt Sprache, Kunst und die Schönheit des irdischen Menschen gegeben, der von den griechischen Göttern berührt wurde. Und jetzt! Unsere viel bewunderten Marmorstatuen sind nicht mehr ein Abbild von uns selbst, sondern von den Rittern aus dem Westen!“

Seine Worte überraschten sie. Das war ein Philipp, den sie noch nie zuvor gehört hatte, und sie mußte feststellen, daß sie ihm teilweise recht gab.

„Nikolas ist der beste aus beiden Welten“, sagte sie.

Philipp betrachtete sie. „Er hat eine hohe Meinung von Tankred.“

Helena hob ihr Gesicht und fühlte, wie der leichte Wind ihre dunklen Haare bewegte. Tankred hatte ihr die Wahrheit gesagt. Nikolas war sein Patenonkel, und er hatte ihn gemeinsam mit dem griesgrämigen al-Kareem erzogen. Er hatte ihr von den langen Wortgefechten zwischen Nikolas und Tankreds moslemischem Großvater in Palermo erzählt, wie sie beide versucht hatten, ihn für ihren Glauben zu gewinnen, und daß er ihre Taktik bald durchschaut und es ihm Spaß bereitet hatte, einen gegen den anderen auszuspielen.

„Aber Christus hat sein Denken gewonnen“, hatte Nikolas ihr erzählt. *„Jetzt muß er noch sein Herz gewinnen.“* Aber sie hatte seinen Charakter angezweifelt –, was war, wenn sie unrecht gehabt hatte?

Philipp schaute gedankenabwesend über das Feld auf das Bauernhaus. An seiner Miene sah sie, daß er ihr noch mehr zu sagen hatte und die Konsequenzen abwog. Er stieg ab, kam an ihre Seite und half ihr vom Pferd.

Etwas beunruhigte ihn, und da sie das sah, war sie ebenfalls besorgt. Sie führten ihre Pferde hinter sich her und spazierten langsam durch den angenehmen Schatten des Olivenhains. Die griechische Familie vor ihnen würde ihnen Erfrischungen anbieten. Sie warf einen Blick zurück und sah, daß die Soldaten stehen blieben, wo sie abgestiegen waren, und sich an die Baumstämme lehnten und ihren Pferden nach dem langen Ritt Ruhe gönnten.

Eine Leere machte sich in ihr breit. Endlich würde sie mit Philipp zur Burg Hohms reiten, aber trotzdem trübte eine unerklärliche Traurigkeit ihre Vorfreude. War denn nicht alles so, wie es sein sollte – oder vielleicht sein könnte?

„Helena?" Philipps Stimme war fragend.

„Was ist?"

Er hob ihr Gesicht hoch und schaute ihr fragend in die Augen. Sie fühlte, daß sein Blick bis auf den Grund ihres Herzens ging.

„Ich habe keinen inneren Frieden", flüsterte sie. „Halte mich fest ..., ich habe Angst."

„Vor unserem langen Ritt zur Burg?"

„Es ist mehr als der bevorstehende Ritt. Es ist nicht so, wie ich es mir erträumt hatte, ich –"

„Träume", sagte er mit einem nachsichtigen Lächeln. „Wünsche öffnen nicht die Tür zur Zukunft, Liebling. Stunden, Tage, Jahre vergehen und hinterlassen ihre Spuren auf unseren Gesichtern und Unzufriedenheit in unseren Herzen. Kann es sein, daß du einen Traum von mir geliebt hast, der in der Gegenwart des normannischen Ritters verblaßte?"

„Philipp!" keuchte sie. „Nein! Nein!"

„Was dann?"

Sie konnte ihm nicht antworten, da ihr eigenes Herz vor Verwirrung schmerzlich schlug. „Ich weiß es nicht ..., ich glaube, ich wollte, daß wir beide zusammen sind, in Ruhe und Zufriedenheit als die Menschen leben können, die wir sind, mit dem, was Er für uns geplant hat."

„Er? Gott? *Wir* entscheiden über unser Schicksal. Die Sterne vermischen sich mit unserem Willen, und so wird die Geschichte geschrieben. Wir können die Kraft, die uns verbindet, zerstören, aber wenn wir das tun, werden wir keinen Frieden finden, bis wir wieder auf den vorgezeichneten Weg zurückkehren."

„Philipp!" flüsterte sie. Vor Schmerz zitterte ihre Stimme. „Du bist in deinem Geist immer noch an Irenes Lehren gebunden! Ich spreche von dem allmächtigen Schöpfer des Universums! Von dem, der die Sterne als Lichter für die Nacht am Himmel geschaffen hat. In den Planeten steckt nichts Göttliches; unsere Seelen liegen in der liebevollen Fürsorge des himmlischen guten Hirten ... Weißt du noch, was Nikolas immer gesagt hat?“ Ihr Blick wanderte mit einer tiefen Sehnsucht zu den Höhenzügen. ‚Ich hebe meine Augen auf zu den Bergen. Woher kommt mir Hilfe? Meine Hilfe kommt vom Herrn, der Himmel und Erde gemacht hat.‘

Ich bin der Menschen müde, die ständig Intrigen und Komplotte schmieden. Ich habe gesehen, was meinem Vater, meiner Mutter, Onkel Nikolas Böses angetan wurde – auch uns beiden und anderen! Aus welchem Grund? Schlösser und Throne, die auf den Köpfen und Seelen von Sklaven aufgebaut sind! Zerstörte Menschenleben! Ich will mehr. Etwas von ewigem Wert.“ Sie schaute ihn an und sah seine Ungeduld.

„Du sprichst mit der wohlbehüteten Stimme des abgeschiedenen Klosters. Das Leben ist da, um gelebt zu werden, Helena! Dazu gehört der Geschmack von Schweiß, von Blut, von Tränen, ja – aber dazu gehört auch die Aufregung des Sieges, die Jubelrufe der Menge –“

„Eine Menge, die sich schnell in einen gemeinen Mob verwandeln kann. ‚Hosianna‘ schreien sie heute! Und morgen? ‚Kreuzige ihn!‘ Wenn sie das Christus angetan haben, wieviel leichter einfachen Fürsten, Königen und Kaisern?“

Philipp zog sie an sich heran. „Helena! Was soll das alles? Mit welchen Reden hat Nikolas deine Ohren vergiftet?“

„Mich stört nicht der Geschmack von salzigen Tränen oder Blut, wenn es sein muß. Ich will mich nicht vor dem Leben verstecken, ich spreche nicht von der Höhle eines Eremiten. Ich spreche von der Eitelkeit des menschlichen Ruhms, davon, Lob bei Menschen statt bei Gott zu suchen. Davon, Gott den Thron zu verweigern und zu glauben, man könne in irgendeinem anderen Ruf, als Gott zu kennen und ihm zu dienen, einen Lebensinhalt finden.“

Philipp schaute auf sie hinab. Sie schauten einander lange in die Augen; seine Augen waren forschend, und ihre Augen waren sehnsüchtig, aber in ihrem Geist wurden sie nicht eins.

Erschöpft und ausgelaugt lehnte Helena den Kopf an seinen Arm und schloß die Augen.

Als sie sie wieder aufschlug, hielt er sie immer noch ruhig fest. In ihrer Berührung lag keine Leidenschaft. Es war die Berührung von Freunden.

Ihr Blick wanderte zu dem kleinen steinernen Bauernhaus, den pflügenden Ochsen, der anstrengenden Arbeit an der Ölpresse. „Ich würde alles dafür geben, wenn wir so leben könnten wie diese Menschen.“

Philipp hielt sie von sich ab und lächelte. „Hast du vergessen, daß wir Byzantiner sind und sie nur Bauern?“

Erschöpfung kroch durch ihren Körper und ihren Verstand. Ihr Herz hörte fast auf zu schlagen, und das Feuer des heiligen Eifers war erloschen.

„Nein“, sagte sie ruhig. „Ich habe es nicht vergessen.“

„Da du eine Vorliebe für diese armen Bauern hast, sollten wir ihren Wein und ihr Öl probieren und sehen, ob es sich mit einem Abend im Kaiserpalast vergleichen läßt! Komm –, der Priester wird heute abend kommen, um uns eins zu machen.“

* * *

Die purpurrote Abenddämmerung ging in die Dunkelheit der Nacht über, und nach und nach erstrahlten die Sterne am Himmel. Ein alter Holzturm stand neben der Ölpresse. Helena stieg darin die Stufen zu dem kleinen Zimmer auf einer Plattform hinauf, die mit einem Geländer umgeben war. Sie stand oben und schaute zu Philipp hinab. Der warme Wind bewegte seinen kurzen, runden Umhang. Sie genoß den Wind, der zart über ihr Gesicht strich, und dachte benommen: *Heute abend werde ich tatsächlich Philipp heiraten.*

In der abendlichen Stille knarrte das Holz, als die Windböen an dem Turm zerrten. Philipp verließ die Soldaten, ging zur Treppe und begann, nach oben zu steigen. Er rief mit einem Lächeln zu ihr hinauf. Helena kam ihm mit ausgestreckten Armen auf der Plattform entgegen.

„Der Priester ist da“, rief er fröhlich. „Hast du Angst?“

„Ich habe von diesem Augenblick geträumt, seit wir Kinder waren.“

„Kinder werden erwachsen.“

„Der Abend vor meiner Hochzeit, und schau mich nur an! Ich trage ein Reitkleid und einen Reitumhang!“

„Heißt das, daß du deine Meinung geändert hast?“ Er ergriff ihre Hände und zog sie zu sich heran. „Schöne Helena, du siehst genauso bezaubernd aus wie die Göttin.“

„Früher dachte ich einmal“, sagte sie nachdenklich und leise, „daß wir über den Marmorweg der kaiserlichen Gärten schreiten und auf einem Teppich aus Rosenblüten gehen würden, während der Chor uns ein Segenslied singt.“

Sein Mund wurde reumütig. „Und jetzt heiratest du in der Küche eines Bauern, wo es nach Knoblauch und Olivenöl riecht.“

Die warme, friedliche Nacht lag über den Feldern und dem Haus. In Gedanken waren sie bei dem Weg, der vor ihnen lag, als sie plötzlich brennende Fackeln erblickten, die sich schnell vom Feld aus in ihre Richtung bewegten.

Philipp richtete sich abrupt auf und runzelte die Stirn.

Ein warnender Ruf durchschnitt die Stille der Nacht. Unten im Hof rief der Wachsoldat ihrer kleinen Truppe etwas zu.

Bardas kam aus dem Haus gelaufen. Philipp beugte sich über das Geländer und rief: „Die Pferde, schnell!"

Die rufenden Stimmen im Wind wurden von dem Donnern heranstürmender Pferde übertönt, die über das Feld auf sie zugaloppiert kamen.

„Wer ist das?" schrie Helena, als die soeben noch so friedliche Dunkelheit plötzlich von Angst und Schrecken erfüllt war.

„Wir sind verraten worden", knurrte Philipp zähneknirschend.

Benommen schaute sie mit großen Augen zu, wie immer mehr Flammen durch das trockene Gras züngelten und sich schnell in dem aufkommenden Wind ausbreiteten.

Philipp ergriff ihre Hand. Sie eilte mit ihm zu der steilen Treppe, aber die Angreifer waren schnell und jagten ihre schlanken Pferde im Galopp voran, um den Turm einzukreisen. Andere Soldaten mit Fackeln in den Händen galoppierten hinter das Haus.

Helena hörte Schreie aus dem Inneren des Hauses, als brennende Fackeln durch die Fenster geschleudert wurden. Das Feuer breitete sich in Windeseile aus und fraß mit seinen gierigen Zungen schnell alles auf, das nicht aus Stein war.

„Wir sitzen in der Falle", keuchte Philipp und ergriff ihren Arm, während die Reiter ihren Kreis um den Turm immer enger zogen.

Als der Feuerschein auf die Reiter fiel, stockte Helena der Atem in ihrer trockenen Kehle. Sie starrte die fremden, turbanähnlichen Helme an, die kleinen, runden Schilde, die kurzen Bögen und Pfeilköcher, die tödlichen gebogenen Krummschwerter, die über die Schulter geworfen oder griffbereit an den Sätteln hingen.

Der Anführer ritt auf einer vollblütigen weißen Stute. Er saß stolz und aufrecht auf dem Pferd. Sein schlankes gebräuntes Gesicht war ihr nur allzu bekannt. Helena sah die unverschämten Gesichtszüge, die unter dem vergoldeten Turban so klar hervortraten. Sein kurzer, spitzer, dunkler Bart und Schnurrbart waren eitel gekämmt, und über seiner militärischen Kleidung trug er ein eindrucksvolles Hemd aus rotgoldener Seide.

„Prinz Kalid", sagte sie atemlos. Sie konnte den Blick nicht von ihm losreißen, um Philipp anzuschauen. Wie war das nur möglich? Aber der junge Prinz, den sie in der Nacht, als sie sich in Philipps Gemächern versteckt hatte, in der Prozession des Kaisers schon einmal gesehen hatte, war nicht zu verkennen. Sie erkannte dieses hochnäsige Gesicht, diese rücksichtslose Intelligenz in den schwarzen Augen, die mit Befriedigung zu ihr hinaufschauten.

„Sie haben mich betrogen, Byzantiner!"

Philipp schob Helena zurück an die Holzwand und zog sein Schwert.

„Sie haben mein Wort als Prinz von Antiochia, daß ich Sie nicht töten werde!" rief Kalid.

„Unter welcher Bedingung? Befehlen Sie Ihren Männern, das für Sie zu erledigen?" höhnte Philipp.

Die hellen Flammen und die Hitze wurden immer unerträglicher. Helena drückte sich an die Wand. *Bitte, Gott, hilf uns!*

Das nervöse Tänzeln der Pferde kam immer näher an den Turm heran. Die gebogenen, stählernen Krummschwerter glitzerten im Feuerschein wie ein spöttisches Grinsen.

„Ihr Leben für die Frau, die Ihr Kaiser mir versprochen hat! Schicken Sie sie zu mir herab, dann bleiben Sie unversehrt."

Helenas Herz schlug wie wild. Sie schaute von Kalid zu Philipp, der wütend und ernst dastand und verkrampft sein Schwert umklammerte.

Kalid drehte sich auf seinem Sattel um und deutete zu seinen Reitern. Es folgte eine Bewegung in ihren Reihen. Einen Augenblick später zerrten zwei seiner Männer den Priester vor, der gekommen war, um sie und Philipp zu trauen. Staub wurde aufgewirbelt. Seine schwarze Robe war zerrissen, und seine Hände waren brutal gebunden. Einer der Türken hielt ihm eine Dolchspitze an die Kehle.

„Sie hatten vor, mich zu betrügen und sie in dieser Nacht zu heiraten", rief Kalid. „Dieser Hund, der vor dem Götzenbild der Himmelskönigin niederkniet und es küßt, wird hier auf der Stelle sterben, wenn Sie sich nicht ergeben!"

Helena stürmte ans Geländer. „Wenn Sie ihm etwas antun, werde ich Sie Ihr Leben lang hassen, Kalid!"

Er hob seinen stolzen Kopf und schaute sie an. Seine kühnen dunklen Augen zogen sich zusammen, als sie über Helena wanderten, deren lange Haare im Wind wehten.

„Laßt diesen Frauenanbeter gehen!"

Die zwei Soldaten ließen ihn in den Staub fallen.

Kalid schaute herausfordernd zu Philipp hinauf, der blaß und besiegt auf der Plattform stand und dessen Gesicht schweißgebadet war.

„Warum wollen Sie denn Ihre Gunst beim Kaiser verspielen? Ihre Stellung als Kriegsminister bleibt doch unberührt. Die Zukunft gehört Ihnen. Schicken Sie sie zu mir herab, und ich vergesse den heutigen Abend."

Philipp stand steif da. „Wenn Sie Helena wollen, müssen Sie es vorher mit mir aufnehmen."

Helena wirbelte herum und starrte Philipp an.

„Dann schicke ich einen Mann nach dem anderen hinauf, bis mir einer Ihren ungläubigen Kopf bringt!"

Kalid drehte sich zu seinen Soldaten um. „Wer geht als erster hinauf? Im Namen Allahs, wer will diesem Ungläubigen den Kopf abschneiden und mir die Frau bringen?"

Philipp packte Helena und schob sie durch die Öffnung des kleinen Turmes.

Sie hielt ihn fest und flehte ihn mit weit aufgerissenen Augen an. „Nein, Philipp, das ist nicht nötig. Sie werden dich umbringen und mich trotzdem mitnehmen –"

Sie brach ab, als sie hörte, wie Soldaten hinter ihnen die Treppe heraufstürmten. Philipp fuhr herum, aber mit einem leisen Schrei eilte Helena an ihm vorbei.

Philipp sprang ihr nach. „Helena!"

Sie stolperte zur Treppe. „Wartet! Kalid! Sagen Sie ihnen, sie sollen aufhören!"

Es war Kalid auf der Treppe, mit seinem Krummschwert in der Hand. Seine Augen waren wild und dunkel, als Helena plötzlich vor ihm stand.

Sie blieb zitternd und schwer atmend stehen.

„Bringen Sie ihn nicht um. Dazu besteht keine Notwendigkeit. Ich ..., ich gehe freiwillig mit Ihnen."

Er betrachtete sie von Kopf bis Fuß und rief dann seinen Soldaten zu, sie sollten aufhören.

Helena schritt erhobenen Hauptes an ihm vorbei.

Das Feuer des brennenden Hauses beleuchtete den Hof. Sie warf einen Blick auf den Ring von Seldschukentürken, die auf ihren Pferden saßen. Die Soldaten erwiderten gelassen Helenas Blicke.

Kalid ging an ihr vorbei zu seiner Stute und stieg auf. Er lenkte sein Pferd vor. Sein Umhang leuchtete im Feuerschein wie blutrote Rubine. Als der Schimmel neben ihr stand, zog er seinen Fuß aus dem Steigbügel, streckte ihr eine Hand entgegen und schaute sie dabei ruhig an.

Ihr Blick senkte sich auf die Erde. Sie stieg in den Steigbügel und wurde steif, als sein Arm um ihre Taille glitt und er sie vor sich auf den Sattel zog.

Helena biß die Zähne zusammen und hielt die Tränen zurück, die ihr plötzlich in die Augen treten wollten. *Gott, warum? Warum das? Warum ich?*

Bardas drängte sich an den Pferden vorbei und versetzte dem Soldaten neben Kalids Stute einen so kräftigen Schlag, daß er zu Boden geworfen wurde.

„Nein, Bardas!“ rief sie und fürchtete um sein Leben.

Ein anderer Türke ritt vor und trat Bardas brutal ins Gesicht. Bardas landete auf dem Rücken im Staub. Bei dem dumpfen Aufprall entfuhr ihr ein Schrei. Kalid drehte seine Stute herum, und sie ritten auf die Straße zurück. Ein triumphierender Schrei kam aus der Kehle seiner Männer, die ihm in einer dichten Staubwolke folgten.

Die Stute galoppierte weiter und sprang über eine niedrige Mauer. Der Wind kühlte Helenas Gesicht ab. Die Bäume rasten wie schemenhafte Schatten an ihnen vorbei. Die dunkle Erde spritzte unter den Hufen der Stute. Der Griff um ihre schmerzenden Rippen machte ihr das Atmen schwer. Sie fürchtete, sie würde jeden Augenblick in Ohnmacht fallen. Sie rasten weiter in die Dunkelheit hinein, fort von der Hitze der sengenden Flammen, fort von der Straße nach Konstantinopel auf den fernen Horizont des moslemischen Orients zu, nach Antiochia.

22. Schwerter und Krummsäbel

Der letzte byzantinische Wachturm lag weit hinter den Kreuzfahrern zurück. Vor ihnen eröffnete sich ein großer, unbekannter Kontinent mit kostbaren Schätzen und fruchtbarer Erde. Sie waren Ende Juni in Nikäa aufgebrochen und näherten sich im Juli Doryläon.

Es beunruhigte Tankred, daß die Armeen nicht als eine Einheit marschierten – besonders jetzt, da sie sich immer tiefer in moslemisches Gebiet begaben. Bohemund und seine Normannen waren vor Gottfrieds und Raimunds Armeen vorausgezogen. Aufgrund einer schlechten Abstimmung zwischen den Fürsten waren sie eine halbe Tagesreise voneinander getrennt. Tankred war sich sehr wohl bewußt, daß der Rote Löwe nach dem Fall Nikäas inzwischen bestimmt genug Zeit gehabt hatte, um eine große Streitmacht zusammenzustellen, die den Barbaren aus dem Westen Widerstand leisten würde.

Um sie herum erstreckte sich rotes Ackerland, Höhenzüge mit einem verlassenen, ausgebrannten Palast und einem halb verlassenen Dorf zwischen grauen Weiden und grünen Eichen am Horizont.

Berittene, bewaffnete Männer trabten mit klirrenden Rüstungen ihres Weges –, ihr Lachen wurde unter den polternden Hufen der vielen Pferde erstickt. Staub wurde über den Menschengruppen aufgewirbelt, die zu Fuß dahintrotteten, den schwarzen Roben der Priester, den Waffenträgern und den unbeirrten Pilgern. Frauen auf Maultieren bildeten kleine Gruppen.

Ochsenkarren krochen vorbei und ächzten unter der Last der Getreidesäcke, auf denen Männer ausgestreckt lagen und in der Julisonne dösten. Kilometerlang funkelten inmitten der Staubwolken Speerspitzen auf, Eisenhelme hoben und senkten sich wie die Wellen eines dunklen Flusses, der stetig dahinströmt. Gesichter, die vom Schweiß der Hitze feucht waren, zogen vorbei. Irgendwo erklang Musik und wurde ein bekanntes Lied angestimmt, das unterwegs entstanden war. Tankred hatte diese Lieder schon oft gehört. Jeden Tag wurden neue Verse erfunden.

Er beobachtete die menschliche Flutwelle, die an ihm vorbeizog, eine

Weile. Dann ergriff er die Zügel, lenkte Apollo herum und ritt zur Spitze der langen Karawane. Er mußte eine ganze Stunde lang mit Nikolas durch die Felder reiten, bevor sie Bohemund und seine obersten Ritter mit ihren Edelmännern und Fußsoldaten erreichten.

„Wir haben heute eine moslemische Kavallerie gesehen", hatte Erich ihnen berichtet.

„Wann?" fragte Nikolas ernst.

„Peveral, der Standartenträger der Normandie, hat sie gesehen, als sie einige niedrige Höhenzüge überquerten."

Tankred ließ seinen Blick über die weite Ebene wandern, sah aber nichts als eine Straße, die zu einem kleinen Fluß hinabführte. „Das wäre ein guter Platz, um für die Nacht das Lager aufzuschlagen", sagte er zu Nikolas. Bohemund hatte anscheinend ähnliche Gedanken, denn der Vortrupp bog für die Nacht in Richtung dieser Straße ab und vermied somit das flache Land.

Tankred und Nikolas ritten mit Erich zum Fluß hinab. Hinter ihnen bildeten die Hügel einen groben Halbkreis und weiteten sich auf beiden Seiten aus. Eine alte römische Ruine krönte eine felsige Erhebung in der Ebene. Tankred und Nikolas ritten darauf zu, um sie zu durchsuchen, und stellten fest, daß sie verlassen war.

Tankred stieg vom Pferd und ging an den Rand des Abhangs, um seinen Blick bis zum Horizont schweifen zu lassen, sah aber kein Anzeichen von Türken. Als er zum Fluß hinabschaute, sah er, daß die jungen Edelmänner und einige Bauern und Priester in der Hoffnung auf ein gutes Abendessen bereits im Fluß angelten.

Er gesellte sich zu den bewaffneten Patrouillen, die nachts ihre Runden um das Lager zogen und Bohemund berichteten, daß auf der Ebene alles ruhig sei.

„Mir gefällt das nicht", sagte Nikolas. „Wir haben von der Hauptarmee unter Gottfried und Raimund nichts gehört."

Tankred lauschte auf das Plätschern des Flusses, der über die Felsen sprudelte. Über ihnen schienen die Sterne am schwarzen Firmament und ließen sich von den Ereignissen der Zeit nicht beeindrucken.

Er erwachte vor Tagesanbruch und stellte fest, daß Nikolas bereits auf den Beinen war und sich vorbereitete, die Morgenandacht zu leiten. Tankred gesellte sich zu ihm und den normannischen Fürsten am Fluß. Sie knieten auf einem Knie nieder und beugten die Köpfe, als Nikolas um den Segen und Schutz Christi bat. Bald herrschte im ganzen Lager ein reges Treiben. Wasser wurde geholt, Pferde wurden gesattelt, und die Lasttiere wurden vor die Karren und Wagen gespannt.

Während Tankred den Sattel auf Apollo festgurtete und aufsteigen wollte, galoppierte der junge kühne Normanne Pain Peveral mit mehreren anderen Rittern ins Lager.

„Mein Herr, türkische Trupps kommen aus dem Nichts auf das Lager zugestürmt."

Tankred schaute Nikolas an. „Der Rote Löwe. Wer sollte es sonst sein?"

Bald breitete sich diese Nachricht im ganzen Lager aus. Einige der Reiter, die sich an die Schlacht bei Nikäa und ihren triumphalen Sieg erinnerten, konnten es nicht erwarten, die Ungläubigen zu Gesicht zu bekommen. Andere drängten sich um ihre Feudalherren.

Tankred beobachtete beunruhigt dieses Treiben und die fast feierliche Einstellung dieser Fußsoldaten und Ritter, die noch nicht gegen die Seldschuken gekämpft hatten. Er sah Franzosen, die ohne ihre Rüstung davonstürmten, als fürchteten sie, die Ungläubigen würden davonlaufen, bevor sie sie erreichen könnten.

Frauen drängten sich oben auf den Hügeln zusammen und schauten ins Tal hinab, um einen besseren Blick über das Geschehen zu haben. Andere kletterten auf die Ochsenkarren und Wagen.

Wo sind nur Gottfried und Raimund? fragte sich Tankred unbehaglich.

„Wir sind vielleicht fünfzigtausend Mann stark", sagte Tankred zu Nikolas und Erich. „Aber diese Männer sind keine Ritter oder Soldaten. Sie kennen keine Disziplin außer der freundlichen Zurechtweisung der Priester und den Willen ihrer Feudalfürsten."

Nikolas schaute sich ebenfalls beunruhigt um. „Wir sollten einen Reiter losschicken, um Gottfried und Raimund ausfindig zu machen."

Tankred schaute zu, wie sich die Bürger um den Ritter, der zu Hause in Westeuropa ihr Feudalherr gewesen war, versammelten; die Ritter saßen auf ihren Pferden und suchten die Standarte ihres Barons, dem sie den Militärdienst schuldeten; die Barone schlossen sich einem der Führer an, und sie ritten alle zur vorderen Seite des Lagers.

„Wird Bohemund neben seinen eigenen Normannen auch den Befehl über diese Männer übernehmen?" fragte Tankred mehr zu sich selbst als an Nikolas gewandt.

„Er wird es als seine Pflicht betrachten, die Bürger zu beschützen. Dort kommt er."

Tankred sah, daß der imposante Fürst bereits auf seinem Roß saß und in die etwas verwirrte Masse der Bürger und bewaffneten Bauern hineinritt.

„Alle berittenen Männer nach vorne. Sie reiten mit den normannischen

Rittern“, wiederholte er immer und immer wieder, während er zwischen ihnen hindurchritt. „Alle Männer, die zu Fuß sind, aber Waffen haben, folgen hinter ihnen. Der Rest von euch errichtet hier an dieser Stelle die Verteidigung unseres Lagers.“

Bohemunds eigene Armee war schon einsatzbereit, da die Männer wußten, was sie zu tun hatten. Sie halfen den Massen der Bürger schnell, die Wagen an Ort und Stelle zu ziehen, das Vieh auszuspannen und die schweren Zeltpfosten hochzuheben.

„Alle Männer, die unbewaffnet, alt oder krank sind, suchen im hinteren Teil zusammen mit den Frauen und den Kindern Schutz. Bogenschützen und Männer mit Speeren und Äxten, geht zu den Zelten, um sie zu beschützen.“

Die Priester und Mönche beteten bereits eifrig und zogen ihre Reliquien und Kreuze hervor, um den Schutz und die Hilfe Christi und der Engel und besonders des Heiligen Michael und des Heiligen Georg zu erfahren. Die sollten die Ritter in den Kampf führen.

Tankred half schnell den Frauen und Kindern, zu den Zelten zu kommen, wo den Tieren die Packsättel abgenommen wurden. Hörner wurden geblasen und warnten vor der heranrückenden moslemischen Armee. Pferde wieherten nervös, aber die Percheronpferde, die eigens für den Krieg gezüchtet wurden und die Stimmung ihrer Herren übernahmen, ließen mit aufgeblähten Nüstern den Staub unter ihren Hufen fliegen und schauten mit rollenden Augen zum strahlendblauen Himmel hinauf. Der Tag würde heiß werden; die Sonne brannte bereits sehr warm auf die Rüstung der Ritter herab.

Tankred ritt jetzt nach vorne, wo Bohemund und die Hauptarmee der Ritter warteten. In der Nacht zuvor hatte Bohemund das Lager neben einem großen Moorgebiet aufschlagen lassen. Der Fluß war seicht; im Sommer war er nicht viel mehr als ein Bach, und die Seldschuken hätten keine Mühe, ihn zu überqueren, aber das Moor würde eine Flanke des Lagers abschirmen, während der Rest bei den Ausläufern der Berge wartete.

Vor den Zelten standen die bewaffneten Männer bei ihren Pferden oder bildeten Reihen. Andere knieten im Gras und beteten leise und warteten, auf ihre Lanzen gestützt, auf den Augenblick, wenn zum Angriff geblasen würde.

Tankred gesellte sich zu der Ritterabteilung unter dem Standartenträger Pain Peveral und einem Neffen Bohemunds. Er war ein junger Normanne wie er selbst und hatte denselben Namen wie er, „Tankred“.

Nikolas gesellte sich auch zu ihnen. Er ritt an der Frontlinie entlang und las ihnen aus seinem griechischen Neuen Testament vor und übersetzte es ins Französische, die Muttersprache der meisten dieser Ritter.

„Sie kommen", sagte Tankred.

In dem frühen Morgenlicht schauten die normannischen Ritter aus Sizilien und Süditalien und die französischen Ritter aus der Normandie mit zunehmendem, schweigendem Unbehagen über die weite Ebene und auf die Szene, die sich vor ihnen abspielte. Nicht einmal in ihren kühnsten Träumen hatten sie so etwas erwartet.

Wie viele bewaffnete Seldschukentürken und Söldnersoldaten ritten auf sie zu? *Hunderttausend?* fragte sich Tankred. *Nein, dreihunderttausend oder noch mehr!*

Ein Stöhnen erklang aus den Reihen der normannischen Ritter. „Gott stehe uns bei."

Erich beugte sich auf seinem Pferd zu Tankred vor. „Wir stecken in der Klemme."

„Zweifellos der Rote Löwe", brummte Tankred. „Er hat Perser, Araber und Afrikaner als Verstärkung für seine Seldschukensoldaten zusammengetrommelt."

Nikolas schien die Angreifer nicht zu bemerken, während er vor der ersten Reihe der Ritter, die den Türken entgegenreiten würden, auf und ab ritt und ihnen die Worte Moses an Israel vorlas, bevor sie in den Kampf zogen:

„Erhebe dich, Gott! Zerschlage deine Feinde!"

Auf der ganzen Ebene verteilt, bewegten sich Reiter in leuchtend bunter Kleidung im Trab unaufhaltsam auf sie zu – schlanke, zähe Moslems mit gebräunten Gesichtern, spitzen Helmen oder weißen Turbanen. Sie ritten auf kleinen Pferden, die schnell und wendig waren. Ihre Sättel waren mit einem roten Tuch bedeckt. Anstelle von Lanzen oder dem normannischen langen Schwert trugen sie Bögen und kleinere, runde Schilde. Tankred sah ihre Krummschwerter im Sonnenlicht funkeln.

Die grünen Banner der Moslems flatterten im Wind. Dann sah er, was er gesucht hatte: die Standarte von Kilidsch Arslan – dem Roten Löwen.

Sie kamen näher.

Bohemund, gebieterisch und ruhig, aber so tödlich entschlossen wie ein Wolf, ritt auf seine obersten Ritter zu.

„Lehnsherren und Ritter Christi – die Schlacht beginnt auf allen Seiten, und wir sind zahlenmäßig stark unterlegen und haben vierzigtausend Zivilisten, die wir beschützen müssen. Unsere Ehre und unser Mut werden von der Flamme des Islam auf eine schwere Probe gestellt! Auf in den Kampf!"

Sie stellten sich in einer Einheit um den jungen normannischen Standartenträger Pain Peveral mit der scharlachroten Flagge Fürst Bohemunds auf. Die Standarte flatterte im Wind.

Tankred zog den Kinnriemen seines Helmes fest und trieb Apollo mit den Knien voran. Nikolas, der ebenfalls ein Kettenhemd trug und auf dessen schwarzem Umhang das rote Kreuz deutlich abstach, ritt mit Schwert, Lanze und Axt neben ihm.

„Was hast du mit deiner Bibel gemacht?“ fragte Tankred.

Nikolas warf ihm ein schelmisches Lächeln zu und strich über sein Herz. „Fürchte dich nicht und sei klug – keine großen Heldentaten heute, verstanden?“

Tankred lächelte und zog sein Visier nach unten.

Plötzlich hörte man aus den Reihen der riesigen moslemischen Armee Trommelschläge und Zimbeln erschallen.

Die Ritter stürmten ihnen entgegen. Die langen Lanzen fuhren herab. Während die schweren Rosse vorwärtsrasten, riefen sie wie aus einem Munde: „Deus le volt!“

Das Geschrei der Moslems schwoll lauter an, wie um den Namen des christlichen Gottes zu ersticken: „Allah! Allah! Allah! Es gibt keinen Gott außer Allah!“

Tankred hörte die Pfeile pfeifen. Seine Zuversicht schwand, als die ersten Percheronpferde wiehernd und verwundet in den Staub fielen. Die Pfeile schlugen in den losen Verbindungen ihrer Panzerungen ein. Ritter purzelten in den Staub. Sie waren zahlenmäßig weit unterlegen. Die besten Männer fielen. Die vielen tausend Moslems stürmten wie eine Flutwelle voran, die bereit war, alles, was ihr im Weg stand, mitzureißen. Die Seldschuken setzten ihren Bogen mit tödlicher Genauigkeit ein. Mit verzweifeltem Entsetzen sah Tankred, wie die christlichen Ritter zerstreut wurden.

„Erich“, rief er und sah, wie sein Freund mit Pfeilen gespickt war, aber immer noch mit seinem langen Schwert kämpfte. Tankred ritt ihm wütend zu Hilfe und durchbohrte mit seiner Klinge einen Türken, durchschnitt die dünne Rüstung und brachte ihn zu Fall, aber für jeden Moslem, der fiel, nahmen zehn andere seinen Platz ein. Sie waren umringt. Ein Krummschwert traf Erich, und aus dem Augenwinkel sah Tankred, wie der am ganzen Körper blutende Ritter von seinem verwundeten Pferd in den Staub rutschte und von hundert trampelnden Hufen überrannt wurde.

„Erich –!“

Nikolas war irgendwo neben ihm. Sein schweres Beil durchschnitt die

Rüstung der Türken. Tankred wich aus und schlug zurück. Seine Klinge schlug immer wieder zu.

Die Moslems bedrängten sie von allen Seiten, und die normannischen und französischen Schwerter setzten sich ihnen mit lautem Klirren entgegen, aber die Seldschuken waren in dieser Stunde in Höchstform und griffen ununterbrochen an, wie Tankred es geahnt hatte. Sie jagten voran, drehten sich, schlugen einen Haken und kehrten schnell mit einem eleganten Tänzeln zurück und schickten mit jeder neuen Angriffswelle eine Pfeilsalve los.

Die verwundeten Normannen, die noch auf ihren Rossen saßen, boten den Seldschuken leichte Zielscheiben. Die setzten Handhaken ein, um die Ritter von ihren Satteln auf die Erde zu ziehen, wo sie niedergetrampelt wurden. Nervöse Pferde, die mit den Vorderbeinen hochstiegen, und die Schreie der Männer erhöhten die Panik noch mehr.

Die erste normannische Angriffsreihe wurde zum Rückzug gezwungen. Die Moslems verhöhnten sie mit ihren Rufen: „Es gibt keinen Gott außer Allah!“

Blutend und mit düsteren Gesichtern trabten die Normannen in die Hauptreihe der Kreuzritter zurück, und eine zweite Reihe von Rittern trat vor. Sie riefen laut: „Oh, Christus, unser Beschützer! Dein Name sei gerühmt über allen falschen Göttern!“

Die durchdringenden Klänge der türkischen Zimbeln und Trommeln erklangen, und eine neue Welle Moslems kam angeritten, die Bohemunds ausgewählten Rittern zahlenmäßig erneut haushoch überlegen waren.

Nikolas ballte die Faust. „Erich ist tot. Und selbst die besten unserer Ritter können es mit dreihunderttausend Gegnern nicht aufnehmen! Wo sind nur Gottfried und Raimund!“

„Ein Reiter ist zu ihnen losgeschickt worden!“ rief Pain Peveral. „Haltet durch, Herren! Wir können und wir werden uns diesen Ungläubigen nicht ergeben!“

Bohemund ritt mit angespannter und tödlich ernster Miene kühn mitten unter sie und zeigte sein entblößtes Haupt. „Kämpft, ihr seid Ritter! Wollt ihr euch von Hunden geschlagen geben? Ihr seid Normannen! Söhne Wilhelms des Eroberers! Jeder von euch ist soviel wert wie zwanzig Ungläubige! Zieht voran! Christus helfe euch!“

Ein plötzlich einsetzendes Singen der Priester und Ritter schwoll an und wurde immer lauter. Die Percheronpferde schüttelten ihre schweißtriefenden Mähnen. Die Ritter bissen entschlossen die Zähne zusammen und hoben ihre Kampffäuste. „Es gibt keinen Gott als den lebendigen

Gott! Im Namen des heiligen Erzengels Michael, des Engels der Ritter – zieht voran und seid siegreich!"

Tankred betete leise, seine Miene war hart, aber Nikolas betete leidenschaftlich und verzweifelt. „Barmherziger Vater unseres Herrn und Heilands Jesus Christus, wenn uns unser Eifer betrügt, wenn unser eigener Wille unser schlimmster Feind ist, dann hab Erbarmen! Diese Ritter lieben dich aufrichtig, auch wenn sie oft irregeleitet werden und einen falschen Eifer an den Tag legen! Sie glauben, sie kämpfen um deine Ehre unter den Feinden, um deinen Ruhm unter den Götzen! Verschone in dieser dunklen Stunde ihr Leben! Schicke uns Hilfe von deinem himmlischen Thron!"

„Herr Priester, Herr Priester! Sie sind es! Sie sind es wirklich!" rief eine Frauenstimme. Tankred drehte sich auf seinem Sattel zu der Frau um, die mit einem Wasserschlauch auf ihn zugelaufen kam.

„Modestine?"

Ihre Augen leuchteten. Sie lächelte und reichte ihm das Wasser. „Dank sei Gott, daß Sie hier sind und noch nicht getötet wurden. Unser Gott hat uns wieder zusammengeführt!"

Tankred lächelte zum ersten Mal und ergriff die Hand, die sie ihm begeistert entgegenstreckte.

Modestine nahm seine Hand und drückte sie trotz des Eisenhandschuhs, den er trug, an ihre Wange. „Gott stehe Ihnen bei", sagte sie.

„Ja. Wie gut es tut zu sehen, daß du am Leben bist", sagte er aufrichtig. „Ich dachte, du und Niles, ihr beide wärt in dem Bauernkreuzzug unter dem Eremiten getötet worden."

Ihr Lächeln verschwand. „Niles ist tot. Er starb, als er versuchte, mich zu beschützen. Ich wurde als Sklavin nach Nikäa gebracht. Mein Baby ist auch gestorben, Monsieur Priester." In ihre Augen traten Tränen, als sie daran dachte. „Sie haben mich vergewaltigt, Monsieur! Mein Baby starb, ehe es überhaupt geboren wurde."

Er drückte ihre Hand und hob sie an seinen Mund. Dabei sah er, daß sie voll Narben und Schwielen war. Er küßte ihre Handfläche.

„Das tut mir leid, Modestine. Verlier nicht den Mut; dein Baby und Niles sind sicher bei unserem Heiland. Du hast die beiden in diesem Leben verloren, aber nicht in der Ewigkeit."

„In diesem Leben", schluchzte sie. Sie drückte die Augen fest zusammen. Ihr Gesicht war von Schmerz und Traurigkeit verzerrt. „Oh, Monsieur, dieses Leben ist erbärmlich. Ich möchte auch sterben."

„Du mußt leben, Modestine. Gott hat dein Leben verschont, weil er einen Plan mit dir hat. Du bist für ihn wichtig."

Sie griff an ihre zerzausten Haare und schaute benommen zu ihm auf. „Ich? Ich, Monsieur! Wichtig? Für den Herrn Jesus Christus?"

„Ja, *du.*" Tankred stieg ab, ergriff ihre beiden Arme und drückte sie in einer freundschaftlichen Umarmung an sich.

Sie errötete vor Freude. „Sie meinen –"

Er zog die Arme schnell wieder zurück und schaute sie mit einem Stirnrunzeln an. „Ich habe gesagt, wichtig für *Gott.* Für mich bist du auch wichtig als gute Freundin, aber ich liebe eine andere. Verstanden?"

Ihre Augen blickten zu Boden. „Ja, Monsieur ..." Sie schaute ihn schnell wieder an und war jetzt bereit, ihr Schicksal zu akzeptieren. Sie lächelte traurig. „Es ist so am besten, Monsieur Priester. Denn ich bin nicht gut genug."

Sein Herz schlug nicht nur wegen des Kampfes schneller, als er ihr in die Augen schaute und eine neue Hoffnung in ihm aufflackerte. „Du bist gut genug. Es ist nur so, daß meine Liebe zu einer anderen so groß ist, daß ich dir nie gerecht werden könnte."

Sie schaute sich um. „Ist sie bei Ihnen?"

„Nein", sagte er ohne Gefühlsregung in der Stimme. „Sie ist bei einem anderen. Bei dem Mann, den sie liebt."

Modestine schaute ihn an –, ihr Blick wanderte kühn über ihn, dann verrollte sie die Augen und schaute zum Himmel hinauf. „Monsieur, diese Dame muß kranke Augen oder einen kranken Verstand haben. Wie kann sie nur einen anderen Mann wollen als Sie?"

Tankred lächelte und hob ihr Kinn hoch. „Ja, das frage ich mich auch. Wie kann sie nur?" Er wurde ernst. „Du wurdest nach Nikäa gebracht? Hast du dort auch andere Sklavinnen gesehen? Frauen, die keine Türkinnen waren?"

Sie verzog gelangweilt die Lippen. „Viele, Monsieur. Ja, viele. Einige waren sehr hübsch, aber sie hatten es am besten. Sie waren nicht bei uns –, sie wurden an einem anderen Ort untergebracht als Frauen wichtiger türkischer Offiziere."

Seine Hände legten sich fester um ihre Schultern. „Hast du diese Frauen je gesehen?"

„Oft. Im Gegensatz zu den türkischen Frauen des Sultans wohnten sie nicht im Palast des Roten Löwen, sondern in einem königlichen Zelt. Oh, Monsieur", seufzte sie und warf ihre Hände zum Himmel hinauf. „Das Zelt war sehr schön, mit Teppichen und goldenen Bechern und Seide ausgestattet. Und sie hatten alle seidene Kleider und goldene Armbänder und Ohrringe und Nasenringe und –"

Er legte einen Finger auf ihre Lippen. „Du kennst sogar den Seldschukennamen Kilidsch Arslans. Hast du je eine Frau von byzantinischem Adel gesehen, eine Frau, die Adrianna heißt?“

Wieder verzog sie die Lippen, als wäre die Antwort auf diese Frage doch selbstverständlich. „Oh ja, Monsieur. Sehr oft habe ich diese Frau gesehen.“

Er starrte sie verblüfft an. Bei dieser unerwarteten Antwort verschlug es ihm die Sprache.

„Sie war eine der hübschesten“, sagte sie.

„Du kanntest sie?“ fragte er mit belegter Stimme.

„Oh, ja. Aber sie hat einen anderen Namen. Sie heißt jetzt Safia. Sie hat weiße Haut, dunkelbraune Haare mit allen möglichen Edelsteinen darin. Sie war die Geliebte seines Neffen.“

Seine Hände drückten sie, als habe er Angst, er träume nur und sie würde sich jeden Augenblick in Luft auflösen. „Adrianna heißt jetzt Safia, und sie ist die Frau des Neffen des Roten Löwen?“

„Er heißt Sinan.“

Sinan . . . Tankred versuchte, sich an diesen Namen zu erinnern, aber er hatte ihn noch nie gehört.

„Sie ist jetzt bei ihm.“

Er fuhr hoch und schaute sie an, als habe er nicht richtig gehört. „Sie ist bei ihm? Wo?“

„In der Armee des Roten Löwen, Monsieur –, die Armee, gegen die Sie gerade kämpfen. Sie ist mit ihm gegangen, als sie vor mehreren Wochen aufbrachen. Sie hörten, daß die barbarische Armee aus dem Westen im Anzug sei, und ritten deshalb nach Aleppo zu seinem Onkel, dem Roten Löwen.“

Er blieb äußerlich ruhig. „Ist sie gern mit ihm gegangen?“

Sie zuckte mit den Achseln. „Das spielt keine Rolle. Er wäre ohne sie nicht gegangen. Sie erwartet ein Kind.“

Tankred verschlug es den Atem. Seine Hände ließen ihre Schultern los. Er starrte sie benommen an. „Bist du sicher, Modestine?“

Sie lächelte traurig und fuhr mit den Händen über ihren Bauch, als erinnerte sie sich an ihr eigenes Baby. „Ja . . ., sie war am Anfang einer Schwangerschaft.“

Tankred rieb sich das Kinn, und sein Blick wanderte nachdenklich zu den Zypressen. Die Situation mit Helena, ihrer Mutter und Konstantin wurde immer komplizierter.

Er fragte einfach: „Als Frau, Modestine, kannst du das bestimmt beurteilen: Hattest du den Eindruck, daß sie Sinan liebt?“

Sie verzog die Lippen und schaute genauso nachdenklich wie er vorher zu den Zypressen. „Bei meinem Leben, Monsieur, das kann ich nicht sagen. Sie ist eine sehr gute Frau. Eine Heilige. Sie hat viel gebetet, und sie war zu den anderen Frauen immer nett. Safia mochten alle, selbst diejenigen, die eigentlich ihre Feindinnen hätten sein sollen. Ob sie Sinan liebt?" Sie schüttelte ihre zerzausten Locken. „Das weiß nur Gott mit Sicherheit, Monsieur."

„Ja, das weiß nur Gott."

„Ich bringe Ihnen Brot, Monsieur." Sie lief zu den Zelten. Tankred lehnte sich an Apollos Flanke und trank nachdenklich aus dem Wasserschlauch. Der Lärm der Schlacht, des Todes, drang an seine Ohren. Er nahm einen großen Schuck, ruhte sich aus und dachte nach. Er hätte Nikolas viel zu erzählen, falls sie diese Schlacht überleben sollten. Und was würde er zu Helena sagen?

Er erinnerte sich mit einem schmerzlichen Anflug von Verzweiflung, daß er sie nie wiedersehen würde. Inzwischen war sie Philipps Braut.

Tankred ließ den Wasserschlauch liegen und stieg auf sein Pferd. Er tätschelte Apollos schwitzenden Nacken und sprach ihm mit einem Flüstern Mut zu: „Bohemund braucht jeden Soldaten, Apollo. Wir müssen weiterkämpfen. Nimm deine Kräfte zusammen und zeige, daß du es mit jedem anderen Roß aufnehmen kannst!"

Apollo schüttelte seine schwarze Mähne und trabte los.

Bohemund ritt mitten in das Getümmel hinein. Er schwang sein großes Schwert über seinem goldblonden Kopf. Tankred folgte ihm. Richard vom Prinzipat griff mit seinen Männern an. Robert, der Graf von Paris, folgte mit seinen Männern, wurde verwundet und stürzte vom Pferd. Er starb zusammen mit zwanzig anderen französischen Soldaten auf dem Feld. Dann trug Pain Peveral die Standarte der Normandie vor.

Die Moslems zogen sich kurz zurück und bedrängten sie dann erneut. Die Kämpfe breiteten sich über der ganzen Ebene aus. Mit Entsetzen sahen die Ritter aus dem Westen, die um ihr Leben kämpften, wie frische Armeen des Feindes auf beiden Flanken von den Ausläufern der Berge angeritten kamen. Bohemund schickte noch schnell einen Kurier los, der zu dem Hauptheer der westlichen Armeen unter Graf Raimund und Herzog Gottfried eilen sollte. „Wenn ihr an dem heutigen Kampf noch teilnehmen wollt, dann beeilt euch!"

* * *

Bis zum Mittag wurde der Kampf immer schlimmer. Die anderen Fürsten waren den Normannen nicht zu Hilfe gekommen.

Moslemische Reiter waren über die Sümpfe gekommen und hatten sich in das Lager der Zivilisten vorgekämpft. Modestine und die anderen Frauen und Kinder auf den hölzernen Plattformen schrien entsetzt, als sie mitansehen mußten, wie die Seldschuken sich einen Weg zwischen den Zelten bahnten und Bogenschützen und Fußsoldaten, die die Wehrlosen verteidigen wollten, niederritten. Modestine schaute entsetzt zu. Sie hörte die hysterischen Schreie der Kinder und Frauen, als die Soldaten die Zelte plünderten, die Frauen schändeten und ihnen das Schwert durch den Körper jagten, als sie das Zelt wieder verließen.

„Oh, Monsieur Priester“, weinte sie. „Wo sind Sie nur?“

Hatten nicht die normannischen Ritter die Moslems aus Nikäa vertrieben? Bis jetzt hatte nichts den gewaltigen Angriffen der Normannen auf ihren Percheronpferden Widerstand leisten können. Aber wie eine Heuschreckenplage hatte der Feind die Ebene übersät und war jetzt auch noch in das Lager eingedrungen. Modestine schaute benommen zu. Die Schrecken des Bauernmassakers in Anatolien wurden wieder wach. Als ein Zivilist fiel, sah sie nicht den Fremden, sondern Niles sterben. Als ein Baby weinte, das durch den Tod seiner Mutter jetzt allein war, sah sie in ihrer Phantasie ihr eigenes Baby schutzlos im Staub liegen. Sie sah mit an, wie die Seldschuken auf eine Gruppe Geistlicher und Mönche zustürmten und sie töteten.

Als sie sich umdrehte, erblickte sie einen Türken, der auf sie zustürmte. Kein Schrei kam über ihre Lippen –, er erstarb in ihrem Herzen, als das Schwert sie durchbohrte. Sie stürzte ...

„Monsieur Priester ...“ Ihre Lippen bewegten sich. Dann waren sie still.

* * *

Bohemund zog in das Lager zurück, aber er weigerte sich, die Reihen aufzubrechen und zu fliehen. Bei ihm waren die besten der jungen Ritter, die die Moslems auf ihren erschöpften Pferden immer noch angriffen. Unter der Standarte der Normandie verteidigte Nikolas seine Stellung. Er stellte in seiner Rüstung und in seinem Bischofsumhang mit dem Symbol des Kreuzes in der Hand eine eindrucksvolle Gestalt dar. „Haltet durch!“ rief Nikolas den Rittern zu. „Auch wenn ihr sie nicht zurücktreiben oder ihrer Zahl widerstehen könnt –, bei Gott ist alles möglich!“

Die Elite hielt durch und teilte sich in Kampfgruppen auf und bildete sich immer wieder neu. Sie hielten durch, während die Sonne den Zenit erreichte und die Stunden weiter dahinschlichen. Ihre langen Schwerter und Streitäxte zerschlugen Knochen und trennten ihren Feinden den Kopf vom Rumpf.

* * *

Sinan verstand die ernste Miene im sonnengebräunten Gesicht von Sultan Kilidsch Arslan, dem Roten Löwen. Die dunklen mandelförmigen Augen funkelten wie erhitzte Teiche, und die falkenähnliche Nase roch anscheinend den Tod in der Juliluft. Die grünen Banner des Islam flatterten um sie herum, während sie auf die Ebene hinabschauten, wo die Schlacht ununterbrochen weiterging.

Sinan, ein junger Neffe von Arslan, der erst vor kurzem aus Kairo gekommen war, saß stolz auf seiner Stute und betrachtete das Schlachtfeld.

„Diese eisernen Männer aus dem Westen sind echte Krieger", sagte der Rote Löwe.

Sinan gab ihm widerwillig recht. Es fiel ihm nicht leicht. Er war stolz auf sein eigenes Kriegergeschlecht, das von den Nomaden Zentralasiens abstammte. Er und sein Geschlecht, das erst kürzlich zum Islam übergetreten war, war ungezähmt und bislang unbesiegt und wegen seines Mutes geachtet. Darum respektierte er dieselbe Zähigkeit auch bei anderen Rassen. Im Gegensatz zu den Arabern und Persern glaubten sich die Seldschukentürken dem Volk, das sie eroberten, überlegen. Sie behaupteten sich durch eine Reihe eindrucksvoller Sultane an der Macht – Togrul, Alp Arslan und Malik Schah. Bevor die Kreuzfahrer gekommen waren, war Malik Schah gestorben. Der Bürgerkrieg, den sein Tod ausgelöst hatte, hatte die verschiedenen Seldschukensultane von Jerusalem bis zum Kaspischen Meer erfaßt.

Kilidsch Arslan war ein kleinerer Fürst in ihrem großen Reich, aber das wußten nur wenige der Kreuzfahrer. Sein eigener Vater war ein mächtigerer Herrscher in Kairo, und Sinan selbst war ein Emir. Er fragte sich, was sein Vater und seine Onkel wohl sagen würden, wenn er mit seiner ausländischen Frau, einer Byzantinerin von herausragender Schönheit namens Adrianna, zurückkehren würde. Was würden die mächtigen Seldschukenfürsten sagen, wenn er ihnen seinen erstgeborenen Sohn vorführte?

Denn das Kind, das sie austrägt, muß ein Sohn sein, dachte er. Falls das Kind ein Mädchen ist ... Aber im Augenblick durfte er sich von solchen enttäuschenden Gedanken nicht beunruhigen lassen.

Er folgte dem Blick seines Onkels hinab auf das blutgetränkte Schlachtfeld.

„Zum ersten Mal", sagte der Rote Löwe, „begegnen wir einem Volk, das uns ähnlich ist. Ein Volk aus Kriegern, die ein neues Land erobern wollen. Diese Männer sind genauso zäh wie wir. Wenn sie Moslems würden, könnten wir im Frieden mit ihnen leben und ihnen erlauben, sich hier anzusiedeln."

Der gutaussehende Sinan gab ein verächtliches Schnauben von sich und strich mit der Hand über seinen schwarzen Schnurrbart und den kurzen, gepflegten Spitzbart. Sein weißer Turban war stolz um seinen Kopf gebunden und zeigte oben eine scharlachrote Farbe und funkelte hier und da mit Rubinen und Perlen.

„Die Christen werden nie ihr Knie vor Allah beugen", sagte Sinan und betrachtete seinen Onkel forschend. „Es besteht nur die Hoffnung, sie zu besiegen: Das ist der Grund, warum ich überhaupt aus Kairo nach Antiochia kam, um mit dir und Prinz Kalid zu sprechen." Jetzt wurden Sinans Augen ungeduldig. „Alle Sultane müssen sich vereinigen, um diese eisernen Männer zu zerstören, bevor sie Jerusalem einnehmen. Aber statt dessen befehden wir uns gegenseitig."

Sein Onkel schenkte seinen Worten im Augenblick keine Beachtung. „Sechs Stunden Kampf, und sie kämpfen immer noch. Sie weigern sich, aufzugeben oder zu fliehen. Ich muß sie, wenn auch widerwillig, bewundern."

Sinan ließ seinen Blick über die Höhenzüge wandern und wurde sich einer neuen Bedrohung bewußt. Er sagte scharf: „Du mußt vielleicht wirklich bis zum Sonnenuntergang weiterkämpfen." Er deutete mit der Hand. „Die Standarten von noch mehr eisernen Männern."

Der Rote Löwe folgte dem Blick seines Neffen zu den Ausläufern der Berge. Er richtete sich in seinen Steigbügeln auf, um einen besseren Blick zu haben.

Sinan wußte, daß es das Hauptheer des Westens unter den anderen Fürsten war, denn ein Späher hatte ihm bereits Bericht erstattet. Er hatte eindringlich zu Allah gebetet, daß das nicht geschehen möge.

„Sie sind gut formiert", sagte sein Onkel.

Sinan sah die Armeen von Herzog Gottfried, Robert von Flandern und Prinz Hugo, dem Bruder des Königs von Frankreich, auf die linke Flanke der Armee des Roten Löwen zureiten. Hinter ihnen konnte Sinan

Bischof Adhémar und Graf Raimund sehen, die ihre Armee auf die Ebene hinab anführten. Gleichzeitig bildeten die Normannen unter Bohemund eine neue Reihe und griffen an.

Sinan schaute den Roten Löwen an und las in dem von der Wüstensonne gegerbten Gesicht widerwilligen Respekt, aber auch Besorgnis. Sinan glaubte zu wissen, was sein Onkel dachte. Sie waren jetzt diejenigen, die zahlenmäßig unterlegen waren, und wenn sie weiterkämpften, könnten sie leicht zwischen zwei Armeen gefangen werden. Sinan dachte nicht an die eisernen Männer, sondern an seine Frau in einem der königlichen Zelte im Lager des Sultans. Er hatte Adrianna nicht aus Nikäa mitnehmen wollen, aber er wollte nicht, daß sie mit den anderen Frauen in den Sänften nach Konstantinopel gebracht würde –, nicht, wenn er glaubte, daß das Kind, das sie austrug, ein Sohn sein würde. Wenn sie erst einmal nach Konstantinopel zurückkehrte, könnte alles mögliche passieren. Wie würde er dann seinen neugeborenen Prinzen bekommen? Er traute dem Kaiser nicht, auch wenn Alexios Komnenos oft mit seinem Onkel in Verhandlungen stand. Er hatte sogar den Roten Löwen gebeten, sich jetzt gegen die Kreuzfahrer zu wenden, die er selbst angefordert hatte!

Sinan fragte sich, wie die eisernen Männer wohl reagieren würden, wenn sie wüßten, daß der Kaiser den Roten Löwen dafür gewinnen wollte, genau die Soldaten zu bekämpfen, die der Kaiser seine „Vasallen aus dem Westen“ nannte.

Sinan drehte sich auf seinem Sattel um. Sein runder Schild funkelte im Sonnenlicht. Er war mit Bogen und Krummschwert ausgerüstet und stolz darauf, ein ausgezeichneter Krieger zu sein –, genauso wie es sein neugeborener Sohn eines Tages wäre. Sinan winkte der Leibwache seines Onkels, und der Maure namens Mosul kam angeritten.

Mosuls dunkle Augen waren unnachgiebig. Ein leichtes Lächeln lag auf seinen Lippen. „Sie wünschen, Exzellenz?“

Sinan wußte nicht, warum, aber etwas an Mosuls Verhalten störte ihn. Prinz Kalid von Antiochia hatte Mosul zu dem Roten Löwen geschickt und Mosul als einen Mann gelobt, dem man vertrauen könne und der ausgezeichnet mit dem Schwert umgehen könne, der aber von Feinden in der Familie aus dem maurischen Teil Siziliens verfolgt würde.

Sinan mochte Mosul nicht, auch wenn dieser Mann nichts getan hatte, das sein Mißtrauen bestätigte. Es war seine offen zur Schau getragene Überheblichkeit, die Sinan nicht gefiel. Der Maure war ehrgeizig. Sinan hatte diesen gierigen Blick schon früher bei anderen gesehen.

„Der Sultan gibt Befehl zum Rückzug“, sagte Sinan. „Überbringe diese

Nachricht sofort al-Din. Dann reiten wir ins Lager. Wo ist Prinz Kalid?"
War es Verachtung oder einfach Besorgnis, die einen kurzen Augenblick wie ein Schatten über Mosuls Gesicht zog?
„Im königlichen Zelt, Exzellenz. Soll ich ihm sagen, daß Sie ihn vor der Schlacht zu sehen wünschen?"
„Ja, beeil dich."
Mosul lenkte sein arabisches Pferd, Alzira, herum, um zu dem Oberbefehlshaber der Armee des Sultans zu reiten.

* * *

Tankred sah, wie der ordentliche Rückzug der Türken sich in eine unerwartete und scheinbar kopflose Flucht verwandelte – zurück in die Richtung des Lagers des Roten Löwen. Er lenkte Apollo an den Zügeln herum und legte die Entfernung zwischen sich und Nikolas im Galopp zurück.
Das Pferd hob den Kopf und schnaubte, als Tankred an den Zügeln zog und vor Nikolas' gebräuntem ernstem Gesicht zum Stehen kam. „Der Kampf ist noch nicht vorbei. Wir haben die Chance, den Roten Löwen in seinem Lager zu überrumpeln. Bist du stark genug für einen weiteren Kampf?"
Nikolas' dunkle Augen funkelten. Er verstand nicht, was Tankred im Sinn hatte. „Hast du noch nicht genug Blut und Schweiß für einen Tag geschmeckt?"
Tankreds blaugraue Augen nahmen die freundschaftliche Herausforderung an. „Schlägt dein Herz nicht genauso wie das Helenas für Adriannas Freiheit?"
Nikolas' Kopf fuhr mit der Kraft eines wilden Ziegenbockes hoch. „Sprich nicht in Rätseln, mein Sohn."
Tankred lächelte zufrieden und deutete zu den Höhenzügen. Schnell erzählte er ihm, was Modestine ihm über Adrianna berichtet hatte. „Es besteht eine Chance", sagte Tankred. „Aber sie erwartet ein Kind. Es wird nicht leicht sein."
Nikolas stieß ein Lachen aus und schaute siegesgewiß zum Himmel hinauf. Er hob die Standarte der Kirche hoch. „Lob sei Gott! Dann können wir vielleicht auch einen Löwen an einem verschneiten Tag erlegen!" sagte er und spielte damit auf die berühmte Heldentat von einem der mächtigen Männer Davids an. „Vorwärts!"

Herzog Gottfried, Robert von Flandern und Hugo der Große drängten voran und verfolgten die sich zerstreuenden Seldschukentürken, bis sich der Sonnenuntergang mit einem glühenden Abendrot über die Höhenzüge am Horizont legte. Tankred und Nikolas ritten mit ihnen.

Bis zum Sonnenuntergang stießen sie auf das Lager des Roten Löwen, das in einer Ebene zwischen zwei Höhenzügen Kleinasiens lag.

„Ah." Nikolas atmete tief aus. „Wie Gideon schauen wir auf das Lager der Midianiter hinab, die wie Heuschrecken das Land vor uns übersäen. Und wie Gideon werden wir ihr Lager überfallen und unsere christlichen Gefangenen befreien!"

„Deus le volt!" rief Herzog Gottfried, dessen rotgoldenen Haare im Wind flogen, während sein Percheronpferd voranpreschte. Apollo raste wie ein schwarzgoldener Blitz hinter ihm her, seine Augen funkelten wie Feuer. Tankred zog sein Schwert. „Dieser Kampf ist für Helena", flüsterte er Apollo zu.

Die Seldschuken hatten sich so schnell zurückgezogen und waren in die Berge verschwunden, daß die Zelte fluchtartig verlassen vor ihnen lagen, als die Kreuzfahrer das Lager stürmten. Kamele, Ersatzpferde, Ziegen und Schafe grasten immer noch auf dem Weidegrund. Tankred sah einen verwundeten Mann, der im Staub kroch und hoffte, so den tödlichen Hufen der Kreuzritterpferde zu entkommen.

Der Mann schaute auf, und Tankred empfand tiefes Mitleid mit ihm. Seine Augen waren ihm ausgestochen worden. Offenbar war dieser arme Mensch kein Moslem. Tankred schwang sich aus dem Sattel, bückte sich neben ihn und brachte den Wasserschlauch an seinen Mund.

„Friede", sagte er auf Arabisch. „Sind Sie ein Nachfolger von Gottes Sohn?"

Dem Mann stockte der Atem, dann begann er zu weinen und nickte mit dem Kopf. „Ja, ja, gepriesen sei sein Name! Sind Sie ein Engel?"

„Das kommt ganz darauf an, wen Sie fragen", erwiderte Tankred. „Lassen wir es dabei bewenden zu sagen, daß ich auch sein Nachfolger bin. Wer sind Sie, und was wissen Sie über Kilidsch Arslan, den Sultan?"

Der Mann schluckte durstig und umklammerte mit gierigen Händen den Wasserschlauch. „Ich bin ein Armenier. Ich wurde vor einem Jahr von meinen Ziegen bei Bethlehem fortgerissen. Mein Besitzer war aber nicht der Sultan, sondern ein Untier von einem Soldaten namens Dahir, der oberste Leibwächter von Emir Sinan. Weil ich versuchte, seiner Frau Adrianna, einer Griechin, zu helfen, hat mir Dahir die Augen ausgestochen."

Tankred war sprachlos und wechselte einen schnellen Blick mit Nikolas, der sich neben sie gebückt hatte und einen kleinen Lederbeutel mit Salbe für die Augen des Mannes herausholte.

„Sinan ist der jüngere Sohn des Kalifen von Kairo", erklärte Tankred Nikolas. „Er hat den Ehrgeiz, den Platz seines Vaters einzunehmen. Ein kühner Krieger und ein Mann, der nicht zu unterschätzen ist." Er schaute Nikolas direkt an. „Er ist jetzt dein Schwager."

Nikolas verzog ironisch den Mund. „Kann es im Haus meiner Feinde Frieden geben? Welche Gemeinschaft hat Christus mit Belial? Schwager! Auf wessen Wunsch, auf seinen oder Adriannas?"

„Sie will fliehen, mein Herr! Ich habe versucht, ihr zu helfen ..." Der Mann begann zu schluchzen.

Nikolas legte seine kräftige Hand auf den staubigen Kopf des Armeniers. „Für deinen Mut, mein Sohn, danke ich dir. Ich werde dafür sorgen, daß du reichlich belohnt wirst. Ein anderer soll dein rechtes Auge sein." Er stand auf und rief nach einem der Mönche, der sofort angelaufen kam.

„Sorge gut für diesen Mann", sagte Nikolas zu ihm. „Er wird mit uns nach Jerusalem weiterziehen. Er wird in einem Wagen fahren, und du wirst ihm zu essen geben und ihm aus der Heiligen Schrift vorlesen. Und wenn Bethlehem zurückerobert wird, wird er dort wohnen."

Der Mönch kniete sich neben dem Armenier auf den Boden. „Friede, Mitpilger. Gott hat uns zu dir geschickt. Sei guten Mutes!"

Tankred legte dem Armenier eine Hand auf die Schulter. „Wo ist Sinan jetzt? Und Adrianna?"

„Immer noch in den königlichen Zelten. Er hofft, mit ihr fliehen zu können."

Ein Ritter kam auf sie zugeritten. „Der Rote Löwe leistet bei den Zelten Widerstand!"

Tankred und Nikolas stiegen auf ihre Pferde und ritten schnell in das Getümmel aufgeregter Soldaten, nervöser Pferde und rufender Männer hinein, deren eiserne Waffen sich durch die Schädel derjenigen, die schnell herzueilten, um ihnen den Weg zu versperren, hackten und bohrten. Tankred ritt die Fußsoldaten, die das Zelt des Sultans zu beschützen suchten, über den Haufen. Er kämpfte sich durch ihre Schreie und Flüche hindurch. Nikolas ritt neben ihm und schwang den mit Nägeln gespickten Morgenstern.

Die Seldschuken setzten die Zelte in Brand, da sie hofften, das Vordringen der Kreuzfahrer damit vereiteln zu können, aber die Standarten Gottfrieds und Graf Raimunds stürmten voran und bahnten den Weg für die gefürchteten gepanzerten Reiter der Kreuzfahrer.

„Die königlichen Zelte!" rief Nikolas aufgeregt. Sie kämpften sich weiter.

Die Kreuzfahrer stolperten mit lautem Siegesgebrüll über tote und sterbende Moslems. Sie wühlten sich durch die Bündel reicher Beute und holten Wandbehänge und Teppiche, kunstvolle Seide aus Bagdad und Kairo, Gefäße aus Gold und Elfenbein und Fläschchen, die nach Gewürzen und Parfüm rochen, heraus.

Tankred und Nikolas ritten weiter. Als sie sich umschauten, sahen sie, wie einer der türkischen Fürsten zwei gesattelte Pferde am Zügel führte und dabei um Hilfe rief. *Zwei Pferde? Ist dieser Mann Emir Sinan?*

„Dort ist er! Schnell, Nikolas!"

Emir Sinan sah Nikolas nicht und rief durch die brennenden Zelte: „Mosul! Du dreckiges Insekt! Du Schweinefleischfresser! Du schmutziger Verräter!"

Mosul?

Der Name durchbohrte Tankreds Herz. Einen Augenblick lang war er wie erstarrt. Er wischte sich den Schweiß vom Gesicht, um wieder klar sehen zu können. Seine blaugrauen Augen versuchten, einen Blick auf seinen maurischen Vetter zu erhaschen.

Er ist hier? Aber wo?

Seine Hand fuhr zu der Lederschlinge, die er über seine linke Schulter geworfen hatte, und in der sein Krummschwert steckte. Mosul. *Wo?* Er lenkte Apollo herum und suchte ihn zwischen den Flammen, aber die Schatten des Abends und der Rauch, der von den brennenden Zelten aufstieg, wurden zu einem Schutzschild für den Mörder, der Derek auf dem Gewissen hatte.

Einen Augenblick später bewegte sich eine kleine königliche Gefolgschaft auf ihren Pferden zwischen den Zelten. Ein Fluchtversuch in letzter Minute durch die Dunkelheit. Durch das Dunkel hindurch tauchte ein Krieger wie eine gespenstische Vision zwischen den brennenden Zelten auf.

Sein Vetter Mosul war einer der zehn Männer, die die Leibwache für den Roten Löwen bildeten. Bei ihnen waren mehrere moslemische Fürsten und eine Frau.

Tankred erstarrte, als sein Blick unverhofft auf Helena fiel. Ihre Hände waren hinter ihrem Rücken gebunden. Sie saß auf einer Stute, und ein Soldat neben ihr hielt die Zügel fest. In seinem Herzen loderte eine neue, starke Leidenschaft auf. *Sie ist hier! Aber wo ist Philipp?*

An ihrer Seite ritt Prinz Kalid.

Tankred kniff die Augen zusammen, während er den Kinnriemen seines Helmes wieder befestigte und sein Blick von Kalid zu Mosul wanderte. Die Auseinandersetzung mit Kalid mußte warten.

Mosul hatte die wütenden Worte gehört, die Emir Sinan vor einem Augenblick ausgerufen hatte. Er drehte sich jetzt auf seinem Sattel um und schaute über seine Schulter zurück. Mosuls Blick fiel nicht auf Sinan, sondern mit unübersehbarem Schrecken auf Tankred.

Eine Sekunde lang schauten sich die beiden Vettern erbittert an. Dann trieb Tankred Apollo über die am Boden liegenden Körper an, um Mosul den Fluchtweg abzuschneiden.

Mehrere Mitglieder der königlichen Gefolgschaft schauten fragend in seine Richtung. Prinz Kalid war überrascht, dann spannte er sich an und murmelte etwas leise vor sich hin, während seine Hand den Griff seines Krummschwertes packte. Helena erblickte Tankred, stieß einen lauten Schrei aus und trieb ihr Pferd mit den Knien wie wild voran. Die Stute stürmte los und riß sich von dem Griff des Soldaten los.

Nikolas galoppierte ihr entgegen, um das Pferd aufzuhalten. Er ergriff die Zügel und brachte es zum Stehen.

„Mutter ist im königlichen Zelt!“ schrie Helena. „Schneide mich los. Schnell!“

Nikolas beugte sich schnell vor und durchschnitt die Fesseln, die ihre Handgelenke banden. Helena stieg eilig ab und rannte auf die rauchenden Zelte zu. „Mutter! Mutter!“

Tankred riß den Blick gewaltsam von Helena los und rief dem Roten Löwen zu: „Die Sache zwischen Mosul und mir hat nichts mit Ihnen zu tun. Reiten Sie los, und ich werde dafür sorgen, daß die Kreuzfahrerfürsten Ihnen nicht nachreiten. Das gilt auch für dich, Kalid. Wir treffen uns in Antiochia wieder!“

Der Rote Löwe und Prinz Kalid berieten leise miteinander. Eine Stimme in den Reihen der Leibwächter protestierte, aber die Stimme des Roten Löwen war lauter. Einen Augenblick später lenkte er sein Pferd herum, um, gefolgt von Prinz Kalid und seinen Leibwächtern, in die andere Richtung zu reiten.

Mosul schaute sich mit einem einschätzenden Blick um und stellte fest, daß er in der Klemme steckte. Sie hatten ihn allein gelassen, und er konnte Tankred nicht entfliehen. Mosuls hartes Gesicht war grimmig. Im flackernden Licht der Flammen leuchtete der Schweiß auf seinem Gesicht. Er riß Alzira herum und stand Tankred mit der Waffe in der Hand gegenüber.

Tankred kam näher und brachte Apollo zum Stehen. „Du und ich allein, Mosul.“

„Schwein. Ergreife mich doch, wenn du kannst.“ Sein Krummschwert holte mit voller Wucht gegen Tankreds Kehle aus, verfehlte aber sein Ziel, als Tankreds gebogene Klinge den Schlag abwehrte.

Er setzte mit einem eigenen schwungvollen Schlag nach, der Mosul zurückwarf. *Ich darf ihn nicht töten!* dachte Tankred, den es große Mühe kostete, seine Gefühle im Zaum zu halten.

Ihre Klingen klirrten bei ihrem Aufprall, wurden schnell zurückgezogen, um wieder und wieder aufeinanderzuprallen.

Mosul war entschlossen, ihn zu töten, aber Tankred strahlte eine kühle Ruhe aus, als würde er einem Kampf zuschauen und wäre nicht selbst daran beteiligt. Er hörte den Stahl aufprallen, sich wieder zurückziehen und erneut mit einer Wucht zuschlagen, die beide Reiter beinahe aus ihrem Sattel warf.

Sie kämpften in dem flackernden Feuerschein. Ihre Pferde drehten sich im Kreis umeinander. Ein leises Wiehern lenkte Tankreds Konzentration für einen Augenblick von Mosul ab, und eine Sekunde lang wandte er den Blick von seinem Gegner ab – seine arabische Stute! Sie erkannte ihn und hatte ihrem rechtmäßigen Besitzer zugewiehert.

„Alzira", entfuhr es ihm.

Mosul nutzte diesen Augenblick und schlug zu. Das Krummschwert durchschnitt Tankreds Kettenhemd und verletzte ihn auf der linken Seite. Bevor er sich erholen und reagieren konnte, jagte Mosul mit Alzira an ihm vorbei. Er holte zu einem letzten Schlag mit seinem Krummschwert aus und landete einen klirrenden Stoß auf Tankreds Helm.

Mosul raste an dem zusammenbrechenden brennenden Zelt vorbei und in die heiße schwarze Nacht hinein, der königlichen Gefolgschaft hinterher, die in Richtung Antiochia die Flucht ergriffen hatte.

Tankred hielt sich die Seite und schaute seinem Todfeind nach. Er fühlte, wie das warme Blut durch seine Finger tropfte. Apollo blies seine Nüstern auf und scharrte im Staub.

Tankred blieb eine Minute benommen im Sattel sitzen und versuchte, nach dem betäubenden Schlag wieder einen klaren Kopf zu bekommen. Ihm wurde schmerzlich bewußt, daß er diese vertane Gelegenheit so bald nicht wieder bekäme. Alzira war so schnell wie der Wüstenwind, und nicht einmal Apollo konnte seine geliebte Stute jetzt noch einholen. Mosul und Antiochia mußten warten.

Er nahm die glühende Hitze, die von den Zelten um ihn herum ausging, wahr und hörte Ritter, die lautstark über ihren großen Sieg jubelten. Sie schleppten ihre Beute heran und warfen sie vor Herzog Gottfried und Graf Raimund auf einen Haufen. Bischof Adhémar schaute zu, wie sie Gold und Silber, Waffen, Pferde, Esel, Schafe, Rinder und Kamele anbrachten.

Tankred drehte den Kopf zu dem königlichen Zelt. *Helena ...*

* * *

Nikolas saß immer noch auf seinem Roß und raste hinter Helena her auf Emir Sinans Zelt zu. „Adrianna ist in dem Zelt!" Seine und Helenas Gebete waren erhört worden. „Du mächtiger Herr Jesus Christus, gib deinem Knecht Kraft!"

Mit glühenden, wilden Augen kam ein moslemischer Soldat auf seinem Pferd zwischen den Schatten auf ihn zugestürmt, um Nikolas aufzuhalten. „Allah Akbar! Allah Akbar!"

Er ritt geradewegs auf Nikolas zu. Sein kurzer Bogen war gespannt.

Nikolas hob die Kirchenstandarte. Das blutrote Kreuz leuchtete im Schein der tanzenden Flammen. Der Pfeil durchbohrte die Standarte und verschwand in der Dunkelheit hinter Nikolas. Der Reiter raste an ihm vorbei.

Der Staub, den die Pferdehufe wie dichte Wolken aufwirbelten, stieg auf. Nikolas näherte sich unaufhörlich dem königlichen Zelt. Das grüne Banner des Islam mit den Insignien von zwei gekreuzten Krummschwertern hing in dem dunklen Rauch.

Emir Sinan raste aus seinem Zelt zu seiner Stute. Nikolas ritt auf ihn zu. Er war eine eindrucksvolle Gestalt in seinem verstaubten schwarzen Bischofsumhang, den er über seinem Kettenhemd trug, und mit der funkelnden Lanze in seiner starken Hand, die er hochhob, um damit den Mann gnadenlos zu durchbohren.

Sinan warf sich auf die Erde und rollte davon, als Nikolas die Waffe mit einem lauten Ruf losschleuderte. Die Lanze pfiff durch die Luft, verfehlte Sinan um einige Zentimeter und bohrte sich in die Erde. Er rappelte sich auf die Beine. Seine schwarzen Augen funkelten, seine Rechte zog seine Waffe. „Götzenanbeter!" fauchte er in den Rauch und Staub hinein. „Du Anbeter einer schwachen Frau!" Er wirbelte herum. „Dahir! Dahir!" Ein Seldschuke kam von irgendwo in der Dunkelheit, wo die Zelte lichterloh brannten, angestürmt.

Als Dahir sah, daß Nikolas auf sie zugeritten kam, warf er sich neben das Percheronpferd, da er hoffte, den Reiter aus dem Sattel zerren zu können, aber Nikolas holte mit seiner Keule zu einem schmetternden Schlag aus, und der Seldschuke landete blutig und regungslos im Staub.

Ein riesiger Türke tauchte aus dem königlichen Zelt auf. Auf den Armen trug er eine Frau, die ihre Stimme zum Himmel erhob, als versuchten ihre Worte, die Stufen zum Thron des allmächtigen Gottes zu erklimmen. „Sohn Gottes, hab Mitleid mit deiner Magd!"

Helena raste hinter dem türkischen Soldaten her, schlug mit den Fäusten auf ihn ein und zerrte verzweifelt an seinen riesigen Armen. „Nein! Nein! Mutter!"

„Adrianna!" rief Nikolas und ritt auf sie zu. Seine Stimme durchschnitt die brennende Nacht.

Adriannas schwacher Kopf drehte sich zu Nikolas herum. Die Miene auf ihrem schmerzverzerrten Gesicht brach ihm fast das Herz. Sie versuchte, eine Hand nach ihm auszustrecken, aber Sinan trat zwischen sie.

Emir Sinan rief mit wilden dunklen Augen dem Soldaten, der Adrianna auf den Armen trug, einen Befehl zu.

Helena warf sich auf ihn, aber Sinan versetzte ihr einen kräftigen Schlag mit der Hand, und sie taumelte nach hinten. Schnell schwang er sich auf das rotgoldene Tuch auf seinem fürstlichen Sattel, hob seine gebogene Klinge und gab damit dem riesigen Soldaten ein Zeichen, aufzusteigen und mit Adrianna zu fliehen, während er Nikolas abwehrte.

Nikolas' abgehackter Atem ging schwer. Der Schweiß lief über sein staubverschmiertes Gesicht. Er zog seine Klinge und setzte Sinan nach, landete einen Schlag im Nacken des Soldaten und warf ihn mit dem Gesicht voraus in den Staub. Adrianna bemühte sich zu entkommen und fiel mit einem Aufschrei zu Boden.

* * *

„Mutter –" schluchzte Helena. Von Sinans Schlag immer noch benommen, rappelte sie sich auf die Beine. Mit einem leichten Taumeln versuchte sie, Adrianna zu erreichen.

Nikolas stieg vom Pferd und lief zu seiner Schwester. Helenas Kehle war vor Entsetzen wie zugeschnürt. Sinan kam mit dem Dolch in der Hand geradewegs von hinten auf Nikolas zu. In diesem Augenblick wollte kein Ton über ihre Lippen kommen. Unfähig, sich zu bewegen, konnte sie nur entsetzt zuschauen.

Im Feuerschein funkelte vor ihren Füßen etwas Silbernes auf der Erde. Ihr Blick fiel auf ein Schwert, das wie das Zauberschwert Durendal leuchtete.

Als gehorche sie einem stummen Ruf, hob sie es auf und schlich auf Sinan zu. Helena nahm ihren ganzen Mut zusammen. Eine neue Kraft floß durch ihre Adern. *Nikolas muß am Leben bleiben!* Sie hob das Schwert mit beiden Händen hoch und schwang die scharfe Schneide nach unten und bohrte sie in Sinans Hinterkopf.

Bei dem dumpfen Geräusch zitterten ihre Hände, ihre Handgelenke, ihre Arme. Mit Entsetzen ließ sie das Schwert fallen und taumelte einige Schritte von ihm zurück.

Emir Sinan atmete mühsam und fiel auf ein Knie. Er taumelte und stützte sich auf einer ausgestreckten Hand auf. Er drehte sich um und schaute sie mit glasigen Augen zornig an. Mit gefletschten Zähnen und schweißtriefendem Gesicht kroch er auf sie zu. Seine zitternde Hand war unstet, aber sie umklammerte immer noch seinen Dolch.

Helena drehte es den Magen um. Sie glitt auf die Erde. Sie stand zu sehr unter Schock und konnte sich nicht bewegen.

„Nikolas!" schrie Adrianna und streckte eine Hand zu Helena aus, als wollte sie sich zwischen ihre Tochter und Sinan schieben.

Nikolas wirbelte mit seiner Waffe herum und versetzte dem Moslem den Todesstoß. In diesem Augenblick kam ein schlankes schwarzes Pferd angaloppiert.

Einen Augenblick später war Tankred aus dem Sattel gesprungen und lief auf sie zu. „Helena!" Seine starken Hände fingen sie auf und hoben sie auf die Beine. „Liebste, bist du in Ordnung?"

Helenas Herz, das wie gelähmt war, begann bei seiner kräftigen Berührung wieder zu schlagen und erwachte zu neuem Leben, als sie in seine blaugrauen Augen schaute.

„Tankred", schluchzte sie und klammerte sich mit beiden Armen leidenschaftlich an ihn. Sie fürchtete, sie bilde sich nur ein, daß er vor ihr stehe, und ihre Hände würden ins Leere greifen. Ihr ganzer törichter Stolz war schon lange verflogen, und jetzt durchflutete eine starke Liebe sie mit einer solchen Kraft, daß sie sie nicht länger leugnen konnte. Er war keine Erscheinung, und ihre Finger klammerten sich um warme Muskeln.

Ihr Blick fiel besorgt auf sein blutgetränktes Hemd. Sie legte eine Hand auf seine muskulöse Brust. Ihre Augen wanderten zu seinem Gesicht.

„Das heilt wieder", flüsterte er atemlos, lockerte den Kinnriemen und nahm seinen Helm ab.

Helenas Augen wurden feucht. Sein Arm legte sich fester um sie, als fürchtete er, sie würde in der heißen Nacht dahinschmelzen und von ihm gerissen werden. Sie klammerte sich zitternd an ihn.

Ohne den Blick von ihren Augen abzuwenden, schwang er sie auf seine Arme und trug sie von dem blutigen Gemetzel fort.

23. Zwei Herzen werden eins

Irgendwo in der Ferne hatte ein Lautenspieler seine Musik angestimmt. Die zu Herzen gehenden Melodien durchdrangen die dunkle Nacht und berührten die Seelen der Menschen, die ihnen ihr Ohr schenkten. Als Antwort auf das Lautenspiel erfüllten die Sterne den endlosen Horizont der Sommernacht mit ihrem wortlosen Lied. In der Wüste, die mit Blut und Schweiß getränkt war und in der die gefallenen Soldaten ihre Namen in den Sand geschrieben hatten, flackerten unzählige Lagerfeuer wie kleine Fackeln in der Nachtluft.

Helena und Tankred standen vor einem Zelt. In ihrer Umarmung brannte eine Liebe und Sehnsucht, die genauso glühte wie die Sommernacht und der funkelnde Sternenhimmel. Der Lärm des Feierns und des Kampfes hatte sich gelegt. In ihren Ohren hörten sie nur noch das laute Pochen ihrer Herzen.

Die Laute spielte weiter, ihre Töne stiegen an und hörten abrupt wieder auf. Es folgte ein tiefes Schweigen, in dem ihre Herzen noch lauter schlugen.

„Ich war eine Närrin", flüsterte Helena und fuhr mit ihren Fingern liebevoll durch seine feuchten Haare, die im Feuerschein wie die warme Farbe des Herbstweizens glänzten. „Ich war zu stolz, um zuzugeben, was ich wirklich für dich empfinde. Aber so töricht werde ich nie wieder sein."

Tankred wickelte zärtlich ihre weichen Haare um seine Hand und zog ihr Gesicht näher an seine Lippen heran. „Das kann warten", flüsterte er. „Jetzt will ich nur eines aus deinem Mund hören ..."

Helenas warme Augen schauten ihn liebevoll an. Ein Lächeln berührte ihre Lippen, während ihre Finger ihn zärtlich streichelten. „Tankred, du bist der Mann, den ich liebe ..."

Sein leidenschaftlicher Kuß brachte ihre Lippen mit einer brennenden Sehnsucht zum Schweigen. Ihre Herzen verschmolzen zu einem, und die süße, eindringliche Melodie der Laute setzte erneut ein.

* * *

Als sie wieder in das Hauptlager am Fluß zurückkehrten, wo der Rote Löwe Bohemunds Normannen das erste Mal angegriffen hatte, erfuhren die Ritter, was den Bauern Schreckliches angetan worden war.

Tankred sorgte auf der Stelle dafür, daß Helena und ihre Mutter im Schutz von zwei Dutzend Soldaten zur Burg Hohms gebracht wurden.

„Hier ist es nicht sicher für dich, Helena", drängte Tankred als Antwort auf das unausgesprochene Flehen in ihren Augen. „Mein Onkel, Rolf Redwan, wird euch beschützen, bis ich zurückkomme."

„Dann kommst du zu mir zurück?" Helenas Blick verriet ihre Verwundbarkeit. Die falsche Maske byzantinischer Überlegenheit hatte sie in der Hitze der Schlacht längst abgelegt.

Tankred hielt sie ganz fest. „Meine liebste Helena, das schwöre ich dir. Ich weiß zwar weder den Tag noch die Stunde, aber ich werde zu dir zurückkommen."

* * *

Stunden später begrub Tankred Modestine unter einer Zypresse an dem leise plätschernden Fluß. Sein Herz war schwer, als seine Gedanken zu dem Tag zurückwanderten, an dem er ihr das erste Mal an der Rhône in der Auvergne begegnet war. In seiner Erinnerung fühlte er wieder den kalten Nieselregen auf seinem Gesicht und hörte ihre Stimme rufen: „Monsieur Priester, nehmen Sie mich mit."

Tankred dachte an die Worte Christi am Kreuz, die er Sekunden vor seinem Tod gesprochen hatte: „Es ist vollbracht." Er schaute auf das armselige Grab hinab. „Adieu, Modestine . . ., du hast auf Erden viel Schmerz und Leid erfahren, jetzt kennst du Freude und Lachen." Er schaute zum Himmel hinauf, wo ein kleiner Vogel in den Sommermorgen hineinflatterte. Dann drehte er sich um und ging zum letzten Mal von ihr weg. Jetzt war sein Herz nicht mehr schwer.

* * *

Tankred näherte sich Bohemunds Hauptquartier, vor dessen Eingang die scharlachrote Standarte stolz flatterte. Die anderen Fürsten waren eingetroffen. Er betrachtete nachdenklich die roten Kreuze, die auf ihre Schultern genäht waren. Unter ihnen waren auch neue Soldaten, die gerade erst aus Nikäa eingetroffen waren. Sie waren mit einem venezianischen Schiff aus Genua gekommen und versammelten sich beim Hauptquartier, um auf Nikolas zu warten. An diesem Morgen würde er sie bei dem feierlichen Ritual anleiten, bei dem sie ihren Kreuzfahrereid ablegten und ihre roten Stoffkreuze bekämen, die sie sich dann ebenfalls auf die Schultern nähen sollten.

Tankred stand nachdenklich daneben.

Bald erschien Nikolas mit Bohemund, und die Neuankömmlinge reihten sich auf. Einer nach dem anderen beugte die Knie vor Gott und nahm ein Kreuz entgegen, das aus dem scharlachroten Stoff geschnitten war, und verkündete laut seinen Treueeid.

Eine Bewegung unter den Zypressen erregte Tankreds Aufmerksamkeit. Tankred drehte sich vorsichtig um und erblickte seine Redwanvettern Leif und Norris. Ihre blauen Augen unter ihren goldenen Locken funkelten ernst. Ihre gebräunte Haut glänzte feucht vor Schweiß. Er wollte schnell sein Schwert ziehen, bemerkte aber, daß sie die Arme vor der Brust verschränkt hatten. Langsam kamen sie auf ihn zu – Leif ernst und gefühllos, Norris beinahe verächtlich.

„Wir kommen in Frieden, Vetter“, sagte Norris.

Tankred schaute von einem zum anderen und versuchte abzuschätzen, ob sie es ehrlich meinten.

„Leif hat mich überzeugt, daß du Derek nicht getötet hast“, sagte Norris. „Wenn du das Herz eines gemeinen Mörders hättest, dann hättest du mich verbluten lassen. Statt dessen hast du mir geholfen und mich verbunden und mir sogar vergeben, daß ich dich von hinten angegriffen habe. Ich habe viel darüber nachgedacht, und ich kann es nicht vergessen. Wir kommen als deine Verwandten, um dir bei deiner Suche nach deinem maurischen Vetter zu helfen.“

„Den Mauren, den du Mosul nennst“, fügte Leif hinzu.

Erstaunt schaute Tankred ihnen ins Gesicht und sah etwas in ihren Augen, das ihn überzeugte.

Er lächelte –, und das Lächeln verwandelte sich in ein lautes Lachen. Sie traten auf ihn zu, stimmten in sein Lachen lauthals mit ein und ergriffen sich wie Römer freundschaftlich an den Armen.

„Wenn wir drei zusammenhalten“, prahlte Norris mit einem Grinsen, „dann kann uns niemand widerstehen.“

„Wir werden ihn finden“, sagte Leif.

„Was ist mit Walter und den anderen?“ fragte Tankred unbehaglich. „Wenn ihr euch auf meine Seite stellt, werdet ihr auch gejagt werden. Und falls Mosul im Krieg stirbt, kann es sein, daß ich meine Unschuld nie beweisen kann.“

„Wir folgen unserem Onkel aus Sizilien nicht mehr als Lehnsherrn“, erklärte Leif. „Wir glauben, daß er auf dein Erbe neidisch ist und nur auf eine günstige Gelegenheit gewartet hat. Er hat absichtlich alles so hingedreht, daß alle glauben, du seist an Dereks Tod schuld.“

„Wir folgen von nun an Lehnsherr Rolf Redwan“, stimmte Norris zu.

„Dann suchen wir ihn gemeinsam“, sagte Tankred. „Dazu müssen wir Antiochia von den Türken erobern.“

Norris runzelte fragend die Stirn und suchte auf Tankreds Lederhemd nach dem roten Stoffkreuz, fand es aber nicht. „Was soll das, Vetter? Hast du den Kreuzfahrereid nicht abgelegt?“

Tankred warf einen Blick auf Nikolas und Bohemund und die Reihe der neuangekommenen Soldaten. Die Umstände waren inzwischen zu weit vorangeschritten, um jetzt noch einen Rückzieher zu machen. Ob er wollte oder nicht, er kam von dem Kreuzzug auf der langen, blutgetränkten Straße zu den Toren Jerusalems nicht mehr los. Und es sah so aus, als würde er trotz allem Nikolas begleiten, um die Reliquie in das Heilige Grab zurückzubringen.

Tankred wandte den Blick von Nikolas ab und schaute seine Vettern nachdenklich an. Einen Augenblick stellte er sich vor, die lächelnden, hoffnungsvollen Gesichter der vielen Bauern, die Gesichter Niles’, Modestines und Erichs zu sehen. Die Kreuze auf Leifs und Norris’ muskulösen Schultern leuchteten in der heißen Sonne. Er dachte an die schwangere Adrianna, die ein Kind unter dem Herzen trug, das dem Haus des Kalifen von Bagdad gehörte. Er dachte an Helena ...

Tankred zog seinen verstaubten Reitumhang von seinem blutbefleckten Hemd und ging durch die Reihen auf Nikolas zu.

Leif und Norris warfen einander einen lächelnden Blick zu und folgten ihm.

Tankred mengte sich, ohne mit der Wimper zu zucken, in die Reihe der Soldaten.

Nikolas drehte sich automatisch um und wollte für ihn beten, aber als er sah, wer vor ihm stand, hielt er inne. Er schaute Tankred fragend an.

„Was machst du hier?“

„Ich bin gekommen, um den Eid abzulegen“, erwiderte Tankred gelassen.

„Ist das dein Ernst?"

„Glaubst du, ich würde in einem solchen Augenblick scherzen? Hast du nicht auch das Kreuz genommen? Also, fang an, Nikolas!"

Nikolas' Augen schauten ihn forschend an. „Ja, aber ich hatte meine Gründe dafür. Ich mußte es tun, um nach Konstantinopel zu kommen –"

„Ich habe auch meine Gründe."

Nikolas betrachtete Tankreds Gesicht, dann lächelte er leicht. „Wie du willst. Aber Vorsicht, mein Sohn; jeden Eid, den du dem allmächtigen Gott schwörst, mußt du ernst nehmen."

Tankred schaute in die funkelnden dunklen Augen. „Ich weiß, Herr Bischof. Ich schwöre nicht so leichtfertig."

Nikolas lächelte. Tankred klemmte sich seinen eingebeulten Helm unter den Arm, kniete auf einem Knie nieder und beugte den Kopf, der jetzt von der Julihitze feucht war.

Er fühlte Nikolas' Hand, die sich fest auf seinen Kopf legte, und hörte ihn auf Lateinisch und dann ruhig auf Griechisch beten: „Möge Christus dich auf der Straße nach Antiochia beschützen, und möge er unser Leben verschonen, damit wir unsere Lieben wiedersehen und auch Jerusalem!"

Tankred sprach selbst ein Gebet, dann hob er sein Schwert, um den Rittersegen zu empfangen. Danach nahm er das rote Kreuz entgegen. „Deus le volt", flüsterte er.

Einen Augenblick später stand er auf, und Nikolas gab ihm sein Schwert zurück. Sie schauten einander an und fühlten beide den Sommerwind in ihrem Gesicht.

„Auf nach Antiochia", sagte Nikolas.

Tankred steckte sein Schwert in die Klinge. *Und zu Mosul.*

Während er davonging, ließ er seinen Blick über den moslemischen Orient in Richtung Antiochia schweifen, wo einst Paulus vom Heiligen Geist eingesetzt worden war, den Heiden das Evangelium zu bringen.

Apollo schüttelte ungeduldig seine Mähne.

Nikolas wartete mit Leif und Norris auf ihren Rossen.

„Helena", flüsterte Tankred. „Warte auf mich! Ich werde zurückkommen!"

* * *

Ich will meine Gelübde dem Herrn erfüllen vor all seinem Volk in den Vorhöfen am Hause des Herrn, in dir, Jerusalem.
Psalm 116,18-19

Glossar

Abt: der Leiter eines Klosters

Abtei: ein unter einem Abt oder einer Äbtissin stehendes Kloster

Burgfried: Der Stützpunkt einer Burg, der als Wachturm und Waffenlager benutzt wird. Die dicken Mauern sind von Schießscharten durchzogen. Normalerweise befindet sich ein Brunnen darin sowie Lagerräume und Eßräume; im oberen Stockwerk sind Schlafquartiere untergebracht

Durendal: Name für das Schwert Rolands in dem epischen Gedicht „Das Rolandlied"; ein Symbol für ritterliche Schwerter, die dem Dienst für Gott geweiht sind

Feuerprobe: ein normannisches Gerichtsverfahren, bei dem durch Folterung Schuld oder Unschuld eines Angeklagten festgestellt wurde

Hellebarde: eine Waffe bestehend aus einem Beil mit Haken und einer langen Stoßklinge, die an der Spitze eines langen Holzschaftes befestigt sind

Krummschwert: ein gebogenes Schwert mit einer einzigen Klinge, das aus dem Orient stammt

Lehnsherr: der Verwalter einer Burg, dem die ganze Burg anvertraut ist

Morgenstern: eine Art Keule; eine runde Kugel, die mit Spitzen gespickt und mit einer Kette an einem Griff befestigt ist

Patriarch: Oberhaupt der Ostkirche in Konstantinopel

Percheronpferd: ein besonders gezüchtetes Kriegspferd, das schweres Gewicht und die Wirren eines Kampfes ertragen kann. Es reagiert auf Schenkeldruck, so daß der Ritter mit beiden Händen kämpfen kann

„Rolandlied": ein episches Gedicht über den Sieg Karls des Großen über die moslemischen Mauren Spaniens; ein frühes Modell der Ritterlichkeit

Schießscharten: schlitzähnliche Öffnungen in einem Turm, die es erlauben, selbst ganz geschützt zu sein und dabei Pfeile abzuschießen

Standarte: ein Banner, das unmittelbar unter dem Lanzenkopf am Schaft einer Lanze hängt

Topfhelm: ein im Mittelalter benutzter Helm, der über einer Kapuze getragen wurde; die Form des Helms und das glatte Metall schützten vor dem Angriff mit Stich- und Wurfwaffen

Wachturm: ein kerkerähnlicher Turm

Wappen: das Familienzeichen, das auf dem Helm oder Schild abgebildet ist oder auf der Standarte zu sehen ist

Zwinger: Ein Vorhof, der von Soldatenunterkünften, Pferdeställen und Lagerräumen für Lebensmittel umgeben ist

Band 1 der Reihe »Schwerter und Krummsäbel«:

Linda Chaikin

TANKRED – Mit dem Herzen eines Falken

Schwerter und Krummsäbel – Band 1

ISBN 3-86122-304-X
Bestell-Nr. 330 304
Paperback, 270 Seiten

Tankred Redwan steht zwischen zwei Welten: In seinen Adern fließt das normannische Blut seines Vaters und das maurische Blut seiner Mutter. Tankred ist Gelehrter und Krieger und auf der Suche nach Wahrheit. Als sich das christliche Europa zum ersten Kreuzzug zur Rettung des Heiligen Landes rüstet, muß er sich entscheiden, welchen Weg er einschlägt.

Tankred wird eines Mordes angeklagt, den er nicht begangen hat, und muß vor dem Zorn seines Onkels fliehen. Seine Flucht führt ihn von den goldenen Hügeln Palermos zu den sieben funkelnden Hügeln der byzantinischen Hauptstadt Konstantinopel. Auf der Suche nach dem Mörder seines Bruders gerät er in die turbulenten Geschehnisse des Bauernkreuzzuges.

Als Tankred eine adelige Byzantinerin rettet, findet er sich in einem Netzwerk von Intrigen und politischen Machenschaften wieder.

Den Kampf eines Ritters für Gott und für sein irdisches Leben schildert dieses Buch. Es spielt zur Zeit des ersten Kreuzzuges und handelt von Adeligen und Bauern, die gleichermaßen von Ruhm und Ritterlichkeit träumen.